Katharine Kerr

DIE CHRONIKEN VON DEVERRY

4

Der Magier von Deverry

Ins Deutsche übertragen von
Regina Winter

Knaur

Die amerikanische Originalausgabe erschien 1990
unter dem Titel »The Dragon Revenant« bei Bantam Spectra, New York

Besuchen Sie uns im Internet
www.droemer-knaur-de.

Deutsche Erstveröffentlichung 5/99

Umschlagkonzept: Melissa Andersson
Umschlaggestaltung: Agentur Zero, München
Umschlagillustration: Geoff Taylor, »Dragonspell«
Karte: Dieter Jüdt, Trier
Lektorat: Michael Ballauff & Harald Jösten
Satz: Ventura Publisher im Verlag
Druck und Bindung: Clausen & Bosse, Leck
Printed in Germany
ISBN 3-426-70124-3

2 4 5 3

Im Gedenken an
Harold »Jake« Jacobson (1934–1988).
Er fehlt uns allen sehr.

KARTE

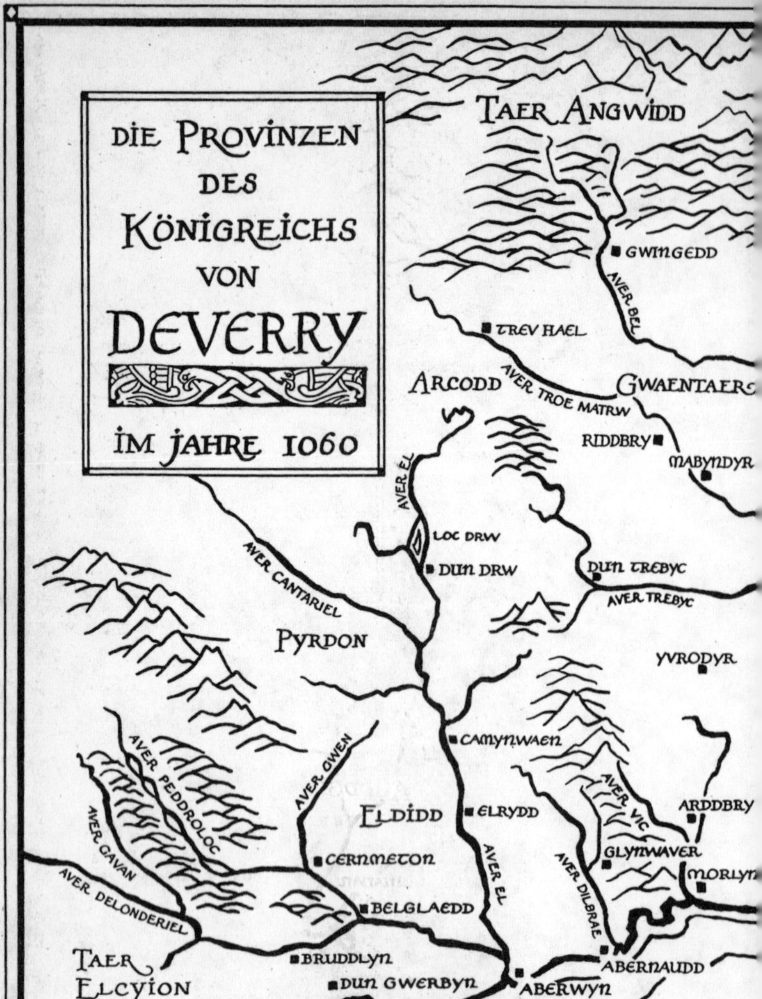

DIE PROVINZEN DES KÖNIGREICHS VON DEVERRY
IM JAHRE 1060
TAER ANGWIDD
GWINGEDD
AVER BEL
TREV HAEL
ARCODD
AVER TROE MATRW
GWAENTAER
RIDDBRY
MABYNDYR
AVER EL
LOC DRW
DUN DRW
DUN TREBYC
AVER TREBYC
AVER CANTARIEL
PYRDON
YVRODYR
CAMYNWAEN
AVER PEDDROLOC
AVER OWEN
AVER VIC
ELDIDD
ELRYDD
ARDDBRY
AVER GAVAN
GLYNWAVER
CERNMETON
AVER EL
AVER DILBRAE
MORLYN
AVER DELONDERIEL
BELGLAEDD
TAER ELCYION LACAR
BRUDDLYN
ABERNAUDD
DUN GWERBYN
ABERWYN
CANNOBAEN
MORI
WMMGLAEDD

TAER ANGWIDD
DUN PYR
LADOTYN
BOBYR
CAER ICEL
CERRGONNY
AVERBY
PREN CLUDAN
CAMYN YRAEN
CANTRAE
DUN CANTRAE
LYN EBYN
GADDMYR
DUN ARDDVIC
LAENWN
AVER NAIDDYR
BELGWEGYR
LUGHCARN
AVER CAN
HENDYR
GLASLOC
AVER LUGH
MUIR
LOC LAS
DUN HIRAEDD
BLAEDDBYR
DUN DEVERRY
ERCONEDD
AVER LIT
BUCCBRAEL
CWM PECL
AVER NERR
MWBBRY
DEVERRY
CENCYN
LOC TAMYO
DRAUDDBRY
AUDDGLYN
NAIN CYR
RIDDLIT
AVER BEL
AVER GWARMAEL
DUN AEDYN
AVER TAB
DUN MANNANAN
CERRMOR
SLAITH
YNIS BEL
BEL METON
MOC
AD MOCYCLAU
DUN TONAU
DDAE
YNISODD PECL

PROLOG
ELDIDD 1063

Alaf yn ail; mail am lad;
Llithredawr llyry; llon cawad,
a dwfn rhyd; berwyd bryd brad.

Kühe im Stall, Bier im Krug.
Regen überflutet die Furt
und macht Wege unwegsam.
Eine Seele grübelt über Verrat.
Llywarch, der Ahnherr

Obwohl den ganzen Tag über dunkle Wolken so tief über dem Boden hingen, daß es wie schwerer Nebel oder heftiger Nieselregen wirkte, schimmerten die uralten Eichen im heiligen Hain jenseits der Stadtmauern von Aberwyn in ihrem eigenen Licht, dem herbstlichen Glanz ihrer roten und goldenen Blätter. Ein paar dieser Flammen waren zu Boden geflattert und lagen nun im schlammigen Grab wie goldene Opfergaben, passend zu den Grabbeigaben, die schon bereitstanden: Krügen und Tiegeln mit Met und Öl, Brotlaiben, einem Schwert in vergoldeter Scheide, Tonfiguren der Lieblingspferde des Gwerbret, alles in einem Streitwagen aus Flechtwerk. Obwohl man in Deverry seit tausend Jahren nicht mehr mit Streitwagen kämpfte, lehrte die Erinnerung doch, daß zu einem Helden ein solcher Wagen gehörte, und wichtige Männer wurden in ihnen begraben – allerdings liegend und nicht wie ihre Vorfahren, die man manchmal aufrecht bestattet hatte, in einer Parodie heldenhafter Haltung, die den Deverrianern nun ungehörig vorkam.

Lovyan, Tieryn Dun Gwerbyn, Regentin des Gwerbrethryn

von Aberwyn, stand am Rande des Grabes und sah den Belpriestern mit ihren geschorenen Köpfen zu, die dort im Schlamm die Leiche von Rhys Maelwaedd, ihrem ältesten Sohn, zur letzten Ruhe betteten. Die Rituale waren längst vollzogen, und die meisten Trauernden hatten den Hain bereits verlassen, aber Lovyan blieb, unfähig zu weinen oder zu klagen, erschöpft bis ins Herz, während die Männer das karierte Tuch in Silber, Blau und Grün, den Farben von Aberwyn, über den Toten breiteten. Sie beschloß zu gehen, sobald das Grab zugeschaufelt würde. Sie hatte schon nasse Erde auf die Gesichter anderer Männer fallen sehen, die sie geliebt hatte: auf das ihres Mannes, das ihres zweiten Sohnes Aedry, das des dritten Sohnes, der schon bei der Geburt gestorben war und nie einen Namen gehabt hatte; sie wollte es nicht noch einmal miterleben.

Nevyn, der neben ihr stand, legte ihr tröstend seine Hand auf die Schulter. Er war ein hochgewachsener Mann mit dichtem weißen Haar und durchdringenden blauen Augen. Seine Haut war so faltig wie die trockenen Blätter am Boden und seine Hände voller Altersflecken, aber er hielt sich so gerade und bewegte sich so schwungvoll wie ein junger Krieger. Alle, die ihn kannten, hielten das für ein wahres Wunder. Lovyan gehörte zu den wenigen, die die Wahrheit kannten: Er verdankte es dem Dweomer des Lichts, denn Nevyn war einer der größten Zauberer, die je in Deverry gelebt hatten. Erst in den letzten Jahren war er als Berater in Lovyans Dienst getreten, aber in Wahrheit – so nahm sie jedenfalls an –, war sie diejenige, die seinen Zielen diente. Das war ihr gleich, denn sie vertraute ihm nicht nur, sondern verfolgte zumindest im Augenblick auch die gleichen Ziele.

»Es ist kalt hier draußen, Euer Gnaden«, sagte Nevyn voller Mitgefühl.

»Das merke ich, danke. Wir werden bald gehen.«

Die Priester befestigten die große goldene Ringbrosche an dem karierten Umhang und schlossen ihn um den Hals des toten Gwerbret. Lovyan wandte den Blick ab und sah zwei Männer einen Steinblock auf einer Schubkarre auf das Grab zurollen.

Die Grabinschrift war bereits eingemeißelt; sie pries den Regenten von Aberwyn, der an den Folgen eines Jagdunfalls gestorben war, aber selbstverständlich erwähnte sie nicht die wahre Todesursache: den Einfluß des dunklen Dweomer. Lovyan erinnerte sich schaudernd an jenen Tag, als sie zur Jagd ausgeritten waren. Ihre Pferde waren ruhig die Uferstraße entlanggetrabt, als sich Rhys' Tier plötzlich aufgebäumt und gebockt hatte und schließlich gestürzt war. Es hatte seinen Reiter unter sich begraben. Schon damals hatte der Unfall unerklärlich gewirkt; später hatte Lovyan erfahren, daß dunkle Dweomermeister den Wahnsinn des Pferdes bewirkt und dadurch Rhys so sicher wie mit einem Schwert ermordet hatten. Warum? Das wußte niemand.

Die Priester stiegen aus dem Grab und gaben den Totengräbern, die sich in der Nähe auf ihre Schaufeln stützten, ein Zeichen. Lovyan warf ihrem toten Sohn eine Kußhand zu.

»Schlaf gut, mein Kleiner«, flüsterte sie, dann wandte sie sich ab. »Kommt mit. Wir sollten jetzt zur Festung zurückkehren.«

Nevyn nahm ihren Arm, und die kleine Gruppe von Pagen und Dienerinnen begleitete sie, als sie schweigend zum Rand des Hains gingen, wo ihre Eskorte wartete. Fünfundzwanzig Mann aus Rhys' Kriegshaufen und fünfzehn aus Lovyans eigenem standen neben ihren Pferden bereit. Als sie näher kamen, führte Lovyans Hauptmann, Cullyn von Cerrmor, ihr Pferd zu ihr – eine wunderschöne goldfarbene Stute mit silbriger Mähne und Schweif. Er hielt das Tier für sie, während sie in den Sattel stieg und ihre langen Gewänder und den Umhang zurechtzupfte.

»Danke, Hauptmann.« Sie nahm die Zügel entgegen, dann drehte sie sich um, um sich zu überzeugen, daß der Rest ihres Gefolges bereit war. »Also gut. Reiten wir nach Hause.«

Auf ein Zeichen des Hauptmannes stiegen die Männer in den Sattel, und die Prozession setzte sich in Bewegung: Lovyan und Nevyn an der Spitze, die Frauen und Pagen direkt hinter ihnen, und am Schluß die Männer des Kriegshaufens. Als sie sich den hohen Stadtmauern näherten, nahmen die Wachen am Tor Haltung an, aber Lovyan sah sie kaum, so vertieft war sie in stumpfe Trauer. Das war alles zuviel, dachte sie, einfach zuviel. Aber in ihrem Herzen wußte sie, daß sie es ertragen konnte, daß sie irgendwo die Kraft finden würde, die kommenden Monate zu überstehen. Es schien, daß viele adlige Frauen ein Leben führten, das ihnen den Luxus erlaubte, sich der Hysterie hinzugeben; sie konnten stundenlangen Weinkrämpfen verfallen oder sich theatralisch in ihren Kammern einschließen, und das halbe Königreich hatte Mitleid mit ihnen. Lovyan selbst jedoch hatte ihre Trauer stets unterdrücken und sich über diese Schwäche erheben müssen. Manchmal, so wie jetzt im kalten Nieselregen, tat ihr das leid. Dennoch wußte sie, daß die Götter gnädiger mit ihr gewesen waren.

Als die Prozession sich durch die vom Regen glänzenden, gepflasterten Straßen von Aberwyn zog, kamen die Städter aus ihren Häusern und Läden, um der Regentin spontan ihre Achtung zu zeigen. Lovyan war schon beliebt gewesen, als sie als Frau von Gwerbret Tingyr hier residiert hatte, bevor ihr Sohn Rhys das Rhan erbte. Barhäuptig im Regen stehend, verbeugten sich die Männer, die Frauen knicksten, und hier und da rief jemand: »Unser Beileid, Euer Gnaden«, oder: »Wir sind in Gedanken bei Euch.« Sie taten Lovyan leid. Sollten sie und Nevyn es nicht verhindern können, würde hier schon bald der Krieg toben und Aberwyns wohlhabende Straßen verwüsten, und diese Menschen würden größeren Kummer haben als die Trauer ihrer Regentin.

Obwohl zu Lovyans Zeiten das Amt des Gwerbret bereits vom Vater auf den Sohn überging, waren die Gwerbrets in der Zeit der Dämmerung gewählte Beamte gewesen, in der alten Sprache »Vergobretes« genannt. Ein Rest dieses alten Brauches lebte immer noch im Wahlrat fort, der zusammentraf, um einen neuen Gwerbret zu wählen, wann immer der alte ohne Erbe gestorben war. Da der Titel ebenso Ehre wie ein Vermögen an Steuern und Besitz mit sich brachte, waren alle großen Klans und auch einige der kleineren bemüht, sich zur Wahl zu stellen, wann immer die Erbfolgelinie brach. Häufig entwickelte sich dieser Wettbewerb durch Bestechungen und Intrigen zu einem offenen Krieg. Sobald im Rat Uneinigkeit herrschte, konnte sich das Blutvergießen über Jahre erstrecken, denn nicht einmal der König konnte sich einmischen, um es aufzuhalten. Jeder König, der zur Verteidigung der Gesetze in einer Provinz einmarschierte, würde sich langen Jahren der Ablehnung und Rebellion ausgesetzt sehen. Er konnte bestenfalls seinen Ehrensitz im Wahlrat nutzen, um sich um Frieden zu bemühen, wenn das in seinem Sinne war, oder aber, um gemeinsam mit allen anderen um die Kandidaten zu intrigieren. Leider geschah das letztere häufiger. Da Rhys kinderlos gestorben war, drängten sich die Mitglieder des Wahlrats bereits an der Startlinie dieses möglichen Rennens. Lovyan wußte genau, daß sie begonnen hatten, geheime Allianzen zu bilden, um Geschenke und Schmeicheleien einzuheimsen, die von Bestechungen nicht weit entfernt waren. Auf eine erschöpfte, resignierte Art und Weise war sie wütend, denn Rhys hatte zwar keine Söhne, aber er hatte einen legalen Erben hinterlassen, einen, der den offiziellen Zuspruch des Königs gefunden hatte: Rhodry, Rhys' jüngeren Bruder und ihren letztgeborenen Sohn. Wäre Rhodry nur schon sicher zu Hause in Aberwyn gewesen, hätte kein Bedarf an Ratssitzungen bestanden, die nur mühsam als gesellschaftliche Ereignisse getarnt wurden. Aber sein eifersüchtiger Bruder hatte Rhodry ein paar Jahre zuvor ins Exil geschickt. Nun, nachdem der König ihn offiziell zurückgerufen hatte und ganz Aberwyn auf ihn als Erben wartete, war er verschwunden, wie Morgennebel an einem heißen Mittag. Als der König vor ein paar Tagen Rhodrys Rückruf erklärt hatte, hatte er auch eine Frist von einem Jahr und einem Tag gesetzt – nur ein Jahr und einen Tag, um den Erben zu finden und nach Hause zu bringen. Jetzt war es schon weniger, dachte sie; es ist bereits wieder fast eine Woche vergangen.

Obwohl sie sicher war, daß Nevyn wußte, wo Rhodry steckte, weigerte sich der alte Mann, es ihr zu sagen. Jedesmal, wenn sie fragte, wies er sie ab und erklärte, jemand habe sich bereits auf den Weg gemacht, Rhodry nach Hause zu bringen. Sie wußte genau, daß ihr Sohn in großer Gefahr war. Indem er versuchte, sie zu schonen, machte Nevyn ihre Angst nur noch schlimmer – das nahm sie jedenfalls an, weil sie glaubte, daß sie in ihrer Unruhe zweifellos schlimmere Gefahren erfinden würde als jene, in denen sich ihr Junge tatsächlich befand. Sie ging davon aus, daß einige der Leute, die sich Aberwyns bemächtigen wollten, ihn entführt hatten, und sie lebte in schrecklicher Angst, daß sie ihn umbringen würden, bevor Nevyns mysteriöser Verbündeter ihn retten konnte. Hätte sie allerdings die Wahrheit gekannt, dann hätte sie gewußt, wie weise Nevyns Schweigen war.

In der Nacht steigerte sich der Nieselregen zu einem Wintersturm. Der Wind heulte und der Regen peitschte von Süden her auf das Land ein. Nevyn wußte, daß dies nur der erste von vielen Stürmen war; es sah aus, als sähen sie einem schlechten Winter entgegen, und die Südliche See würde für lange Monate unpassierbar sein. In seiner Kammer, hoch oben im Hauptbroch der Festung von Aberwyn, klapperten die Läden in ihren Scharnieren, und die Kerzenlaternen flackerten im Durchzug. Obwohl das Kohlebecken kirschrot glühte, hatte Nevyn einen schweren Wollumhang übergezogen und die Kapuze aufgesetzt, um sich gegen die Kälte zu schützen. Sein Gast fühlte sich noch unbehaglicher. Elaeno war Bardekianer, beinahe sieben Fuß groß und stämmig gebaut, und seine Haut war so dunkel wie blauschwarze Tinte. Er war an warmes Klima gewöhnt, nicht an diesen feuchten Durchzug. An diesem Abend trug er zwei Umhänge über zwei Leinenhemden und wollenen Brigga, die speziell für ihn genäht worden waren. Dennoch schauderte er bei jeder Windbö.

»Wie könnt ihr Barbaren nur in diesem verfluchten Klima überleben?« Elaeno rückte seinen Stuhl ein wenig näher zum Kohlebecken.

»Nur mit großen Schwierigkeiten. Du solltest froh sein, daß wir hier an der Küste sind, nicht oben im Norden, zum Beispiel in Cerrgonny. Zumindest schneit es in Eldidd selten. Oben im Norden werden sie in einem Monat bis über den Kopf im Schnee stecken.«

»Ich habe noch nie Schnee gesehen. Aber ich kann nicht sagen, daß mich dieser Mangel sonderlich quält.«

»Mir würde es auch nichts ausmachen, wenn ich das eklige Zeug nie erblickt hätte. Ich bin verdammt dankbar, daß du hier überwinterst.«

»Das brauchst du nicht immer wieder zu betonen.«

»Danke. Aber ich bin in letzter Zeit so müde. Es hängt so viel von unserem Rhodry ab, und er ist in Bardek, wo wir ihn bis zum Frühjahr nicht erreichen können, und allein die Götter wissen, wie es ihm geht. Wenn ich an die schlimmsten Möglichkeiten denke ...«

»Denk nicht daran. Laß es einfach. Wir können im Augenblick nichts tun, also denk nicht daran, was sein könnte. Obwohl ich zugeben muß, daß das leichter gesagt als getan ist.«

Seufzend nahm Nevyn eine Schaufel voll Kohle aus dem Eimer und streute sie ins Kohlebecken, wo das Wildvolk des Feuers in den hellroten Kohlen umhersprang. Nevyn war sicher, daß Rhodry von einer der bardekianischen Blutgilden entführt worden war, die gegen Geld solche kleinen Probleme wie Rivalen um eine Erbschaft im Dienste jener, die genug Münzen hatten, aus der Welt schafften. Er konnte nur hoffen, daß der Junge immer noch lebte, und wenn ja, daß man ihn nicht in die – resolut wandte er sich von dieser Idee ab. Man wußte, daß sich die Blutgilden gerne damit amüsierten, ihre Gefangenen auf eine Weise zu foltern, über die man besser nicht nachdachte. Als es donnerte, zuckte er zusammen wie eine erschrockene Katze.

»Ich habe dich nie so unruhig erlebt«, meinte Elaeno.

»Seit mindestens hundert Jahren hat mir auch nichts solche Sorgen gemacht.«

»Ich vergesse immer, wie lange du schon lebst.«

»Es ist auch zweifellos schwierig, sich daran zu erinnern. Ich neige selbst dazu, es zu vergessen. Zusammen mit vielen anderen Dingen aus der Vergangenheit. Nach einiger Zeit verschwimmt alles miteinander.«

»Aha.« Elaeno verharrte eine Weile am Rand einer Frage. »Weißt du, ich habe mich oft gefragt, was dir dein … Nun ich nehme an, das geht mich wahrscheinlich alles nichts an.«

»Wie? Hast du die Geschichte noch nicht gehört? Verstehst du jetzt, was ich mit meinem uralten Kopf meine? Ich dachte die ganze Zeit, du wüßtest es längst. Vor all diesen langen Jahren, als ich jung war – und ich war wirklich einmal jung, ganz gleich wie ich jetzt aussehe –, liebte ich eine Frau namens Brangwen, und ich verlobte mich mit ihr. Aber ich glaubte, meine Dweomerstudien mehr zu lieben.« Nevyn stand auf und ging neben dem Kohlebecken auf und ab. »Es gibt viele Einzelheiten in dieser Geschichte, von denen ich die meisten vergessen habe, aber am Ende habe ich Brangwen verraten. Meinetwegen ist Brangwen gestorben, und ihr Bruder ebenfalls, und ein weiterer unschuldiger Mann, der sie liebte.

Diesen Teil werde ich nie vergessen. Am Ende mußte ich ihr Grab graben und sie beerdigen. Ich war an diesem Tag außer mir vor Schuldgefühlen und Trauer, wahrhaftig wahnsinnig vor Scham. Also schwor ich, daß ich keine Ruhe geben würde, bevor ich alles wiedergutgemacht hätte. Und von diesem Tag an habe ich mein Bestes getan, es wiedergutzumachen, wieder und wieder, da Brangwen und die anderen wiedergeboren wurden und mir begegneten, aber ich habe jedesmal versagt, und so bin ich nie zur Ruhe gekommen.«

»Willst du mir damit sagen, daß die Großen ein solches Gelübde annehmen?«

»Das haben sie getan. Ich nehme an, sie wollten sehen, ob ich dieses Gelübde halten konnte, nachdem ich ein anderes gebrochen hatte.« Er lachte ein freudloses Lachen. »Kommt es Dir nicht wunderbar vor, älter als hundert Jahre zu werden?«

»Nein, und ganz besonders nicht, wenn ich höre, wie müde du klingst.«

»Gut. Du wirst mit dem Dweomer weit kommen, Elaeno.« Nevyn setzte sich wieder hin und seufzte erschöpft. »Aber ich werde diesen Schwur halten. Brangwen gehört dem Dweomer, und bei jedem Gott im Himmel, ich werde sie diesmal dazu bringen, daß sie es einsieht, oder ich sterbe bei dem Versuch – bei den Höllen, was für ein dummer Witz!«

»Diesmal? Sie ist also wiedergeboren?«

»Ja. Jill, die Tochter von Cullyn von Cerrmor.«

Elaeno riß erstaunt die Augen auf.

»Dasselbe Mädchen, das jetzt mit diesem Dummkopf Salamander unterwegs ist«, sagte Nevyn. »Auf ihrem Weg nach Bardek, um Rhodry zu retten. Genau dieses Mädchen.«

Nach zwei Tagen Regen hatte sich der Sturm schließlich erschöpft. Alle waren froh, nach der erzwungenen Freizeit langweiliger Stunden an den Feuerstellen in der großen Halle wieder nach draußen zu kommen. Im Hof wimmelte es nur so vor Leben, als Cullyn sich zu einem Spaziergang in der frischen, vom Regen gesäuberten Luft aufmachte. Er ging auf das Haupttor zu, aber auf halbem Weg blieb er stehen, verwirrt von einer Beobachtung, die er nicht einordnen konnte. Jemand, an dem er vorbeigekommen war, hinten am Waschhaus, gehörte dort nicht hin. Er drehte sich um und sah einen jungen Mann, den er vage erkannte, einen der Stallburschen namens Bryc. Dieser Mann trug eine Ladung Feuerholz, aber er bewegte sich irgendwie falsch, schlurfte nicht wie ein Diener, sondern hatte den von Selbstvertrauen erfüllten Schritt eines Kriegers. Cullyn zögerte einen Augenblick, dann folgte er ihm. Und tatsächlich trug Bryc das Feuerholz zunächst am Waschhaus und dann auch am Küchenhaus vorbei. Es gab kein anderes Gebäude zwischen ihm und der äußeren Mauer, wo man hätte Feuerholz brauchen können.

Cullyn folgte dem jungen Mann bis zur Waffenkammer. Dort schlüpfte er hinein, lief zur Tür am anderen Ende und öffnete sie einen Schlitz, um hinauszuspähen. Diese Vorahnung zahlte sich aus. Tatsächlich drehte Bryc sich um, um sich zu überzeugen, daß ihm niemand folgte. Die leicht geöffnete Tür der Waffenkammer bemerkte er nicht. Als Bryc um eine Hütte bog und auf den Brochkomplex zuging, schlich Cullyn heraus und folgte ihm in großem Abstand, wobei er sich im Schatten der Gebäude hielt. Der junge Mann schaute sich nicht mehr um, bis er die niedrige Ziegelmauer erreichte, die den Garten des Gwerbret vom Arbeitshof trennte. Cullyn blieb in einer Tür stehen, als Bryc die Ladung Feuerholz einfach fallen ließ, sich vorsichtig umsah und dann über die Mauer sprang. Als Cullyn ihm folgte, eilte Bryc über den Rasen, wo die kleine Rhodda, Rhodrys uneheliche Tochter und einzige Erbin, mit einem Ball spielte, während Tevylla, ihre Kinderfrau, auf einer nahen Steinbank saß und nähte. Es gab absolut keinen Grund für Bryc, sich in diesem Garten aufzuhalten.

Mit einem Fluch zog Cullyn das Schwert und rannte los. Er sprang gerade über die Mauer, als der Bursche sich das Kind schnappte. Schreiend sprang Tevylla auf und warf Bryc ihre Schere an den Kopf – sie verfehlte ihn, aber er mußte sich ducken und verlor so kostbare Zeit. Cullyn sah Bryc einen Dolch ziehen.

»Lauf, Mädchen!«

Rhodda riß sich los und rannte davon, während Bryc herumfuhr, Cullyn kommen sah und sich zur Flucht wandte. Tevylla warf ihm den Lederball vor die Füße. Bryc stürzte genau in dem Moment, als der Hauptmann ihn einholte. Cullyn packte Bryc am Hemd, riß ihn hoch und brach ihm mit der flachen Seite des Schwerts das Handgelenk. Der Dolch fiel ins Gras. Cullyn stieß ihn mit dem Fuß außer Reichweite seines Gefangenen.

»Den Göttern sei Dank!« Tevylla hob den Dolch auf. »Cullyn, ich bin so froh, daß Ihr da wart.«

»Ach, ich weiß nicht. Ihr schient ganz gut mit der Situation zurechtzukommen.«

Tevylla bedachte ihn mit einem müden Lächeln, dann steckte sie den Dolch in die Scheide und hob Rhodda hoch. Das kleine Mädchen war seltsam ruhig, nur ein wenig bleich. Einen Augenblick starrte sie ihren Retter an, dann drehte sie sich in den Armen der Kinderfrau um und schaute den jammernden Bryc an.

»Holt ihn Euch«, sagte sie ins Leere. »Er ist böse.«

Der junge Mann schrie auf und wand sich im Griff des Hauptmanns, dann warf er sich in offensichtlichem Schmerz von einer Seite zur anderen, während er wieder und wieder aufschrie. Als der vollkommen verblüffte Cullyn ihn losließ, fiel er zu Boden und wand sich schreiend weiter.

»Hört auf!« Das war Nevyn, der über die Wiese gelaufen kam. »Hört sofort damit auf! Rhodda, du elendes kleines Biest!«

Schluchzend und nach Luft ringend, drehte sich Bryc auf den Bauch und verbarg sein Gesicht in den verschränkten Armen. Cullyn bemerkte, daß die Arme und das Gesicht des Jungen überall bluteten, als hätten ihn hundert Katzen zerkratzt. Während Tevylla erschrocken zurückwich, kicherte Rhodda nur höhnisch, bis sie nach einem Blick Nevyns schwieg.

»Tu das nie wieder«, sagte der alte Mann.

»Aber er hatte ein Messer. Er war böse, Großvater.«

»Das weiß ich. Ich habe es aus dem Fenster gesehen. Du hast gewartet, bis er hilflos war, und das ist unehrenhaft. Oder nicht?«

Beschämt ließ die Kleine den Kopf hängen.

»Was für ein süßes kleines Püppchen Ihr da doch habt, Tevylla«, sagte Nevyn. »Sie ist wirklich Rhodrys Tochter.«

»Sie kann schon ein kleines Biest sein, das muß ich zugeben. Aber guter Mann, Ihr könnt nicht behaupten, daß sie daran schuld ist.« Tevylla zeigte mit einem Holzschuh auf den blutenden Mann am Boden.

»Ihr müßt mir einfach glauben, daß sie es getan hat, und Ihr auch, Hauptmann. Komm her, Rhodda. Ich werde jetzt mit dir reden, und dann gehen wir alle zusammen zu deiner Großmutter. Cullyn bringt diesen jungen Hund hier mit in die große Halle.«

Als Nevyn ging, wollte Tevylla ihm folgen, aber der alte Mann bedeutete ihr mit einer gereizten Geste, zurückzubleiben. Ein wenig zitternd, als ob der Schock sie erst jetzt eingeholt hätte, blieb sie und sah zu, wie Cullyn sich niederkniete, Bryc an den Schultern packte und ihn auf den Rücken warf wie einen Fisch, den er geangelt hatte. Schmerzerfüllt schrie der Junge auf und starrte den Hauptmann verwirrt an. Irgend etwas mußte mit Brycs Augen nicht stimmen – das dachte Cullyn zumindest. Er hatte noch nie jemanden so verwirrt, so vollkommen verstört und durcheinander gesehen, als hätten sich seine Augen umwölkt, als würde er starren, ohne etwas zu sehen.

»Junge, bist du blind geworden?«

»Nein … aber Hauptmann, wo bin ich? Mein Handgelenk!« Er hob die gebrochene Hand und starrte auf das Blut. »Bin ich gestürzt? Haben mich die Hunde erwischt? Was ist das?« Seine Stimme erhob sich zu einem vollkommen ehrlichen hysterischen Jaulen. »Sagt mir, was los ist, um der Liebe der Götter willen! Was mache ich hier?«

Cullyn packte ihn wieder, aber diesmal, um ihn zu beruhigen.

»Still, Junge. Ich werde es dir bald erklären. Kannst du stehen? Wir müssen mit dem alten Nevyn über diese Sache reden.«

»Dem Kräutermann? Ja, wirklich.« Seine Stimme war kaum noch ein Flüstern. »Es war, als wäre ich eingeschlafen und plötzlich hier aufgewacht.«

»Ach ja? Nun, dann komm mit. Jetzt bist du sicher.«

Obwohl er gesprochen hatte, ohne nachzudenken, wurde Cullyn plötzlich kalt, denn er wußte, daß er die Wahrheit gesagt hatte, daß Bryc ebenso in Gefahr gewesen war wie das Kind. Tevylla sah ihn fragend an.

»Wie geht es Euch, Mädchen?« sagte Cullyn.

»Gut genug, Hauptmann. Mir ist nur etwas eingefallen.«

»Und was war das?«

»Das werde ich nur Nevyn sagen, aber ich glaube, ich sollte das sofort tun.«

Da es zu Lovyans Aufgaben als Regentin gehörte, für die Einhaltung der Gesetze des Gwerbrethryn zu sorgen, hatte Nevyn sie überredet, diese private Anhörung in der Gerichtskammer durchzuführen, aber sie waren ein seltsamer kleiner Haufen in all diesem Glanz. An der Wand hingen die Drachenbanner von Aberwyn und das goldene Rechtsschwert. Der massive Eichentisch und der hochlehnige Stuhl des Gwerbret standen auf einem Boden aus Schieferkacheln, aber Lovyan saß eher schüchtern auf der Stuhlkante, mit Rhodda im Schoß. Nevyn hatte Bryc aufgefordert, sich auf den Tisch zu setzen, damit er dem Jungen die Handgelenke fesseln konnte, während alle ihre Aussagen machten. Zu Lovyans Rechten saß Tevylla auf einer niedrigen Bank, Cullyn stand hinter ihr. Nachdem alle berichtet hatten, nahm Lovyan ihre Enkelin fest in die Arme.

»Ihr Götter«, sagte sie. »Es sieht wirklich so aus, als hätte dieser Junge versucht, unsere Rhodda umzubringen, und dennoch läßt mich etwas an seiner Schuld zweifeln.«

»Genau, Euer Gnaden«, meinte Nevyn. »Um ganz exakt zu sein, wurde sein Körper für diesen Mordversuch benutzt, aber seine Seele und sein Geist sind schuldlos. Nun, Tevva, was ist mit dieser Geschichte, die Ihr mir so dringend erzählen wolltet?«

»Als ich heute früh aufwachte, Herr, hatte ich einen seltsamen Traum. Hattet Ihr jemals einen dieser Träume, in denen ihr glaubt, hellwach zu sein? Unsere Kammer, Rhoddas kleines Bett, die Feuerstelle – alles sah ganz richtig und wirklich aus, und es dämmerte draußen, aber als ich versuchte, mich zu bewegen, konnte ich das nicht, und mir wurde klar, daß ich immer noch schlief.«

»Solche Träume gibt es.« Nevyn war damit fertig, den

Jungen zu fesseln, und wandte sich ihr zu. »Was passierte danach?«

»Ich träumte, eine Hexe wäre bei mir in der Kammer. Meine Mutter sagte immer, eine Hexe könne einem die Seele aus dem Leib ziehen und sie in einen kleinen Krug stecken. Damals habe ich gelacht, aber heute morgen habe ich mich genauso gefühlt, als versuchte jemand, mir die Seele zu stehlen.«

Nevyn verspürte diesen resignierten Zorn, der davon kommt, daß man seine schlimmsten Ängste bestätigt sieht.

»Wie habt Ihr gegen diese Hexe angekämpft?«

»Das weiß ich nicht.« Sie sah ehrlich verlegen aus. »Ich konnte mich nicht bewegen, um das Schutzzeichen zu machen, und ich konnte nicht einmal wirklich sehen, wo sich die Hexe befand. Ich wußte nur, daß sie da war. Also ... habe ich sie einfach irgendwie zurückgestoßen. Ich bat die Göttin, mich zu schützen, und schob die Hexe weg. Könnt Ihr das verstehen, Herr?«

»Ganz bestimmt, Tevva. Nur noch eine Sache: Es ist anzunehmen, daß es ein Hexenmeister war und keine Hexe. Ich denke, unsere Feinde versuchten mit Euch dasselbe zu tun, was sie schließlich mit Bryc getan haben. Sie können den Körper eines Menschen eine Weile übernehmen, wenn dieser Mensch schwach genug ist, und ihn wie ihren eigenen benutzen.«

Bryc stöhnte und hatte Tränen in den Augen.

»Euer Gnaden«, sagte er zu Lovyan. »Das hätte ich nie getan! Nie hätte ich dem kleinen Mädchen etwas angetan! Glaubt mir bitte.«

Lovyan warf Nevyn einen fragenden Blick zu.

»Ich glaube ihm, Euer Gnaden. Nun, da ich weiß, was sie vorhaben, kann ich es auch aufhalten. Wenn ich einen Vorschlag machen dürfte, Euer Gnaden?«

»Selbstverständlich.«

»Zwei Dinge. Wir müssen Bryc wegschicken – nicht, weil er

schuldig ist, sondern um ihm zu helfen.« Er wandte sich dem unglücklichen Jungen zu. »Sie haben jetzt eine Verbindung zu dir hergestellt, Junge, und sie könnten versuchen, dich abermals zu benutzen. Wenn sie diesmal Erfolg haben, werden sie Dich umbringen. Verstehst du das? Sie werden dich benutzen, und dann werfen sie dich weg.«

Bryc, der bleich geworden war, nickte.

»Die andere Sache ist, daß das Kind von jetzt an vom Hauptmann persönlich bewacht werden sollte. Wenn immer Ihr nach draußen geht, Tevva, nehmt Ihr ihn mit. Ich kann mir nicht vorstellen, daß jemand Cullyns Geist übernimmt.«

»Ich auch nicht«, stimmte Cullyn zu. »Ich bin derselben Ansicht wie Nevyn, Euer Gnaden. Da sie ihre elenden Tricks nicht mehr ausführen können, schicken sie jetzt vielleicht jemanden mit einem Schwert.«

»Also gut.« Lovyan nickte jedem von ihnen zu. »Und was dich angeht, Rhodda: Du gehorchst von nun an dem Hauptmann.«

»Gut, Großmutter.«

Alle lächelten über das hübsche, kleine Mädchen, weil sie eine so willkommene Abwechslung von den finsteren Dingen war, die sie umgaben. Nur Nevyn wußte, daß das Kind von seltsamer Magie berührt war, daß sie dank des Elfenblutes ihres Vaters nicht nur das Wildvolk sehen, sondern ihm auch befehlen konnte. Das zerkratzte und blaugeschlagene Gesicht des armen Bryc zeigte deutlich, daß sie auch die elfische Rachsucht geerbt hatte. Selbst mit all seinen anderen Sorgen und Lasten wußte Nevyn, daß er ihr von nun an mehr Zeit widmen mußte.

An diesem Abend lasteten die Sorgen schwer auf ihm. Direkt nach Sonnenuntergang ging er in seine Kammer hoch oben im Broch und stieß die Fensterläden auf, um die frische Herbstluft hereinzulassen. Der Abend war so klar, daß er weit über die Stadt hinaus zum Hafen blicken konnte, wo sich auf den geisterhaften Wellen die Sterne spiegelten. Von weitem hörte er das Tönen der Bronzeglocke im Tempel des Manannan, die verkündete, daß die Männer des Gwerbret die Eisenkette hochzogen, die den Hafen für die Nacht schloß. In der Stadt bellten ein paar Hunde zur Antwort, und hier und da wurde das Dunkel von einer Laterne durchschnitten, die sich eine Straße entlangbewegte, oder von Licht, das aus einem Fenster fiel. Beim Anblick der Sterne und des aufgehenden Mondes verging ein Teil von Nevyns Müdigkeit. Er blieb einige Zeit am Fenster stehen, lehnte sich aufs Fensterbrett und dachte an nichts Bestimmtes, bis es an seiner Tür leise klopfte. Mit einer gemurmelten Entschuldigung schlüpfte Elaeno herein und schloß die Türe leise hinter sich. Es erstaunte Nevyn immer wieder, daß der riesige Bardekianer sich so anmutig und lautlos wie eine Katze bewegte.

»Ich habe gerade mit unserem Gefangenen gesprochen«, sagte Elaeno. »Es scheint ihm viel besser zu gehen. Es sieht so aus, als würde er verdammt schnell gesund. Sein Fieber hätte einen normalen Mann umgebracht … nun, nicht, daß ich Arzt wäre …«

»Oh, ich kann deiner Diagnose nur zustimmen. Hast du dir seine Aura angesehen?«

»Ja, und sie scheint ein ganzes Stück stärker zu sein. Obwohl ich über diese seltsame Farbe nicht hinwegkommen kann, eine Art schmutziges Grün, mit diesen seltsamen purpurfarbenen Streifen und Flecken.«

»So etwas habe ich auch noch nie gesehen. Gehen wir nach unten und schauen ihn uns an. Wenn es ihm gutgeht, können wir weiter an ihm arbeiten. Laß mich nur schnell zusammensuchen, was ich dazu brauche.«

Der Gefangene befand sich in einer kleinen Kammer in einem der Halbtürme, die sich um den Hauptbroch drängten.

Vor seiner Tür stand ein bewaffneter Soldat. Lord Perryn von Alobry war bis kurz vor seiner Gefangennahme einer der schlimmsten Pferdediebe im Königreich gewesen – ein Verbrechen, das normalerweise mit Erhängen bestraft wurde. Er hatte allerdings noch ein weiteres, erheblich schwerwiegenderes Verbrechen begangen, das Nevyn aus bestimmten Gründen geheimhielt. Im Sommer zuvor hatte Perryn Jill, Cullyn von Cerrmors einzige Tochter, entführt und vergewaltigt, aber er hatte es mit Hilfe eines seltsamen Zaubers getan und unter so ungewöhnlichen Umständen, daß Nevyn keine Ahnung hatte, ob er nun einen Verbrecher oder ein Opfer vor sich hatte. Obwohl die Angelegenheit noch weiterer Erforschung bedurfte, bevor Nevyn zu einem Schluß kommen konnte, bezweifelte er, daß Cullyn, sollte er es herausfinden, Perryn dafür lange genug am Leben ließe.

Bisher war er schon beinahe an einer Entzündung der Lungen gestorben, die er sich durch Mißbrauch seiner instinktiven, magischen Kräfte zugezogen hatte.

An diesem Abend sah er schon viel erholter aus – und auch das war seltsam. Wie Elaeno bereits festgestellt hatte, war das Fieber schlimm genug gewesen, um einen normalen Menschen umzubringen. Aber Nevyn hatte schon lange den Verdacht, daß Perryn alles andere als ein normaler Mensch war, vielleicht sogar überhaupt kein wirklicher Mensch. Der junge Lord war hochgewachsen, dünn und eher unauffällig, mit mattem rotem Haar und blauen Augen, einer etwas zu flachen Nase und einem etwas zu üppigen Mund. Im Augenblick war er auch tödlich bleich, und seine Augen waren immer noch verquollen, als er sich im Bett aufsetzte und in einen alten Lappen hustete. Als die beiden Dweomermeister hereinkamen, blickte er auf, stöhnte und wich gegen den Kissenberg hinter ihm zurück.

»Hustet Ihr immer noch Blut?« fragte Nevyn.

»Nein, Herr. Äh … nun … ist das in Ordnung?«

»Es ist ein sehr gutes Zeichen. Würdet Ihr bitte aufhören, Euch zu ducken und zu kriechen wie eine erbärmliche Feldmaus? Ich werde Euch nicht weh tun.«

»Aber wann werden sie kommen, um mich zu … äh … Ihr wißt schon … um mich aufzuhängen?«

»Nicht ehe ich es ihnen sage. Und wenn Ihr genau das tut, was ich Euch sage, kann es sein, daß Ihr überhaupt nicht gehängt werdet.«

Perryn schien nicht sonderlich überzeugt zu sein.

»Wie ich sehe, habt Ihr gut zu essen bekommen. Fühlt Ihr Euch stark genug, um aufzustehen und Euch anzuziehen?«

Perryn warf die Decken zurück und setzte sich auf die Bettkante. In seinem langen, weißen Nachthemd sah er aus wie ein unglaublich ungelenker Storch.

»Äh … mir ist ein wenig schwindelig.«

»Das war zu erwarten. Elaeno, gib ihm bitte seine Kleider.«

Nachdem Perryn sich angezogen hatte, bat Nevyn ihn, sich auf einen Stuhl direkt neben dem Kohlebecken zu setzen. Er hatte einen kleinen Stoffsack mit Spänen aus Zedernholz, Wacholder und einem seltsamen Holz aus Bardek, das einen süßen, aber sauberen Geruch hatte und Sandelholz genannt wurde, mitgebracht. Jetzt streute er die Späne auf die Kohlen, wo sie begannen zu rauchen und ihre Duftmischung abzugeben.

»Nur etwas, um die abgestandene Luft aufzufrischen«, log Nevyn vergnügt. »Wir haben hier wirklich schöne Kohlen. Ich schaue immer gern ins Feuer. Es sieht beinahe so aus, als könnte man in den Kohlen Bilder erkennen, nicht wahr?«

»Ja.« Automatisch starrte Perryn in die kleinen Flammen und die goldenen und rubinfarbenen Funken zwischen den Holzspänen. »Als ich ein Junge war, sah ich immer Drachen im Feuer. Meine Mutter hat viele Geschichten von Drachen und Elfen erzählt. Ich habe mir so sehr gewünscht, daß sie wahr wären.«

»Das wäre tatsächlich schön.«

Perryn nickte und starrte weiter ins Kohlebecken, während der süße Rauch träge aufstieg. Als Nevyn ihn mit Hilfe seines zweiten Gesichts betrachtete, bemerkte er mit gewissem professionellem Vergnügen, daß die Aura des jungen Mannes sich wieder zu ihrer normalen Größe ausgedehnt hatte und nicht mehr so geschrumpft war wie zu seiner Krankheit. Die sieben Sterne schimmerten deutlich, aber alle hatten seltsame Farben und waren nicht ganz an den üblichen Stellen zu finden. Nevyn schickte eine Lichtschnur aus seiner eigenen Aura, die über Perryns Stirn zog und seine Aura in Drehungen versetzte, wie wenn ein Kind einen Kreisel mit der Peitsche schlägt.

»Jetzt könnt Ihr Bilder in den Kohlen sehen, nicht wahr, Junge?« flüsterte Nevyn. »Sagt mir, was Ihr seht.«

»Nur ein Feuer. Ein flackerndes Feuer.« Perryn klang, als wäre er betrunken. »Große Holzscheite. Es muß Winter sein.«

»Wer ist am Feuer? Wer sitzt an der Feuerstelle?«

»Vater und Mutter. Mama sieht so bleich aus! Sie wird doch nicht sterben, oder?«

»Wie alt bist du?«

»Vier. Sie wird bestimmt sterben. Ich habe letzte Nacht gehört, wie Onkel Benoic den Kräutermann angeschrien hat. Ich möchte nicht bei ihm wohnen.«

»Dann kehre weiter zurück. In den Herbst des Jahres. Siehst du deine Mutter? Geht es ihr besser?«

»Ja.«

»Dann kehre noch weiter zurück, zum Frühling.«

»Ich sehe die Wiese und das Wild. Die Jäger kommen. Ich muß ihnen helfen, ich muß sie warnen!«

»Die Jäger?«

»Den Hirsch. Er ist mein Freund.«

Perryn wand sich in seiner Trance, sein Mund zuckte, als liefe er tatsächlich auf die Wiese der Erinnerung hinaus und verjagte das Wild, bevor die Jäger kamen. Nevyn nahm an, daß sein kindliches Mitgefühl dem Jungen eine ordentliche Tracht Prügel eingebracht hatte. Er führte ihn noch weiter zurück, in den Winter zuvor und noch weiter, bis Perryn das Gesicht seiner Amme sah, als sie ihn zum erstenmal an die Brust nahm. Und noch weiter, zum Schmerz seiner Geburt, und wieder weiter zurück, als seine Seele in den ungeborenen Körper glitt, der dann zu dem gewachsen war, den er nun hatte, und weiter und weiter zurück, bis er ganz plötzlich aufschrie und sich schmerzerfüllt wand und halb erstickt in einer Sprache redete, die Nevyn nie zuvor gehört hatte.

»Bei allen Göttern!« zischte Elaeno. »Was ist das für eine Sprache?«

Nevyn bedeutete ihm mit einer Geste zu schweigen. Perryn redete keuchend weiter, als er sich an seinen letzten Tod erinnerte. Obwohl sich seine Gesichtszüge kein bißchen verändert hatten, sah er nicht mehr aus wie der wieselhafte junge Mann, der er noch Augenblicke zuvor gewesen war – er wirkte nun stärker, seine Augen blitzten in einem uralten Haß, als er zornige Worte von sich gab. Am Ende zuckte er zusammen, erhob sich halb vom Stuhl, sackte schließlich zurück, und seine Stimme verklang. Nevyn packte ihn an den Schultern, schüttelte ihn sanft und rief seinen Namen, bis er erwachte.

»Verzeiht mir«, stotterte Perryn. »Ich muß eingeschlafen sein, als ich ins Feuer starrte. Ihr Götter, was für ein Traum!«

»Ja? Erzählt mir davon.«

»Man hat mich durchbohrt. Ein Speer, wißt Ihr? Er ging direkt durch mich hindurch, hat mich auf den Boden genagelt, und dann waren die Feinde da und verhöhnten mich. Schreckliche, schreckliche Feinde – wie Kobolde.« Seine Stimme verklang zu einem Flüstern: »Sie hatten große Nasen und buschige

Brauen, ganz schwarz und borstig.« Plötzlich schüttelte er sich. »Ich muß mich an eine dieser Geschichten erinnert haben, die meine Mutter mir immer erzählt hat.«

»Sehr wahrscheinlich. Junge, ich glaube, ich habe Euch zu sehr bedrängt. Geht jetzt lieber wieder ins Bett und ruht Euch aus. Wir werden morgen wieder probieren, ob Ihr aufstehen könnt.«

Sobald Perryn im Bett war und die Wache wieder vor der Tür stand, kehrten Nevyn und Elaeno in die Kammer des alten Mannes im Hauptbroch zurück. Dort sprachen sie bei einem Krug gewärmten Biers über das, was sie gesehen hatten.

»Ich nehme an, die Wesen, die ihn ermordet haben, kamen ihm so häßlich vor, weil er nun an Menschen gewöhnt ist«, sagte Elaeno.

»Oho! Du nimmst also an, daß diese Wesen von seiner eigenen Art waren?«

»Du etwa nicht?«

»Es könnte sein, aber ich glaube auch, daß es sehr unklug wäre, jetzt schon Schlüsse über Perryn zu ziehen.«

»Da muß ich Dir auf jeden Fall zustimmen. Hm. Große Nasen und stachelige schwarze Brauen. Ich nehme an, das könnten wirklich die Kobolde oder Oger aus alten Geschichten sein, entweder von den Inseln oder aus deinem Königreich. Seltsam, wie ähnlich unsere Märchen sich sind – überall gibt es Zauberer, Drachen und irgendwelche bösen, häßlichen Wesen.«

»Es wäre vollkommen verständlich, wenn es kein Märchen wäre, sondern eine Erinnerung.«

»Das stimmt.« Nachdenklich trank Elaeno einen Schluck Bier.

»Nun, wenn es nicht Perryns Volk war, dann stammt er aus einem Volk, das in der Nähe unserer großnasigen Freunde lebt.«

»Und es ist klar, daß er einen gewaltsamen Tod starb und

voller Zorn und Haß war. Das mag genügt haben, um seinen Geist in die Flucht zu treiben und weit genug zu verscheuchen und sich in der falschen Art von Geburtswirbeln zu verfangen.«

»So scheint es. Und es war sein Pech, daß der Mutterleib, in dem er landete, ausgerechnet einer Verwandten von Tieryn Benoic gehörte.«

»Der auf jeden Fall der letzte im Königreich war, der hätte verstehen können, was für einen seltsamen Fisch sich seine Schwester da eingefangen hatte.« Nevyn schüttelte verblüfft den Kopf. »Nun, wenn er wieder kräftiger ist, werden wir das mit der Vision noch einmal ausprobieren, aber ich denke, wir sollten lieber noch ein paar Tage warten.«

»Jetzt wäre es wirklich zu anstrengend für ihn. Wie sieht es mit der anderen Jagd aus?«

»Nach unserem mordgierigen Störenfried? Nicht besonders gut. Eine Weile glaubte ich, auf seiner Spur zu sein, aber er ist verschwunden. Diese Unverschämtheit – das Kind anzugreifen! Wenn ich ihn in die Fänge bekomme, werde ich ihn in der Luft zerreißen, das schwöre ich.«

»Das weiß er zweifellos. Als er erst einmal begriffen hatte, daß du nach ihm suchst, ist er vermutlich geflohen.« Elaeno dachte einen Augenblick über das Problem nach. »Nun, vielleicht ist er erst einmal verängstigt genug, daß er uns in Ruhe läßt.«

»Du bist doch wirklich immer voller Hoffnung und Optimismus! Wahrscheinlich wird er sich eine Weile ruhig verhalten, aber er wird zurückkommen. Solche wie er kommen immer zurück, wie der Fluch einer Hexe.«

Nachdem er sich zwei Monate lang am Hof des Königs aufgehalten hatte, um sich für die Sache seines Vetters Rhodry einzusetzen, war Blaern Gwerbret Cwm Pecl zutiefst erleichtert, als er wieder nach Hause, in seine eigene Stadt Dun

Hiraedd, reiten konnte. Mit der Herbsternte wurden seine Steuern fällig, und er verbrachte ein paar angenehme Tage, indem er die Rolle des reichen Landbesitzers spielte. Mit dem Kämmerer und den Bütteln stand er im Hof und zählte die Schweine und Hühner, Käseräder und Fässer voller Äpfel, Mehlsäcke, Krüge voll Met und Bier und auch hin und wieder die Münzen, die ihm zustanden. Er hatte ein Scherzwort für jeden bereit, der kam, um die Steuern zu zahlen, ob es nun der Kämmerer eines Lords war, der vor beladenen Ochsenkarren daherritt, oder ein einfacher Bauer mit einem geflochtenen Korb voll Kaninchen auf dem Rücken und einem Mehlsack auf dem Arm.

Aber bald genug überließ Blaern diese Pflichten wieder seinen Dienern und beschloß, sich um seine Vasallen zu kümmern. Viele dieser Lords hatte er seit dem großen Fest von Beltane nicht mehr gesehen, und er hielt gern persönlich ein Auge auf mögliche Unruhestifter. Blaern hatte allerdings auch noch einen anderen Grund: Er suchte nach einem geeigneten Stück Land, zumindest mit zehn Bauernhöfen, das er Rhodrys Frau Gilyan, der Tochter Cullyns von Cerrmor, überschreiben konnte, zusammen mit einem Adelsbrief. Da die Hälfte seiner Ländereien Wildnis war, gab es Land genug, aber es war schon schwieriger, freie Bauern dazu zu bewegen, dieses Land zu bebauen. Allerdings zählten Land und Titel ohnehin mehr, denn Jill würde kein eigenes Einkommen brauchen, wenn sie erst einmal mit Rhodry verheiratet und er Gwerbret in Aberwyn wäre.

Da seine Frau Carnyffa schwanger war, ließ Blaern sie zurück, damit sie sich an seiner Stelle um Festung und Rhan kümmerte, und nahm nur fünfundzwanzig Männer seines Kriegshaufens als Ehrengarde mit. Zunächst ritten sie nach Norden und machten in Cae Labradd und in der Festung des dortigen Tieryn Ridercc halt. Aus Anlaß des Besuchs des

Gwerbret wurde dort abends ein großes Festessen gegeben, und am nächsten Tag ritt man gemeinsam zur Jagd. Am dritten Tag sagte Blaern dem Tieryn, daß er am liebsten allein im Rhan umherreiten wollte. Mit nur fünf Männern als Eskorte machte er sich morgens auf den Weg, aber statt sich die Wälder und Felder des Tieryn anzusehen, ritt er direkt zur Stadt.

Am Rand von Cae Labradd, am Ufer eines Nebenflusses, der sich ein paar Meilen weiter in den Canaver ergießen würde, stand eine Brauerei, die als die beste in ganz Cwm Pecl bekannt war. Hinter einem niedrigen, grasbewachsenen Erdwall standen mehrere runde Gebäude, frisch gekalkt und fein säuberlich mit Stroh gedeckt – die Wohnhäuser der Brauer, das Malzhaus, das Trockenhaus, das eigentliche Brauhaus, die Vorratsschuppen und, etwas weiter seitlich, der Schweinepferch und der Kuhstall. Als Blaern von der Straße abbog und seine Männer zu der Brauerei führte, jubelten sie spontan.

Über der Tür des Hauptgebäudes hing ein Strauß aus Birkenzweigen, den man in starkes Bier getaucht hatte – ein Zeichen, daß man hier einen Krug oder ein Faß kaufen konnte, wenn man wollte. Als Blaern und seine Männer abstiegen, kam eine untersetzte, grauhaarige Frau mit einer langen, weißen Schürze über dem blauen Kleid aus dem Haus geeilt und knickste.

»Oje, oje, es ist der Gwerbret persönlich! Veddyn, komm sofort heraus! Der Gwerbret und seine Männer sind hier! Oje, oje! Euer Gnaden, welche Ehre. Oh, Ihr müßt etwas von unserem neuen Dunkelbier probieren, und wir haben auch ein Faß Bitterbier. Oje, oje!«

»Schwatz nicht, Frau! Ihr Götter! Du verärgerst seine Gnaden nur.« Veddyn, hochgewachsen und schlank, mit einer Hakennase und vollkommen kahl, kam herüber und verbeugte sich flüchtig vor Blaern. »Ich bin geehrt, Euer Gnaden. Was bringt Euch zu uns?«

»Hauptsächlich Durst, guter Veddyn. Habt Ihr genug Krüge für mich und die meinen?«

»Es wäre eine jämmerliche Brauerei, die nicht einmal für sechs Reisende sorgen könnte, Euer Gnaden. Bindet nur Eure Pferde an und kommt herein.«

Blaern reichte seinem Hauptmann eine Handvoll Silber, um für das Bier zu zahlen, bat seine Männer hineinzugehen, und blieb dann noch kurz im Hof bei Twdilla, während Veddyn den anderen nach drinnen folgte. Sobald sie allein waren, vergaß Twdilla ihre künstliche Aufregung.

»Euer Gnaden sind hier wegen Neuigkeiten?«

»Ja, und um mir Camdel anzusehen, den armen Jungen. Geht es ihm besser?«

»Ja, obwohl er nach allem, was ihm angetan wurde, nie wieder ganz richtig im Kopf sein wird.« Sie kreuzte die Finger zu einem Abwehrzeichen gegen Hexerei. »Im Augenblick mistet er gerade den Kuhstall aus, also nehme ich nicht an, daß Euer Gnaden ...«

»Bei den Göttern, es ist mir doch gleich, wie er riecht! Gehen wir hinüber, ja?«

Es stellte sich heraus, daß Camdel hinter dem Kuhstall auf einem alten Baumstumpf saß und sein Mittagessen aß – ein Stück Brot und einen gelben Käse, den er sich sorgfältig auf einem alten Leinentuch zurechtgelegt hatte. Als er Blaern sah, stand er auf und verbeugte sich mit höfischer Geste, die wenig zu seinem schmutzigen Hemd und dem braunen Brigga passen wollte. Obwohl es einen Augenblick so aussah, als hätte er den Gwerbret erkannt, gab er sich unbeteiligt. Körperlich war er allerdings wieder in guter Verfassung und schien sogar einigermaßen glücklich zu sein. Er lächelte, als er von seinem ruhigen Leben in der Brauerei erzählte. Blaern war zufrieden. Als er den Mann zum letzten Mal gesehen hatte, war Camdel ein zitterndes, kreischendes Wrack gewesen, stockdünn und vollkommen wahnsinnig von den Foltern, denen ihn die Anhänger des dunklen Dweomer unterzogen hatten.

Und nun hatte man Blaern gesagt, daß sein geliebter Vetter in den Händen derselben Männer war. Obwohl er den Gedanken verdrängte, tauchte die Erinnerung manchmal wie ein Meuchelmörder zu Zeiten auf, wo er am wenigsten damit rechnete, zum Beispiel wenn er mit einem Vasallen sprach oder einfach einen Flur entlangging oder aus einem Fenster schaute: Es war möglich, daß Rhodry nun ebenso litt, wie Camdel gelitten hatte. Mit diesem Gedanken kam ein atemloser Zwang, der seine Lungen brennen ließ und ihn zu weiteren Racheschwüren verleitete. Wenn diese bösen Zauberer seinen Vetter auch nur für die Dauer eines Hahnenschreis leiden ließen, dann würde ihn nichts auf Erden, weder der König noch der Dweomer davon abhalten können, eine Armee zusammenzustellen und wie ein Schwarm Adler auf Bardek herabzustoßen, selbst wenn er seinen Rhan an den Rand des Bankrotts führen und jede Ehrenschuld und jede Allianz einklagen müßte, die ihm jemals jemand versprochen hatte. Da er dies sowohl bei den Göttern als auch bei der Ehre seines Klans geschworen hatte, war es alles andere als eine leere Drohung.

Er wäre überrascht gewesen zu erfahren, daß die dunkle Bruderschaft von seinem Zorn wußte, aber auch erfreut zu hören, daß sie ihn fürchteten.

Das Halbplateau und besonders das Hügelland des südlichen Surtinna, der größten Insel des bardekianischen Archipels, war zu dieser Zeit nur dünn bevölkert, eine weite, hügelige Landschaft, die sich hinter dem scharfen Rand eines Bergkamms erhob. Normalerweise unterlag dieses Gebiet der Rechtsprechung der Archonten von Pastidion und Vardeth, die ihren Anhängern, je nach Laune, Parzellen des Landes gewährten, da sich die Habichte und Feldmäuse, die dort lebten, nie daran störten. Die Landbesitzer ihrerseits vermieteten ihr Gelände an Viehbauern und in einigen seltenen Fällen sogar für Sommerhäuser und Landsitze der Reichen. Der Erlös daraus war gering, aber das Prestige gewaltig. Ein weiterer Vorteil bestand darin, daß sowohl Archonten als auch Gesetze weit, weit weg waren, so daß ein Landbesitzer hier leben konnte, wie es ihm gefiel, ganz ähnlich wie ein Lord in Deverry.

Im Herzen des Hügellandes, direkt unter den hochaufragenden Bergen, lag ein Anwesen, das etwa siebzig Jahre zuvor von einem Beamten im Ruhestand namens Tondalo erworben worden war. Ein Teil des Landes war zwar an freie Viehbauern verpachtet, aber die Sklaven des Landsitzes bauten genug Lebensmittel und Flachs an, daß er sich praktisch selbst erhielt. Nur selten tauchte einer dieser Sklaven auf dem Markt unten in Ganjalo auf; noch seltener kamen Besucher an die Tore. Da die wenigen Nachbarn zu sehr damit beschäftigt waren, ihr eigenes Land zu bebauen, um sich in anderer Leute Angelegenheiten einzumischen, nahm jeder an, daß inzwischen die dritte Generation der Erben Tondalos den Landsitz betrieb. Sie wären entsetzt gewesen zu erfahren, daß der alte Mann selbst immer noch lebte, obwohl es ihm keinesfalls gutging.

Tatsächlich hatte Tondalo überhaupt keine Erben haben können. Er war ein Eunuch: Man hatte ihn schon als Jungen kastriert, damit er nie eine Familie haben konnte und somit gezwungen war, sich ganz seiner Arbeit als Beamter zu widmen. Da er ein brillanter Kopf war, war er hoch aufgestiegen und hatte aktiv die Politik seiner Stadt mitbestimmt. Er war reich geworden und hatte sich zunächst die Freiheit, dann ein beeindruckendes Stadthaus und schließlich diesen einsamen Landsitz kaufen können. Nun war er hundertsechzig Jahre alt (er konnte sich nie so recht erinnern, wann er geboren war), und lebte in der notwendigen Abgeschiedenheit. Reisen waren ihm nicht nur wegen seiner Fettleibigkeit (eine verhaßte Auswirkung seiner Kastration und weniger das natürliche Ergebnis der Liebe zum guten Essen) beinahe unmöglich geworden; er brauchte die Abgeschiedenheit auch für seine Arbeit. Tondalo hatte sich so lange und so tief in den dunklen Dweomer versenkt, daß er nun innerhalb dieser dem Chaos verschworenen Bruderschaft eine Art Anführer war – soweit seine Rivalen das zuließen. Für die anderen Praktizierenden der dunklen Künste hatte er längst keinen Namen mehr. Er war einfach nur der Alte.

Selbstverständlich brauchte er die meiste Zeit auch nicht zu reisen, denn das Zweite Gesicht und eine Schüssel schwarzer Tinte ermöglichten es ihm, mit den anderen Mitgliedern des dunklen Rats in Verbindung zu bleiben. Sie brachten ihm auch direkte Visionen dessen, was seine diversen Verbündeten und Diener überall auf Surtinna machten. Hin und wieder erschien ein Bote mit Büchern und anderen Utensilien. Diese Boten verließen den Landsitz natürlich nie – zumindest nicht lebendig. Wenn sich der Rat traf, geschah das in einem Bildtempel, draußen auf der astralen Ebene und nicht irgendwo in den Hügeln oder Städten von Bardek. Dennoch wünschte der Alte sich hin und wieder, daß er bei wichtiger Gelegenheit selbst reisen konnte, statt sich auf die jüngeren Schüler der dunklen Künste verlassen zu müssen. Leider führte gerade das Studium des dunklen Dweomer dazu, daß diese Männer im allgemeinen wenig vertrauenswürdig waren.

Auch die Angelegenheit um den jungen Rhodry Maelwaedd war eine solche Situation. Wäre es dem Alten möglich gewesen, dann wäre er selbst nach Deverry gereist, um diese wichtige Entführung zu überwachen und selbst zu sehen, was danach aus dem Opfer wurde. Leider hatte er es einerseits einem Schüler und andererseits bezahlten Mördern überlassen müssen, also sorgte er sich jetzt ununterbrochen und fragte sich, ob diese den Auftrag auch richtig erledigt hatten. Diesmal konnte er sich nicht einmal des Zweiten Gesichts bedienen, weil alles Wichtige sich entweder in Deverry selbst oder auf einer anderen Insel abgespielt hatte. Und selbst die größten Dweomermeister der Welt konnten nicht über größere Gewässer spähen. Die Ausstrahlungen der Elementarkräfte trübten diese Art von Sicht besonders über dem Meer wie ein Nebel. Hätte der Alte versucht, das Meer im Lichtkörper zu überqueren, dann hätten die Wellen und Bewegungen derselben Kraft diese Astralform zerstört und zu seinem Tod geführt.

Also konnte er nur in seiner Villa sitzen, warten und brüten. Besonders besorgt war er, weil der Plan so kompliziert war. Eine der wichtigsten Lektionen seiner Tage in der Regierung war, daß ein Projekt, je komplizierter es war, um so anfälliger für Fehler wurde, und diese Sache hatte so viele Drehungen und Wendungen wie ein kompliziertes deverrianisches Ornament. Hätte er ein paar Jahre Zeit gehabt, dann hätte er so lange darüber nachgedacht und meditiert, bis er einen Plan ersonnen hätte, der so scharf und schlicht war wie eine Schwertklinge. Aber die Zeit war für solchen Luxus zu kurz, die Bedrohung zu direkt gewesen.

In den vergangenen Dekaden hatten diverse Anhänger des dunklen Dweomer versucht, sich sicheren Halt in Deverry zu verschaffen, besonders am Hof des Hochkönigs selbst. Aber gerade, als ihre Pläne reiften, hatte Nevyn davon Wind bekommen und in einem einzigen häßlichen Sommer den größten Teil ihrer Arbeit zerstört. Der alte Kräutermann war ebenso eine Bedrohung für die gesamte Existenz des dunklen Dweomer, wie er ein verhaßter persönlicher Feind von Tondalo war. Im vergangenen Winter hatte der Alte also noch einmal über diese Dinge nachgedacht und beschlossen, daß Nevyn sterben müßte.

Der Beschluß war leicht zu fassen; allerdings war die Tat

nicht so einfach auszuführen. Als erstes würde der Alte überwiegend allein handeln müssen, denn er konnte niemandem vertrauen. Die Mitglieder der dunklen Bruderschaft, die ihn um seinen Platz und sein Prestige beneideten, wären nur zu erpicht darauf, ihn an Nevyn zu verraten, um ihn loszuwerden. Wenn er verläßliche Verbündete wollte, mußte er dafür mit kalter Münze zahlen und sein wahres Interesse verbergen. Auf den Inseln gab es fähige, käufliche Mörder – zumindest für einen Mann, der wußte, wo man sie finden konnte. Im Sommer zuvor hatte der Alte eine Gilde dieser Habichte der Bruderschaft, wie sie sich nannten, angeheuert, um einen Teil – aber eben nur einen Teil – seiner Pläne auszuführen.

Da es lächerlich gewesen wäre, gegen einen Mann von Nevyns Macht einfach einen gedungenen Mörder einzusetzen, hatte der Alte sich einen Weg ausgedacht, ihn auf die Inseln zu locken, wo Nevyns Macht, die er aus der Seele Deverrys und dem Boden dieses Landes bezog, stark verringert wäre und wo ihm außerdem nicht die weltliche Hilfe von Männern wie Gwerbret Blaern zur Verfügung stünde. Allen Gesetzen der Magie zufolge sollte der Alte in Bardek die mächtigere Position innehaben, die geistige Übermacht, vor allem, da Nevyn immer allein zu arbeiten schien und daher vermutlich auch allein nach Bardek kommen würde. Als der Alte nach einem Köder für seine Falle gesucht hatte, hatte er sich auf Rhodry konzentriert – einen Mann, der sowohl für die Zukunft des barbarischen Königreichs von hoher Wichtigkeit war, als auch zu Nevyns persönlichen Freunden gehörte. Obwohl er zunächst nur daran gedacht hatte, den jungen Mann zu töten, nachdem er ihn benutzt hatte, um eine falsche Spur zu legen, wußte er, daß Nevyn imstande gewesen wäre, auf der höchsten geistigen Ebene zu suchen und dort festzustellen, daß Rhodry tot war. Und es war höchst unwahrscheinlich, daß der Meister des Aethyr über das Meer reiste, nur um dem Jungen eine anständige Beerdigung zu verschaffen. Andererseits wäre es auch gefährlich gewesen, Rhodry einfach in seiner Villa gefangenzuhalten, sobald Nevyn sich erst einmal auf die Suche nach der Beute gemacht hatte. Der Alte hatte nicht vor, wie ein Dachs aus seinem Loch gescheucht zu werden.

Nein, es war ihm am besten erschienen, Rhodry nach Bardek zu bringen, ihn seines Gedächtnisses zu berauben, damit er nicht einfach zu einem der gesetzestreuen Archonten gehen und seine wahre Identität enthüllen konnte, und ihn dann einfach vor aller Augen als normalen Sklaven zu verstecken, der enden würde, wo immer sein Schicksal ihn hintrug. Früher oder später würde Nevyn folgen. Und wenn er das tat, würde der Alte hier auf ihn warten.

TEIL 1

BARDEK
HERBST 1063

Gorddyar adar; gwlyb traeth;
Eglur nwyfre; ehalaeth
Ton. Gwyw calon rhag hiraeth.

Strahlender Himmel, kreischende Möwen;
eine hohe Welle überschwemmt den Strand;
ein Herz welkt vor Hiraedd.
Llywarch der Ahnherr

Obwohl die meisten Menschen in Deverry sich Bardek als zusammenhängendes Land wie ihr eigenes vorstellten, war es in Wahrheit ein Archipel, und nur die kleinsten Inseln standen unter zentraler Regierung. Die größeren, wie Bardektinna und Surtinna, waren in einer Anzahl von Stadtstaaten aufgespalten. Einige von diesen bestanden nur aus der Stadt selbst und kaum genug Bauernland, um sie zu ernähren; andere kontrollierten Hunderte von Quadratmeilen und sogar andere Städte. Myleton auf Bardektinna war zu der Zeit, von der wir hier sprechen, einer der größten Stadtstaaten und umfaßte die Stadt Valanth sowie etwa die Hälfte der Insel. Valanth war damals eine wunderschöne Stadt, hoch auf einer Klippe über einem schmalen Hafen gelegen. Durch die Tore in den strahlendweißen Mauern zu gehen war, als beträte man einen Wald.

Überall standen Bäume, an den breiten, geraden Straßen und rund um jedes Haus: Palmen – sowohl die hochgewachsenen Dattelpalmen als auch niedrigere Zierpalmen – Eukalyptusbäume, Jacarandabäume mit purpurfarbenen Blüten und kleinere Büsche, wie man sie nur in Bardek kannte, mit winzigen, roten Blüten. Blühende Ranken drohten, die hölzernen und marmornen Statuen zu ersticken, die über die kleinen, öffentlichen Plätze und Straßenkreuzungen verteilt waren. Zwischen all diesem Grün standen langgezogene Häuser mit gebogenen Dächern, die ein wenig wie der Rumpf eines umgedrehten Schiffes aussahen. Einige dieser Häuser wurden von Statuen der Ahnen ihrer Bewohner bewacht; andere von Paaren hölzerner Ruder, groß genug für die Hände eines Riesen.

Über diese Straßen und von Haus zu Haus bewegte sich ein stetiger Fluß von Menschen, alle in lange Hemden und Sandalen gekleidet, Männer wie Frauen. Die Männer trugen bunte Muster auf die linke Wange gemalt, während die Frauen sich mit broschenähnlichen Nadeln schmückten, die sie in ihrem kunstvoll gelockten und aufgesteckten Haar trugen – beides diente dazu, das »Haus« oder den Klan des Trägers oder der Trägerin zu kennzeichnen. Die Menschen fühlten sich so sicher, daß sie ihre Kinder auf den Straßen umherrennen und auf öffentlichen Plätzen und in privaten Gärten spielen ließen.

Selbstverständlich wurde dieser Luxus teuer bezahlt – mit Menschenleben, denn Myleton war das Zentrum des Sklavenhandels der nördlichen Inseln. Mit genügend Geld und ein wenig Geduld konnte ein Käufer hier jede Art von Sklaven finden, von einem Schreiber über eine Hebamme bis zu einem Arbeiter – hin und wieder sogar einen Barbaren aus Deverry, obwohl die letzteren selten waren. Die Gesetze waren in solchen Dingen sehr streng: Deverrianer konnten nur für bestimmte Straftaten in die Sklaverei verkauft werden, wie das Nichtzahlen sehr hoher Schulden, Zerstörung wichtigen öffentlichen Eigentums oder kaltblütigen Mord. Die Archonten der diversen Stadtstaaten hatten nicht vor, eines Tages in ihrem Hafen eine Kriegsflotte blutrünstiger Barbaren vorzufinden, die einen ungerecht verurteilten Verwandten retten wollten.

Daher konnte man solch exotische Güter seltener auf den öffentlichen Sklavenmärkten unten am Hafen finden, wo Kriegsgefangene, Kriminelle und die Kinder von Sklaven im Staatsbesitz versteigert wurden, sondern eher auf den kleineren, privaten Märkten überall in Myleton. Ein solcher befand sich nicht weit vom Hafen entfernt, auf der anderen Seite des Regierungsplatzes, wo sich eine schmale, baumlose Gasse zwischen Gartenmauern wand. Im Verlauf dieser Gasse wurden die Mauern niedriger, bis sie endlich ganz verschwanden. Die Häuser wurden kleiner und ärmlicher, bis man zu einem Irrgarten von Hütten und Küchengärten kam. Hier und da beherbergte ein Schweinepferch ein paar grauborstige Schweine.

Endlich machte die Gasse eine letzte Biegung und ging in einen offenen Platz über, wo Unkraut die Pflastersteine auseinanderdrängte und Hühner scharrten und hin und wieder die Kinder angackerten, die auf dem Platz spielten. Auf der abgelegenen Seite ragte eine hohe Mauer auf, blau und rot gestreift und offensichtlich Teil eines Anwesens, mit einer eisenbeschlagenen Tür in der Mitte. Kein Schild war an dem weichen Holz angebracht, kein Name eingeschnitzt, aber jene, die davon wußten, hätten den Ort als Brindemos Markt erkannt. Jene, die dies nicht ahnten, taten besser daran, weiter ihrer Wege zu ziehen.

Jenseits der Mauer lag allerdings keine finstere Schreckenskammer. Es gab einen offenen Hof mit Grasbüscheln und ungepflegten Blütenpflanzen, in dem sich die Sklaven tagsüber aufhalten konnten, und saubere, wenn auch etwas schäbige Schlafräume, wo jedes dieser wertvollen Besitztümer über sein eigenes Bett verfügte. Dazu ein Waschhaus, wo sich jeder waschen oder baden konnte. Das Essen war zwar nicht so gut wie am Tisch eines Reichen, doch es gab genug davon, und Brindemo und seine Familie aßen aus demselben Topf wie ihre

Handelsware. Brindemo war in bestimmten Kreisen dafür bekannt, daß er Sklaven kaufte, die andere Händler ablehnen würden – Sklaven, deren Kaufurkunde vielleicht nicht ganz in Ordnung war, Sklaven, die unter Drogen zu ihm geführt wurden. Hin und wieder war auch ein argloser Bettlerjunge ohne Verwandte, die ihn vermissen würden, in Brindemos Hof gegangen, um sich ein Stück Brot zu erbetteln, und nie wieder aufgetaucht.

Da der Verkauf von Barbaren so streng reglementiert war, zögerte Brindemo, nachdem ein solcher mit einer etwas zweifelhaften Kaufurkunde in seinen Besitz gekommen war, ihn weiterzuverkaufen. Normalerweise hätte er eine solche Seltenheit sofort den großen Häusern von Myleton angeboten und einen hohen Preis verlangt. Der Barbar, um den es diesmal ging, war Anfang zwanzig, sehr gutaussehend mit rabenschwarzem Haar und kornblumenblauen Augen, seine Umgangsformen wiesen zumindest auf Kontakt mit adligen Familien hin, und was das beste war, er sprach einiges Bardekianisch und lernte mit einer Geschwindigkeit, die auf ein seltenes Sprachtalent schließen ließ. Kurz gesagt, hätte er einen hervorragenden Leibdiener abgegeben, mit der Chance, sich eines Tages bis zum Haushofmeister hochzuarbeiten, einem geschätzten Mitglied des Haushaltes, dem sicher am Ende die Freiheit geschenkt, wenn nicht sogar die Adoption in den Klan gewährt werden würde.

Leider gab es da diese Kaufurkunde und die unangenehme Tatsache, daß der Sklave sich nicht einmal an seinen Namen erinnern konnte. Seine vorherigen Besitzer hatten ihn Taliaesyn genannt, aber er war nur zu bereit zuzugeben, daß der Name ihm nichts bedeutete. Er konnte sich an überhaupt nichts erinnern, nicht an seine Familie, nicht an seine Heimatstadt – nur an ganz wenige Einzelheiten aus seinem Leben, die weiter als der Tag seines Verkaufs zurücklagen. Seine früheren Besitzer hatten ihm Opium eingegeben, damit er ruhig blieb, also sorgte Brindemo jetzt dafür, daß er viel und gut zu essen bekam und soviel Schlaf, wie er wollte. Leider hatte diese Behandlung keine Wirkung; Taliaesyn konnte sich nicht an mehr erinnern als zuvor.

»Du enttäuschst mich, Taliaesyn aus Pyrdon«, meinte Brindemo eines Abends auf deverrianisch. »Aber zweifellos enttäuschst du dich auch selbst.«

»Selbstverständlich.« Der Sklave bedachte ihn mit seinem seltsam liebenswerten Lächeln. »Wer würde nicht die Wahrheit über sich selbst wissen wollen?«

»Ha! Es gibt so viele Menschen, die die Wahrheit über sich selbst tief in ihrem Herzen verbergen, wo sie sich ihr nie stellen müssen. Vielleicht bist du einer von denen. Hast du etwas so Schreckliches getan, daß du lieber alles vergißt, als dich daran zu erinnern?«

»Kann sein. Sehe ich aus wie ein solcher Mann?«

»Nein, obwohl ich dich trotz deiner Liebenswürdigkeit und deiner guten Umgangsformen für gefährlich halte. Ich würde dir nie ein Schwert und auch keinen Dolch überlassen.«

Taliaesyn wandte den Blick ab, als sei ihm plötzlich etwas eingefallen.

»Ein Dolch«, flüsterte Brindemo. »Das Wort bedeutet dir etwas?«

Der Sklave sprach langsam, beinahe zögernd. »Ich finde die Erinnerung nicht. Das Wort hat nur etwas in meinem Geist berührt.«

Brindemo seufzte.

»25 Zotars! Ich könnte dich leicht für 25 Goldzotars loswerden, wenn wir nur die Wahrheit herausfinden könnten. Weißt du, wieviel ein Zotar wert ist?«

»Nein.«

»Man würde dafür zehn Schweine bekommen, und fünf davon fruchtbare Säue. Also ergeben 25 Zotars … oje!«

»Mein Herz blutet für Euch.«

»Ich kann dir deinen Sarkasmus nicht übelnehmen. Es ist ein gutes Zeichen. Dein Geist erwacht wieder zum Leben. Hör zu, ich habe heute abend einen Gast. Er hat viele Jahre als Weinhändler in Deverry verbracht. Er erkennt dich vielleicht, oder er weiß etwas, das deine Erinnerungen weckt. Ich kann es einfach nicht ertragen! 25 Zotars, und hier sitzt du und bist unverkäuflich!«

Während sie auf Arrianos Ankunft warteten, lehrte Brindemo den Sklaven, wie man ordentlich Wein eingießt und ein Tablett mit Bechern unter den Gästen herumreicht. Taliaesyn nahm die Lektion voller Interesse entgegen, wie ein intelligentes Kind, das sich entschlossen hat, seine Eltern zu erfreuen, indem es etwas tut, was ihm selbst eigentlich lächerlich vorkommt. Aber Brindemo war sich stets bewußt, daß Taliaesyn nur deshalb so fügsam war, weil er sein Gedächtnis verloren hatte. Der Mann bewegte sich wie ein Messerkämpfer – die Berufsathleten für die Arena waren der einzige Vergleich, der Brindemo für diese geschmeidige Art, sich zu bewegen, und für diese Haltung, die gleichzeitig entspannt und wachsam war, einfiel –, und es war im Grunde beunruhigend, ihn mit diesem Silbertablett zu sehen; als trüge ein Löwe ein Halsband und spazierte hinter seiner Herrin drein wie eine Hauskatze. Ich hätte ihn nie kaufen sollen, dachte Brindemo betrübt, ich hätte Baruma wieder wegschicken sollen. Aber das machte sein Elend nur noch schlimmer, weil er genau wußte, daß er nicht in der Situation war, diesem Mann, der als Baruma bekannt war, etwas zu verweigern.

Pünktlich zum Klang der Tempelglocken, die die Sonnenuntergangswache einläuteten, stand Arriano vor der Tür. Brindemo öffnete ihm persönlich und bat ihn dann in die Haupthalle, ein langgezogenes Zimmer mit blauweiß gekacheltem Boden und dunkelgrünen Wänden. An einem Ende des Raumes befand sich ein niedriges Podest, bedeckt mit bunten Kissen, die um einen Messingtisch arrangiert waren. Nachdem sie sich auf den Kissen niedergelassen hatten, reichte Taliaesyn die Weinbecher herum, dann hockte er sich respektvoll auf die Kante des Podestes. Arriano, ein faltiger, alter Mann, der seine Kahlheit unter einer weißen Leinenkappe verbarg, betrachtete ihn mit nicht unfreundlichem Lächeln.

»Nun, Taliaesyn«, sagte er. »Unser Brindemo hier sagt, du kämst aus Pyrdon.«

»Das hat man mir gesagt, Meister.«

Arriano zog die buschigen Brauen hoch.

»Rede deverrianisch mit mir. Aber was? Ach, ich weiß. Beschreibe dieses Zimmer.«

Als Taliaesyn ihm etwas verwundert gehorchte, lauschte Arriano mit schief gelegtem Kopf. Dann fiel er dem Sklaven ins Wort.

»Pyrdon? Ha! Du kommst aus Eldidd, Junge, darauf würde ich gutes Geld wetten – und zwar von der Küste.« Er wandte sich wieder Brindemo zu und sprach auf bardekianisch weiter. »Sie haben dort eine sehr auffallende Art zu reden. Wie du wahrscheinlich erwartet hattest, hat Baruma gelogen wie ein Skorpion.«

»Mögen die Füße der Götter ihn zertreten!« Brindemo spürte, wie ihm Schweiß über den Rücken lief. »Ich nehme an, daß dir dieser angebliche Sklave nicht bekannt ist?«

»Nicht so, daß ich ihm seinen wahren Namen nennen könnte. Seinen Bewegungen und seinen Manieren nach zu schließen, würde ich meinen, daß er aus einem Adelshaus stammt.«

»Wie bitte? Ich dachte eigentlich, er sei ein Messerkämpfer oder Boxer oder so etwas gewesen.«

»Du vergißt, mein lieber alter Freund, daß in Deverry alle Aristokraten Krieger sind. In diesen Kreisen bringt man schon den Kindern bei, wie man kämpft.«

Brindemo stöhnte, aber es verschaffte ihm keine Erleichterung. Taliaesyn lauschte mit verständlicher Faszination.

»Ein Adliger?« sagte der Sklave schließlich. »Dieser Baruma sagte, ich sei der Sohn eines Kaufmanns.«

»Baruma lügt, wie der Regen fällt«, sagte Arriano. »An deiner Stelle, Brindemo, würde ich nicht mehr an Zotars denken, sondern versuchen, diesen Mann so schnell wie möglich loszuwerden – aber an einen anständigen Meister. Wenn seine Verwandten hier vorbeikommen und in ihren barbarischen Herzen nur an Rache denken …«

»Ich weiß, ich weiß.« Brindemo konnte vor Enttäuschung kaum sprechen. »Aber 25 Zotars …«

»Kein Gold der Welt wird helfen, dir den Kopf wieder auf die Schultern zu nähen, wenn …«

»Ach, sei still! Du hast natürlich recht. Baruma wollte, daß ich ihn in die Minen oder auf eine Galeere verkaufe, aber das ist vollkommen unmöglich, wenn dieser Mann ein Adliger ist.«

»Das sollte man denken! Möge sich Barumas Schließmuskel lockern und sich seine Männlichkeit verstopfen!«

»Und mögen eines Tages kranke Affen sein Herz fressen! Also gut. Ich werde ihn verkaufen, sobald ich den richtigen Käufer finden kann. Wenn du von jemandem hörst, laß es mich wissen – selbstverständlich gegen eine Kommission.«

»Selbstverständlich.«

Arriano streckte die Hand aus. »Mehr Wein, Taliaesyn.«

Obwohl Taliaesyn den Wein mit all der Höflichkeit servierte, die man ihn gelehrt hatte, bereitete sein brütender Blick Brindemo tiefes Unbehagen. Um meiner selbst willen sollte ich ihn so schnell wie möglich hier wegschaffen, dachte er, aber, oh, 25 Zotars!

Man hatte Taliaesyn einen eigenen Verschlag zum Schlafen zugeteilt, weil Brindemo befürchtete, er werde sonst mit den anderen Sklaven klatschen. Wenn Baruma zurückkam, war es weder im Interesse des Sklaven selbst, noch in dem des Händlers, ihn wissen zu lassen, daß sie versucht hatten, seinem Geheimnis auf die Spur zu kommen. In dem Verschlag war zwar nur Platz für einen Strohsack auf dem Boden und eine Öllampe in einer kleinen Nische in der Wand, aber zumindest war Taliaesyn hier allein. Nachdem man ihn für die Nacht eingeschlossen hatte, saß er lange Zeit auf dem Strohsack und dachte darüber nach, was Arriano ihm gesagt hatte. Es war kein Öl mehr in der Lampe, aber er konnte im Mondlicht, das durch das kleine Fenster hereinfiel, hervorragend sehen. Ihm fiel sogar auf, wie ungewöhnlich gut er im Dunkeln sehen konnte. Zuvor hatte er das für selbstverständlich gehalten.

Einer nach dem anderen kam das Wildvolk und gesellte sich zu ihm, vor allem Gnome, alle blau und grau und purpurn gefleckt, ziemlich anders als die in Deverry – oder zumindest anders als jene, an die er sich erinnerte. Im Augenblick traute er keiner seiner spärlichen Erinnerungen. Wer wußte schon, ob es wahr war oder eine weitere Lüge Barumas? Er hatte allerdings ein deutliches Erinnerungsbild von einfarbigen Gnomen vor sich, insbesondere eines grauen, der eine Art Freund gewesen sein mußte. Offensichtlich war er seit einiger Zeit in der Lage, diese kleinen Geschöpfe zu sehen.

Die Fähigkeit, sich mit Geistern anzufreunden, paßte überhaupt nicht zu seinem Bild von deverrianischen Adligen, und so dachte er einige Zeit darüber nach. Er erinnerte sich zwar an wenig, was ihn selbst anging, aber seine allgemeine Kenntnis der Welt schien noch intakt zu sein, und er war sicher, daß der durchschnittliche Krieger und Lord in Deverry sich nicht mit dem Wildvolk unterhielt. Aber hier war ein ganz besonders mutiger Gnom, in schmutzigem Grün und gräulichem Purpur und mit erstaunlich vielen Warzen auf dem Rücken, der ihm auf den Schoß kletterte und ihm die Hand mit der kleinen Klauenpfote tätschelte, als wäre das die normalste Sache auf der Welt.

»Guten Abend, kleiner Bruder.«

Als der Gnom grinste, enthüllte er leuchtend purpurfarbene Reißzähne, dann schmiegte er sich in Taliaesyns Schoß, wie eine Katze. Während der junge Mann ihn zerstreut hinter den Ohren kraulte, spürte er, wie etwas in seinem Geist bohrte, wie ein Splitter, der sich wieder aus dem Finger hervorarbeitet. Das Wildvolk und selbst dieser Ausdruck »kleiner Bruder« hatten eine tiefe Bedeutung für ihn. Sie würden ihm einen wichtigen Schlüssel liefern können, wenn er nur an das richtige Schloß denken könnte. Es war ein Geheimnis, ein tief vergrabenes Geheimnis – etwas, das vielleicht sogar Baruma nicht wußte.

»Ich wünschte, ihr könntet reden. Wißt ihr, wer ich bin?«

Alle nickten.

»Dann kennt ihr also meinen Namen?« Aber diesmal lautete die Antwort nein.

»Aber irgendwie erkennt ihr mich?«

Wieder ein Ja. Er fragte sich, ob er jemals zum Grübeln geneigt hatte – wahrscheinlich nicht, wenn er die Leute eher an einen Kriegsherrn oder Messerkämpfer erinnerte. Die einzelnen Stückchen der Wahrheit, die ihm nach und nach einfielen, paßten noch weniger zusammen als Barumas Lügen. Er war also ein Adliger oder ein Athlet, aber er sah auch das Wildvolk, und sie betrachteten ihn als Freund. Wieder dieses Aufblitzen einer Erinnerung, die dann doch nicht greifbar wurde! Hielten sie ihn für einen Freund oder gar für einen Verwandten? Seine Nackenhaare sträubten sich, als er das laut aussprach.

»Oder für einen Verwandten. Ich sollte wissen, was das bedeutet – verflucht soll es sein, bis zur dritten Hölle!«

Aber er konnte sich nicht erinnern. Ganz plötzlich wurde er wütend, wütend auf seinen Kopf, wütend auf Baruma, wütend auf dieses absurde Schicksal, das ihn hierher verschlagen hatte, ihn zu einem Stück menschlichen Abfalls in Brindemos Sklavengeschäft gemacht hatte. Er schlug mit der Faust gegen die Wand, und Schmerz und Zorn mischten sich zu einem kurzen Augenblick der Klarheit seines verstümmelten Bewußtseins. Das Westvolk! Die Elcyon Lacar, die Elfen. Sie sahen das Wildvolk; sie nannten sie kleine Brüder. Er hatte einmal Elfen gekannt, oder? War er nicht in einen Krieg gezogen, mit einigen von ihnen als Verbündete? Vor langer Zeit?

»Oder einer ihrer Verwandten«, flüsterte er kaum hörbar.

Trotz der warmen Nacht wurde ihm plötzlich eiskalt. Es ist immerhin für einen Menschen nicht ganz einfach zu begreifen, daß er nicht vollkommen menschlich ist.

Taliaesyn blieb noch weitere zwei Tage bei dem Sklavenhändler. Obwohl er sein Bestes tat, sich weiter zu erforschen, fand er das ausgesprochen schwierig und bestätigte damit seinen Verdacht, daß er nie dazu geneigt hatte, viel auf seine Gedanken zu achten. Er erinnerte sich allerdings an eine Kleinigkeit, an eine Art Schmuckstück. Obwohl er sich nicht genau erinnern konnte, was es war, war Taliaesyn sicher, daß Baruma ihm ein wertvolles Stück Silberschmuck gestohlen hatte, ein Erbstück oder so etwas, das ihm von einem Mitglied seines Klans oder jemandem, den er bewunderte, übergeben worden war – er war nicht sicher. Er wußte allerdings, daß es eine Schande war, dieses Schmuckstück verloren zu haben, und daß er für immer entehrt sein würde, wenn er Baruma nicht wiederfand und es zurückholte. Die Scham verstärkte seinen Haß, bis er manchmal lange Stunden davon träumte, Baruma auf die eine oder andere schreckliche Art umzubringen.

Am Morgen des dritten Tages saß Taliaesyn draußen im Hof, als Brindemo einen Kunden brachte, der ihn sehen wollte. Der Kunde war ein hochgewachsener Mann, ziemlich dunkelhäutig, mit kurzgeschnittenem, lockigem, schwarzem Haar und zwei grünen, auf die Spitze gestellten Karos, die er sich auf die Wange gemalt hatte. Seine aufrechte Haltung legte nah, daß er einmal Soldat gewesen war, und mehrmals warf er Brindemo einen eher verächtlichen, ungläubigen Blick zu, als der Sklavenhändler Taliaesyns Loblied sang und ihm eine falsche Geschichte zurechtdichtete.

»Ausgesprochen gute Manieren, Herr – der Sohn eines Kaufmanns und sehr gebildet, aber nun ja, er hatte Geschmack am Glücksspiel gefunden und ist drüben in Mangorio in schlechte Gesellschaft geraten und …«

»Kannst du gut mit Pferden umgehen?« sprach der Kunde Taliaesyn direkt an. »Die meisten Deverrianer können das.«

»Ja. Ich bin mein Leben lang geritten.« Noch während er das sagte, erinnerte er sich an eine andere Kleinigkeit aus seinem früheren Leben: ein schwarzes Pony, das er als Kind sehr gern gehabt hatte. Die Erinnerung war so lebhaft, so kostbar, daß er nicht mehr hörte, was der Kunde als nächstes sagte, weil er sich so sehr anstrengte, sich an den Namen des Tieres zu erinnern.

Plötzlich holte der Kunde aus und schlug ihn – direkt ins Gesicht. Ohne nachzudenken, parierte Taliaesyn mit dem linken Handgelenk und holte zu einem Gegenschlag aus. Brindemos entsetzter Schrei brachte ihn wieder zu Verstand. Taliaesyn hätte blutig gepeitscht werden können, weil er gegen einen freien Mann ausgeholt hatte, aber der Kunde lachte nur und schlug ihm freundlich auf die Schulter.

»Ich denke, du bist in Ordnung. Ich führe eine Karawane in die Berge. Einer meiner Maultiertreiber ist krank geworden, und ich habe keine Zeit, einen freien Mann zu finden, der seine Stelle einnimmt.«

»Wie bitte, geehrter Herr?« Brindemos Kinn zitterte vor Empörung. »Ihr wollt einen wertvollen Barbaren als Maultiertreiber benutzen?«

»Nur eine Weile. Ich bin sicher, daß ich ihn später mit gutem Profit weiterverkaufen kann. Arriano sagte mir, dieser Mann müsse um Euret- und seinetwillen verschwinden, und das kann ich bewerkstelligen.«

»Er hat Euch *was* gesagt?« Die Stimme des Sklavenhändlers erhob sich zu einem schrillen Jammern.

»Ihr könnt mir vertrauen. Acht Zotars.«

»Ihr seid ein Strauchdieb! Ihr wollt mich aus dem Geschäft treiben!«

Damit war das Feilschen ernsthaft in Gang gekommen. Lange Zeit beleidigten sie gegenseitig ihre Motive und ihre Ahnen auf dem Höhepunkt ihrer Lungenkraft, bis sie sich schließlich auf 16 Zotars geeinigt hatten. Dann zückte Brindemo die ursprüngliche Kaufurkunde, die Taliaesyns neuer Meister mit einem ironischen Lächeln überflog, als staune er über eine so ungeschickte Fälschung.

»Ich werde Euch selbstverständlich eine neue Urkunde ausstellen«, meinte Brindemo.

»Selbstverständlich. Mein Name ist Zandar aus Danmara.«

Als Brindemo ins Haus watschelte, um die neue Urkunde auszuschreiben, verschränkte Zandar die Arme und betrachtete Taliaesyn kühl.

»Wenn du ehrlich zu mir bist, Junge, werde ich dasselbe tun. Wenn deine Verwandten uns finden, werde ich dich für nur wenig mehr, als ich gezahlt habe, weiterverkaufen – immer vorausgesetzt, daß du dich anstrengst und mir keinen Ärger machst. Einverstanden?«

»Ja. Ich nehme nicht an, daß freie Männer die Hände von

Sklaven schütteln, oder ich würde Euch meinen Handschlag anbieten.«

»Hier werden ohnehin keine Handschläge ausgetauscht wie in deinem Land, also solltest du das nicht als Beleidigung betrachten. Es kam mir immer als ein ungesunder Brauch vor, jemandem die Hand zu reichen, den man kaum kennt. Du wirst mit einem Stab bewaffnet sein, wie die anderen Männer. Schwörst du, daß du ihn nicht gegen mich verwenden wirst?«

»Bei den Göttern meines Volkes.«

»Also gut!«

Gegen seinen Willen empfand Taliaesyn so etwas wie Achtung für diesen Mann. Er hätte ihn wahrscheinlich sogar gemocht, entschied er, wenn sie einander unter anderen Bedingungen begegnet wären. Zandar betrachtete ihn weiterhin prüfend.

»Silberdolch«, sagte er abrupt. »Bedeutet das Wort dir etwas, Junge?«

Taliaesyn spürte, wie er den Kopf hochriß wie ein erschrockener Hirsch.

»Das dachte ich mir. Es würde zu dem passen, was man mir über deine geheimnisvolle Herkunft erzählt hat.«

»So ist es. Bei allen Göttern!« Er drehte sich auf dem Absatz herum und begann, vor Aufregung auf und ab zu gehen, während sich Erinnerungen an den Rand seines Gedächtnisses drängten. Er spürte das Gewicht geradezu in seiner Hand, die vollkommene Balance des Silberdolchs, er sah den Griff mit den drei Silberkugeln vor sich, das Wappen, das in die Klinge eingraviert war – einen herabstoßenden Falken. Plötzlich traten ihm Tränen in die Augen, und er sah ein anderes Bild: das grimmige, narbige Gesicht eines Mannes mit graumeliertem, blondem Haar und eisblauen Augen; ein kalter Mann, hart wie Stahl, aber einer, der ihn liebte.

»Ich glaube, ich habe mich gerade an meinen Vater erinnert, und bei den Höllen, er war kein Kaufmann.«

»Dessen waren wir uns ziemlich sicher, Junge. Wie heißt er? Denk nach.« Er senkte die Stimme zu einem Flüstern. »Versuch, dich an seinen Namen zu erinnern.«

Taliaesyn spürte diesen Namen, versuchte angestrengt sich zu erinnern … und scheiterte.

»Es geht nicht.« Ihm war kalt vor Hoffnungslosigkeit. »Nun, wenn ich ein Silberdolch war, braucht Ihr Euch keine Gedanken über Verwandte zu machen, die mich auslösen wollen. Sie werden zweifellos froh sein, daß sie mich für immer los sind.«

»So mancher Mann hat sich schon aus der Sklaverei hochgearbeitet. Du mußt einfach nur klug genug sein und bereit, weitere bezahlte Arbeiten anzunehmen, nachdem du deine Pflichten für deinen Herrn erfüllt hast.«

Taliaesyn nickte zustimmend, aber in Wahrheit hörte er kaum zu. Wieder erinnerte er sich an den Dolch, und nun wußte er, was Baruma ihm gestohlen hatte, wußte, wieso er diesen Dolch zurückhaben mußte und wieso er Baruma dafür umbringen würde. Er würde Zandar nie etwas antun, aber er hatte nicht geschworen, nicht bei der ersten Gelegenheit zu fliehen. Selbst wenn man ihn als entkommenen Sklaven in Stücke reißen würde, würde er versuchen, erst seine Rache zu nehmen und dann in dem Bewußtsein sterben, daß er als Mann gestorben war.

Auf der dem Hafen abgewandten Seite der Stadt zog sich Myleton an einem breiten Fluß entlang. Direkt am Ufer lag ein Netz von Gassen, heruntergekommenen Lagerhäusern und hölzernen Kais, an denen bunte Kähne in der Strömung trieben. Hinter diesem Viertel befand sich flaches, offenes Weideland, wo Karawanen mit ihren Packtieren lagern konnten. Dort wartete Zandars Karawane, um zwei steinerne Feuerkreise geschart. Es war eine große Karawane: 30 Maultiere und zwölf Pferde, um die sich neun Freie und nun auch ein Sklave kümmerten.

Mit Hilfe von Zeichensprache und Pantomime, zusätzlich zu Taliaesyns größer werdenden Kenntnis des Bardekischen, halfen ihm die anderen Männer, sein neues Leben kennenzulernen. Man erwartete von ihm, daß er sich um die überzähligen Pferde kümmerte und alle möglichen Arbeiten erledigte, die eines Freien unwürdig waren: Feuerholz schneiden, Wasser holen, die Ausrüstung packen, bei den Mahlzeiten das Essen verteilen, obwohl einer der anderen Männer auch als Koch einsprang. Man behandelte ihn anständig, aber keiner sprach mit ihm, es sei denn, um ihm Befehle zu erteilen. Als Sklave schien er beinahe unsichtbar, wie ein Werkzeug, das nicht mehr zu existieren schien, wenn man es nicht gerade brauchte. Wenn es Essenszeit war, erhielt Taliaesyn seine Mahlzeit als letzter und aß sie in respektvollem Abstand zu den anderen. Wenn alle danach am Feuer saßen und sich unterhielten, schrubbte er die Kochtöpfe und wusch die Schalen aus. Obwohl er ein paar Tage bei Brindemo gehabt hatte, um sich zu erholen, war er von der langen Überfahrt immer noch so erschöpft, daß sich ihm am Ende des Abends der Kopf drehte. Als er einschlief, wurde ihm klar, daß es einige Zeit dauern würde, bis er ernsthaft an Flucht denken konnte.

Als die Karawane am nächsten Morgen aufbrach, zog sie nach Südosten, immer den Fluß entlang. Nach ein paar Meilen begriff Taliaesyn, wieso Zandar sich keine Sorgen um eine Flucht seines neuen Sklaven machte. Das Land hier war vollkommen flach, und meilenweit gab es nur kleine Bauernhöfe mit einigen wenigen Bäumen, die die Monotonie brachen. Gegen Mittag wandten sie sich vom Fluß ab und zogen direkt nach Süden, wo sie bald die Bauernhöfe hinter sich gelassen hatten und einer schmalen Karawanenstraße durch Grasland folgten. Ein entlaufener Sklave hätte hier keine Verstecke gefunden, keine Lebensmittel, keine Straße. Bei den Göttern meines Volkes, dachte Taliaesyn, ich werde warten müssen und sehen, wie es in den Bergen weitergeht.

Um diese Jahreszeit, wenn die Winterwinde bereits über Deverry heulten, war das südliche Meer so rauh, daß sich die kleine Barke ihren Weg nach Bardek erkreuzen mußte. Es konnte sein, daß sie eines Morgens vor einem starken Westwind völlig vom direkten Kurs abkamen, nur um dann am Nachmittag, wenn der Wind umschlug, mit viel Mühe wieder dorthin zurückzusegeln. Ringsum erstreckte sich der Ozean im winterlichen Blau und breitete sich beinahe endlos zum graunebligen Horizont aus. Wenn man die Jahreszeit bedachte, war die Barke vermutlich das einzige Schiff draußen auf See. Die Besatzung von fünfzehn Mann murrte über den Entschluß des Kapitäns, noch nach Süden zu fahren, aber sie murrten eigentlich immer über irgend etwas. Sie waren rauhe Burschen, alle mit Schwertern bewaffnet, und stritten sich ununterbrochen, aber den beiden Passagieren des Schiffs brachten sie einigen Respekt entgegen. Wann immer Salamander, der Gerthddyn, und sein Leibwächter, ein junger Silberdolch, der angeblich Gilyan hieß, morgens zum Luftschnappen an die Reling traten, verbeugten sich die Piraten höflich, hielten sich vom Deck fern und machten dabei das Zeichen gegen Hexerei. Hätten sie den kleinen grauen Gnom, der die beiden begleitete, sehen können, wären sie auf der Stelle davongerannt.

»Oh, der Ruf der See!« bemerkte Salamander an einem kühlen Morgen. »Das weite und windgepeitschte Meer, und vor uns ein fremdes Land mit exotischem Klima.« Er lehnte sich an die Reling und starrte in das schäumende Wasser am Bug. »Die frische salzige Luft, das Knarren der Taue und Segel – oh, es ist wunderbar.«

»Ich bin verdammt froh, daß du so denkst«, fauchte Jill. »Ich hätte lieber wieder ein gutes Pferd unter dem Hintern.«

»So spricht ein wahrer Silberdolch, Gillo, meine Turteltaube, aber du übersiehst einen großen Vorteil des Lebens an Bord: Man hat Freizeit. Zeit zu planen, zu intrigieren, über Rache nachzudenken, aber was das beste ist: Zeit für dich, Bardekianisch zu lernen.«

»Ist das schwer zu lernen?«

»Nein, überhaupt nicht. Ich habe es in der ersten Zeit, als ich hier war, innerhalb von ein paar Wochen aufgeschnappt.«

Salamander vergaß allerdings, daß er nicht nur halb Elfe war und die rasche Auffassungsgabe für Sprachen dieses Volkes geerbt hatte, sondern auch ein Mann mit einem ausgebildeten und disziplinierten Geist. Jill trieben ihre Studien in den Wahnsinn. Obwohl sie Salamanders endlosen Unterricht mitmachte, ging ihm ihre Sturheit nach Stunden in der stickigen Kabine gewaltig auf die Nerven. Es brauchte nur ein paar Tage, bis sein Geduldsfaden riß.

»Also wirklich!« fauchte er sie eines Morgens an. »Du mußt die Adjektive vor die Nomen stellen, du kleiner Dummkopf! Wenn du sagst ›orno mannoto‹, dann heißt das ›der Hunde zehn‹. Zehn Hunde sind ›mannoto orno‹.«

»Warum können diese Idioten nicht normal reden? Wenn es für den König gut genug ist, diese Zusätze hinter den Namen zu hängen, dann sollte es für sie auch ausreichen.«

Salamander stieß einen unmäßig lauten Seufzer aus.

»Vielleicht brauchen wir ein wenig Ruhe«, sagte er. »Ich hatte ohnehin vor, unser Geld zu zählen. Wieviel haben wir noch von dem, was Gwerbret Blaern uns gegeben hat? Diese Piraten mögen widerwärtig sein, aber billig sind sie nicht.«

Nachdem Jill die Tür verriegelt hatte, warfen sie ihr Geld zusammen und zählten es. Mit bebender langer Nase stand der Gnom auf dem Tisch und starrte das kostbare Gold an. Als

Salamander die zweite Rate ihrer Überfahrt beiseite legte, wirkte der Rest eher jämmerlich.

»Selbst wenn wir Rhodry sofort finden würden, müßten wir den ganzen Winter über in Bardek bleiben«, sagte Jill. »Ist es teuer dort?«

»Ja, aber die Menschen mögen immer eine gute Geschichte, ganz gleich wo sie wohnen. Also werde ich meinem bescheidenen Handwerk nachgehen, das allerdings auf diesen weltgewandten Inseln tatsächlich bescheiden aussehen wird. Die reichen Leute werden einem Geschichtenerzähler nicht viel zahlen, weil sie der Ansicht sind, daß so etwas nur für Bauern und Sklaven taugt.«

»Solange wir zu essen haben, brauchen wir nicht in Luxus zu leben.«

»Es mag ja sein, daß du nicht in Luxus leben mußt.« Mit einem entschieden trübseligen Seufzer begann Salamander, die Münzen wieder in versteckte Taschen in seiner Kleidung zu stopfen. Außerdem, wenn ich nicht reich bin, wie kann ich mir einen exotischen barbarischen Sklaven leisten?«

»Wie bitte? Du hast doch nicht vor, Sklaven zu kaufen?«

»Genau das, meine Turteltaube – wir werden Rhodry kaufen. Was glaubst du, was wir sonst tun? Ihn mit Gewalt zurückverlangen, oder ihn stehlen? Das ist ein zivilisiertes Land. Man kann nicht einfach den Leuten ihr Eigentum wegnehmen.«

»Bei jedem fettigen Haar am schwarzen Arsch des Höllenfürsten, ich will Rache und nicht auf einem Marktplatz feilschen!«

»Willst du auch für bewaffneten Überfall festgenommen werden? Jill, bitte, um der Götter unserer beider Völker willen, hör auf das, was ich sage, wenn wir in Bardek sind. Wenn wir Ärger machen, können wir auf Jahre im Gefängnis verschwinden, und das wird Rhodry nicht helfen.«

Nachdem er das Geld versteckt hatte, lehnte sich Salamander auf der schmalen Pritsche zurück und strich mit langen, nervösen Fingern über die Decke, während er nachdachte. Ganz plötzlich lachte er, und seine rauchgrauen Augen blitzten vor Vergnügen.

»Ich habe es, meine Süße, mein Adlerküken! Ich werde als Zauberer auftreten und nicht als …« Er fuchtelte mit der Hand, und blaues Feuer tanzte auf seinen Fingerspitzen. »Krysello, der barbarische Zauberer aus dem hohen Norden!« Ein weiteres Fingerschnippen brachte einen Schauer roter Funken hervor. »Kommt und seht die Wunder der Nordländer! Bringt die Kinder, bringt die alte Großmutter und findet selber heraus, ob Spiegel und Pulver im Spiel sind oder ob der barbarische Zauberer all das ist, was er behauptet zu sein.« Er fuchtelte mit beiden Händen, und eine purpurne Flammenwand mit goldenen Rändern trieb hoch zur Kabinendecke, um sich dort harmlos aufzulösen. »Bei den Höllen, sie werden die Münzen händeweise nach uns werfen.«

»Zweifellos, wenn sie wirklichen Dweomer zu sehen bekommen. Aber was würde Nevyn davon halten?«

»Gibt Elfenhaut gutes Leder ab? Laß uns zutiefst hoffen, daß Nevyn nie etwas von meiner Schaustellertätigkeit erfährt, oder wir werden auch die Sache mit dem Leder herausfinden können. Aber siehst du denn nicht, Jill, was für eine gute Lösung das ist? Unsere Feinde werden keinerlei Verdacht schöpfen, weil sie keinen Augenblick glauben werden, daß jemand echten Dweomer auf dem Marktplatz vorführt.« Entzückt rieb er sich die Hände und produzierte dabei eine kleine Fontäne silberner Flammen. »Laß mich sehen … genau, du kannst meine schöne, barbarische Helferin sein. Seht die schöne Jillanna, Prinzessin eines wilden Stammes aus Deverry! Seht, wie sie ein Schwert trägt wie ein Mann! Du wirst selbst begeistert sein.«

»Meinen untertänigsten Dank. Da wäre es ja noch besser, als dein Lustknabe zu reisen!«

Salamander hörte auf zu lächeln und betrachtete sie einen Augenblick.

»Es tut mir leid, Jill. Ich weiß, daß du dir Sorgen machst. Wir sind auf einer schwierigen Suche, aber wir werden Rhodry retten. Versuch nicht zu grübeln.«

»Nicht grübeln? Ihr Götter, er ist in den Händen der Habichte der Bruderschaft!«

»Denk daran, daß das vielleicht gar nicht zutrifft. Snilyn, der Pirat, war da ganz eindeutig: Sie wollten ihn leben lassen und verkaufen.«

»Das haben sie jedenfalls Snilyn gesagt.«

»Nun gut.«

Kalte Angst drang zwischen die beiden wie der Wind vom Meer. Salamander schüttelte sich wie ein Hund, dann riß er sich aus der drohenden Verzweiflung.

»Laß mich dich unterhalten, meine Turteltaube. Der große Krysello sollte sowieso lieber sein verblüffendes Repertoire an Wundern üben.«

Und es erwies sich, daß Salamander tatsächlich mit Hilfe des Wildvolks von Feuer und Aethyr eine erstaunliche Vorstellung von wahrer Magie, die er als falsche ausgab, veranstalten konnte. Er ließ blaue Feuerbälle tanzen, Vorhänge roter Flammen aufflackern, Funken glitzernd wie Regen niedersinken und Miniaturblitze aufflackern. Vor allem im Dunkeln würde die Vorstellung sehr beeindruckend sein. Nachdem er die optischen Effekte erst einmal beherrschte, erfüllte er die Luft mit Hilfe des Wildvolks mit Krachen, Dröhnen und Zischen. Am Ende warf er einen goldenen Feuerball hoch in die Luft und ließ einen Miniaturdonner grollen, während sich das Feuer in einer Kaskade auflöste. Nachdem das Dröhnen verklungen war, hörte man ein furchtsames Klopfen an der

Tür. Als Jill öffnete, fand sie sich einem bleichen Piraten gegenüber.

»Äh«, sagte er und leckte sich nervös die Lippen. »Ist bei Euch alles in Ordnung?«

»Ja. Warum?«

»Wir haben diese Geräusche gehört.«

»Das war nur mein Meister, der seine finsteren Künste studierte. Wollt Ihr etwa wagen, Euch einzumischen?«

Mit einem entsetzten Aufkeuchen drehte sich der Pirat um und floh. Nachdem Jill die Tür geschlossen hatte, brach Salamander in wildes Lachen aus.

»Jetzt hast du es erfaßt«, sagte er, als er wieder Luft bekam. »Ich glaube, wir werden das hervorragend schaffen.«

Baruma lehnte sich auf die Fensterbank seines Gasthauszimmers und schaute hinaus auf die im Zwielicht liegende Stadt Valanth. Tief drunten am Fuß des Hügels glitzerte der letzte Rest des Sonnenuntergangs auf dem breiten Fluß; hier und da flackerten Laternen hinter den Fenstern der Häuser auf oder glitzerten zwischen den Bäumen eines Gartens. Das Geräusch von Eselsglocken drang aus den weit entfernten Straßen zu ihm hinauf. An einem so schönen Abend war er geneigt, guter Laune zu sein. Er hatte nicht nur seine Arbeit für den Alten erfolgreich hinter sich gebracht, sondern auch seine anderen Angelegenheiten machten gute Fortschritte. Im Saum seines Hemdes war eine Anzahl von Diamanten eingenäht, die sich erheblich leichter tragen ließen als Gold. Obwohl er mit Gütern handelte, die auf keinem Markt offen verkauft werden konnten und von denen man in keiner Gildenhalle sprach, brachten sie jemandem, der wußte, wo er sie verkaufen konnte, einen guten Preis ein, und Barumas Gifte waren alle von höchster Qualität. Er probierte sie persönlich an Sklaven aus, um sich von ihrer Wirkung zu überzeugen. Während er darüber nachdachte, welchen seiner auserlesenen Kunden er als nächstes besuchen sollte, kratzte er sich den haarigen Bauch und suchte nach den winzigen blauen Flöhen, die eine der unangenehmen Nebenwirkungen des Reisens auf den Inseln waren. Es war Zeit, daß er Bardektinna verließ und nach Surtinna weitersegelte, denn schließlich lag sein letztes Ziel auf dieser Insel, weit oben in den Hügeln, wo der Alte lebte. Als es kühler wurde, schloß Baruma die Läden und wandte sich wieder seiner Kammer zu, einem luxuriösen Raum mit weißen Wänden und einem blau und grün gekachelten Boden. In einer Ecke lag Barumas Gepäck, darunter zwei große, in Segeltuch gewickelte Ballen, die er nie aus den Augen ließ. Jeder Zöllner, der seine Waren durchkämmte, würde dick bestickte, leinene Tischtücher, Servietten und dekorative Bänder für Hemden finden, von den Barbaren in Deverry hergestellt, um sie an die reichen Damen Bardeks weiterzuverkaufen. Aber nachdem Baruma diese Waren erst einmal in Händen hatte, erführen sie eine Veränderung. Er benutzte die traditionellen Muster als Etiketten, die für den Namen des Giftes standen, in dem das Tuch getränkt war. Wenn man das Tuch in Wasser oder Wein legte, konnte man das Gift zurückgewinnen, ohne den neugierigen Blicken der Männer des Archon aufzufallen.

In einer seiner Satteltaschen bewahrte Baruma Rhodrys Silberdolch auf, den er vor allem als Souvenir behalten hatte, als Andenken an diese ungeheuer vergnüglichen Stunden, die er damit verbracht hatte, Willen und Geist des Gefangenen zu brechen – außerdem machte die Waffe es einfacher, Rhodry wiederzufinden. Vor allem aus Langeweile holte Baruma den Dolch jetzt heraus, setzte sich dann auf ein dickes Kissen und konzentrierte sich, indem er in die Flamme einer Öllampe starrte. Da er einen halbmagischen Gegenstand in der Hand hielt, der von großer Bedeutung für Rhodry gewesen war, baute sich das Bild schnell auf. Im gelblichen Glühen des Dochtes sah Baruma Rhodry an einem Lagerfeuer sitzen und Eintopf aus einer Holzschale essen. Rhodry sah zwar müde aus, war aber weit davon entfernt, erschöpft zu sein, und er war nicht in Ketten. Offensichtlich gehörte er einer größeren Karawane an. Vor Wut verlor Baruma die Vision. Dieser dumme Brindemo! Warum hatte er Rhodry nicht in die Minen oder auf die Galeeren verkauft, wie man es ihm gesagt hatte? Sich kaum bewußt, was er da tat, stieß Baruma den Dolch ins Kissen. Dieser Verlust von Beherrschung zwang ihn aufzuspringen. Als er den Dolch wieder wegsteckte, schwor er sich, daß Brindemo für dieses Versagen zahlen würde. Die Gilden würden dem fetten Händler schon zeigen, was mit Leuten passierte, die sich gegen die dunklen Mächte wehrten. Was Rhodry selbst anging – da der Alte nichts darüber gesagt hatte, wohin man ihn verkaufen sollte, ging Baruma davon aus, daß er den Auftrag zu seiner Zufriedenheit erledigt hatte. Dann erinnerte er sich allerdings an die Drohung, an den kalten Haß im Blick des Deverrianers, als er an Deck des Schiffes gestanden und Baruma gedroht hatte, daß er irgendwann fliehen und ihn töten werde. Nur dumme Prahlerei, sagte er sich. Hier in Bardek haben Sklaven keine Chance zur Flucht. Dennoch spürte er, wie kalte Angst über seine Wirbelsäule kroch. Rhodry war genau die Art Mann, der für seine Rache alles aufs Spiel setzen würde, ganz einfach weil es ihm gleich war, ob er getötet wurde oder weiterlebte, nachdem er seine Beute umgebracht hatte.

Einen Augenblick dachte er daran, Rhodry selbst zu verfolgen, aber der Alte hatte ihm ausdrücklich verboten, den Barbaren zu töten. Sollte Rhodry sterben, mußte Baruma dafür sorgen, daß niemand erfuhr, welchen Anteil er daran gehabt hatte. Er würde den Barbaren vielleicht von seinem neuen Meister zurückkaufen und ihn selbst in die Minen verhökern –

aber die damit verbundenen Gefahren waren zu offensichtlich, wenn man die Gesetze über Barbaren und Sklaverei bedachte. Der Alte stellte eine noch erheblich größere Bedrohung dar. Sollte er auf die Idee kommen, daß Baruma nicht mehr vollkommen verläßlich war, würde er sich seines ehemaligen Schülers auf eine Weise entledigen, die die langen, ausgedehnten Hinrichtungsmethoden der Archonten gnädig erscheinen ließen. Immerhin blieb noch Brindemos Ungehorsam. Baruma konnte sich ein wenig damit trösten, zumindest den Sklavenhändler bestraft zu sehen.

Nahe dem Fluß, in einer schmalen Sackgasse, stand ein halb verfallenes Haus. Die Außenmauer der Anlage war stellenweise gerissen, der Stuck blätterte ab, und der Hof war so überwuchert, daß die Ahnenstatuen vollkommen unter Unkraut verschwanden. Das Haus selbst hatte einen großen Teil der Dachschindeln verloren, und auch hier waren die Mauern in schlechtem Zustand. Die Nachbarn glaubten, es gehörte einem alten Kaufmann, der sowohl sein Vermögen als auch seinen einzigen Sohn an Piraten verloren hatte, der danach den Verstand verloren hatte und sich nun weigerte, vor die Tür zu gehen und sich von irgend jemandem als seinen beiden uralten Sklaven sehen zu lassen. Baruma wußte es besser. Spät in der Nacht stand er vor dem Tor dieses Anwesens und klopfte in einem Rhythmus, den nur wenige kannten.

Kurz darauf öffnete sich das Tor einen Spalt. Ein alter Sklave spähte hinaus.

»Ich will mit deinem Meister sprechen. Sag ihm, daß Baruma aus Adelion hier ist, zurück aus Deverry.«

Der Sklave nickte.

»Ist er da? Wird er mich empfangen?«

Der Sklave zuckte die Achseln.

»Antworte mir, du unverschämter Narr!«

Der Sklave öffnete den Mund und zeigte den vernarbten

Stumpf einer Zunge, die ihm schon vor langer Zeit aus dem Mund geschnitten worden war.

»Nun gut, das hätte mir eigentlich klar sein müssen. Darfst du mich hereinlassen?«

Der Sklave nickte und führte ihn in den überwucherten Garten. Vorsichtig gingen sie über einen Pfad, dessen Pflastersteine gerissen waren und gefährlich wackelten. Dann betraten sie das Haus und gingen einen modrig riechenden Korridor entlang. All das war Kulisse für die Nachbarn und Kaufleute, die bis dorthin kommen mochten. Die eigentlichen Räume des Meisters befanden sich weiter hinten im Haus. Der Sklave bedeutete Baruma mit einer Geste, sich in einer mit gepolsterten Sesseln und rotgoldenen Teppichen möblierten Kammer niederzulassen, die von mehreren Lampen beleuchtet wurde. An einer Wand zeigte ein Fresko ein Pony und eine Barbarin bei einer seltsamen Art von Sport; Baruma betrachtete es interessiert, als er plötzlich bemerkte, daß er nicht mehr allein war.

Er fuhr herum und sah sich dem Meister gegenüber, der ihn überragte. Er brauchte seine ganze Willenskraft, um nicht erschrocken aufzuschreien. Der Meister lachte. Er war ein hochgewachsener Mann mit bläulich schwarzer Haut, trug ein weißes Seidenhemd und hatte sich eine Maske aus bester roter Seide über den Kopf gezogen. Um sein rechtes Handgelenk war ein zuschlagender Habicht tätowiert.

»Wäret Ihr einer meiner Aufträge, dann wärt Ihr jetzt tot, Baruma. Wollt Ihr mir Eure Ware zeigen? Ich bin sehr daran interessiert.«

»Das ehrt mich. Vielleicht können wir ja einen Handel abschließen. Eine der kleinen Ratten, die auf unseren Befehl hin und her huschen, hat mir nicht gehorcht. Ich kann nicht nach Myleton zurückkehren, um mich selbst um die Angelegenheit zu kümmern, aber er muß bestraft werden. Nicht getötet, aber er braucht eine schmerzhafte Lektion.«

»Nichts einfacher als das.« Der Meister zögerte kurz. »Dieser Narr wohnt also in Myleton.«

»Brindemo der Sklavenhändler.«

»Ah.«

Im flackernden Lampenlicht konnte Baruma durch die Seide nicht viel von den Zügen seines Gegenübers erkennen, aber er hatte den Eindruck, daß der Meister ihn forschend betrachtete. Seine Nackenhaare sträubten sich in ausgesprochen begründeter Angst.

»Einer meiner Männer hat Euch in das barbarische Königreich begleitet«, sagte der Meister schließlich. »Ich glaube, sein Name war Gwin.«

»Ja. Mir war nicht klar, daß er zu dieser bestimmten Gilde gehörte.«

»Es war nicht an ihm, es Euch mitzuteilen.« In seiner Stimme lag ein Hauch von Amüsement. »Er hat selbstverständlich vollständig Bericht erstattet.« Barumas Angst wuchs, als er sich an die Dreistigkeit des Habichts erinnerte. Ihm wurde plötzlich bewußt, daß niemand auch nur ahnte, wo er sich im Augenblick befand, und daß er für immer verschwinden konnte, wenn der Habichtsmeister das so wollte.

»Ich bin sehr interessiert an diesem Rhodry aus Aberwyn.« Der Meister legte die Fingerspitzen aneinander und schien sie genauestens zu studieren. »Obwohl Gwin und Merryc davon überzeugt sind, daß er adliger Herkunft ist, wissen wir wenig von ihm. Ich frage mich, wieso er für den Alten so wichtig war.«

»Das frage ich mich auch.«

Baruma hätte nicht sagen können, ob der Meister ihm glaubte oder nicht. Er ließ seinen Besucher einige Zeit warten, dann sagte er: »Ihr werdet also bald den dritten Abschnitt Eurer Studien vervollständigen?« Sein Tonfall war freundlich und beiläufig, und das war viel furchterregender, als es jedes unheimliche Flüstern gewesen wäre. »Ein Mann wie Ihr könnte ein wenig Rückhalt in der Bruderschaft brauchen.«

»Zweifellos.« Baruma wählte seine Worte sorgfältig und fragte sich, ob er hier auf Schwächen ausgehorcht wurde. »Wenn ein Mann den Weg der Macht geht, muß er wissen, wer hinter ihm steht.«

Der Meister lachte – ein kaltes, scharfes Bellen.

»Es gefällt mir, wie Ihr Euch ausdrückt, mein Freund, und Ihr sprecht die Wahrheit. Was ist, wenn ich mich selbst anbiete, Euch den Rücken zu stärken?«

»Ich würde mich äußerst geehrt fühlen, aber solche Unterstützung ist viel zu wertvoll, als daß Ihr sie mir umsonst offerieren würdet.«

»Das stimmt.« Die rote Seide raschelte, als der Meister nickte. »Viele in den Gilden fragen sich, was der Alte vorhat. Er ist sehr alt, mein Freund, älter als hundert Jahre, vielleicht sogar zweihundert. Wir fragen uns, ob er in diesem Alter wirklich noch klar denken kann. Habt Ihr ihn vor kurzem gesehen?«

Es hatte keinen Sinn zu lügen.

»O ja, vor relativ kurzer Zeit. Er kam mir so scharfsinnig vor wie immer. Körperlich ist er selbstverständlich sehr träge. Aber sein Geist ist immer noch … ich würde sagen furchteinflößend.«

»Aha. Wieder eine gute Wortwahl. Laßt mich eines klarstellen: Ich will dem Alten keinen Schaden zufügen. Falls die Blutgilden ihn loswerden wollten, würden wir nicht das Risiko eingehen, Euch ins Vertrauen zu ziehen. Habt Ihr das verstanden?«

»Ja. Aber etwas beunruhigt Euch?«

»Oh ja. Warum wollte er, daß dieser Rhodry von Aberwyn entführt und dann einfach hier auf den Inseln verkauft wird?«

»Das weiß ich wirklich nicht.«

»Ich hatte schon befürchtet, daß er es Euch nicht gesagt hat.

Er arbeitet an irgend etwas, an etwas sehr Kompliziertem und Seltsamem.« Abrupt stand der Meister auf. »Ich wittere Gefahr.« Er begann vor dem Fresko auf und ab zu gehen. »Und niemand erreicht in einer der Blutgilden eine Position wie die meine, ohne einen Instinkt für Gefahr zu haben. Ich will nur eines: Kehrt zur Villa des Alten zurück, wie Ihr es geplant hattet, und seht, ob Ihr etwas über diesen geheimnisvollen Plan herausfinden könnt. Das ist alles – nur Informationen. Was später geschieht, weiß niemand. Aber ich verspreche Euch, wenn sich jemand dem Alten entgegenstellen muß, dann werde ich das sein, nicht Ihr.«

»Das ist gut, denn Ihr wißt genau, daß ich nie gegen ihn ankommen könnte.«

»Ja.« Die Art, wie die Kapuze sich verzog, vermittelte den Eindruck, daß der Meister lächelte. »Und im Gegenzug werden wir Euch als Kandidat für den äußeren Kreis vorschlagen. Unsere Unterstützung hat großes Gewicht.«

»Das weiß ich, und wie ich schon sagte, ich fühle mich ausgesprochen geehrt.« Ein dünnes Rinnsal von Angstschweiß lief über Barumas Rücken, aber er zwang sich zu lächeln. »Und ich nehme an, daß Eure Leute diesem geheimnisvollen Rhodry auf der Spur bleiben werden?«

»Selbstverständlich. Der Mann, den Ihr als Gwin kennt. Er war die logische Wahl. Immerhin weiß er, wie der Sklave aussieht.«

Baruma zögerte und fragte sich, ob Gwin wirklich vertrauenswürdig war, was Rhodry anging, aber ein Streit mit einem Habichtsmeister stand nicht sonderlich hoch auf seiner Liste wünschenswerten Zeitvertreibs.

»Gut. Ich habe Grund zu glauben, daß Rhodry sehr viel gefährlicher ist, als der Alte ahnt.«

»Ach ja? Weil er geschworen hat, Euch zu töten?«

Der Hauch von Amüsement in der Stimme des Meisters

machte Baruma wütend, aber er ließ sich nichts davon anmerken.

»Ich hätte wissen müssen, daß Gwin das erwähnen würde. Ja, zum Teil geht es darum. Und könnt Ihr mir das übelnehmen? Ihr wißt ebenso wie ich, daß Barbaren durchaus bereit sind zu sterben, wenn das ihrer kostbaren Ehre dient. Kein vernünftiger, zivilisierter Mensch würde versuchen, seinem Besitzer zu entkommen, aber Rhodry von Aberwyn ist weder das eine noch das andere.«

»Da habt Ihr recht. Wißt Ihr, ich glaube, es wäre insgesamt sicherer, Rhodry in unseren Händen zu haben, als ihn mit diesem Gewürzhändler auf den Inseln umherziehen zu lassen.«

Barumas Herz klopfte lauter. Der Habichtsmeister wußte bereits mehr, als er gedacht hatte.

»Da bin ich ganz Eurer Meinung«, meinte er schließlich. »Ich nehme an, es fiele Euren Männern leicht, Rhodry lebend gefangenzunehmen. Darin war der Alte unbeugsam: Wir mußten ihn am Leben lassen.«

»Ach ja? Das ist eine interessante Neuigkeit. Also gut, er wird entführt. Ich werde Gwin und ein paar andere meiner Männer morgen darauf ansetzen. Wir können vermutlich eine Menge erfahren, indem wir diesem Rhodry einfach die richtigen Fragen stellen. Er mag vielleicht nicht antworten wollen, aber wir haben Möglichkeiten, mit widerspenstigen Leuten fertigzuwerden.«

»Die habt Ihr wahrhaftig.« Baruma war inzwischen vollkommen verängstigt, aber er wußte, daß er die Wahrheit sagen mußte, oder der Meister würde es früher oder später herausfinden. »Nur, daß Rhodry Euch nichts sagen kann. Der Alte hat mir befohlen, seinen Geist zu brechen.«

Der Meister fuhr herum und starrte ihn an. Das Licht der Lampe traf die Kapuze in einem Winkel, der Baruma gestattete, einen Eindruck zusammengekniffener Augen und eines höhnischen Mundes zu bekommen. Jetzt Angst zu zeigen oder zu kriechen, wäre tödlich gewesen.

»Ich habe nur Befehle ausgeführt. Ich wünschte, Ihr hättet mir Euren Vorschlag eher unterbreitet.«

»Das wünschte ich auch.« Der Tonfall des Meisters war eher ironisch als zornig, und Baruma konnte wieder leichter atmen. »Ich nehme nicht an, daß es eine Möglichkeit gibt, ihm sein Gedächtnis zurückzugeben?«

»Keine. Kein Mensch könnte je die Art von Bann brechen, mit der ich ihn bedacht habe. Ganz gleich, wie lange er lebt, er wird sich niemals auch nur an seinen wahren Namen erinnern.«

»Das ist schade, aber wir werden einen Weg finden müssen.«

»Befindet sich der Mann, der sich Merryc nannte, eigentlich immer noch in Eldidd?«

»Ja, und er macht sich da sehr gut, wenn man von seinem letzten Bericht ausgehen kann.«

»Und wir wissen zumindest, daß Rhodry ursprünglich aus Aberwyn kam.«

»Wißt Ihr, mein Freund, ich glaube, wir beide werden sehr gut zusammenarbeiten können. Ihr denkt, und das gefällt mir. Schande über dieses Winterwetter! Es wird jetzt monatelang kein Schiff aus Deverry eintreffen, und das bedeutet, daß wir bis zum Frühjahr keine Nachrichten von Merryc erhalten. Aber ganz gleich – was haltet Ihr von meinem Angebot?«

Da es verdächtig gewesen wäre, zu schnell zu antworten, gab Baruma sich nachdenklich. »Ich denke, daß Euer Vorschlag eine wesentliche Wendung meines Schicksals darstellt, und ich wäre dumm, ihn abzulehnen.« Außerdem wäre ich dann auch tot, fügte er für sich hinzu. »Wie sollen wir den Handel besiegeln?«

»So, wie solche Dinge immer besiegelt werden, mein Freund: mit Blut.«

»Also gut.« Obwohl ihm eiskalt wurde, gelang es ihm, mit fester Stimme weiterzusprechen. »Wann immer Ihr damit beginnen wollt.«

Zandars Karawane war auf dem Weg durch Hügelland; sie zogen über das Rückgrat der Insel nach Südwesten. Auf der einen Seite der staubigen Straße schmiegte sich Feld um Feld dunkelgrüner Gemüsepflanzen in die Täler, durchzogen von winzigen Bewässerungsgräben. Wenn die Karawane vorbeikam, richteten sich die Bauern aus ihrer gebückten Haltung auf, streckten sich und starrten die lange Reihe von Maultieren und Pferden an. Am staubigen Ende der Reihe reitend, starrte Taliaesyn zurück und beneidete sie. Bauern oder nicht, sie waren frei. Gegen Mittag erreichte die Karawane einen Fluß, oder genauer gesagt eine breite Klamm, gesäumt von Felsen und kleinen Büschen, in deren Mitte ein ziemlich schmaler, schlammiger Bach floß. In der nicht sonderlich beeindruckenden Strömung stand ein riesengroßes, hölzernes Wasserrad mit Eimern am Rand. Zwei schwitzende Sklaven drehten unter der Peitsche eines Aufsehers eine Winde, und die Eimer senkten sich, brachten das kostbare Wasser nach oben und leerten es in eine hölzerne Rinne, die in den Hauptbewässerungsgraben mündete. Die Narben auf den Rücken der Sklaven erinnerten Taliaesyn daran, was für ein Glück er hatte.

Taliaesyn fragte Kryblano, einen freien Mann, der als Karawanenwächter arbeitete, nach dem Namen des Wasserlaufs.

»Er heißt En-ghidal. Er mag jetzt ziemlich trocken sein, aber bald schon wird die Regenzeit beginnen. Bis dahin sind wir aber längst zu Hause.«

In dieser Nacht lagerte die Karawane ein Stück von einem Bauerndorf namens Deblis entfernt, einer Ansiedlung aus etwa fünfzig ordentlichen, quadratischen, weiß verputzten Häusern, jedes davon mit einem kleinen Holzzaun, einem Gemüsegärtchen davor und einem Hühnerhof dahinter. Nach Sonnenuntergang nahm Zandar Taliaesyn und Kryblano mit zum abendlichen Markt. Im Blütenblattlicht von Öllampen hockten Hausierer und Handwerker aus der Umgebung auf dem Boden und boten ihre Waren auf Binsenmatten dar, aber die Dorfbewohner schienen mehr daran interessiert, klatschend herumzustehen, als etwas zu kaufen. Zandars Waren allerdings waren etwas anderes. Nachdem Taliaesyn sie erst einmal ausgepackt und ausgebreitet hatte, waren sie bald von Frauen umringt, die um die kleinen Tontiegel und Päckchen mit kostbaren Gewürzen feilschten. Als das Geschäft nach etwa einer Stunde nachließ, schickte Zandar Kryblano und Taliaesyn los, um ihm etwas Wein zu kaufen, und da er ein großzügiger Arbeitgeber und Meister war, gab er Kryblano auch genug Geld, damit sie selbst etwas trinken konnten. Nach einigem Suchen fanden sie einen winzigen Weinladen, der seitlich an einem Haus angebaut war. In einer von Öllampen beleuchteten Kammer standen Reihen gelber Tonkrüge an die Wand gelehnt, und die Kunden drängten sich bis in die Gasse hinaus. Während sie aus flachen Bechern süßen, roten Wein tranken, begann Kryblano ein Gespräch mit ein paar Ortsansässigen. Taliaesyn blieb ein paar Schritte hinter ihm und sprach mit niemandem.

Auf dem Rückweg zum Marktplatz verschwand Kryblano einen Augenblick in einer Gasse, um sich zu erleichtern. Taliaesyn, den Weinkrug für ihren Meister unter dem Arm, wartete auf der Straße auf ihn und kaute an seinem üblichen Problem herum: Wer bin ich? Als er hinter sich das Geräusch von Sandalen auf Sand hörte, drehte er sich um und sah zwei Männer auf sich zukommen. Sie bewegten sich so entschlossen und dennoch so lautlos, daß er mißtrauisch wurde. Dann sah er in der Hand des einen Mannes einen schmalen Dolch aufblitzen und bemerkte, daß der andere mit einer Seidenschnur bewaffnet war. Taliaesyn duckte sich zur Seite und trat aus, als er den Stahl aufblitzen sah, aber er spürte, wie der Dolch seinen Arm streifte. Er warf dem Angreifer den Weinkrug ins Gesicht, packte den Mann mit dem Seil am Arm und riß ihn herum. Als der Mann mit dem Messer einen Angriff vortäuschte, stieß Taliaesyn einen instinktiven Kriegsschrei aus und schob seinen sich wehrenden Gefangenen direkt auf die Klinge. Der Mann schrie auf und sackte nach vorn. Als sich der zweite zur Flucht wandte, kam Kryblano unter lautem Geschrei angerannt, und bald füllte sich die Gasse mit Menschen. Einige von ihnen verfolgten den fliehenden Attentäter, aber Kryblano blieb an Taliaesyns Seite und faßte ihn am blutenden Arm, um sich die Wunde anzusehen.

Alle sprachen so schnell, daß Taliaesyn Schwierigkeiten hatte, mehr als ein paar Worte zu verstehen. Die Schnittwunde brannte, und er konnte sich nicht länger konzentrieren. Im Licht von Öllampen sah er, wie Zandar sich zusammen mit einem untersetzten Mann mit grauem Haar durch die Menge drängte. Es fiel ihm plötzlich sehr schwer, die Stimmen rundum zu hören. Er hörte allerdings Kryblano entsetzt aufschreien, dann folgte eine wollige, graue Stille und Dunkelheit.

Im Dunkeln brannte ein Licht. Zunächst hielt er es für die Sonne, aber als er darauf zukam, bemerkte er, daß es rot schimmerte wie das Lagerfeuer, daß es tatsächlich ein Feuer war, aber ein seltsames, weil inmitten der Flammen ein winziger roter Drache hockte. Am Feuer stand ein schwarzer Mann, der die Hand einer weißen Frau hielt, und eine schwarze Frau, die alleine war. Als sie ihn sahen, lachten sie und winkten ihm zu. Instinktiv wußte er, daß er den Kreis vervollständigen sollte, und sobald er sich zu diesen Partnern gesellt hatte, begannen alle zu tanzen, rund und rund, schneller und schneller, bis alle vier zu silbrigem Licht verschwammen und der Drache immer größer wurde, riesig und geheimnisvoll, und er rief nach ihm, er rief seinen Namen …

»Rhodry.« Er sprach den Namen laut aus, und dann war er wach. Er lag auf einer Decke im Schatten eines Baumes am Rand des Karawanenlagers. Aus der Stellung der Sonne konnte er entnehmen, daß es beinahe Mittag war. Obwohl sein Mund so ausgetrocknet war, daß sich seine Zunge anfühlte, als wäre sie an den Gaumen festgeklebt, und seine Wunde vom Abend zuvor noch brannte, ging es ihm eigentlich recht gut – besser als einem Mann, der mit einem Giftdolch verwundet worden war. Als er den Namen Rhodry abermals aussprach, bemerkte Zandar, daß er wach war, und kam mit einem Wasserschlauch zu ihm.

»Du bist also am Leben. Gut.«

»Ich habe mich an meinen richtigen Namen erinnert.« Trockener Mund oder nicht, er spürte diese Neuigkeit so drängend, daß sie wie ein Schmerz war. »Ich heiße Rhodry.«

»Bei den Göttern und all ihren kleinen Ferkeln! Gut für dich. Hier. Trink zuerst, dann unterhalten wir uns.«

Taliaesyn trank, soviel er konnte, wartete einen Augenblick und stellte dann fest, daß er noch mehr trinken konnte. Zandar hockte sich neben ihn.

»An dieser Klinge war eine Art Gift«, sagte der Kaufmann. »Die Kräuterfrau des Dorfs war ziemlich sicher, aber es kann nicht sonderlich stark gewesen sein.«

»Ich glaube nicht, daß es Gift war. Wahrscheinlich war es nur eine Droge, um mich zu betäuben, damit sie mich bequemer mitnehmen konnten.«

»Nun, das ist offenbar schiefgegangen. Der Mann, den du festgehalten hast, ist tot.«

Plötzlich erinnerte Rhodry sich daran, daß er ein Sklave war, und ihm wurde eiskalt.

»Wird man mich dafür hinrichten?«

»Nein. Er hat dich angegriffen. Außerdem ist das Dorfoberhaupt ein Freund von mir. Wir wollen alle nur wissen, warum er dich angegriffen hat.« Zandar lächelte grimmig. »Oder laß mich raten: Du kannst dich nicht erinnern, ob du irgendwelche Feinde hast, die dich lieber tot sähen.«

»Nein, Herr. Es tut mir leid. Ich wünschte, ich könnte es.«

»Das glaube ich dir. Nun, der Dorfälteste wird den anderen Dieb hinrichten lassen, wenn sie ihn erwischen, und damit hat die Sache ein Ende. Glaubst du, daß du weiterreiten kannst?«

»O ja, es geht mir gut. Deshalb glaube ich ja, daß es eine Droge war und kein Gift.«

Zandar dachte einen Augenblick darüber nach, dann zuckte er die Achseln. »Dann laß uns hier verschwinden. Vielleicht wird das deine geheimnisvollen Feinde von dir ablenken. Ich habe zuviel für dich bezahlt, um zuzulassen, daß sie dich einfach abschlachten.«

Zandar sah ihn noch einen Moment nachdenklich an. »Rhodry, wie?« Er sprach den Namen seltsam aus, ohne den Hauchlaut nach dem R. »Sag das den anderen, ja? Immerhin ist es kürzer.«

Etwa fünf Tage später fanden der große Krysello und seine schöne barbarische Assistentin ein geräumiges Zimmer in einem der teuersten Gasthäuser in Myleton. Da der Wirt Erfahrung mit reisenden Schaustellern hatte, verlangte er, im voraus bezahlt zu werden, aber nachdem Salamander ihm erst eine großzügige Hand voll Silbermünzen gegeben hatte, wurde er beflissen, führte seine Gäste persönlich zu ihrem Quartier und verbeugte sich dabei ununterbrochen. Sein Sohn brachte das Gepäck nach oben und legte es in eine flache Truhe, dann kehrte er mit ehrfürchtigen Blicken auf das helle Haar und die Augen seiner Gäste zurück – allein das Aussehen dieser Deverrianer war in Bardek schon selten genug für eine öffentliche Vorführung. Salamander war sehr erfreut über den Kissenhaufen und den purpurfarbenen Diwan, aber Jill fand das karge

Zimmer mit dem hallenden Kachelboden und den strengen weißen Wänden unbehaglich. Direkt unter der Decke waren die Wände mit einer gemalten Borte aus Obst und Blüten verziert, die so realistisch waren, daß sie hätte schwören können, man könnte sie von der Wand pflücken. Als ihr Gnom auftauchte, schnüffelte er in den Ecken herum wie ein Hund.

»Hör zu, Jill«, sagte Salamander. »Wenn wir heute auf den Marktplatz gehen, wirst du dieses Schwert zum Zeichen des Friedens irgendwie zubinden müssen, oder die Männer des Archon werden es konfiszieren.«

»Wie bitte? Was für eine Unverschämtheit! Was für ein Ort ist das hier überhaupt? Was, wenn uns ein Dieb angreift?«

»Diese Art Diebe gibt es hier nicht, dank den Männern des Archon. Wenn man dich bestiehlt, beschwerst du dich öffentlich, und die Männer des Archon jagen den Dieb und verhaften ihn für dich.«

»Das klingt nach Verschwendung öffentlicher Gelder. Schließlich bin ich selbst in der Lage, dem ehrlosen Bastard die Kehle durchzuschneiden.«

»Ich fürchte, du wirst Bardek sehr ungemütlich finden, und zweifellos wird Bardek auch seine Probleme mit dir haben.«

»Laß sie doch. Glaubst du, Rhodry ist hier in Myleton?«

»Ich wünschte nur, das Leben würde uns so freundlich zulächeln, mein kleines Adlerküken. Ich bin allerdings bereit zu schwören, daß er hier durchgekommen ist, denn diese Stadt ist das Zentrum des Sklavenhandels. Jeder mit einer so wertvollen teuren Ware wie unserem Rhodry wäre dumm, sie anderswo zu verkaufen. Ich hoffe nur, daß er zu einer öffentlichen Regierungsauktion gekommen ist. Sie führen Buch über jeden Verkauf, und für ein paar Kupfer werden wir … das heißt, *ich* werde sie lesen dürfen.«

»Wahrscheinlich sollte ich eines Tages wirklich lesen lernen. Es kommt mir nur so elend langweilig vor.«

»Nicht, wenn du es erst einmal kannst. Ja, du solltest es wirklich tun. Laß mich nur sehen, ob ich die Spur unseres Rhodry finden kann, nachdem wir jetzt wieder an Land sind.«

In einer Ecke des Zimmers stand ein rechteckiges Kohlebecken aus Schmiedeeisen auf einem soliden Bronzesockel. Salamander entzündete die Holzkohle mit einer Geste, dann starrte er in die hellen Flammen. Jill verspürte kalte Angst. Es war gut möglich, daß man Rhodry überhaupt nicht verkauft hatte, sondern daß er sich immer noch in den Händen der Bruderschaft befand und gefoltert wurde. Als der Gerthddyn dramatisch stöhnte, sprang sie auf, weil sie glaubte, er hätte Rhodry tot oder verstümmelt gesehen.

»Er ist tatsächlich verkauft worden, an einen Karawanenführer«, meinte Salamander. »Es sieht aber aus, als würde man ihn gut behandeln.«

»Ihr Götter, du schwatzhafter Elf!« Sie spürte, daß ihr Tränen in die Augen traten und nahm Zuflucht im Zorn. »Warum hast du dann so jämmerliche Geräusche von dir gegeben?«

»Weil sie durch das Grasland reisen, auf die langweiligen und kaum voneinander zu unterscheidenden Berge zu, die die Hälfte dieser Insel und einen guten Teil der nächsten bedecken. Ich habe überhaupt keine Ahnung, wo sie sein könnten.«

Jill murmelte ein paar sehr unangenehme Dinge.

»Zum Glück«, fuhr Salamander fort, »haben wir noch andere Hilfsmittel als den Dweomer. Wir können uns die Regierungsakten ansehen, von denen ich bereits gesprochen habe, und wir können auch den privaten Händlern Fragen stellen. An einen teuren Barbaren wie unseren Rhodry wird man sich erinnern.«

»Gut, dann machen wir uns auf den Weg.«

»Einverstanden. Außerdem müssen wir uns auf dem Markt Vorräte beschaffen und eine Schaustellergenehmigung besorgen. Heute abend werden wir unsere erste Vorstellung geben.«

Trotz des Unbehagens, das immer in ihr mitschwang wie das Geräusch der Wellen in einem Hafen, fand Jill Myleton mit seinen langgestreckten Häusern, bemalten Gartenmauern und dem Wald blühender Bäume beeindruckend. Das steigerte sich noch, als sie zum Markt kamen. Der ausgedehnte Platz war ein Meer bunter Baldachine, die über Hunderten von Marktständen im Wind flatterten. Hier und da war eine kleine Bühne aufgebaut, auf der Schausteller um die Aufmerksamkeit der Menge wetteiferten. Salamander erklärte, daß der Markt über Mittag schließen würde, da alle den heißen Nachmittag verschliefen, und es in der Abenddämmerung weiterginge. Sie schlenderten umher, aßen kleine Kuchen, die von einem weißen, süßen Pulver ganz klebrig waren, und betrachteten Berge von Silber und Messingware, Öllampen, Seiden, Parfums, Schmuck, seltsam geformte Messer und dekorative Lederarbeiten. Salamander sah sich die buntesten Waren an und kaufte ein. Am Ende besaßen sie zwei Kohlebecken aus Messing, Päckchen mit Holzkohle und Harz, Unmengen roten Tuchs, einen langen goldfarbenen Vorhang, ein Hemd mit Blütenstickerei für Jill und eine Brokatrobe für den mächtigen Zauberer. Während er einkaufte, schwatzte Salamander immer weiter, aber Jill fiel auf, wie viele Informationen er den Leuten auf diese Weise entlockte, ob es nun um den besten Ort zum Pferdekauf ging, das derzeitige politische Klima in der Stadt oder – am wichtigsten – die Namen einiger privater Sklavenhändler. Außerdem erfuhr er, daß zumindest bei der letzten öffentlichen Auktion keine Barbaren zum Verkauf angeboten worden waren.

Der erste Händler, den sie besuchten, informierte sie betrübt, daß er seit über einem Jahr keinen Barbaren mehr gesehen habe, aber er schickte sie zu einem Mann namens Brindemo, der die Sprache der Barbaren gut beherrschte und daher am wahrscheinlichsten angesprochen werden würde, wenn jemand einen Deverrianer zu verkaufen hätte. Als Jill und Salamander am Tor von Brindemos Anwesen klopften, wurde dieses von einem schlanken jungen Mann geöffnet, dessen Blick unruhig hin und her wanderte, als er sie begrüßte. Salamander verbeugte sich vor ihm und sprach ihn auf Deverrianisch an.

»Wo ist Brindemo?«

»Er ist sehr krank, Herr. Ich bin sein Sohn. Ich werde Euch an seiner Stelle dienen.«

»Krank? Ist hier etwa ein Fieber ausgebrochen?«

»Überhaupt nicht, nein, überhaupt nicht.« Er hielt inne und leckte sich nervös die Lippen. »Es war seltsam. Vielleicht verdorbenes Essen.«

Als Salamander ihn näher ansah, wand sich der Junge förmlich und bemühte sich, dem Blick des Gerthddyn auszuweichen.

»Gut«, sagte Salamander schließlich. »Überbringt Eurem geschätzten Vater meine demütigsten Entschuldigungen, aber ich bestehe darauf, ihn zu sehen. Ich weiß viele seltsame Dinge. Vielleicht könnte ich ein Heilmittel empfehlen.« Er richtete sich ein wenig gerader auf. »Ich bin der große Krysello, Zauberer des barbarischen Nordens.«

Der junge Mann ächzte und wand sich noch ein wenig mehr, aber dann öffnete er schließlich das Tor und ließ sie in den grasüberwachsenen Hof, wo nahe dem Brunnen ein paar junge Frauen hockten, die keinen glücklichen Eindruck machten. Als Jill klar wurde, daß sie hier menschliche Ware vor sich hatte, zog sich ihr Magen zusammen, und sie wandte den Blick ab.

»Ich muß nachsehen, ob mein Vater wach ist.«

»Wir werden gleich mit Euch kommen«, sagte Salamander.

Mit einem Stöhnen echten Entsetzens führte der Junge sie um das Haus herum zu einer Seitentür, die direkt ins Schlafzimmer seiner Eltern führte. Brindemo lag auf einem niedrigen Diwan und hob, als sie hereinkamen, nur matt den Kopf und starrte sie mit verquollenen Augen an. Seine dunkle Haut war vor Angst und Fieber aschgrau. Seine rundliche Frau stand, die Hände vor dem Mund, wie erstarrt in der Ecke. Brindemo sah sie an und sagte ein einziges Wort; sie lief aus dem Zimmer. Salamander trat ans Bett.

»Seht Euch mein helles Haar an. Ihr wißt, daß ich aus Deverry komme. Ihr habt hier einen Barbaren zum Verkauf angeboten, nicht wahr?«

»Das habe ich.« Die Stimme des Sklavenhändlers war ein rauhes Flüstern aus einem von Gift versengten Hals. »Ich habe Euren Leuten bereits gesagt, daß ich ihn verkauft habe. An einen Gewürzhändler, Zandar aus Danmara.« Er hielt inne und hustete schrecklich. »Werdet Ihr mich jetzt umbringen?«

»Keinesfalls. Ich kann das Gift in Eurem Schweiß riechen, und ich weiß, was es ist. Schluckt löffelweise Honig, vermischt mit Butter oder anderem Fett. Das wird die Schmerzen lindern und die Reste des Gifts aufsaugen. Da die Benmarono-Pflanze rasch tötet und Ihr noch nicht tot seid, können wir annehmen, daß sie Euch keine tödliche Dosis gegeben haben.«

»Ich danke Euch. Baruma ist wirklich ein Dämon. Das schwöre ich.«

»Zumindest der Sohn eines solchen.«

Mit großer Anstrengung hob Brindemo den Kopf und starrte Salamander in die Augen.

»Ihr!« zischte er. »Ihr gehört nicht zu ihnen, nicht wahr?«

»Zu wem?«

Der Sklavenhändler sackte wieder in die Kissen und wandte den Blick ab. Salamander lächelte sanft.

»Ich werde keine Wahrheit aus Euch herauszwingen, mein Freund. Wenn Ihr glaubt, was ich annehme, daß Ihr glaubt, dann werden sie Euch auf jeden Fall umbringen. Aber im

Austausch dagegen werde ich Euch auch kein Wort über mich sagen, damit sie nicht in der Lage sind, es aus Euch herauszuholen.«

»Ein gerechter Handel.« Einen Augenblick lag Brindemo reglos und sammelte seine Kraft, um weitersprechen zu können. »Aber beschwichtigt die Neugier eines kranken Mannes, wenn Ihr könnt. Der junge Barbar, der, den sie Taliaesyn genannt haben – wer war er wirklich?«

»Er hat es Euch nicht gesagt?«

»Er wußte es nicht. Er hatte vollkommen das Gedächtnis verloren.« Unwillkürlich stieß Jill einen Fluch aus.

»Aha.« Salamanders Lächeln verschwand. »Nun, mein Freund, Ihr hattet die Ehre, einen sehr wichtigen Mann zu beherbergen, es war Rhodry Maelwaedd, Gwerbret Aberwyn, entführt und von seinen Feinden verkauft.«

Brindemo gab ein gurgelndes Geräusch von sich und verfiel wieder in einen krampfhaften Husten.

»Beruhigt Euch«, sagte Salamander. »Ihr kanntet die Wahrheit nicht, also wird Euch zweifellos kein weiterer Schaden entstehen. Ich nehme an, Ihr wißt, wo Aberwyn ist.«

»Nein.« Brindemo konnte die Worte kaum herauswürgen. »Aber das macht nichts. Ich weiß, was ein Gwerbret ist.«

In diesem Augenblick kam sein Sohn ins Zimmer, ein großes Küchenmesser in der Hand. Als Brindemo ein paar Worte in bardekianisch murmelte, errötete er verlegen und legte das Messer aufs Fensterbrett.

»Dieser Baruma …« meinte Jill. »Sagt mir, wie er aussah. Euer Vater kann nicht weiterreden. Er muß sich ausruhen.«

»Er war ein fetter Mann, irgendwie schweineartig. Mit sehr seltsamer Haut, sehr glatt, und sein schwarzes Haar und der Bart waren immer glänzend und geölt. Er trug eine silberne Klammer im Bart, und seine Augen waren wie die von Schlangen, sehr schmal und glitzernd und unangenehm.«

»Und der Sklave Taliaesyn?« Auch Salamander wandte sich dem Jungen zu. »Sag uns alles, was du weißt.«

»Da gibt es nicht viel zu sagen, Herr. Wir glaubten, er sei ein Adliger, weil er sich bewegte wie ein Messerkämpfer, und wir wissen, daß all Eure Lords Krieger sind. Er erinnerte sich daran, daß er einmal etwas war, das man Silberdolch nannte, aber mehr fiel ihm nicht ein.« Dann warf er seinem Vater einen Blick zu. Brindemo flüsterte Zandars Namen. »Ach ja, die Karawane. Sie ist nach Süden gezogen. Das war vor zehn Tagen. Zandar zieht durch alle Dörfer an der Südküste. Er verkauft den Köchen und Köchinnen Gewürze.« Er dachte einen Augenblick lang nach und kämpfte offenbar mit der nicht sonderlich vertrauten Sprache. »Der Name der Droge in Eurer Sprache … ich glaube, ihr nennt sie Opium. Baruma hat ihm Opium gegeben. Taliaesyn war sehr abgemagert, als wir ihn gekauft haben.«

»Dafür wird Baruma bezahlen«, sagte Jill ruhig. »Er wird zahlen und zahlen und zahlen, bis er winselt und schreit und mich anfleht, ihn umzubringen, um dem ein Ende zu machen.«

»Jill!« Salamander war ehrlich entsetzt.

Brindemo lachte – ein gequältes Krächzen.

»Meinen Segen habt Ihr, Mädchen«, flüsterte er. »Meinen demütigen, aber ehrlichen Segen.«

Salamander ging auf die Tür zu, dann hielt er inne und warf Brindemo noch einen Blick zu.

»Eine letzte Sache. Warum hat Baruma Euch das angetan?«

»Ich habe ihm nicht gehorcht. Er sagte, ich solle Taliaesyn in die Minen oder auf eine Galeere verkaufen. Statt dessen habe ich ihn einem anständigen Meister verkauft.«

»Aha. Nun, diese Gnade ist Euch teuer zu stehen gekommen, aber ich danke Euch dafür.«

Auf dem ganzen Rückweg zum Gasthaus tobte Jill vor Wut, und der Zorn wirkte sich auf ihre Sichtweise aus, bis es ihr tatsächlich so vorkam, daß vor ihnen Feuersäulen durch die Straßen tanzten. Obwohl er ihr hin und wieder einen besorgten Blick zuwarf, sagte Salamander nichts, bis sie wieder in ihrer Kammer waren und die Tür sicher hinter sich verriegelt hatten. Dann packte er sie an den Schultern und schüttelte sie.

»Hör auf damit! Ich weiß nicht einmal genau, was du tust, aber hör sofort auf! Ich kann spüren, wie die Kraft aus dir herausströmt.«

»Ich habe nur … nun, wieder Dinge gesehen. Ich weiß nicht, wie ich damit aufhören soll.«

Aber das Schütteln und seine Besorgnis hatten sie bereits wieder in einen normalen Zustand versetzt. Die Flammen waren verschwunden, obwohl die Ränder von allem, das sich im Zimmer befand, noch vor silbriger Energie schimmerten.

»Dann fang erst gar nicht damit an.« Salamander ließ sie los. »Jill, du neigst wirklich dazu, über diese Dinge nachzugrübeln, obwohl ich es dir wirklich nicht übelnehmen kann. Aber nun … wie soll ich das erklären? Wenn du grübelst, sammelst du Kräfte, weil du dieses Dweomertalent hast, wie sehr du das auch abstreiten magst. Wenn die meisten Leute über etwas grübeln, sehen sie Bilder in ihrem Geist, oder sie hören eine Stimme, die sie für ihre eigene halten. Aber all das bleibt in ihrem Geist, wo es hingehört. Wenn diese rohe Kraft hingegen in dich hineinfließt, fängst du an, die Bilder und alles außerhalb deines Geistes zu sehen, nicht wahr?«

»Ja«, gab sie widerstrebend zu. »Ich sah Feuer vor uns die Straße entlangbrennen.«

»Das ist verflucht gefährlich. Auch Dweomerleute sehen Bilder und arbeiten mit ihnen, aber wir haben gelernt, uns zu beherrschen. Wenn du so weitermachst, könntest du den Verstand verlieren. Bilder und Stimmen werden nach eigenem Willen kommen und gehen, und du wirst nicht in der Lage sein, sie aufzuhalten.«

Da sie sich selbst im Augenblick kaum beherrschen konnte, wurde ihr von der Vorstellung kalt. Mit einem dramatischen Seufzen streckte sich Salamander auf dem Diwan aus.

»Essen«, sagte er abrupt. »Essen hilft im allgemeinen, mit den Dingen fertig zu werden. Es ist furchtbar schwierig, mit vollem Mund zu zaubern. Und Alkohol betäubt den Geist. Aber ich bezweifle, daß das auf Dauer genügen wird. Ich habe nicht das Recht, etwas Derartiges zu tun, aber ich werde dir ein paar Lehrlingskniffe unserer hohen Kunst beibringen müssen.«

»Und was bringt dich darauf, daß ich sie lernen möchte?«

»Dein grundsätzliches Bedürfnis, bei Verstand und am Leben zu bleiben. Sei nicht dumm, Jill! Du bist wie ein Verwunderter, der Angst hat, von einem Arzt die Blutung stillen zu lassen, weil der Druck auf der Wunde weh tun könnte.« Er hielt inne, und er schien die Luft, die sie umgab, zu betrachten.

»Nun, im Augenblick bist du zu erschöpft für eine Lektion. Also, wie wäre es dann mit Essen? Der große Krysello hat Hunger. Wenn es dir nichts ausmacht, als schöne barbarische Assistentin aufzutreten, dann geh bitte hinunter und bitte den Wirt, uns ein Tablett mit Fleisch und Brot heraufzuschicken. Und einen Krug Wein dazu.«

»Ich habe selbst Hunger.« Sie lächelte gequält. »Mächtiger Meister der geheimnisvollen Künste.«

Was die Auswirkung von Essen auf ihre Visionen anging, hatte Salamander zweifellos recht. Sobald sie ein paar Bissen gegessen hatte, veränderten sich die Dinge eindeutig. Die Farben im Zimmer waren zwar immer noch ungewöhnlich intensiv, aber das Schimmern hörte auf. Und ein paar Gläser süßen Weißweins setzten ihrer unfreiwilligen Dweomerarbeit endgültig ein Ende.

»Wann ziehen wir weiter?« fragte sie. »Es würde mir nichts ausmachen, gleich morgen weiterzureiten, im Morgengrauen, wenn die Stadttore öffnen.«

»Ich weiß, daß du vor Ungeduld brennst, Jill, meine Turteltaube, aber wir müssen überlegen, was Zandar, der Fürst des Gewürzhandels, als nächstes vorhat. Vielleicht ist er auf dem Weg nach Danmara, vielleicht reist er aber auch noch kreuz und quer im Land umher. Wenn das so ist, könnten wir in eine Richtung gehen, während er gerade in der anderen unterwegs ist. Wenn wir andererseits nach Danmara ziehen, um dort auf ihn zu warten, könnte das noch Wochen dauern. Aber wir können auch nicht hier herumsitzen und nichts tun, während die Schurken weiter intrigieren und ihre üblen Machenschaften vorbereiten. Ganz gleich, was wir tun, wir werden langsam reisen und häufig Halt einlegen müssen, um Vorstellungen zu geben, wie die Schausteller, als die wir uns ausgeben.«

»Das ist wahr. Und wir müssen ein wenig Geld verdienen, bevor wir überhaupt losreiten. Ich kann kaum glauben, wieviel du ausgibst!«

»Gute Pferde sind in diesem seltsamen und feinen Land teuer.«

»Wir haben ja noch gar keine Pferde gekauft, du elender Verschwender! Unsere Vorstellung heute abend sollte sich lieber lohnen.«

Von ein paar Jongleuren hatte Salamander erfahren, daß jeder Schausteller willkommen war, auf den öffentlichen Plätzen sein Glück zu versuchen, immer vorausgesetzt, er lieferte ein Viertel seiner Einnahmen bei den Männern des Archon ab. Als es dunkel wurde, schleppten sie ihre neu erworbenen Requisiten zum Markt, der in der Abendkühle gerade wieder lebendig wurde. Öllampen flackerten unter den bunten Baldachinen und warfen Schatten auf die weißen Gebäude, während die Kaufleute und ihre Kunden in kleinen Gruppen beisammenstanden, über dem einen oder anderen Becher Wein witzelten und gewürztes Gemüse in frisch gebackenem Fladenbrot zu sich nahmen. Nachdem sie sich ein wenig umgesehen hatten, bereiteten sich Jill und Salamander auf dem obersten Absatz einer Treppe eines öffentlichen Gebäudes vor. Während Jill Holzkohle in die Kohlebecken schüttete und mit Räucherwerk bestreute, breitete Salamander den bunten Teppich aus, dann griff er nach dem goldenen Tuch und begann, Kunststücke vorzuführen: Er ließ es in der Luft wirbeln und das Licht einfangen oder plötzlich starr werden und sich blähen wie ein Segel im Wind. Am Fuß der Treppe sammelte sich eine Zuschauermenge.

»Ich bin Krysello, der Zauberer aus dem barbarischen hohen Norden. Seht meine Wunder und seid verblüfft!« Er ließ das goldene Tuch ein letztes Mal flattern, dann breitete es sich gleichmäßig über die Treppe aus. »Jillanna, meine schöne barbarische Assistentin, und ich kommen von weit übers Meer, aus dem wunderbaren Königreich Deverry, um Euch mit Magie zu amüsieren und zu entzücken, wie sie Eure ansonsten großartige Stadt noch nie gesehen hat.« Inzwischen hatten sich etwa fünfzig Personen am Fuß der Treppe versammelt. Salamander hob langsam den Arm und zeigte auf das erste Kohlebecken. Eine parfümierte Flammensäule erhob sich und sackte dann wieder zusammen. Als die Menge ehrfürchtig keuchte, kamen weitere Zuschauer hinzu. Salamander wartete, bis alle wieder ruhig waren, und entzündete das zweite Kohlebecken.

»Soll ich mit meiner bescheidenen Vorstellung fortfahren, gute Bürger von Myleton?« Die Leute lachten, griffen in ihre Taschen und warfen Kupfermünzen. Jill sammelte sie auf und ging aus dem Weg, als sich Wildvolk aller Art auf die improvisierte Bühne drängte. Auch ihr grauer Gnom erschien, tänzelte aufgeregt und sprang dann auf ihre Schulter, um von dort aus weiter zuzusehen.

»Seht die Wunder des Nordens!«

Salamander holte einen langen Seidenschal aus der Luft –

zumindest sah es so aus – und begann mit den üblichen Kunstgriffen, die jeder Marktzauberer beherrschte. Erst ließ er das Tuch verschwinden, dann zog er es Jill aus dem Haar; er warf es so in die Luft, daß es wie ein Vogel aussah, der ihm auf die Schulter flatterte; er machte drei Tücher daraus, ließ sie um seinen Kopf wirbeln und hielt sie dann hoch, um zu demonstrieren, daß sie geheimnisvoll miteinander verknotet waren. Dabei sang er ununterbrochen Teile eines langen elfischen Kriegsgesangs, Ausschnitte aus deverrianischen Balladen und Fragmente von Liedern in einer gutturalen Sprache, von der Jill vermutete, daß es die Sprache der Zwerge war. Nach ein paar Minuten begann er, Tricks mit Silbermünzen vorzuführen – wieder nur das Übliche. Er wollte den Zuschauern deutlich machen, daß er nur ein Schausteller war und nichts anderes, so daß sie glaubten, es müsse für alles, was er tat, eine vernünftige Erklärung geben.

Als die Leute schließlich begannen, unaufmerksam zu werden, riß Salamander die Arme hoch und ließ einen glühenden Wasserfall vielfarbiger Funken in die Luft schießen. Die Menge schrie erstaunt auf und drängte näher, ein Meer verschwitzter Gesichter im flackernden Licht. Mit einem Aufheulen elfischen Entzückens überflutete Salamander die Bühne mit rotem und blauem Licht, gefolgt von Miniaturblitzen und Donnergrollen. Weiter und weiter ging die Vorstellung, mit aufbrechenden Lichtblüten in vielen Farben und purpurfarbenen Kaskaden, während die Menge seufzte und keuchte und Salamander abwechselnd sang und witzelte. Als er ankündigte, er werde langsam müde, warfen sie einen weiteren Regen von Münzen. Diesmal waren die meisten aus Silber und sogar die eine oder andere aus Gold. Nach ein paar Jongliertricks mit Hühnereiern ging er wieder zur echten Magie über, um dann zu verkünden, daß er diesmal wirklich müde und die Vorstellung vorüber sei. Dennoch wurden noch viele Münzen geworfen.

Als die Menge sich zerstreute, erschien einer der Männer des Archon – er hatte das Stadtwappen auf die Wange gemalt –, um die offizielle Steuer einzunehmen. Während Jill den Teppich aufrollte und das goldene Tuch faltete, setzte sich Salamander mit dem Mann neben ein Kohlebecken, um die Einnahmen zu zählen.

»Das war die beste Vorstellung, die ich dieses Jahr gesehen habe, Zauberer. Wie macht Ihr das nur? Irgendein Pulver in diesen Kohlebecken?«

»Nein, natürlich nicht. Das ist alles echte Zauberei, wie man sie in den barbarischen Königreichen lernt.«

»Nun, es geschieht mir recht, wenn ich meine Nase in Eure Geheimnisse stecke. Es würde nur den Spaß verderben, wenn ich wüßte, wie es funktioniert. Dennoch, ich wette, daß Eure Assistentin alle möglichen Pulver über die Bühne streut, während Euch alle beim Jonglieren zusehen. Und ich habe auch bemerkt, daß Euer Gewand ziemlich weite Ärmel hat.«

Salamander lächelte nur, aber das Wildvolk streckte dem Beamten die Zunge heraus, als fragten sie sich, wie er so blind sein konnte.

Sie hatten soviel Geld eingenommen, daß Salamander, als sie erst wieder in ihrem Zimmer waren, umherhüpfte, elfische Melodien vor sich hersang und begann, auf die elfische Weise zu tanzen, mit zurückgelegtem Kopf und in Schulterhöhe ausgestreckten Armen. Jill mußte mit ihm lachen.

»Du genießt es wirklich«, sagte sie. »All diese entzückten Frauenblicke, die auf dir ruhen.«

»Selbstverständlich.« Er hielt inne und schnappte nach Luft. »Schöne barbarische Assistentin, warum nimmst du nicht eine Handvoll dieser Münzen und holst uns einen Krug Wein? Der große Krysello ist am Verdursten, und wir sollten unseren Erfolg wirklich feiern.«

Aber sobald sie den Wein geholt und eingegossen hatte, mußte sie wieder an Rhodry denken, fragte sich, ob er in Sicherheit war und ob er ihr je verzeihen würde, selbst wenn sie ihn retten könnten.

»Du grübelst schon wieder«, sagte Salamander abrupt. »Das wird uns kein bißchen helfen.«

»Das weiß ich, aber ich habe eben kein Elfenblut, und deswegen kann ich nicht herzlos sein.«

»Was für eine spitze Zunge! Wenn ich wirklich herzlos wäre, würde ich dann überall in Bardek herumrennen, um nach Rhodry zu suchen?«

»Nein. Verzeih mir – es tut mir leid. Ich bin nur völlig verzweifelt.«

»Selbstverständlich.« Er hob den Krug und spähte stirnrunzelnd hinein. »Beinahe leer. Ich werde bald losziehen und mehr kaufen, aber wir sollten diesen erst austrinken. Wenn dann der Laden leergekauft ist oder ich mir auf der Treppe hier das Genick breche, haben wir wenigstens einen letzten Bechergenossen. So machen es die Elfen, Jill. Und ist es wirklich herzlos zu genießen, wenn man nicht weiß, welches Übel der Morgen bringen wird?«

»Nein. Ich sollte dankbar sein, daß Rhodry und ich so viele gute Zeiten hatten, selbst wenn er mich verhöhnt, wenn wir uns wieder begegnen.«

»Er wird dich nicht verhöhnen! Hmm, ich sehe aus deinem finsteren Blick, daß du mich wahrscheinlich erwürgen wirst, wenn ich weiterrede, und das wäre unseren Plänen ausgesprochen hinderlich. Also wird der große Krysello das unglaubliche Opfer bringen, den Mund zu halten.«

Da sie in jeder Stadt und jedem Dorf angehalten hatten, hatte Zandars Karawane mehrere Wochen gebraucht, um bis zur Stadt Daralion an der Südspitze von Bardektinna zu gelangen.

Von dort aus, so erfuhr Rhodry, würden sie eine sogenannte Karawanenbarke nehmen, ein Schiff, das genug Frachtraum für Packtiere und deren Lasten bot, und damit nach Martinna und zu Zandars Heimatstadt Danmara segeln. Sie trafen kurz vor Sonnenuntergang in der Hafenstadt ein und schlugen ihr Lager nördlich der Tore auf, um dort zu warten, bis die Stadttore am Morgen wieder geöffnet wurden. Der öffentliche Lagerplatz war verlassen, als sie eintrafen, aber während sie die Tiere versorgten, stießen weitere Reisende zu ihnen. Der auffallendste darunter war ein junger Mann in einem teuren weißen Hemd mit goldenen und purpurfarbenen Längsstreifen und einer Goldschnalle am Gürtel. Er hatte einen Jungen bei sich, der offenbar ein persönlicher Sklave war, und außerdem drei Packmaultiere, die nicht mit Handelsware, sondern mit seinem persönlichen Gepäck beladen waren. Zandar begrüßte diesen jungen Mann namens Pommaeo als alten Freund und bestand darauf, daß er sich ihrer Runde ums Lagerfeuer anschloß.

Nachdem alle gegessen hatten, wies Zandar Rhodry an, einen Krug Wein zu bringen. Während Rhodry ihnen einschenkte, fiel ihm auf, daß Pommaeo ihn beobachtete, und kurze Zeit darauf erfuhr er auch den Grund dafür.

»Dieser Sklave aus Deverry …« wandte sich der junge Mann an Zandar. »Wieviel wollt Ihr für ihn?«

»Ich hatte eigentlich vor, ihn zu behalten. Er kann gut mit Pferden umgehen.«

»Lieber alter Freund, Ihr seid nicht sehr stilvoll. Habt Ihr tatsächlich vor, eine solche Seltenheit in die Ställe zu sperren? Ich kann mir für ihn unendlich viele angemessenere Verwendungszwecke vorstellen. Ich gebe Euch dreißig Zotars.«

»Er ist nicht zu verkaufen.«

»Dann fünfzig.«

»Ich feilsche nicht. Ich meine es ernst.«

Einen Augenblick lang sah es so aus, als wollte Pommaeo nun schmollen wie ein verwöhntes Kind, dem nie ein Spielzeug verweigert worden war. Dann griff er in sein Hemd, holte einen Beutel heraus, der vor Gold klirrte, und entnahm ihm eine gewaltige Münze: einen der berüchtigten Zials, deren offizieller Wert einhundert Zotar ausmachte, die aber wegen ihrer Seltenheit erheblich mehr wert waren. Die anderen Männer hielten die Luft an, aber Zandar zuckte nur die Achseln. Pommaeos Miene verfinsterte sich weiter.

»Bei den Flügeln des Wellenvaters!« Zandar bedachte ihn mit einem Lächeln, das wohl versöhnlich gemeint war, aber eher mißtrauisch wirkte. »Was habt Ihr denn mit ihm vor, daß Ihr soviel bezahlen wollt?«

Rhodry hatte sich gerade dasselbe gefragt.

»Ich möchte ihn einer sehr wichtigen Freundin schenken. Ich bin sicher, sie wäre entzückt über einen exotischen Barbaren, der ihre Haustüre bewacht.«

»Oh!« Plötzlich mußte Zandar lachen. »Ihr werbt also immer noch um die Witwe Alaena?«

»Ich weiß zwar nicht, warum das so komisch ist, aber ja, ich bin gerade auf dem Weg zu ihr.«

»Und man braucht schon ein teures Geschenk, um eine wohlhabende Frau zu verlocken, wie?«

Pommaeo erwiderte etwas, das zu verstehen Rhodrys Kenntnisse des Bardekianischen nicht ausreichten, obwohl er den Inhalt aus der Art, wie die anderen Männer die Gesichter verzogen und höhnisch kicherten, erraten konnte. Mit einem Grinsen erhob sich Zandar und winkte Rhodry zu, er solle ihm folgen.

»Es kommt mir seltsam vor, mich gegenüber einem Sklaven zu rechtfertigen, aber ich habe dich liebgewonnen, Junge. Ich werde sein Angebot annehmen, weil ich glaube, daß du im Haushalt dieser Witwe sicherer bist. Es ist leicht herauszufinden, daß ich in Danmara wohne, und daher ist nicht auszuschließen, daß die Männer, die dich suchen, dort bereits auf dich warten. Das hier sollte sie eigentlich von deiner Spur abbringen. Außerdem wirst du im Haushalt der Witwe Alaena ein gutes Leben führen und dir viele Trinkgelder verdienen können. Solange du das Geld nicht verspielst oder versäufst, kannst du dir früher oder später die Freiheit erkaufen.« Er versetzte Rhodry einen freundschaftlichen Schlag auf die Schulter. »Und viel Glück.«

Um Zandars willen zwang Rhodry sich zu einem Lächeln, aber innerlich kochte er bei dem Gedanken, ein Geschenk zu sein, vor Zorn. Hätte die Situation es erlaubt, hätte er ununterbrochen geflucht. Um den Handel perfekt zu machen, gab Zandar noch das Pferd, das er Rhodry zur Verfügung gestellt hatte, seine Kleidung und seine Decken hinzu. Als der junge Sklave – er hieß Miko – ihm half, seine Sachen zum Lager seines Meisters zu tragen, schwatzte er so viel und so schnell, daß Rhodry bestenfalls die Hälfte davon verstand. Eines jedoch wurde deutlich: Pommaeo war ein schwieriger Mann, der dazu neigte, seine Sklaven zu schlagen, wenn sie nicht genau taten, was er von ihnen erwartete. Rhodry wußte, wenn er lange genug leben wollte, um überhaupt den Haushalt dieser Witwe zu erreichen, würde er sich sehr zusammenreißen müssen; wenn er zurückschlug, würde er von den Leuten des Archon ausgepeitscht werden. Er konnte sich zwar nicht genau erinnern warum, aber er wußte, daß er es bisher nie nötig gehabt hatte, sich auf solche Art zu beherrschen, und daß es ihm nicht leichtfallen würde.

Später an diesem Abend verließ Pommaeo Zandars Lagerfeuer und kehrte in sein eigenes Lager zurück. Während Miko dem Meister das Haar kämmte und die Gesichtsbemalung für die Nacht entfernte, hielt Pommaeo in erstaunlich gutem Deverrianisch eine Ansprache für Rhodry. Es stellte sich heraus, daß er das Königreich mehrmals auf Handelsfahrt mit seinen Onkeln besucht hatte.

»Ich würde sagen, du kommst aus Eldidd und wurdest als Sklave auf den Inseln verkauft. Zandar sagte mir, es sei um Spielschulden gegangen, aber da habe ich meine Zweifel. Nicht, daß es auch nur einen Schweinefurz wert wäre, solange du von nun an angemessen höflich bist.«

»Habe ich denn eine Wahl?«

»Selbstverständlich nicht. Aber du wirst bald einem guten Haushalt angehören. Im Vergleich dazu sind die barbarischen Festungen, die du gewöhnt bist, nicht mehr als ein Schweinestall. Du wirst deine Pflichten haben, und es wird andere Sklaven geben, die dafür sorgen, daß du sie in angemessener Weise erledigst. Wenn ich davon höre, daß du Lady Alaena auch nur den geringsten Ärger machst, werde ich dich persönlich auspeitschen. Hast du das verstanden?«

»Ja, Meister.«

Rhodry senkte respektvoll den Kopf, aber er dachte die ganze Zeit darüber nach, wie er es schaffen könnte, Pommaeo zu erwürgen und seine Leiche im Straßengraben liegenzulassen. Dieser jämmerliche, verwöhnte Schönling! dachte er bei sich. Wirbt um eine reiche Witwe! Hoffen wir, daß die arme Alte klug genug ist, die Wahrheit über ihn zu erkennen!

»Weißt du, worin das eigentliche Geheimnis des Dweomer besteht?« fragte Salamander abrupt. »Man muß sich im Kopf Bilder vorstellen. Das ist es eigentlich schon – man stellt sich die richtigen Bilder vor und spricht dabei die richtigen Worte.«

Jill blickte verblüfft von ihrem Frühstück auf.

»Bist du sicher, daß das kein Scherz war?«

»Ja, obwohl es sich wahrscheinlich wie einer anhört. Es gibt ein Buch, das wir alle studieren – irgendwann solltest du doch lesen lernen, meine Turteltaube –, das als *Das Geheimbuch*

Cadwallons des Druiden bekannt ist, obwohl man mir gesagt hat, daß es einfach nur kurze Anmerkungen und Aphorismen sind, die von verschiedenen Dweomermeistern im Lauf der Jahrhunderte gesammelt worden sind. Aber wie auch immer, im Augenblick fällt mir eines dieser Zitate ein: ›Man könnte sich auf einen Marktplatz stellen und wie ein Gerthddyn das Geheimnis des Dweomer laut herausschreien, ohne daß auch nur ein Mensch es begreifen könnte.‹ Und weißt du warum? Weil es so einfach ist, daß alle nur spotten würden. Einfach zu beschreiben, aber verflucht schwierig durchzuführen.«

»Ich muß zugeben, daß auch ich gern gespottet hätte, als du sagtest, daß es nur um Bilder geht.«

»Aha. Ich erkenne eine Herausforderung, wenn ich eine höre. Also gut.« Er hob seinen juwelengeschmückten Tischdolch. »Sieh dir den einen Augenblick an. Dann schließ die Augen. Versuch, den Dolch so deutlich zu sehen, wie du es mit offenen Augen konntest – ein Gedankenbild.«

Jill starrte den Dolch eine Weile an, so starr, als könnte sie ihn aufsaugen, wie man mit einem Lumpen verschüttetes Bier aufwischt. Sobald sie ihre Augen schloß, war das Bild verschwunden, und keine geistige Anstrengung wollte ein klares Abbild bringen. Fluchend sah sie wieder hin, und diesmal versuchte sie aktiv, sich die Einzelheiten einzuprägen, aber sie konnte nur einen vagen, allgemeinen Eindruck bewahren, eher eine dolchähnliche Gestalt als einen tatsächlichen Dolch. »Schwieriger, als es sich anhört?« Salamander grinste.

»Ja.«

»Wenn du deine Ausbildung hinter dir hast, wirst du imstande sein, in ein Zimmer zu gehen, das du nie zuvor gesehen hast, nur ein paar Minuten zu bleiben und dir dennoch hinterher ein Abbild dieser Kammer so deutlich vor Augen zu rufen, daß du schwören könntest, noch drinnen zu stehen. Aber du wirst auch die Arbeit verfluchen, die dich das kostet.

Zu lernen, wie man Bilder manipuliert, ist so ungefähr das Langweiligste, was man sich vorstellen kann. Stell es dir als eine Prüfung vor, mein kleines Finklein. In den Erzählungen der Barden geht es oft um die geheimnisvollen Prüfungen, die jene über sich ergehen lassen müssen, die mit dem Dweomer arbeiten wollen – aber wärst du auch bereit, dich dafür zu Tode langweilen zu lassen? Das ist die wahre Prüfung jedes Dweomerschülers.«

»Als mein Vater mir beibrachte, wie man ein Schwert benutzt, hat er mich gedrillt, bis ich am liebsten geweint hätte. Hast du jemals wieder und wieder in der heißen Mittagssonne einen Heuballen angegriffen? Manchmal mußte ich es über hundertmal tun, während Vater dabeistand und den Winkel meines Handgelenkes kritisierte.«

»Ihr Götter, ich bezweifle, daß ich ein so strenger Meister sein werde, wie es Cullyn von Cerrmor gewesen sein muß. Sehen wir mal … Es ist einfacher, mit einem Bild anzufangen, als mit einem festen Gegenstand. Wir können auf dem Marktplatz nach einer Bildrolle suchen, wie sie die Frau eines Kaufmanns in ihr Wohnzimmer hängen würde, um einen Gast zu erfreuen. Eine kleine Rolle mit vier oder fünf bunten Bildern darauf, vielleicht von berühmten Tempeln oder Meeresküsten. Ausgebildete Sklaven kopieren sie zu Hunderten, also sollten wir ohne Schwierigkeiten eine finden. Du brauchst etwas Komplizierteres, um deinen Geist wachzuhalten, wenn du diese elenden Übungen durchführst.«

»Wie du meinst. Und was kommt, wenn man gelernt hat, ein Bild im Geist festzuhalten?«

»Ach, Erweiterungen dieser grundlegenden Arbeit. Du fängst vielleicht damit an, ein paar Einzelheiten des Bildes zu verändern, das du dir im Geist vorstellst – du fügst Wolken am Himmel hinzu, oder einen Baum. Und dann laß uns sehen … äh, nun ja … irgendwann wirst du so tun müssen, als ob du selbst in diesem Bild wärst, und dich darin umsehen … daran kann ich mich erinnern …« Er wurde immer zögernder und leiser.

»Du erinnerst dich an gar nichts, nicht wahr?«

»Also gut, halte mich ruhig für einen elenden und oberflächlichen Elfen, denn leider sprichst du die Wahrheit. Ich erinnere mich allerdings an das anfängliche Verbannungsritual, und das ist wirklich wichtig für jemanden in deinem Geisteszustand.«

»Also gut. Worum geht es?«

»Wir haben jetzt keine Zeit dafür. Wenn wir Pferde kaufen wollen, müssen wir zum Markt, bevor er über Mittag schließt, also laß uns mit dem Rest warten, bis wir unterwegs sind. Aber erinnere mich daran, es dir zu zeigen.«

Bevor sie zum Markt gingen, versuchte Salamander noch, Rhodry mit Hilfe des Zweiten Gesichts aufzuspüren. Konzentriert beugte er sich über die glühenden Kohlen im Kohlebecken, dann begann er plötzlich zu lächeln und zu flüstern.

»Endlich! Er reitet auf eine Stadt zu, also können wir – nein, warte, was ist das? Hölleneis und ekle Körpersäfte! Rhodry ist wieder verkauft worden! Verflucht sollen sie sein! Er reitet hinter einem neuen Meister.« Er hielt einen langen Augenblick inne. »Jetzt kommen sie zum Stadttor. O Freude, ich kann das Stadtwappen sehen, das ruhmreiche Stadtwappen! Daradion an der Südküste … Ihr Götter! Verflucht sollen sie sein! Die Pocken sollen über sie kommen! Sie gehen zum Hafen! Ihr Götter, bitte nicht auf ein Schiff!« Er stieß ein gurgelndes Geräusch aus, dann starrte er lange schweigend ins Becken. »Mögen die Eier des Höllenfürsten vertrocknen und abfallen! Dieser elende Narr feilscht mit einem Schiffsbesitzer um eine Überfahrt!« Er schüttelte den Kopf und blickte auf. »Zumindest hatte ich Gelegenheit, den Namen des Schiffs zu lesen. Es ist die *Grauer Turmfalke*, also können wir uns beim Hafenmeister erkundigen, wohin das Schiff gefahren ist.«

»Wenn wir erst da sind. Ihr Götter, wie weit ist dieser Ort entfernt?«

»Mindestens zwei Wochen. Wir haben die reizende Wahl, entweder geradeaus und langsam durch die Berge zu ziehen, oder an der Küste entlang etwas schneller voranzukommen. Ich kann Rhodry nicht mehr aufspüren, wenn sie erst das Meer überquert haben, wegen der …«

»Der verfluchten elementaren … was war das noch … Schleier astraler Kraft.«

»Woher weißt du das denn?«

»Das hast du mir selbst gesagt, Dummkopf.«

»Sei nicht so boshaft. Zumindest wissen wir jetzt, daß wir auf der richtigen Spur sind.«

»Es tut mir leid, daß ich dich angefaucht habe. Es ist nur, daß der neue Besitzer Rhodry überall hinbringen könnte …« Salamander versank in Verzweiflung wie in warmem Wachs.

»Das ist leider wahr, Adlerküken. Zum Glück segeln die Schiffe das ganze Jahr über das angenehm geschützte Innere Meer, also werden wir ihnen folgen können, wohin sie auch gehen. Packen wir unsere Sachen, gehen wir zum Markt, und dann machen wir uns endlich auf den Weg ins ruhmreiche Daradion. Myleton hatte das Vergnügen unserer Anwesenheit lange genug.«

Während der langsamen Überfahrt über das Innere Meer zur Insel Surtinna war Rhodry im Frachtraum direkt neben den Pferden und Maultieren einquartiert, wobei man ihm gestattete, seine Mahlzeiten mit den anderen Sklaven an Deck einzunehmen. Diese Regelung paßte ihm recht gut. So hatte er die Möglichkeit, sich weit entfernt von Pommaeos schlechter Laune aufzuhalten und nachzudenken. Zumindest versuchte er nachzudenken; die meiste Zeit döste er im warmen Stroh, während das Wildvolk sich an ihn kuschelte wie ein Rudel Hunde. Einmal dachte er daran, daß er vielleicht Soldat gewesen war, weil sein Körper jede Gelegenheit zum Schlafen nutzte, aber so sehr er auch grübelte, mehr fiel ihm nicht ein.

In Ronaton gingen sie von Bord und verbrachten zwei weitere Tage auf dem Weg nach Nordwesten in die Hügelstadt Wylinth, wo die Witwe Alaena wohnte. Pommaeo war derart arrogant und anspruchsvoll, daß Rhodry, als sie endlich eintrafen, längst überzeugt war, die Schande, verschenkt zu werden, sei eine Kleinigkeit gegenüber der Freude, diesen Meister loszuwerden. Ganz weißer Stuck und blühende Bäume, breitete sich Wylinth über Hügelgruppen aus, soweit es die Stadtmauern aus rosafarbenem Sandstein zuließen. Nachdem Pommaeo am Stadttor den Zoll bezahlt hatte, führte er seine Miniaturkarawane zu einem großen, luxuriösen Gasthaus in der Innenstadt und mietete ein geräumiges Quartier. Der Fußboden des Hauptzimmers war blau und grün gekachelt. Inmitten des Raums gurgelte träge ein marmorner Springbrunnen. Die beiden Sklaven trugen die Unmengen Gepäck nach oben. Pommaeo gab Miko eine ganze Reihe von Befehlen, während Rhodry Pommaeos bestickte Decken auf dem Bett ausbreitete, damit der Meister nicht diejenigen des Gasthauses benutzen mußte.

»Ich werde auf den Markt gehen«, verkündete Pommaeo. »Rhodry, du tust, was Miko dir sagt.«

Der Meister hatte offenbar vor, Rhodry noch an diesem Abend zu verschenken, und er wollte, daß er ordentlich aussah. Rhodry hatte nichts dagegen, sich in der Sklavenecke des Badehauses zum erstenmal seit Wochen wieder richtig zu schrubben. Er ließ sogar nach kurzem Murren zu, daß Miko ihm das Haar schnitt. Bald darauf kehrte Pommaeo vom Markt zurück. Als wenig später ein Sklave vollbepackt mit Einkäufen hereinkam, bemerkte Rhodry mit einigem Interesse, daß Pommaeo dem Mann tatsächlich ein paar Kupferstücke als Trinkgeld gab. Der Meister durchwühlte die Bündel und warf Rhodry eines hin.

»Zieh das da an. Mit Pferdeschweiß auf all deinen Sachen bist du kein großartiges Geschenk.«

Das Bündel enthielt ein Hemd und ein paar neue Sandalen, beides schlicht, aber von guter Qualität, dazu einen Kamm und, sehr zu Rhodrys Überraschung, ein bronzenes Rasiermesser.

»Schließlich wirst du dich jeden Tag rasieren müssen«, sagte der Meister; ihm war offenbar Rhodrys Überraschung aufgefallen, auch wenn er selbst nichts dabei fand, einem Sklaven eine mögliche Waffe in die Hand zu drücken. »Du bist jetzt ein Haussklave, und man erwartet von dir, daß du für deine eigene Sauberkeit sorgst und dich nicht wie ein Barbar mit den Tieren im Dreck wälzt. Sei immer demütig und tu genau das, was der Haushofmeister dir sagt. Wenn du dir einen Fehler erlaubst und ich nicht hier bin, um dich auszupeitschen, dann wird der Schwager deiner Herrin das tun. Und versuche, etwas gegen diese deverrianischen Tischmanieren zu unternehmen. Alaenas andere Sklaven sind zivilisierte Menschen, und sie müssen schließlich mit dir am selben Tisch sitzen.«

Sie verließen das Gasthaus direkt nach Sonnenuntergang. Miko ging mit einer Laterne in der Hand voraus, als sie durch die breiten, geraden Straßen zogen, die mit Palmen und Jasmin gesäumt waren. Sie kamen am Marktplatz vorbei, wo winzige Öllampen flackerten wie die Abendsterne, dann ging es einen Hügel hinauf in ein Stadtviertel, wo riesige Häuser hinter Stuckmauern standen. Im schwachen Laternenlicht konnte Rhodry hin und wieder die kunstvollen Fresken erkennen, mit denen diese Mauern bemalt waren. Endlich kamen sie zu einer Darstellung, auf der eine ländliche Szene zu sehen war; in dem gemalten Bauernhaus befand sich eine echte hölzerne Tür. Auf

Pommaeos Rufen hin öffnete ein älterer Sklave und bat sie herein.

Inmitten von Jasmin und verblühten Rosen plätscherte ein Springbrunnen in einem Innenhof, der von hohen Holzstatuen der Ahnen umgeben war. Das Haus selbst stand weiter hinten. In der gekachelten Eingangshalle verbeugte sich eine Dienerin und führte sie in einen großen, luftigen Raum mit blauweißem Boden. Die Wände waren mit derart lebensechten Abbildungen von Zweigen, Blättern und bunten Vögeln dekoriert, daß es schien, als befände sich das Zimmer in den Wipfeln eines Waldes. Dutzende von Öllampen glühten in Nischen und auf Regalen. Ihr Licht glitzerte auf silbernen Ornamenten und Glasvasen voller Blumen. An einem Ende lagen auf einem niedrigen Podest Dutzende von Samtkissen, und darauf ruhte eine der schönsten Frauen, die Rhodry je gesehen hatte.

Sie war nicht sehr groß, aber schlank, und die kupferfarbene Haut ihres vollendet ovalen Gesichts wurde von lockigem, schwarzem Haar umspielt. Aus großen, dunklen Augen betrachtete sie Pommaeo mit einem gewissen humorvollen Spott, während ihre langen, schlanken Finger mit einem Seidenschal spielten. Im Lampenlicht sah sie wie ein junges Mädchen aus, aber ihre Bewegungen und ihre Miene verrieten Rhodry, daß sie gut über dreißig sein mußte. Pommaeo versetzte Rhodry einen Stoß, so daß er vor dem Podest auf die Knie fiel. Dann begann er eine lange und blumige Ansprache, deren Hauptinhalt darin bestand, daß Pommaeos demütige Gabe Alaenas großer Schönheit nicht würdig sei. Das also ist die arme alte Witwe? dachte Rhodry. Mit leisem Lachen warf Alaena den Schal beiseite und setzte sich auf, um Rhodry genauer zu betrachten.

»Wie süß! Für mich? Das ist doch zuviel!«

Pommaeos Arroganz wich verliebtem Schmachten, und er hockte sich auf den Rand des Podestes. Alaena tätschelte

Rhodry wie einem Hund den Kopf, hob kichernd eine hellbraune Hand, um sie mit der Farbe seiner Haut zu vergleichen, und rief nach einer Dienerin, die eine Öllampe bringen sollte. Zusammen starrten sie in Rhodrys Augen.

»Sieh nur, Disna!« sagte die Herrin. »Sie sind tatsächlich blau!«

Als Disna kicherte und ihm einen Seitenblick zuwarf, bemerkte Rhodry erst, daß die Sklavin fast so schön war wie ihre Besitzerin und daß er in seiner Gefangenschaft vielleicht einigen Trost finden mochte. Alaena wandte sich Pommaeo zu und streckte ihm die Hand zum Kuß entgegen – das Geschenk war offenbar ein großer Erfolg.

Während Miko blieb, um den Herrschaften Wein einzugießen, wurde Rhodry mit Disna in die gewaltige Küche geschickt, die in Braun- und Rottönen gekachelt war. Am einen Ende stand ein Herd aus Steingut, an dem drei Frauen mit Kochen beschäftigt waren; am anderen Ende standen Vorratskrüge und Holzfässer. In der Mitte gab es einen niedrigen Tisch, der zwar ein wenig angeschlagen war, aber nicht schlechter aussah als viele, die man in den großen Hallen deverrianischer Herren fand. An diesem Tisch saßen ein würdig aussehender Mann von etwa sechzig Jahren und ein zwölfjähriger Junge. In einer Flut von Gekicher – was ihr eine scharfe Bemerkung des alten Mannes zuzog – erklärte Disna, wer Rhodry war. Der Mann erhob sich und bedachte ihn mit einem distanzierten, aber nicht unfreundlichen Lächeln.

»Ich heiße Porto. In Deverry würde man mich wohl als Kämmerer bezeichnen. Hier nennt man mich den Warreko, das solltest du nicht vergessen.«

»Jawohl, Herr.« Rhodry erkannte Autorität in der Stimme eines Mannes. »Ich heiße Rhodry.«

»Gut. Wenn du mir keinen Ärger machst, wirst du auch keinen Ärger bekommen. Verstanden?«

»Jawohl, Herr.«

»Sehr gut. Nun, wir können hier wirklich einen weiteren Mann brauchen. Komm mit.«

Sie gingen eine enge Wendeltreppe hinauf zum obersten Stockwerk, direkt unter dem Dach, wo die Hitze des Tages immer noch erdrückend hing. Auf einer Seite des Flurs befand sich das Quartier der Frauen, auf der anderen das der Männer, mit vier schmalen Pritschen an der Wand. Nur auf zweien lagen Decken. Porto wühlte in einer der Holztruhen und fand zwei weitere, die er auf eines der leeren Betten warf. Seine Gesten und alles andere waren Rhodry auf so seltsame Art vertraut, daß er sich wieder verzweifelt anstrengte, sich an etwas zu erinnern. Schließlich schüttelte er den Kopf und gab auf. Porto betrachtete ihn neugierig.

»Geht es dir nicht gut?«

»Es tut mir leid. Nur die Hitze. Ich bin noch nicht daran gewöhnt.«

»Hitze?« Der alte Mann grinste. »Es ist beinahe Winter, Junge. Warte, bis der Sommer kommt, wenn du Hitze willst.«

Rhodry verbrachte den Rest des Abends in der Küche. Nachdem das Essen der Herrschaften serviert war, aßen auch die Sklaven. Dann holte Rhodry Wasser aus dem Brunnen draußen und schrubbte unter dem strengen Blick der Köchin die Töpfe. Ihm wurde sofort klar, daß Vinsima eine weitere Macht unter den Sklaven verkörperte. Sie war etwa fünfzig und hatte glänzende, schwarzbraune Haut, breite Hüften und so muskulöse Arme wie ein Krieger. Sie verfügte auch über die passenden Reflexe. Als einer der Jungen eine freche Bemerkung machte, schlug sie ihm so schnell und fest mit dem Holzlöffel auf den Kopf, daß er aufschrie. Der Blick, den sie Rhodry dann zuwarf, deutete an, daß er der nächste sein würde, wenn er nicht aufpaßte.

Nachdem die Arbeit beendet war, ließen sich alle am Tisch

nieder, um über die Ereignisse des Tages zu plaudern. Hin und wieder rief eine kleine Glocke Disna, mehr Wein oder Gebäck zu servieren. Wenn sie zurückkam, berichtete sie darüber, was in dem anderen Zimmer geschah. Es war offensichtlich, daß keiner der Sklaven sich für eine Ehe zwischen Alaena und Pommaeo begeistern konnte; nachdem er den Mann ein paar Tage ertragen hatte, konnte Rhodry das nur zu gut verstehen. Nach und nach erfuhr er die Namen der anderen und begann, die Hierarchie im Haushalt zu durchschauen. Porto und Vinsima standen ganz oben, obwohl Disna durch die Gunst der Herrin über eine gewisse Unabhängigkeit verfügte. Ganz unten rangierten die Sänftenträger, vier junge Männer, die in einer Hütte hinter dem Haus lebten und dort wie Hunde gefüttert wurden. Rhodry war ziemlich entsetzt, daß sich der Junge Syon als Portos persönlicher Sklave erwies, gekauft mit Trinkgeldern, um Arbeiten zu erledigen, die Porto nicht mochte, wie die gewaltige Sammlung silberner Tierfiguren der Herrin polieren. Daß ein Sklave einen anderen Sklaven besitzen konnte, war Rhodry vollkommen unverständlich, aber es wurde aus dem Gespräch klar, daß so etwas in Bardek als völlig normal galt.

Da Rhodry selbst in dieser komplizierten Hierarchie neu war, bemerkte er oft, daß Porto ihn prüfend betrachtete und sich zweifellos fragte, ob er sich als guter Arbeiter oder Unruhestifter erweisen würde. Auch in dieser Art Blick lag etwas so seltsam Vertrautes, daß Rhodry sich, als er versuchte, in seinem schmalen und unbequemen neuen Bett zu schlafen, noch längere Zeit damit beschäftigte. Plötzlich quollen einige Erinnerungsbruchstücke aus dem Dunkel hervor: So mancher Hauptmann eines Kriegshaufens hatte ihn auf dieselbe Art angesehen, als er noch Silberdolch in Deverry gewesen war. Er konnte sich an Gesichter und Namen erinnern, selbst an Festungen, in denen er nur kurze Zeit verbracht hatte. Das alles war so aufregend, daß er die halbe Nacht wachblieb und darüber nachdachte.

Leider weckte ihn Porto schon in der Morgendämmerung. Gähnend ging Rhodry in die Küche hinunter, wo Vinsima bereits einen großen Klumpen Brotteig auf einer Marmorplatte knetete.

»Feuerholz, Junge. Kurze Scheite, ungefähr so dick wie dein Arm, und viele davon. Der Holzschuppen ist gleich links hinter der Tür.« Sie zeigte auf eine Halterung an der Küchenwand. »Dort ist die Axt.«

Zu seiner Überraschung entdeckte Rhodry eine schwere Holzfälleraxt mit einem guten Stahlkopf – in den Händen eines Mannes, der wußte, wie man damit umgeht, eine gefährliche Waffe. Er nahm sie mit nach draußen, fand den Holzschuppen und begann zu arbeiten, wobei er sich ständig fragte, wieso jemand ein solches Werkzeug in der Reichweite von Sklaven ließ. Kurze Zeit später kam Porto nach draußen, einen Becher heißer Milch in der Hand, und sah ihm bei der Arbeit zu. Endlich forderte er Rhodry mit einer Geste auf, sich einen Augenblick auszuruhen.

»Du bist ein guter Arbeiter. Ich will dir einen Rat geben, Junge. Sei nett zu den Freundinnen der Herrin. Lächle viel und tu alles, um was sie dich bitten. Die meisten von ihnen sind älter als sie, ein Haufen alter Glucken, und es wird ihnen Spaß machen, einem gutaussehenden, jungen Mann ein paar Münzen zuzustecken.«

»Aha. Gibt Eure – ich meine unsere Herrin viele Gesellschaften?«

»O ja, und du wirst auch ihr Lakai sein. Sie braucht eine Eskorte, wenn sie ausgeht, und ich habe hier zuviel zu tun.«

»Ich werde tun, was Ihr wollt, solange Ihr mir alles erklärt. Ich verstehe die meisten Bräuche dieses Landes noch nicht.«

»Du bist noch nicht lange hier?«

»Nein, Herr.« Rhodry wurde klar, daß er lieber eine brauchbare Geschichte erfinden sollte. »Ich kam als Leibwache eines reichen Kaufmanns her und habe mich beim Spielen verschuldet. Das ist nur ein paar Monate her.«

»Dein Kaufmann hat deine Spielschulden nicht bezahlt?«

»Nein, Herr. Ich bedeutete ihm nichts, ich war nur eine Art Söldner – in Deverry nennt man uns Silberdolche. Habt Ihr je davon gehört?«

»Nein, aber ich nehme an, dazu sind sie zu unwichtig. Nun, du hast wirklich Pech.« Er hielt inne und warf einen Blick auf die Axt. »Ich will dir etwas sagen, Junge. Weißt du, was passiert, wenn ein Sklave seinen Herrn umbringt?«

»Er wird gejagt und zu Tode gefoltert.«

»Ja, aber sie bringen auch jeden anderen Sklaven in dem Haushalt um, ganz gleich, ob er etwas mit dem Mord zu tun hatte oder nicht.«

»Wie bitte?«

»Sie zerren sie auf den Marktplatz und schneiden ihnen die Kehle durch, bis auf ein paar, die sie foltern, damit sie vor Gericht aussagen.« Portos Stimme war sehr ausdruckslos geworden. »Ich habe einmal gesehen, wie es geschah, im Haus gegenüber von dem, in dem ich zur Welt gekommen bin. Der Meister war ein Ungeheuer, ein sadistisches Tier, und alle wußten es. Aber als einer seiner Sklaven ihn tötete, haben die Männer des Archon den ganzen Haushalt umgebracht, haben alle auf den öffentlichen Platz gezerrt und getötet, sogar das Baby der Köchin. Das werde ich nie vergessen. Ich habe immer noch Alpträume davon, obwohl es über fünfzig Jahre her ist.« Er schüttelte sich wie ein nasser Hund. »Ich kann mir zwar nicht vorstellen, wieso jemand die Hand gegen unsere Herrin Alaena erheben sollte, aber wenn sie Pommaeo heiratet, wird er hier Meister sein. Ich warne dich – wenn du jemals auch nur an Gewaltanwendung denkst, werde ich dich persönlich dem Archon ausliefern. Hast du das verstanden?«

»Ja, Herr, aber darüber solltet Ihr Euch keine Gedanken machen. Ich würde nie etwas tun, das Euch andere in Gefahr bringt.«

»Ich glaube, du meinst es ernst, und weißt du was, Rhodry, ich denke, du bist im Herzen ein guter Junge. Das mit den Spielschulden ist wirklich schade. Ich habe schon öfter gehört, daß ihr Barbaren die Würfel zu sehr liebt.«

»Barbaren? Wir sind Barbaren? Ihr Götter, nach allem, was Ihr mir gerade gesagt habt, sind Eure Gesetze die von Wilden.«

»Wilde? O nein, wir sind nur praktisch. Sklaven, die ihre Herren umbringen, sind auf diesen Inseln sehr, sehr selten.« Dennoch wandte er sich ab, um die Trauer in seinem Blick zu verbergen.

Etwas später am Morgen erhielt Rhodry den ersten Vorgeschmack seiner neuen Pflichten, als Alaena sich entschied, auszugehen. Porto gab Rhodry einen Ebenholzstab mit einem schweren Silberknauf an einem Ende und dazu eine kleine Lederpeitsche – die Peitsche war für die Sänftensklaven gedacht, der Stab für Bettler und anderes Gesindel, die der Herrin vielleicht im Weg stehen würden. Als die Sänfte in den Hof getragen wurde, bekam Rhodry endlich diese angeblich tiergleichen untersten Mitglieder der Sklavenhierarchie zu sehen: vier Jungen, keiner älter als fünfzehn, die beim Anblick der Peitsche zurückwichen. Sie hatten hellere Haut als die meisten Bardekianer und seltsame, gelbliche Augen, die ein wenig geschlitzt aussahen. Rhodry fragte sich erschrocken, ob sie vielleicht elfisches Blut hatten. Und als hätten sie diese Frage gehört, tauchten einige vom Wildvolk auf, und die Blicke der Jungen folgten ihnen.

»Sie kommen aus Anmurdio«, sagte Porto. Er meinte natürlich die Sklaven und nicht die Geister. »Es ist ein entsetzlicher, primitiver Ort, ein Archipel aus kleinen Inseln, auf denen es von Krankheiten nur so wimmelt. Es heißt, die Menschen dort seien Kannibalen.« Er zuckte die Achseln und tat damit die Inseln ebenso ab wie ihre Bewohner. »Hier ist ein Lappen. Damit kannst du die Sänfte abstauben. Die Herrin kann jeden Augenblick hier sein.«

Die Sänfte selbst war wunderschön, wie Rhodrys Stab aus Ebenholz hergestellt, und mit Blumengirlanden auf einem dunkelblauen Hintergrund bemalt. Der Kasten für die Passagiere war mit Bronzefigurinen von Affen, deren Pfoten und Schwänze beide Teile der Sänfte zusammenhielten, an den Tragestangen befestigt. Drinnen lagen mehrere der purpurfarbenen Samtkissen, die der Herrin offenbar so gut gefielen. Rhodry hatte Porto gerade den Lappen zurückgegeben, als Alaena erschien, in ein knielanges Brokathemd gehüllt, glitzernde Smaragde am Hals und einen grünen Gazeschal um den Kopf gewickelt, um ihr Gesicht vor der Sonne zu schützen. Im Sonnenlicht wurde deutlich, daß sie tatsächlich Mitte dreißig war, aber sie war unbestreitbar schön. Als Rhodry ihr in die Sänfte half, tätschelte sie ihm die Wange. Disna folgte ihr mit einer Holzschachtel, die etwa zwei Fuß im Quadrat maß, aber nur vier Zoll hoch war. Als Rhodry ihr in die Sänfte half, als wäre sie eine feine Dame, wurde er mit einem strahlenden Lächeln belohnt.

Obwohl Porto eine ganze Reihe von Richtungsanweisungen gegeben hatte, hätte Rhodry ohne die Sänftenträger die Orientierung verloren, aber die Jungen schienen den Weg gut zu kennen. Immer wieder rief einer der Sänftenträger Rhodry mit vor Furcht zitternder Stimme zu, wo sie abbiegen sollten. Rhodry nahm an, wenn sie sich verliefen, wären es dank der starren Hierarchie die Jungen, die gepeitscht würden, und nicht er. Er beschloß, ihnen am Abend etwas mehr Essen zukommen zu lassen; ihm fiel keine andere Belohnung ein, die ihnen in ihrer verzweifelten Situation etwas bedeutet hätte.

Ihr Ziel war kaum mehr als eine Meile entfernt: ein weiteres luxuriöses Anwesen, dessen Außenmauern mit einer Unterwasserszene von Fischen in einem Korallenriff bemalt waren. Rhodry ließ die Sänfte und die Sänftenträger in der Obhut eines Türhüters zurück. Da er die Holzschachtel trug, durfte er die Herrin und Disna bis zum Haus begleiten. Eine ältere Zofe führte sie unter Verbeugungen und zahnlosem Lächeln in ein Haus, das noch üppiger ausgestattet war als das von Alaena.

In einem großen, luftigen Raum, dessen Wände mit gemalten Kletterrosen dekoriert waren, warteten drei Frauen an einem niedrigen Tisch. Um sie herum scheuchten vier grauschwarze Kätzchen einander über die Kissen. Obwohl Rhodry die Frauen nie zuvor gesehen hatte, wußte er sofort, daß hier eine Mutter und ihre zwei erwachsenen Töchter saßen; sie hatten alle die gleichen, wunderschön geformten braunen Augen, die gleichen üppigen Münder und die gleiche Art zu lächeln. Sie erhoben sich und begrüßten Alaena mit einer Flut von Sätzen. Rhodry konnte kaum folgen, zumal es überwiegend um Nachbarn und Freunde ging, die er gar nicht kannte. Dann bemerkte eine der Töchter Rhodry und stieß einen kleinen, damenhaften Schrei aus.

»Ein Barbar, Laen! Wo hast du den denn her?«

»Von diesem langweiligen Pommaeo. Er redet zwar die ganze Zeit von sich selbst, aber von Geschenken versteht er wirklich etwas.« Sie schob Rhodry näher zu den Frauen. »Seht euch seine Augen an! Sie sind blau.«

Die Töchter glotzten und kicherten, während die Mutter nur liebevoll lächelte. Rhodry errötete – eine Reaktion, die die jüngeren Frauen nur noch mehr kichern ließ. Endlich hatten sie ihre Neugier befriedigt und knieten alle auf Kissen rund um den Tisch. Alaena nahm Rhodry die Holzschachtel ab und leerte sie aus: unzählige kleine Elfenbeinkacheln, bemalt mit Blumen und Vögeln und anderen Mustern. Mit großem Getöse begannen die Frauen, sie mit der Musterseite nach unten zu drehen und zu mischen. Wie aufs Stichwort erschienen nun auch Diener mit Messingtabletts voller Gebäck. Als sie wieder gingen, winkte Alaena Disna zu, ihnen zu folgen, aber eine herrische Geste befahl Rhodry, auf dem Podest zu bleiben.

»Du kannst dich hinter mich setzen.«

»Danke, Herrin.« Rhodry hatte das deutliche Gefühl, daß sie ihn offenbar noch nicht genug angesehen hatte, wie ein kleines Mädchen, das die neue Puppe keinen Augenblick aus den Händen gibt.

Die anderen Frauen waren inzwischen fertig damit, die Elfenbeinkacheln zu sortieren. Eine kleine Menge von Wildvolk war erschienen, um auf den Tisch zu starren, aber soweit Rhodry sagen konnte, war er der einzige, der sie sehen konnte, selbst als ein mutiger blauer Gnom einen dünnen Finger auf eine der Kacheln legte.

»Du zuerst, Malina.«

»Alter vor Schönheit?« sagte die Mutter vergnügt. »Meins ist immer das Langweiligste, also können wir ruhig damit anfangen.«

Als die anderen lachten, begann Malina, eine Kachel nach der anderen auszuwählen und sie, immer noch mit dem Muster nach unten, sternförmig auszulegen. Rhodry wurde klar, daß das, was er eigentlich für ein Spiel gehalten hatte, eine Art Zukunftsschau sein mußte. Er verspürte so etwas wie leichte Verachtung oder Herablassung, daß diese Frauen an solch einen Unsinn glaubten, wo sie doch von echtem Dweomer umgeben waren.

Plötzlich wurde ihm kalt. Was meinte er damit, echten Dweomer? Woher wußte er, daß so etwas existierte, wie konnte er dessen sicherer sein als seines eigenen Namens? Er kam sich vor wie ein Mann, der gerade über die Schulter hinweg mit einem Begleiter gesprochen hatte und dabei direkt gegen eine Wand gelaufen war – ebenso verwirrt wie dumm. Der einzige Beweis für seine Überzeugung war das Wildvolk, das sich auf dem Boden und den Kissen niederließ, um zuzusehen, wie Alaena sich vorbeugte und die ersten drei Kacheln umdrehte: ein Schwert zwischen zwei Blüten.

»Ein Liebhaber? Nun ja – was meintest du eigentlich damit, daß deine Muster immer langweilig sind?«

Alle vier lachten vogelhaft und schrill, und das Wildvolk klatschte lautlos in die Hände und grinste. Alaena biß nachdenklich in ein Stück Kuchen, während sie die Kacheln weiter betrachtete. Dann drehte sie sich um und hielt Rhodry den Rest des Kuchens hin wie einem Hund. Als er den Mund öffnete, um höflich zu widersprechen, steckte sie den Kuchen einfach hinein und tätschelte ihm die Wange. Rhodry hatte keine Wahl als zu essen, aber der Kuchen war so furchtbar süß, daß er ihn beinahe wieder ausgespuckt hätte. Zum Glück hatte Alaena sich den Kacheln zugewandt und bemerkte es nicht. Bei allem Eis der Höllen, dachte er, je eher ich fliehe und damit anfange, Baruma zu jagen, desto besser! Ich würde lieber sterben als ein Schoßhund sein, selbst für ein so hübsches Geschöpf wie dieses. Dann beschäftigte er sich nur noch damit, während des langen, langweiligen Morgens wachzubleiben.

Nachdem sie Myleton verlassen hatten, hatten sich Jill und Salamander für die direkte, wenn auch schwierigere Route entschieden. Eine Woche lang waren sie nun schon im Hügelgelände unterwegs. Da dies nur langsam vonstatten ging und die Übungen, bei denen sie sich Bilder vorstellte, sie von Rhodry ablenkten, stürzte Jill sich in die Arbeit und machte solche Fortschritte, daß sich selbst Salamander widerstrebend beeindruckt zeigte. Bevor sie Myleton verließen, hatte er tatsächlich eine Bildrolle gekauft. Sie war etwa einen Fuß hoch und fünf Fuß lang und entfaltete sich von rechts nach links, was nach Salamanders Meinung die falsche Richtung war, aber da Jill nie ein deverrianisches Buch gelesen hatte, war ihr das gleich. Die Bilder selbst, drei Szenen aus der Geschichte Myletons, gefielen ihr recht gut. Sie zeigten, wie die ersten Kolonisten die Stadt gründeten, dann eine berühmte Flutwelle, die sich hundert Jahre später ereignet hatte, und endlich die Wahl eines Archon, der als Manataro der Gute bekannt geworden war. Auf jedem Bild wimmelte es von Einzelheiten, und alle waren so sorgfältig arrangiert, daß es aussah, als blickte sie in eine Schachtel, nicht auf eine flache Oberfläche.

Aber nach Tagen der Beschäftigung mit der berühmten Flutwelle und der Arbeit daran, sie so zu betrachten, als existierte sie in ihrem Geist, hatte Jill genug von der Rolle und den Übungen. Das Verbannungsritual fand sie erträglicher, obwohl Salamander sie auch hier gnadenlos drillte, denn dabei konnte sie zumindest den direkten Vorteil erkennen: die Beherrschung der Fluten von Bildern, die sie zu überwältigen drohten, wenn sie wütend wurde. Zuerst würde sie diese Bilder in ihrem Geist aufrufen, wie bei den vorhergehenden Übungen, und sie dann mit dem Zeichen des flammenden Pentagramms bannen. Manchmal versagte sie noch. Dann schienen die Flammen des Zornes unkontrolliert um sie herumzuflackern, aber jedesmal, wenn es funktionierte, spürte sie, wie es besser ging, und im Lauf der Zeit tauchten die unkontrollierten Bilder immer seltener auf.

An dem Nachmittag, an dem sie die Mitte der Insel erreichten, schien alles mit ihren Arbeiten schiefzugehen. Erst stolperte Jill über die Worte des Rituals und mußte Salamanders Spott über sich ergehen lassen. Als sie dann ein neues Bild der Rolle versuchte, konnte sie nur den Hauch eines Abbilds von Archon Manataro in ihren Kopf zwingen, und es schien, als wäre all ihre harte Arbeit der letzten Tage umsonst gewesen. Als sie sich bei Salamander beschwerte, lächelte er nur.

»Du wagst ja doch nicht, es aufzugeben. Oder willst du langsam, aber unvermeidlich den Verstand verlieren?«

»Natürlich nicht! Und ich folge den Anweisungen, genau wie ich es getan habe, als Vater mir beibrachte, mit dem Schwert zu kämpfen. Ich verstehe nur nicht, warum diese verdammten Bilder so wichtig sein sollen. Ich meine, beim Schwertkampf konnte ich das immer herausfinden – diese Übung stärkt den Arm, die andere den Griff, aber das hier verstehe ich nicht.«

»Aha. Also: was du hier tust, ist den Übungen, die dein Vater dir beigebracht hat, sehr ähnlich; im Augenblick kräftigst du nur geistige Muskeln. Wenn die Barden über Dweomer singen, dann geht es immer um seltsame Kräfte, nicht wahr? Woher glaubst du, kommen diese Kräfte? Von den Göttern?«

»Nein. Ich nehme an, man hat sie einfach. Ich meine, das ist es doch, was Dweomer ausmacht, oder?« Plötzlich wurde ihr klar, daß das ziemlich dumm klang. »Ich meine, magische Dinge passieren doch einfach, oder?«

»Nein, obwohl die meisten Leute genau das glauben. All diese geheimnisvollen Kräfte und Zauber kommen aus dem Geist, dem menschlichen oder elfischen, je nachdem. Dweomer ist eine Sache geistiger Fähigkeiten. Verstehst du, was ich meine?«

»Nein.«

»Wenn du erst gelernt hast zu lesen – und ich denke, wir sollten am besten bald damit anfangen –, werde ich dir ein Buch besorgen, das von einem berühmten Ahnen unseres Rhodry geschrieben wurde, von Mael dem Seher persönlich. Es heißt *Über die Kategorien der Vernunft*, und Mael beschreibt die normalen geistigen Fähigkeiten der Menschen. Das meiste davon trifft auch für Elfen zu. Er redet von Sehen, Hören und den anderen Sinnen, ebenso wie vom logischen Denken, der Intuition und vielem anderen, darunter auch der Fähigkeit, Kategorien und Verallgemeinerungen zu bilden, was keine Fähigkeit ist, die man für selbstverständlich halten sollte, mein kleiner Spatz. Dabei handelt es sich, wie er es ausdrückt, um die rationalen Fähigkeiten, die bei Elfen und Menschen wohlbekannt sind, obwohl die Elfen einige haben, über die die Menschen nicht verfügen; wir können zum Beispiel das Wildvolk sehen. Jedes Kind sollte diese Fähigkeiten üben, wenn es heranwächst.

Darüber hinaus gibt es vergrabene, verborgene oder okkulte Fähigkeiten, die im Geist existieren wie das Küken in einem frischgelegten Ei. Jeder Elf und jeder Mensch verfügt über eine gewisse Auswahl davon, aber nur als Potential; nur wenige werden mit bereits entwickelten Fähigkeiten geboren. Man kann diese Fähigkeiten auch Kräfte nennen, obwohl das für ein vollkommen natürliches Phänomen zu großartig klingt. Verstehst du, was ich mit ›natürlich‹ meine, im Gegensatz zu ›übernatürlich‹?«

»Äh … nun … äh …«

»Ich sehe, es ist sehr notwendig, daß du das Buch dieses Maelwaedd liest.«

»Also gut, aber was hat dieses großkotzig klingende Zeug mit den Bildübungen zu tun?«

»Oh, da bin ich wohl etwas vom Thema abgekommen. Nun, wenn du diese schlafenden Kräfte wecken willst, benutzt du meistens Bilder, manchmal auch Namen oder Musik. Wenn sie erst erweckt wurden, kann man sie immer wieder benutzen. Zum Beispiel, wenn du einmal gelernt hast, logisch zu denken, kannst du diese Fähigkeit immer wieder wecken, wenn du ein Problem lösen mußt. Wenn du erst gelernt hast, wie du dein zweites Gesicht einsetzt, um jemanden aufzuspüren, gelingt dir das mit den richtigen Bildern und Worten jederzeit wieder.

Ein Großmeister wie Nevyn braucht nicht einmal mehr Namen und Bilder.«

Obwohl diese kleine Lektion so schwierig zu verstehen war, daß Jill sich wie ein Idiot vorkam, hallte doch alles, was Salamander gesagt hatte, in ihrer Seele wider und machte ihr deutlich, daß sie hier den Schlüssel zu einer Schatztruhe in der Hand hielt.

»Aber ich will dir eines sagen, mein Rotkehlchen, du kannst gerne eine neue Übung versuchen, wenn du möchtest. Statt die Rolle zu benutzen, denk dir dein eigenes Bild aus und versuche, es dir so deutlich wie möglich vorzustellen. Entscheide dich einfach für etwas und versuche, es vor dir zu sehen, etwa ein Gasthaus, in dem du einmal übernachtet hast, oder dein Pferd Goldwolke, das jetzt den Hafer des Königs frißt – was auch immer.«

»Also gut. Solange es in Ordnung ist, von einem zum anderen zu springen.«

»Bei den Göttern! Diese Lehrlingsarbeit hat nicht einmal wirklich etwas mit Dweomer zu tun. Du lernst nur ein paar nützliche Fähigkeiten. Ich kann mir nicht vorstellen, daß dir daraus Schaden entstehen könnte.«

An Pommaeos letztem Abend in Wylinth stritt Alaena mit ihm. Da Rhodry bei Tisch bediente, hörte er alles mit; seine Anwesenheit schien die beiden ebensowenig zu stören wie die der Möbel. Nachdem er das Essen serviert und den Wein eingeschenkt hatte, zog er sich in die Küche zurück, wo Disna und Vinsima an der Tür lauschten.

»Es sieht gut aus«, sagte Rhodry. »Sie weigert sich, ihm ein Versprechen zu geben, und er bezichtigt sie, andere Bewerber zu haben. Hat sie?«

»Nur einen, und der ist siebzig Jahre alt«, sagte Disna. »Also sieht es für Pommaeo recht gut aus.«

»Ich bin auch noch nicht erleichtert«, sagte Vinsima. »Was, wenn sie sich mit vielen Küssen wieder versöhnen? Nun, wenn der Nachtisch serviert werden muß, hast du eine gute Ausrede, das Zimmer wieder zu betreten.«

Aber als Rhodry das vergoldete Tablett mit den kleinen, zuckerbestreuten Kuchen hereinbrachte, waren sie das einzig Süße im Zimmer. Alaena und Pommaeo saßen sich feindselig gegenüber und starrten einander über den Tisch hinweg an.

»Bring die Kuchen wieder weg«, fauchte Alaena.

»Jawohl, Herrin.«

»Es sind zufällig meine Lieblingskuchen«, erklärte Pommaeo mit eisiger Stimme. »Bring sie her.«

Rhodry zögerte.

»Ich sagte raus!«

»Jawohl, Herrin.«

Er eilte hinaus, während Alaena ihrem Gast mitteilte, daß es nicht seine Angelegenheit sei, ihren Sklaven Befehle zu erteilen. Etwa eine halbe Stunde später kam der Türhüter in die Küche gerannt, um zu verkünden, daß Pommaeo wütend das Haus verlassen hatte. Aber gleich am nächsten Morgen erschien Miko mit einem langen Brief seines Herren, der voller süßester Entschuldigungen war, wie Disna berichtete, denn die Herrin hatte ihn laut vorgelesen, während Disna sie kämmte. Sehr zur Enttäuschung der Sklaven hatte Alaena mit einem ebenfalls versöhnlichen Schreiben geantwortet.

»Und jetzt muß ich zu diesem garstigen Gasthaus rennen und den Brief abliefern, bevor Pommaeo abreist. Nun, zumindest wird er den ganzen Winter über weg sein. Leute wie er reisen nicht im Regen.«

»Unsere Herrin kann lesen und schreiben?« Rhodry war ernstlich erstaunt.

»Selbstverständlich.« Disna zog die Nase kraus. »Dieses

barbarische Königreich, aus dem du kommst, muß wirklich primitiv sein. Du bist über die seltsamsten Dinge überrascht.«

»Nun ja. Ich hoffe, du denkst nicht zu schlecht von mir.«

Disna bedachte ihn nur mit einem trägen Lächeln, das vielerlei Antworten andeutete, und eilte davon.

Am Nachmittag rief Alaena Rhodry zu sich. Sie saß in einem einfachen, weißen Kleid am niedrigen Tisch und betrachtete stirnrunzelnd die zukunftsverkündenden Kacheln, als er hereinkam. Zwei warzige, braune Gnome erschienen und grinsten ihn an.

»Da bist du ja. Nachdem ich jetzt genug Zeit habe, werden wir dich ein wenig bilden.« Sie schob die Kacheln beiseite und sah ihn dann forschend an. »Beim Servieren stellst du dich nicht allzu ungeschickt an, aber du mußt lernen, wie du meinen Fächer vernünftig trägst, und andere Dinge. Und dann die Art, wie du sprichst! Dein Akzent ist schrecklich, und wir werden einige Zeit damit verbringen müssen, ihn zu korrigieren.«

Rhodry hoffte, daß Alaena es bald müde sein würde, ihm solch seltsame Dinge beizubringen wie das Falten von Tüchern und Arrangieren von Kissen, aber sie nahm jede Einzelheit so ernst, daß ihm bald klar wurde, wie sehr ihr Leben sie langweilte. Dank ihres ererbten Reichtums brauchte sie nicht zu arbeiten, und obwohl sie sich in finanziellen Dingen hervorragend auskannte, hatte doch einer ihrer Schwäger die Verwaltung ihres Landsitzes übernommen. Zweimal in der Woche kam dieser Dinvarbalo zum Mittagessen. Über vielen üppigen Gängen diskutierten sie, wie Alaena ihr Geld investieren sollte. Sie stellte kluge Fragen und machte noch klügere Vorschläge, während er alles auf einem Wachstäfelchen notierte. Wenn er dann gegangen war, wich die Lebhaftigkeit langsam wieder aus Alaenas Blick, und sie rief Rhodry zu einer seiner Lektionen. Normalerweise war sie dann aufbrausend, schlug ihm für den kleinsten Fehler ins Gesicht oder schickte ihn sogar mit einer Flut von Beleidigungen weg. Aber wenn sie ihn das nächste Mal rief, war sie wieder freundlich, wenn auch streng.

Porto und Disna hatten ihm einiges von Alaenas Geschichte erzählt. Sie war als zweite Tochter eines kinderreichen Ölverkäufers in Ronaton zur Welt gekommen, in so extremer Armut, daß sie beinahe als Sklavin verkauft worden wäre, um den Rest der Familie zu ernähren. Ihre Schönheit hatte sie allerdings gerettet, als sie die Aufmerksamkeit eines reichen Kaufmanns erregte, der sie ehrenhafterweise lieber geheiratet als gekauft hatte. Er war zweiundfünfzig gewesen und sie vierzehn, und die Ehe war alles andere als glücklich gewesen, obwohl Alaena sich nach ihrer elenden Kindheit sehr angestrengt hatte, die vollendete Ehefrau zu sein. Sie hatten keine Kinder gehabt, und schließlich war Alaenas Mann nach langer Krankheit vierundsiebzigjährig gestorben. Jetzt war sie alles andere als begierig, sich zu bald an einen anderen Mann zu binden, aber sie wußte auch, daß ihre Schönheit früher oder später nachlassen würde. Den ganzen Morgen beschäftigte sie sich mit Kosmetik und Kräuterbädern. Oft schickte sie Rhodry gleich frühmorgens zum Markt, um Rosenblüten, frische Sahne und Bienenwachs zu kaufen, und dann schlossen sie und Disna sich wie Alchimisten im Badezimmer ein.

Sehr zu seiner Überraschung stellte Rhodry fest, daß sie ihm leid tat. Obwohl er sie gern gehaßt hätte, weil sie seine Freiheit in Form einer Urkunde in ihrer Schmuckschachtel verschloß, war er einfach nicht dazu imstande. Es kam sogar ein Tag, an dem er eine noch bitterere Wahrheit über sich feststellen mußte. Beladen mit Kosmetik für die Herrin und mit Gewürzen für die Köchin, trabte er eines Morgens vom Markt nach Hause. Die Luft war frisch und roch nach dem kommenden Regen, und die letzten Blüten des Sommers hingen schwer über den bemalten Mauern. Rhodry stellte fest, daß er sang. Entsetzt wurde ihm klar, daß er einen Augenblick glücklich gewesen war, daß er angefangen hatte, sein neues Leben zu akzeptieren. Und den ganzen folgenden Tag fielen ihm andere Dinge auf: wie er sich freute, wenn Porto ihn lobte, wie er über Witzeleien in der Küche lachte, wie er lächelte, als Alaena ihm zum Zeichen ihrer Gunst eine Silbermünze gab. Ihm wurde klar, wenn er eines Tages Portos Stelle übernähme, würde ihm das große Sicherheit geben, ganz gleich, wen Alaena heiratete.

Anfangs hatte er sich gewundert, wieso es nie zu Sklavenaufständen kam – jetzt begann er es zu verstehen. Für einen Sklaven in seiner Stellung war das Leben nicht unangenehm genug, um das Risiko auf sich zu nehmen. Jene Sklaven, die zu Verzweiflungsaktionen getrieben sein mochten, wie die aus den Zinnminen, wurden in Ketten und halbverhungert gehalten, und ihre Lebensspanne war zu gering, als daß sie langfristige Pläne machen konnten. Jeder Sklave, der, wie er selbst, einen festen Wert auf dem Markt hatte, besaß das Lebensnotwendigste, ein paar Bequemlichkeiten und auch eine gewisse Möglichkeit, sich eines Tages die Freiheit zu verdienen. Hätte er sich an sein früheres Leben erinnern können, hätte er vielleicht anders empfunden und sich nach Freiheit gesehnt, wie sich das für einen frei geborenen Mann gehörte, aber Deverry war für ihn nur eine bestenfalls schattenhafte Erinnerung. Er war sich nur der Tatsache sicher, daß er ein Silberdolch gewesen war, ein verachteter Ausgestoßener, ohne Klan, ohne Zuhause, ein Mann ohne Ehre, der dazu verurteilt war, in den kleinen Streitereien des einen oder anderen Lords zu kämpfen, bis ihn ein früher Tod ereilte. Er konnte nicht leugnen, daß es ihm hin und wieder besser erschien, Alaenas Lakai zu sein.

Aber es gab eine Erinnerung, die ihn davon abhielt, vollkommen in diese Falle zu gehen: Baruma. An jedem Nachmittag, wenn der gesamte Haushalt, Sklaven und Herrin, ein wenig ruhten, erinnerte Rhodry sich daran, daß er Baruma einen blutigen Tod schuldete, selbst wenn ihn das sein eigenes

Leben kosten würde. Was hat das Schwein mit meinem Silberdolch gemacht? Von dieser Frage war er schließlich ganz besessen, als enthielte diese Waffe, diese paar Unzen Zwergensilber, seine Ehre selbst, so wie ein Körper eine Seele enthält. Manchmal träumte er auch davon, Baruma zu töten und sich den Dolch zurückzuholen. Nach einem dieser Träume sprach er dann meistens den ganzen Morgen kein Wort, und danach fiel ihm auf, daß alle ihm aus dem Weg gegangen waren, sogar die Herrin.

Eines Nachmittags jedoch kam eine andere Erinnerung an sein verlorenes Leben zurück – eine, die ihn bis ins Herz traf. Nach einem grauen Morgen begann es zu regnen; kalter Nieselregen, der alle mürrisch machte. Da er nicht draußen arbeiten konnte, bediente Rhodry die Herrin, die wie üblich über ihren zukunftsweisenden Kacheln brütete. Einige Zeit hockte Rhodry einfach neben ihr und reichte ihr Stücke getrockneter Aprikosen und gezuckerter Mandeln, wenn sie ungeduldig die Hand ausstreckte. Der Regen prasselte weiter, die Öllampen flackerten, während Alaena Kachel um Kachel auslegte, nur um sie ungeduldig wieder zurückzuwerfen und von vorn zu beginnen. Als sie ihn endlich ansprach, war er schon beinahe eingeschlafen.

»Das hier geht mir auf die Nerven. Und gähn nicht so.«

»Ich bitte um Verzeihung. Soll ich die Kacheln wegräumen, Herrin?«

Alaena zuckte die Achseln und streckte die Hand aus. Rhodry reichte ihr eine Aprikose, an der sie nachdenklich knabberte.

»Ich weiß.« Plötzlich lächelte sie. »Ich werde dir die Zukunft voraussagen. Setz dich auf die andere Seite und misch die Kacheln.«

Er hatte dieses Spiel jetzt so oft beobachtet, daß er wußte, was er tun mußte. Nach dem Mischen wählte er einundzwanzig der sechsundneunzig Kacheln aus und legte sie dann zu einem Sternenmuster. Alaena holte sich selbst eine Mandel und knabberte daran, während sie das Ergebnis betrachtete.

»Dabei geht es jetzt selbstverständlich um die Vergangenheit, weil du deine Kacheln zuvor noch nie gelesen hast. Manchmal erhält man diverse Deutungen, die, sich auf die Vergangenheit beziehen, bevor es wieder vorwärts geht. Ich weiß nicht warum. Die Rolle, die bei den Kacheln lag, erwähnte das nicht.« Nachdenklich hielt sie inne. »Beim Saum des Gewands der Göttin! Ich habe nicht gewußt, daß du Soldat gewesen bist. Ich sehe viele Schlachten in deiner Vergangenheit.«

»Das ist sicherlich wahr, Herrin.« Rhodry rückte näher heran. Plötzlich interessierte ihn dieses Spiel. Was, wenn sie anderes über ihn herausfinden konnte – Dinge, die er noch nicht wußte?

»Und du hast an vielen Orten gekämpft.« Sie zeigte auf eine Kachel mit zwei gekreuzten Speeren. »Das hier weist darauf hin, daß du Söldner warst, kein regulärer Soldat.«

»Das war ich.«

»Wie seltsam, denn es sieht so aus, als stammtest du aus einer adligen Familie.« Sie legte einen Fingernagel auf das goldene As. »Einer sehr wichtigen Familie. Aber ja, hier ist es! Du hattest Probleme mit dem Gesetz, und man hat dich ins Exil geschickt, oder du bist einfach davongelaufen. Wirklich, Rhodry, wie ungezogen von dir! Ging es damals auch um Spielschulden?«

Da er sich nicht erinnern konnte, lächelte er nur; sie nahm diese Geste für ein Ja.

»Du hattest nie ein Verhältnis zum Geld, soviel ist klar. Nimm zwei weitere Kacheln.«

Als er sie ihr reichte, drehte sie sie um und legte sie zur goldenen Zwei.

»Das ist Unsinn«, lachte sie. »Es heißt hier, daß du allen üppige Geschenke gegeben hast, die darum baten.«

»So ist das mit Adligen in Deverry, Herrin. Sie müssen großzügig sein, oder sie sind in aller Augen entehrt.«

»Also stammst du tatsächlich aus einer Adelsfamilie. Das dachte ich mir schon, aber Pommaeo meinte, es sei ein dummer Gedanke, den ich vergessen sollte. Also wirklich, Rhodry, wie schrecklich, so tief zu sinken! Und das alles, weil du die Finger nicht von den Würfeln lassen konntest.« Sie betrachtete die Kacheln noch einmal und lächelte dann boshaft. »Und von anderen Dingen konntest du die Finger auch nicht lassen. Sieh dir diesen Schwertprinzen an, mit der Blütenprinzessin auf beiden Seiten. Du hattest jede Menge Liebesaffären.«

Rhodry fand es ausgesprochen ungerecht, daß er sich an keine von ihnen erinnern konnte.

»Oh, und sieh mal! Du hast zu Hause ein Kind.«

»Ja?« Der Schock ließ ihn seine Servilität ganz vergessen.

»Das wußtest du nicht? Was hast du denn getan? Bist du mit der Armee weitermarschiert, bevor das arme Mädchen wußte, daß sie schwanger war?« Sie brach in Lachen aus. »Nun, in dieser Hinsicht sind die Männer in Deverry denen in Bardek anscheinend nicht unähnlich. Ich fürchte, die Kacheln können nicht sagen, ob es ein Junge oder ein Mädchen ist.« Immer noch lächelnd, griff sie nach einer weiteren Aprikose. »Ich frage mich nur, was diese Schwertkönigin ganz oben zu bedeuten hat. Es scheint ein seltsamer Platz für sie. Zieh zwei weitere Kacheln.«

Er reichte ihr das As der Speere und den Raben.

»Oh!« Alaena war ernstlich entsetzt. »Wie traurig! Sie war die einzige wahre Liebe deines Lebens, aber es endete tragisch. Was ist passiert? Es sieht beinahe so aus, als sei sie in die Sklaverei verkauft oder gegen ihren Willen mit einem anderen verheiratet worden.«

Plötzlich erinnerte Rhodry sich an Jill, erinnerte sich an den Namen der blonden Frau, die manchmal seine Erinnerung und seine Träume heimgesucht hatte, erinnerte sich an seine Verzweiflung, sie verloren zu haben, irgendwo auf dem langen Weg. Trübe konnte er sich daran erinnern, nach ihr gesucht zu haben, irgendwo im finsteren Wald …

»Rhodry, du weinst ja.«

»Es tut mir leid, Herrin.« Er verkniff sich die Tränen und wischte sich das Gesicht mit dem Hemdsärmel ab. »Verzeiht mir. Ich habe sie sehr geliebt, und sie wurde tatsächlich gezwungen, mit einem anderen Mann zu gehen.«

Als er aufblickte, stellte er fest, daß Alaena ihn so erstaunt ansah, als wäre er gerade erst vor ihren Augen erschienen, wie einer vom Wildvolk.

»Nein, du mußt mir verzeihen. Ich habe vergessen, daß du nicht immer Sklave warst.« Wieder betrachtete sie die Kacheln, dann warf sie sie in die Schachtel zurück. »Nimm diese Früchte mit, ja? Und bis zum Abendessen kannst du tun, was du willst.«

Da er keine andere Möglichkeit hatte, allein zu sein, ging Rhodry hinauf zu seiner Pritsche im Männerquartier und legte sich hin, die Hände unter dem Kopf verschränkt, starrte an die Decke und lauschte dem Regen. Langsam fügte er einige seiner Erinnerungen zusammen, aber nur ein paar. Er wußte, daß er diese Frau namens Jill geliebt hatte, daß er sie immer noch liebte, mit einer Leidenschaft, die ihn erschreckte, aber wer sie war, wo er ihr begegnet war, warum man sie ihm weggenommen hatte – das alles lag noch im Dunkeln. Wieder weinte er, aber nur kurz und mehr aus Hilflosigkeit als wegen seines gebrochenen Herzens.

Obwohl Alaena sich von diesem Nachmittag an nie wieder auf den Vorfall bezog, nahm Rhodry eine Veränderung ihrer Haltung ihm gegenüber wahr. Manchmal betrachtete sie ihn mit fragendem Stirnrunzeln, als sei er für sie zu einem Problem geworden, das sie lösen mußte. Nach außen hin schien sich nichts geändert zu haben; wie zuvor verbrachte er die Nachmittage mit ihr, lernte, wie man Gäste von unterschiedlichem Rang empfängt und begrüßt, und keinem der anderen, mit Ausnahme vielleicht von Disna, schien etwas aufgefallen zu sein. Plötzlich bemerkte Rhodry, daß die Dienerin ihm gegenüber kühl und abweisend wurde. Wann immer er ihr ein Kompliment machte, war ihr das nur den Hauch eines Lächelns oder sogar einen angewiderten Blick wert. Als er versuchte, sie damit zu necken, weigerte sie sich, darauf einzugehen, und stolzierte nur davon, die Nase hoch erhoben, und er fragte sich, ob all diese Liebesgeschichten seiner Vergangenheit wohl endgültig in der Vergangenheit bleiben würden.

Nach einigen Tagen hörte der Regen auf, und Alaena ging auf den Markt. Da die ganze Stadt sich dort zu treffen schien, um endlich wieder einzukaufen und zu klatschen, ließen sie die Sänfte in einer Seitenstraße, bezahlten einen Ladenjungen dafür, darauf aufzupassen und gingen zu Fuß weiter. Rhodry, den Ebenholzstab in der Hand, folgte seiner Herrin, die von Marktstand zu Marktstand ging und sich vor allem Schmuck und Seide ansah, während die Kaufleute vor ihr krochen. Endlich winkte sie Rhodry zu sich und zeigte auf ein paar Silberbroschen mit kleinen Halbedelsteinen.

»Ich möchte Disna etwas schenken. Glaubst du, die mit dem großen Türkis wird ihr gefallen?«

»Ich habe keine Ahnung, Herrin. Ich verstehe nichts von Edelsteinen.«

»Dann solltest du es lernen. Es wird dir helfen, Menschen einzuschätzen, wenn du ihnen begegnest – ihren Geschmack meine ich, nicht nur, was sie sich leisten können. Aber ich glaube nicht, daß die hier gut genug sind.« Sie ging weiter und winkte ihm zu, an ihrer Seite zu bleiben. »Ich habe zu Hause natürlich Berge von Dingen, die Pommaeo mir gegeben hat, und einige von ihnen sind recht schön, aber ...« Plötzlich lächelte sie boshaft. »Nein, für die habe ich eine andere Verwendung. Komm mit. Es gibt ja noch einen anderen Juwelier.«

Dieser Juwelier war ein dicker Mann, der Rhodry an Brindemo erinnerte. An beiden Händen trug er eine erstaunliche Sammlung klotziger Ringe, und er hatte sich ein Dutzend verschiedene Anhänger um den Hals gehängt. Unter seinen Waren befand sich eine Anstecknadel, von der Rhodry den Eindruck hatte, als riefe sie nach ihm: eine winzige Rose aus feinem Silber, nicht mehr als einen Zoll lang, aber so lebensecht, daß es aussah, als bewegten sich die Blätter in der Brise. Alaena griff danach.

»Was für ein seltsames Ding«, sagte sie zu dem Händler. »Was für eine Legierung ist das? Sie ist viel zu hart für reines Silber.«

»Das weiß ich nicht, schöne edle Dame. Tatsächlich habe ich sie in einem Würfelspiel gewonnen, von einem Mann, der erklärte, sie komme aus dem Königreich der Barbaren.«

»Ach ja? Wieviel wollt Ihr dafür?«

»Von einer so reizenden Dame nur zwei Zotars.«

»Strauchräuber! Ich gebe Euch zehn Silberstücke.«

Am Ende erhielt Alaena die Nadel für zwanzig Silberstücke, was etwa ein Sechstel des zunächst geforderten Preises ausmachte. Sie ließ sie sich nicht einpacken, sondern drehte sich um und steckte sie Rhodry nahe dem Kragen ans Hemd.

»Ein barbarisches Schmuckstück für einen Barbaren«, sagte sie lächelnd. »Die Wirkung gefällt mir.«

»Ich danke Euch, Herrin.« Rhodry hatte gelernt, daß solche Geschenke tatsächlich sein Eigentum waren, selbst wenn er sich eines Tages entschließen sollte, sie gegen bare Münze einzutauschen. »Ich fühle mich geschmeichelt, daß Ihr eine so hohe Meinung von mir habt.«

»Weißt du, was für ein Metall das ist?«

»Ja. Ich hatte einmal ein Messer daraus. In den Bergen von Deverry gibt es ein kleinwüchsiges Volk, das man Zwerge nennt, und sie leben in Stollen und stellen aus kostbaren Metallen Schmuckstücke und Ähnliches her. Einige dieser Schmuckstücke sind verzaubert. Vielleicht gehört auch dieses dazu, aber das werden wir erst herausfinden, wenn es uns das zeigt.«

»Wie liebenswert du sein kannst, wenn du nur willst.« Sie lachte und tätschelte ihm die Wange. »Was für eine wunderschöne Geschichte! Und jetzt suchen wir etwas für Disna.«

Schließlich fand sie ein paar lange goldene Ohrringe, in der Form winziger Ruder, die sie für angemessen hielt. Rhodry nahm das Päckchen und wollte wieder hinter ihr hergehen, doch abermals bat sie ihn, an ihrer Seite zu bleiben.

»Das hat Spaß gemacht, aber jetzt habe ich genug davon.« Sie seufzte. »Glaubst du, ich sollte Pommaeo heiraten?«

Die Frage überraschte ihn zu sehr, als daß er sich eine wohlgesetzte Antwort hätte ausdenken können. Er starrte Alaena nur an, während sie lachte.

»Nun, ich denke, er würde ziemlich widerlich zu dir sein – und viel zu interessiert an Disna«, sagte sie schließlich. »Also werde ich es wahrscheinlich nicht tun. Außerdem ist er meistens noch langweiliger als mein derzeitiges Leben.«

Mit diesem Satz ging sie ein paar Schritte voraus und ließ ihn hinterherlaufen, bis sie die Sänfte erreichten.

Als sie zurück zum Haus kamen, schloß Alaena sich mit Disna in ihrem Schlafzimmer ein, während Rhodry in die Küche ging, um Feuerholz fürs Abendessen zu holen. Etwa eine halbe Stunde später kam Disna herein, die ausgesprochen schmeichelhaften Ohrringe bereits angelegt.

»Wißt ihr was? Die Herrin wird diesen schrecklichen Pommaeo wirklich nicht heiraten. Sie wird ihre Freundin Malina bitten, andere Bewerber zu suchen.«

Alle Sklaven seufzten erleichtert.

»Dafür danke ich dem heiligen Zaeos, sämtlichen Göttinnen des Sternenhimmels und dem Wellenvater«, erklärte Vinsima. »Man sollte annehmen, daß die Verwandten von Herrin Malina kluge und großzügige Menschen sind.«

»Ich finde«, meinte Porto, »daß wir zum Abendessen ein wenig Wein trinken sollten. Um den Göttern zu danken, daß sie uns zugelächelt haben. Mädchen, verlangt die Herrin nach etwas?«

»Ja.« Disna warf Rhodry einen Blick zu, und ihr Lächeln verschwand ganz plötzlich. »Sie will, daß du einen Auftrag für sie erledigst. Sie ist im Augenblick in ihrem Schlafzimmer.«

Rhodry nahm an, er solle einen Brief zu Malina bringen, aber als er ins Zimmer kam, fand er Alaena dort wie ein Mädchen auf dem Boden vor ihrem Schmuckkästchen sitzend. Als er sich unsicher vor ihr aufbaute, bat sie ihn, sich hinzusetzen. Neben ihr lagen auf einem Kissen diverse Smaragdketten und zwei schwere, goldene Armbänder.

»Die hat Pommaeo mir geschenkt. Ich möchte, daß du sie zum Tempel der Selenta bringst, als Geschenk für die Priesterinnen. Sie führen ein Waisenhaus, und sie werden diesen Schmuck verkaufen können, wenn sie Geld brauchen.«

»Jawohl, Herrin. Werdet Ihr mich auch weggeben?«

Alaena lachte ihr wohltönendes Lachen.

»Nein, das glaube ich eigentlich nicht.« Sie streckte die Hände aus und legte sie ihm auf die Wangen. »Komm schon. Küß mich.«

Eher erschrocken als erfreut, küßte Rhodry sie auf den Mund.

»Das kannst du erheblich besser als Pommaeo. Ja, ich mag

den Sklaven auf jeden Fall lieber als den dummen Herren.« Sie warf einen Blick auf den Schmuck neben sich. »Das kann warten.« Die Bedeutung war unmißverständlich, aber Rhodry zögerte. Sein ganzer Instinkt sagte ihm, daß es sehr unsicher für beide war, wenn ein Sklave eine Affäre mit seiner Herrin begann, ganz gleich, wie üblich es für Männer und ihre Sklavinnen sein mochte. Und zweifellos würde es sich für den Sklaven schlimmer auswirken, dachte er. Ich habe keine Lust, öffentlich ausgepeitscht zu werden.

»Wie kannst du nur so schüchtern sein?« Boshaft grinste sie ihn an. »Wie war das mit all diesen anderen Frauen, die ich in den Kacheln gesehen habe?«

»Sie standen nicht so weit über mir wie Ihr. Ihr besitzt meinen Körper und meine Seele.«

»Dann solltest du lieber tun, was ich will, oder nicht?«

Diesmal war sie es, die ihn küßte. Ihr hungriger Mund, ihr weicher, warmer Körper, die Art, wie sie sich an ihn drückte, all das ließ ihn vergessen, daß er je eine Gefahr befürchtet hatte.

Von diesem Tag an rief ihn Alaena oft in ihr Schlafzimmer, mit der einen oder anderen Ausrede, oder sie befahl ihm, sich nachts aus dem Bett zu schleichen und zu ihr zu kommen. Aber die meiste Zeit behandelte sie ihn genau wie zuvor, wie einen Diener, der hin und wieder einen Klaps brauchte, um etwas zu lernen. Obwohl er recht froh war über den Trost, den sie ihm schenkte, wünschte sich Rhodry ehrlich, die Affäre hätte nie angefangen. Einerseits hatte er das Gefühl, auch dies sei nur eine der Pflichten eines gut ausgebildeten Lakaien; auf der anderen Seite wußte er, daß es seine Sicherheit in diesem Haushalt bedrohte. Was, wenn Alaena seiner müde wurde und beschloß, ihn zu verkaufen, um sich der Verlegenheit nicht mehr stellen zu müssen? Obwohl Alaena sein Widerstreben bemerkte, schien sie das eher zu amüsieren als zu ärgern. Es gefiel ihr, ihm Befehle zu erteilen, und wenn er erst einmal in ihrem Bett war, konnte er ihr nicht widerstehen.

Da er sich nachts aus dem Männerquartier schlich, hatte er keinen Zweifel daran, daß Porto wußte, was geschah, ebenso wie Disna, obwohl keiner von ihnen etwas verriet, nicht mit einem einzigen Wort, mit keiner Geste und keinem Kichern. Ein- oder zweimal schnappte Rhodry jedoch eine Bemerkung Portos zu dem einen oder anderen Sklaven auf, bei der es offensichtlich darum ging, den Skandal im Haus zu halten. Endlich war er beschämt genug, um die Angelegenheit offen anzusprechen. Eines Nachmittags stapelte er draußen Feuerholz, als Porto kam, um ihm mitzuteilen, daß sie an diesem Abend Gäste haben würden.

»Du hast im Holzschuppen gute Arbeit geleistet, Junge, und ich fürchte, das war wirklich nötig. Ich werde zu alt für diese Dinge. Du erledigst deine Arbeiten gut.«

»Ja. Da bin ich sicher. Sämtliche Arbeiten.«

Porto erstarrte, und er blinzelte.

»Bei Zaeos und all euren Göttern!« brach es aus Rhodry heraus. »Glaubt Ihr denn, daß ich mich über diese Geschichte freue? Ich fürchte mich zu Tode.«

»Du bist ein vernünftiger Junge. Vernünftiger als unsere arme kleine Herrin.«

»Sagt mir – wieviel Ärger werde ich deshalb bekommen? Ich will nicht als abschreckendes Beispiel für alle Sklaven dieser Insel auf dem Marktplatz totgeschlagen werden.«

»Ich glaube nicht, daß es dazu kommen wird. Alaena ist reich genug, daß niemand sich einmischen wird. Nicht einmal ihr Schwager. Ohne die Kommission, die sie ihm zahlt, würde er ein erheblich bescheideneres Leben führen. Aber es wird unangenehmen Klatsch geben, wenn diese Sache bekannt wird, und irgendwie kommen solche Dinge immer heraus. Ganz gleich, wie vorsichtig wir alle sind.« Seufzend schüttelte er den Kopf. »Du solltest lieber zu den heiligen Sternen beten, daß Pommaeo nie davon erfährt. Aber ein kluger Mann kann den Göttern natürlich helfen, seinen Gebeten zuzuhören.«

»Indem er den Mund hält und darauf achtet, was er tut?«

»Genau. Und indem er sich beliebt macht. Wenn demnächst eine der Freundinnen der Herrin dir ein Trinkgeld gibt, solltest du daran denken, etwas davon für Vinsima auszugeben.«

»Also gut. Und Disna wird nie etwas Schweres die Treppe hinauftragen müssen, solange ich in der Nähe bin.«

An einem regnerischen Tag trafen Jill und Salamander in der Hafenstadt Daradion ein. Da es schon zu spät am Tag war, um den Hafenmeister nach der *Grauer Turmfalke* zu fragen, suchten sie sich ein Gasthaus. Sobald der Regen aufhörte, gingen sie zum abendlichen Markt. Jill fand das feuchte Wetter so angenehm, daß sie sich wunderte zu hören, daß alle Bürger sich über die Kälte und Feuchtigkeit beschwerten. Der Markt war beinahe leer, die Hälfte der Buden verlassen, und nur eine Handvoll Kunden eilte rasch vorbei.

»Es hätte wahrscheinlich keinen Zweck, heute abend eine Vorstellung zu geben«, meinte Salamander finster. »Ich hatte vergessen, wie sie sich hier in Bardek wegen des Wetters anstellen.«

»Man sollte wirklich glauben, gleich finge es an zu schneien.« Jill bückte sich nach ihrem Gnom, der in einem schmutzigen Abflußgraben plantschte. »Wieviel Geld haben wir denn noch?«

»Genug für die Überfahrt nach Surtinna, aber nicht in der ersten Klasse.«

»Das macht nichts.«

»Doch. Ich will verflucht sein, wenn ich tagelang mit Kaufleuten und anderem Gesindel in der Gemeinschaftskabine hocke.«

»Dann solltest du dir lieber ein paar Tricks ausdenken, die du bei Tageslicht vorführen kannst.«

»Das, meine schöne Assistentin, ist eine hervorragende Idee. Hm. Farbiger Rauch könnte funktionieren. Und ich könnte einige Sylphen bitten, ein Tuch durch die Luft zu tragen – es würde aussehen, als flöge es von selbst. Und die Leute würden wahrscheinlich annehmen, daß ich es mit dünnen, schwarzen Drähten mache. Und wie wäre es mit etwas geheimnisvoller Musik aus unsichtbarer Quelle? Wahrhaftig, das sind Möglichkeiten.«

Den Rest des Abends grübelte Salamander über ihre neue Vorstellung nach. Hin und wieder gab er ein erschreckendes Geräusch von sich oder erfüllte ihr Gasthauszimmer mit gewaltigen Illusionen von rotem und grünem Rauch, aber die meiste Zeit überließ er Jill ihrer Arbeit. Inzwischen hatte sie solche Fortschritte gemacht, daß sie zugeben mußte, tatsächlich begabt zu sein. Wenn sie sich ein Bild erst einmal eingeprägt hatte, war sie imstande, es zu drehen und zu wenden, es aus allen Richtungen zu betrachten und zu verändern. An diesem Abend stolperte sie über einen besonders interessanten Trick. Sie visualisierte den kleinen Ledersack, in dem Salamander seine Münzen trug, und sie stellte sich den Beutel offen auf dem Tisch liegend vor, so daß sie hineinspähen konnte. Ganz plötzlich hatte sie das Gefühl, nur ein paar Zoll groß zu sein, auf dem Tisch zu stehen und in das klaffende Maul des Beutels zu starren. Sie war so verblüfft, daß sie das Bild sofort wieder verlor, aber es kam ihr wichtig genug vor, um Salamander zu stören, der gerade an der Decke eine Art Sonnenuntergang fabrizierte. Er löste die Illusion auf und hörte Jill aufmerksam zu.

»Das ist tatsächlich ein großer Fortschritt, Turteltäubchen. Jetzt kommst du langsam zum wichtigen Teil der Arbeit, also solltest du auf keinen Fall aufgeben.«

»Mach dir deshalb keine Sorgen. Das ist das Interessanteste, was ich je getan habe.«

Er riß in ehrlichem Staunen den Mund auf. »Du hältst es für interessant? Ihr Götter, du bist wirklich für den Dweomer wie geschaffen.«

»Nein, nicht die Übungen an sich. Ich kann mir schon vorstellen, daß sie dich zu Tode gelangweilt haben. Es ist die ganze Angelegenheit, alles, was in diesem Sommer mit mir passiert ist. Ich fange langsam an zu sehen, wohin ... wohin was? Es ist so verdammt schwierig, das in Worte zu fassen! Wo es hinführen könnte, wenn ich solche Dinge mit meinem Geist mache und es ist ... es ist, wie an dem Tag, als mein Vater kam und mich aus dem Dorf mitnahm. Gleich an der Straße lag eine ganze neue Welt, und ich hatte bisher nicht einmal geahnt, daß sie existiert.«

Als Jill am nächsten Morgen zum Hafen hinunterging, waren Regen und Wolken verschwunden. Der Hafen wurde von einer halbrunden Bucht in den Klippen gebildet, die steil zu einem schmalen, weißen Strand abfielen. Oben auf den Klippen stand ein gewaltiges weißes Gebäude, mit Statuen an beiden Enden, umgeben von Ständen und Buden.

»Ist das ein Tempel?« Jill zeigte auf das große Haus.

»Ja, es ist der Tempel des Dalae-oh-contremo, des Gottes der See. Eigentlich ist er Gott für alles mögliche, sogar aus irgendeinem seltsamen Grund für ungerecht behandelte Sklaven.«

»Es gibt also gesetzliche Regelungen für solche Fälle?«

»Selbstverständlich. Haben nicht auch Unfreie in Deverry Rechte, gegen die ihr Herr nicht verstoßen kann?«

»Ja, aber Unfreie sind keine Sklaven.«

»Ach, komm schon!« Salamander schnaubte. »Sie können nicht von ihrem Land und ihren Familien wegverkauft werden, das stimmt, aber sind sie frei? Du scherzt, meine Turteltaube.

Aber es gibt in Deverry nicht mehr viele Unfreie, also hast du zweifellos nie viel über sie gehört.«

»Das stimmt. Gab es früher wirklich mehr von ihnen?«

»Auf jedem Herrensitz. Jetzt besitzt praktisch nur noch der König Ländereien, zu denen Unfreie gehören. Ich weiß nicht, warum sich das geändert hat, aber ich bin verdammt froh darüber. Weißt du, warum Sklaverei etwas so Schlimmes ist, meine Turteltaube?«

»Sie ist einfach verdammt ungerecht.«

»Mehr als das. Sie führt dazu, daß Menschen sich daran gewöhnen, grausam zu sein, und glauben, eine Rechtfertigung dafür zu haben. Und das hat immer schlimme Folgen.«

Er sprach so ruhig und ohne seine üblichen Scherze oder Übertreibungen, daß Jill sich an die wahre Kraft unter seinen Witzeleien und seiner Geschwätzigkeit erinnerte.

Da die Ankunft und Abfahrt aller Schiffe öffentlich vor dem Büro des Hafenmeisters angeschlagen wurde, fanden sie schon bald heraus, daß sich die *Grauer Turmfalke* im Besitz eines gewissen Galaetrano befand und an dem fraglichen Tag nach Ronaton auf Surtinna unterwegs war. Nach einigem Suchen fanden sie Galaetrano persönlich, einen riesigen Mann mit glattem, schwarzem Haar, der mit einigen Männern seiner Besatzung in einem Weinladen am Rande des Marktplatzes saß. Er würde am Morgen wieder nach Ronaton auslaufen und hatte genug Raum für zwei Passagiere mehr und ein paar Pferde, besonders, wenn diese Passagiere bereit waren, für eine Passage erster Klasse zu zahlen. Salamander spendierte ihnen Wein, erzählte eine seiner weniger zimperlichen Geschichten und brachte alle dazu, ausführlich über das Leben im allgemeinen und die Schiffahrt im besonderen zu reden. Beinahe zufällig – so sah es jedenfalls aus – begann der Kapitän ihnen von einem Mann namens Pommaeo zu erzählen, einem regelmäßigen Passagier, der seine letzte Überfahrt zusammen mit einem seltenen, barbarischen Sklaven gemacht hatte.

»Er erzählte mir, daß er für den Mann doppelt soviel bezahlt habe, wie dieser eigentlich wert sei, nur um ihn als Geschenk weiterzugeben. Soweit ich weiß, hat diese Frau, hinter der er her ist, ein Vermögen geerbt.«

»Ach, deshalb macht er das alles«, meinte Salamander beiläufig. »Dann wohnt sie direkt in Ronaton?«

»Nein.« Plötzlich lachte der Kapitän. »Wißt Ihr was? Er hat uns nie gesagt, wo sie wohnt. Das ist mir gerade selbst erst aufgefallen. So ein hinterhältiger Hund. Wenn man eine reiche Witwe kennt, behält man das für sich.«

»Das kann man ihm nicht übelnehmen, aber es ist trotzdem schade.« Salamander warf Jill einen beiläufigen Blick zu. »Wir könnten bei unserer Vorstellung einen Deverrianer gebrauchen. Es würde auf der Bühne gut aussehen, besonders, wenn er ebenfalls blond wäre.«

»Dieser Sklave war schwarzhaarig«, erklärte Galaetrano. »Aber ich verstehe, was Ihr meint. Und es ist seltsam. Ihr seid der zweite Mann, der mich nach barbarischen Sklaven fragt.«

»Ach ja?«

»Das letzte Mal geschah es vor meiner letzten Fahrt nach Ronaton, aber dieser Bursche kam von den Inseln. Wartet, ich glaube nicht, daß er je seinen Namen erwähnt hat, obwohl das auch seltsam ist, wenn ich jetzt darüber nachdenke. Aber er interessierte sich auch nur dafür, den Sklaven weiterzuverkaufen. Er kam von Tondio, glaube ich. Aber er hat die Überfahrt nicht mit mir gemacht, also habe ich mich nicht sonderlich darum gekümmert.«

Nach einer weiteren Runde, die diesmal der Kapitän bezahlte, verkündete Salamander, daß er und seine Assistentin eine Abendvorstellung vorbereiten müßten, lud alle dazu ein und verabschiedete sich freundlich. Es gelang Jill zu lächeln, bis sie die Straße erreicht hatten.

»Dieser Pommaeo soll in der dritten Hölle frieren!«

»Ich gebe auch zu, daß ich ausgesprochen verärgert über unseren galanten Freier bin. Noch schlimmer ist allerdings die andere Nachricht des Kapitäns.«

»Über diesen angeblichen Sklavenhändler, der nach Barbaren fragte?«

»Das mit dem angeblich gefällt mir, Turteltäubchen. Der Rest gefällt mir allerdings gar nicht. Es könnte natürlich auch Zufall sein.«

»Ebenso, wie es Zufall war, daß Brindemo vergiftet wurde, bevor wir Myleton erreichten?«

»Da hast du recht. Wenn wir zurück zum Gasthaus kommen, sollten wir uns lieber einmal genau umsehen.«

»Wieso? Wenn du dich in der Stadt umsehen willst, wieso sollten wir dann zum Gasthaus zurückkehren?«

»Es gibt bessere Arten zu reisen, als sich der eigenen Füße zu bedienen, meine kleine Strandläuferin. Hast du je gesehen, wie Nevyn in Trance fällt?«

»Ja. Kannst du das auch?«

»Ja, und zweifellos wirst du es selbst bald ebenfalls lernen. Es ist eine der grundlegenden Methoden.«

Jill wurde ganz kalt, zum Teil vor Angst, zum Teil vor Aufregung. Sie hatte immer angenommen, daß Nevyns Fähigkeit, sich in Trance zu versetzen, zu den Kunstgriffen eines Meisters gehörte. Salamanders Trance allerdings war kein sonderlich interessanter Anblick. Er legte sich auf den Diwan in ihrem Gasthauszimmer und verschränkte die Arme über der Brust. Jill auf der einen und eine Gruppe neugierigen Wildvolks auf der anderen Seite wachten über ihn. Einen Augenblick schien er eingeschlafen, die Augen geschlossen, den Mund ein wenig geöffnet. Er atmete gleichmäßig und langsam. Jill beobachtete ihn einige Zeit, dann ließ sie ihren Geist abschweifen, so sehr, daß sie ganz erschrocken zusammenzuckte, als er sich abrupt aufsetzte und zu sprechen begann.

»Das gefällt mir nicht, Jill. Das gefällt mir überhaupt nicht.«

»Was ist los?«

»Nichts. Aber es gab gewisse Anhaltspunkte … wie kann ich sie nur beschreiben? Es geht irgendwie nicht. Nenn sie Spuren – das wird genügen müssen. Und ich habe einen Geist gesehen, der vielleicht mit einem dunklen Meister zu tun hat, ein jämmerlich gequältes Wesen.« Seine Augen blitzten zornig. »Ich wollte ihm helfen, aber er war zu verängstigt, als daß ich näher kommen konnte. Offenbar hat er gelernt, daß der Kontakt mit menschlichen und halbmenschlichen Seelen Schmerzen bedeutet. Ihr Götter, wie ich diese Schweine hasse!« Er stand auf, reckte sich, dann kehrte er mit einem Lächeln zu seiner Maske des gutgelaunten Dummschwätzers zurück. »Haben wir noch Wein, schöne Assistentin? Der große Zauberer hat einen gewaltigen Durst entwickelt.«

»Ich hole welchen – aber willst du etwa behaupten, daß es hier in Daradion dunkle Meister gibt?«

»Nein, mein Turteltäubchen. Nur, daß einer oder zwei der geringeren Schleimer hier vor ein paar Tagen durchgekrochen sind. Ich denke allerdings, daß wir von jetzt an sehr vorsichtig sein sollten.«

Im Bett lag Jill noch lange Zeit wach, und sie mußte an die dunkle Sonne denken, die Elfengöttin, die sie und Salamander als Zeugin ihres Schwurs aufgerufen hatten, sich an Rhodrys Folterern zu rächen. Es schien Jahre her zu sein, nicht nur Monate, daß sie damals in Cerrmor ihren Feinden den Tod geschworen hatten. Die Göttin gebot über Todeswölfe, das hatte Salamander jedenfalls erzählt, und der Schwur bewirkte, daß diese Ungeheuer blutige Jagd auf den Schuldigen machten. Jill gefiel dieser Schwur, ihr gefiel das Bild, das er in ihrem Kopf heraufbeschwor: eine hochgewachsene Göttin, mit einem langen Elfenbogen in den Händen, dem Köcher an der Hüfte und zu ihren Füßen zwei geduckte, schwarze Wölfe.

In ihrer Phantasie drehte nun einer der Wölfe den Kopf und sah sie direkt an. Mit einem leisen Aufschrei war Jill wieder hellwach und wütend, daß sie ihren Geist hatte spazierengehen lassen. Aber sie konnte sich hervorragend an das Bild erinnern, und als es an der Zeit war, weiter mit Bildern zu arbeiten, wählte sie den Wolf – aber leider, ohne Salamander zu erzählen, was sie tat. Da dieses Bild an sich einen uralten Kraftknoten der Astralebene darstellte, entstand es erstaunlich schnell vor ihrem geistigen Auge, und da es so einfach war, damit zu arbeiten, beschloß sie, es weiter zu benutzen.

Am nächsten Morgen stach die *Grauer Turmfalke* in See. Der Wind war günstig, und nach etwa einer Stunde hatte die ungelenke Fährbarke das Land schon weit hinter sich gelassen. Die Langeweile einer Seereise machte sich breit. Während Salamander die Besatzung und andere Passagiere mit seinen Geschichten, Liedern und Kunststücken unterhielt, verbrachte Jill die meiste Zeit mit Arbeit an ihrem Wolfsbild. In der letzten Nacht an Bord hatte sie endlich das Gefühl, daß ein großer Wolf neben ihr in der Koje lag, und es kam ihr so vor, als könnte sie ihn beinahe sehen. Obwohl sie am Ende der Übung die üblichen Verbannungsgesten machte, schien der Wolf nur widerstrebend zu verschwinden.

Sie erreichten Ronaton an einem sonnigen Morgen und verließen die Stadt sofort wieder in Richtung Südwesten. Sie ritten etwa zwei Stunden, bis sie gegen Mittag zu einer Reihe von Bäumen und zu einer Quelle kamen, wo sie anhielten und ein Lager aufschlugen, damit sich Pferde und Maultier, die noch ein wenig unruhig von der Schiffsreise waren, erholen konnten. Während Jill die Tiere ablud, schlenderte Salamander ein paar Schritte weiter und spähte aufs Meer hinaus. Als er zurückkehrte, schüttelte er enttäuscht den Kopf.

»Ich habe versucht, Rhodry zu sehen, aber das wird uns nicht viel nützen. Er war in einer Art Keller, wo er sich um eingemachte Lebensmittel in großen Tonkrügen kümmerte. Es war ein älterer Mann bei ihm, der offenbar für den Haushalt verantwortlich ist. Ihr Götter, ich hoffe, sie bleiben nicht den ganzen Tag dort unten!«

Inzwischen hatten beide sich so an die bardekianische Sitte des Nachmittagsschlafs gewöhnt, daß sie auch jetzt ihr Bettzeug ausrollten und sich einige Stunden niederlegten. Salamander schlief sofort ein, aber Jills Zorn erreichte an diesem Nachmittag seinen Höhepunkt. Sie dachte an Rhodry, und wie so oft brach sie in Tränen aus, die eher der Enttäuschung und Hilflosigkeit als der Trauer zuzuschreiben waren. Nachdem sie sich ausgeweint hatte, gab sie den Versuch zu schlafen auf und begann wieder, an ihr Wolfsbild zu denken. Es entstand rasch, und sie stellte sich vor, daß das Tier zu ihren Füßen lag.

Wie Salamander sie gelehrt hatte, benutzte sie beim Aufbau des Bildes all ihre Sinne, stellte sich vor, den Wolf riechen zu können, spürte sein Gewicht über ihren Fußknöcheln und seine Wärme durch die dünne Decke. Und dann fiel plötzlich etwas in ihrem Kopf an seinen richtigen Platz. Genau dort, wo sie ihn sich vorgestellt hatte, erschien der Wolf, ein wenig neblig und dünn, aber er schien deutlich vorhanden zu sein und unabhängig von ihrem Willen zu existieren. Sie arbeitete daran, ihn deutlicher werden zu lassen, ließ sein schimmerndes Fell dichter werden, stellte sich die Zähne und die hechelnde Zunge vor. Als ihr auffiel, daß der Wolf ein goldenes Halsband mit elfischen Mustern trug, bekam sie plötzlich Angst, denn das war in ihrer Phantasie nicht vorgekommen. Der Wolf wandte ihr den Kopf zu und betrachtete sie mit dunklen Augen. Erst jetzt fiel Jill auf, daß eine dünne, nebelhafte Schnur ihren

Solarplexus mit dem des Wolfes zu verbinden schien, aber wann immer sie versuchte, sich diese Schnur direkt anzusehen, verblaßte sie.

Der Wolf erhob sich und streckte sich, wie es Hunde tun. Obwohl Jill mit dem Verbannungsritual begann, hatten ihre Worte und Bewegungen keine Kraft, denn so verängstigt sie auch sein mochte, sie war fasziniert von ihrer Schöpfung. Der Wolf ignorierte das Ritual vollkommen und schnupperte mit einer bemerkenswert echt aussehenden schwarzen Nase an Salamander und seinen Decken.

»Es ist wirklich schade, daß du nicht echt bist. Ich könnte dich ausschicken, um Baruma aufzuspüren.«

Wieder drehte der Wolf sich um und sah sie an. Zu ihrem eigenen Erstaunen sprach Jill weiter mit ihm. Sie erzählte ihm von all ihrem Haß, von allem, was sie über Baruma wußte, wo er war, wie er aussah, aber irgendwie wußte sie auch, daß das dem Wolf wenig bedeutete. Das Tier schüttelte sich, sprang über sie hinweg und verschwand im Unterholz.

In diesem Augenblick wachte sie auf, oder sie glaubte es zumindest. Sie fühlte sich, als wäre sie flach auf den Rücken gefallen, und ihre Augen standen weit offen. Bei den Göttern und ihren Frauen! dachte sie gereizt. Das war also nur ein Traum? Vielleicht ist es besser so. Sie stand auf, und während sie in den Satteltaschen nach etwas Eßbarem suchte, vergaß sie die ganze Geschichte. Sie war zwar so erschöpft, daß ihr beinahe schwindelig wurde, aber das schrieb sie den langen Monaten der Anstrengung zu. Kurz darauf erwachte auch Salamander mit verquollenen Augen und gähnte. Er taumelte zur Quelle, steckte den Kopf ins kalte Wasser, schnaufte, hustete und fluchte einen Augenblick, dann blickte er grinsend auf, während ihm das Wasser aus dem Haar ins Hemd lief.

»Viel besser«, verkündete er. »Ich werde noch einmal versuchen, Rhodry aufzuspüren. Früher oder später muß er doch aus diesem dunklen Keller kommen. Komm mit und sieh, ob du selbst etwas erkennen kannst.«

Durch einen Riß im hellen Sandstein quoll das Wasser lautlos hervor und plätscherte von dort ein wenig gegen den Rand des Beckens, bevor es überlief. Als Salamander den Arm um Jill legte und sie an sich zog, war sie sich nicht seiner physischen Berührung, sondern seiner Aura bewußt, der Macht, die von ihm ausging.

»Konzentrier dich auf die Wellen und sieh nicht allzu genau hin, und dann denk an Rhodry.«

Lange Zeit sah sie nichts außer dem glasigen Strom von Wasser gegen den Stein. Dann plötzlich bemerkte sie ein schwaches, nebelhaftes Bild auf den Wellen: Rhodry, der offenbar auf dem Weg zu einem Marktplatz war. Ihr Bild der Marktbuden und Händler flackerte und war so unruhig wie die Baldachine der Marktstände selbst, aber das Bild Rhodrys war fest und stetig. Zuerst sah er gesund und braungebrannt aus, und er lächelte sogar, wenn er Leuten begegnete, die er kannte. Als Jill ihn mit hungriger Neugier anstarrte, hatte sie das Gefühl, sich näher zu ihm hinzubewegen, bis es beinahe so war, als schwebte sie neben ihm. Als er dann den Kopf drehte, als würde er sie tatsächlich ansehen, bemerkte sie die Veränderung in ihm, die allerdings von subtiler Art war: eine gewisse Schlaffheit um den Mund, eine Verstörtheit im Blick. Selbst wenn er lächelte, schien etwas zu fehlen. Wo war die Lebhaftigkeit, wo war das Grinsen, mit dem er ganze Gruppen von Männern auf seine Seite bringen konnte? Wo war die stolze Haltung seines Kopfes und seiner Schultern, die verkündete, daß man es hier mit einem Krieger zu tun hatte, mit einem gefährlichen, aber ehrenhaften Mann, der dazu geboren war, anderen Befehle zu erteilen? Jill wurde ganz elend, als ihr klar wurde, daß seine geistige Wunde so eindeutig und spürbar war, wie es eine körperliche gewesen wäre.

»Ich kenne diesen Ort«, flüsterte Salamander. »Dieser ganze Stuck, dieser rosafarbene Stein und die Berge, die man vom Marktplatz aus sehen kann ... bei den Göttern, es ist Wylinth!«

Sein Triumphschrei brach die Vision. Er ließ Jill los, hockte sich auf die Fersen und grinste. Aber das Grinsen verschwand, als er ihre Miene sah.

»Salamander, er wird sich doch wieder erholen? Wir können doch etwas für ihn tun, oder? Wir können ihn heilen. Glaubst du nicht?«

Sein Mund war so schlaff, wie der seines Bruders es gewesen war, und er schwieg lange.

»Salamander!«

»Ich weiß es nicht, Turteltaube. Ich weiß es wirklich nicht. Zumindest können wir ihn nach Hause zu Nevyn bringen, und Aderyn ist auch noch da – ich bin sicher, er wird nach Eldidd kommen, um zu helfen.« Wieder schwieg er. »Aber ich weiß es nicht.«

Jill schlug die Hände vors Gesicht und weinte. Danach kannte sie nur noch den Gedanken an Rache.

Wylinth war nur drei Tagesritte entfernt, aber Salamander beschloß, daß sie sich auf einem Umweg nähern sollten. An diesem Nachmittag wandten sie sich nach Westen und folgten dem Fluß zu der kleinen Stadt Andirra, in der es zu Salamanders Entsetzen nur zwei Gasthäuser gab, die beide von lediglich mittlerer Qualität waren. Die Vorstellung allerdings war ein großer Erfolg, weil nur wenige Schausteller durch Andirra kamen. Das Oberhaupt der örtlichen Kaufmannsgilde lud sie zu einem üppigen Abendessen in sein Haus ein, wo sie einige andere wichtige Leute aus der Stadt kennenlernten. Das gab Salamander eine hervorragende Gelegenheit zu fragen, ob es in dieser Gegend irgendwo barbarische Sklaven zu kaufen gäbe. Sein Gastgeber wußte davon nichts, aber er berichtete, daß ihn vor kurzem ein Sklavenhändler, der auf dem Weg nach Tondio gewesen war, ebenfalls nach Barbaren gefragt hatte.

Sobald sie wieder in ihrem Gasthauszimmer waren, fragte Jill Salamander, ob er glaube, daß der geheimnisvolle Händler derselbe Mann sei, auf dessen Spur sie in Daradion gestoßen waren.

»Darauf würde ich wetten. Aber es ist seltsam – wenn er die Kaufleute fragen muß, kann er Rhodry offenbar nicht mit Hilfe des Zweiten Gesichts aufspüren. Es sei denn, er hat ihn zuvor nie gesehen – aber sollte die dunkle Bruderschaft ausgerechnet jemanden schicken, der Rhodry nicht einmal kennt?«

»Vielleicht ist er wirklich nur ein Händler. Vielleicht hat er mit der dunklen Bruderschaft gar nichts zu tun.«

»Aber was war dann mit dem armen gefolterten Geist, den ich in Daradion gesehen habe? Ach, ich weiß es nicht, Jill! Ihr Götter, ich komme mir vor wie eine Bauersfrau, die versucht, Hühner in den Hühnerstall zu scheuchen. Für jedes Huhn, das schließlich im Stall landet, kommen zwei wieder herausgeflattert!«

Als Baruma den Wolf zum erstenmal sah, dachte er nicht weiter darüber nach, da er in einem Gasthaus übernachtete, dessen Besitzer ein Rudel Jagdhunde hielt. Er war in den Bergen des nördlichen Surtinna auf dem Weg zum abgelegenen Landsitz des Alten, aber er nahm sich Zeit, weil er hoffte, daß es der Blutgilde inzwischen gelungen sein könnte, Rhodry wieder einzufangen, und er hatte für die Nacht in einer kleinen Stadt ein paar Meilen östlich von Vardeth Halt gemacht. Im abendlichen Zwielicht ging er auf dem Weg zu seinem Zimmer über den Hof, als er an der abgelegenen Hofseite einen großen, schwarzen Hund sah, der ihn beobachtete, als er nach oben ging – ein vollkommen unbedeutendes Ereignis. Jedenfalls dachte er das zu diesem Zeitpunkt. Später an diesem Abend, als er hörte, wie es an seiner Tür kratzte und winselte, ignorierte er das.

Erst beim nächsten Mal wurde ihm die Wahrheit klar. Er hatte inzwischen Vardeth erreicht und übernachtete in einem teuren Gasthaus mitten in der Stadt, neben dem Regierungsplatz. In solchen Einrichtungen waren Hunde alles andere als willkommen. Es war abermals dämmrig, als er den Garten des Hauses durchquerte und das Tier am gekachelten Brunnen trinken sah. Diesmal erkannte er deutlich, daß es kein Hund, sondern ein riesiger Wolf war. Als das Tier den Kopf hob, um ihn anzusehen, tröpfelte kein Wasser von seinem Maul. Sofort hob Baruma die Hand und zeichnete ein Bannsiegel in die Luft, aber der Wolf ignorierte es. Er legte den Kopf in den Nacken und stieß ein lautloses Heulen aus, dann sprang er auf Baruma zu, schnappte nach ihm und verschwand so lautlos, wie er gekommen war. Ein wenig zitternd eilte Baruma in sein Quartier. Er verbarrikadierte die Türe hinter sich, doch als er sich umdrehte, lag der Wolf schon auf dem Diwan.

»Raus!« Hier in der Abgelegenheit seines Zimmers konnte er ein vollständiges Bannritual durchführen, und diesmal verschwand der Wolf tatsächlich bei seinem letzten Befehl – nur um im Morgengrauen wiederzukehren. Als Baruma die Augen öffnete, stand der Wolf auf seiner Brust und knurrte ihm lautlos ins Gesicht. Mit einem mühsam unterdrückten Aufschrei setzte er sich und begann sofort mit dem Ritual. Der Wolf war so schwierig loszuwerden, daß das Tier nur von jemandem geschickt worden sein konnte, der sich wirklich in den dunklen Künsten auskannte. Er nahm an, einer seiner Feinde aus dem Kreis der Initiierten und Möchtegern-Initiierten, die den dunklen Dweomer umschwirrten wie Fliegen einen Dunghaufen, hätte ihm dies Ungeheuer geschickt. Er konzentrierte sich darauf, die Verbannung diesmal endgültig durchzuführen, und als er fertig war, sicherte er sich mit astralen Siegeln.

Dennoch kehrte der Wolf in der Abenddämmerung zurück. Im Lauf der nächsten Tage folgte er Baruma, wo immer dieser hinging, und ignorierte all seine mächtigen Flüche und die Drohungen im Namen der Finsternis. Nie versuchte das Tier, ihm körperlichen Schaden zuzufügen, aber es erschreckte ihn dennoch, wenn es plötzlich an irgendeiner Ecke erschien oder ihm durch eine dunkle Straße folgte. Manchmal drang es in seine Träume ein, manchmal in seine Dweomerübungen. Endlich wurde ihm klar, daß der Wolf vielleicht so etwas wie ein Spion war, geschickt von einer anderen Fraktion der ununterbrochen zerstrittenen dunklen Bruderschaft. Wenn der Habichtsmeister wissen wollte, was der Alte vorhatte, ging es anderen vielleicht ebenso. An diesem Abend holte er seinen Krug mit schwarzer Tinte heraus, goß sie in das dafür vorbereitete Silberbecken und nahm Kontakt mit dem Alten auf. Baruma war noch kein Mitglied des äußeren Kreises, aber er war auch kein Anfänger mehr, und er konnte den Kontakt beinahe sofort herstellen. Auf der Oberfläche der Tinte erschien das Gesicht des Alten, wie immer bei kaltem Wetter ein wenig zitternd. Als Baruma seine Geschichte erzählt hatte, betrachtete der Alte ihn mit halb geschlossenen Augen.

»Es war richtig, daß du mir davon berichtet hast«, erklärte der Alte schließlich. »Ich hatte schon einige Zeit den Verdacht, daß jemand anders Rhodry verfolgt.«

»Ach ja?« Baruma wurde ein wenig kalt – er hätte wissen sollen, daß nicht einmal ein Habichtsmeister seinen Verrat vor dem Alten verbergen konnte. »Nun, dann ist es wohl anzunehmen, daß diese Person auch den Wolf geschickt hat.«

»Es mag ein Wolf sein, aber diese Leute selbst sind Hunde, vielleicht nicht mehr als Welpen.« Der alte Mann schien zu kichern. »Sie unterschätzen mich, mein Freund, weil ich aussehe wie eine fette Schnecke auf einem Salatblatt im Garten, und sie glauben, daß ich meine Tage damit verbringe, im Schleim umherzukriechen. Aber in dieser häßlichen Gestalt lebt immer noch ein Mann von großer Macht, und das werden sie früher oder später feststellen.«

»Glaubt Ihr nicht, daß dieser Wolf von Eurem alten Feind, diesem Nevyn, kommen könnte?«

»Du Narr! Diese Idioten, die dem Dweomer des Lichts folgen, würden so etwas nie tun.« Seine Gedankenberührung troff vor Verachtung. »Sie und ihre jämmerlichen kleinen Regeln, die bestenfalls für Frauen und Sklaven gut sind! Aber genug davon! Wenn wir wirklich Feinde haben, sollten wir uns nicht der Gefahr aussetzen, belauscht zu werden. Komm bald zu mir, aber sorg dafür, daß dir niemand folgt. Ich warte lieber noch, um dich zu sehen, statt daß du die falschen Leute mit dir bringst.«

»Ich werde selbstverständlich sehr diskret sein.«

Sobald die Vision abgebrochen war, gestattete Baruma sich ein Lächeln. Er sollte also vorsichtig sein. Der Alte hatte ihm gerade selbst einen guten Grund gegeben, seinen Besuch in der Villa zu verzögern. Baruma war vollkommen mit sich zufrieden, bis er sich umsah und den Wolf entdeckte, der an einer seiner Reisetaschen kaute.

Spät am nächsten Nachmittag trafen Jill und Salamander in Wylinth ein. Bis zum Sonnenuntergang blieb ihnen gerade noch genug Zeit, um sich ein Quartier im besten Gasthaus des Ortes zu mieten. Als sie am Abend zum Marktplatz gingen, um mit den Männern des Archon über Auftrittsmöglichkeiten zu reden, hielt Jill ununterbrochen nach Rhodry Ausschau. Am liebsten wäre sie von Tür zu Tür gegangen und hätte in jedem Haus der Stadt nach ihm gefragt, aber Salamander bestand darauf, daß sie Geduld haben müsse.

»Ich habe schon einen Plan, Turteltäubchen, einen ausgesprochen gut ausgefeilten und – wie ich hoffe – narrensicheren Plan.«

»Hör mir zu, Elf! Ich habe einige Erfahrung mit deinen seltsamen Plänen. Sie brauchen immer eine Ewigkeit, bis sie in Gang kommen.«

»Keine Ewigkeit, nur einen angemessenen Zeitraum. Jill, bitte vertrau mir noch einmal. Wenn wir jetzt übereilt vorgehen, können wir alles kaputtmachen. Im Augenblick haben wir nicht den geringsten Grund anzunehmen, daß der dunkle Dweomer sich unserer Anwesenheit auf diesem geschätzten Archipel bewußt ist. Und je länger das der Fall bleibt, desto glücklicher, um nicht zu sagen, desto gesünder werden wir bleiben.«

»Das ist wahr. Aber wenn wir Rhodry nicht innerhalb einer Woche finden, fange ich an, mich nach ihm zu erkundigen.«

»Also gut. Laß mir eine Woche Zeit.«

Mindestens zweimal in der Woche lud eine von Alaenas Freundinnen sie ein, um gemeinsam die Zukunft zu lesen. Obwohl alle Frauen im Bekanntenkreis der Witwe versuchten, mit Hilfe der Kacheln und anderer Mittel in die Zukunft zu schauen, war nur sie allein wirklich dazu begabt. Die Frauen nahmen diese Sitzungen tödlich ernst, obwohl Alaena überwiegend Kleinigkeiten wie den Brief einer alten Freundin oder den Besuch eines Verwandten voraussagte. Sie hofften immer, daß sie die Möglichkeit einer Romanze entdecken würde, weil reiche verheiratete Frauen in Bardek häufig Liebesaffären hatten und ihnen das niemand vorwarf, solange sie ihre Kinder nicht verließen oder gegenüber ihrem Ehemann zu deutlich wurden. Da diese Affären ihre Hauptunterhaltung darstellten, widmeten sie sich stundenlang den Kacheln und Alaenas

Voraussagen. Eines Nachmittags versuchte Malina, die Kacheln für Alaena zu lesen, als sie mit einer anderen Freundin, Eldani, einer Frau etwa in Malinas Alter, zu Mittag aßen. Nachdem Alaena ihre Kacheln ausgewählt hatte, starrte die ältere Frau sie lange an und gab dann ein paar abgehackte Sätze von sich, die wie auswendig gelernt klangen.

»Der Prinz der Vögel weist auf Glück hin, aber er liegt neben der Drei der Speere, also wird etwas dazwischenkommen. Es tut mir leid, Alaena. Ich habe einfach nicht dein Talent.«

»Man braucht dazu nur Übung, das ist alles, und man muß eine gute Geschichte daraus machen können. Du kannst Dinge, die du über mich weißt, hinzufügen, um die Geschichte ein wenig auszupolstern.«

Malina starrte die Kacheln noch einmal an, gab zögernd noch ein paar weitere Klischees von sich und seufzte dann.

»Ich kann hier keine Geschichte sehen. Ich komme mir so eigensüchtig vor! Du kümmerst dich immer um uns, aber wir können deine Zukunft nicht lesen. Oder könntest du es auch für dich selbst tun?«

»Nicht sonderlich gut.«

»Vielleicht kann der Zauberer, der auf dem Marktplatz auftritt, in die Zukunft sehen«, warf Eldani ein. »Habt ihr schon von ihm gehört?«

»Nein«, erwiderte Alaena.

»Es klingt, als würden seine Vorstellungen Spaß machen. Mein Mann hat ihn gestern abend gesehen, als er auf dem Weg zum Gildetreffen war. Dieser Zauberer ist ein seltsamer Mann in einem langen, roten Gewand, aber er führt offenbar erstaunliche Dinge vor.«

»Ich habe davon gehört«, meinte Malina. »Meine Köchin war ganz aufgeregt, als sie vom Markt zurückkam. Sie behauptet, der Zauberer könne Flammen aus seinen Händen springen und bunten Rauch aufsteigen lassen. Es ist schon klar, daß er das mit irgendwelchen Pulvern und Chemikalien tut, aber sie meinte, die Wirkung sei wirklich äußerst reizvoll.«

»So etwas müßte besonders nach Einbruch der Dunkelheit hübsch sein«, sagte Alaena. »Vielleicht werde ich hingehen und zusehen.«

»Alaena!« Malina war entsetzt. »Du kannst nicht einfach abends auf den Markt gehen und dich dort unter die Menge mischen!«

»Warum nicht?« Eldanis Lächeln war ein wenig zu künstlich. »Sie war schon immer mutig.«

Alaena lächelte nur.

»Warum nicht? Ich bin einfach noch zu jung, um den ganzen Tag Rollen zu bemalen wie du, Liebste.«

Malina beugte sich aufgeregt vor. »Vielleicht sollten wir alle gehen und uns diesen Zauberer ansehen. Wir könnten eine Eskorte mitnehmen, dann wäre es ungefährlich.«

»Nun, ich nehme an«, meinte Eldani, »daß Alaena ihren Lakai mitbringen wird.«

Rhodry hatte das Gefühl, als hätte man ihm in den Bauch getreten. Malina funkelte Eldani so erbost an, daß diese zurückwich.

»Dieser Zauberer«, fuhr Malina fort, »wird uns zumindest ein neues Thema liefern, über das wir reden können.«

»Ja, natürlich.« Eldani zwang sich zu einem weiteren Lächeln. »Oh, jetzt weiß ich es – wieso veranstalten wir nicht einfach ein Fest und laden den Zauberer dazu ein?«

»Eine wunderbare Idee!« Malina stürzte sich sofort auf den Themenwechsel. »Wenn es nicht regnet, könnte er seine Vorstellung draußen im Garten geben. Ich bin sicher, daß er kommen würde, wenn ich ihm genug zahle.«

»Und denkt nur, was die liebe Tannilan dazu sagen würde«, meinte Alaena. »Erinnert ihr euch an diese schrecklichen Akrobaten, die sie für ihr letztes Fest gemietet hat?«

»Zumindest habe ich noch nicht vergessen, wie sehr sie sich deshalb aufgeplustert hat.«

Die Kacheln waren vergessen, und die drei Frauen beugten sich über den Tisch und begannen zu planen.

»Es treibt mich fast in den Wahnsinn, das ist alles!« Obwohl er versuchte, ruhig und beherrscht zu wirken, wußte Baruma, daß sein Abbild fauchte. »Jedesmal, wenn ich mich umdrehe, sehe ich diesen Dämonenwolf, der mich anknurrt.«

»Kann er dir weh tun?« fragte der Alte zurück.

»Das weiß ich nicht. Er widersteht jedenfalls all meinen Bannsprüchen.«

Das Abbild des Alten auf der dunklen Tintenlache runzelte nachdenklich die Stirn.

»Dann wurde er von jemandem geschickt, der wirklich mächtig ist. Das hatte ich befürchtet. Einige meiner Rivalen in der Bruderschaft wissen, daß ich an etwas Wichtigem arbeite, und sie wollen sich offenbar einmischen. Nun, wenn du hierherkommst, werden wir dem Wolf in seine Höhle folgen. Es könnte interessant sein herauszufinden, wer seine Nachbarn sind. Inzwischen solltest du ihn als eine Prüfung deines Mutes betrachten.« Mit einer Geste brach der Alte den Kontakt ab, und Baruma konnte nichts tun, um das zu verhindern.

Seit Tagen hatte Malina Alaena Botschaften geschickt. Ja, der Zauberer würde eine Vorstellung geben; ja, er könne auch die Zukunft lesen; übrigens, Malina würde ein blaues Kleid tragen, deshalb wäre es wirklich reizend von Alaena, sich für eine andere Farbe zu entscheiden. Am Tag vor dem Fest schickte die Herrin Rhodry zum Markt, um eine Phiole ihres üblichen Parfums zu kaufen. Als er sich an den Ständen vorbeidrängte, hörte er, daß viele über den großen Krysello und seine wunderbare Vorstellung sprachen.

»Ich will verflucht sein, wenn ich weiß, wie er das macht«, erklärte der Parfumverkäufer. »Er hat allerdings eine Frau dabei, die eher eine Partnerin als eine Sklavin zu sein scheint, und zwei qualmende Kohlebecken. Wahrscheinlich benutzt er irgendwelche Pulver.«

»Da bin ich sicher«, meinte der Obstverkäufer am nächsten Stand. »Auf den großen Märkten an der Küste findet man seltsame Dinge, heißt es. Aber es ist schon verblüffend zu sehen, wie ihm blaue Flammen direkt aus den Fingerspitzen schießen. Das muß ziemlich gefährlich sein.«

»Ich würde es gerne sehen«, meinte Rhodry. »Wahrscheinlich verdient er eine Menge Geld.«

»Beim Bart des Wellenvaters! Er wohnt mit seinem Barbarenmädchen im Gasthaus zu den Sieben Lampen – muß ich noch mehr sagen?«

Angemessen beeindruckt stieß Rhodry einen leisen Pfiff aus, und dann erspähte er plötzlich ein paar Schritte entfernt einen grauen Gnom. Das kleine Geschöpf starrte ihn an, und als Rhodry weiterging, folgte es ihm, zunächst zögernd, dann eiliger. Schließlich griff es nach dem Saum von Rhodrys Hemd und begann, auf und ab zu tanzen. Rhodry drehte sich um, entdeckte niemanden in der Nähe und hockte sich hin, um so zu tun, als müsse er seine Sandalen neu binden.

»Du kommst mir irgendwie bekannt vor, kleiner Bruder. Habe ich dich nicht schon in Deverry gesehen? Ich erinnere mich aber nicht mehr, wo.«

Der Gnom faßte sich verzweifelt an den Kopf, dann verschwand er. Am Abend des Festes begleitete Rhodry die Sänfte seiner Herrin zu Malinas Anwesen. Fünf andere Sänften waren bereits dort, und die Träger hockten unter dem wachsamen Auge von Malinas Torhüter und einem ihrer Lakaien daneben. Rhodry wäre am liebsten bei ihnen geblieben und den neugierigen Damen nicht unter die Augen gekommen, aber Alaena befahl ihm mitzukommen. Malina hatte sich für dieses Fest selbst übertroffen. Überall im Garten glitzerten winzige Öllämpchen, und bunte Girlanden wetteiferten mit den letzten Blüten der Jahreszeit. Hier und da schlenderten Leute umher, unterhielten sich und lachten, oder sie saßen bereits auf den Bänken nahe einer improvisierten Bühne, auf der zwei Messingkohlebecken bereitstanden. Rhodry bemerkte, daß einige der Gäste ihn neugierig betrachteten, und er wurde ausgesprochen nervös und fragte sich, ob es eine gute Idee von seiner Herrin gewesen war, darauf zu bestehen, daß er sie begleitete. Als sie an einer Gruppe Neugieriger vorbeikamen, wies Alaena ihn allerdings an, er solle Malinas Köchin bei ihrer Arbeit helfen. Bevor sie diese Anweisung widerrufen konnte, suchte Rhodry schnell Zuflucht in den Sklavenquartieren. In der Küche waren zwei Sklaven hektisch damit beschäftigt, Brotteig zu kneten und diesen auf einen knisternd heißen Backstein zu legen. Über der Feuerstelle hingen riesige Kessel mit gewürztem Gemüse. Die Köchin rannte hin und her, rührte, probierte, fügte hier und da etwas hinzu und schrie über die Schulter hinweg anderen Sklaven Befehle zu. Draußen sah Rhodry ein paar Männer, die ein ganzes Schwein am Spieß auf einem offenen Feuer brieten. Die Köchin warf Rhodry einen auffordernden Blick zu, strich sich das Haar aus der verschwitzten Stirn und zeigte auf eine vier Fuß hohe Amphore neben der Tür.

»Die Schöpfkellen sind auf dem Regal dort. Bring den Wein hinaus zum Serviertisch. Die Becher sind bereits dort.«

Mit der Hilfe eines Jungen gelang es Rhodry, die Amphore nach draußen zu schaffen und mit dem spitzen Ende in ein Blumenbeet nahe dem Tisch zu stecken. Sofort drängten sich die Gäste um ihn. In der nächsten Stunde war er damit beschäftigt, Wein auszuschenken. Er hatte kaum die Zeit zu bemerken, daß sich eine ganze Gruppe von Wildvolk um ihn geschart hatte. Sie schienen vollkommen begeistert zu sein, sprangen auf und nieder, zupften an seinem Hemd, rannten unter dem Tisch hin und her und zwickten sogar hin und wieder einen der Gäste. Nachdem das Essen aufgetragen war, füllte Rhodry einen silbernen Krug mit Wein und ging im Garten umher, um nachzugießen. Alaena unterhielt sich mit ihrem Schwager und dessen Frau. Als Rhodry ihnen Wein nachgoß, würdigte sie ihn kaum eines Blickes und hielt nur automatisch ihren Becher hin.

Plötzlich erklang ein Gong. Malinas Mann betrat die Bühne und kündigte an, daß der große Krysello, Zauberer des Nordens, bereit sei, seine Vorstellung zu beginnen. Lachend suchten sich die Gäste ihre Plätze. Rhodry kehrte zum Serviertisch zurück, der seitlich neben der Bühne stand. Er goß sich selbst einen Becher Wein ein, dann hockte er sich inmitten des Wildvolks auf die Tischkante, als die roten und goldenen Vorhänge sich teilten und ein schlanker Mann in einem langen roten Gewand erschien. Sein Haar war so hell, seine Augen so rauchgrau, daß Rhodry einen lauten Fluch ausstieß. »Bei den Göttern«, flüsterte er auf deverrianisch. »Er ist zumindest ein halber Elf.«

Das Wildvolk nickte zustimmend und drängte sich noch näher, als eine ganze Reihe ihrer Art auf der Bühne erschienen, so plötzlich und dramatisch, daß Rhodry sich umsah und erwartete, daß alle anderen sie ebenfalls erspäht hatten.

»Ich bin Krysello, und ich mag ein großer Zauberer sein, aber verglichen mit Euch hohen Herrschaften bin ich nur ein demütiger Bettler.« Der Schausteller verbeugte sich tief. »Ich hätte es mir nie träumen lassen, daß mir einmal die Ehre widerführe, meine kleinen Wunder in der Gegenwart solch hochgestellter Persönlichkeiten vorzuführen.« Er richtete sich auf und zeigte auf eines der Kohlebecken. Rote Flammen schossen empor und sanken dann wieder zu einem Glühen zusammen. Eine Frau stieß einen kleinen Schrei aus. »Fürchtet Euch nicht, edle Dame. Ihr seht hier nur die Vorstellung eines Barbaren – kleine, jämmerliche Kunststücke aus dem weit entfernten Norden.« Eine weitere Geste, und aus dem zweiten Becken stieg goldfarbenes Feuer auf. »Und nun möchte ich meine schöne barbarische Assistentin, die Prinzessin Jillanna vorstellen.«

Zu leisem Applaus teilten sich die roten Vorhänge, und heraus trat eine blonde Frau in einem Hemd aus Goldbrokat, die einen Schwertgurt mit einem sehr echt aussehenden Schwert und einem silbernen Dolch trug. Rhodry erkannte den Griff dieses Dolches, sobald er im Lampenlicht aufblitzte. Er bekam kaum mehr Luft, und sein Kopf wurde seltsam schwer, als er sich zwang, das Gesicht der Frau anzusehen. Irgendwie hatte er gewußt, daß sie es sein würde, die dort auf der Bühne stand und etwas verkrampft in die Menge lächelte, während sie sich verzweifelt nach etwas umsah und immer weiter lächelte, derweil der Zauberer seine kleinen Ansprachen hielt und Tücher in diese und jene Richtung flattern ließ. Nun drehte sie sich um und sah ihn direkt an. Einen Augenblick erstarrte ihr Lächeln, und auch sie schien die Luft anzuhalten, bevor sie den Blick wieder abwandte.

Rhodry begann zu zittern. Er war ebensowenig in der Lage, damit aufzuhören, wie er irgend jemandem hätte sagen können, wer diese Frau war oder warum er sie immer noch liebte – ob er sich nun an ihre Identität erinnerte oder nicht. Mit dem Zittern kam ein kalter Schweiß, der ihm über den Rücken lief. Das Wildvolk drängte sich an ihn, tätschelte ihn, strich ihm übers Haar, und alle starrten ihn voller Sorge an, als er vorsichtig von der Tischkante glitt, zur Gartenmauer taumelte und sich dort niederließ, wo ihn niemand sehen würde. Er hatte sich halbwegs wieder unter Kontrolle, als helles Licht von der Bühne ihn aufblicken ließ. Krysello tanzte umher, die Arme hoch über dem Kopf erhoben, und über ihm ergoß sich ein Wasserfall von buntem Licht: rot, gold, purpurn, türkis, alles durchschossen von silbernen Funken. Die Menge raunte begeistert, und Wildvolk wirbelte über die Bühne, im Rhythmus der Musik des Zauberers, dem hohen, durchdringenden Kriegsgesang eines Elfen.

Obwohl Rhodry wieder zu zittern begonnen hatte, war er wie gebannt. Es schien ihm, als erstarrte er zu Stein. Er konnte den Blick nicht von der Bühne wenden, während Elfendweomer die Welt mit künstlichen Sternen und Regenbogen, mit Schwaden bunten Nebels und mit Miniaturgewittern überzog. Rhodry hörte eine Stimme in seinem Kopf, die schrie: *Das ist alles echt, es ist alles echter Dweomer! Wissen diese Narren denn nicht, was sie vor sich haben?* Offensichtlich nicht, denn die Menge lachte und klatschte, kicherte und warf dem Zauberer bewundernde Worte zu, während dieser weitertanzte und die Bühne in ein Inferno aus rotgoldenen Flammen verwandelte. In der Mitte all dessen stand Jill reglos, die Arme über der Brust verschränkt, das Lächeln verschwunden, den Mund in mühsam unterdrücktem Zorn geschlossen, während sie quer durch den Garten und offenbar ins Leere starrte. Einmal sah Rhodry einen riesigen Wolf neben ihr, dann verschwand das Tier in Schwaden türkisfarbenen Rauchs. Er konnte nicht länger hinsehen. Er senkte den Kopf auf die Knie und zitterte weiter, bis die Vorstellung in frenetischem Applaus endete.

Als das Klatschen verklang, hörte er gereizte Stimmen mehr Wein fordern, aber er konnte seine Arme nur fester um die Knie schlingen und weiterzittern. In seiner Angst erinnerte er sich an einen anderen Abend, als er beinahe für Jill gestorben war … ihm fiel wieder ein, wie man ihn fast gehängt hatte, weil er sie gegen eine Beleidigung verteidigte, aber an Einzelheiten konnte er sich nicht erinnern. Dann hörte er ganz in der Nähe eine besorgte Frauenstimme.

»Alaena, komm her!« Das war Malina, die sich über ihn beugte. »Dein Lakai ist offenbar krank. Junge, sag mir, wo es weh tut. Ist es dein Magen?«

Der Gedanke an Magenbeschwerden war so absurd, daß er den Bann irgendwie brach. Trotz des kalten Schweißes, der ihm über Wangen und Hals lief, gelang es Rhodry, den Kopf zu heben und Malina anzusehen.

»Ich bin nicht krank, Herrin.« Seine Stimme war ein rauhes Krächzen. »Habt Ihr es denn nicht erkannt? Das war echte Magie. Es war vollkommen echt.«

»Ach, bei Bakis Zehen!« Das war eine amüsierte Männerstimme. »Der arme Junge fürchtet sich zu Tode! Er glaubt, einer seiner barbarischen Landsleute wäre ein echter Zauberer. Mach dir keine Gedanken, Junge. Wir werden nicht zulassen, daß er dich mit seinem Feuer verbrennt.«

Als alle lachten, versuchte Rhodry mühsam, auf die Beine zu kommen, aber Malina hielt ihn mit überraschend starker Hand zurück.

»Spotte nicht über den Jungen, Tralino! Er wird nie darüber hinwegkommen, wenn ihr alle über ihn lacht. Oh gut, hier kommt Prynna. Prynna, kümmere dich um den Wein, Mädchen. Die Gäste warten. Nein, Rhodry, so etwas wie Magie gibt es nicht, und du bist vollkommen sicher.«

»Mach dir keine Sorgen!« Das war Alaena, die sich nun ebenfalls über ihn beugte, einen Becher Wein in der Hand. »Ruh dich eine Weile aus. Wir kehren ohnehin bald nach Hause zurück. Du bist nicht in Gefahr.«

»Liebe Gäste, holt Euch Euren Wein und den Nachtisch.« Malina ließ keinen Widerspruch zu. Nachdem die neugierigen Gäste sich wieder abgewandt hatten, flüsterte sie Alaena zu: »Der arme Junge! Ich frage mich, was das bewirkt hat. Hat er jemals Anzeichen von Fallsucht gezeigt?«

»Nein. Ich ...«

Plötzlich roch es nach Weihrauch und Parfum, und ein Seidengewand raschelte, als der Zauberer Krysello in ihren Kreis trat. Sein helles Haar schimmerte, sein Gesicht glänzte vor Schweiß.

»Verehrteste Damen!« Er verbeugte sich strahlend. »Ihr scheint bedrückt! Was ist geschehen? Ah, ein Mann aus meiner Heimat, und der arme Bursche hat Angst! Ja, dieser Mann erkennt einen wahren Zauberer, wenn er ihn sieht.«

»Bei der Göttin!« fauchte Malina. »Macht nicht alles noch schlimmer! Bitte sagt ihm, daß Ihr nur ein paar Kunststücke vorgeführt habt.«

»Herrin, ich werde etwas noch Besseres tun.«

Als der Zauberer sich neben ihn kniete, sah Rhodry ihm direkt ins Gesicht und sprach ihn auf deverrianisch an.

»Seid Ihr der Mann, der mir Jill weggenommen hat?«

»Aha«, antwortete der Zauberer in derselben Sprache. »Du erinnerst dich also an etwas. Nein, das bin ich nicht. Ich schwöre dir bei den Göttern meines Volkes, daß ich nur ein Freund von Jill bin und nichts weiter. Und nun wirst du Jill eine Weile vergessen. Du wirst alles vergessen, bis du morgen die Sonne wiedersiehst. Dann erinnerst du dich an alles. An alles.«

Lächelnd legte Krysello Rhodry seine schlanke Hand auf die Stirn. Rhodry spürte Wärme, deutliche, zähflüssige Wärme, die seinen Geist durchdrang und sich dann über seinen Nacken, die Wirbelsäule und die Schultern ausbreitete. Das Zittern hörte auf, er lächelte und fragte sich, was um alles in der Welt ihn so erschreckt hatte. Mit einem zufriedenen Nicken nahm Krysello die Hand weg.

»Verzeiht mir, Herrin«, stotterte Rhodry. »Ich weiß nicht, was über mich gekommen ist.«

»Angst, Junge, und Aberglaube.« Malina lächelte ihm mütterlich zu. »Wenn man etwas lange und intensiv genug glaubt, kann es einem wie Wirklichkeit vorkommen. Zweifellos hat deine Mutter dir Geschichten von Zauberern und Hexen erzählt, und in einem primitiven Land wie dem deinen muß dir so etwas sehr glaubwürdig vorgekommen sein. Alaena, ich muß jetzt wirklich gehen und mich darum kümmern, daß die Nachspeisen ordentlich serviert werden.«

Und sie ging rasch davon – zweifellos um nicht darüber nachzudenken, wie ein falscher Zauberer diesen Sklaven auf solch magische Weise beruhigt haben konnte. Alaena jedoch blieb und umklammerte ihren Weinbecher mit beiden Händen. Sie starrte Krysello an, der sich mit lautem Seidengeraschel vor ihr verbeugte.

»Herrin, man hat mir gesagt, daß Ihr etwas über Eure Zukunft wissen möchtet. Soll ich morgen früh in Eurem Haus vorsprechen?«

»Ja.« Ihre Stimme klang wieder vollkommen normal, kühl und leicht amüsiert, was überhaupt nicht zu der Ehrfurcht in ihrem Blick passen wollte. »Zwei Stunden vor Mittag wäre das beste, wenn es Euch paßt.«

»Herrin, selbst das geringste Eurer Bedürfnisse ist mir ein Befehl.« Wieder verbeugte er sich, dann wandte er sich ab und glitt davon.

Einen Augenblick lang starrte Alaena ihm hinterher, dann wandte sie sich Rhodry zu. »Kannst du aufstehen und gehen?«

»Ich glaube schon, Herrin. Es tut mir wirklich leid …«

»Du brauchst dich nicht zu entschuldigen.« Sie klang längst nicht mehr so selbstsicher. »Ich habe selbst Angst bekommen. Ich glaube dir, Rhodry. Ich glaube auch, daß es echter Zauber war. Aber das durfte ich vor Malina nicht zugeben.«

Rhodry war überrascht, daß der Zauberer so hervorragende Arbeit geleistet hatte und er nicht einmal müde von seinem Schrecken war. Er war sich sicherer denn je, daß dieser Mann echten Dweomer beherrschte.

»Es muß wirklich ein seltsames Schicksal sein, das dich hierher verschlagen hat«, fuhr Alaena fort. »Und du hast noch viel seltsamere Dinge mitgebracht.« Sie sah sich um, bemerkte, daß die Gäste sich alle auf die andere Seite des Gartens zurückgezogen hatten, und stellte sich auf die Zehenspitzen, um Rhodry auf den Mund zu küssen. »Ich will jetzt nach Hause.«

Als sie ihn zum zweiten Mal küßte, war ihre Begierde ebenso erschreckend wie erregend.

»Wie Ihr wünscht, Herrin. Soll ich die Sänfte holen?«

»Ja. Und wenn wir erst zu Hause sind, warte nicht zu lange, bis du in meine Kammer kommst.«

»Bitte sagt so etwas nicht hier.«

»Sei nicht aufsässig.« Sie schlug ihn ins Gesicht. »Hol jetzt die Sänfte. Wir treffen uns am Tor.«

Als sie ihren Landsitz erreichten, war nur der Torhüter noch wach und wartete auf sie. Rhodry schickte ihn ins Bett, dann schloß er die Sänftenträger für die Nacht ein und legte seinen Ebenholzstab und die Peitsche in den Schrank in der Küche. Einen Augenblick stand er da im Dunkeln, starrte in das niedergebrannte Feuer und genoß einen kurzen Moment des Friedens, bevor er langsam und widerstrebend zum Schlafzimmer seiner Herrin ging.

Ihr Anblick nahm ihm einen Teil seines Widerstrebens. Nur mit einem Hemd aus hauchdünner Seide bekleidet, saß sie auf der Bettkante und bürstete sich die Locken mit einem Elfenbeinkamm. Im Licht der Öllampe schimmerte ihre kupferfarbene Haut wie Feuer. Als er die Tür schloß, blickte sie auf, lächelte und warf den Kamm zu Boden.

»Findest du mich schön, Rhodry?«

»Selbstverständlich.« Es kam ihm vor wie ein Ritual – jedesmal fragte sie dasselbe. »Ich habe noch nie eine so schöne Frau gesehen wie Euch.«

Er setzte sich neben sie, nahm ihren Kopf in beide Hände und küßte sie. Sie schlang die Arme um seinen Hals, erwiderte seinen Kuß lange und kunstvoll und wich dann plötzlich ein wenig zurück, um ihm ins Gesicht zu sehen. Er hätte schwören können, daß etwas, was sie dort sah, sie ängstigte.

»Was ist, Herrin?«

»Nichts ... gar nichts.« Dennoch zögerte sie und sah sich nervös um, bevor sie atemlos flüsterte: »Rhodry, ich brauche dich so sehr. Ich bin so einsam gewesen. Und ich habe Angst, daß etwas mit uns passieren könnte, aber ich brauche dich so sehr.«

Ihm wurde klar, daß er es endlich mit der wahren Alaena zu tun hatte und nicht mit der sorgfältig polierten Oberfläche, die sie der Welt zeigte.

»Ich bin hier.«

Als er sie diesmal küßte, verschwand auch der Rest seines Widerstrebens. In seinen Armen wurde sie zu einem gierigen, kleinen Tier, verlockte ihn, tat so, als wehrte sie sich, während er lachte, sie küßte und schließlich wieder einfing.

Danach schliefen beide ein. Er erwachte, als gerade die Öllampen verloschen. Es war nur noch eine Stunde bis zur Dämmerung. Obwohl alle im Haushalt von ihnen wußten, hatte Rhodry nicht vor, noch im Bett der Herrin zu liegen, wenn Disna kam, um sie zu wecken. Langsam entzog er sich ihrer Umarmung, glitt aus dem Bett, zog sich an und schlich wie ein Dieb hinaus. Inzwischen war er hellwach und verspürte ein Unbehagen, das nichts mit seiner gefährlichen Affäre mit der Herrin zu tun hatte. Leise schlich er auf bloßen Füßen zur Küche, holte sich den Ebenholzstab und ging nach draußen, um sich auf dem Gelände umzusehen. Nichts regte sich im Garten, nur die silbrigen Eukalyptusblätter zitterten im Wind. Aber als er zum Tor kam, tauchte das Wildvolk auf, und sie klammerten sich an ihn und starrten ihn bedrückt an.

»Ist dort draußen eine Gefahr?«

Als sie nickten, warf er den Stab auf das flache Dach des Torhüterhäuschens und kletterte hinterher. Das Häuschen war gerade hoch genug, daß er vom Dach aus über die hohe Außenmauer spähen konnte. Gegenüber dem Tor, im Schatten von Bäumen, stand ein Mann in einem Umhang und beobachtete das Haus. Rhodry war sich inzwischen seiner Stellung innerhalb des Haushalts so sicher, daß er ohne nachzudenken rief: »Du! Was machst du da?«

Der Mann drehte sich um und rannte davon. Rhodrys erster Gedanke war, die Männer des Archon zu verständigen, aber dann beschloß er, zuerst Porto zu wecken. Plötzlich wurde ihm klar, daß er den Mann auf der Straße schon einmal gesehen hatte … Gwin? Bei den Göttern, Gwin! Ihm wurde eiskalt, und er dankte den Göttern, daß er nicht einfach das Tor aufgerissen und den Mann verfolgt hatte. Er sprang vom Dach und rannte ins Haus, um Porto zu wecken und ihm zu sagen, was geschehen war, aber aus einem Grund, den er nicht hätte benennen können, vermied er es zu erwähnen, daß er den Mann kannte. Gähnend erhob sich Porto und blieb einen Augenblick nachdenklich stehen.

»Nun, wer immer das gewesen ist, er wird inzwischen weit weg sein«, sagte er schließlich. »Und die Männer des Archon werden gerade von der nächsten Wache abgelöst. Ich werde später zum Wachhaus gehen und es ihnen berichten. Sie werden wohl heute nacht eine Patrouille vorbeischicken. Sehen wir mal … Was ist für heute früh geplant? Irgendwelche Besucher?«

»Dieser Zauberer vom Marktplatz kommt vorbei, um unserer Herrin die Zukunft zu deuten. Etwa zwei Stunden vor Mittag. Sie hat ihn gestern beim Fest eingeladen.«

Porto stöhnte angewidert.

»Sie kann ihr Geld ausgeben, wie sie möchte, aber wieso

wirft sie es nicht einfach in den Rinnstein? Ich kann diese Art Unsinn nicht ausstehen, also werde ich im Wachhaus verschwinden, wenn er hier ist. Du bleibst die ganze Zeit in ihrer Nähe, Junge. Nicht, daß ich zurückkomme, und dieser Schausteller hat das Silber mitgenommen.«

»Ich bleibe direkt an der Tür und behalte ihn im Auge.«

»Gut. Es dämmert bereits. Du solltest anfangen, Feuerholz zu hacken, und ich wecke die anderen.«

Als Rhodry das Haus verließ, fiel das Licht der aufgehenden Sonne auf ihn. Blinzelnd und fluchend drehte er sich um, und dann fiel ihm alles ein. Jill. Er hatte sie gesehen, sie war auf dem Fest gewesen: die Frau, die er liebte, die Frau, die er verloren hatte, irgendwie vor langer Zeit in Deverry – in Cerrgonny. An diesen erbärmlichen Lord Perryn, als sie beide in einer Blutfehde irgendeines Lords gekämpft hatten. Damals war er Silberdolch gewesen, und sie hatten in einer belagerten Festung festgesessen. Jill war bei der Armee gewesen, die sie gerettet hatte; dann waren sie getrennt worden. Wie war das geschehen? Wieso hatte er sie in Tieryn Graemyns Festung zurückgelassen? Weil er dem Herold des Königs entgegenreiten mußte! Lord Nedd, für den er damals arbeitete, war losgeritten, um den Herold zu begrüßen. Als sie zurückkehrten, war Jill nicht mehr dagewesen, entführt von Nedds häßlichem Vetter. Rhodry lachte und tanzte sogar ein paar Schritte neben dem Holzschuppen. Er erinnerte sich jetzt daran, wie er Perryn gefunden hatte und was für ein Vergnügen es gewesen war, ihn zusammenzuschlagen. Und dann hatte er … dann war er … Der Nebel in seinem Kopf stieg wieder auf und verhinderte jede Erinnerung an das, was geschehen war, nachdem er den blutenden Perryn am Boden neben einem Kuhstall zurückgelassen hatte. Er konnte sich auch nicht daran erinnern, was geschehen war, bevor er und Jill an einem sonnigen Tag zu Lord Nedds verfallener

Festung geritten waren – vor wie langer Zeit? Er hatte keine Ahnung.

»Rhodry!« Vinsimas lauter Ruf durchdrang sein Grübeln. »Wo bleibt mein Feuerholz? Was ist los? Geht es dir nicht gut?«

»Ich bitte tausendmal um Verzeihung! Ich bin schon auf dem Weg!«

Während er arbeitete, grübelte er weiter. Etwas an diesem königlichen Herold war wichtig gewesen, aber so sehr er sich auch anstrengte, es wollte ihm einfach nicht einfallen. Schließlich gab er auf. Er war gerade dabei, den Rest der neuen, kostbaren Erinnerung wieder und wieder durchzugehen, um sie nicht zu verlieren, als er sich plötzlich fragte, wieso er sich überhaupt erinnert hatte. Erst jetzt entsann er sich wieder, daß der Zauberer Krysello erklärt hatte, er werde sich an »alles« erinnern, sobald die Sonne aufging.

»Bei den Göttern!«

Ein paar vom Wildvolk erschienen, zwei braune und purpurfarbene Gnome, eine zarte hellblaue Fee mit nadelspitzen Zähnen und der graue Gnom, den er auf dem Marktplatz gesehen hatte.

»Jills Gnom!«

Das kleine Geschöpf sprang in die Luft, tänzelte einen kurzen Siegestanz und verschwand mit seinen Genossen. Rhodry zitterte. Plötzlich roch er die Freiheit, und nachdem er Jill nun gesehen hatte, hatte Freiheit wieder eine Bedeutung für ihn. Jetzt wurde ihm klar, daß seine gesamte Identität mit seinen Erinnerungen gestorben war, daß der Charakter eines Menschen manchmal nicht viel mehr ist als die Summe seiner Erinnerungen. Dieser Gedanke ließ ihn abermals erschauern. Er scheute davor zurück wie ein Pferd, das auf der Straße eine Schlange sieht.

Der Mann, der sich Pirallo nannte, war klein, bleich und dicklich. Sein Stiernacken und die dicken Backen würden ihn, wenn er erst älter war, einmal krötenhaft aussehen lassen. Sein Gesicht war voller Pickel, die mit der Zeit Narben und dunkle Flecken auf seiner Haut zurücklassen würden, die ihrerseits den Flecken auf einer Krötenhaut nicht unähnlich wären. Gwin war überrascht festzustellen, wie sehr Pirallo ihn anekelte. Immerhin war er in seinen zweiunddreißig Jahren schon erheblich widerwärtigeren Gestalten begegnet, aber vielleicht lag es auch daran, daß er wußte, daß Pirallo ebensosehr Spion wie Partner war. Der Gedanke, daß jemand jede ihrer Bewegungen verfolgte und auf magische Weise dem Habichtsmeister berichtete, hätte die meisten Initiierten verängstigt – Gwin war eigentlich nur verärgert, weil es ihm gleich war, ob er überleben oder sterben würde. Dieser Tage überraschte ihn eigentlich nur noch, wie wenig ihn alles interessierte. Nun gut, er hätte sich jederzeit umbringen können, aber die Anstrengung schien zu groß und die Belohnung zu unsicher, so wie die zweifelhaften Freuden des Lebens zu gering waren, um ihn dazu zu veranlassen, sich bei dem Mann einzuschmeicheln, der seine Vertrauenswürdigkeit beurteilen sollte. Es hätte ihm nicht einmal mehr etwas ausgemacht zuzugeben, daß er bei seinem Auftrag in dem kleinen Bauerndorf Deblis einfach versagt hatte. Er würde nicht versuchen, Ausreden zu erfinden, wie es die meisten Habichte tun würden, solange er es allein dem Habichtsmeister gegenüber zugeben konnte und nicht gegenüber einer Kröte wie Pirallo. Es war eine Frage des Stolzes, und Stolz war das einzige, was Gwin geblieben war.

Nachdem er Rhodry gesehen hatte, war Gwin aus der Stadt nach Norden geritten, wo er drei Stunden nach Sonnenaufgang auf seine Verbündeten stieß. Die Kröte schlief noch. Sie hatten ihr Lager etwa zwölf Meilen vor Wylinth aufgeschlagen, und sie tarnten sich als Handelskarawane, was ihnen eine

Erklärung lieferte, die Inseln zu bereisen. Pirallo gab sich manchmal als Sklavenhändler aus, aber es wäre viel zu gefährlich gewesen, echte Sklaven mitzunehmen; statt dessen hatten sie etwas über zwanzig Pferde dabei, und dazu zwei Stallknechte, die in Wahrheit ebenfalls Habichte waren. Gwin gab sich als Pirallos Sklave aus, weil der Besitz eines Barbaren den glaubwürdigsten Grund abgab, danach zu fragen, wo er einen weiteren kaufen könne. All das verärgerte Gwin nicht wenig, denn das Stigma, in Sklaverei geboren zu sein, blieb an ihm hängen, wohin er auch ging, selbst unter jenen, die dem dunklen Pfad folgten. Bis zum Sommer zuvor hatte er dagegen angekämpft, wann immer er konnte, und einen seltsamen Stolz darauf entfaltet, wenn das nicht möglich war. Sein kurzer Aufenthalt in Deverry aber hatte all seine Ansichten und sein Selbstbild ins Gegenteil verkehrt. Er hatte lange über diese Veränderungen nachgedacht, und er nahm nun an, daß sie einfach dadurch bewirkt worden waren, daß er unter freien Menschen lebte; aber selbstverständlich waren auch die tieferen Schichten von Seele und Erinnerungen in Bewegung geraten. Gwin war zwar kein echter Barbar – sein Vater war Bardekianer, seine Mutter aus Deverry –, aber nun hatte er das seltsame Gefühl, daß Deverry sein Zuhause war, daß er sich sein ganzes Leben unwissentlich im Exil befunden hatte, und daß dieses Exil hoffnungslos andauern würde.

Sein einziger Trost war das Wissen, daß auch die beiden anderen Habichte Pirallo haßten. Brinonno und Vandar hatten wenig Besseres zu erwarten als den Tod, falls der Spion sich beim Habichtsmeister gegen sie aussprechen sollte. An diesem Morgen saßen sie zu dritt am kalten Lagerfeuer und aßen trockenes Brot und die Reste des Gemüses vom Vorabend, während Pirallo in seinem Zelt am anderen Ende des Lagers immer noch schnarchte. Vandar sprach laut aus, was alle dachten: Daß er hoffte, der fette Narr würde etwas Dummes tun und sich umbringen oder verhaften lassen, noch bevor sie Wylinth erreichten.

»Das ist leider unwahrscheinlich«, meinte Gwin. »Dazu beherrscht er sein Metier zu gut.«

»Hoffentlich beobachtet er uns nicht gerade«, flüsterte Brinonno erschrocken. »Könnte es sein, daß er uns belauscht?«

»Das bezweifle ich.« Gwin lächelte schief. »Wißt ihr, was sein großer Fehler ist? Er ist so entzückt von sich selbst, daß ihm nie einfallen würde, daß andere ihn hassen könnten.«

»Ich würde ohnehin wetten, daß er nicht sonderlich gut darin ist, andere mit Hilfe des Zweiten Gesichts zu belauschen«, wandte Vandar ein. »Ja, er prahlt die ganze Zeit, aber warum müssen wir dieses Theater spielen, wenn er Rhodry einfach ausspionieren könnte? Ich weiß, daß er den Barbaren nie selbst gesehen hat, aber du kennst ihn, und ein echter Meister kann auch durch die Augen eines anderen sehen.«

»Nur, wenn dieser andere willens ist, sich ihm zu unterwerfen.« Gwin hörte selbst, wie tonlos seine Stimme klang. »Bei den Klauen aller Dämonen, wenn er auch nur versuchen sollte, seine Krötenfinger in meinen Nacken zu legen, würde ich ihn bis zur Hölle prügeln, und ich glaube, das weiß er.«

Dann lachte er spöttisch. »Nicht, daß er sich zurückhielte, weil er Angst vor mir hat. Aber als er zu uns stieß, behauptete er, neue Befehle vom Habichtsmeister zu haben. Es ist offenbar zu gefährlich, das Zweite Gesicht einzusetzen oder überhaupt zuviel Dweomer zu verwenden. Er hat mir allerdings nicht gesagt, warum.«

»Vermutlich hat der Meister es ihm nicht verraten«, meinte Brinonno.

»Mag sein.« Vandar stand auf und reckte sich. »Aber es kann auch sein, daß der fette Schweineficker lügt. Also gut, ich tränke jetzt die Pferde. Es könnte heute warm werden.«

Die beiden anderen ließen Gwin am Feuer zurück. Zweifellos würden auch sie dem Habichtsmeister alles berichten, was er gesagt hatte, besonders, wenn es ihre eigene Haut retten konnte. Aber er war sicher, daß sie gegenüber Pirallo nichts erwähnen würden. Gwin war ein recht guter Menschenkenner, und er erkannte ehrlichen Haß, wenn er ihn sah.

»Salamander?« sagte Jill, »kannst du wirklich die Zukunft weissagen?«

»Ja, aber ich würde keinen echten Dweomer für solch ein dummes Spiel einsetzen.«

»Das habe ich mich gefragt.«

»Kennst du diese Kacheln, mit denen die Frauen hier in Bardek spielen? Sie dienen eigentlich nur dazu, der Intuition einen Brennpunkt zu liefern. Ich werde für Lady Alaena eine bunte, äußerst spannende und daher befriedigende Geschichte erfinden, die mehr oder weniger dem entspricht, was meine Intuition mir über sie sagt. Zusätzlich werde ich all die kleinen Brocken, die ich über sie auf dem Fest erfahren habe, miteinander verweben und diesem wohlgewürzten Eintopf hinzufügen.«

»Ein Gewebe in einem Eintopf?«

»Ich muß zugeben, meine Metaphern waren schon besser.« Salamander machte eine abfällige Geste. »Ich würde mich mit so etwas wie Zukunftsdeutung nicht abgeben, wenn es keine so gute Möglichkeit wäre, in ihr Haus zu gelangen. Es wäre schließlich ziemlich unhöflich von mir, mich einfach vor ihrer Tür aufzubauen und zu fragen, ob sie mir ihren exotischen Sklaven verkauft. Erst werde ich mir ihr Vertrauen erschleichen und dann irgendwann erwähnen, wie dringend ich einen weiteren Barbaren für unsere Vorstellungen brauche.«

»Nun gut. Es sieht so aus, als hättest du mit deinem Plan bisher recht gehabt.«

»Ich habe immer recht.« Salamander ließ sich in die Kissen sinken und prostete ihr mit dem Weinkelch zu. »Aber welchem besonderen Umstand verdanke ich gerade dieses Lob?«

»Natürlich der Tatsache, daß wir Rhodry gefunden haben. Ich muß mich bei dir entschuldigen. Ich hielt es für dumm, hier im teuersten Gasthaus einzuziehen und sich reichen Frauen anzudienen, aber du hattest eben recht.«

»Wo sonst hätte Rhodry sein können als in einem reichen Haushalt?«

»Das verstehe ich. Jetzt.«

Salamander lächelte, dann zeigte er auf die Teller mit kaltem Fleisch und gewürztem Gemüse.

»Iß, meine Turteltaube.«

»Ich kann nicht.«

»Du solltest es versuchen. Angst ist wie ein Wurm – in einem leeren Magen kann sie schneller wachsen.«

Jill mußte gegen ihren Willen lachen. Sie griff nach einem Stück Schweinefleisch, legte es auf ein Stück Brot und zwang sich zu ein paar Bissen.

»Aber was, wenn sie ihn nicht verkaufen will?«

»Mir wird schon etwas einfallen. Iß weiter! Wir werden in etwa einer Stunde in ihrem Palast erwartet, und wir müssen noch baden und unsere buntesten Kostüme anziehen. Immerhin müssen wir unseren Ruf als Barbaren wahren.«

Als sie sich Alaenas Torhüter in rotgoldener Seide und Brokat und nach Rosen und Veilchen duftend präsentierten, schien der alte Mann eher amüsiert als beeindruckt. Doch er führte sie direkt in den Garten, wo eine hübsche junge Dienerin wartete, um sie ins Empfangszimmer zu bringen. Obwohl Jill normalerweise nichts von bardekianischer Kunst hielt, war sie doch entzückt von den Bäumen und bunten Vögeln, die die Wände zierten. Irgendwie kam ihr diese Dekoration vertraut vor, und plötzlich fielen ihr die bemalten

Zelte der Elcyon Lacar ein. Aber bevor sie Salamander nach dieser Ähnlichkeit fragen konnte, betrat Alaena das Zimmer durch eine Seitentür.

Sie trug ein einfaches weißes Leinenkleid und als einzigen Schmuck eine Halskette aus schimmerndem Gold. Sie begrüßte ihre Gäste mit großer Höflichkeit und bat sie, sich zu ihr aufs Podest zu setzen. Nachdem sie auf Samtkissen um einen niedrigen Tisch Platz genommen hatten, brachte die Dienerin getrocknetes Obst, Gebäck und süßen Wein.

»Und bitte auch die Kacheln, Disna«, sagte Alaena.

»Jawohl, Herrin.« Das Mädchen ging zu einem Ebenholzschrank. »Sie sind gleich hier. Rhodry legt sie immer in diesen Schrank.«

Als Rhodrys Name fiel, warf Alaena Salamander einen beinahe verstohlenen Blick zu, bevor sie ein künstliches Lächeln aufsetzte. Disna brachte die Schachtel, stellte sie auf den Tisch und nahm den Deckel ab.

»Du darfst jetzt gehen«, sagte Alaena. »Sag der Köchin, sie soll Orangensaft pressen. Dieser Wein ist zu stark für den Morgen.«

»Ihr seid zu freundlich zu einem demütigen Zauberer, edle Dame«, sagte Salamander.

»Es war zu freundlich von dem demütigen Zauberer, meiner Bitte zu folgen. Disna, ich habe doch gesagt, daß du gehen sollst.«

Nachdem das Mädchen endlich gegangen war, schüttelte Alaena die Kacheln aus der Schachtel und mischte sie mit geübter Hand. Sie hat schöne Hände, dachte Jill, schlank und anmutig, mit langen Fingernägeln, die in einem geschmackvollen orangeroten Farbton lackiert und mit solcher Perfektion poliert waren, daß Jill versucht war, ihre eigenen, schwieligen Finger mit den abgeknabberten Nägeln hinter ihrem Rücken zu verbergen. Ihr fiel auch auf, daß Salamander Alaena mit einem gewissen Wohlgefallen betrachtete und dabei mehr als ihre Hände im Auge hatte.

»Aha.« Jetzt beugte er sich über den Tisch. »Ich kann vieles erkennen: dunkle, verborgene Dinge, eine Zeit des Schmerzes, gefolgt von Freude, Lachen gefolgt von Tränen, Sonnenstrahlen, die durch Wolken dringen, und Stürme, denen ein friedlicher Sonnenuntergang folgt.« Mit einem entzückten kleinen Schaudern starrte Alaena die Kacheln an. »Ich sehe, daß Ihr an einem Kreuzweg steht, Schönste der Sternenjungfern. Seht, wie die Blüten sich zwischen den Speeren hindurchwinden. Der Rabe kräht, aber er wird zum Schweigen gebracht. Als erstes« – er legte einen Finger auf die Zehn der Blüten – »habt Ihr viele gute Freunde und Freundinnen, die sich ernsthaft um Euer Wohlergehen sorgen. Sie sind nun schon lange beunruhigt, weil Ihr Euch so mit der Frage quält, ob Ihr bald wieder heiraten oder warten sollt, was die Wogen des Lebens an Euren Strand spülen. Immer stellt Ihr Euch die Frage, ob Ihr um Eurer selbst willen begehrt werdet. Es gibt Bewerber, denen es vor allem um Euren Reichtum und um Eure Verbindung mit den großen Handelshäusern geht.«

»Das ist richtig!« In ihrer Stimme schwang beinahe kindhafte Aufregung mit. »Einige sagen das sogar ganz offen – man kann kaum glauben, wie sehr es ihnen an Takt fehlt.«

»Ich glaube das nur zu gerne, denn ich kenne die Herzen der Menschen.« Er betrachtete die Kacheln mit dramatischem Stirnrunzeln. »Ich sehe einen jungen Mann von einer anderen Insel, gutaussehend, aber arrogant.«

»Ja, Ihr habt recht!«

»Seine Jugend und seine Manneskraft reizen Euch, denn es ist ein großer Kummer für Euch, daß Ihr nie Kinder hattet.«

»Ja.« Nun stand echter Schmerz in ihrem Blick. »Auch das ist wahr. Aber er hatte neben der Arroganz noch andere Fehler.«

»Ich sehe sie deutlich. Habt keine Angst – Ihr habt die richtige Entscheidung getroffen. Aber nun wartet Ihr und fragt Euch, ob Euer Leben einfach verrinnen wird wie ein Fluß, der in der Wüste versickert, und nur wenige würden Euch deswegen bemitleiden, weil Ihr so wohlhabend seid.«

»Es fällt mir selbst schwer, Mitleid mit mir zu haben, guter Zauberer. Ich bin einmal sehr arm gewesen, und ich weiß, welches Glück ich hatte, dem entronnen zu sein.«

»Und dennoch nagt diese Leere an Euch. Ich kann sogar sehen, daß sie Euch hin und wieder verzweifeln läßt. Aber was ist das? Euch scheint ein Skandal zu drohen, aber irgendwie kann ich die Ursache nicht erkennen.«

Genau in diesem Augenblick kam Rhodry mit einem Tablett Glaskelchen und einem Glaskrug voll Orangensaft herein. Verzweifelt sah er erst Jill, danach Alaena an, und dann errötete er.

»Ein ganz entsetzlicher Skandal«, fuhr Salamander fort. »Seht Ihr die Königin der Stäbe hier? Ihr müßt Euch bemühen, so zu sein wie sie: so selbstsicher, daß nichts Euch treffen kann, so stark, daß Ihr Eure Feinde mit einem Fingerschnippen abwehrt.«

Rhodry setzte das Tablett ab, wich dann lautlos zurück und floh aus dem Zimmer. Es sah so aus, als hätte Alaena ihn nicht einmal zur Kenntnis genommen, aber Jill war sicher, daß nur eiserne Selbstbeherrschung sie davon abgehalten hatte, ebenfalls zu erröten. Nun blickte die Hausherrin auf und deutete vage auf den Krug.

»Jillanna, würdet Ihr bitte eingießen? Ich muß mich einfach weiter auf Krysello konzentrieren.«

»Selbstverständlich, Herrin.« Jill hätte ihr am liebsten die Kehle durchgeschnitten, aber sie lächelte und tat, um was man sie gebeten hatte.

»Aber wenn erst aller Ärger vorüber ist – und er wird

vorübergehen, das verspreche ich Euch, oh Krone weiblicher Vollendung – sehe ich glücklichere Zeiten kommen. Es gibt Menschen, die Euch um Eurer selbst willen lieben. Ich sehe einen Mann, einen schüchternen, bescheidenen Mann, der sich Euch nicht erklärt, weil er glaubt, Eurer nicht würdig zu sein. Wartet! Ich sehe sogar zwei solche Männer – einen kennt Ihr kaum; der andere ist ein alter Freund. Der Freund reist im Winter, offenbar weit weg, obwohl die Kacheln mir nicht sagen, wohin. Der neue Bekannte ist näher, als Ihr jemals glauben würdet.«

»Bei den Sternen! Ich frage mich, wer ...« Nachdenklich knabberte Alaena an ihrer Unterlippe. »Fahrt fort, guter Zauberer.«

Es gelang Salamander, die Lesung noch einige Zeit zu verlängern, indem er Gemeinplatz auf Gemeinplatz häufte. Alaena stellte noch einige Fragen, dann erkundigte sie sich nach Salamanders Reisen. Wie üblich genoß der Gerthddyn die Gelegenheit zu einer langen und komplizierten Geschichte, besonders angesichts einer derart schmeichelhaft aufmerksamen Zuhörerin.

»Aber habt Ihr denn kein Zuhause?« sagte Alaena schließlich. »Dort in Eurem barbarischen Königreich?«

»Nein, o Anmutigste aller Anmutigen. Die Straßen und das weite Meer sind mein Zuhause. Und ich habe meine Jillanna hier, die mich in einsamen Stunden aufheitert.«

»Aha.« Alaena lächelte Jill freundlich zu. »Fällt Euch diese Art zu leben nicht schwer?«

»O nein«, erwiderte Jill. »Ich ziehe gerne umher.«

»Das ist gut.« Die Herrin wandte sich wieder dem Zauberer zu. »Aber es muß doch irgendwie traurig sein, immer wieder packen und weiterziehen zu müssen.«

»Vor allem ist es schwere Arbeit. Nun, da ich soviel Erfolg habe, denke ich darüber nach, einen Sklaven zu erwerben, einen kräftigen, jungen Mann, der sich um die Pferde kümmern kann und so weiter. Am besten einen, der auch ein Barbar ist.«

»Meinen gebe ich Euch nicht!« Das war der empörte Aufschrei eines Kindes. Dann schaute sie absolut verlegen drein. »Verzeiht mir! Es tut mir so leid, daß ich unhöflich war! Es ist nur, weil mir immer alle meinen Lakaien abkaufen wollen, und ich werde ihn nicht verkaufen.« Es gelang ihr zu lächeln. »Es wird so lästig, wenn alle immer dieselbe Frage stellen.«

»Das kann ich mir denken, und um ehrlich zu sein, ziehe ich Eure harten Worte immer noch der Freundlichkeit jeder anderen Dame vor. Ich fragte mich allerdings bereits, wo Ihr ihn gekauft habt. Der Händler hat vielleicht hin und wieder ähnliche wie ihn zu bieten.«

»Rhodry war ein Geschenk dieses arroganten jungen Mannes, den Ihr in den Kacheln gesehen habt, also weiß ich nicht, wo er herkam. So ist es nun einmal mit Geschenken – man stellt keine Fragen.« Sie griff mit vollendet ruhiger Hand nach dem Saftkrug. »Noch mehr Orangensaft?«

Sie unterhielten sich noch etwas länger, dann verkündete Salamander, er müsse sich leider verabschieden, weil er nach dem Mittagsmahl und dem Nachmittagsschlaf in anderen Häusern vorsprechen müsse, da noch weitere feine Damen ihre Zukunft wissen wollten. Als sie das Haus verließen – dank Alaenas Großzügigkeit ein ganzes Stück reicher –, fragte sich Jill, wie sie es schaffen sollte, weiterhin wach zu bleiben, wenn sie den ganzen Tag in parfümierten Zimmern verbringen und sich Salamanders Geschwätz anhören mußte. Sobald sie wieder in ihrem Zimmer im Gasthaus zu den Sieben Lampen waren, sagte sie ihm das.

»Geschwätz, also wirklich!« Salamander schien ernstlich gekränkt. »Ich habe an diesem Morgen eine meiner besten Vorstellungen gegeben.«

»Und sie war eindeutig beeindruckt. Hast du das alles während des Festes erfahren?«

»Ja. Ist das nicht seltsam? Menschen, die dafür zahlen, daß man ihnen die Zukunft sagt, merken offenbar nie, wie einfach es ist, so vieles über sie zu erfahren. Nur diese Sache mit dem Skandal kam direkt aus den Kacheln, praktisch von der kleinen Schriftrolle mit Deutungen, die man mit jeder Schachtel kaufen kann. Mir war klar, daß jede Frau von solcher Schönheit zumindest in *einen* Skandal verstrickt sein muß.«

»Das bezweifle ich bei diesem Miststück keinen Augenblick!«

»Jill!«

»Ihr Götter, bist du etwa blind? Selbstverständlich steckt sie mitten im schlimmsten Skandal! Oder duldet die gute Gesellschaft der Inseln es etwa, wenn Frauen mit ihren Sklaven schlafen?«

Salamander starrte sie zunächst erstaunt an, dann wich das Staunen dem Schock und schließlich einer Art heimtückischer Freude.

»Sie hat es also mit meinem lieben Bruder getrieben? Wie ausgesprochen günstig!«

Jill griff nach einem Weinkelch und warf damit nach ihm. Mit einem leisen Aufschrei wich er gerade noch aus, und der Silberkelch schlug einen Riß in eine Wandkachel und fiel dann verbeult zu Boden.

»Ich bitte tausendmal um Entschuldigung, mein wilder Bergadler.« Er klang ein wenig zittrig. »Verzeihst du mir noch einmal? Kein fliegendes Geschirr mehr?«

»Also gut, aber es tut mir leid, daß ich dich nicht getroffen habe, du herzloser Mistkerl!«

»Das ist keine Frage der Herzlosigkeit; ich habe unseren Sieg gewittert. Erkennst du das denn nicht? Genau an dieser Stelle müssen wir ansetzen, um Rhodry aus ihrem Haus zu holen. O ja, ein Skandal, wahrhaftig, und was für eine Erleichterung für meine moralischen Empfindsamkeiten. Indem wir den exotischen Barbaren aus ihrem Haushalt entfernen, tue ich ihr sogar noch einen Gefallen – ich bringe ihn aus der Stadt, bevor besagte Stadt über nichts anderes mehr reden kann als über die reizende Witwe und den Lakaien!«

»Das ist wahr, aber wie willst du sie davon überzeugen?«

»Eine gute Frage, meine Turteltaube. Während ich also darüber nachdenke, brüte und meditiere, wie wäre es, wenn du uns das Mittagsmahl holst? Mit leerem Magen kann ich nicht sonderlich gut denken.«

Ein paar Stunden vor Sonnenuntergang stellten sie sich an der Tür von Malinas Anwesen vor. Da es ein ruhiger, warmer Nachmittag war, empfingen die Hausherrin und ihre beiden Töchter sie draußen im Garten, in einer Laube mit blaßrosa Blüten. Salamander prophezeite, daß die Töchter wohlhabende Ehemänner finden würden, und Jill döste über einem Becher Wein. Dann schickte Malina die Töchter weg, um sich ihre Zukunft vorhersagen zu lassen. Nach ein paar Platitüden schlug Salamander zu.

»Das hier gefällt mir überhaupt nicht, edle Dame – die Vier der Schwerter so nah bei der Zwei der Blüten. Ich fürchte, daß eine Eurer Freundinnen – eine, die Euch sehr nahe steht –, eine liebe und geschätzte Freundin, in einen schrecklichen Skandal verwickelt ist.«

Jill war plötzlich hellwach. Malina war ein wenig blasser geworden.

»Die Kacheln sagen mir auch, daß Ihr Euch schon länger über etwas Sorgen macht. Darf ich raten, daß es sich um dieselbe Angelegenheit handelt?«

»Ich könnte Euch nicht übelnehmen, wenn Ihr diesen Schluß zieht. Ich hoffe doch, daß Ihr niemandem erzählt, was Ihr in den Kacheln anderer seht?«

»Normalerweise nicht, aber Alaena tut mir sehr leid.«

Malina zuckte zusammen. »Sie ist so verwundbar«, sagte sie schließlich. »Und diese Stadt ist voll neidischer Klatschmäuler, denen es Spaß macht, die schrecklichsten Dinge über sie zu erzählen. Ihr Leben wäre so anders verlaufen, wenn sie Kinder hätte. Oh, beim Feuerberg! Wenn Ihr sie nur hättet sehen können, als Nineldar sie nach Hause brachte! Erst vierzehn Jahre alt, ein Kind, das noch mit Puppen spielen sollte, und knochendürr. Und ihr Mann war kein schlechter Mensch, nur so einsam, und sie hat ihm ehrlich leid getan, als er sie auf dem Sklavenmarkt fand. Er hat mir das Kind gebracht und mich angefleht, ihr beizubringen, wie sich eine Ehefrau verhält.«

»Zweifellos war diese Ehe alles andere als ... wollen wir sagen, zufriedenstellend?«

Malina schlug mit der flachen Hand auf den Tisch. »Was wollt Ihr damit andeuten?«

»Dies ist nicht der Zeitpunkt, um den heißen Brei herumzuschleichen. Ich habe unangenehme Gerüchte gehört und sie als Gerüchte abgetan. Aber als ich in ihren Kacheln einen schrecklichen Skandal sah, fragte ich mich doch, ob mehr dran ist als Neid und schwatzhafte Zungen.«

»Gerüchte über was?«

»Diesen gutaussehenden Barbaren.«

Malina brach in Tränen aus, aber sie beherrschte sich schnell wieder.

»Ihr Mann hat sie verwöhnt. Sie ist daran gewöhnt, alles zu bekommen, was sie will, selbst wenn es etwas Verbotenes ist.«

Salamander sah sie mit so ehrlicher Miene an, daß Jill ihm beinahe selbst geglaubt hätte.

»Ich habe versucht, ihr den Jungen für meine Vorstellung abzukaufen. Sie wollte ihn nicht hergeben. Das war der Augenblick, als ich angefangen habe, mich zu fragen, ob die Gerüchte der Wahrheit entsprechen.«

Malina wandte den Blick ab und schürzte nachdenklich die Lippen.

»Ich muß mit ihr sprechen«, sagte sie schließlich. »Und ich werde das in aller Ausführlichkeit und Unbeugsamkeit tun. Es gibt noch ein paar andere Dinge, von denen wir noch nicht einmal gesprochen haben, oder, verehrter Zauberer?«

»Ich verstehe nicht, was Ihr meint.«

»Das kann ich Euch nicht glauben. Aber wie Ihr wollt. Ich nehme es Euch nicht übel, wenn Ihr Euren eigenen Skandal lieber begraben wollt. Ich werde einen meiner Sklaven mit einer Botschaft in Euer Gasthaus schicken. Ihr dürft jetzt gehen. Je eher ich mit ihr spreche, desto besser.«

Nachdem der Zauberer gegangen war, hatte Alaena begonnen, unruhig im Garten auf und ab zu gehen. Hin und wieder rief sie nach Rhodry, und wenn er zu ihr kam, sah sie ihn so intensiv an, daß er sich fragte, ob sie versuchte, sich sein Gesicht einzuprägen, und danach gab sie ihm entweder einen Kuß oder eine Ohrfeige und schickte ihn weg. Als sich der Haushalt schließlich zum Nachmittagsschlaf zurückzog, bestand sie darauf, daß er diese Zeit bei ihr verbrachte.

»Herrin, das ist wirklich gefährlich, mitten am Tag.«

»Was bildest du dir eigentlich ein, mit mir zu streiten?«

»Ich möchte Euch nur Kummer ersparen. Der Zauberer hat einen Skandal vorhergesehen, oder?«

Diesmal schlug sie ihn so fest, daß seine Wange brannte.

»Du und dein elender Zauberer!«

Dann brach sie in Tränen aus. Da ihm nichts Besseres einfiel, hob Rhodry sie einfach hoch und trug sie ungeachtet ihrer Tritte und Protestschreie ins Schlafzimmer. Am Ende schlief sie in seinen Armen ein, so fest, daß er sich davonstehlen und sich in sein eigenes Bett im Sklavenquartier legen konnte. Obwohl Porto demonstrativ schnarchte, war Rhodry sicher, daß der alte Mann gewartet hatte, bis er hereinkam. Inzwischen war er von all seiner Angst derart erschöpft, daß er selbst auf der Stelle einschlief.

Er wurde viel später von Disna geweckt, die ihn heftig schüttelte und erklärte, die Herrin wolle ihn sehen. Er setzte sich auf und rieb sich gähnend das Gesicht.

»Sie will, daß du ins Empfangszimmer kommst und dort den Wein servierst. Rhodry, irgend etwas ist nicht in Ordnung. Malina ist hier.«

»Malina kommt praktisch jeden Tag her.«

»Das weiß ich, aber etwas stimmt nicht. Ich mache mir um deinetwillen Sorgen.«

Sofort war er hellwach und auf den Beinen. Disna sah ihn an, und sie hatte Tränen in den Augen.

»Ich hoffe, sie werden dich nicht schlagen.«

»Ich dachte, du könntest mich nicht leiden.«

»Männer! Inselmänner, Barbaren – sie sind alle blind!«

Dann floh sie aus dem Zimmer, und er konnte sie die Treppe hinunterrennen hören.

In kalter Panik folgte er ihr und eilte in die Küche, um das Tablett mit den Bechern und dem Wein zu holen. Als er ins Empfangszimmer kam, saßen Alaena und Malina einander am niedrigen Tisch gegenüber, und beide waren ein wenig blaß. Rhodry setzte das Tablett ab und wollte das Zimmer wieder verlassen, aber Malina zeigte auf ein Kissen. »Setz dich, Junge. Es geht um dich.«

Als Rhodry seine Herrin ansah, ignorierte sie ihn. Also setzte er sich hin.

»Also gut«, fuhr Malina, zu Alaena gewandt, fort. »Siehst du, was ich meine, Liebes? Es ist alles außer Kontrolle geraten, wenn schon ein reisender Schausteller die ganze Geschichte auf dem Marktplatz hören kann.«

»Woher weißt du, daß er es gehört hat? Er könnte lügen.«

»Wieso sollte er das?«

Alaena zögerte, drehte sich halb herum, um Rhodry anzusehen, und wandte sich dann wieder Malina zu, die die Augen halb zusammengekniffen hatte wie ein Heerführer, der schwierige Befehle gibt.

»Du verstehst es also. Wirst du demnach tun, was sich gehört, und ihn an seine Familie zurückverkaufen, oder nicht? Sein Bruder hat einen langen Weg hinter sich.«

»Das ist mir gleich! Er gehört mir, und niemand kann mich dazu zwingen, ihn zu verkaufen.«

»Ich habe von Anstand gesprochen und nicht von Gesetz.«

Rhodry war vor Überraschung wie erstarrt. Sein Bruder? In diesem Augenblick konnte er sich vage erinnern, daß er in seinem alten Leben mehrere Brüder gehabt hatte. Krysello mußte einer von ihnen gewesen sein, wenn die Frauen das sagten. Er konnte sich nicht genug erinnern, um zuzustimmen oder zu widersprechen. Malina sah ihn an.

»Oder, Junge, ist er etwa nicht dein Bruder?«

»Doch, Herrin.«

»Alaena, Liebste, du mußt ihn einfach verkaufen. Es gehört sich einfach so, und darüber hinaus – wenn sich dieser Klatsch verbreitet, welcher vernünftige Mann wird dich dann noch heiraten?«

»Das ist mir gleich! Dann werde ich eben nie heiraten. Ich mag meinen Sklaven ohnehin lieber als die Hälfte der dummen Männer auf den Inseln.«

»Genug, um ein Kind von ihm haben zu wollen? Das wäre wirklich eine schreckliche Sache! Das arme Ding würde wahrscheinlich blaue Augen haben, und das wäre aller Beweis, den die Leute brauchten. Willst du wirklich, daß der arme Junge auf dem Marktplatz totgepeitscht und sein Kind verkauft wird?«

»Ich werde ihn freilassen. Wenn er erst frei ist, kann sich niemand zwischen uns stellen, und wenn irgendwelche widerlichen Leute hinter meinem Rücken tratschen wollen, dann sollen sie eben!«

»Schön und gut, aber woher weißt du, daß er hierbleiben wird?«

Wieder drehte Alaena sich zu Rhodry um, und die Frage stand deutlich in ihren Augen und auf ihren halb geöffneten Lippen. Rhodry hatte das Gefühl, wie betäubt zu sein; ganz gleich, was er sagte, es wäre falsch. Sein Schweigen jedoch sagte alles. Alaena schlug die Hände vors Gesicht und schluchzte.

»Bist du bereits schwanger?« Malinas Stimme war kalt wie Eis.

»Das glaube ich nicht.« Das Schluchzen ließ nach. »In zwei oder drei Tagen werde ich es mit Sicherheit wissen.«

»Solltest du es sein, dann gibt es auch einen Weg, damit umzugehen.«

Alaena nickte.

»Du wirst Rhodry an seinen Bruder verkaufen, und zwar noch heute abend.«

»Ich will ihn nicht verkaufen. Ich werde ihn seinem widerlichen Bruder schenken. Ich will nicht einen Zotar für ihn.«

»Sehr gut. Rhodry, hole Porto und sag ihm, er soll Papier und Tinte bringen. Ich möchte, daß diese Schenkungsurkunde gleich hier ausgeschrieben wird und deine Herrin sie unterzeichnet.«

Als Rhodry aus dem Zimmer lief, klopfte sein Herz vor Aufregung, aber nicht unbedingt über die Aussicht auf Freiheit. Endlich würde er die Wahrheit über sich selbst erfahren.

Und dann hatte er plötzlich Angst, und er fragte sich, was diese Wahrheit sein mochte.

»Es ist fast Abend«, sagte Jill. »Dieser Bote sollte doch bald kommen.«

»Ich würde Sonnenuntergang nicht ›fast Abend‹ nennen, mein Rotkehlchen, aber ich kann selbstverständlich verstehen, wieso die Ungeduld so in dir blüht – oho! Höre ich da nicht Schritte im Flur?«

Nun, im entscheidenden Augenblick, war Jill wie gelähmt. Salamander hingegen bewegte sich schneller, als sie es je gesehen hatte, sprang vom Diwan, stürzte zur Tür und riß sie auf, noch bevor jemand klopfte. Rhodry kam herein, eine Rolle mit Bettzeug über der Schulter, einen ledernen Briefbehälter in der Hand. Von ihrem Platz auf der Fensterbank aus sah Jill ihn an, halb überwältigt von seinem Anblick, halb verängstigt, daß sie nur sein Abbild heraufbeschworen hatte wie in ihren Visualisierungsübungen. Rhodry warf ihr einen Blick zu, dann sah er sich verblüfft im Raum um.

»Sie ist also bereit, dich zu verkaufen?« fragte Salamander.

»Nein, aber sie schenkt mich dir.« Rhodry reichte Salamander den Behälter mit dem Brief. »Es ist schon seltsam, seinem eigenen Bruder zu gehören.«

»Bei den Göttern! Du weißt es also?«

»Die Frauen haben es bemerkt, und nachdem ich einmal in den Spiegel gesehen habe, habe ich es selbst erkannt.« Rhodry lächelte gequält. »Ich kann nicht lügen und behaupten, daß ich mich an dich erinnere, aber ich war nie glücklicher, einen Verwandten zu sehen – das denke ich zumindest. Auch das könnte ich nicht beschwören, nicht auf mein Leben. Weißt du, was mit mir geschehen ist?«

»Wahrscheinlich besser als du, Bruder. Ihr Götter, ich bin so froh, dich frei zu sehen.«

Als Salamander, halb in Tränen, nach seinem Arm griff und ihn weiter ins Zimmer zog, warf Rhodry sein Gepäck auf den Boden, blickte dann plötzlich auf und bedachte Jill mit einem Lächeln, das deutlich von seinem alten Selbst zeugte, zwar nur von einem Schatten, der aber von einer vertrauten Sonne geworfen wurde.

»Sollten wir einander nicht in die Arme fallen und aufeinander einreden wie in den Geschichten eines Gerthddyn, meine Liebe? Es ist verdammt unromantisch, einfach hier hereinzukommen und meine Schenkungsurkunde zu überreichen.«

Sie lachte, und dabei hatte sie das Gefühl, als sei auch von ihr ein kleiner, aber häßlicher Bann gefallen. Sie sprang vom Fensterbrett und lief die letzten Schritte in seine Arme. Seine Umarmung war so vertraut, wie er sie an sich zog, wie er ihr über den Rücken strich, daß sie abwechselnd lachen und weinen wollte wie ein überdrehtes Kind. Statt dessen küßte sie ihn, küßte ihn wieder und wieder, und sein Mund fühlte sich so vertraut an wie die Stimme eines alten Freundes, die man zu lange nicht mehr gehört hat. Als sie etwas Feuchtes spürte, blickte sie auf und sah, daß er weinte.

»Ich erinnere mich an dich, Jill, ich habe dich nicht vollkommen vergessen, nicht einmal, als es am schlimmsten war – ich möchte, daß du das weißt. Und jetzt erinnere ich mich an mehr von dir als von allem anderen, aber bei jedem Gott und seinem Pferd, noch längst nicht an alles.« Er hielt inne und schniefte wie ein Kind, dann ließ er sie los, um sich mit dem Hemdsärmel das Gesicht zu wischen. »Ich weiß nicht einmal, wie wir uns kennengelernt haben.«

»Weißt du denn, wie wir getrennt wurden?«

»Ein bißchen davon. Sag mir eins – bist du freiwillig mit Perryn geritten?«

»Niemals! Das schwöre ich bei den Göttern unseres Volkes!«

»Das ist das Beste, was ich je gehört habe.«

Wieder umarmte und küßte er sie, und diesmal lachte er sein altes Berserkerlachen, als wäre ihr Kuß magisch genug, um ihm die Vergangenheit zurückzugeben. Doch als er sie wieder gehen ließ, verschwand dieses Fragment seines alten Selbst im Staunen, wie ein Eisbrocken in einer Pfütze schmilzt.

»Wer war Perryn eigentlich?« Er sah Salamander an. »Ein Zauberer, wie du?«

»Eine Art Zauberer, das stimmt, aber nicht wie ich, wahrhaftig nicht. Setz dich. Wir haben viele wichtige Angelegenheiten zu besprechen, unter anderem, wer du wirklich bist.«

Einen Augenblick war Jill zornig und fühlte sich abgewiesen. Ihr wurde plötzlich klar, daß sie diese Szene seit Monaten in ihrem Kopf geprobt hatte, daß sie sich hundertmal vorgestellt hatte, wie sie Rhodrys Verzeihung erflehen würde, nur um jetzt herauszufinden, daß er ihr selbstverständlich verzieh, daß sie einfach nur die Wahrheit sagen mußte, damit diese Angelegenheit ein für alle Mal abgeschlossen war. Es würde keine gegenseitigen Beschuldigungen und keine Verzeihensorgie geben. Sie war zutiefst erleichtert, und in dieser Erleichterung fand sie die erste wirkliche Hoffnung, daß Rhodry eines Tages geheilt sein würde. Ganz gleich, wie sehr Baruma sich angestrengt hatte, es war ihm nicht gelungen, die Ehre in der Seele seines Opfers zu zerstören.

Als sie sich an den niedrigen Tisch setzten und Salamander ihnen Wein eingoß, während er darüber nachdachte, was er sagen sollte, wurde ihr noch etwas anderes klar: daß sie tatsächlich erheblich wichtigere Dinge zu besprechen hatten, als was sie mit einem anderen Mann in Deverry getan hatte, oder Rhodry hier in Bardek mit seiner reizenden Besitzerin. Sie spürte die Kälte einer Dweomerwarnung auf ihrem Rücken. Rhodry wiederzufinden hatte ihren Geist und ihr Herz derart erfüllt, daß sie einfach nicht zugelassen hatte, die Gefahr zu sehen. Sie befanden sich hier mitten in einem fremden Land und standen Feinden gegenüber, die sowohl vollkommen korrupt als auch absolut gnadenlos waren. Sie bezweifelte, daß diese Feinde einfach dabeistehen und zum Abschied winken würden, wenn sie Rhodry wieder nach Hause brachten. Dasselbe schien auch Salamander aufgefallen zu sein.

»Ich hasse es, diese rührende Wiedervereinigung zu unterbrechen, aber es bleibt die traurige und lästige Tatsache, daß wir in der übelsten Schlinge, Gefahr, Unannehmlichkeit und so weiter und so fort stecken, die jeder von uns – und die dunkle Sonne selbst weiß, daß wir alle eine Neigung dazu haben, in schrecklichen Ärger zu geraten – je erlebt hat. Also sollten wir die Gefühle auf später verschieben …«

»Und das Geschwätz ebenfalls«, meinte Jill.

»Und das Geschwätz. Also, kleiner Bruder. Wir haben denselben Vater, aber nicht dieselbe Mutter. Kannst du dich an deine erinnern?«

»Nein, ich weiß kein bißchen über unseren Klan oder mein Zuhause – gar nichts. Was sind wir? Zwei uneheliche Söhne eines mächtigen Mannes?«

»Also gut.« Salamander rieb sich das Kinn. »In gewissem Sinne schon, obwohl sich im Klan unseres Vaters keiner um irgendwelche lästigen Zeremonien schert, wenn es darum geht, ein Kind für sich zu beanspruchen.«

»Aha. Also dann ist er der Elf und nicht meine Mutter.«

»Ihr Götter! Du hast eine ganze Menge herausgefunden, nicht wahr? Ja, ein Skandal! Er ist tatsächlich ein Elf, und außerdem einer der besten Barden des Westvolks. Das Problem ist, kleiner Bruder, daß keiner außer ihm, deiner Mutter und uns Dreien weiß, daß er dein wahrer Vater ist. Es gibt ausgesprochen dringende Gründe dafür, dies geheimzuhalten.«

»Lebt ihr Mann noch?«

»Nein, und du bist sein legaler Erbe. Sein einziger Erbe wahrscheinlich.« Er warf Jill einen Blick zu. »Ich glaube nicht, daß Rhys noch lebt. Er wurde bei diesem Sturz grausam verletzt.«

Bei der Erwähnung von Rhys' Namen runzelte Rhodry ein wenig die Stirn.

»Erinnerst du dich an ihn, Liebster?« fragte Jill.

»Nein, aber der Name kommt mir irgendwie vertraut vor. Ist er auch ein Bruder von mir?«

»Ja, er ist der Sohn deiner Mutter, und zwar von jenem Mann, den alle für deinen Vater halten.«

»Bei den Höllen!« Rhodry lachte auf. »Was ist das? Ich komme mir vor, als wäre ich in eines dieser Labyrinthe geraten, wie es sie im Garten des Hochkönigs gibt … Oh, wann war ich jemals im Königspalast? Ich scheine mich an ihn zu erinnern.«

»Das solltest du auch, denn du warst oft dort«, erwiderte Salamander. »Der Ehemann deiner Mutter, derjenige, dessen Erbe du antreten wirst? Das war Tingyr, Gwerbret Aberwyn. Weißt du, was ein Gwerbret ist?«

Aberwyn hätte seinen Erben beinahe an Ort und Stelle verloren. Rhodry verschluckte sich am Wein, hätte ihn fast über den Tisch gespuckt, schluckte ihn gerade noch rechtzeitig herunter, hustete dann und wurde dunkelrot, während Salamander ihn ernstlich besorgt auf den Rücken schlug. Endlich hörte er auf, und seine Farbe wurde langsam wieder normal.

»Du behauptest also, daß ich Aberwyns Erbe bin?«

»Genau.«

Rhodry, immer noch den Weinbecher in der Hand, erhob sich, stand einen Augenblick wie betäubt und ging dann zum Fenster, wo er den Becher absetzte und sich mit beiden Händen aufs Fensterbrett stützte und hinaussah. Als Jill ihm folgen wollte, packte Salamander sie am Arm und bedeutete ihr mit einer Geste, sich wieder hinzusetzen.

»Aberwyn braucht dich dringend«, erklärte der Gerthddyn. »Wenn man allein der Ehre nach geht, bist du nicht der wahre

Erbe, aber du bist der einzige, den das Land hat. Wenn du abdankst, werden die Felder und Straßen rot vor Blut.«

»Ich weiß, was passiert, wenn es für ein reiches Rhan keinen Erben gibt.« Er schwieg einen Augenblick. »Eine Lüge ist eine Lüge.«

»Rhodry!« Jill und Salamander hatten gleichzeitig gesprochen.

Mit einem Achselzucken drehte er sich um, lehnte sich ans Fensterbrett, und sein Schweigen war geradezu quälend, so voller Spott und Erschöpfung.

»Hört mich nur reden – ich bin immer noch Sklave und rede von Ehre. Ihr Götter, versteht ihr das denn nicht? Ihr könnt meinen Kopf mit allen Worten der Welt füllen, aber ich weiß immer noch nicht, wer ich bin.«

»Glaubst du uns denn nicht?« wollte Jill wissen.

»Selbstverständlich glaube ich euch! Aber es sind nur Worte. Ich kann mich nicht wirklich erinnern. Ich spüre nicht, wer ich bin! Ihr Götter, versucht doch das zu verstehen!«

»Das werde ich, Liebster.«

Er kam zurück vom Fenster, setzte sich und griff nach Jills Hand. »Dich kenne ich, Jill. Und ich erinnere mich an Exil und Schande und daran, hungrig gewesen zu sein und verwundet zu werden, aber jetzt sagt ihr mir, ich sei ein Gwerbret – nicht einfach ein armer Lord oder ein landloser Höfling, sondern ein Gwerbret!«

Wieder rieb Salamander sich das Kinn. »Ich verstehe, daß es Zeit braucht, sich daran zu gewöhnen. Aber versuch es, Bruder, bei der Liebe aller Götter, versuch es und nimm das verfluchte Rhan, denn wenn du es nicht tust, wird der Tod in den Hafen von Aberwyn segeln und durch die Straßen der Stadt reiten.«

Plötzlich schien Rhodry den Tränen nah. »Und es sind die einfachen Leute, die am meisten leiden werden, nicht wahr?

Wenn die Lords ihre Söhne in ihre Kriege führen, ihre Ernten niedertrampeln und ihre Städte belagern, werden sie leiden und hungern. Bei den Höllen! Ich mag nichts weiter als ein geborener Bastard und nun ein Sklave sein, aber ich will verflucht sein, wenn ich das zulasse!«

Jill starrte ihn einfach nur an. Nie hatte sie gehört, daß er oder ein anderer Adliger so etwas zugegeben hätte; nein, nie hatte sie Rhodry etwas tun sehen, das zeigte, daß er sich in irgendeiner Weise um das gemeine Volk scherte. Er war immer großzügig gewesen, aber das erwartete man selbstverständlich von einem Adligen, und er achtete seine Krieger mehr als die meisten Herren, aber sie waren immerhin Krieger und im Geist seinesgleichen. Aber die Bauern, die Handwerker, die Kaufleute, sogar die Priester – sie bedeuteten ihm nicht mehr als seine Pferde; sie waren Geschöpfe, für die er sorgte und die er benutzte, wenn er sie brauchte.

»Stimmt etwas nicht?« sagte Rhodry.

»Nein. Wir reiten nur auf einem seltsamen Weg.«

»Das ist wirklich wahr.« Er wandte sich Salamander zu. »Großer Bruder, da du offenbar soviel weißt – wie bin ich überhaupt auf diese verfluchten Inseln gekommen? Ich erinnere mich nur, daß ich im Frachtraum eines Schiffes in einem bardekianischen Hafen erwacht bin. Es gab einen Mann namens Gwin, der offenbar recht freundlich war, und einen Mann namens Baruma, der mir wie ein von Dämonen gezeugter Teufel aus der dritten Hölle vorkam. Wir sind noch eine Weile umhergereist, und dann haben sie mich in Myleton an einen Mann namens Brindemo verkauft.«

»Diesem klugen Sklavenhändler sind wir bereits begegnet, und von ihm haben wir deine traurige Geschichte vernommen.«

Salamander starrte stirnrunzelnd in den Weinbecher. »Gwin kenne ich nicht, aber Baruma – oh, Baruma! Jill hat zum erstenmal in der Bilge in Cerrmor von ihm gehört, wo er dich offenbar über den Kopf geschlagen und gefangengenommen hat. Kannst du dich an etwas davon erinnern?«

»Kein bißchen.«

»Und dann haben sie dich aufs Schiff verladen und nach Slaith gebracht, ein geheimes Piratenversteck in Auddglyn. Ich bezweifle, daß du dich daran erinnern kannst.«

»Ich erinnere mich nicht. Ich weiß nicht einmal, wieso ich in Cerrmor war.«

»Das ist verdammt schade, weil ich mich das die ganze Zeit auch schon gefragt habe. Jedenfalls, in Slaith brachten dich deine Feinde auf ein Schiff nach Bardek, und irgendwo unterwegs hat Baruma – ich nehme zumindest an, daß der widerwärtige Baruma dafür verantwortlich ist – dich verzaubert und deine Erinnerungen in Scherben zerbrochen.«

»An einen Teil davon kann ich mich erinnern.« Rhodry erhob sich schaudernd. »Es war nicht angenehm.«

»Zweifellos.« Salamanders Stimme wurde weicher. »Zweifellos.«

Kopfschüttelnd kehrte Rhodry zum Fenster zurück. Jill wäre ihm gerne gefolgt, aber sie bezweifelte, daß er Mitgefühl ertragen konnte. Wieder an den Schmerz zu denken, den Baruma ihm zugefügt hatte, ließ ihren Zorn wachsen und wie Fieber in ihrem Blut glühen.

»Ihr Götter!« zischte Salamander. »Was ist das?«

In der Ecke stand der Wolf und sah ganz echt aus, obwohl er schimmerte. Er wedelte freundlich mit dem Schwanz und sah Jill an wie ein Hund, der auf den nächsten Befehl seiner Herrin wartete. Was Jill am meisten überraschte, war allerdings, daß Rhodry ihn ebenfalls sehen konnte. Er wich zurück, dann zuckte er die Schultern und streckte die Hand aus. Der Wolf schnupperte daran, immer noch schwanzwedelnd, dann sah er Jill an.

»Nun ja«, sagte sie. »Ich denke, er gehört mir. Ich … äh … ich weiß nicht genau, wie ich es gemacht habe, aber ich habe ihn eines Nachts bei einer meiner Übungen geschaffen.«

»Kein übles Geschöpf.« Salamander klang zornig. »Womit hast du ihn gefüttert, mit Haß und Zorn?«

»Warum nicht, nach allem, was mit Rhodry geschehen ist? Ich dachte an Rache und an die Todeswölfe der dunklen Sonne und …«

»Das sehe ich! Was ist dann passiert?«

»Nun, er schien sich … äh … von selbst wieder davonzumachen.«

»Tatsächlich von selbst?« Salamanders Stimme war wie kalter Stahl.

»Nun, ich habe ihn hinter Baruma hergehetzt.«

Als der Name fiel, sprang der Wolf aus dem Fenster und verschwand. Salamander fluchte ausführlich in mehreren Sprachen.

»Ich muß dich um Entschuldigung bitten, Turteltaube, denn wenn der Schüler einen so schrecklichen Fehler macht, ist der Lehrer daran schuld. Ihr Götter und all Eure Brustwarzen! Was habe ich nur getan?«

»Was ist denn so schlimm daran?«

Salamander sah sie an, setzte mehrmals dazu an, ihr etwas zu sagen, und schüttelte den Kopf.

»Es gibt eine Moral bei diesen Angelegenheiten, Turteltaube. Du hast gerade gegen den größten Teil davon verstoßen, indem du ein Geschöpf wie dieses in die Welt geschickt hast. Du wußtest es nicht – ich gebe mir selbst die Schuld –, aber es war dennoch schlecht. Und es ist auch nicht ungefährlich, denn Baruma hat verdammt viel mehr Macht als du, und wenn er beschließt, dem Wolf zu seinem Besitzer zu folgen, wird er uns finden.«

Jill wurde kalt. Um welche Moral es in diesem Zusammenhang ging, wußte sie nicht, aber von Gefahr verstand sie einiges. Plötzlich lachte Rhodry, und in diesem Augenblick sah er ganz wie früher aus.

»Soll er doch«, sagte Rhodry. »Soll er uns doch finden – wenn er es wagt. Als Baruma mich verkaufen wollte, habe ich ihm geschworen, daß ich ihm eines Tages die Kehle durchschneide. Jill, kannst du mir verzeihen? Der Bastard hat meinen Silberdolch! Er hat ihn mir abgenommen, und ich konnte nichts dagegen tun.«

»Dir verzeihen? Es gibt nichts zu verzeihen, aber es quält mich. Erinnerst du dich an den Mann, der ihn dir gegeben hat? Cullyn von Cerrmor? Meinen Vater?«

»Nein, oder warte – ich glaube, ich erinnere mich an sein Gesicht und daß ich ihn höher achtete als jeden anderen Mann. Bei den Eiern des Höllenfürsten! Dann will ich diesen Dolch noch mehr zurück als je zuvor.« Seine Stimme war so ruhig, als hätte er darüber gesprochen, ein paar Kupfermünzen zu verleihen, aber das Berserkergrinsen war zurückgekehrt. »Ich will es unbedingt, also soll er uns ruhig folgen. Ich werde auf ihn warten.«

Als auch Jill ein rachsüchtiges Lachen ausstieß, sah Salamander von ihr zu Rhodry, und ein Hauch Angst stahl sich in seinen Blick.

»Ihr gebt wirklich ein schönes Paar ab«, sagte der Gerthddyn schließlich. »Und ich würde ganz bestimmt keinen von euch irgendeiner unglücklichen Seele an den Hals wünschen. Die Götter waren sehr vorausschauend, als sie euch zusammengebracht haben.«

Obwohl sie alle lachten und verzweifelt versuchten, sich nicht von ihren finsteren Gesprächsthemen unterkriegen zu lassen, wurde Jill seltsam kalt bei diesem Scherz. Selbstverständlich gehören wir zusammen, sagte sie sich. Ich werde meinen Rhodry nie wieder verlassen! Und dennoch fragte sie sich tief im Herzen, wohin der Dweomerweg sie führen würde, jetzt, nachdem es viel zu spät war umzukehren.

Während der Abend dunkler wurde und der Raum sich mit Schatten füllte, unterhielten sie sich weiter und versuchten zu begreifen, was vor nur ein paar Monaten in Deverry geschehen war und was ihnen jetzt wie jahrhundertealte Vergangenheit erschien. Es wurde schwieriger und schwieriger zu sprechen, denn sie stießen immer wieder auf schreckliche Dinge, Schmerz und Folter und den dunklen Dweomer selbst – die schlimmste Perversion von allem. Endlich schwiegen sie und starrten ins Leere, um einander nicht mehr ansehen zu müssen. Jill erhob sich, entzündete am Kohlebecken eine Kerze und mit dieser schließlich die Öllampen, damit sie etwas zu tun hatte, denn sie war den Tränen nahe und hatte das Gefühl, daß Rhodry nie weiter von ihr entfernt gewesen war als jetzt. Aber nach einem Augenblick unbehaglichen Schweigens legte Salamander für ihn unerwartetes Taktgefühl an den Tag: Er stand auf, räkelte sich und verkündete, daß er jetzt nach unten in die Schenke ginge.

»Und ich habe das Gefühl, daß das nicht die letzte Schenke sein wird, die ich heute nacht aufsuche. All diese dunklen Warnungen gefallen mir nicht, aber ich wage auch nicht, mich mit dem Zweiten Gesicht umzusehen. Wir werden herausfinden, was wir mit Augen und Ohren und ohne die Hilfe der Magie herausfinden können.«

»Ist das denn sicherer?« wollte Rhodry wissen.

»Ja, denn ich bin ein bekannter und außerdem noch beliebter, berühmter und amüsanter Zauberer, der diese Stadt so manchen schönen Abend lang unterhalten hat. Glaubst du etwa, die braven Leute hier würden einfach zusehen, wie man mich umbringt oder entführt? Ich werde überall rasch eine Menschenmenge um mich sammeln, und das wird ein besserer Schild sein, als jeder Waffenschmied ihn herstellen kann.«

»Da hast du recht«, sagte Jill. »Wie lange wirst du weg sein?«

»Stunden. Wenn ich im Morgengrauen nicht zurückkomme, dann könnt ihr mich suchen, aber bis dahin sollt ihr euch keine Gedanken machen. Wir barbarischen Zauberer sind dafür bekannt, die ganze Nacht durchzutrinken.«

Salamander griff nach dem roten Umhang, der mit goldfarbener Seide gefüttert war und zu seinem Brokatgewand paßte, und verließ sie nach einer höflichen Verbeugung. Jill verriegelte die Tür hinter ihm. Als sie sich umdrehte, stand Rhodry wieder am Fenster. Einen Augenblick beobachtete sie ihn gequält, als wäre er ein Kranker, von dem sie nicht wissen konnte, ob er sich jemals erholen würde. Endlich seufzte er und wandte sich ihr zu. Schweigen umgab sie wie Wasser, tief und bedrohlich.

»Ich weiß nicht, was ich sagen soll«, meinte Jill schließlich.

»Ich auch nicht. Bei den Höllen, ich habe ohnehin für einen Abend genug gehört.«

Als er sie an den Schultern packte und küßte, spürte sie, wie die Entfernung zwischen ihnen geringer wurde. Ganz gleich, was in seinem Geist geschehen war, sein Körper erinnerte sich an sie, und ihrer erkannte ihn, ob er ihr nun verändert vorkam oder nicht. Solange er sie in seinen Armen hielt, konnte sie so tun, als wäre nichts je geschehen.

Am Morgen erwachten sie von den Geräuschen, die Salamander beim Packen machte. Obwohl er leise vor sich hin sang, klang sein Lied irgendwie falsch und unruhig. Als sie aus ihrer Kammer kamen, grüßte er sie mit befehlsgewohnter Geste.

»Wir essen unterwegs«, verkündete er. »Ich will so schnell wie möglich hier weg, bevor unsere reizende Alaena es sich anders überlegt oder unsere Feinde beschließen, uns irgendwelchen Ärger zu machen.«

»Werden wir unterwegs in Sicherheit sein?« wollte Jill wissen.

»Selbstverständlich nicht, aber das sind wir hier auch nicht, also können wir uns auch auf den Weg machen und uns mehr von den wunderbaren Inseln ansehen. Nein, du brauchst diese Lampe nicht nach mir zu werfen, meine Turteltaube! Es war nur ein Scherz. Ich habe bereits einen ausgesprochen klugen und heimtückischen Plan. Wir werden Rhodry früher oder später freilassen müssen, und das ist keine einfache Angelegenheit. Es müssen Schwüre vor Priestern abgelegt, eine Erklärung vor einem Stadtschreiber abgegeben werden und so weiter. Mitten auf dieser Insel befindet sich ein Hochplateau, und mitten auf diesem Plateau liegt eine Stadt, das schöne und bekannte Pastedion, und inmitten dieser Stadt gibt es einen besonders glorreichen Tempel des Dalae-oh-contremo, des Wellenvaters, der ungerecht behandelte Sklaven beschützt. Dort werden wir Zuflucht suchen und offiziell Beschwerde gegen Baruma einlegen – weil er einen freien Barbaren unter falschen Voraussetzungen verkauft hat. Die Archonten werden verpflichtet sein, Ermittlungen anzustellen, und während dieser Zeit werden wir halbwegs sicher sein. Wer weiß? Wenn sie Baruma finden, werden sie ihn vielleicht sogar vor Gericht bringen.«

»Ach ja?« sagte Jill. »Sind diese Archonten also doch für etwas gut?«

»Du wirst schon sehen, mein Spatz, welcher Art die Vorteile zivilisierten Lebens sind. Und ich habe hier die ursprüngliche Verkaufsurkunde, die zumindest meinen Elfenaugen gefälscht erscheint. Als wir den liebenswerten Brindemo in seiner Schlafkammer besuchten, sah ich sie in einer Ecke auf dem Schreibtisch liegen, und ich habe sie mitgenommen, während du mit seinem Sohn gesprochen hast.«

»Aha. Zivilisiertes Leben.«

»Nur noch eins«, warf Rhodry ein, und er lächelte nicht. »Ich habe geschworen, daß ich Baruma die Kehle durchschneide, und diesen Schwur werde ich halten, auch wenn es mich umbringt. Verstehst du das? Gwerbret oder nicht, ich werde Bardek nicht verlassen, ehe ich gesehen habe, wie dieser Mann stirbt, und wenn die Männer des Archon mich dafür zu Tode foltern, dann ist das eben der Preis, den ich zahlen muß.«

Schweigen senkte sich über den Raum. Schließlich seufzte Salamander.

»Es mag gut sein, lieber kleiner Bruder, daß du eine Gelegenheit erhältst, ihn zu töten, bevor wir Pastedion erreichen, falls wir wirklich Pech haben sollten und unsere Feinde uns auf der Straße erwischen. Wenn nicht, kümmern wir uns als erstes darum, uns in Sicherheit zu bringen, und dann bringen wir Baruma um, einverstanden?«

Rhodry lächelte schließlich – ein bitteres, häßliches Lächeln, aber er schwieg. Jill nahm an, daß es zumindest im Augenblick keinen Zweck hatte, mit ihm zu streiten.

Der große Zauberer und seine beiden Helfer waren bereits einen Tag lang unterwegs, als die Nachrichten endlich auch den Marktplatz von Wylinth erreichten: Die Witwe Alaena hat ihren gutaussehenden barbarischen Sklaven an Krysello und seine Wandervorführung verkauft – eine ihrer Launen. Es war anzunehmen, daß er ihr eine unglaubliche Summe geboten hat, was jedermanns Verdacht bestätigte, daß dieser Zauberer so reich wie ein Archon sein müsse. Die örtlichen Klatschmäuler waren aufgebracht, weil sie sahen, daß ihnen ein köstlicher Skandal entglitt; sicher hätte Alaena ihren Sklaven nicht verkauft, wenn sie, wie alle vermuteten, eine Affäre mit dem Jungen gehabt hatte. Gwin und Pirallo hatten ihre eigenen Gründe, verärgert zu sein, als sie die Nachrichten hörten.

»Schade, daß du so lange gezögert hast«, sagte Gwin mit wenig freundlichem Lächeln. »Ich hatte ihn bereits gefunden, und wir hätten ihn selbst kaufen können.«

»Halt den Mund! Wir werden sie auf der Straße einholen, und wenn dieser dumme Akrobat ihn nicht freiwillig verkauft, muß er eben sterben.«

»Ach ja? Und ich nehme an, du kannst mir sagen, in welche Richtung sie sich gewandt haben.«

Pirallo setzte dazu an, etwas zu sagen, aber dann richtete er sich zu seiner ganzen Höhe auf.

»Selbstverständlich! Aber erst muß ich in Ruhe arbeiten können. Wage nicht, mir in die Nähe zu kommen, bis ich fertig bin.«

Gwin sah ihm nach und fragte sich, wieso er so sicher war, daß Pirallo sie in die falsche Richtung führen würde. Noch mehr interessierte ihn allerdings, wieso ihn dieser Gedanke derart freute.

TEIL 2

DEVERRY UND BARDEK
WINTER 1063

Otid eiry, gwyn goror mynydd;
Llwym gwydd llong ar for.
Mecid llfwr llawer cyngor.

Schnee hüllt die Berggipfel ein;
die Masten der Schiffe im Hafen sind nackt;
ein Feigling brütet über hinterhältigen Plänen.
Llywarch der Ahnherr

Vor Gwerbret Blaerns großer Halle schneite es in dicken Flocken. Drinnen brachten tausend Kerzen silberne Dolche und edelsteinbesetzte Tischmesser zum Blitzen; in den beiden gewaltigen Feuerstellen loderten die Flammen, und das Lachen und die Gespräche in dem großen Raum übertönten den Wind draußen. Beinahe hundert adlige Männer und Frauen saßen an Tischen, die dem des Gwerbret so nahe gerückt waren, wie der Platz es zuließ, während auf der anderen Seite der Halle ihre Eskorten und Blaerns eigener Kriegshaufen dasselbe gute Essen zu sich nahmen. Es war der kürzeste Tag des Jahres, und obwohl es kein wirklicher Feiertag war wie Samaen oder Beltane, gab Blaern an diesem Tag immer ein großes Festessen zu Ehren der Sonne, einfach deshalb, weil sein Vater das schon immer getan hatte. Der seinerseits hatte die Idee von seiner Frau Graeca, Lovyans Schwester; als Mädchen hatten die Frauen an der Grenze zu Eldidd gelebt, wo die Menschen eine ganze Anzahl seltsamer Bräuche vom Westvolk übernommen hatten.

Hin und wieder schaute Blaern nach rechts, wo seine Frau ihrem eigenen Tisch vorsaß. Inzwischen war Carnyffas

Schwangerschaft deutlich zu sehen, und er sorgte sich, ob sie sich vielleicht überanstrengte, aber sie schwatzte mit ihren Gästen und lachte wie ein Mädchen, sehr unbeschwert und offensichtlich überrascht, wie gut alles ging, als hätte sie nicht gerade hektische Tage damit verbracht, zusammen mit Kämmerer, Mundschenk und Koch jede Einzelheit des Festmahls zu planen. Um sicherzustellen, daß die Getränke so gut waren wie das Fleisch, hatte Carnyffa die Bierbrauerin Twdilla hergebeten. Zwei Tage vor dem Fest hatte es zur allgemeinen Überraschung aufgehört zu schneien, und Twdilla und ihr Mann hatten triumphierend ihre Wagenladung Fässer in die Stadt kutschiert.

In diesem Augenblick stand Twdilla drüben nahe der Feuerstelle des Kriegshaufens hinter mehreren dieser Fässer und schöpfte Krug um Krug, den die Dienerinnen dann weiterreichten. Da Blaern sich dringend mit ihr unterhalten wollte, verfluchte er das feingesponnene Netz adliger Vorrechte, die ihn zwangen, auf seiner Seite der großen Halle zu bleiben, aber so sehr er auch fluchen mochte, er mußte warten. Nachdem Honigkuchen und die letzten Äpfel des Jahres aufgetragen waren, präsentierte der Barde seine neueste Komposition zum Ruhm des Gwerbret und ging dann zur bekannten Geschichte der Gründung der Heiligen Stadt über, während die überfütterten Gäste sich schließlich zu regen begannen. Als sie anfingen, sich laut zu unterhalten, gab er die Dichtkunst vollkommen auf. Ein Winken des Barden rief einen weiteren Harfner, einen Trompeter und einen Schüler mit einer kleinen Trommel aus Ziegenfell herbei. Als diese zu musizieren begannen, eilten sich Diener und Adlige gleichermaßen, die Tische an die Wände zurückzuschieben und Platz zum Tanzen zu machen.

In dieser allgemeinen Verwirrung konnte Blaern sich endlich davonstehlen und die Brauerin aufsuchen. Sie überwachte gerade eine Gruppe von Pagen, die ein weiteres Faß auf einer Schubkarre hereinbrachten.

»Rüttelt es nicht so durch, Jungs!« sagte sie. »Es hatte kaum Zeit, sich nach der Reise zu setzen. Vorsichtig, seid vorsichtig!«

Wieder mußte Blaern warten, bis das volle Faß sicher neben den anderen stand und bis Veddyn erschienen war, um es zu öffnen und für eine Weile den Platz seiner Frau zu übernehmen. Zusammen gingen Gwerbret und Dweomermeisterin den hinteren Flur entlang, der sich um die große Halle bog, bis sie eine abgelegene, wenn auch zugige Nische fanden. Twdilla hatte sich in ihren alten, schäbigen Umhang gehüllt, aber Blaern bibberte nur und ignorierte die Kälte.

»Gibt es irgendwelche Neuigkeiten, gute Frau?«

»Nichts aus Bardek, und bis zum Frühling wird das auch so bleiben, Euer Gnaden. Aber Nevyn sagt, daß es in Eldidd ... nun, ziemlich unruhig geworden ist.«

»Zweifellos. Ihr Götter, ich wünschte, Rhodry wäre am Leben!«

»Euer Gnaden, ich glaube mit ganzem Herzen, daß Nevyn es wüßte, wenn Rhodry tot wäre. Und das glaubt Nevyn ebenfalls.« Sie bedachte ihn mit einem tröstlichen, wenn auch zahnlosen Lächeln.

»Die Frage ist, wird er noch am Leben bleiben, wenn Jill ihn im Frühjahr nach Hause bringt? Wir mögen wissen, daß Rhodry noch lebt, aber die meisten in Eldidd haben ihn bereits begraben. Die Männer, die sich seines Rhans bemächtigen wollen, geben eine Menge Geld aus und suchen Verbündete, um ihre Intrigen weiterzutreiben. Wie werden sie es aufnehmen, wenn der rechtmäßige Erbe vergnügt ins Land reitet, um das Seine zu beanspruchen?«

»Zweifellos schlecht, die räuberischen Wiesel! Was soll ich tun – nach Eldidd reiten, sobald das Wetter sich ändert?«

»Das mag das beste sein, Euer Gnaden, aber vielleicht auch

verfrüht. Wer weiß, wann sie über das Südliche Meer zurückkommen? Ich bitte Euch ungern, Eure eigenen Angelegenheiten im Stich zu lassen, um Euch um Euren Vetter zu kümmern.«

»Nun, wenn Rhodrys Erbschaft das einzige wäre, was auf dem Spiel steht, würde ich vielleicht murren – aber so ist es nicht. Wenn in Eldidd Bürgerkrieg ausbricht, ist der Hochkönig gezwungen, sich einzumischen. Was, wenn unser Lehnsherr dabei verwundet oder gar getötet wird? Oder, wenn der Krieg über Jahre weitergeht und das Land verarmt? Gute Frau, ich bin in erster Linie ein Mann des Königs. Und meine Leute und ich stehen Euch zur Verfügung.«

»Dafür sind wir Euch sehr dankbar, Euer Gnaden.« Sie knickste erstaunlich anmutig. »Und Madoc würde sich freuen, wenn Ihr bei ihm vorbeikämt, da Dun Deverry mehr oder weniger auf dem Weg liegt.«

»Eher weniger, aber er wird mich zu sehen bekommen, sobald die Straßen wieder passierbar sind.« Blaern hielt inne, weil ihm plötzlich etwas einfiel. »Ich hatte gehofft, hier zu sein, wenn die Zeit für meine Frau gekommen ist.«

»Das werdet Ihr, Euer Gnaden. Euer Sohn wird ein paar Wochen zu früh zur Welt kommen, aber dennoch gesund sein, und sie wird eine leichte Geburt haben, weil er relativ klein ist.«

»Das ist großartig! Ich … woher wißt Ihr … oder, macht Ihr Euch einen Spaß mit mir?«

»Kein bißchen, Euer Gnaden. Ich habe mir selbst Sorgen um Lady Carnyffa gemacht, also habe ich das Wildvolk gefragt. Sie wissen diese Dinge – ich weiß nicht warum, aber es ist so, vertraut mir.«

Und gegen seinen Willen mußte Blaern zugeben, daß er ihr tatsächlich vertraute.

An der nördlichen Grenze des Königreichs, in der Festung des mächtigen Bärenklans, fand eine ganz andere Art von Fest statt. Tieryn Darryl von Trenrydd saß mit zwei engen Vertrauten zusammen: Gwarryc von Dun Gamyl, dem jüngeren Bruder von Gwerbret Savyl von Camynwaen, und Talidd von Belglaedd, der in Begleitung eines Mannes aus Bardek war, der seinen Namen als Alyantano angegeben hatte, sich aber hier in Deverry Alyan nennen ließ, um es den Einheimischen einfacher zu machen. Das Gespräch bei diesem Essen war so wichtig, daß Darryls Weib Amma sich mit den anderen Frauen in die Frauenhalle zurückgezogen hatte. Da Talidds Frau zu Hause geblieben war und Alyan angeblich keine hatte, war es eine vertraute Gesellschaft für Amma, denn außer ihr und ihren Dienerinnen war nur noch Vodda, Gwarrycs Frau, die ihre ältere Schwester war, anwesend. Vodda, schlank und blond, war eine jener Frauen mit schläfrigem Blick, die eine Haltung sinnlicher Dummheit kultivierten, um über ihren lebhaften Geist hinwegzutäuschen. Es ging zu einem großen Teil auf sie zurück, daß ihr Mann plante, sich Aberwyns zu bemächtigen. Und ihre Motive gingen weit darüber hinaus, die Steuergelder des Rhans für Seide aus Bardek ausgeben zu wollen. Linedd, ihre Mutter, hatte als häufig ignorierte Mätresse von Gwerbret Tingyr und Rivalin von Lady Lovyan ein elendes Leben geführt. Linedd war lange tot – unfreundliche Menschen scherzten, daß sie gestorben war, um sowohl dem Lord als auch seiner Frau zu entgehen –, aber die Schwestern erinnerten sich sehr gut an ihre Tage bei Hof.

»Lovyan war immer so freundlich«, bemerkte Vodda fest, als die Wildschweinhaxe serviert wurde. »Ich glaube, das war das Schlimmste: ihre Freundlichkeit.«

»Besonders nach Mutters Tod.« Amma griff nach einem Dolch. »Soll ich das Fleisch aufschneiden?«

Als der Rest des Ebers am Tisch der Männer aufgetragen

wurde, schnitt der Kämmerer einen Teller voll ab und reichte ihn herum. Danach zog er sich an den Kopf seines eigenen Tisches zurück, an dem in einiger Entfernung die adligen Untergebenen des Gwerbret saßen. Die Männer an Lord Darryls Tisch aßen grimmig und schmeckten kaum, was sie zu sich nahmen, während sie weiterredeten.

»Das Problem ist«, sagte Darryl, »daß wir niemals genug Reiter aufbringen könnten, um Aberwyn einzunehmen. Hier im Norden gibt es einfach nicht genug Männer und Pferde.«

»Immer vorausgesetzt, es kommt zu einem Krieg«, warf Talidd ein; er konnte selbst hören, wie nervös er klang. Darryl grinste und wischte seinen Schnurrbart mit dem Handrücken. »Was ist los, Tal? Du bist derjenige, der diesen Hirsch aus der Deckung gescheucht hat. Machst du dir jetzt, nachdem die Jagd begonnen hat, etwa Sorgen?«

»Ich bin nie davon ausgegangen, daß wir eine Bande verdammter Bauern bewaffnen müßten, die für uns kämpfen.« Talidd warf Alyan einen mörderischen Blick zu, den der Bardekianer ignorierte. »Das gefällt mir nicht.«

»Ihr Herren.« Alyan erhob sich, und seine dunkle Haut glitzerte im Feuerlicht beinahe bläulich. »Ich bin nur ein Diener des Bärenklans und kein Adliger. Ich verlasse Euch lieber, damit Ihr ungestört diskutieren könnt.«

Darryl zögerte, dann wies er einen Diener an, die Teller und den Kelch des Bardekianers zum Tisch des Kämmerers zu bringen.

»Zufrieden, Talidd?« sagte Gwarryc und schniefte ein wenig. Er war erkältet, und seine hellgrauen Augen und seine Kaninchennase waren mehr als nur ein wenig feucht.

»Darryl, ich wollte diesen Mann nicht beleidigen, aber ich hab' es ernst gemeint. Mir gefällt der Gedanke überhaupt nicht, die Bauern mit Speeren zu bewaffnen und sie kämpfen zu lehren wie die verfluchten Insulaner.«

»Aber welche andere Hoffnung haben wir? Der Versuch, Verbündete im Süden zu finden, ist mißglückt.«

»Ja, aber es ist auch noch früh. Sobald es Herbst wird und es in Aberwyn immer noch keinen Gwerbret gibt, werden viele zu uns überlaufen.«

»Das mag sein«, schnaubte Gwarryc. »Aber schau nicht so bedrückt drein, Tal. Wenn ich der einzige ernsthafte Kandidat bin, ist es sehr wahrscheinlich, daß der Wahlrat die Angelegenheit friedlich bereinigen wird.«

»Der Wahlrat hat durchaus das Recht, dich abzulehnen und nach anderen Kandidaten zu suchen.«

»Und würdest du die Entscheidung des Rats akzeptieren?« wollte Darryl wissen. »Wenn sie gegen uns fällt?«

»Ja, und ich rate dir, dasselbe zu tun. Ich weiß, wie gern du dich dieses Landes bemächtigen würdest, aber ...«

»Es ist ungerecht, daß es dem Gwerbret gehören soll!« Darryl schlug so fest mit der Faust auf den Tisch, daß die Bierkrüge hüpften.

»Und so geht es schon seit Hunderten von Jahren«, warf Talidd ein. »Also wird es die Ehre deines Klans nicht sonderlich trüben, wenn es noch ein paar Jahre länger dauert.«

»Ach ja? Ich erinnere mich nicht, daß du so vernünftig warst, als es um Dun Bruddlyn ging.«

Talidd spürte, wie er rot wurde, aber er beherrschte sich.

»Ich habe vor, mich an die Entscheidung des Wahlrats zu halten, selbst wenn es mich mein Eigentum kostet.«

»Und das nur wegen meiner Speerträger?«

Statt zu antworten, schnaubte Talidd nur und trank einen großen Schluck Bier. Gwarryc putzte sich lautstark die Nase.

»Eigentlich verstehe ich nicht«, meinte der Möchtegerngwerbret, »wieso wir uns überhaupt streiten. Es scheint ganz plötzlich gekommen zu sein, wie dieser verdammte Schnupfen.«

»Das ist wahr«, sagte Talidd. »Ich bitte um Verzeihung, Darryl, in letzter Zeit war ich so unruhig wie eine Katze an einem Feuer aus Fichtenholz.«

»Ich ebenfalls.« Darryl dachte stirnrunzelnd darüber nach. »Ich entschuldige mich bei dir, Talidd.«

»Es hat keinen Zweck, sich über einen Reiter zu streiten, solange wir nicht wissen, ob das Rennen überhaupt stattfindet«, fuhr Gwarryc fort. »Ich weiß, daß ihr mich beide gerne auf dem Thron des Gwerbret sehen würdet, und meine Frau spricht dieser Tage von kaum etwas anderem, aber ich bin nicht davon überzeugt, daß Rhodry Maelwaedd tot ist.«

»Ganz sicher ist er das.« Darryl sprach mit großem Selbstvertrauen, und sein Blick glitt zu dem anderen Tisch hinüber, wo Alyan mit den Barden scherzte. »Bevor er Bardek verließ, hat Alyan die Geschichte gehört. Rhodry hat auf den Inseln einen mächtigen Mann beleidigt, und dort haben sie gewisse Möglichkeiten, mit Leuten umzugehen, die sie beleidigen. Es gibt eine bezahlte Gilde, wenn ich es recht verstanden habe.«

»Elende Barbaren«, murmelte Talidd.

»Das mag sein, aber manchmal sind sie nützlich«, sagte Darryl. »Jedenfalls, Alyan ist überhaupt nur hergekommen, weil er von Rhodrys Tod gehört hat. Die Geschichte darüber, was mit dem Maelwaedd geschehen ist, hat sich überall auf den Inseln verbreitet. Als seine Feinde zu Hause Alyan ins Exil schickten, kam er nach Aberwyn, weil er annahm, daß es hier den einen oder anderen Lord geben könnte, der die Dienste eines kriegserfahrenen Mannes braucht. Er hat alte Verbindungen hier, und einer der Kaufleute hat ihn zu mir geschickt, um uns beiden einen Gefallen zu tun.«

»Ein kriegserfahrener Mann! Gemeine, die Adlige wie Schweine abstechen, und das nennst du Kriegserfahrung?«

»Halt den Mund!« Gwarrycs Stimme klang beeindruckend bedrohlich. »Es wird noch monatelang überhaupt nichts geschehen. Ob Rhodry noch lebt oder tot ist – das Dekret des Königs gibt ihm Jahr und Tag, um sein Erbe in Anspruch zu nehmen, und bis dahin kann der Rat nicht einmal zusammentreten.«

»Und was für eine Unverschämtheit – ich rede vom König –, sich in die Entscheidung des Rates einzumischen!« Darryls Blick war finster geworden. »Die alten Gesetze gehen Hunderte von Jahren zurück, und es hieß immer, daß der König seine gierigen Tatzen lieber vom Wahlrat fernhalten sollte. Es ist wirklich widerwärtig, wie viele Gesetze zugunsten der elenden Maelwaedds ausgelegt werden. Der Hochkönig hat sie immer bevorzugt.«

Obwohl Talidd sich an keinen derartigen Vorfall erinnern konnte, der nicht mindestens neunzig Jahre zurücklag, hielt er den Mund. Wenn Darryl sich erst einmal über das Unrecht ausließ, das seinem Klan seit Urzeiten angetan wurde, half keine Vernunft. Als sie schweigend weitertranken, spürte Talidd, wie sich eine häßliche Wahrheit in seinen widerstrebenden Kopf schlich. Als er umhergezogen war, um andere gegen die Maelwaedds aufzuhetzen, weil er wegen des Verlusts von Bruddlyn so wütend gewesen war, hatte er erheblich mehr Staub aufgewirbelt als geplant – vielleicht genug, daß alle daran ersticken würden.

Argwöhnisch beobachtete er Alyan, seine angenehmen Manieren, seine freundlichen Scherze, seine bescheidene Art, und er fragte sich, wieso ihm der Mann so gegen den Strich ging. Der Bardekianer hatte in seinem eigenen Land Regimenter befehligt, aber er wußte, daß er hier nichts weiter war als ein Söldner, der wie so viele Exilanten vor ihm von der Wohltätigkeit eines adligen Herrn abhing. Selbst was die Ausbildung von Speerträgern anging, mußte Talidd zugeben, daß Darryl kaum der erste verzweifelte Lord war, der seine Armee auf diese Weise vergrößerte, weil es nicht genug Reiter gab, die sich seiner Sache anschlossen. Wenn die Notlage vorüber war, kehrten die Speerträger immer auf ihre Felder und die Adligen zu der traditionellen und ehrenhaften Art zurück, ihre Fehden von Angesicht zu Angesicht auf dem Pferderücken auszutragen.

Aber trotz all dieser vernünftigen Überlegungen verachtete Talidd Alyan tief im Herzen. An diesem Abend fiel ihm noch etwas anderes auf. Es mochte ja sein, daß Alyan auf eine vollkommen normale Art von Rhodrys Tod erfahren hatte, da sie sich beide zu dieser Zeit in Bardek aufhielten. Aber woher wußte er, daß Rhodrys Bruder Rhys ohne Erben gestorben war? Talidds Ehre hielt ihn davon ab, diesem Gedanken weiter zu folgen. Wie Darryl schon gesagt hatte, war er selbst derjenige gewesen, der den Hirsch aus dem Unterholz getrieben hatte, und danach hatte er seinen Freunden geschworen, sie bei der Jagd zu unterstützen.

Als Regentin von Aberwyn und Herrscherin über eigene große Ländereien hatte Tieryn Lovyan erheblich mehr Sorgen als ihren vermißten Sohn. Wann immer Tevylla ihre Herrin über längere Zeit sah, kam es ihr so vor, als seien die grauen Strähnen in Lovyans Haar breiter und die Falten rund um ihre Augen tiefer geworden. Aber so eilig sie es auch haben mochte, Lovyan hatte immer ein freundliches Wort für die Kinderfrau, wenn sie sie sah. Und es gelang ihr immer, kurze Zeit am Tag mit ihrer Enkelin zu verbringen. Tatsächlich schienen die Augenblicke mit Rhodda die Regentin zu erfrischen, und es machte ihr nichts aus, die Röcke zu raffen, sich zu dem Kind auf den Boden zu setzen und mit ihr zu spielen, bis ein hektischer Page mit neuen schlechten Nachrichten angerannt kam.

Da Rhodda zu Hause in Dun Gwerbyn täglich mehrere Stunden mit ihrer geliebten Großmutter verbracht hatte, gefiel dem Kind diese neue Situation überhaupt nicht. Wenn Lovyan ihr also wieder einmal entrissen wurde, tobte und schrie Rhodda vor Wut, ganz gleich, was Tevylla unternahm, um sie zu beruhigen. Die Kinderfrau fragte sich bereits, was mit dem Kind nicht stimmte. Nicht, daß es Rhodda an Intelligenz gefehlt hätte. Obwohl sie erst drei war, konnte sie wunderbar sprechen und beherrschte so viele Worte wie ein gewöhnliches Kind von sechs oder sieben Jahren. Tatsächlich war sie von einer regelrechten Gier nach Worten besessen und drängte die Barden oder Schreiber immer, ihr zu sagen, was dieses oder jenes Wort bedeutete und wie sie es benutzen sollte. Aber zu diesem frühreifen Intellekt gesellten sich seltsame Wutanfälle und eine noch seltsamere Melancholie, und es gab Zeiten, in denen die Kleine sich alle Kleider vom Leib riß, jämmerlich schluchzte und erklärte, sie wolle in den Wald gehen und dort beim Wildvolk wohnen.

So etwas trieb Tevylla fast zur Verzweiflung, aber sie stellte fest, daß sie in Nevyn einen unerwarteten Verbündeten hatte. Er gab ihr nicht nur gute Ratschläge, wie sie das Kind in solchen Stimmungen behandeln sollte, er nahm die Kleine auch mindestens einmal am Tag auf einen Spaziergang mit – um sich mit ihr zu unterhalten, wie er sagte. Da Rhodda gerne mit ihm ging, übergab ihm Tevylla ihre schwierige Schutzbefohlene und gewann dadurch eine Stunde der Muße.

»Ich muß zugeben, daß ich überrascht bin«, sagte Tevylla eines Morgens zu dem alten Kräutermann. »Ich dachte, ein gelehrter Berater wie Ihr wäre sich zu gut für solche Dinge.«

»Oh, Rhodda ist ein kluges Kind. Ihre Gesellschaft ist sehr angenehm, nachdem man Stunden mit Adligen verbracht hat.«

Er freute sich so über seinen eigenen Scherz, daß Tevylla kicherte.

»Wir besuchen die Gnome«, verkündete Rhodda.

»Ja? Wie reizend.« Tevylla nahm an, daß es sich dabei um irgendein Spiel zwischen dem alten Mann und dem Kind handelte. »Ich werde in dieser Zeit die Köchin besuchen, und wir werden ein wenig klatschen.«

Auf dem Weg zur Küchenhütte ging Tevylla durch die große Halle. Als sie am Tisch des Hauptmanns vorbeikam, packte sie ein junger Mann, der am Ende einer Bank saß, mit einer bierfeuchten Hand am Arm.

»Ihr seid eine hübsche Frau. Wieso versteckt Ihr Euch immer in der Frauenhalle?«

Bevor Tevylla antworten oder sich losreißen konnte, war Cullyn schon auf den Beinen und schlug dem Reiter so fest ins Gesicht, daß ihm Tränen in die Augen traten.

»Halt den Mund, Lwc.« Der Hauptmann sprach leise und mit fester Stimme. »Du sprichst mit einer Witwe und der Mutter eines Sohns.«

Lwc wich zurück, eine Hand auf der sich rötenden Wange, den Blick in hündischer Entschuldigung auf Tevyllas Gesicht geheftet. Cullyn verbeugte sich vor ihr.

»Verzeiht. Keiner meiner Welpen wird es je wieder wagen, ein falsches Wort zu Euch zu sagen.«

»Zweifellos.« Tevylla knickste. »Ich danke Euch, Hauptmann.«

Als sie zur Tür eilte, sah sie, wie zwei der Dienerinnen Cullyn mit kaum verborgener Sehnsucht betrachteten. Da sowohl die hübsche blonde Nonna als auch die spitznasige Degwa jung genug waren, um seine Töchter zu sein, blieb Tevylla auf ein Wort bei ihnen stehen.

»Ich würde den Hauptmann an eurer Stelle nicht so anstarren. Ich würde mich lieber an meine Arbeit machen, bevor jemand der Köchin sagt, daß ihr gefährliches Wild jagt.«

»Bitte, Herrin Tevva, sagt es ihr nicht.« Nonna setzte ihr reizendstes Lächeln auf. »Aber Ihr müßt zugeben, daß der

Hauptmann wirklich großartig ist. Denkt doch nur, wie er Euch verteidigt hat!«

»Ehrlich gesagt macht er mir eher angst, und er ist viel zu alt für Euch. Und jetzt seht, daß ihr zurück in die Küche kommt, und laßt die Männer in Ruhe.«

In der Küche erzählte sie der Köchin sofort von den Mädchen. Auch Baena hatte bemerkt, daß sie den Hauptmann anschmachteten.

»Ich habe schon mit den kleinen Schlampen darüber geredet. Wahrscheinlich ist es sogar besser, als wenn es um einen der jungen Lümmel ginge. Cullyn ist ein anständiger Mann, und wenn es einer der anderen wäre, hätten sie bereits dicke Bäuche.«

»Du glaubst also, der Hauptmann sei anständig?«

»Ja. Du nicht?«

»Ich bin nicht sicher. Ich habe nun seit Monaten beinahe jeden Tag Zeit mit ihm verbracht und trotzdem das Gefühl, ihn kaum zu kennen. Wenn ich an sonnigen Tagen mit Rhodda ausgehe, begleitet er uns, aber er sagt kaum je zwei Worte, es sei denn, er hat Neuigkeiten von meinem Sohn. Und manchmal, wenn wir aus dem Frauenquartier kommen, ist er plötzlich einfach da, als wolle er sich überzeugen, daß es uns gutgeht. Er bewegt sich für einen so großen Mann sehr leise, und er kann einen wirklich erschrecken, wenn er so unerwartet auftaucht.«

»Das kann ich wohl glauben. Was hält das Kind von ihm?«

»Oh – zumindest bekommt sie in seiner Gegenwart nie ihre Wutanfälle. Wenn sie anfängt zu schmollen, wirft er ihr einen finsteren Blick zu, und sofort ist sie wieder still. Und sie stört sich nie daran, daß er mit uns kommt.«

»Nun, er hat selbst eine Tochter aufgezogen. Seine Frau ist sehr jung gestorben – das habe ich jedenfalls gehört.«

»Ach ja? Das ist wirklich eine Überraschung. Ich hätte nicht gedacht, daß er diese Art von Mann ist. Ist seine Tochter inzwischen verheiratet?«

»Cullyns Tochter ist mit dem jungen Rhodry unterwegs.«

»Oh, das wußte ich nicht.«

»Ich weiß wirklich nicht, wie das arme, kleine Ding damit zurechtkommt, quer durchs ganze Königreich zu ziehen.«

»Das stelle ich mir schrecklich vor. Ich hoffe, daß der König den Jungen bald findet. Die arme Lady Lovyan ist ganz elend vor lauter Sorge.«

»So sieht es aus. Aber Rhodry war immer ein verwöhnter kleiner Bursche. Überleg doch nur – erst verführt er Rhoddas Mutter, dann die arme Jill! Aber ich muß auch sagen, daß ich lieber ihn auf dem Thron des Gwerbret sehe als irgendeinen anderen, der nicht einmal ein Maelwaedd ist. Meine Mutter war vor mir oberste Köchin hier in Aberwyn, und ihre Mutter vor ihr, und wir haben immer den Maelwaedds gedient. Es würde mir nicht gefallen, wenn ein anderer Klan hier Einzug hielte. Was, wenn sie geizig wären, oder sonst irgendwie unangenehm? Bei Adligen weiß man nie.«

Etwa eine Stunde später tauchte Nevyn an der Küchentür auf, mit Rhodda und dem Hauptmann im Schlepptau.

»Ich muß zum Tieryn, Tevva«, sagte der alte Mann. »Aber Rhodda ist noch längst nicht bereit zum Mittagsschlaf.«

»Dann gehen wir noch ein wenig spazieren. Wie ich sehe, habt Ihr unseren Leibwächter mitgebracht.«

Cullyn lächelte ironisch. Tevylla war überrascht über sich selbst, als ihr klar wurde, wieviel die Worte der Köchin für sie verändert hatten. Irgendwie ließ die Information, daß der Hauptmann eine Tochter hatte, ihn viel mehr wie ein menschliches Wesen wirken. Und für was habe ich ihn zuvor gehalten? fragte sie sich leicht verärgert. Für einen Dämon?

Auf dem Weg zum Garten nahmen sie den vierjährigen Sohn des Stallmeisters, einen Ball und ein paar gebogene

Stöcke mit. Während die Kinder herumrannten und den Ball schlugen, hockten sich Tevylla und Cullyn auf die niedrige Ziegelmauer und sahen zu. Der Rasen war um diese Jahreszeit immer noch grün, aber er sah ziemlich traurig und dünn aus, und der Westwind ließ Tevylla trotz ihres Wollumhangs schaudern. Als sie nach Süden spähte, konnte sie sehen, wie sich dunkle Wolken am Horizont zu einem Angriff auf die Festung sammelten.

»Der Küchengärtner sagte mir heute, daß er schlimmen Frost befürchtet«, meinte Tevylla. »Oder vielleicht sogar Schnee. Er sagt, alles weist darauf hin.«

»Ach ja? Das wäre ausgesprochen lästig.« Plötzlich lachte Cullyn. »Hört mich nur reden. Das Leben an der Küste hat mich verwöhnt. Die paar Schneeflocken, die wir hier bekommen, sind nichts gegen den Schnee in Cerrgonny.«

»Das habe ich auch schon gehört. Ihr seid wirklich durchs ganze Königreich gereist, bevor Ihr in den Dienst des Tieryn tratet, nicht wahr?«

»Ja.« Plötzlich schwieg er wieder und starrte über den Rasen; aber er schien etwas ganz anderes zu sehen.

»Habe ich Euch beleidigt? Dann möchte ich mich entschuldigen.«

»Was?« Er drehte sich um und verzog die Lippen zu der Geste, die ihm als Lächeln diente. »Nein, das habt Ihr nicht. Ich habe mich nur an den langen Weg erinnert und bin heilfroh, ihn verlassen zu haben.«

»Aha. Ihr müßt Euch um Jill Sorgen machen.«

»Das habe ich seit dem Tag getan, seit sie mit unserem jungen Lord davongeritten ist, aber was konnte ich tun? Sie war immer viel zu starrsinnig für mich.« Diesmal lächelte er wirklich. »Wißt Ihr, was meine Frau immer gesagt hat? Jill sei so störrisch wie ich und zweimal so unangenehm, wenn sie wollte.«

Sie lachten beide, aber dann wurde Tevylla plötzlich traurig, weil sie an ihren Mann denken mußte, der jetzt schon so lange tot war. In Augenblicken wie diesen kam es ihr eigentlich eher seltsam als schmerzlich vor, daß sie mit dreißig, wenn die meisten Frauen daran dachten, für ihre älteste Tochter einen Mann zu finden, nichts hatte als einen Sohn, der jetzt in der Männerwelt eines Kriegshaufens lebte. Damals, als sie noch die hübsche Tochter des Müllers gewesen war, hatte es so ausgesehen, als hätte das Leben so viel mehr zu bieten als die Reste, die ihr nun geblieben waren.

»Stimmt etwas nicht?« fragte Cullyn abrupt.

»Ich mußte nur an meinen Mann denken.«

»Woran ist er gestorben? Wenn ich das fragen darf.«

»An einer Blutvergiftung. Er ist draußen im Stall in einen Nagel getreten, und nicht einmal Nevyn konnte ihn mehr retten.«

»Meine Frau ist auch am Fieber gestorben. Ich war im Krieg, meilenweit entfernt, und nicht einmal bei ihr.«

Der Schmerz in seiner Stimme war wie die Narbe auf seinem Gesicht – vielleicht verheilt, aber dennoch eine deutliche Erinnerung an eine Wunde. Impulsiv legte Tevylla die Hand auf die seine.

»Das tut mir leid.«

»Mir auch.«

Wie zu erwarten war, fiel der Sohn des Stallmeisters just in diesem Augenblick hin und fing an zu weinen. Bis Tevylla ihn wieder beruhigt hatte, war es so kühl, daß sie ohnehin lieber nach drinnen gingen. Es schneite zwar nicht, aber es begann zu regnen, und tagelang hatte sie keine Gelegenheit mehr zu Spaziergängen mit dem Hauptmann.

Mehr, weil es so Brauch war, als aus Notwendigkeit, wurden in Dun Aberwyn auch nachts Wachen aufgestellt, zwei Männer an jedem verriegelten Tor und ein Dutzend auf den Zinnen. Es hätte diese loyalen Soldaten allerdings überrascht zu hören, daß außer ihnen noch jemand »Wache« hielt. Immer bei Sonnenuntergang, wenn auf der astralen Ebene die Gezeiten wechselten, um Mitternacht und wieder in der Morgendämmerung, errichteten Nevyn und Elaeno eine magische Kuppel aus blauem Licht über der gesamten Festung und versiegelten sie mit Flammen und Pentagrammen. Während des Tages konnten sie ruhen, denn die Gezeiten von Feuer und Luft waren dem dunklen Dweomer so feindselig, daß selbst die größten Meister sie selten überwinden konnten. Den ganzen Herbst hindurch hatten sie auf diese Art Wache gehalten, aber selbst jetzt, als der Winter tatsächlich Einzug gehalten hatte, sah Nevyn keinen Grund, damit aufzuhören.

»Ich glaube nicht, daß unsere Feinde nach diesem ersten Scharmützel bereits geflohen sind«, sagte er eines Abends.

»Ich auch nicht«, erwiderte Elaeno. »Sie versuchen wahrscheinlich eher, uns einzuschläfern. Jemand hat diesen Stallburschen verzaubert und ihn dazu gebracht, Rhodrys Tochter anzugreifen, und das war nicht nur irgendein flüchtiger Geist.«

»Genau. Aber ich habe die gesamte verfluchte Astralebene durchsucht, und du ebenfalls, und keiner von uns hat eine Spur von Dweomerarbeit gefunden.«

»Sie verbergen sich jetzt, das ist alles. Wenn sie glauben, daß wir aufgegeben haben, werden sie wieder zuschlagen.«

»Aber sie müssen doch in der Zwischenzeit irgendwo sein! Ich habe die Regentin Boten zu ihren Verbündeten schicken lassen, die sie gebeten haben, auf alle verdächtigen Fremden zu achten, aber unsere Feinde werden wahrscheinlich auch nicht einfach in eine Stadt einreiten und verkünden, daß sie jetzt ihre dunkle Dweomerwerkstatt eröffnen.«

Elaeno lachte.

»Flüche zu verkaufen!« rief er wie ein Marktschreier. »Holt

euch unsere neuesten Liebestränke! Flüche zu verkaufen! Aber es ist kaum anzunehmen, daß die örtlichen Lords den richtigen Blickwinkel haben, um unsere Feinde aufzuspüren. Zu Hause haben wir da bessere Möglichkeiten. Oh, da fällt mir ein, ich könnte morgen zur Kapitänsgilde gehen. Sie könnten wissen, ob einer meiner Landsleute vor kurzem in Aberwyn angekommen ist.«

»Es gibt keinen Grund anzunehmen, daß unsere Feinde Bardekianer sind.«

»Ich weiß, aber man muß doch irgendwo anfangen.«

Dagegen ließ sich nichts einwenden. Später am nächsten Morgen, sobald die Feuergezeiten klar und stark genug waren, um jeden dunklen Dweomermann abzuschrecken, verließ Elaeno die Festung. Während Nevyn auf seine Rückkehr wartete, besuchte er seinen Patienten und Gefangenen im Turm.

Inzwischen hatte sich Perryn recht gut erholt, aber er war noch lange nicht gesund. In jenen Tagen war es ausgesprochen schwierig, Lungenkrankheiten zu heilen. Nevyn ließ ihn den ganzen Tag im Bett verbringen und den größten Teil der Nacht in Felle gewickelt auf dem Dach liegen, wo die eisige frische Luft seine Lungen kräftigte. Obwohl diese Kur – zum Teil dank Perryns unnatürlich hoher Vitalität – Erfolg zeigte, hatte Nevyn immer noch ein besorgtes Auge auf seinen Patienten. Er hatte auch zu große Angst vor Rückfällen, um noch einmal auf magische Weise zu versuchen zu entdecken, wer dieser Mann eigentlich war. Als Nevyn an diesem Nachmittag seine Kammer betrat, beschwerte sich Perryn als erstes über seine Ruhelosigkeit.

»Ich kann einfach nicht mehr schlafen, Herr. Es liegt daran, daß ich die ganze Zeit in der Festung eingeschlossen bin. Ich verliere hier noch den Verstand.«

»Besser wahnsinnig als tot, Junge. Ich habe Fälle von

Schwindsucht gesehen, die wochenlang kuriert schienen, nur um wieder auszubrechen, sobald der Patient sich anstrengte.«

Seufzend ließ Perryn sich wieder auf seinen Strohsack fallen, um bedrückt an die Decke zu starren.

»Äh … nun … es gibt noch etwas, was mich wirklich wundert. Warum strengt Ihr Euch so an, mich zu retten, wenn ich ohnehin gehängt werde? Oder muß ich gesund sein, damit Cullyn von Cerrmor mich in Stücke schneiden kann? Ich habe in einem Zweikampf gegen ihn ohnehin keine Chancen, egal wie gesund ich bin, also könnte er es auch gleich tun.«

»Kommt schon, hört auf zu lamentieren!«

»Lamentieren, ha! Ihr seid doch derjenige, der mich gefangen und hier eingeschlossen hat.«

»Ja. Aber je mehr ich Euch studiere, desto sicherer bin ich, daß Ihr kein Verbrecher seid – zumindest soweit es Jill angeht. Das mit dem Pferdediebstahl ist eine andere Angelegenheit. Stehlen ist falsch.«

»Das hat Jill auch immer gesagt.« Perryn schien ernsthaft verwirrt. »Aber … sie konnte nie erklären, warum.«

»Ach ja? Nun, es gibt viele Gründe, aber nehmen wir diesen einen: Wenn Ihr jemandem ein Pferd stehlt, dann kann es sein, daß Ihr ihm etwas wegnehmt, das er eines Tages wirklich braucht.«

»Aber ich habe nur von den Lords genommen, die viele Pferde hatten.«

»Das mag ja sein, aber woher wißt Ihr, wie ihre Zukunft und ihr Wyrd sein mögen? Es mag ein Tag kommen, an dem das Pferd, das Ihr ihnen genommen habt, ihr letztes gewesen wäre, und dann sterben sie in der Schlacht, weil es nicht da ist, und dieser Tod wiederum könnte eine gewaltige Kette von Ereignissen nach sich ziehen, die niemand mehr beherrschen kann. Ich muß zugeben, das klingt alles sehr weit hergeholt, aber man weiß nie. Das ist das Problem: Man weiß nie.«

Perryn war alles andere als überzeugt.

»Also gut, hier ist ein Beispiel, das Euch näherliegen sollte. Denkt einmal an Jill und Rhodry. Als Ihr sie mitgenommen habt, wußtet Ihr nicht einmal, daß Rhodry der Erbe von Aberwyn war, oder? Wenn er Euch und Jill nicht durch ganz Cerrgonny gefolgt wäre, wäre es seinen Feinden sehr viel schwerer gefallen, ihn zu entführen. Vielleicht wäre Jill auch in der Lage gewesen, sie aufzuhalten, wenn sie ihn begleitet hätte. Sie ist zum Dweomer begabt, also hätte das Wildvolk sie wahrscheinlich gewarnt, oder sie hätte die Gefahr selbst gespürt. In beiden Fällen hätte sie Hilfe herbeirufen können – von mir, von Salamander oder einfach von Eurem Onkel oder einem anderen Lord.«

Perryn wurde bleich.

»Herr, ich habe die Wachen darüber reden hören. Sie sagen, es könnte Krieg geben, weil Rhodry weg ist.«

»Damit haben sie recht.«

»Aber in diesem Teil des Königreichs kämpfen die Adligen zu Pferde. Wenn es Krieg gibt, werden Unmengen von Pferden getötet werden!«

»Ebenso wie Menschen.«

Dieser Zusatz schien Perryn nicht sonderlich zu berühren. Er starrte ins Leere; und seine Augen füllten sich mit Tränen.

»All diese Pferde«, flüsterte er. »Ihr Götter, es tut mir so leid!«

»Ach ja? Dann schlage ich einmal vor, daß Ihr über das nachdenkt, was ich gesagt habe.«

Erheblich später an diesem Nachmittag kam Elaeno aus der Gildenhalle zurück. Nevyn hatte Rhodda gerade wieder nach ihrem täglichen Spaziergang in die Frauenhalle zurückgebracht, als er dem bardekianischen Kapitän auf der Treppe begegnete. Elaeno machte ein grimmiges Gesicht.

»Wir müssen unbedingt ungestört miteinander reden.«

»Dann hast du also Neuigkeiten?«

»Ja.«

Sie gingen zusammen in Nevyns Turmzimmer, wo der alte Mann sich auf den gepolsterten Stuhl am Fenster setzte. Elaeno tigerte ruhelos auf und ab, während er sprach.

»Ein Mann, der sich Alyantano nennt und behauptet, aus Orystinna zu kommen, ist vor ein paar Monaten in Aberwyn eingetroffen. Durch viele Fragen habe ich schließlich herausgefunden, wer er wirklich ist. Er hatte nie direkt mit dem dunklen Dweomer zu tun, aber er ist trotzdem so verrottet wie ein aufs Land gezogenes Schiff. Er stammt aus Naralion, er heißt eigentlich Lerranno, und er ist bekannt als der Schlächter vom Geierpaß.«

»Was für ein reizender Titel! Wie ist er dazu gekommen?«

»Er war Offizier und kommandierte ein paar Regimenter bei einem Routinemanöver – ich denke, es war vor etwa einem Jahr. Da ich nur den allgemeinen Klatsch kenne, bin ich mir bei den Einzelheiten nicht sicher. Alle sind sich allerdings darin einig, daß er hundert Rekruten befohlen hat, über eine Brücke aus Seilen zu marschieren, nachdem er bereits gewarnt wurde, sie sei unsicher. Die Brücke riß, die Männer fielen in den Abgrund und starben, und er wurde – warte, es gibt im Deverrianischen nicht das richtige Wort dafür –, er wurde vor einer Art Sondergericht von anderen Offizieren verurteilt und für schuldig befunden. Einige der Richter sprachen sich für die Todesstrafe aus, aber man hat ihn nur ins Exil geschickt.«

»Und er ist nun hier?«

»Ja, und als er in Aberwyn eintraf, hatte er für einen Exilanten verdammt viel Geld. Im Augenblick steht er im Dienst eines gewissen Lord Darryl.«

»Doch nicht Darryl von Trenrydd?«

»Doch.«

»Wozu braucht der einen bardekianischen General im Exil?«

»Ein paar Gildenmitglieder glauben, daß er vorhat, eine

Armee aus Speerträgern aufzustellen, falls es zum Krieg kommt.«

»Eine häßliche Sache. Ich frage mich, ob eine solche Armee etwas gegen einen üblichen Kriegshaufen ausrichten kann.«

Elaeno zuckte die Achseln.

»Nur eine rhetorische Frage, mein Freund«, sagte Nevyn grinsend. »Ich verstehe nicht mehr von der Kriegskunst als du. Ich denke, ich werde mit Cullyn darüber reden.«

Als Nevyn ihm diese Frage stellte, hatte der Hauptmann die Antwort sofort bereit.

»Ein paar Einheiten wirklich disziplinierter Speerkämpfer könnten sehr wirkungsvoll sein. Ich war zwar nie selbst in Bardek, aber nach allem, was ich hörte, werden ihre Speerträger monatelang gedrillt, bevor sie ihr erstes Schlachtfeld sehen. Sie haben diese großen gebogenen Schilde, geformt wie die Seite einer Lederflasche und erheblich länger als breit, und sie marschieren in dichter Formation, so daß sie eine Art Mauer bilden. Solange sie diese Position halten, dürfte es der Kavallerie verdammt schwerfallen, diese Mauer zu durchbrechen. Und genau deshalb ist der Drill so wichtig. Ein normaler deverrianischer Städter oder Bauer wird sich einfach umdrehen und davonrennen, wenn Pferde auf ihn zustürmen, aber kein bardekianischer Berufssoldat.«

»Aha. Und was, wenn die Reiter ihre Speere werfen?«

»Auch davon habe ich gehört. Sie haben Bogenschützen und manchmal Männer, die mit Schleudern bewaffnet sind. Wenn die Reiter also ihre Speere werfen, heben die Männer in der zweiten Reihe ihre Schilde und kippen sie leicht nach vorn, um zum Teil sich selbst, zum Teil die Jungs vor ihnen zu decken, und so geht es weiter, die ganze Formation durch. Auf diese Weise bleibt die Schildmauer fest, und solange die Männer die Kraft haben, das zu tun, ist die Linie kaum zu brechen. Sie nennen so etwas Schildkröte.«

»Aha. Aber ich denke, elfische Bogenschützen könnten gut dagegen ankommen.«

»Das bezweifle ich, Herr. Das bezweifle ich sehr stark.« Eine Dweomerwarnung kroch über Nevyns Rücken wie ein Schneeschauer. Das verblüffte ihn so sehr, daß ihm Cullyns nächster Satz vollkommen entging und er sich entschuldigen mußte.

»Was habt Ihr gesagt?«

»Ich meinte nur, wenn man solche Truppen einsetzt, muß man sie gut ausrüsten. Billige Schilde aus rohen Häuten können keine Stahlklingen abwehren. Ich frage mich, ob Darryl von Trenrydd genug Geld und Handwerker hat, um genügend Fußsoldaten im bardekianischen Stil auszurüsten.«

»Das weiß ich nicht. Ich habe allerdings das unangenehme Gefühl, daß er vorhat, es uns vorzuführen, falls Rhodry nicht bald nach Hause kommt.«

»Das kann sein.« Cullyns Blick wurde seltsam starr, als langweilte ihn das Thema, aber Nevyn kannte ihn gut genug, um zu wissen, daß dies nur heftige Gefühle verbergen sollte. »Ich nehme an, Ihr habt keine Neuigkeiten aus Bardek?«

»Nein. Selbst Dweomer hat seine Grenzen, mein Freund, und wir werden bis zum Frühjahr nichts aus Bardek hören. Ich kann nur beten, daß Jill und Rhodry noch gesund sind.«

»Ich ebenfalls. Das tue ich die ganze Zeit.«

Nachdem er sich vom Hauptmann verabschiedet hatte, dachte Nevyn über die Dweomerwarnung nach, die beinahe aus dem Nichts gekommen war, wenn man von einer Kleinigkeit absah: Dweomerwarnungen kamen nie einfach aus dem Nichts. Da sie in diesem Augenblick von Elfen und elfischer Kriegskunst gesprochen hatten, konnte Nevyn ziemlich sicher sein, daß die Warnung sich auf das Wyrd dieses Volkes bezog. In welcher Weise wußte er nicht, aber das Wyrd der Elcyon Lacar war für ihn immer unergründlich gewesen. Noch am selben Abend setzte er sich mit seinem alten Schüler Aderyn in Verbindung und berichtete ihm von dem Problem.

»Ich bin mir nicht sicher, was es bedeutet.« Aderyns Abbild über den Flammen schaute grimmig drein. »Aber ich habe eine Idee. Ich werde nach Eldidd kommen.«

»Gut. Wann kannst du hier sein?«

»Ich fürchte, das wird Wochen dauern. Wir sind im Augenblick weit im Westen, aber ich breche im Morgengrauen auf.«

Mehrere Wochen lang reiste der große Krysello, König des Rätselhaften, mit seiner bemerkenswerten Bande bizarrer Barbaren an der Nordostküste von Surtinna entlang und gab in den kleinen Städten Vorstellungen, bis sie schließlich die Stadt Pardidion erreichten, die auf einer schmalen Ebene zwischen Meer und Bergen lag. Da es einer der reichsten Stadtstaaten an der Ostseite der Insel war, konnten sie an drei Abenden hintereinander bei Vorstellungen auf dem Marktplatz erstaunliche Einnahmen verbuchen und wurden zusätzlich zu einer privaten Festgesellschaft des Archon eingeladen.

»Aber aller Glanz verblaßt irgendwann, und jede Sonne sinkt leider im Westen, wie schade das auch sein mag«, meinte Salamander. »Ich glaube, wir haben jetzt lange genug herumgespielt. Es wird Zeit, uns direkt dem schönen Pastedion zuzuwenden.«

»Da hast du verflucht recht«, fauchte Jill. »Wie kommen wir dorthin?«

»Es gibt eine Karawanenstraße – und genau die ist der Grund, warum wir hierher gereist sind. Es waren Kolonisten aus Pardidion, die Pastedion vor vielen Jahren besiedelt haben, und zwischen den Städten besteht noch reger Handelsverkehr. Und es gibt ein paar kleinere Städte auf dem Weg, wo umherziehende Schausteller sicherlich Unterkunft finden.«

Sobald die Stadttore sich am nächsten Morgen öffneten,

reisten sie ab und begaben sich nach Nordwesten zum Städtchen Albara. Für Jill, die inzwischen an die künstlich bewässerten Niederungen Bardeks gewöhnt war, waren diese Hügel eine echte Überraschung. Sie waren zwar mit wildem Gras bedeckt, aber einförmig braun, so trocken und gebleicht, daß es im Sonnenlicht manchmal schien, als ritten sie durch eine von Blattgold überzogene Landschaft. In den Tälern, wo es das ganze Jahr über genügend Wasser gab, wuchsen Krüppeleichen, deren ledrige Blätter so dunkelgrün waren, daß sie aussahen wie schwarze Blasen, die sich in den goldenen Tälern gefangen hatten. In einigen der steileren Schluchten zog sich dorniges Gebüsch aller Art bis zur Straße herunter, aber der Rest der Landschaft war baumlos. Und es war heiß hier, eine trockene, atemraubende Hitze, die die Straße schimmern ließ und auf den gewaltigen Sandsteinblöcken tanzte.

Mittags machten sie in einem winzigen Tal Rast, in dem ein Wasserrinnsal, gerade noch sauber genug für die Pferde, durch ein ausgetrocknetes, felsiges Flußbett lief. Die Menschen tranken lieber den verwässerten Wein aus einem Schlauch, den sie in Pardidion gekauft hatten.

»Ich denke, wir sollten den Mittagsschlaf auslassen«, meinte Salamander. »Ich werde das Gefühl nicht los, daß jemand uns verfolgt.«

»Ich auch nicht«, meinte Jill. »Und ich will nicht, daß sie uns hier in dieser menschenleeren Gegend einholen.«

»In Albara werden wir sicherer sein. Wenn wir Glück haben, finden wir sogar noch eine letzte Karawane, die nach Norden zieht, und können uns ihr anschließen, aber das bezweifle ich. Es ist zu nah an der Regenzeit, obwohl das im Augenblick schwer zu glauben ist.«

»Gibt es Silberdolche auf den Inseln?« fragte Jill. »Ich meine, so etwas wie Söldner, die man als Leibwächter anheuern kann?«

»Nicht daß ich wüßte. Es könnte sein, daß wir ... warte! Silberdolch. Wieso erinnern mich diese Worte an etwas ... Ihr Götter, ich hätte beinahe den elenden Ring vergessen!«

»Den was?«

»Einen Silberring. Ein Geschenk für dich, kleiner Bruder, von unserem hochgeschätzten Vater.«

Salamander holte einen Lederbeutel aus dem Hemd. »Da ist er.«

Er reichte Rhodry einen flachen Silberring, etwa ein Drittel Zoll breit, in den etwas eingraviert war.

»Rosen.« Rhodry hielt den Ring hoch. »Das ist ein seltsames Vorzeichen. Und was ist innen eingraviert?«

»Elfische Schrift. Den Buchstaben nach heißt es da ›arr-sos-ah sotu – a lorr – ess-oh-ohz‹, aber was das bedeuten soll, weiß niemand, kein elfischer Barde, kein Dweomermeister und auch die menschlichen Priester des Wmm wissen es nicht. Ich habe sie selbst gefragt.«

Achselzuckend steckte Rhodry den Ring an den dritten Finger der rechten Hand: Er paßte wie angegossen.

»Wieso sind Rosen so ein besonderes Vorzeichen?« wollte Jill wissen.

»Nun, Alaena – meine Herrin – hat mir ein Schmuckstück geschenkt ... habe ich es dabei?« Rhodry griff nach seiner Satteltasche, die hinter ihm auf dem Boden lag, und wühlte darin herum, bis er eine Silbernadel in Form einer einzelnen Rose gefunden hatte. »Es ist Zwergensilber, genau wie der Ring und die Silberdolche. Sie hat es auf dem Marktplatz von Wylinth gekauft.«

»Das ist wirklich seltsam«, meinte Salamander. »Sie könnten von derselben Hand stammen, oder zumindest aus derselben Werkstatt. Also – vor langer Zeit hat ein geheimnisvoller Fremder unserem Vater diesen Ring hier gegeben und erklärt, er sei für einen seiner Söhne. Diverse Vorzeichen haben darauf hingewiesen, daß du ihn bekommen sollst. Ich war gerade dabei, dich zu suchen, als sie dich entführt haben.«

Rhodry starrte den Ring verblüfft an. »Haben wir noch andere Brüder?« sagte er schließlich.

»Einen, und der ist ein vollständiger Elf, und wir haben auch noch eine elfische Schwester, was wirklich unangenehm ist, denn sie ist eine der schönsten Frauen, die ich je gesehen habe – Anwesende selbstverständlich ausgeschlossen.«

»Du brauchst mir nicht zu schmeicheln«, sagte Jill lächelnd. »Ich würde nie behaupten, daß ich auch nur annähernd so hübsch wie eine Elfenfrau sein könnte.«

»Du bist sicherlich hübscher als die meisten, aber unsere Mellario wird von allen beneidet. Und du, kleiner Bruder, hattest drei Brüder von deiner Mutter. Zwei sind mit Sicherheit tot, und der dritte wird inzwischen wahrscheinlich auch die Tore der Anderlande erreicht haben, denn ich habe gehört, daß er sich bei einem Sturz vom Pferd schwer verletzt hat. Wenn ich mich recht erinnere, ist das arme Tier auf ihn gestürzt.«

»Das ist schrecklich.« Rhodry sah in der Tat traurig aus. »Wenn ich Aberwyn je lebend erreichen sollte, werde ich selbstverständlich für seine Witwe sorgen.«

»Das ist nett von dir«, warf Jill ein. »Aber du hast deinen Bruder Rhys ziemlich gehaßt. Und er haßte dich mit Sicherheit. Er ist derjenige, der dich ins Exil geschickt hat.«

»Ist das wahr? Beim schwarzen haarigen Arsch des Höllenfürsten! Ihr könnt euch nicht vorstellen, wie seltsam das ist, die Einzelheiten meines eigenen Lebens zu hören, als wäre es Klatsch über einen ganz anderen Menschen. He, großer Bruder, du bist Zauberer und anscheinend ein verdammt guter. Kannst du nichts unternehmen, um meinen Kopf zu heilen?«

»Nein, obwohl mich nichts je mehr gequält hat als diese meine Unfähigkeit und mein Mangel an Wissen in dieser Sache.« Dann strahlte Salamander plötzlich. »Aber fürchte nichts! Wir werden dich zu einem ungemein berühmten und kunstvollen Heiler in Eldidd bringen, einem Dweomermann, gegenüber dessen Gelehrtheit meine Kunststücke aussehen wie … nun ja, wie die dummen Kunststücke, die sie eben sind. Er wird dich bestimmt heilen können.«

»Du lügst.« Rhodrys Stimme war vollkommen ruhig. »Es gibt keine Hilfe dagegen. Das ist die Wahrheit, oder?«

Salamander wollte etwas sagen, dann wandte er einfach seufzend den Blick ab. Rhodry stand auf und warf trotzig den Kopf zurück.

»Machen wir uns auf den Weg. Wenn ihr beide euch so sicher seid, daß wir von Feinden verfolgt werden, dann sehe ich nicht ein, wieso wir hier weiter sitzen und auf sie warten sollten. Hoffen wir, daß ich mich daran erinnere, wie man dieses neue Schwert benutzt, das ihr mir gekauft habt. Ich will verflucht sein, wenn ich das Kämpfen allein Jill überlasse. Großer Bruder, ich werde dir das Geld für das Schwert zurückgeben, wenn wir erst einmal in Aberwyn sind.«

»Nein, es ist ein Geschenk. Ich hatte nie im Leben so intensiv das Gefühl, daß zwei Schwerter besser sind als eines.«

Nachdem Gwin und seine Männer Wylinth verlassen hatten, führte Pirallo sie nach Süden und damit auf eine falsche Spur. Obwohl sie nie jemandem begegneten, der von einem Zauberer gehört haben wollte oder ihn gesehen hatte, bestand die Kröte darauf, auf der richtigen Fährte zu sein. Gwin erklärte schließlich, sie müßten jetzt entweder umkehren, oder er würde Pirallo auf der Stelle in die Hölle befördern. Obwohl er fluchte und sich aufplusterte, gab Pirallo am Ende doch den Befehl, nach Norden umzukehren. Da Krysello in den diversen kleinen Städten, die er durchreist hatte, zeitraubende Auftritte hatte, holte Pirallos kleine Karawane bald auf und traf so nur wenige Stunden nach dem Zauberer in Albara ein. Als sie ihr Lager auf dem Platz aufschlugen, der reisenden Kaufleuten zur Verfügung gestellt wurde, fanden sie dort keine Spur Krysellos. Die Lebensmittel- und Weinverkäufer jedoch, die aus der Stadt kamen, hatten nicht nur von dem Magier gehört, sie wußten auch, daß er in einem teuren Gasthaus in der Stadt übernachtete. Als Gwin weitere Vorräte kaufte, fand er heraus, daß der Zauberer für diesen Abend eine Vorstellung angekündigt hatte.

»Ich habe gehört, es wäre ein echtes Wunder«, meinte der Obstverkäufer. »Er benutzt selbstverständlich Räucherwerk und Pulver, aber es ist sehr überzeugend.«

»Wir werden in die Stadt gehen und es uns ansehen«, meinte Gwin lächelnd. »Das möchte ich auf keinen Fall versäumen.«

Der Abend war kühl und ausgesprochen klar, die Sterne blitzten, und der Mond war ein eisiges Halbrund, als Gwin schließlich in die Stadt ging. Obwohl der Marktplatz halb verlassen war, hatte sich doch eine beträchtliche Menge von Zuschauern vor der Terrasse gebildet, auf der der Zauberer Krysello seine Vorstellung geben sollte und wo seine Kohlebecken und die roten und goldenen Draperien bereits warteten. Als Gwin und Pirallo sich von der Seite her in die Menge drängten, hörten sie, wie die Leute aufgeregt flüsterten. Einige Kaufleute aus der Stadt, die die Barbaren schon in Pardidion oder unten in Ronaton gesehen hatten, hatten bereits von dieser »Magie« berichtet. Einer von ihnen stand jetzt links von Gwin, ein dicker Mann in rotem Umhang, und die Ringe an seinen Händen blitzten, als er mit großen Gesten auf die dünne, in Seide gekleidete Frau neben ihm einredete.

Pirallo versetzte Gwin einen ärgerlichen Rippenstoß und flüsterte im Dialekt von Orystinna, der hier in Albara wohl kaum verstanden wurde: »In dem Gedränge kommen wir vielleicht nicht nahe genug an ihn heran.«

»Deshalb sollten wir es auch gar nicht versuchen.« Gwin

antwortete im selben Dialekt. »Ich will ihm einfach nur zum Gasthaus folgen, damit wir wissen, wo sie übernachten.«

»Das ist wahrscheinlich eine gute Idee.«

»Nur wahrscheinlich?«

»*Ich* bin derjenige, der die Entscheidungen trifft, vergiß das nicht. Du bist in deinem Handwerk einer der Besten, aber nach allem, was in Deblis passiert ist …«

Pirallo lächelte. Gwin fand es verblüffend, daß diese Kröte dumm genug war, einen der besten Meuchelmörder der Inseln immer wieder zu verärgern. Dann kam ihm der Gedanke, daß der Habichtsmeister Pirallos Fähigkeiten vielleicht ebenso überprüfen wollte wie die aller anderen. Er hatte allerdings keine Zeit, länger bei diesen Überlegungen zu verweilen, weil nun der Zauberer und seine beiden Barbaren auf die Terrasse hinauskamen. Während die Menge sich dichter herandrängte und erwartungsvoll klatschte, verbeugte sich Krysello, und das Mädchen knickste mit dem strahlenden Lächeln einer erfahrenen Schaustellerin, aber Rhodry stand nur weiter hinten und starrte alle wütend an, als hielte er die ganze Sache für demütigend. Gwin verspürte einen Stich, als er ihn wiedersah.

»Willkommen, willkommen, edle Bardekianer, zu meiner bescheidenen Vorstellung barbarischer Wunder.« Wieder verbeugte sich Krysello, dann fuhr er fort: »Laßt mich als erstes sagen, daß ich schrecklichen und verächtlichen Klatsch gehört habe, der behauptet, daß meine Zauberkunst mit Hilfe von Chemikalien, schwarzen Drähten, Pulvern und anderen vulgären Kunstkniffen bewirkt wird. Nein, nein, nein, hundertmal nein! Alles, was ihr heute nacht seht, ist echte Magie, barbarische Hexenkunst, wie sie in den wilden Bergen von Deverry gelehrt wird.«

Als die Zuschauer kicherten, verbeugte sich Krysello grinsend.

»Sehr glaubwürdig, findest du nicht auch?« murmelte Pirallo. »Der Mann ist wirklich ein hervorragender Schausteller.«

Gwin zuckte nur die Achseln; diese Art von Volksunterhaltung bedeutete ihm nichts. Aber als Krysello auf eines der Kohlebecken deutete, das sich daraufhin in einen goldenen Feuerturm verwandelte, hielt Gwin ebenso die Luft an wie alle anderen in der Menge.

»Schwefel«, sagte der fette Kaufmann zu seiner Frau. »Das sieht man an der Farbe.«

Pirallo nickte zustimmend, als das andere Kohlebecken vor gelbem Rauch und flackernden, roten Flammen überquoll. Plötzlich brach der Zauberer in ein seltsam klagendes Lied in einer Sprache aus, die Gwin nicht kannte – er nahm an, es war einfach Unsinn – und begann, mit verknoteten Seidentüchern zu jonglieren, die dann einfach mitten in der Luft hängenblieben und wie Vögel zu flattern begannen, bevor sie in seine Hände zurückkehrten. Diesmal murmelte der Kaufmann etwas über die bereits erwähnten schwarzen Drähte. Als das Lied zu Ende ging, verschwanden die Tücher, und Krysello riß beide Arme hoch, um in den Himmel zu zeigen.

»Seht die Wunder des hohen Nordens.«

Etwa zehn Fuß über ihm erschien eine gewaltige blaue Flamme und verschwand dann wieder. Mit ehrfurchtsvollem Keuchen drängte sich die Menge dichter zusammen. Gwin konnte die Ellbogen des fetten Kaufmanns in seinen Rippen spüren und unterdrückte den Impuls, sich umzudrehen und ihn zu schlagen. Wieder hob der Zauberer die Hände; gewaltige goldene und rote Flammenwände flackerten. Aber der Menge entging ein wichtiger Teil der Vorstellung, weil plötzlich, als sich inmitten einer Flamme Lichtblüte um Lichtblüte erhob, auch das Wildvolk erschien: Sylphen, die hin und her flatterten, Gnome, die grinsend über die ganze Bühne tanzten, und natürlich Salamander, die in den Flammen und

Regenbogen, die den Zauberer umgaben, umherschossen. Blitze zuckten, Donner grollte, die Menge schrie erschrocken auf, und der Zauberer tanzte weiter singend über die Bühne. Als Gwin Pirallo ansah, bewegte die Kröte die Lippen, und obwohl es nicht möglich war, ihn zu hören, wußte Gwin doch, was er sagte. Echte Magie. Das mußte echte Magie sein. Mitten in diesem schweißtreibenden Gedränge wurde Gwin eiskalt.

Die Kräfte des Lichts befanden sich direkt vor ihnen, tanzten und sangen und machten sich selbst zum Narren, und das alles so ausgeklügelt, daß die Habichte diesem Schausteller wochenlang gefolgt waren und sich nicht ein einziges Mal gefragt hatten, wer er wohl sein mochte. Als die bunten Farben endlich erstarben, war Gwin bereits verzweifelt dabei, einen Plan auszuhecken. Neben ihm zitterte Pirallo wie die verächtliche, kleine Kröte, die er nun einmal war. Plötzlich wurde es still auf der Bühne; Krysello verbeugte sich und verkündete, er sei zu müde, um weiterzumachen. Lachend griffen die Zuschauer in ihre Taschen und ließen einen Silberregen auf die Bühne rieseln. Während das barbarische Mädchen das Geld aufsammelte, ging der Zauberer zur Seite der Bühne, wischte sich das Gesicht mit einem Lappen und trank aus einem Wasserschlauch.

»Verstehst du, was das bedeutet?« zischte Pirallo.

»Was glaubst du denn – daß ich so blind bin wie diese Herde hier? Ich kann die Geister ebensogut sehen wie du. Du brauchst gar nicht mehr daran zu denken, deine jämmerlichen, kleinen Tricks an diesem Mann zu versuchen. Überlaß ihn lieber meinem Stahl.«

»Beleidige meine Macht nicht, du Sohn eines Sklaven! Wir werden überhaupt nichts tun, ehe ich mich nicht mit dem Meister in Verbindung gesetzt habe. Sobald wir zum Lager zurückkehren, werde ich ihn durch den schwarzen Spiegel rufen und alles berichten. Er möchte sich der Sache vielleicht selbst annehmen.«

Gwin schwieg, aber er nahm an, daß die Kröte recht haben konnte. Lachend kam Krysello wieder auf die Bühne gestürmt und riß die Arme in einem Schauer silberner Funken hoch. Mit kleinen entzückten Aufschreien drängte ihn die Menge weiterzumachen, während er die Luft mit Wolken orangefarbenen und blauen Rauchs füllte, der von innen her schimmerte. Gwin sah sich um und entdeckte Rhodry, der hinten auf der Terrasse neben dem roten Vorhang saß. Im wechselnden bunten Licht war es schwierig, seine Miene genau zu deuten, aber er schien zu lächeln, als er das barbarische Mädchen betrachtete. Ganz plötzlich wußte Gwin, wer sie sein mußte: Rhodrys Frau aus Deverry … war ihr Name nicht Jill gewesen? Also war sie den ganzen Weg gekommen, um ihren Mann wiederzufinden, und würde jetzt ebenso wie er durch die Hände der Habichte sterben.

Gwin wollte lieber nicht daran denken, was mit Rhodry geschehen würde, wenn der Habichtsmeister ihn erst einmal in seinen Klauen hatte, ganz gleich, ob Gwin ihm ihn nun auslieferte oder ob der Meister selbst kam, um ihn sich zu holen. Aber es war natürlich unmöglich, nicht daran zu denken. Gwin nahm an, er würde einige der Foltern selbst durchführen müssen, um sich dem Meister und der Gilde zu beweisen. Einen Augenblick war er wie gelähmt vor Ekel; dann bewegte er sich plötzlich. Irgendwie hatte er das Gefühl, neben sich zu stehen und zuzusehen, wie er unbemerkt das Bein ein Stück höher hob, wie seine Hand unauffällig nach unten kroch und dann der lange, dünne Dolch aus seinem Stiefel in seine Finger sprang. Auf der Bühne hatte Krysello einen dreifachen Regenbogen beschworen, der jetzt die Gestalt eines Drachen annahm. Während alle seufzten und dieses Wunder anstarrten, hob Gwin den Dolch und ließ ihn zwischen Pirallos Rippen gleiten, direkt ins Herz. Er hatte ihn bereits wieder herausgezogen und eingesteckt, bevor auch nur das dünnste Rinnsal von Blut durch das Hemd des Opfers drang. In der dichtgedrängten Menge konnte Pirallo nicht umfallen, nur sein Kopf sank ein wenig zurück, als starrte er den Drachen an, der sich in den Himmel erhob. Vorsichtig trat Gwin zurück; der dicke Mann bewegte sich automatisch zur Seite, um seinen Platz einzunehmen und damit ohne es zu wissen die Leiche zu stützen. Mit leisen Entschuldigungen und servilem Nicken drängte sich Gwin durch die Menge, bis er schließlich frei war und auf dem beinahe leeren Marktplatz stand. Zuerst schlenderte er lässig davon; als er dann die dunkleren Straßen erreichte, schlug er eine schnellere Gangart an, aber nicht zu schnell – nur so, als wäre er ein Sklave, der einem eiligen Auftrag nachgeht. Die Hauptstraße zum Lagerplatz zog sich ein wenig nach oben, so daß Gwin, als er über die Schulter zurückblickte, immer noch die glühenden Blüten von Krysellos Feuer sehen konnte.

Draußen, auf der offenen Straße, ging er wieder langsamer und dachte an gar nichts, bis er die Feuer seiner eigenen Karawane vor sich hatte. Erst jetzt wurde ihm vollständig klar, was er getan hatte. Warum er es getan hatte, war ihm immer noch ein größeres Geheimnis als jeder Dweomer, aber er wußte, daß er jetzt schnell etwas erfinden mußte.

»Da bist du ja«, rief Vandar. »Wo steckt Pirallo?«

»Er ist tot. Ich habe ihn umgebracht.«

»Du hast ihn umgebracht?« Brinonno sprang auf.

»Ich habe ihn umgebracht. Erstochen, um genau zu sein.« Gwin hielt inne, seufzte laut und rieb sich das Gesicht mit beiden Händen. »Der dumme Hund hat bei der Vorstellung zu viel Wein getrunken, und das hat seine Zunge gelockert. Bei den stinkenden Füßen der Klauenwesen! Es wimmelte nur so von Stadtwachen! Was, wenn sie gehört hätten, wie er höhnisch verkündete, wenn er erst mit der Arbeit fertig wäre, werde er sich uns drei vornehmen? Er sollte noch heute abend dem Habichtsmeister über uns berichten, und da ich wußte, daß dieser Bericht nicht gut ausfallen würde, habe ich ihn umgebracht.«

Sie starrten ihn einfach nur an.

»Ich werde mir ein Pferd nehmen und mich davonmachen. Wollt ihr versuchen, mich aufzuhalten? Verfolgt mich doch, wenn ihr es wagt. Liefert mich aus und versucht, euch bei der Gilde einzuschmeicheln – wenn ihr das könnt.«

»Rede keinen Unsinn!« fauchte Vandar. »Du könntest uns noch im Schlaf umbringen, und das wissen wir.«

»Die Frage ist doch, wieso wir noch nicht tot sind«, meinte Brinonno. »Du hast mindestens zwei Dolche dabei.«

Gwin lachte, aber er blieb wachsam.

»Wenn ihr mitmachen wollt, könnte ich eure Hilfe gebrauchen. Wir drei können Rhodry auf der Straße überfallen und ihn dann teuer verkaufen.«

»Wie denn?« wollte Vandar wissen. »Ich kann mir nicht vorstellen, daß der Habichtsmeister sich dazu herabläßt, mit Verrätern auch nur zu sprechen.«

»Wer redet denn vom Habichtsmeister? In der Bruderschaft gibt es mehr als nur eine Fraktion.«

»So ist es.« Brinonno lachte – ein knappes Bellen, wie von einem erschrockenen Fuchs. »Also gut, ich mache mit.«

»Ich auch«, meinte Vandar. »Und weißt du, warum du uns vertrauen kannst? Weil wir keine Wahl haben. Wenn wir nicht bald jemanden finden, der uns aufnimmt, werden wir sowieso einen langsamen Tod durch die Hände der Gilde erleiden, ganz gleich, was geschieht.«

»Da hast du recht.« Gwin lächelte, und die Welt drehte sich vor seinen Augen, als wäre er betrunken. »Und beten wir zu allen Dämonen der Hölle, daß mir ein schlauer Trick einfällt, mich mit den Falken des Habichtsmeisters in Verbindung zu setzen, oder die Klauenwesen werden unsere Seelen zum Abendessen verspeisen.«

So schnell wie möglich packten sie ihre Sachen und zogen nach Norden, noch bevor die Männer des Archon Pirallos Leiche identifizieren und seine angeblichen Diener verhören konnten. Da die einzigen Straßen aus der Stadt nach Osten und Westen führten und Krysello aus dem Osten gekommen war, wußte Gwin, welche Richtung der Zauberer nehmen würde. Obwohl er sich in diesem Teil der Insel nicht auskannte, war er sicher, früher oder später eine gute Stelle für einen Hinterhalt zu finden. Selbstverständlich würde er nun, da er wußte, daß Krysello genau das war, was er zu sein behauptete – ein echter Zauberer –, einen besseren Plan aushecken müssen. Mit nur zwei Männern war es unmöglich, einen Dweomermeister einfach mitten auf der Straße zu überfallen.

Und Rhodry? Wenn er sich seiner erst einmal bemächtigt hatte, würde ihm schon etwas einfallen, das den Gefangenen ebenso schützte wie ihn. Vielleicht mußten sie gar nicht nach den anderen Fraktionen der dunklen Bruderschaft suchen; es war gut möglich, daß diese Fraktionen bereits auf der Suche nach ihnen waren.

Weit entfernt in den nördlichen Bergen las der Alte aus den Vorzeichen, daß etwas Zufälliges seine Pläne vereitelt hatte. Er arbeitete in jener Nacht in seinem Tempel der Zeit und studierte die Symbole, die er im zwölften Stockwerk angelegt hatte, der neuesten Ergänzung dieses Gebäudes, derjenigen, die sich auf seinen Plan zur Vernichtung Nevyns bezog. Dieser Tempel war eine seltsame Angelegenheit. Obwohl das Gedankengebäude über die Jahre ein gewisses Maß an Dweomer angesammelt hatte, war es im Grunde nur eine bewußte geistige Struktur, ähnlich jener, die Kaufleute und Beamte überall auf den Inseln benutzten, um sich Dinge zu merken. Hoch oben auf einem imaginären Hügel hatte der Alte in seinem Geist einen großen, rechteckigen Turm errichtet. Eine Seite lag im vollen Sonnenlicht und stellte das dar, was man von Vergangenheit und Gegenwart wußte; die andere lag im Mondlicht, als Symbol der Zukunft. Nach Jahren der Übung mußte der Alte nun nur noch an diesen Turm denken, um ihn unverändert vor sich zu sehen; und dann konnte er in diesem Gebäude umhergehen, als wäre es wirklich.

Es gab vier Eingänge und in der Mitte eine Wendeltreppe, die zu zwölf Stockwerken führte, in denen jede Außenwand sieben Fenster hatte. Im zwölften Stockwerk hatte er symbolische Statuen und Gegenstände untergebracht, die anzeigen würden, wie die Winde des Schicksals und der Zukunft auf seinen komplizierten Plan einwirkten, so wie der Wetterhahn auf der Scheune eines Bauern anzeigt, aus welcher Richtung der Wind weht und dadurch Schlüsse auf Veränderungen des Wetters zuläßt. Da das langfristige Ziel des Alten die Vernichtung der Elfen war, hatte er die Treppe mit vier Statuen von Elfen umgeben, zwei Männern und zwei Frauen. Er hoffte zu sehen, wie sie alterten oder krank wurden. Aber bisher waren sie störrisch jung und gesund geblieben. Es gab Zeiten, da glaubte er, daß sie über ihn lachten.

Neben den Elfen gab es andere Statuen, von denen eine für Jill stand – obwohl der Alte selbstverständlich keine Ahnung hatte, wie sie aussah –, und eine für Rhodry, nackt und in Fesseln. Wiederum daneben stand eine Statue von Nevyn, den der Alte nur zu gut kannte. Sobald Nevyn einen Fuß auf die Inseln setzte, würde seine Statue sich auf subtile Art verändern. Das würde es dem Alten ermöglichen, die Pläne des Meisters des Aethyr in gewissem Maß vorwegzunehmen. Rund um diese Hauptstatuen waren kleinere Symbole gruppiert – Statuen des Wildvolks, ein elfischer Langbogen und diverse andere Gegenstände, die für den Alten Bedeutung hatten. Im Lauf der vergangenen Monate hatten sich diese Dinge tatsächlich in jener Weise verändert, auf die er gehofft hatte. Zum Beispiel war kurz bevor Baruma sich mit ihm in Verbindung gesetzt hatte, ein Steinwolf erschienen, der in einer Ecke saß und die Treppe im Auge behielt. Nachdem der Alte mit Baruma gesprochen hatte, wußte er, daß dieser Wolf für einen Spion und Feind stand. Hin und wieder konnte er auch eine weitere Statue sehen – ein schattenhaftes Ding, aber offensichtlich männlich und elfischer Herkunft –, die neben der Jill-Statue stand, aber bisher war er nicht in der Lage gewesen, sie genauer zu betrachten: Wann immer er das versuchte, verschwand sie.

Als er an diesem Abend die Kammer betrat, bemerkte er Veränderungen, die ihn gewaltig verwirrten. Rhodrys Fesseln waren verschwunden. Der Steinwolf hatte sich erhoben und fletschte die Zähne. Jill wiegte eine Turteltaube in den Armen, als wollte sie sie vor einer Katze oder einem anderen Raubtier beschützen. Wieso ausgerechnet dieser Vogel, fragte er sich, was hat das zu bedeuten? Aber er achtete nicht sonderlich darauf, denn schließlich war Jill nur eine Frau. Mit einem imaginären Schulterzucken ging er zu einem der Fenster an der mondbeleuchteten Seite. Aus diesen Fenstern zu schauen, setzte ein gewisses Maß an Mut voraus. Manchmal erspähte er von dort seltsame Geschöpfe und noch seltsamere Visionen, denn obwohl dieser Turm als einfacher geistiger Kunstgriff entstanden war, hatte er irgendwie die Bewohner der astralen Ebene angezogen … oder war mehr in ihre Nähe geraten … oder es hatte sich eine Brücke dorthin gebildet – welche Metapher man auch immer verwenden wollte. Diese Verbindung gab dem Dweomer im Turm mehr Kraft, aber sie brachte auch Gefahren mit sich.

Als der Alte hinaussah, entdeckte er zunächst nichts weiter

als dichten wirbelnden Nebel. Er wartete und spähte konzentriert nach draußen, bis sich schließlich doch etwas innerhalb dieses Nebels zu bewegen und näher zu kommen schien, sich aus ihm erhob wie ein Schwimmer aus dem Meer und eine erkennbare Gestalt annahm, die mehr oder weniger menschlicher Art war … aber das Gesicht veränderte sich wie Flammen in einem Feuer. Grünlichbraunes Haar umgab dieses Gesicht wie ein Gewirr von Blättern und Moosen auf dem Waldboden. Als es sprach, verspürte der Alte Kälte, obwohl die Worte nur in seinem Kopf widerhallten.

»Du hast mehr Böses hervorgerufen, als du ahnen kannst, und eines Tages wirst du in den Flammen brennen, die du selbst entzündet hast.«

Das Wesen war verschwunden, ehe der Alte etwas entgegnen konnte. Er wich vom Fenster zurück und rannte die Treppe hinunter. Im Laufen konnte er noch hören, wie Musik in der Kammer erklang, seltsame Klänge, als tanzte der Wind über einer Harfe.

Nachdem er am selben Abend in seinem Arbeitszimmer noch einmal über die Vision nachgedacht hatte, war er sich sicher, daß jemand die Kräfte der Elementarkönige gegen ihn gerufen hatte. Und es konnte sich bei diesem Gegner nur um Nevyn handeln. Eigentlich war auch anzunehmen, daß Nevyn schon recht nahe sein mußte, um Rhodry zu retten, aber die symbolische Statue des alten Mannes hatte sich nicht verändert und keine Anzeichen von Leben oder Macht gezeigt. Also nahm der Alte an, daß ein anderer Dweomermeister die Könige gegen ihn ausgesandt hatte, offensichtlich einer seiner zahlreichen Rivalen in der Gilde. Vielleicht sogar derselbe, der den Wolf auf Baruma gehetzt hatte. Der Alte kannte seine eigene Kraft, und er beherrschte seine Magie: Wenn Nevyn auf den Inseln eintraf, würde die Statue seine Ankunft ebenso deutlich ankündigen wie dunkle Wolken den Regen. Er war vollkommen sicher. Genauer gesagt, weigerte er sich, an etwas anderes zu glauben. Und tatsächlich irrte er sich in dieser einen begrenzten Einzelheit nicht.

Erst später sollte ihm klar werden, wieviel ihn diese Grenzen gekostet hatten. Nur sollte ihm leider dann nicht genug Zeit bleiben, um seinen Fehler auszubügeln. Im Augenblick allerdings verwendete der Alte seine gesamte Kraft darauf, herauszufinden, wer sein Feind in der Gilde war.

Nachdem sie Albara verlassen hatten, begaben sich der große Krysello und seine barbarischen Sklaven über die Berge nach Norden. Die Straße dort führte am Ufer eines breiten, flachen, ausgetrockneten Flußbettes entlang, in dem noch ein Rinnsal dreckiges Wasser floß. Am zweiten Tag jedoch schwoll der Fluß an, und der Himmel nahm ein unheilverkündendes Grau an. Als sie weiterritten, verschwanden die Gipfel der Berge in einer dicken, grauen Decke aus Winterwolken. Es regnete den ganzen Tag, aber das war nur ein mürrischer Nieselregen. Wenn sie in regelmäßigen Abständen das Wasser von ihren geölten Wollmänteln schüttelten, blieben sie einigermaßen trocken. Der Fluß neben der Straße allerdings stieg an und breitete sich mit der Geschwindigkeit eines im Schritt gehenden Pferdes aus, bis er das ganze Flußbett füllte: Die Strömung wurde immer heftiger, bis das Wasser gegen Mittag regelrecht schäumte. Am Nachmittag sah Jill einen ganzen Baum und Teile eines Holzzaunes vorbeitreiben. Als sie Salamander darauf hinwies, nickte dieser ernst.

»Ich denke, wir sollten heute abend unser Lager ein gutes Stück von der Straße entfernt aufschlagen. Die Winterflut hat endgültig begonnen, meine Turteltaube, und ich habe keine Lust, den Rest des Weges zu schwimmen.«

»Immer vorausgesetzt, du würdest rechtzeitig aufwachen«, meinte Rhodry. »Ich habe schon ziemlich viel über diese Fluten gehört. Zu diesem Zeitpunkt hier unterwegs zu sein, gefällt mir überhaupt nicht.«

»Mir ebensowenig, lieber Bruder, aber es wird uns wohl nichts anderes übrigbleiben. Unser einziger Trost ist, daß wir die Straße ein paar Wochen für uns haben werden.« Salamanders Laune schien ernstlich getrübt. »Bis dahin allerdings werden wir andauernd naß werden, wir werden frieren und uns überhaupt so furchtbar fühlen, wie man sich nur fühlen kann, ohne direkt krank zu sein.«

»Warum können wir nicht hin und wieder in einer Stadt eine Pause einlegen?« wollte Jill wissen.

»Zwischen hier und dem Zentralplateau gibt es keine Städte mehr, jedenfalls keine, die groß genug sind und ein Gasthaus haben. Außerdem müssen wir auf der Hut sein. Irgend etwas stimmt nicht – das spüre ich.«

»Und woher weißt du, daß wir nicht direkt in eine Falle reiten?«

»Das, mein kleiner Spatz, ist eine gute Frage. Heute abend sollten wir lieber eine Wache aufstellen. Wir werden in diesem elenden Wetter ohnehin nicht sonderlich gut schlafen können.«

Kurz vor Sonnenuntergang verdichtete sich der Nieselregen zu etwas, das immer noch nicht den Namen Regen verdiente, aber zu feucht war, um richtiger Nebel zu sein. Die Wolken schienen nur eine Armeslänge entfernt über der Straße zu hängen. Sie wandten sich von dem braunen, angeschwollenen Fluß ab und führten ihre Tiere auf eine kalte, windige Hügelkuppe.

»Das ist keine gute Idee«, stöhnte Salamander.

»Wir werden alle an Lungenentzündung sterben und unseren Feinden die Mühe sparen, uns selbst töten zu müssen.«

»Dort drüben gibt es ein paar Felsblöcke und Büsche«, sagte

Jill und zeigte in die entsprechende Richtung. »Wir können die Pferde anpflocken und dann versuchen, zwischen den Felsen ein paar trockenere Stellen zu finden.«

»Versuchen ist das richtige Wort.«

Obwohl Jill als Silberdolch das Leben auf der Straße gewöhnt war, fand sie diese Nacht beinahe so unangenehm wie der verwöhnte Salamander. Die Felsblöcke – gewaltige, helle Sandsteinklötze – drängten sich auf einer kleinen, natürlichen Terrasse etwa dreißig Fuß unterhalb der Hügelkuppe zusammen. Gemeinsam mit den Dornbüschen und Unkräutern, die dazwischen wuchsen, boten diese Felsen tatsächlich ein wenig Schutz vor dem Wind. Aber es gab nicht viele ebene Flächen dazwischen, und der Boden war so feucht, daß die Nässe durch die Decken drang. Schließlich beschlossen sie, daß man hier bestenfalls im Sitzen schlafen könnte, in die Decken und Umhänge gewickelt. Jill wollte zwar ebenfalls Wache halten, aber Rhodry erinnerte sie daran, daß er und Salamander im Dunkeln sehen konnten, sie aber in dieser sternenlosen Nacht blind wie ein Maulwurf sein würde.

»Ruh dich aus, so gut du kannst, Liebste«, sagte er. »Ich werde dich kurz vor Morgengrauen wecken. Wir werden früh weiterreiten. Zumindest wird es uns wärmer werden, sobald wir uns wieder bewegen.«

Nachdem das letzte Sonnenlicht vergangen war, wurde Jill klar, daß sie tatsächlich auf der Wache ihre Zeit verschwendet hätte. Im wirbelnden Regen konnte sie kaum den Horizont erkennen. In zwei Decken und ihren Umhang gewickelt, das Schwert direkt neben sich, zwängte sie sich unter einen leicht überhängenden Felsen und fragte sich, wie sie hier jemals einschlafen sollte. Ein paar Fuß entfernt suchte Rhodry nach einem anderen trockenen Fleck. Sie erkannte ihn nur als grauen Umriß vor der nächtlichen Schwärze.

»Hält Salamander Wache?« fragte sie.

»Ja, oben auf der Kuppe, damit er auch ein Auge auf die Pferde haben kann.«

Dem Rascheln nach fegte Rhodry gerade kleine Steine und Stöcke von seinem Schlafplatz. Endlich ließ er sich nieder und saß so reglos, daß Jill kaum feststellen konnte, wo er sich befand. In ihre Decken gewickelt und windgeschützt, wurde ihr endlich ein wenig warm, und es gelang ihr, den leichten Krampf in ihrem Bein weit genug zu ignorieren, um einzuschlafen. Einmal erwachte sie, als Rhodry seinen Schlafplatz verließ und sich leise den Hügel hinaufschlich, um seine Wache zu übernehmen. Sie merkte auch, daß der Regen nachgelassen hatte. Dann veränderte sie leicht ihre Position und schlief wieder ein.

... nur um zu erwachen, weil etwas an ihrem Haar zog und eine kleine Tatze ihr ins Gesicht schlug. Ein kalter, von Gefahr kündender Schauder weckte Jill vollständig. Sie hatte sich schon aus den Decken gewickelt, ehe sie so recht den vagen Umriß ihres grauen Gnoms erkennen konnte.

»Stimmt etwas nicht?« flüsterte sie.

Es sah so aus, als ob das kleine Geschöpf nickte. Jill warf die Decken zurück und griff nach ihrem Schwert, als sie weiter unten am Hügel ein Rascheln hörte. Der Gnom zog sie ein letztes Mal am Haar und verschwand. Sie packte den Schwertgriff mit der einen, hielt die Scheide mit der anderen Hand und zog das Schwert halb. In diesem Augenblick hörte sie vom Hügel das leise Wiehern eines unruhigen Pferdes.

»Rhodry! Gefahr!« Mit diesem Schrei zog sie das Schwert ganz. Als sie über die Felsen sprang, nahm sie aus dem Augenwinkel eine Bewegung wahr und drehte sich um. Vage konnte sie einen Umriß vor dem dunklen Himmel erkennen, dann eine weitere Bewegung. Oben auf dem Hügel schnaubten und wieherten die Pferde. Etwas zischte wie ein zorniges Insekt an ihrem Gesicht vorbei. Als sie vorwärts trat, das Schwert hoch erhoben, stach etwas sie in die Wange, nicht schlimmer als eine Biene. Sie wich aus, hob die freie Hand, um es, was immer es war, wegzuwischen, als die Beine unter ihr wegknickten. Mit einem Rauschen verschwand die finstere Welt in weichem, grauem Schweigen.

Die Wochen in einem bequemen Haus hatten Rhodry genügend verweichlicht, daß es ihm unmöglich war, zwischen kalten Steinen eingezwängt zu schlafen. Er döste zwar gelegentlich kurz ein, aber endlich gab er es auf und verließ den unvollkommenen Schutz der Felsblöcke, um sich auf dem Hügelkamm zu Salamander zu gesellen. In einer so dunklen Nacht half selbst sein Elfenblick nicht mehr, Einzelheiten oder Farben zu erkennen, aber er sah die Umrisse gut genug, um sich ohne Zögern bewegen zu können. Sein Bruder saß niesend im hohen Gras und beobachtete die Pferde und das Maultier, die müde und mit gesenkten Köpfen im Regen standen.

»Du kannst gehen und versuchen zu schlafen«, meinte Rhodry. »Ich bin hellwach.«

»Ich auch. Und ich fühle mich elend, verzweifelt, durchgefroren, jämmerlich, abgewiesen und mutlos. Wie sehne ich mich nach dem Zelt unseres Vaters, nach seinem warmen Feuer, den weichen Kissen und vor allem dem wasserdichten Dach! Es würde mich auch nicht sonderlich stören, von mehreren hundert elfischen Bogenschützen umgeben zu sein.«

»Mir geht es ähnlich. Sollten wir morgen nicht lieber nach Albara zurückkehren?«

»Das frage ich mich auch. Ich möchte wissen, ob … he, was ist das?«

Sie erstarrten, wie es nur Elfen können. Sehr leise, sehr entfernt hörte Rhodry ein Geräusch, das er in Wind und Regen nicht näher identifizieren konnte. Plötzlich hoben die Pferde die Köpfe und wieherten. Rhodry und Salamander sprangen auf. Rhodry hatte sein neues Schwert gezogen, bevor er auch nur merkte, daß er danach gegriffen hatte.

»Rhodry! Gefahr!«

Das war Jills Stimme, von den Felsen her. Leise fluchend rannte Rhodry auf sie zu, und im selben Augenblick schienen die Pferde und das Maultier den Verstand zu verlieren. Sie bäumten sich auf, bockten und rissen an ihren Pflöcken. Rhodry konnte schattenhaft erkennen, was die Tiere sahen: Entsetzlich deformiertes Wildvolk mit riesigen Reißzähnen und roten, glühenden Augen griff die Tiere an.

»Paß auf!« schrie Salamander.

Die Seile rissen, und die Pferde rannten direkt auf sie zu. Mit einem Schrei stieß Rhodry Salamander zu Boden und rollte mit ihm den Hügel hinab und zur Seite – gerade noch rechtzeitig. Hufe rasten, und er spürte, wie ihm der Schlamm ins Gesicht spritzte, als die Pferde panisch in die Dunkelheit davongaloppierten. »Möge der Höllenfürst an ihren Gedärmen nagen«, keuchte Salamander. »Nicht an den Pferden, meine ich, sondern an denen, die das zu verantworten haben.«

Rhodry ahnte, wer diese unbekannten Feinde waren und welche Gefahr sie darstellten.

»Jill!«

Er rannte auf die Felsen zu, während ein fluchender Salamander ihm folgte. Etwas packte ihn am Fuß – einer vom bösen Wildvolk, nahm er an –, und er stürzte, rollte sich ab und kam in derselben Bewegung wieder auf die Beine.

»Jill!«

Keine Antwort. Überhaupt kein Laut, bis auf das entfernte Rauschen des Flusses. Ein wenig keuchend, trat Salamander am Rande der Felsenterrasse zu ihm.

»Glaubst du, sie haben einen Bogenschützen bei sich?« flüsterte Salamander. »Ich könnte ein Licht anzünden, wenn uns das nicht zum Ziel macht.«

»In dieser Feuchtigkeit? Bist du verrückt? Wie willst du da Feuer – oh selbstverständlich, entschuldige. Nun, wenn sie uns aufspießen wollen wie Schweine, hätten sie das inzwischen getan.« Rhodry legte den Kopf zurück und rief so laut er konnte: »Jill!«

Über ihnen erhob sich blaßgelbes Licht in die Luft, und sie sahen neben einem Haufen Decken Metall aufblitzen. Rhodry rannte hinüber, ein wenig stolpernd, und hob Jills Schwert mit dem eingravierten zustoßenden Falken vom Boden. Er hatte Tränen in den Augen.

»Sie haben Jill mitgenommen.« Er konnte kaum sprechen. »Ich weiß nicht warum, aber die Dreckskerle haben sie mitgenommen.«

»Laß uns nicht verzweifeln, kleiner Bruder. Du vergißt, daß wir eine gewaltige, wenn auch nicht sonderlich mächtige Armee zur Verfügung haben.«

»Hast du jetzt endgültig den Verstand verloren?«

Aber Salamander pfiff nur leise und schnippte mit den Fingern. Rings um sie erschien Wildvolk im goldenen Licht, Gnome und Feen und Sylphen, sie waren winzig, aber es waren Hunderte, schäumend vor Wut, und sie schüttelten ihre kleinen, klauenbewährten Fäuste.

Jill erwachte auf hartem Boden im trüben Tageslicht. Ihre Wange brannte wie Feuer. Jeder Muskel in ihrem Körper schmerzte, und ihr war so kalt, daß sie zitterte. Als sie versuchte, sich zu strecken, bemerkte sie, daß ihre Hände auf dem Rücken gebunden und auch ihre Fußknöchel gefesselt waren. Indem sie sich sehr vorsichtig und langsam bewegte, gelang es ihr, sich hinzusetzen und sich in der Ecke des winzigen, leeren Raumes anzulehnen. Die Wände waren weiß gekalkt, und auf einer Seite gab es direkt unter der Decke einen kleinen Schlitz von einem Fenster. Da sie durch diese Öffnung sowohl Himmel als auch Erde sehen konnte, nahm sie an, daß sie sich in einer Art Keller befand. Ganz leise rief sie nach ihrem Gnom. Er tauchte sofort auf, in Begleitung von zwei größeren, warzigen, schwarzlila Gestalten mit spitzen Zähnen und großen Ohren.

»Könnt ihr die Knoten der Fesseln lösen?«

Die größeren Gnome schüttelten traurig die Köpfe, aber dann machten sie sich daran, die Seile durchzunagen. Nachdem Jills Hände frei waren, verschwanden ihr Gnom und seine Freunde wieder und überließen es ihr, die Fesseln um ihre Fußknöchel zu lösen. Eine Weile rieb sie ihre schmerzenden Hände und Beine, dann konnte sie endlich aufstehen. Vor dem Fenster kratzte und raschelte etwas. Jill blickte auf und entdeckte zwei lilaschwarze Gnome, die ein kleines Bündel durch die Öffnung schoben, etwas, das klirrend auf den Boden fiel. Sie stürzte sich darauf: ihr Silberdolch in der Lederscheide.

»Ich danke euch, Freunde. Mögen eure Götter, oder wem immer ihr dient, euch dafür segnen!«

Als sie vor der Tür plötzlich Stimmen hörte, steckte sie den Dolch schnell ins Hemd. Es war ein Klirren und Murmeln zu vernehmen, als mühe sich jemand mit einem Schloß ab; dann ging die Türe auf, und zwei Männer kamen herein. Einer von ihnen trug eine Satteltasche, der andere hatte das Schwert gezogen. Da der Bursche mit dem Schwert ein typischer Bardekianer und über sechs Fuß groß war und der andere Mann ebenfalls ein Schwert an der Seite trug, drückte sich Jill an die Wand zurück. Derjenige, der mit seiner hellen Haut und den glatten, schwarzen Haaren eher wie ein Deverrianer aussah, starrte sie mit offenem Mund an. Schließlich sprach er auf Bardekianisch.

»Du hast dich befreit!«

»Selbstverständlich. Habt ihr nie diese Vorstellungen gesehen, bei denen der Zauberer jemanden fesselt und ihn in eine

Truhe oder in einen Sack steckt, nur damit er einen Augenblick später wieder heraushüpft und der Menge zuwinkt?«

Beide Männer lachten, aber es war kein angenehmes Lachen.

»Damit hat sie uns eins voraus, Gwin«, sagte der Bardekianer.

»Das gebe ich zu. Wir werden unsere kleine Schaustellerin von jetzt an gut bewachen müssen.« Er hob die Satteltasche. »Hier habe ich Papier und Tinte. Du wirst einen Brief schreiben, genau, wie ich ihn dir diktiere. Dann bekommst du etwas zu essen und Wasser. Wenn du nicht schreibst, bekommst du nichts.«

»Dann werde ich wohl verdursten müssen. Ich kann nämlich weder lesen noch schreiben. Vergeßt nicht, ich komme aus Deverry.«

Gwin fluchte in einer Sprache, die sie nicht verstand.

»Sie sagt wahrscheinlich die Wahrheit. Daran hätte ich denken sollen.« Er wandte sich wieder Jill zu. »Kann Rhodry lesen?«

»Wer?«

»Versuch nicht, mich für dumm zu verkaufen.« Seine Stimme war sehr ruhig und leise. Ihr lief ein Schauder der Angst über den Rücken. »Das wäre nicht klug, kleines Mädchen. Weißt du, wer ich bin?«

»Ein Habicht der Bruderschaft.« Sie brauchte ihre ganze Willenskraft, um sich ihre Angst nicht anmerken zu lassen. »Und ich weiß, was ihr euren Gefangenen antut.«

Er lächelte, nur kurz – eine Geste, die gedacht war, ihr noch mehr Angst einzujagen. Jill zwang sich dazu, ihn direkt anzusehen und das Lächeln zu erwidern, entschlossen, ihn niederzustarren und dadurch einen kleinen Sieg zu erringen. Einen Augenblick starrte er zurück und verzog höhnisch den Mund, dann schien sein Blick plötzlich weicher zu werden, sein Gesicht zu verschwimmen, und seine Augen wechselten die Farbe. Das Schwarz wurde zu einem kalten, harten Blau, der Farbe des Meeres im Winter. Es kam Jill so vor, als stünde sie in einem anderen Zimmer – sie konnte fast das Feuerlicht hinter dem Mann sehen, konnte sich beinahe an seinen wahren Namen erinnern, und fast wäre ihr eingefallen, wieso sie ihn um etwas beneidete, das für sie wichtiger war als ihr Leben selbst.

»Barden dürfen nicht lesen und schreiben«, sagte sie. »Das weißt du doch.«

Er riß den Kopf zur Seite, wandte den Blick ab, und nun war er derjenige, der zitterte. Sein Gesicht war aschgrau geworden, sein Blick – die Augen waren wieder schwarz – schoß nach allen Seiten, und der Bardekianer mit dem Schwert trat einen Schritt vor.

»Gwin, was ist los?«

»Nichts.« Wieder schüttelte Gwin den Kopf, schluckte und zwang sich dazu, mit fester Stimme weiterzusprechen – aber er war immer noch ein wenig bleich. »Unsere Geisel ist erheblich wertvoller, als wir dachten, das ist alles.« Mit einer so glatten Bewegung, daß Jill nichts befürchtete, wandte er sich um, dann schlug er ihr so fest ins Gesicht, daß sie gegen die Wand zurücksackte. »Was meinst du damit, daß Rhodry ein Barde ist?«

»Das habe ich nicht gesagt.« Sie mußte an die Ohrfeigen denken, die ihr Vater ihr gegeben hatte, wenn er schlechter Laune war, und zwang sich abermals, so reglos zu bleiben wie damals. Nur ihr Auge verriet sie, indem es zu schwellen und zu tränen begann. »Und was die wahre Bedeutung meiner Worte angeht, bist du ebensosehr in der Lage, sie herauszufinden, wie ich es bin – nicht mehr und nicht weniger.«

Gwin hob ein zweites Mal die Hand, dann zögerte er. Sie konnte sehen, daß er verängstigt war, und sie wußte auf seltsame Weise, tief in ihrer Seele, daß sie ihn in die Flucht geschlagen hatte und weiter die Oberhand behalten konnte, wenn sie nur die richtigen Worte wählte. Sie hatte das Gefühl, daß er kurz davor war zu zerbrechen. Um sie herum erschien das Wildvolk in einem ruhelosen, feindseligen Schwarm; sie starrten die beiden Männer an, schüttelten die winzigen Fäuste und öffneten die Mäuler zu lautlosem Fauchen. Als Gwin ein paar Worte in einer Sprache von sich gab, die Jill nicht verstand, verschwanden einige vom Wildvolk, und noch mehr drängten sich ängstlich um sie, aber andere knurrten auch mutig zurück.

»Sie werden dir nicht gehorchen«, sagte Jill. »Aber ich werde sie lieber wegschicken, ehe ich zulasse, daß du ihnen weh tust.« Sie hob die Hand und tat genau das, obwohl das Wildvolk mehr ihren Gedanken als ihrer Geste gehorchte. Ihr grauer Gnom blieb bis zum letzten Augenblick und fauchte wie eine Katze, bis sie ihn endlich verscheuchte.

»Wer bist du?« Das war der Bardekianer. Auch sein Gesicht war grau geworden.

»Das wißt ihr.« Sie hatte das nur als Bluff gemeint, aber Gwin wich zurück. Nicht in Angst – ihr wurde plötzlich klar, daß er sich ehrlich bemühte, sich zu erinnern, daß er tatsächlich beinahe weinte, als hätte sie ihm zusätzlich zu einem privaten Kummer einen derartigen Schock versetzt, daß er es nicht ertragen konnte. Der Bardekianer sah weiter zwischen den beiden hin und her und kniff verwirrt die Augen halb zu.

»Gwin, was soll das alles?« fauchte er und hob das Schwert ein wenig. »Ich frage mich, ob du uns die Wahrheit gesagt hast, oder …«

Der Bardekianer hatte das Schwert in der Hand. Gwins Schwert war noch in der Scheide gewesen, aber plötzlich bewegte Gwin sich, Stahl blitzte auf, jemand grunzte, und dann floß Blut. Der Bardekianer schwankte, machte einen

Schritt, ließ sein Schwert fallen und sackte zu Boden. Gwin, einen langen, blutbeschmierten Dolch in der Hand, drehte sich auf dem Fuß um und starrte Jill an. Sie rührte sich nicht.

»Ich könnte dich töten«, flüsterte er.

»Ich weiß.«

Er lächelte und senkte den Dolch, aber nur um ein paar Zoll. Jill spürte, wie ihr kalter Schweiß zwischen den Brüsten hindurch und über den Rücken lief. Hinter Gwin tauchten ihr grauer Gnom und zwei purpurgrüne Burschen auf, und alle drei grinsten und tanzten und zeigten auf die Welt vor dem Fenster. Angestrengt zwang sich Jill, nur in Gwins Gesicht zu schauen, aber diesmal ließ er nicht zu, daß sie ihm in die Augen sah.

»Für eine Hexe bist du recht hübsch«, stellte er fest, und seine Stimme klang beängstigend lässig. »Aber ich kenne den einen oder anderen Trick gegen Zauberinnen. Das nächste Mal wirst du mit deiner Magie kein Glück mehr haben.«

Sie hörte ein leises Geräusch, vielleicht einen Schritt vor dem Fenster, und sprach rasch weiter, um es zu übertönen.

»Ich habe dich nie verzaubert. Ich weiß nicht, was passiert ist, als ich dir in die Augen sah, ich weiß es wirklich nicht.«

»Ach, jetzt fängst du auf einmal an zu winseln?« Sein Grinsen war so erschreckend kalt und starr wie das einer Leiche, aber er senkte den Dolch weiter und hielt ihn jetzt etwa in Taillenhöhe.

»Ich sage dir die Wahrheit. Ich weiß nur, daß ich dich von irgendwoher kenne.«

Er riß den Kopf hoch wie ein erschrockenes Pferd. Das verrückte Grinsen war verschwunden.

»So war mir zumute, als ich Rhodry zum erstenmal sah. Weißt du, wo das war? In einer stinkenden Schenke in der Bilge in Cerrmor, wo Merryc und Baruma ihn in die Falle gelockt hatten. Er war umgeben von sechs Kämpfern, und er lachte. Er lachte, als wäre es der beste Witz der Welt.« Er sprach jetzt sehr leise. »Irgendwie hat es mir das Herz zerrissen. Wie du sagtest: Ich hatte das Gefühl, ihn zu kennen.« Dann schüttelte er sich, riß den Dolch wieder hoch und grinste, als er zwei Schritte auf sie zu machte. »Glaubst du etwa, ich kann sie nicht kommen hören, Mädchen? Hältst du mich für dumm? Du wirst mein Schild sein.«

Mit der freien Hand griff er nach ihrer Schulter. Er hatte zweifellos vor, sie vor sich zu ziehen und das Messer an ihre Kehle zu setzen. Jill wich aus, duckte sich, drehte sich beim Hochkommen und trat ihm in den Magen. Als er vornüber fiel, packte sie ihn am freien Handgelenk, duckte sich wieder und riß ihn nach hinten über die Schulter, so daß er gegen die Wand flog. Der Dolch fiel ihm aus der Hand. Sie holte ihre eigene Waffe aus dem Hemd und stand in Kampfhaltung bereit, als er wieder auf die Beine kam, außer Atem, aber kein bißchen schwindelig von Schlägen, die einen normalen Menschen betäubt und keuchend zu Boden geschickt hätten. Um ihre plötzliche Angst zu verdecken, lachte Jill ihn aus.

»Ich bin keine Hexe, Gwin, aber ich hätte ein bezahlter Mörder sein können, wie du.«

Er lachte ebenfalls – das leise Lachen eines Berserkers, das sie auf absurde Art an Rhodry erinnerte.

»Das ist möglich, und vielleicht verdiene ich es, dafür zu sterben, daß ich dich unterschätzt habe. Sehen wir, was passieren wird, Mädchen.«

Als er selbst Kampfhaltung annahm, die Knie weit auseinander, das Gewicht vollkommen ausbalanciert, wurde ihr klar, daß sie einen guten Kämpfer vor sich hatte – einen erheblich gefährlicheren, als sie selbst es war, ob sie nun den Dolch hatte oder nicht. An seinem Lächeln, als er sie umkreiste, konnte sie erkennen, daß auch er das wußte. Dann hörten sie Rhodry ihren Namen rufen und Schritte, die auf sie zustapften. Keiner von beiden sagte ein Wort, sie umkreisten einander nur weiter. Gwin kam seinem zu Boden gefallenen Dolch näher und näher. Jill spürte, wie ihr Herz klopfte, während sie auf den Sekundenbruchteil wartete, den sie haben würde, wenn er sich bückte, um den Dolch aufzuheben. Er kam näher und immer näher. Rhodry brüllte draußen nach Jill wie ein Verrückter. Gwin stolperte, fluchte und stürzte, begraben unter einem Berg Wildvolk. Mit Triumphgeschrei stürzte sich Jill auf ihn, während das Wildvolk sich zerstreute. Sie packte Gwin mit einer Hand am Haar und riß seinen Kopf zurück. Nun hatte sie ihren Dolch an seiner Kehle.

»Jill, nein!« Rhodry kam in den Keller gestürzt, ein blutiges Schwert in der Hand. »Töte ihn nicht!«

Erst jetzt wurde ihr klar, daß sie genau dazu gerade angesetzt hatte. Sie erstarrte und sah Rhodry an. Er bat sie nicht – er erteilte Befehle. Sie ließ Gwin los und stand auf, wich rasch vor ihm zurück, ehe er sich erheben konnte.

»Wie Euer Gnaden befehlen.«

Rhodry sah sie verwirrt an.

»Bei den Höllen, meine Liebste, ich wollte dich nicht schikanieren. Du warst nur fast zur Berserkerin geworden, und ich wollte sichergehen, daß du mich verstehst. Worte bedeuten Berserkern nicht viel.«

»Das weiß ich.«

Gwin lag immer noch auf dem Boden. Langsam drehte er sich um und setzte sich auf, ohne das Wildvolk aus den Augen zu verlieren, das ihn in feindseligen Gruppen umdrängte.

»Warum hast du nicht zugelassen, daß sie mich tötet, Rhodry?« Diesmal sprach er auf deverrianisch.

»Weil ich dir etwas schulde – genug, daß du, wenn es denn sein muß, von meiner Hand sterben wirst. Um der Ehre willen.«

Gwin starrte ihn an, den Mund ein wenig geöffnet und mit

Tränen in den Augen. Es war grausig, diesen Schmerz bei einem Mann zu sehen, der so kalt und hart war wie er.

»Diese Art von Ehrgefühl verstehe ich«, flüsterte er. »Ich danke Euch, Euer Gnaden. Ihr habt also einen hohen Rang, nicht wahr? Wer seid Ihr? Ich habe es nie erfahren.«

»Rhodry Maelwaedd, Gwerbret Aberwyn.« Das war Salamander, der sich jetzt ebenfalls in den Keller drängte und das Gesicht verzog, als er die Leiche des Bardekianers erblickte. »Weißt du, was es bedeutet, die Hand gegen einen Gwerbret zu erheben?«

»Beim Dung der Klauenwesen! Selbstverständlich weiß ich das, bei jedem gottverfluchten Dämon der drei Höllen! Das paßt zu diesem schleimigen Alten: uns zu mieten, um unser Leben aufs Spiel zu setzen, und uns nicht zu sagen, wie groß das Risiko ist! Dieser Schweineficker! Ich werde …« Gwin hielt inne und lächelte höhnisch. »Nun, ich werde wohl nichts tun, um ihm Schaden zuzufügen, es sei denn, ich kann ihn als Gespenst heimsuchen.« Langsam kam er auf die Beine und hielt die Hände so, daß alle sie sehen konnten. »Wenn ich Euch jemals einen Gefallen getan habe, Euer Gnaden, als wir auf diesem stinkenden Schiff waren, dann möchte ich Euch jetzt darum bitten, daß Ihr mich rasch tötet. Das ist alles.«

Er konnte sich dazu zwingen zu lächeln, konnte sich dazu zwingen, aufrecht zu stehen, mit hoch erhobenem Kopf, wie ein echter Krieger, aber offenbar konnte er nichts gegen sein Zittern ausrichten. Das war keine Angst, erkannte Jill: Sein Blick war bereits zu tot, als daß er einfach hätte Angst vor dem Sterben haben können. Als Rhodry die Schwertklinge an Gwins Kehle legte, so daß eine einzige Bewegung des Handgelenks den Habicht in einem Augenblick getötet hätte, sah ihm Gwin direkt ins Gesicht – aber er zitterte weiter. Jill wußte, daß sie ihn selbst vor einem Augenblick beinahe getötet hätte, aber nun trat sie vor.

»Sag mir etwas«, meinte sie. »Würdest du lieber sterben oder leben?«

»Das weiß ich nicht.« Gwin lächelte wieder, ein derart normales Lächeln, ein derart vergnügtes Lächeln, daß ihr eiskalt wurde. »Ich weiß es wirklich nicht, und ich habe mir diese Frage schon seit Tagen gestellt. Ich würde lieber sterben, denn als Habicht weiterleben, nehme ich an. Aber auch dessen bin ich mir nicht ganz sicher.«

»Es ist Zeit, dich zu entscheiden. Wenn du ein Habicht bleibst, wirst du sicher sterben. Komm zu uns und gib uns dein Wort, und ich werde den Gwerbret um dein Leben bitten.«

Gwins Zittern wurde so heftig, daß er sich an der Schwertklinge schnitt. Rhodry bewegte die Klinge ein wenig, dann warf er Jill einen Blick zu, der besagte, daß er sie besser verstand als sie sich selbst. Salamander schwieg, aber sie konnte an seiner angespannten Haltung erkennen, daß etwas sehr Wichtiges auf dem Spiel stand. Zumindest die Seele eines Menschen, dachte sie, und wieder wurde ihr kalt. Dann senkte Rhodry die Klinge, warf einen Blick auf das alte Blut darauf und bückte sich, um das Schwert am Hemd des Toten abzuwischen. Als er es einsteckte, war das Geräusch in dem stillen Raum wie ein Schlag. Und als er so dastand, in seinen schlammbespritzten Kleidern, unrasiert und naß, mit nur der Hälfte seiner Erinnerungen, erkannte Jill ihn plötzlich als den Gwerbret, den Herrscher, der er einmal sein würde – der er schon jetzt war, trotz allem. In diesem Augenblick wußte sie sicher, daß Rhys tot war und daß das Wyrd die Würfel neu geworfen hatte.

»Ich werde dich nicht töten, Gwin«, sagte Rhodry. »Du kannst als Gefangener mit uns kommen oder mir einen Treueid leisten. Wofür entscheidest du dich?«

Gwin schauderte ein letztes Mal.

»Rhodry«, war alles, was er sagen konnte, denn er weinte.

Salamander packte Jills Arm, aber er brauchte sie nicht wegzuziehen; sie hatte es ebenso eilig wie er, den Keller zu verlassen und die beiden allein zu lassen. Ein paar Stufen führten in einen schlammigen Hof zwischen einem langgezogenen, gekalkten Haus und einem rechteckigen Gebäude, das vielleicht eine Scheune war. Neben dem Brunnen lag ein weiterer Toter, und auf einer Wiese waren etwa fünfundzwanzig Pferde angepflockt – darunter die ihren. Der Himmel über ihnen war kalt und grau, und der Wind trieb die Wolken vor sich her.

»Du hast da drin etwas sehr Gutes getan«, sagte Salamander.

»Ja? Wenn er lügt, bringe ich uns alle in Gefahr.«

»Lügen? Gwin? Auf keinen Fall. Vielleicht hast du nie zuvor gesehen, wie ein Mann zu nichts zerbrach – ich schon. Er wird Rhodry bis in den Tod folgen, und bis zu diesem Zeitpunkt und danach wird er ihn als Gott betrachten.«

Der Wind wurde heftiger, und Jill schauderte. Zum ersten Mal sah sie sich wirklich um. »Wo sind wir?«

»Auf einem Bauernhof in den Hügeln. In Regenzeiten suchen die Bauern, die diese kleinen, isolierten Höfe bewirtschaften, Zuflucht auf den Landsitzen der Herren. Als Gwin und seine unbeweinten verstorbenen Freunde ein Versteck brauchten, mußten sie nur hierher reiten und es sich gemütlich machen.«

Jill nickte, aber sie hörte ihn kaum. Sie mußte immer wieder an Gwins Augen denken, wie sie von Schwarz zu Blau gewechselt hatten, und an das Feuerlicht, das in ihrer Vision hinter ihm gebrannt hatte. Kleine, feuchte Finger berührten ihre Wange: Regen, die ersten dicken Tropfen eines Sturms.

»Ihr Götter!« fauchte Salamander. »Schnell!«

Sie rannten über den Hof und erreichten gerade noch das Bauernhaus, bevor der Himmel seine Schleusen öffnete.

»Wenn es in diesem elenden Land regnet, dann regnet es

wirklich!« sagte Salamander und schüttelte sich wie ein Hund. »Das wird die Reise wirklich sehr unangenehm machen, mein kleines Entchen. Wir sollten vielleicht lieber einen oder zwei Tage hier bleiben. Gwin und die nunmehr Dahingeschiedenen haben das Tor offenbar aufgebrochen, also müssen wir den armen Bauern ohnehin ein paar Münzen für den Schaden dalassen. Wir können auch noch ein paar für die Miete drauflegen.«

»Ich denke, wir sollten uns aufmachen und den Regen zu unserem Vorteil nutzen.«

»Vorteil? Von welchem Vorteil sprichst du? Vielleicht hältst du es für einen Vorteil, in nassen, durchweichten, triefenden Kleidern einherzureiten, gar nicht zu reden von der kalten, eisigen, einem das Blut gefrierenden …«

»Was ist mit Unsichtbarkeit?«

Salamander brach seine Rezitation mitten im Wort ab und betrachtete sie blinzelnd.

»Ich meine nicht für normale, menschliche Sicht. Du bist derjenige, der immer von den astralen Ausstrahlungen des Wassers erzählt, die in den Weg geraten, wenn man jemanden mit Hilfe des Zweiten Gesichts aufspüren will.« Jill zeigte auf den Regen draußen. »Also was ist mit dem da?«

»Es könnte tatsächlich funktionieren. Zumindest wird es ihnen verdammt schwerfallen, ein klares Bild von uns zu erhalten, und von den banalen, kleinen Einzelheiten, die ihnen zeigen könnten, wo wir uns befinden und wer bei uns ist.«

»Genau das habe ich gedacht. Es wird schwierig für die Pferde werden, aber wir brauchen nicht schnell zu reisen. Wenn wir von dieser Straße weg und in die Berge kommen, bevor sie uns aufspüren, werden sie nicht mehr herausfinden können, wo wir sind. Erinnerst du dich noch, als du versucht hast, Rhodry zu finden, und die Steppe immer gleich aussah?«

»Das stimmt. Die Berge unterscheiden sich nicht sonderlich – Bäume und Felsen, Felsen und Bäume und hier und da eine kleine Schlucht, gefüllt mit Schlangen, die um diese Jahreszeit relativ wohlschmeckend sind.«

»Wie bitte? Wir sollen Schlangen essen?«

»Wie bitte? Wir sollen im Regen reiten?« Er grinste sie an. »Wir haben alle eine unerquickliche Zeit vor uns, meine kleine Lerche, aber ich verspreche dir, daß es erheblich angenehmer sein wird, als – es wird tatsächlich wie in den wunderbaren Hallen von Bel in den Anderlanden selbst sein, verglichen mit einem Aufenthalt auf dem Foltertisch in einer der verborgenen Kammern der Habichte.«

»Seltsam – ich habe genau dasselbe gedacht. Wie weit ist es von hier bis Pastedion?«

»Auf direktem Weg vier Tage, vielleicht auch fünf. Aber wenn wir durch die Berge reiten, wird es länger dauern.«

»Tun wir es trotzdem, solange es sicherer ist.«

»Ganz meine Meinung. Dann würde ich sagen, wir werden eine Woche unterwegs sein. Holen wir Rhodry und Gwin. Je eher wir deinen Plan in die Tat umsetzen, desto besser.«

An diesem Abend versuchte Baruma sie aufzuspüren. In den vergangenen Wochen hatte er sich als Gerichtsbote ausgegeben, so daß er mit einer richtigen Karawane an der Küste entlangreisen konnte. Zu Beginn der Winterregen erreichten sie Indila, das nicht weit von seinem eigentlichen Ziel entfernt lag. Baruma blieb dort zwei Tage in einem bequemen Gasthaus, während er darüber nachdachte, ob es nun Zeit war, den Alten aufzusuchen. Obwohl er Angst hatte zu gehen, fürchtete er auch, was geschehen könnte, wenn er zu lange zögerte. Er wußte genau, daß viele, die zur Villa des Meisters gekommen waren, diese nie wieder verlassen hatten. Und er befürchtete, daß der Alte ihnen nichts so Banales angetan hatte, wie sie einfach umzubringen. Wenn er es andererseits ablehnte, für den Habichtsmeister zu spionieren, wäre seine Situation noch gefährlicher. In der Absicht, sich Informationen zu verschaffen, die die Entscheidung leichter machen könnten, holte Baruma die Silberschale und die schwarze Tinte heraus und dazu Rhodrys Silberdolch, der ihm helfen sollte, sich zu konzentrieren. Wenn der Habichtsmeister den Barbaren bereits gefangen hatte, war es gut möglich, daß er viel zu abgelenkt war, sich um Baruma zu kümmern.

Die Vision erschien zwar sofort, aber sie war unklar und zitterte, als ginge ein Windstoß über die Oberfläche der Tinte. Er konnte Rhodry ziemlich deutlich sehen, dank der Verbindung zwischen ihnen, die die Folter geschaffen hatte, und er konnte Pferde erkennen – ziemlich viele Pferde. Als er versuchte, den Gesichtskreis der Vision zu erweitern, hatte er nur den Eindruck von Bergen und einer gewaltigen ätherischen Kraft, die von einem Fluß oder einer überfluteten Schlucht ausgehen mußte. Innerhalb dieses Nebels konnte er trüb ein paar menschliche Gestalten entdecken, die sich bewegten, aber darüber hinaus nichts.

Die Vision brach ab. Lange Zeit blieb Baruma am Tisch sitzen und beobachtete, wie seine Hände zitterten, während er über das Schicksal eines Weizenkorns nachdachte, das zwischen zwei Mühlsteine geriet.

Endlich war er ruhig genug, die schwarze Tinte wieder in die Flasche zu gießen. Er seufzte, und als er dann aufblickte, bemerkte er wieder den Wolf, der diesmal auf seinem Bett lag und sich die Pfoten leckte. In seiner Wut packte er die Tintenflasche und warf sie dem Wolf an den Kopf. Das Abbild verschwand zwar tatsächlich, aber Baruma hatte vergessen, den Korken in den Flaschenhals zu stecken. Laut vor sich hin fluchend, griff er nach einem Lappen und versuchte, die Schweinerei aufzuwischen; dann entschloß er sich, dies lieber den Wirt tun zu lassen. Er riß die Tür zum äußeren Raum seines

Quartiers auf und stand drei Männern gegenüber. Einer von ihnen trug eine rote Seidenmaske.

»Du bist nicht sonderlich wachsam, Baruma.«

»Ich hatte keine Ahnung, daß ich wachsam sein muß.« Er zwang sich zu einem Lächeln. »Ihr hättet klopfen können.«

Als der Habichtsmeister leise lachte, lächelten seine beiden Begleiter; sie fletschten die Zähne wie Tiere.

»Das hätte ich tun können, aber ich habe es nicht getan. Warum bist du noch nicht beim Alten?«

»Er ist mißtrauisch geworden. Ich habe darüber nachgedacht, ob ich jetzt hingehen sollte oder nicht.«

»Ach, er ist mißtrauisch? Und du hast mir kein Wort davon berichtet?«

Baruma wurde eiskalt vor Angst, aber obwohl sein Magen sich verkrampfte und seine Hände zitterten, versuchte er, mit fester Stimme weiterzusprechen.

»Wie hätte ich mich mit Euch in Verbindung setzen sollen? Wäret Ihr erfreut gewesen, wenn ich mich an Euch gewandt hätte, wenn jeder das hören könnte? Hätte ich einen Boten mit einem Brief schicken sollen?«

»Das muß ich dir zugestehen. Außerdem konntest du nicht wissen, daß er uns angegriffen hat.«

»Er hat was?« Baruma hörte das Kreischen in seiner Stimme, aber inzwischen zitterte er zu sehr, um es beherrschen zu können.

»Er hat seine Untergebenen gegen meine Männer ausgesandt. Er muß es gewesen sein! Niemand sonst würde es wagen, sich mir in den Weg zu stellen.«

Wie auf ein Zeichen traten die beiden Habichte nun vor. Einer packte Baruma bei den Handgelenken und drehte ihm die Arme auf den Rücken, der andere legte ihm die Hand auf den Mund.

»Hast du den Alten gewarnt, kleiner Baruma?« fragte der

Meister. »Einer meiner Männer ist tot. Die anderen scheinen verschwunden zu sein. Ist das dein Fehler, kleines Ferkel?«

Da der Mann ihn zu fest gepackt hatte, konnte Baruma kaum den Kopf schütteln. Schweiß lief ihm über den Rücken und trat auf seine Stirn.

»Ich weiß nicht, ob ich dir glaube. Du hast versucht, dir beide Enden des Brotlaibs gleichzeitig in den Mund zu stecken, nicht wahr? Du hast geglaubt, du wärst klug genug, sowohl mich als auch den Alten zu betrügen?«

Baruma gab ein gedämpftes Schnauben von sich, das man für eine Verneinung halten konnte.

»Wir nehmen dich jetzt mit, Ferkel. Wir werden dich dazu bringen, daß du unsere Fragen beantwortest. Ich habe gehört, du seist ein Meister, wenn es darum geht, andere zu quälen. Wie gut kannst du selbst Schmerz ertragen?«

Der Habichtsmeister streckte die Hand aus und packte seine Ellbogen mit Daumen und Zeigefinger, die nach unten glitten, die Muskeln teilten, dann fest zudrückten und den Nerv gegen den Knochen preßten. Barumas Schrei stieg aus seiner Kehle auf und zwang sich als gurgelnder, spuckender Husten seinen Weg in den geknebelten Mund.

»Es sei denn, du sagst mir die Wahrheit. Laß ihn reden, Karralo. Er weiß, daß er sofort stirbt, wenn er um Hilfe schreit.«

Als der Habicht die Hand wegnahm, atmete Baruma schluchzend.

»Ich habe Euch nicht verraten. Das könnte ich nie tun. Ich habe gegen die Befehle des Alten verstoßen, als ich mich mit Euch verbündet habe. Er hat mir ausdrücklich befohlen, Rhodry zu verkaufen und ihn seinem Schicksal zu überlassen. Ich selbst wollte, daß er tot oder gefangen ist. Oder nicht?«

Statt einer Antwort griff der Habichtsmeister nach oben und zog die Seidenmaske herunter. Erschrocken stellte Baruma fest, daß der Mann gut aussah; seine Haut war von einem schimmernden Schwarzblau, sein Mund weich und voll, die schwarzen Augen groß und schön geformt. Er hatte immer angenommen, der Habichtsmeister wäre grausam von Narben entstellt.

»Jetzt hast du mein Gesicht gesehen, kleiner Baruma. Weißt du, was das bedeutet? Du hast jetzt nur noch eine Möglichkeit, mich zu verlassen, und das ist der Tod. Hast du mich verstanden? Oh, du hast die Farbe von verdorbenem Käse, also glaube ich, daß du mich verstanden hast. Du bist nur noch am Leben, weil ich dich brauchen kann. Du hast diesen mysteriösen Rhodry gesehen, und das bedeutet, daß ich ihn durch deine Augen aufspüren kann. Du warst in der Villa des Alten, und das bedeutet, daß du mich dorthin bringen kannst. Ich werde deinen Willen brechen wie den eines Wildpferds, und dich benutzen wie das Tier, das du bist. Solange du dich als nützlich erweist, wirst du leben. Mach mir den geringsten Ärger, und deine Qual wird sich über Wochen, nicht nur über Stunden ausdehnen, bevor die Klauenwesen endlich deine Seele verschlingen.«

Baruma spürte, wie ihm der Urin an den Beinen entlanglief. Der Habichtsmeister lachte, dann packte er ihn an der Schulter, um ihm dort denselben brennenden Schmerz zuzufügen wie zuvor. Diesmal konnte Baruma nicht schreien, denn er wagte nicht, ein Geräusch von sich zu geben, das die Aufmerksamkeit anderer im Gasthaus auf sie lenken würde. Er wußte, daß ein Hilfeschrei mehr als vergeblich war, denn die Habichte würden ihn weggeschleppt haben, lange bevor Hilfe eintraf, und ihre langsame Folter noch am selben Abend beginnen, statt irgendwann in der Zukunft. Als der Schmerz nachließ, sah ihm der Habichtsmeister in die Augen, und Baruma spürte die Umklammerung seines Willens als den schlimmsten Schmerz. Der Wille des anderen schien in seinen Geist zu dringen wie die Ranken einer giftigen Pflanze, schob sich tief in jeden Riß von

Erinnerung und Gedanken, brannte und biß dabei, dennoch konnte Baruma den Blick nicht abwenden.

»Wenn du mir gehorchst, wirst du aufhören, ein Tier zu sein, und zum Diener werden. Das ist deine einzige Hoffnung. Für einen tapferen Mann wäre dies nie genug, aber es wird einen Feigling wie dich am Leben halten. Du wirst vor mir kriechen, aber du wirst leben.«

Trunkenheit umwirbelte Barumas Geist, jenen ausgebildeten und disziplinierten Geist, auf den er so stolz gewesen war, mit dem er geprahlt hatte, der ihm als der eindeutige Beweis seiner Überlegenheit über andere erschienen war. Er taumelte, als der Habichtsmeister ihn losließ. Er machte ein paar Schritte, warf sich nach vorn und fiel vor dem Meister auf die Knie.

»Holt seine Sachen«, befahl der Meister den anderen. »Wir machen an einem sichereren Ort weiter. Steh auf, Ferkel. Du wirst die Last tragen, damit wahre Männer sich nicht anstrengen müssen.«

Gehorsam erhob sich Baruma, wenn auch immer noch schwankend. Als er sich an der Tischkante festhielt, verging der Schwindel. Neben ihm unterhielten sich die Habichte; ihre Worte drangen durch seinen Geist wie ein kaum verständliches Lied.

»Ein silberner Dolch – wahrscheinlich ein Ritualgegenstand – nein, deverrianisch – das ist jetzt gleich, oder – wir haben heute nacht etwas zu tun – eine kleine Überraschung für die Männer des Alten? Das wissen wir noch nicht.«

Als die Worte endgültig im Heulen des Windes verklangen, wurde Baruma klar, daß der Habichtsmeister ihn verzaubert, ihm aber genügend Geist gelassen hatte, sich dessen bewußt zu sein. Und obwohl er in diesem letzten Rest seines Geistes vor Wut schäumte, wußte er, daß seine Angst vor dem Tod und vor den Foltern, die davor kamen, ihn gehorchen ließen. Dank dieser Angst würde er vor seinem Meister herwirbeln wie ein Kreisel vor dem Kind, das ihn peitscht.

Unten in Aberwyn, nicht weit vom Hafen entfernt, gab es eine Schenke, die sich am Rande der Anständigkeit bewegte. Hätte ihre Besitzerin, die Witwe Sama, nicht so schwer gearbeitet, wäre die Schenke Zu den drei Schwänen schon vor Jahren über diese Grenze hinweggeglitten. Sama stand schon in der Dämmerung auf, um sich um das Feuer zu kümmern und die Tische zu schrubben, und blieb den ganzen Tag auf den Beinen. Sie kochte kräftige Mahlzeiten für anständige Leute und servierte gutes Bier zu einem akzeptablen Preis, und noch spät in der Nacht, beim Licht des ersterbenden Feuers und einer billigen Talgkerze, wischte sie den Boden und setzte den Haferbrei für den nächsten Morgen auf. All diese erschöpfende Arbeit versetzte sie in die Lage, hier und da ein paar Münzen zu sparen, aus denen sie die Mitgift für drei ihrer vier hübschen Töchter bezahlte, so daß diese nun alle ehrenwerte verheiratete Frauen waren, statt in der Schenke für die falsche Art Geld zu arbeiten. Alle in der Nachbarschaft, sogar die unverheirateten jungen Hafenarbeiter, achteten die Witwe dafür. Selbst in ihren betrunkensten Augenblicken hätte keiner von ihnen sich auch nur träumen lassen, eine Schlägerei in Samas Schenke anzufangen, weil jeder zerbrochene Becher, jeder umgekippte Tisch das schwere Leben der Witwe nur noch schwerer gemacht hätte.

Samas jüngste und hübscheste Tochter wohnte noch bei ihrer Mutter, wenn auch nicht aus töchterlicher Treue. Sama hatte sie Heledd genannt, aber alle nannten sie Glimmer – sie war so hart wie Kohle, selbst im Knochenmark. Niemand wußte, wieso die Göttin einer so guten Frau eine solche Tochter geschenkt hatte! Sie war sechzehn und sollte seit Jahren verheiratet sein, aber sie hatte zwei gute Bewerber abgelehnt;

hatte behauptet, der Sohn des Gerbers stänke zu sehr und der Sohn des Färbers habe Warzen auf den Händen. Glimmer wünschte sich nichts mehr als die Gelegenheit, in der Festung des Gwerbret zu arbeiten. In jenen Tagen war das eine gute Stelle für ein armes Mädchen; man bekam viel zu essen und zu trinken, jedes Jahr ein neues Kleid, man hatte einen warmen Schlafplatz und die Gelegenheit, aufregende Ereignisse zu beobachten. Außerdem teilte man die Arbeit mit so vielen anderen Dienerinnen, daß am Ende erheblich weniger davon anfiel als zum Beispiel in einer Schenke.

Leider brauchte man, um eine solche Stellung zu erlangen, jemanden, der bereits in der Festung arbeitete. Die einzige, die Glimmer kannte, eine Dienerin namens Nonna, besuchte hin und wieder ihre Familie, die Töpfer, die gegenüber der Schenke wohnten. Dazu trug sie ihr neuestes Kleid und brachte ihrer Mutter und ihren Geschwistern Reste süßen Gebäcks aus der Küche des Gwerbret, und dann setzte sie sich wie eine feine Dame an die Feuerstelle und unterhielt alle anderen mit dem neuesten Klatsch. Jedesmal, wenn Glimmer sie bat, ein Wort für sie einzulegen, reckte Nonna die Nase hoch in die Luft und machte boshafte Bemerkungen über Glimmers angebliche Faulheit. Es gab Zeiten, da wünschte Glimmer sich, sie könnte ihr einfach in eine dunkle Gasse folgen und sie auf dem Rückweg zur Festung erwürgen.

In der letzten Zeit hatte Nonna tatsächlich aufregende Geschichten zu erzählen gehabt. Zu Beginn des Herbstes war ein geheimnisvoller adliger Gefangener aus Aberwyn eingetroffen, und Nonna hatte ein Gespräch zwischen zwei Männern des Kriegshaufens belauscht, die sagten, daß er vielleicht nicht einmal ein Mensch war, sondern ein Dämon in Menschengestalt. Dies wiederum hatten sie von dem alten Nevyn, von dem jeder behauptete, er sei ein Zauberer. Und nun sagten alle außerdem noch, daß auch der riesige bardekianische Kapitän ein Zauberer sei, denn er hatte den Dämon gefangen und in die Stadt gebracht. Jedenfalls hatte nicht lange danach der berühmte Cullyn von Cerrmor, Hauptmann des Kriegshaufens der Regentin, den Stallknecht Bryc davon abgehalten, Lord Rhodrys einzige Erbin zu töten. Alle (darunter Bryc selbst, bevor er zu seinem Vater nach Norden zurückkehrte) hatten erklärt, der Junge sei verzaubert worden. Nonna war sicher, daß dafür der Gefangene aus Aberwyn verantwortlich war.

»Vielleicht will Nevyn diesen rothaarigen Dämon nicht töten, weil er seine Macht nutzen kann – das wird ihm sicher gelingen, denn ich wette, daß der alte Mann stärker ist als jeder Dämon. Ihr solltet ihn einmal sehen, vor allem seine Augen. Ich sage euch, diese Augen sind wie Eis, damit könnte er jeden verzaubern. Einfach nur, indem er mit den Fingern schnippt, darauf wette ich. Alle haben Angst vor ihm – alle, bis auf Cullyn von Cerrmor. Ich wette, der hat vor keinem Angst.«

Und die in der Küche des Töpfers Versammelten nickten ernst und stimmten ihr zu.

Vielleicht waren es diese Geschichten, die Glimmer auf den Hausierer namens Merryc aufmerksam machten.

Auf den ersten Blick war er ein recht gewöhnlicher Mann, Mitte dreißig, mit dunklem Haar und jener Art Walnußhaut, die von einigem bardekianischen Blut kündet. Er verfügte über die lässige Höflichkeit und den Humor, den ein solcher Mann brauchte, um vom Verkauf von Bändern, Stickgarn, Perlen und Spitze leben zu können. Sama hatte ihm offensichtlich vertraut, als er ihr sagte, daß er für ein paar Monate eine Wohnung brauchte, bis die schlimmste Winterkälte vorbei war und er wieder auf die Straße zurückkehren konnte. Selbstverständlich war sie wie immer dermaßen dringend auf Kundschaft angewiesen, daß sie ihr Urteilsvermögen vielleicht von den guten Kupfermünzen trüben ließ, die er ihr für eine Wochenmiete überreichte. Er hatte etwas an sich, das Glimmer unangenehm war – vielleicht sein öliges Lächeln oder die Art, wie er auf ihren Hintern starrte, wenn sie vorbeiging. Außerdem hörte sie manchmal tief in der Nacht seltsame Geräusche aus seinem Zimmer, als flüstere er großen Ratten Befehle zu, die hin und her huschten, um ihnen nachzukommen.

»Ich wünschte, du würdest ihn rausschmeißen, Mutter«, sagte Glimmer eines Nachmittags, als der Mieter spazierengegangen war. »Ich schwöre, er hat Böses im Sinn.«

»Und was soll er vorhaben? Meine Silberteller oder unseren Edelsteinschmuck stehlen?«

»Ich meine nicht unbedingt, daß er *uns* Schaden zufügen will. Ich – ach, wahrscheinlich hast du recht, und ich bilde mir alles nur ein.«

Der Schock darüber, daß ihre Tochter ihr zustimmte, war beinahe zuviel für Sama. Kopfschüttelnd ging sie in den Hof, um die Hühner zu füttern. Glimmer blieb im Schankraum und schrubbte die Tischplatten, bis Merryc zurückkam und sie höflich um einen Krug Rotwein bat. Als sie ihm den Krug reichte, blieb sie kurz bei ihm stehen.

»Und wie war Euer Spaziergang?«

»Ein wenig feucht, aber angenehm.«

»Seid Ihr zur Festung hinaufgegangen?«

»Nein. Dort gibt es für einen Mann wie mich nichts zu holen.«

Aber diese Antwort kam zu rasch und zu glatt, und sein Tonfall war zu ölig, genau wie sein Lächeln.

Um die nächste Straßenecke, direkt hinter dem Kupferschmied, wohnte die Witwe Dacra in einer Holzhütte. Obwohl alle sagten, sie sei eine Hexe, lebte sie vor allem davon, Kräuter zu verkaufen und den Huren hin und wieder mit einer Kombination aus heißen Bädern, Met und Ulmenborke zu Fehlgeburten zu verhelfen. Mit dem Anfang eines Plans im Kopf füllte

Glimmer eine Lederflasche mit Bier und suchte am nächsten Morgen die Witwe auf. Sie fand die gutaussehende grauhaarige Frau über einen Tisch voller Kräuter gebeugt, die sie zerkleinerte, während auf dem kleinen Feuer ein Topf mit Honigwasser kochte.

»Um diese Jahreszeit haben viele Leute Husten«, meinte Dacra. »Dem Jungen des Schmieds geht es sehr schlecht, sagt seine Mutter, also bereite ich einen Kräutertrank zu.«

»Ich wollte Euch um einen Gefallen bitten.« Glimmer stellte die Flasche mit dem Bier auf den Tisch.

»Ach ja? Hat dir ein Junge die Röcke gehoben und dich dann verlassen?«

»Ich bin nicht schwanger! So etwas wird mir nicht passieren, bis ich verheiratet bin.«

»Ha. Es sind genau Mädchen wie du, junge Glimmer, die am Ende doch ein Stück Dreck finden, in dem sie sich wälzen können. Denk mal darüber nach, bevor du weiter so hochnäsig bist, daß du noch zwanzig Jahre alt werden wirst, ehe du einen Mann findest.«

Hätte Glimmer nicht ihren Rat gebraucht, hätte sie der Alten die Flasche jetzt an den Kopf geworfen. Aber so war sie gezwungen zu lächeln.

»Das werde ich tun. Aber ich wollte Euch etwas fragen. Nehmen wir an, jemand ist ein Zauberer. Kann man das irgendwie feststellen? Ich meine, haben sie ein Dämonenzeichen in der Handfläche oder so etwas?«

»Nein, es ist kaum so etwas Einfaches, mein Mädchen. Wieso willst du das denn wissen?«

»Ach, ich war nur neugierig.«

»Ach ja? Du würdest nicht das Bier deiner Mutter stehlen, nur um deine Neugier zu befriedigen.«

»Ich habe es nicht gestohlen! Ich mache mir auch ihretwegen Sorgen.«

Dacra betrachtete sie einen Augenblick aus klugen, grauen Augen.

»Das sehe ich tatsächlich. Geht es um euren Mieter?«

»Ja. Woher wißt Ihr das?«

»Wer ist denn seit Monaten sonst hier neu in der Stadt?«

»Das stimmt. Er hat etwas an sich, das mir nicht gefällt.«

Dacra warf eine Handvoll Kräuter in den Topf mit Honigwasser und rührte sie mit einem Holzlöffel um.

»Das mag sein«, sagte sie schließlich. »Obwohl ich nicht weiß, was für eine Art Mann er ist. Ich würde ihn eher für einen Mörder als einen Zauberer halten, aber man weiß ja nie ...« Sie nahm den Topf vom Feuer und stellte ihn auf eine Steinplatte am Ende ihres Tisches. »Als er eingezogen ist, muß er doch Taschen und Beutel dabeigehabt haben.«

»Ja. Den Rucksack eines Hausierers und Satteltaschen.«

»Satteltaschen für einen Mann, der seinem Geschäft zu Fuß nachgeht? Das ist wirklich seltsam.« Dacra rührte ein letztes Mal im Topf, dann ging sie zu einem Schrank und begann, darin herumzuwühlen. Sie holte ein kleines Stück Pergament heraus. »Vor langer, langer Zeit hat mir eine alte Frau diesen Glückszauber geschenkt. Siehst du? Darauf ist ein fünfzackiger Stern, und im Kreis ist etwas darum geschrieben. Nun, die alte Frau hat mir gesagt, ich müsse das Pergament immer so halten, daß ein Zacken des Sterns nach oben weist, niemals zwei davon. Zwei Zacken bringen Pech, hat sie gesagt, und dann ist es ein Zeichen böser Zauberei. Wenn ich mich recht erinnere, meinte sie auch, daß jeder böse Zauberer irgendwelche magischen Gegenstände besitzt, die mit diesem bösen Stern verziert sind.«

»Merryc unternimmt lange Spaziergänge.«

»Ach ja? Aber sei bloß vorsichtig, junge Glimmer. Niemand möchte, daß du in Stein verwandelt wirst oder daß jemand deine Seele in einer Flasche einfängt.«

Besonders Glimmer nicht. Sie wartete bis zum Nachmittag, als Merryc für seinen üblichen langen Spaziergang vor dem Abendessen verschwand, dann holte sie einen großen Korb voller Rattenfallen und eine Handvoll alter Schinkenspeckschwarten. Mehrere Fallen stellte sie in der Kammer auf, die sie mit ihrer Mutter teilte, zwei weitere im Korridor, erst dann ging sie in Merrycs Zimmer. Es war ein kleines Zimmer, ein Abschnitt des Rundhauses direkt an der gebogenen Wand, mit einem Fenster zur Straße. Nahe der Tür und so weit wie möglich vom Durchzug geschützt stand ein schmales Bett und daneben eine alte Holztruhe, die einmal als Mitgifttruhe für eine von Glimmers Schwestern gedient hatte. Obwohl Glimmer eine der Fallen zwischen diese Truhe und die Wand aus Korbgeflecht stellte, machte sie sich nicht einmal die Mühe, die Truhe zu öffnen. Sie war sicher, daß jeder Zauberer viel zu klug wäre, um seine Magie an einem so offensichtlichen Ort zu verstecken.

Und damit hatte sie recht. Da sie das Haus ihrer Mutter gut kannte, entdeckte sie das Versteck beinahe sofort. Die Decke bestand ebenfalls aus Korbgeflecht, mit billigem Gips bestrichen und gekalkt; und direkt dort, wo Decke und Wand zusammenstießen, hing ein Abschnitt des Korbgeflechts durch. Als Kind hatte sie zwischen dieser Platte und dem Strohdach Kupfermünzen und andere Schätze versteckt, und dort fand sie nun Merrycs Satteltaschen. Lange Zeit war sie allerdings zu ängstlich, sie zu berühren. Sie stellte die zweite Rattenfalle auf und versah beide mit den Schinkenspeckrinden und spähte dazwischen immer wieder aus dem Fenster, um nach dem Mieter Ausschau zu halten. Endlich nahm sie ihren ganzen Mut zusammen. Es wäre dumm, sich all die Mühe zu machen und dann nicht einmal hinzusehen.

Als sie allerdings versuchte, die Satteltaschen aus dem Versteck zu holen, blieben sie hängen. Es fühlte sich genau an, als zöge jemand am anderen Ende. Sie erstickte ihren Schrei mit beiden Händen und wäre beinahe sofort aus dem Zimmer gerannt. Aber wenn sie ihren Plan bis zum Ende durchführen wollte, mußte sie einen besseren Beweis für Merrycs Schuld finden als einen einzigen Zauber, der sich vielleicht einfach nur als krummer Nagel erwies, an dem die Tasche hängengeblieben war. Diesmal tastete sie sorgfältig um die Tasche herum, fand die Knochenschnalle, die sie verschloß, und öffnete sie, ohne zu versuchen, die Tasche zu verschieben. Es funktionierte – sie konnte hineingreifen. Sie spähte ein letztes Mal unruhig aus dem Fenster, dann begann sie in der Tasche herumzufischen.

Zuerst konnte sie nur ganz normale Gegenstände spüren – Socken, eine Ahle, um Lederarbeiten zu flicken, ein Beutel mit kleinen Münzen – dann berührten ihre Finger eine Metallscheibe. Sie nur anzufassen, verursachte ihr bereits ein unbehagliches Gefühl; als sie sie aus der Tasche gezogen hatte, hätte sie beinahe wieder laut aufgeschrien. Die Metallscheibe hing an einem Lederstreifen, so daß Oben und Unten eindeutig festgelegt waren, und eingraviert war das umgedrehte Pentagramm, der Stern des Bösen. Glimmer schob die Scheibe zurück in die Tasche, dann rannte sie aus dem Zimmer, die Holztreppe hinunter, nach draußen und so schnell sie konnte zum öffentlichen Brunnen, um ihre Hände im offenen Trog zu waschen, wieder und wieder, obwohl das Wasser eiskalt war und sie nicht einmal Seife hatte.

Als sie sich endlich sauber genug fühlte, wurde es langsam dunkel. Glimmer kehrte eilig in die Taverne und in das Licht und die Wärme der dortigen Feuerstelle zurück.

»Was hast du gemacht?« wollte Sama wissen.

»Rattenfallen aufgestellt, Mutter.«

»Danke, mein Kleines. Ich habe sie schon seit Tagen rascheln hören.«

Glimmer versuchte zu lächeln und kniete sich an die Feuerstelle, um die Backsteine in die Glut zu legen. Kurz darauf kehrte Merryc zurück.

»Oh Merryc?« rief Sama ihm hinterher, als er schon auf dem Weg zur Treppe war. »Wir mußten oben Rattenfallen aufstellen. Seid vorsichtig, daß Ihr sie nicht auslöst.«

»Ja, gut. Dieses Winterwetter treibt das Ungeziefer ins Haus.«

»Da habt Ihr recht.«

Glimmer war den ganzen Abend unruhig und fragte sich, ob ihm wohl auffallen würde, daß jemand seine versteckte Satteltasche berührt hatte, aber er sagte kein Wort.

Am Morgen stand ihr der schwierigste Teil ihres Plans bevor. Sobald ihre Mutter ihr den Rücken wandte, verließ sie den Schankraum, holte ihren alten, geflickten Umhang und schlich sich durch die Hintertür heraus, ohne daß jemand sie sah. Sobald sie erst einmal die Hauptstraße erreicht hatte, ging sie etwas langsamer und machte sich auf den Weg zur Festung des Gwerbret. Dort zögerte sie ein letztes Mal, weil Männer auf Wache standen.

»Du, Mädchen!« rief einer von ihnen. »Was willst du?«

Am liebsten wäre sie davongerannt, aber sie nahm sich zusammen und knickste.

»Bitte, Herr, ich bin eine Freundin von Nonna, die in der Küche arbeitet. Und ihre Mutter hat mich gebeten, ihr etwas auszurichten.«

»Also gut. Geh durch. Siehst du den Hauptbroch? Die Küchenhütte ist genau dahinter, direkt am Brunnen.«

Ihr Herz klopfte heftig, als sie den Hof betrat. Obwohl sie schon oft am Tor gestanden und hineingespäht hatte, hatte man sie doch nie hineingelassen. Aber in gewisser Weise war die Festung auch enttäuschend, nichts weiter als eine Verlängerung der Stadt, mit ihren zusammengedrängten Hütten und

Schuppen, den umhereilenden Dienern und den Hühnern und Schweinen in Pferchen. Es dauerte, bis sie das Kochhaus gefunden hatte, aber auf ihre Fragen nach Nonna schickte man sie weiter zur Hintertür der großen Halle, wo ihre Freundin stand und Krüge mit einem Lappen polierte. Die große Halle mit ihrem Steinfußboden, den gewaltigen Feuersteinen und geschnitzten Tischen entsprach schon mehr ihrer Erwartung, und einen Augenblick starrte sie alles einfach nur an. Dann entdeckte Nonna sie und kam angerannt.

»Was machst du hier? Ist zu Hause etwas nicht in Ordnung?«

»Keine Sorge. Aber Nonna, du mußt mir helfen. Erinnerst du dich an den Hausierer, der bei uns wohnt? Er ist ein böser Zauberer. Ich habe Beweise dafür. Ich dachte, daß vielleicht dieser Mann namens Nevyn, von dem du immer redest …«

»Oh, er wird keine Zeit für solche wie dich haben!«

»Was ist dann mit dem Hauptmann?«

»Ich werde seine Zeit doch nicht mit einer deiner Geschichten verschwenden!«

»Aber wenn du mich zu Cullyn bringen würdest, könntest du einmal selbst mit ihm sprechen, oder?«

Das war unwiderstehlich. Nonna kicherte, sah sich in der Halle um und hakte sich dann bei Glimmer ein.

»Komm mit. Er sitzt da drüben am Tisch.«

Der Anblick von Cullyn, hochgewachsen und mit narbengezeichnetem Gesicht, genügte beinahe, Glimmers Zunge erstarren zu lassen, aber es gelang ihr, ordentlich zu knicksen, während Nonna sie als eine Freundin aus der Stadt vorstellte. Cullyn drehte sich herum und betrachtete sie forschend.

»Heraus damit, Mädchen. Was bringt dich zu mir?«

»Meine Mutter hat eine Schenke, Herr, und dieser Mann, der bei uns wohnt … Er sagt, er sei ein Hausierer, aber in Wahrheit ist er ein Zauberer. Ich habe in seiner Satteltasche ein Schmuckstück mit dem Stern des Bösen darauf gefunden, als ich in seiner Kammer Rattenfallen aufstellte.«

Sobald sie damit herausgeplatzt war, kam sie sich einfach nur dumm vor, daß sie einem so wichtigen Mann von Zauberern erzählte, aber Cullyn stieß nur einen Pfiff aus.

»Ach ja? Komm mit, Mädchen. Wir sollten am besten gleich zu Nevyn gehen. Nonna, ich danke dir. Jetzt geh wieder an die Arbeit.«

Errötend und neidisch tat Nonna, was er ihr gesagt hatte, während Glimmer dem Hauptmann von der großen Halle in einen Seitenturm folgte. Während sie eine Wendeltreppe immer weiter nach oben stiegen, betrachtete Glimmer neugierig all die Wandbehänge an den Steinwänden und die kunstvollen silbernen Kerzenleuchter – in ihrem ganzen Leben hatte sie nicht so viele schöne Dinge an einem Ort gesehen. Endlich kamen sie zu einem Treppenabsatz und zu einer Holztür. Als Cullyn klopfte, öffnete ein alter Mann, dessen durchdringende blaue Augen und buschige Brauen den Hauptmann so sanft wie ein Lamm wirken ließen.

»Was ist denn?« fragte er gereizt. »Oh, ich bitte um Verzeihung, Cullyn, ich dachte, es wäre einer der Pagen. Sie haben mich schon den ganzen Morgen immer wieder unterbrochen. Wen haben wir denn da?«

»Ein Mädchen, das eine interessante Geschichte zu erzählen hat, Herr. Ich denke, Ihr solltet sie besser anhören.«

Nevyn führte Glimmer herein und bestand darauf, daß sie auf einem gepolsterten Sessel am Fenster Platz nahm, während er sich ihr gegenüber auf einen einfachen Stuhl setzte und Cullyn bei der Tür stehenblieb. Da sie in ihrem ganzen Leben noch nie so hoch oben in einem Gebäude gewesen war, ließ der Blick auf die Stadt und den Hafen sie fast schwindelig werden, und danach konzentrierte sie sich darauf, nicht mehr hinauszuschauen. Sie begann, von Merrycs Ankunft zu erzählen, erwähnte die Witwe Dacra und schloß mit ihrer Entdeckung der Metallplatte in Merrycs Satteltasche.

»Ich weiß, daß es falsch von mir war, seine Sachen zu durchsuchen, aber ich hatte solche Angst. Ich weiß nicht, warum er mich so unruhig gemacht hat, aber es war einfach so, und meine Mutter und ich sind schließlich mit ihm allein.«

»Oh, du hast ganz richtig gehandelt, Mädchen«, sagte Nevyn. »Daran besteht kein Zweifel. Hauptmann, holt ein paar Eurer Männer und trefft uns am Haupttor. Wir sollten diesen Merryc am besten verhaften.«

»Ist er wirklich ein böser Zauberer?« quiekte Glimmer.

»Das ist er.« Nevyn lächelte. »Hast du es denn nicht selbst geglaubt?«

Sie schüttelte den Kopf und merkte plötzlich, daß sie sich sehr schwach und seltsam fühlte. Nevyn goß ihr einen Schluck Met in einen Kelch und bestand darauf, daß sie das feurige Zeug schluckte. Nachdem sie erst aufgehört hatte zu husten, ging es ihr viel besser.

»Also gut, Mädchen. Bring mich und den Hauptmann zur Schenke deiner Mutter, und den Rest kannst du uns überlassen. Ich werde dafür sorgen, daß du eine Belohnung erhältst.«

»Oh bitte, Herr.« Hier hatte sie den Höhepunkt ihres Plans erreicht. Sie setzte ein demütiges Lächeln auf. »Alles, was ich zur Belohnung will, ist eine Arbeit hier in der Festung. Ich kenne mich aus im Bedienen und Töpfeschrubben.«

»Ach ja? Nun, dann kann ich dir ohne Zweifel eine Arbeit beschaffen. Und nun laßt uns gehen und diesen Zauberer einsperren.«

Auf seinem Weg nach draußen machte Cullyn bei der Waffenkammer halt und nahm ein paar kräftige Lederriemen mit. Dann ging er zur großen Halle und holte Amyr und Praedd, die den ganzen Morgen um Strohhalme gewürfelt hatten. Er nahm sie mit zum Haupttor, wo Nevyn und das Mädchen schon warteten.

»Wir wollen kein Aufsehen erregen«, sagte der alte Mann. »Jedenfalls nicht, wenn es möglich ist, Hauptmann.«

»Ich denke schon, Herr. Er gibt sich doch als Hausierer aus, oder? Alle wissen, daß Hausierer die ersten sind, die man verdächtigt, wenn etwas gestohlen wird.« Er wandte sich dem Mädchen zu. »Glaubst du, daß er in der Schenke sein wird, wenn wir hinkommen?«

»Das sollte er. Meine Mutter tischt um diese Zeit immer das Mittagessen auf.«

Als sie die Straße erreichten, in der sich das Gasthaus Zu den drei Schwänen befand, ließ Cullyn das Mädchen zusammen mit Nevyn am Brunnen zurück und schickte dann Praedd, einen kräftigen Mann, zur Hintertür der Schenke, während er und Amyr durch die Vordertür hineingingen. In dem rauchigen Raum hielten sich einige Kunden auf: An einem Tisch an der Tür tranken ein paar Seeleute, und an der Feuerstelle saßen Hafenarbeiter, aßen Brot und Speck und scherzten mit einer grauhaarigen Frau, die schon eine Stunde vor Mittag erschöpft und bleich aussah. Allein an einem Tisch saß ein Mann, der der Beschreibung entsprach, die Glimmer gegeben hatte. Sobald er die beiden Männer der Regentin in der Tür sah, sprang der Bursche auf und lief zur Hintertür, wo Praedd schon auf ihn wartete, seine massiven Hände auf die Schultern des Mannes legte und ihn festhielt. Die Hafenarbeiter lachten, und die Seeleute beugten sich alle vor, um besser sehen zu können.

»Komm mit, Junge«, sagte Cullyn. »Ein Kaufmann drüben in der Straße der Goldschmiede sagt, jemand sei mit einem seiner Anhänger davonspaziert.«

»Ich war es nicht«, fauchte Merryc. »Ich weiß, daß man einem Fremden immer alles in die Schuhe schiebt, aber ich habe nichts genommen.«

»Ich werde dir nur ein paar Fragen stellen. Wenn du friedlich mitkommst, wirst du zum Abendessen wieder zurücksein.«

Merryc ließ sich schließlich aus der Hintertür herausführen. Obwohl er fauchte und fluchte, als Cullyn ihm die Hände auf den Rücken fesselte, machte er ansonsten keinen Ärger, zumindest zu Anfang nicht.

»Also gut, Amyr, hol Nevyn, geh mit dem alten Mann nach Oben und hol die Sachen dieses Burschen hier.«

Merryc heulte auf und warf sich zur Seite; er trat um sich und versuchte verzweifelt, sich Praedds Händen zu entziehen, bis Cullyn sein Schwert zog, es umdrehte und ihm mit dem Knauf auf den Kopf schlug. Praedd legte den bewußtlosen Mann auf den Boden und kniete sich hin, um auch seine Füße zu fesseln.

»Wenn du fertig bist, kannst du die Hafenarbeiter im Schankraum fragen, ob sie sich ein paar Kupferstücke verdienen wollen«, meinte Cullyn. »Ich will verflucht sein, wenn ich diesen kleinen Mistkerl selbst in die Festung schleppe.«

Die Hafenarbeiter waren erfreut über den Nebenverdienst, und sobald Nevyn und Amyr das Eigentum des Gefangenen aus dem Zimmer geholt hatten, machten sich alle auf den Weg, um den Zauberer der Gerechtigkeit auszuliefern. In der Festung steckten sie ihn in eine Zelle hinten am Broch. Nevyn bezahlte die Hafenarbeiter, schickte die neugierigen Kinder, die ihnen hinterhergerannt waren, wieder weg und kniete sich dann neben den Gefangenen ins schmutzige Stroh.

»Ich hoffe, ich habe ihn nicht zu fest geschlagen«, meinte Cullyn.

»Oh, er wird schon noch bis zur Verhandlung leben. Hol mir einen Eimer Wasser, ja?«

Sobald man ihm das kalte Wasser übergegossen hatte, begann der Gefangene zu stöhnen und sich von einer Seite zur anderen zu werfen, aber als er die Augen öffnete und feststellte, daß Nevyn sich über ihn beugte, regte er sich nicht mehr und starrte den alten Mann nur an wie das sprichwörtliche Kaninchen die Schlange.

»Ich glaube, du weißt, wer ich bin«, sagte Nevyn mit einem grimmigen Lächeln. »Gut. Wir können einen Handel machen, Junge. Alles, was du weißt, im Austausch gegen dein Leben.«

Merryc lächelte kurz und starrte dann die Decke an.

»Ich halte mein Wort«, sagte Nevyn.

»Das weiß ich, und zweifellos würdet Ihr mir tatsächlich mein Leben lassen – damit ich im Gefängnis des Gwerbret vor mich hinfaulen kann, bis meine eigene Gilde kommt, um mich umzubringen. Selbst wenn Ihr mich freiließet, würden sie mich früher oder später erwischen. Immer auf der Flucht zu sein, immer darauf zu warten, daß das Messer zustößt – was für ein Leben ist das? Und das ist das einzige, was Ihr mir bieten könnt.«

»Wir haben Methoden, dich ohnehin zum Sprechen zu bringen.«

»Erwartet Ihr etwa, daß ich glaube, daß Ihr mich mit heißen Eisen foltert? Ihr? Der Meister des Aethyr? Dazu habt Ihr nicht den Mumm, alter Mann, und das wißt Ihr.«

Cullyn fluchte laut, als er hörte, daß Nevyn so respektlos angesprochen wurde, aber der alte Mann lächelte nur betrübt.

»Nein, den habe ich nicht.« Nevyn hockte sich hin und betrachtete den gefesselten Mann. »Aber es ist wirklich schade, daß du nicht verstehst, warum.«

»Hat er eine Gilde erwähnt?« warf Cullyn ein. »Was meint er damit?«

»Gedungene Mörder. Ihr habt doch sicher schon von den Habichten aus Bardek gehört, als Ihr Silberdolch wart.«

»Ja. Dann hat er recht, Herr. Er hat nicht die geringste Chance zu überleben.«

»Das denke ich auch. Es tut mir nur leid, das ist alles.« Der alte Mann stand auf und wischte sich den Staub von den Knien seiner Brigga. »Ich muß mit dem Tieryn reden. Praedd und Amyr sollen ihn weiter bewachen.«

»Ich werde dafür sorgen: Habt Ihr schon seine Sachen durchgesehen?«

»Ich habe nur in die Tasche gespäht – das genügt bereits, ihn zu hängen.«

Bevor sie die Zelle verließen, band Cullyn den Gefangenen los, und Merryc blieb zusammengesackt in einer Ecke sitzen, den Kopf auf den Knien wie ein ungezogenes Kind. Nevyn genügte es nicht, die Tür einfach von außen zu verriegeln; er bestand darauf, daß der Gefängniswärter eines seiner seltenen und kostbaren Vorhängeschlösser brachte und den Riegel ankettete. Dann nahm der alte Mann Praedd und Amyr beiseite.

»Was immer ihr tut, Jungs, seht ihm nicht ins Gesicht. Er wird versuchen, euch dazu zu bringen. Vielleicht wird er euch anfangs nur verspotten, dann wird er so tun, als wäre er krank oder als würde er sterben, aber ignoriert ihn. Wenn er tatsächlich sterben sollte, nun, das spart uns die Zeit für die Hinrichtung. Wenn er Essen und Wasser bekommt, holt mich, bevor ihr die Zelle öffnet. Das werdet ihr ohnehin müssen – ich habe den Schlüssel gestohlen, als der Gefängniswärter mir den Rücken zuwandte.«

»Herr?« sagte Amyr. »Was passiert, wenn wir ihn ansehen?«

»Er wird versuchen, euch zu verzaubern.«

Amyr riß sprachlos den Mund auf.

Während Nevyn wieder zum Broch ging, um die Regentin zu suchen, scheuchte Cullyn die letzten Neugierigen aus dem Hof und die Diener wieder an die Arbeit, aber er gestattete Glimmer, mit Nonna in der Küchenhütte zu warten. Es ist schade, dachte er, daß Nonna nicht halb so vernünftig und ein Viertel so klug ist wie ihre Freundin – dann würde sie einen

Mann wie mich nämlich in Ruhe lassen. Er war nicht blind, und er wußte genau, daß das Mädchen angestrengt versuchte, seine Aufmerksamkeit zu erregen. Er beschloß, später darüber mit der Köchin zu reden und sie zu bitten, dem ein Ende zu machen, dann machte er sich wieder auf den Weg zur großen Halle.

»Cullyn, Cullyn!« Das war Tevylla, die mit gerafften Röcken wie ein Bauernmädchen über den Hof gerannt kam. »Rhodda ist verschwunden!«

»Ihr Götter! Wann?«

»Gerade jetzt. Sie spielte mit ihrer Großmutter, als Nevyn kam, und das arme Kind war so erbost, weil unsere Herrin mit ihm davonging, daß sie aus der Tür rannte, bevor mir auch nur halb klar war, was geschah. Ich habe jeden Pagen und jede Dienerin in der Festung losgeschickt, den Broch zu durchsuchen, aber ich wette, sie ist irgendwo draußen. Sie rennt immer nach draußen, wenn etwas sie ärgert.«

»Genau. Ich würde es im Stall versuchen. Sie liebt die Pferde.«

Aber als sie über den Hof eilten, fiel Cullyn ein, daß Rhodda bereits einmal Opfer eines Angriffs des dunklen Dweomer geworden war und daß sie jetzt einen Anhänger dieser finsteren Kunst in der Festung hatten.

»Kommt mit! Hier entlang!«

Schon auf dem Weg zum Gefängnis kam ihnen Amyr entgegengerannt.

»Hauptmann! Wir müssen Nevyn holen! Etwas sehr Seltsames geschieht hier.«

»Nevyn ist mit dem Tieryn in der Gerichtskammer«, sagte Tevylla keuchend. »Beeil dich, Junge!«

Merrycs Zelle lag am Ende eines schmalen Flurs. Als Cullyn den Flur entlangrannte, sah er bereits, daß Praedd sich wand und um sich schlug, als würde er von großen, unsichtbaren

Wespen angegriffen. Der Riegel und die Kette klirrten heftig, rutschten in diese und jene Richtung, konnten sich aber wegen des Schlosses nicht lösen.

»Der alte Nevyn ist ein weitsichtiger Mann«, meinte Cullyn. Beinahe gegen seinen Willen erinnerte er sich daran, als Jill noch ein kleines Mädchen gewesen war und darüber gesprochen hatte, daß sie das Wildvolk sehen konnte. Nun, er konnte es zumindest versuchen. »Keine Sorge, Praedd, ich bin hier. Halte durch.«

Cullyn stützte die Hände auf die Hüften und starrte in die Luft neben den Kopf des Mannes.

»Hört jetzt sofort auf, oder Nevyn wird sehr wütend auf Euch sein, ebenso wie ich.«

Mit einem letzten Schluchzen sackte Praedd gegen die Wand.

»Es ist weg, Hauptmann. Es hat einfach aufgehört. Was immer es war.«

»Gut. Jetzt komm weg von der Tür. Du kannst nichts mehr tun. Geh nach draußen und warte dort auf den alten Mann.« Er drückte sich gegen die Wand, um Praedd durchzulassen, dann ging er zur Tür der Zelle. Von drinnen erscholl wütendes Geheul, und Merrycs Gesicht erschien in der kleinen, vergitterten Öffnung. Cullyn dachte an das, was Nevyn gesagt hatte, und konzentrierte seinen Blick auf die Nase des Gefangenen. Einen Augenblick später fauchte Merryc wie eine Katze.

»Du wirst mich nicht verzaubern«, sagte Cullyn ruhig. »Wo ist das Kind? Sag es mir, oder ich flechte dich selbst aufs Rad. Ich habe keine solchen Skrupel wie Nevyn.«

»Was läßt Euch denken, daß ich weiß, wo sie ist?«

»Sag es mir, oder du wirst in einzelnen Stücken sterben und so langsam, wie ich es bewerkstelligen kann.«

»Im Schuppen, direkt hinter diesem Gebäude. Es sind lauter

Rübensäcke dort, das ist alles, was ich durch ihre Augen sehen kann, aber ich weiß, daß sie in der Nähe ist.«

Mit einem Laut, der zwischen einem Schluchzen und einem Keuchen lag, rannte Tevylla hinaus und stieß dabei beinahe mit Nevyn zusammen. Als der alte Mann zur Zelle kam, drehte Cullyn Merryc langsam und entschlossen den Rücken zu. Er konnte hören, wie der Dweomermann abermals wütend fauchte, aber Nevyn grinste nur.

»Bei den Höllen, Hauptmann, nach dem, was Praedd mir erzählt, hat selbst das Wildvolk Angst vor Cullyn von Cerrmor!«

»Das stimmt nicht ganz, Herr – ich habe ihnen mit Euch gedroht.«

Nevyn lachte tatsächlich, ein rostiges Gackern, wie das Knarren eines alten Tores, dann reichte er dem Hauptmann den großen Eisenschlüssel, damit Cullyn die Kette aufschließen konnte. Als sie die Tür öffneten, hockte Merryc in der Ecke geduckt, die Arme vors Gesicht geschlagen. Cullyn packte ihn an den Handgelenken, riß ihn nach vorn und drehte ihm die Arme auf den Rücken, während Merryc auf bardekianisch fluchte. Dann trat Nevyn auf ihn zu und sah ihm ins Gesicht, bevor der Mann die Augen schließen konnte. Cullyn sah fasziniert zu, wie Nevyn Merryc einfach nur in die Augen starrte. Der Blick mußte für den Gefangenen wie glühendes Eisen sein, denn der Mann schwitzte und wand sich im Griff des Hauptmanns wie ein Huhn, das die Axt der Köchin auf dem Block liegen sieht. Plötzlich erstarrte Merryc und schwieg.

»Also gut«, meinte Nevyn lässig. »Ihr könnt ihn jetzt mir überlassen. Ich werde Amyr und Praedd bitten, ihn in die Gerichtskammer zu bringen. Bringt Tevylla und das Kind mit, ja?«

»Gern, Herr. Inzwischen hat Tevylla das Mädchen sicher gefunden.«

Das hatte sie tatsächlich, und sie wartete draußen, das

erschrockene Kind in den Armen. Da Rhodda zu schwer wurde, als daß ihre Kinderfrau sie tragen konnte, nahm Cullyn die Kleine und ließ sie in seine Schulter schluchzen, während sie langsam zurück zum Broch gingen. Er stellte Rhodda zwar die eine oder andere Frage, aber sie konnte nur sagen, daß der böse Mann einen langen, langen Arm hatte und daß sein Geist sie gezwickt hatte. Nevyn erklärte das alles in der Gerichtskammer etwas besser.

»Merryc hat mit ihr gemacht, was er schon im Herbst mit Bryc tat. Er hat sich ihres Geistes bemächtigt, weil er erkannte, daß das Wildvolk ihr gehorcht. Er konnte sie benutzen, und durch sie die kleinen Geschöpfe. Deshalb habe ich das Schloß vor die Tür gehängt. Das Wildvolk kann einen Riegel lockern, aber sie können kein Schloß knacken.«

»Aha.« Tieryn Lovyan machte ein seltsames Gesicht, als wünschte sie sich, sie könnte sich den Luxus eines hysterischen Anfalls leisten. »Ich muß wohl glauben, was Ihr sagt, Nevyn. Liebe Göttin, ich hatte so gehofft, daß Rhodda … Nun, es hilft nichts. Was machen wir mit diesem Mann?«

Merryc kniete auf dem Boden, zwischen einem mürrisch dreinschauenden Amyr und einem Praedd, der ihm offen mordgierige Blicke zuwarf und der mit aufblühenden blauen Flecken bedeckt war, die Nevyns Gerede vom Wildvolk ein wenig glaubwürdiger machten. Während der Erklärung des alten Mannes hatte Merryc nicht einmal aufgeblickt, aber nun hob er langsam den Kopf und sah die Tieryn an.

»Wollt Ihr um Gnade bitten?« fragte sie.

»Nein, aber ich werde auch nicht abstreiten, was der alte Mann sagt.«

»Also gut. Ich werde nach einem Priester des Bel schicken, und wir werden über Euch verhandeln, sobald er eingetroffen ist. Nevyn, muß das Kind jetzt noch hierbleiben?«

»Nein, und Tevylla auch nicht. Cullyn?«

Cullyn nickte zustimmend und trug das Kind nach draußen. Als sie den langen Flur entlang zur Treppe gingen, drehte sich Tevylla zu ihm um.

»Ich danke Euch, Hauptmann.«

»Keine Ursache, aber sprecht mich doch bitte mit meinem Namen an. Ihr gehört schließlich nicht zum Kriegshaufen.«

»Nein, das tue ich nicht.« Ihr Lächeln war um so reizender, weil es so schüchtern war. »Bis morgen dann.«

Nachdem die beiden sicher in ihrer Kammer waren, ging Cullyn hinaus auf den Hof, über den schon die langen Schatten von Aberwyns vieltürmiger Festung fiel, denn der Wintertag war beinahe zu Ende. Als er zu den Mannschaftsunterkünften ging, begegnete ihm jeder mit Hochachtung. Die Adligen nickten, die Diener verbeugten sich und knicksten, und die Angehörigen beider Kriegshaufen, sowohl jene, die Rhys bereits gedient hatten, als auch die, die Lovyan mitgebracht hatte, nahmen Haltung an. Ihm fiel auf, daß er sich beleidigt gefühlt hätte, wenn jemand nicht so reagiert hätte – ausgerechnet er, ein Mann, der so lange als Ausgestoßener unterwegs gewesen war. Er hatte sich sehr an diese geachtete Stellung gewöhnt, er wußte, daß überall, wo er als Lovyans Hauptmann auftrat, nicht nur ein Bett zum Schlafen und einen Platz am Tisch haben würde, sondern auch Anerkennung als wichtiger Mann im Tierynrhyn fände. Aber an diesem Abend fiel ihm auch zum erstenmal auf, daß etwas in seinem neuen Leben fehlte. Eine eigene Frau, dachte er; bei den Höllen, es wäre gut, wieder eine zu haben.

Als er an Jills Mutter dachte, die nun schon so viele Jahre tot war, konnte er sich kaum mehr an ihr Gesicht erinnern.

Der Priester des Bel, ein untersetzter Mann mit kahlrasiertem Kopf, der einen schweren Winterumhang über das Leinenhemd seiner Zunft gezogen hatte, erschien kurz nachdem Cullyn

Tevylla und Rhodda nach draußen gebracht hatte. Während Nevyn sich fragte, wie der Mann auf diese ganzen Dweomergeschichten reagieren würde, ging Lovyan das Problem geschickt an.

»Praedd, Amyr, bringt das Wiesel dazu, sich anständig hinzustellen. Er kann dem Priester immerhin Ehre erweisen. Euer Heiligkeit, das ist der Mann, der versucht hat, im Herbst meine Enkelin zu ermorden. Nevyn hat die ganze Sache zu meiner Zufriedenheit bewiesen, aber ich brauche Euren Rat, was die Gesetze angeht.«

Nevyn wandte sich dem Priester zu.

»Euer Heiligkeit, was ist die übliche Strafe für ein solches Verbrechen?«

»Tod durch den Strang. Obwohl die Tochter unehelich ist, ist sie immer noch eine Blutsverwandte, und daher ist jede Gewalt gegen sie nicht nur ein versuchter Mord, sondern auch Verrat.« Der Priester runzelte die Stirn und zog sein Gedächtnis zu Rate. »Das neueste Beispiel eines solchen Urteils stammt aus den *Edikten des Königs Cynan,* aber es gibt auch frühere Vorfälle, am deutlichsten vielleicht in den Büchern aus dem neunten Jahrhundert, zur Zeit Maryns des Ersten, zu finden.«

»Also gut, Euer Heiligkeit«, sagte Lovyan. »Morgen werde ich einen Malover zusammenrufen. Ich denke, zwei Stunden vor Mittag wäre angemessen.«

»Sehr wohl, Euer Gnaden. Ich werde bis dahin ein Dokument über die zurückliegenden Fälle bereithalten.« Der alte Mann warf Merryc, der starr zwischen seinen Wachen stand, einen wissenden Blick zu. »Willst du mit mir sprechen, mein Sohn, oder mit einem anderen Diener unseres Tempels? Es ist Zeit, deine Seele für die Gerichtshalle des großen Bel vorzubereiten.«

Merryc lächelte kurz, dann spuckte er auf den Boden. Praedd versetzte ihm einen Stoß, bevor sie ihn wegschleppten.

Nevyn und Lovyan gingen danach in das Empfangszimmer,

wo der Wind vor den Glasfenstern heulte und hin und wieder eine Rauchwolke aus der Feuerstelle blies. Lovyan schauderte trotz ihres karierten Umhangs, stellte sich ans Feuer und rieb sich die Hände.

»Schon besser«, sagte sie schließlich. »Die Gerichtskammer ist um diese Jahreszeit furchtbar kalt. Bei der Göttin, Nevyn, ich fühle mich so alt und müde! Ich habe noch nie zuvor einen Mann zum Tode verurteilt, und ich fürchte, ich muß auch noch dabeisein und zusehen.« Sie schauderte abermals. »Nun, zumindest braucht sich niemand darum zu sorgen, daß ich dem wahren Erben sein Rhan unter der Nase wegstehle, wie es so viele Regenten getan haben. Ich werde in der Tat sehr froh sein, es zu übergeben, wenn die Zeit gekommen ist.« Obwohl sie versuchte, unbeschwert zu wirken, sah man ihrem Blick die Sorge an. »*Falls* die Zeit kommen sollte, sollte ich wohl sagen.«

»Sie wird, Euer Gnaden, sie wird.«

Aber er konnte selbst hören, wie müde und unsicher seine Stimme klang.

Nach der Abendmahlzeit kehrte Nevyn in seine Kammer zurück. Elaeno leistete ihm Gesellschaft, und er stand am Fenster und spähte hinaus in den Hafen, wo stetig heranrollende Wellen die Boote an den Kais auf und ab tanzen ließen. Er nahm an, daß ihnen ein Sturm bevorstand, aber selbst zu anderen Zeiten würde das Meer den ganzen Winter über unruhig bleiben. Ganz gleich, wie sehr er sich danach sehnte, in Bardek zu sein, er würde bis zum Frühjahr in Eldidd bleiben müssen.

»Daran läßt sich nichts ändern«, meinte Nevyn. »Oder hast du je gehört, daß ein Schiff die Überfahrt von hier nach Surtinna im Winter geschafft hätte?«

»Nicht erfolgreich.« Elaeno überlegte einen Augenblick. »Um ehrlich zu sein, ich habe noch nie von jemandem gehört, der es auch nur versucht hätte.«

»Es gibt Dummheit und es gibt absoluten Wahnsinn, wie?«

»Genau. Selbst wenn man nicht direkt in einen gewaltigen Sturm geraten würde – und das ist ein großes ›Wenn‹, könnte das Schiff immer noch an den Klippen zerschellen oder so weit vom Kurs abgetrieben werden, daß die Besatzung verhungern würde, ehe es Land erreicht. Zu Hause haben wir ein altes Sprichwort: Weder Mensch noch Dämon können dem Wind befehlen.«

»Wie wahr das ist.« Plötzlich kam Nevyn ein Gedanke. »Aber ihn um einen Gefallen zu bitten, wäre vielleicht möglich.«

Später in dieser Nacht, als alle in der Festung schliefen, wickelte sich Nevyn in zwei Umhänge und ging hinaus in den Garten. Als er über die Wiese schritt, knirschte das Gras unter seinen Füßen; im Mondlicht lag Reif auf den zurückgeschnittenen Rosenbüschen und auf dem gefrorenen Wasser im Drachenbrunnen. Als der alte Mann eine abgelegene Ecke gefunden hatte, die vom Broch her nicht zu sehen war, stellte er sich einen großen, fünfzackigen Stern aus blauem Licht vor, der vor ihm in der Luft schwebte. Sehr leise, aber so intensiv, daß sein ganzer Körper mit dem Klang vibrierte, sprach er die Namen der Könige der Luft aus. Obwohl die Nacht windstill gewesen war, kam nach seiner Anrufung eine Böe auf, direkt aus dem Zentrum des Sterns, und ließ den Umhang um ihn flattern. Als er sich umsah, stellte er allerdings fest, daß nichts anderes im Garten sich regte. Würdevoll und schimmernd ritten die Könige auf dem Rücken des Windes heran. Sie sprachen selbstverständlich nur in Bildern und Empfindungen, nicht in Worten, aber nach einer Weile gelang es Nevyn, ihnen seine Bitte zu übermitteln: Er wollte für einen kleinen Zeitraum, daß der Wind ihm diente und ein Schiff zu den Inseln brachte. Großzügig stimmten sie zu, blieben noch einen Augenblick und brausten dann davon. Der alte Mann blieb allein im Garten zurück, mit nur einer Sylphe zur Gesellschaft. Rasch zog er den blauen Stern in seine Vorstellung zurück. Er wollte so bald wie möglich wieder an seinen Kamin und ein warmes Bier trinken.

Den Rest der Nacht blieb er wach, brütete über seinen Plänen und kämpfte gegen seine Sorgen an, bis er schließlich bei Einbruch der Dämmerung für ein paar Stunden einschlief und gerade rechtzeitig aufwachte, um beim Malover der Regentin zu erscheinen. Trotz ihrer Bedenken am Abend zuvor klang Lovyans Stimme fest, als es Zeit wurde, Merryc zum Tode zu verurteilen. Der Bardekianer selbst hatte sich mit Hilfe einer finsteren Disziplin derart in sich selbst zurückgezogen, daß er manchmal nur noch wie eine Statue erschien, als hätte er bereits die Gegenwart verlassen, um im Garten eines hypothetischen Abkömmlings zusammen mit den Statuen ihrer gemeinsamen Ahnen zu stehen. Nevyn nahm an, daß sein Tod Merryc enttäuschen würde, genau, wie es damals bei Sarcyn der Fall gewesen war.

»Das gehört zu den Dingen, die ich am dunklen Dweomer am meisten hasse«, meinte Nevyn später zu Elaeno. »Wie er Männer mit echtem Talent und Geist zerbricht und sie eigenen, üblen Zielen gefügig macht. Ich bin inzwischen einigen dieser Schüler begegnet, und jeder von ihnen war so verdreht und häßlich wie dieses jämmerliche Wildvolk, das sie sich halten.«

»Die Menschen sind schlimmer dran, würde ich sagen. Es ist erheblich einfacher, das arme Wildvolk zu heilen.«

»Da hast du recht. Nun, ich denke, die Zeit ist gekommen, ein wenig Rache zu nehmen. Sobald wir Jill und Salamander und hoffentlich auch Rhodry gefunden haben, werden wir die dunkle Bruderschaft für ihre Verbrechen zahlen lassen.«

»Gut. Ich werde froh sein, wenn endlich der Frühling kommt.«

»Frühling? Oh, selbstverständlich, ich hatte noch keine Gelegenheit, es dir zu sagen! Wir reisen sofort nach Bardek.

Ich habe den Wind gebeten, und er hat zugestimmt, uns direkt hinzubringen, sicher vor Stürmen und ähnlichem.«

Elaeno wollte etwas sagen, überlegte sich es dann, dachte noch einmal nach, öffnete wieder den Mund und gab schließlich ein erSticktes Geräusch von sich.

»Stimmt etwas nicht?« wollte Nevyn wissen.

»Nein. Wieso, was könnte nicht stimmen? Wenn der Wind einverstanden ist, wer bin ich zu widersprechen? Ich werde jetzt meinen Steuermann suchen und ihn anweisen, die Besatzung zusammenzurufen. Ich nehme an, die Regentin wird uns mit Vorräten versorgen?«

»Zweifellos. Hm, ich habe noch nicht mit ihr gesprochen, und das sollte ich am besten gleich tun. Wie lang wird es dauern, bis das Schiff segelfertig und bereit ist, in See zu stechen?«

»Zwei oder drei Tage, abhängig davon, wie viele Männer Ihre Gnaden zur Verfügung stellt, um uns zu helfen.«

»Ich werde dafür sorgen, daß du alles bekommst, was du brauchst.«

Obwohl Nevyn Lovyan natürlich die Wahrheit über ihr Ziel sagte, stimmte sie ihm zu, daß eine kleine Täuschung in Ordnung war. Sie ließen den Rest des Hofes glauben, daß Elaeno, um einen Vorsprung zum Handel des nächsten Jahres zu erhalten, nach Cerrmor segelte, eine im Winter schwierige, aber durchführbare Fahrt, solange ein Schiff dicht an der Küste blieb. Nevyn selbst, so erzählten sie, reiste mit ihm, um mit dem Gwerbret von Cerrmor über die vertrackte politische Situation in Eldidd zu sprechen. Ladoic von Cerrmor war zwar kein enger Verwandter, aber ein entfernter Vetter Rhodrys von der Maelwaeddseite, und daher ein möglicher Verbündeter in dem noch nicht erklärten Krieg um das Rhan.

»Ich werde Euch neue Kleidung mitgeben«, sagte Lovyan. »Und einen der unwichtigeren Siegelringe von Aberwyn, dazu alles Geld, das ich zusammenkratzen kann. Ihr reist am besten als mein Berater, Nevyn, nicht nur als ein Freund. Es heißt immer, daß jeder Archon in Bardek seine Laufbahn als Kaufmann beginnt, daher wette ich, daß sie wissen, wie gewinnträchtig der Handel mit Aberwyn ist. Sie werden sich gern mit dem Regenten der Stadt verständigen wollen.«

»Genau. Glaubt Ihr, daß einige von Rhodrys Männern mit mir kommen würden? Ich kann sie als Ehrengarde ausgeben. Ich fürchte, ich werde ein paar gute Schwerter brauchen, bevor diese Geschichte vorbei ist. Ich würde Cullyn mitnehmen, aber Ihr braucht ihn mehr als ich. Wenn Ihr Merryc hängt, heißt das nicht unbedingt, daß Rhodda sicher sein wird. Ich wette, er war nicht die einzige Ratte in der Kornkammer.«

»Dem muß ich leider zustimmen. Was die Männer angeht, bezweifle ich, daß es Euch an Freiwilligen mangeln wird. Aber Ihr solltet nicht mehr als zehn nehmen – alles andere wäre verdächtig.«

»Dann werde ich sie von Cullyn auswählen lassen.«

»Gut. Und denkt Euch einen neuen Namen aus, denn ich werde Euch Dokumente mitgeben. ›Niemand‹ ist einfach nicht dafür geeignet. Habt Ihr nicht einen anderen Namen benutzt, als der Herold des Königs uns besuchte? War das Euer echter Name? Ich hatte das seltsame Gefühl …«

»Ihr hattet recht. Obwohl mein Vater mich später aus Bosheit umbenannt hat, ist Galrion der Name, den meine Mutter mir gegeben hat.«

»Wie altmodisch!«

»Dann paßt er ja hervorragend zu mir, denn wenn jemals ein Mensch ein lebendes Relikt war, dann ich. Also gut, Euer Gnaden. Wir werden unser Bestes tun, um Rhodry zurückzubringen.«

»Nicht nur für mich, Lord Galrion. Für Eldidd.«

Am Nachmittag ging Nevyn in den Turm, um Perryn einen

letzten Besuch abzustatten – das glaubte er jedenfalls. Obwohl Perryn körperlich wieder vollkommen gesund war, verbrachte er noch lange Stunden im Bett und starrte an die Decke, oder er saß am Fenster und blickte in den Himmel. Als Nevyn hereinkam, war er gerade mit letzterem beschäftigt und beobachtete die trüben, grauen Wolken, die aus Südwesten heranzogen.

»Wie geht es heute mit dem Atmen?«

»Oh … äh … ganz gut, nehme ich an.«

»Gut. Es sollte von jetzt an spürbar besser werden.«

Perryn nickte und starrte weiter die Wolken an.

»Keine Sorge, Junge.« Nevyn setzte sein bestes ermutigendes Kräutermannlächeln auf. »Man wird Euch nicht hängen, das wißt Ihr doch. Es ist an der Zeit, etwas aus Eurem Leben zu machen.«

»Aber … äh … ich meine … äh … ich muß immer wieder an Jill denken.«

»Das tut mir leid, aber sie wird für immer unerreichbar sein.«

»Das weiß ich. Das meinte ich auch nicht. Ich mußte an das denken, was Ihr vor ein paar Wochen gesagt habt. Daß ich nichts stehlen soll, weil es eine Art Einmischung ist und man nie weiß, was passieren wird. Könnt Ihr Euch noch daran erinnern?«

»Ja, und ich gebe zu, daß es mich freut, daß Ihr darüber nachgedacht habt.«

»Das habe ich, und es tut mir leid, daß ich so dumm gewesen bin, wegen … äh … Ihr wißt schon … wegen Rhodry. Ich habe ihn gehaßt, weil Jill ihn liebte, und dabei ist er doch … nun … äh … ziemlich wichtig.«

»Es ist leider ein bißchen spät, sich jetzt Sorgen zu machen.«

»Ich weiß, und das tut mir leid. Ich möchte es wiedergutmachen, aber ich habe nichts, was ich als Lwdd geben kann. Ein paar Kupfermünzen, ein Pferd – nun ja, das Pferd gehört mir auch nicht, fürchte ich – aber der Sattel. Trotzdem, das ist nicht sonderlich viel, nicht wahr?«

»Nein. Es mag sein, daß Ihr irgend etwas für Aberwyn tun könnt, obwohl ich mir nicht vorstellen könnte, daß Ihr in einem Krieg kämpft.«

»Ich könnte Pferdeknecht sein. Das würde ich gerne tun, wenn es helfen würde.«

»Also gut. Wir reden darüber, wenn ich zurückkomme.«

»Ich hörte, daß die Diener sagten, Ihr fahrt nach Cerrmor. Kann ich mitkommen? Ich fürchte mich hier die ganze Zeit und frage mich, was Cullyn tun wird, wenn Ihr nicht hier seid, um mich zu beschützen.«

»Er weiß nicht einmal, was Ihr getan habt.«

»Er könnte es herausfinden.«

»Nun, ich ...« Nevyn zögerte, dachte nach und versuchte, sich an etwas zu erinnern, das Perryn ihm einmal erzählt hatte. »Junge, nachdem Ihr Rhodry begegnet wart, habt Ihr wieder versucht, Jill zu finden. Woher wußtet Ihr, wo sie war?«

»Das ist etwas, was ich eben tun kann. Genauso wie ... äh ... mich mit Pferden anzufreunden. Ich kann es einfach.«

»Gut, aber was meint Ihr genau?«

»Ich kann etwas wiederfinden, das ich liebe, ein Haus, in dem ich mich wohlgefühlt habe, oder meinen Vetter, oder Jill. Es ist so ein Gefühl. Wenn ich in die richtige Richtung gehe, fühle ich mich wohl, und wenn ich davon abweiche, wird mir ganz elend.«

»Ach ja? Das könnte wirklich sehr nützlich sein. Ich sage Euch was, Junge, Ihr könnt mit mir segeln.«

»Segeln?« Perryns Stimme erhob sich zu einem Kreischen. »Auf einem Schiff? Den ganzen Weg nach Cerrmor?«

»Genau.«

»Das ist unmöglich. Ich wäre nur die ganze Zeit krank. Wahrhaftig, ich würde es lieber mit Cullyn aufnehmen, als noch einmal seekrank zu werden.«

»Das ist schade. Ihr wart schließlich derjenige, der gerade von Wiedergutmachung gesprochen hat. Und nach einiger Zeit werdet Ihr Euch an die Bewegung gewöhnen.«

Aus reiner Freundlichkeit sagte Nevyn ihm nichts über ihr wahres Ziel. Bardek lag viele Segeltage weiter entfernt als Cerrmor.

Als der Tag der Abreise schließlich kam, war es in der Dämmerung vollkommen windstill. Nevyn hatte nicht vor, den Wind schon am Strand herbeizurufen, wo ganz Aberwyn ihn beobachten konnte, also überredete er den Hafenmeister, ihm eine Mannschaft aus Dockarbeitern zur Verfügung zu stellen. Dann schrie er den Flottenmeister des Gwerbret so lange an, bis dieser schließlich erlaubte, ein paar Galeeren als Schleppkähne einzusetzen. Irgendwo fanden sie schließlich auch genügend armdicke Seile. Nachdem sie erst die nötige Ausrüstung hatten, übernahm der bardekianische Steuermann und zeigte allen, wie sie das Schiff an die Galeeren vertäuen sollten. Elaeno und Nevyn sahen zu, daß sie aus dem Weg kamen, und stellten sich aufs Achterdeck von Elaenos Schiff, der *Harban Datzolan*, was sich ungefähr mit *Garantierter Profit* übersetzen läßt.

»Ich weiß nicht, warum sie sich so anstellen«, meinte Elaeno. »Jeder Hafen in Bardek hat für windstille Tage Schleppkähne. Manchmal ist auf See der Wind erheblich günstiger, während im Hafen noch Totenstille herrscht.«

»Ach ja? Nun, ich fürchte, ich weiß wenig über Schiffe und Segel.«

»Das brauchst du auch nicht. Besorg mir den Wind, und ich bringe uns nach Surtinna. Übrigens habe ich Perryn im Frachtraum festgesetzt. Sobald wir aus dem Hafen sind, werde ich ihn freilassen, aber ich will nicht, daß er in letzter Minute von Bord springt.«

Ruder setzten sich in Bewegung, die improvisierten Schleppkähne fuhren los und die Seile knarrten, als sie sich spannten. Das schwere Handelsschiff begann sich zu bewegen. Nevyn setzte sich auf eine Kiste im Bug und blickte hinauf zur Mastspitze, wo die blausilberne Drachenflagge der Gwerbrets von Aberwyn schlapp in der windstillen Kälte hing. Elaeno stand lässig vor ihm und schirmte ihn wirkungsvoll mit seiner Körpermasse ab, während er dem Steuermann Befehle erteilte. Nevyn schloß das Geräusch ihrer Stimmen aus und sammelte sich. Im Geist rief er die Könige der Luft an und ließ sich in Trance sinken. Oben am Mast bewegte sich die Flagge und begann zu flattern, was deutlich machte, daß die Elementarwesen ihr Versprechen gegenüber dem Meister des Aethyr einhielten. Elaeno blickte nach oben und rief den Männern an den Schleppseilen zu, diese zu lösen. Nevyn stellte sich das flammende Pentagramm vor und plazierte es weit am Heck. Und nun, dachte er, laßt den Wind kommen! Und es geschah: Ein Kanal von Wind, nicht weiter als dreißig Fuß, fegte über das Meer und färbte das Wasser in seinem Verlauf dunkel. Mit einem Klatschen traf er auf die Segel, und das Schiff schoß nach vorn wie ein getretener Hund.

»Löst die Seile!« brüllte Elaeno. »Macht die Leinen los, oder wir werden diese verdammten Schleppkähne mit uns bis nach Bardek ziehen!«

Das Schiff raste zwischen den Galeeren hindurch und aus dem Hafen heraus. Mit Ausnahme von Elaeno sagte keiner an Bord ein Wort, alle sahen sich nur furchtsam um, als hätten sie Angst, einander in die Augen zu schauen. Mit einem Schwall von Flüchen gab Elaeno weitere Befehle und brachte die Männer schließlich dazu, sich zu bewegen: Einige rannten los, die Segel zu setzen, die anderen bewegten Ballast und

Fracht. Nach ein paar Korrekturen von Geschwindigkeit und Richtung des Windes stand Nevyn auf und reckte sich. Weit hinter ihnen verblaßte Eldidd bereits zu einem Streifen am Horizont.

»Bei den heiligen Sternen«, flüsterte der Steuermann. »Einen solchen Wind habe ich noch nie gesehen.«

»Genieße ihn«, meinte Elaeno. »Das wird dir zweifellos auch nie wieder passieren.«

Tagelang hatten die Sturmwolken wie ein dickes Schaffell über den Hügeln von Surtinna gelegen. Selbst wenn es nicht gerade regnete, hüllte dichter Nebel alles ein und klebte an den feuchten Umhängen des Großen, allerdings auch vollkommen mürrischen Krysello und seiner niesenden Barbarentruppe, während der Wind so kalt blies, daß Jill annahm, es müsse weiter oben in den Bergen schneien. Das einzig Gute an diesem Wetter war, daß es sie von den Habichten ablenkte. Die ganze Welt schien nur noch daraus zu bestehen, sich angestrengt durch Nässe und Kälte weiterzubewegen. Da sie nicht mehr auf der Straße waren, war der Boden beinahe vollkommen unwegsam – tief verschlammte Pfade oder grasige Abhänge, so durchtränkt, daß der Boden unter den Hufen der Pferde wie überreifes Obst aufplatzte. Hin und wieder stolperte ein Pferd, und seine Panik breitete sich unter seinen Genossen aus. Sie dann wieder zu beruhigen, kostete kostbare Zeit, bis Jill die ganze Herde am liebsten freigelassen hätte, damit sie sich um sich selbst kümmern sollte. Seltsam genug war es, daß ausgerechnet Salamander darauf bestand, alle Pferde so lange wie möglich zu behalten.

Die Nachtlager brachten auch keine echte Ruhe. Es war eine weitere Anstrengung, eine brauchbare Fläche zu finden, auf der die Pferde grasen konnten und die mageren Vorräte der Menschen trocken blieben. Ein Feuer zu entzünden war unmöglich, selbst mit Salamanders Dweomer; das Licht hätte nicht nur möglichen Feinden ihre Anwesenheit verkündet, es gab auch einfach kein trockenes Holz. Niemand konnte so recht in den nassen Decken schlafen, und es gab keinen weiteren Schutz als den des dornigen Unterholzes oder hin und wieder einiger Felsen. Die drei sprachen weniger und weniger miteinander. Jedes Wort schien nur ein Fauchen oder ein Zischen zu sein, das zu weiterem Streit führte.

Während der ganzen Zeit behielt Jill Gwin im Auge, obwohl er Rhodry so hündisch ergeben schien, daß es ihr den Magen umdrehte. An einem späten Nachmittag, als sie und Salamander die Reitpferde anpflockten, erwähnte sie ihr Mißtrauen.

»Selbst wenn er uns nicht betrügen will – woher weißt du, daß die Habichte ihn nicht immer noch benutzen? Könnten sie sich nicht einfach mit seinem Geist verbinden und ihm wie einem Leuchtfeuer folgen?«

»Das könnten sie, aber sie haben es nicht getan, mein vorsichtiges Täubchen. Ich habe ihn vorsichtig daraufhin betrachtet und keine Anzeichen gefunden.«

»Bist du sicher?«

»Ich bin sicher, vollkommen überzeugt und habe überhaupt keine Zweifel.« Er hielt inne, um sie forschend anzusehen. »Eifersüchtig, wie?«

»Was meinst du damit, du verfluchter Elf?«

»Was ich gerade sagte. Wohin unser Rhodry auch geht, geht auch Gwin, sieht ihn liebevoll an und verschlingt jedes seiner Worte und sein Lächeln wie ein Verliebter. Und Rhodry mag sich geschmeichelt fühlen oder auch nicht – aber er bittet ihn zumindest nicht, damit aufzuhören.«

Jill hätte ihn am liebsten geschlagen, nur weil er sie auf etwas hinwies, was sie nicht hatte sehen wollen.

»Ich wäre an deiner Stelle ebenfalls eifersüchtig«, fuhr Salamander ein wenig hastig fort. »Und ich will mich nicht darüber lustig machen. Aber denk darüber nach, mein wilder Spatz. Gwin hat sich nicht in Rhodry verliebt, sondern in das, was er getan hat. Ihr Götter, denk doch, wie er sich fühlen muß! Zum ersten Mal in seinem Leben hat er Hoffnung, eine Zukunft, Ehre … Natürlich ist er hingerissen, aber das kann er nicht verstehen – Habichte sind an so etwas nicht gewöhnt –, also schreibt er den ganzen Verdienst unserem Rhodry zu und betet ihn an.«

»Nun, ich verstehe, was du meinst, aber …«

»Es stört dich trotzdem? Bitte wirf diese Schnalle nicht nach mir, Turteltaube. Sie würde einen häßlichen blauen Fleck hinterlassen.«

Am sechsten Tag brach schließlich die Sonne durch die Wolken. Als der Nebel sich auflöste, sahen sie, daß der Pfad, dem sie gefolgt waren, nicht nur in eine Schlucht auslief, sondern daß die Straße des Archon nur eine halbe Meile weiter unten am Hügel lag. Nach einem kurzen Streit ließ sich Jill breitschlagen, lieber die Straße zu nehmen, um etwas schneller voranzukommen. Gegen Mittag fegte ein Südwind den Himmel frei. Obwohl sich auch die Stimmung aller damit erhellte und Jill sich ebenso wie alle anderen über die Aussicht freute, trocken zu werden, fühlte sie sich ohne ihren wässerigen Schild auch unbehaglich. Als sie ihr Pferd neben das Salamanders lenkte, stellte sie fest, daß es dem Gerthddyn ebenso ging.

»Ich hatte gehofft, daß wir uns im Regen verstecken können, bis wir nach Pastedion kommen, meine Turteltaube, aber das ist leider nicht der Fall.«

»Was glaubst du, wie nah unsere Feinde sind?«

Zur Antwort zuckte er nur die Achseln. Obwohl die Hügel sich zur Linken steil erhoben, wand sich die Straße rechts direkt an einer Schlucht entlang. Etwa fünfzig Schritte tiefer konnte sie weißschäumendes Wasser zwischen den Bäumen erspähen.

»Wir werden morgen früh Pastedion erreichen«, sagte Salamander abrupt. »Falls wir es erreichen. Ich spüre, daß uns die Gefahr wie Gestank umgibt.«

»Ich ebenfalls. Ich dachte, wenn wir mit Gwin arbeiten, könnten wir unsere Feinde vielleicht ausspionieren.«

»Dieses *wir* gefällt mir, meine magische Elster. Vielleicht könnten wir das versuchen, aber mir ist der Gedanke unheimlich. Eine Verbindung mit Gwins liebreizendem Geist herzustellen, ist wahrscheinlich nicht die angenehmste Erfahrung.«

»Durch die Hände der Habichte zu sterben ebenfalls nicht.«

»Nun, da hast du recht. Wie klar und deutlich du die Dinge doch immer ausdrückst! Also sehen wir mal, ob wir ihn überreden können.«

»Wir sollten ohnehin zum Mittagessen anhalten und den Pferden ein wenig Ruhe gönnen. Die armen Tiere haben in der vergangenen Woche einiges durchgemacht.«

»Das stimmt, aber ich möchte noch eine Meile hinter uns bringen, bevor wir Rast machen.« Salamander warf ihr einen heimtückischen Blick zu.

»Es gibt etwas, das du sehen solltest.«

Im Augenblick zogen sie durch ein riesiges V-förmiges Tal, an dessen Grund ein Fluß schäumte, und die Straße schmiegte sich etwa auf halber Höhe an die linke Seite des V. Kurze Zeit später hörte Jill vor sich ein seltsames Geräusch, etwa wie das Summen eines riesigen Bienenschwarms, das lauter und lauter wurde, als sie darauf zuritten, bis sie begriff, daß es das Rauschen eines Wasserfalls war. Die Straße führte um eine letzte Biegung und plötzlich aus dem V-förmigen Tal heraus: Sie standen an der Oberkante einer Klippe. Weiter unten brach der Flußlauf abrupt ab, als hätte ein Riese den Boden mit einem Spaten abgestochen. Umgeben von Regenbogen donnerte der Wasserfall Tausende von Fuß abwärts, in ein offenes Tal weiter unten. Mit einem Schrei, der halb von Entzücken, halb von

Angst geprägt war, hob Jill die Hand, um den anderen anzuzeigen, daß sie stehenbleiben sollten. Schnaubend kamen die erschöpften Pferde zum Stehen, und Rhodry und Gwin ritten ebenfalls zum Rand der Klippe. Als Jill sich im Sattel umdrehte, konnte sie hinter sich die Hälfte eines Hügels sehen, dessen Kuppe ebenfalls vom Messer des imaginären Riesen durchschnitten war. Auf der anderen Talseite, halb vom Nebel verhüllt, erhob sich sein Gegenstück, ebenso fein säuberlich abgeschnitten. Dahinter konnte Jill Berge mit weißglitzernden Gipfeln erkennen, die bis zum Horizont reichten.

»Wie ist dieses Tal entstanden?« rief sie Salamander zu. »Durch Dweomer?«

»Das weiß ich nicht«, rief er zurück. »Das Wildvolk sagt, es wäre durch Eis geschehen, unglaubliche Mengen von Eis, vor vielen, vielen Jahren, aber das kommt mir unmöglich vor.« Sie stiegen ab und verteilten das letzte Getreide an die Reitpferde und die Packtiere, während die überzähligen Pferde sich mit Gras begnügen mußten. So sehr Jill sich auch vor Verfolgern fürchtete, war sie doch der Ansicht, daß die Tiere Ruhe brauchten, denn der einzige Weg von der Klippe hinunter war ein kaum vier Fuß breiter Pfad, der in den Fels geschlagen war und im Zickzack abwärts führte. Jill wollte lieber nicht an die Sklaven der Regierung denken, die man gezwungen hatte, diesen Weg zu bahnen; es waren sicherlich viele dabei gestorben.

Sie kaute auf einem Stück trockenen Fladenbrots, ging hinüber zum Wasserfall und starrte in den Nebelschleier, der darüber zum Talboden hinabtrieb. Der Nord-Süd-Fluß, dem sie bisher gefolgt waren, mündete hier in einen anderen, der sich nach Westen zog. Das Tal selbst folgte diesem zweiten Fluß etliche Meilen – sie konnte das Ende nicht sehen –, und obwohl sich rings am Fluß Bäume entlangzogen, schien der Rest des Tales aus dem üblichen bardekianischen Grasland zu bestehen. Salamander trat neben sie. Er zeigte auf den Pfad nach unten und grinste.

»Ich hoffe, du hast keine Angst vor Höhe!« rief er.

Sie schüttelte den Kopf.

»Komm mit«, brüllte er weiter. »Ich will dir noch etwas zeigen.«

Wo die Straße aus den Bergen herauskam, war der Abhang sanft genug, daß sie ein Stück hinaufklettern konnten. Dabei brachten sie genügend Hügel zwischen sich und den Wasserfall, daß sie sich wieder in normaler Lautstärke unterhalten konnten.

»Genauer gesagt wollte ich in Ruhe mit dir sprechen«, sagte Salamander.

»Das dachte ich mir. Macht Gwin Schwierigkeiten, was die Zusammenarbeit mit uns angeht?«

»Ich fürchte ja. Offenbar betrachtet er es als gewaltige Niederlage und Beleidigung, wenn er uns seinen Willen auch nur für einen Augenblick überlassen muß. Nicht, daß er uns angeklagt hätte – er weiß, daß er uns helfen sollte –, aber er findet die Idee so widerwärtig, daß ich bezweifle, ob er uns helfen kann.«

»Dann geht es eben nicht! Wir werden uns auf das Wildvolk verlassen müssen. Bis jetzt haben sie uns meistens rechtzeitig gewarnt.«

»Sich auf das Wildvolk zu verlassen, mein kleiner Spatz, ist ein ziemlich direkter Weg zur bitteren Enttäuschung.«

»Ja, natürlich, aber wir können nichts anderes tun.«

»Leider gibt es etwas anderes, aber ich sage ›leider‹, weil es schrecklich gefährlich ist.« Inzwischen keuchte er ein wenig vom Klettern. »Für mich jedenfalls; weil ich derjenige bin, der es durchführen muß.«

»Willst du dich in Trance versetzen?«

»Schlimmer. Ich werde fliegen. Wie Aderyn.«

»Ich wußte nicht, daß du das kannst.«

»Ich habe es auch gerade erst gelernt. Deswegen ist es ja so gefährlich.«

»Ohne dich werden wir nicht zurechtkommen. Wir können uns keine Heldentaten leisten.«

»Ich hoffte, daß du das sagen würdest.«

Sie grinsten einander an und kletterten weiter. Endlich kamen sie zur Kuppe etwa fünfhundert Fuß oberhalb des Klippenrandes und konnten das Tal weit in den Westen entlangspähen. Jill hielt die Luft an, als sie ein weiteres Wunder erblickte: einen See von etwa einer Meile Breite und so schmerzlichem Blau, daß es aussah, als hätte sich ein Stück Himmel zwischen den Bäumen verfangen. Der See war so vollkommen rund, daß sie wiederum an die Sklaven der Regierung denken mußte. Salamander zeigte auf den See und sprach mit seiner gewichtigen Zaubererstimme: »Seht den Nabel der Welt.«

»So nennen ihn die Bardekianer? Was um Himmels willen hat sie dazu gebracht, einen solchen Teich zu graben?«

»Sie haben es nicht getan. Er war schon immer hier – das sagen jedenfalls die Priester. Das Wildvolk behauptet, er sei durch einen riesigen Stein entstanden, der vom Himmel fiel, schon lange, bevor das Eis das Tal schuf. Genau das meine ich, wenn ich davon rede, dem Wildvolk zu vertrauen, meine Turteltaube, oder überhaupt den Geistern. Sie meinen es gut, aber sie haben nichts im Kopf. Wenn sie die Wahrheit über etwas nicht wissen, erfinden sie einfach eine phantastische Geschichte, weil sie ihren Freunden unbedingt helfen wollen.«

»Aha. Nun, Hunde haben auch nichts im Kopf, aber sie bellen laut genug, wenn jemand vor deinem Tor ist.«

»Da hast du recht. Und wie du schon sagtest, uns bleibt ohnehin nicht viel anderes übrig. Wenn wir heute nacht das

Lager aufschlagen, werden wir unsere kleinen Freunde bitten, für uns Wache zu halten.«

»Falls wir den Talboden lebend erreichen. Dieser Weg macht mir angst.«

»Ich bin schon früher hier entlanggeritten. Du mußt dich auf die Pferde verlassen. Sie sind ebenso darauf versessen zu überleben wie wir, und sie wissen eher, wo sie ihre Hufe hinsetzen können.«

»Wenn du meinst. Und wo ist Pastedion?«

»Direkt hinter dem See. Wenn es nicht so neblig wäre, könntest du es erkennen, also sind wir nicht allzu weit von einer Zuflucht entfernt. Allerdings werden wir den Pferden eine lange Rast gönnen müssen, wenn wir den Talboden erreicht haben.«

Schließlich machten sie sich auf den Weg, Jill an der Spitze, Rhodry als nächster, danach Gwin und schließlich Salamander, der den Staub, den die anderen aufwirbelten, am besten verkraften konnte, weil er den Weg schon kannte. Jill mußte ihr Pferd dazu drängen, sich auf den Weg zu machen, aber nachdem es erst einmal ein Stück weit gekommen war, beruhigte es sich, als hätte es entschieden, daß es diese Prüfung besser schnell hinter sich bringen sollte. Die restlichen Pferde, die Jill führte, folgten vertrauensvoll. Der Pfad war die meiste Zeit kaum drei Fuß breit, außer an den Kurven, wo er etwa acht Fuß Breite hatte – gerade genug Platz, daß ein kluges Pferd sich drehen konnte. Hin und wieder überragten Felsen den Weg, so daß Jill sich über den Pferdehals beugen mußte, denn sich zur Seite zu beugen wäre wirklich ein zu gefährliches Manöver gewesen. Doch solange sie nicht über die Kante sah, fand sie es viel einfacher, als sie es erwartet hatte.

Am Fuß der Klippe, wo der Weg sich wieder zu einer normalen Straße verbreiterte, die zum Fluß führte, gab es eine große Steinplatte, die mit bardekianischer Schrift bedeckt war.

Jill ritt ein paar Schritte weiter, dann hielt sie an und drehte sich um, um die anderen zu beobachten, was sich als Fehler erwies. Als sie sah, wie Rhodry nach unten kam, wie sein Pferd wie eine Fliege wirkte, die über die Klippe kroch, wurde ihr schlicht übel, und sie klammerte sich an den Sattelknauf und fragte sich im nachhinein, ob sie den Verstand verloren hatte, sich auf einen solchen Ritt zu wagen. Sie sah nicht wieder hin, bis alle drei Männer sicher bei ihr waren.

»Ich konnte einfach nicht hinsehen, als du abwärts geritten bist, Liebste«, sagte Rhodry. »Aber als ich es selbst tat, war es gar nicht so schlimm.«

»Mir ging es genauso. Salamander sagt, wir sollten jetzt für den Rest des Tages ein Lager aufschlagen.«

»Gut. Ihr Götter, die Sonne fühlt sich wunderbar an.«

Mit einem trägen Grinsen reckte er sich im Sattel und wandte das Gesicht dem Himmel zu, voller Freude über das schlichte Gefühl von Wärme. Es war eine elfische Geste, und Jill wurde plötzlich klar, daß der Gedächtnisverlust die Haltung des vollkommenen Kriegsherrn von Rhodrys Kern abgeschält hatte, wie er nach einer Schlacht seine Rüstung ablegen würde. Aber was wird er tun, wenn er wieder als Cadvridoc anführen muß? Und mit diesem Gedanken kam kalte Angst und die Frage, ob er immer noch der Mann war, den Aberwyn brauchte. Als Gwin zu ihnen trat, war sie beinahe froh über die Unterbrechung.

»Werden wir am Fluß lagern?« Gwin wandte sich selbstverständlich nur an Rhodry. »Hier gibt es kein Hochwasser.«

»Dann sollten wir das tun.« Rhodry sah Jill an. »Was meinst du, meine Liebste?«

»Klingt gut.«

Als sie Gwin zufällig einen Blick zuwarf, lächelte er hastig, aber nicht schnell genug, um einen Ausdruck zu verbergen, den sie nur mörderisch nennen konnte. Sieht aus, als wäre ich nicht allein eifersüchtig, dachte sie. Ich sollte lieber Salamander davon erzählen.

An diesem Abend nahm in einem Gasthaus fünfzig Meilen flußabwärts von Pastedion der Habichtsmeister eine Mahlzeit aus Schweinebraten und gewürztem Gemüse zu sich, die er mit gutem Weißwein herunterspülte. Baruma hockte zu seinen Füßen und verschlang die Reste, die der Meister ihm zuwarf. Als ein Stück Schweinefleisch neben ihn fiel, griff er danach und fand sich dem Wolf gegenüber, der lauthals knurrte. Aus dieser Nähe konnte Baruma erkennen, daß die Augen des Tiers nur zwei glühende rote Lichtkreise waren. Er war so hungrig, daß er dieses Stück Schweinefleisch sogar gegen einen Dämon aus der Hölle verteidigt hätte.

»Verschwinde!« fauchte er. »Das gehört mir!«

Der Wolf fletschte die Zähne und legte die Ohren an.

»Was ist?« Der Habichtsmeister drehte sich um. »Was ist das da?«

»Ein Wolf, Meister. Er haßt mich. Er folgt mir überall hin.«

»Das ist kein echter Wolf, du Idiot. Wer hat ihn auf dich gehetzt?«

»Das weiß ich nicht.« Baruma dachte nach, soweit sein umwölkter Geist es zuließ. »Ein Feind.«

»Ich hatte ihn auch nicht für ein Geschenk eines Freundes gehalten.« Der Meister trat Baruma in den Bauch, aber nur leicht. »Wann ist er zum erstenmal aufgetaucht?«

»Vor Wochen. Nachdem ich Euch in Valanth aufgesucht hatte. Ihr habt ihn also nicht geschickt? Ich glaube, ich kann mich erinnern, daß ich das dachte.«

»Nein. Das ist wirklich interessant. Hat der Alte ihn geschickt, um dir nachzuspionieren?«

»Er hat das abgestritten. Aber er kann natürlich gelogen haben.«

»Mag sein. Ich denke, wir sollten herausfinden, wo er herkommt. Iß dieses Fleisch, aber langsam. Sorg dafür, daß der Wolf aufmerksam bleibt. Wer immer ihn beseelt hat, hat dafür gesorgt, daß er sich wie ein echtes Tier benimmt. Sehen wir, wie weit das geht.«

Als der Habichtsmeister aufstand, wandte der Wolf den Kopf und beobachtete ihn, aber ohne Bosheit und ohne echtes Interesse. Baruma ergriff die Gelegenheit und schnappte nach dem Fleisch. Während er kaute, starrte der Wolf ihn an und sabberte ein wenig, aber der Sabber verschwand, bevor er den Boden berührte. Baruma konnte hören, wie der Habichtsmeister etwas rezitierte, und ein Kreis aus blauem Feuer erschien, der ihn und den Wolf umgab. Als der Ring sich zuzog, fauchte der Wolf und sprang auf – aber es war zu spät. Er stieß gegen die unsichtbare Wand, die wie glasklarer Rauch aus den Flammen aufstieg, sprang wieder, heulte, warf sich abermals gegen die Wand, bis er schließlich zurückfiel und keuchend im Kreis liegenblieb. Die Ohren angelegt, knurrte er Baruma an und machte einen steifbeinigen Schritt nach vorn. Baruma schrie.

»Du Idiot!« zischte der Habichtsmeister. »Er hat es auf mich abgesehen. Ich bin direkt hinter dir.« Baruma hörte das Rascheln eines Hemdes, als der Meister sich hinter ihn kniete und ihm die Hand in den Nacken legte. Er spürte, wie er zusammensackte, als der Griff fester wurde und die Kraft des Meisters in seinen Geist drang und sein Bewußtsein tanzen und schwanken ließ, bis die ganze Welt auf die roten Augen des Wolfs reduziert war.

»Streck die Hand aus«, sagte der Meister. »Berühre ihn.«

»O nein, bitte nicht!«

Schmerz wie von feurigen Nadeln schoß ihm ins Genick. Als er die zitternde Hand nach dem Wolf ausstreckte, schnappte das Geschöpf zu und versenkte die Zähne in seinen Fingern. Baruma winselte, empfand aber keinen Schmerz, nur Kälte, die sich über seinen Arm ausbreitete und ihn betäubte. Sie berührte seinen Hals, kroch in sein Gesicht und schließlich in seine Augen. Der Raum veränderte sich, wurde ganz blau und verschwommen, und er trieb hoch über seinem bewußtlosen Körper inmitten einer Kugel silbrigen Lichts. Der Wolf war riesig und überragte ihn, und von seinem Nabel reichte eine Silberschnur durch die Kugel und in die Ferne. Als der Meister sprach, klang es, als dränge seine Stimme durch Wasser.

»Reite den Wolf.«

Baruma trieb weiter nach oben und setzte sich auf den Rücken des Geschöpfs. Er packte eine Handvoll Haar am Nacken des Tieres und bemerkte dabei, daß seine Hand ebenfalls blau und durchsichtig war. Aber seine Finger schienen sich um etwas Festes zu schließen, während der Silberkreis verblaßte. Mit einem Knurren sprang der Wolf los, brach durch die Wände des Gasthauszimmers in eine Nacht voller riesiger, bedrohlicher, silberner Sterne, die so dicht am Boden hingen, daß es schien, als könne Baruma sie berühren. Er stöhnte, dann winselte er, als er auf die neblig-blaue Landschaft unter ihm starrte. Der Wolf schien das nicht zu bemerken, er sprang einfach weiter durch den Himmel und folgte der silbernen Schnur. Schließlich hielt der Wolf inne, hob den Kopf, als schnupperte er den Wind, und schoß dann nach unten, mit wehendem Schwanz, in ein langgezogenes Tal mit silbernen Wänden aus bebendem Nebel. Inzwischen war Baruma zu erschöpft, um auch nur einen Laut von sich zu geben: Er hörte nur im Geist, wie er schwatzte und alles beschrieb, als sie den Boden erreichten, nicht weit von einer der Wände aus silbrigem Nebel entfernt. Hier war alles von einem leuchtenden Rostrot, die Bäume wie Flammensäulen, und das Gras glühte und pulsierte. Als der Wolf weitertrabte, konnte Baruma einen

Schwarm verschwommen roter und gelber Umrisse sehen und nicht weit von ihnen entfernt zwei Ovale schimmernden Lichts, eines golden, eines rot und schwarz, und zwei große silberne Flammen. Sie kamen näher und näher, bis Baruma klar wurde, daß er die Auren einer Pferdeherde vor sich hatte, zweier Menschen und zweier – was? Die Gestalten innerhalb der silbernen Flammen waren menschenähnlich, aber kein Mann oder keine Frau hatte eine solche Aura.

Dann stürzte sich plötzlich das Wildvolk auf ihn, eine ganze Armee von Gnomen und Feen, die ihn umdrängten, ihn packten, zwickten, schubsten, bissen und kratzten, bis er schrie und abermals schrie und schluchzte und um Gnade bettelte, während der Wolf weiterrannte und sich nicht um den Angriff kümmerte. Er sah, daß eine der Silberflammen aufflackerte und einen Lichtspeer ausschickte, der direkt auf ihn zuschoß. Dann schien der Himmel zu explodieren. Sie waren verschwunden – Wildvolk, Wolf, Auren, Flammen –, alles verschwunden, und er fiel und fiel und fiel …

… um mit einem hörbaren Schrei und dem Aufflackern von Schmerz zu erwachen. Stöhnend öffnete er die Augen und sah, daß der Habichtsmeister sich über ihn beugte und er wieder auf dem Boden des Gasthauszimmers lag.

»Du lebst noch? Gut. Du hast dich wirklich als sehr nützlich erwiesen, kleiner Baruma.« Der Meister hockte sich hin, dann griff er nach oben und nahm einen Weinbecher vom Tisch. »Trink.«

Baruma setzte sich und trank den süßen Wein. Seltsamerweise schien das seinen Kopf eher zu klären als noch mehr zu verwirren.

»Diese Silberflammen waren die Auren von Elfen«, erklärte der Habichtsmeister.

»Aber einer von ihnen war Rhodry!«

»Ach ja?« Der Meister erhob sich und griff nach dem

Weinbecher. »Für diese Information bekommst du noch einen Schluck. Hast du andere erkannt?«

»Gwin. Ich habe Gwin gesehen.«

»Ich hatte mich schon gefragt, ob sie ihn gefangengenommen haben. Ich hätte erfahren, wenn er getötet worden wäre. Wer waren die anderen? Sie sind Zauberer, erschreckend mächtige Zauberer, und du solltest sie erkennen können. Es müssen Mitglieder des inneren Kreises sein.«

»Sie. Rhodrys Frau. Sie war da. Und der andere Elf hat Dweomer gegen mich verwendet. Er hat den Lichtspeer ausgesandt.«

Der Habichtsmeister füllte den Becher ein drittes Mal und zuckte dabei mit keiner Wimper, aber durch die Verbindung, die noch immer bestand, konnte Baruma seine Angst spüren.

»Es ist der Dweomer des Lichts, nicht wahr, Meister?« flüsterte er. »Sie kommen nicht von der Gilde. Sie dienen dem Dweomer des Lichts, nicht wahr?«

»Sei still!« Der Meister schüttete ihm den Wein ins Gesicht.

Baruma begann zu lachen. In der letzten Ecke seines Verstandes, die ihm geblieben war, fragte er sich, ob er lachte, weil er wußte, daß jemand ihn rächen würde, oder aus schlichter Hysterie, aber es war gleich, er keuchte und heulte und wand sich am Boden, bis der Meister ihn trat.

»Also gut«, sagte der Habichtsmeister, und seine Stimme war wieder fest. »Zumindest wissen wir jetzt, wer unsere Feinde sind. Zweifellos sind sie nicht vom Alten ausgeschickt worden. Ich werde später sehen, ob ich mich mit ihm verbünden kann, aber inzwischen werden wir diesen Leuten etwas zu denken geben. Heute nacht bleibt der Wolf zu Hause.«

Rhodry hatte nach den Pferden gesehen und kehrte gerade ins Lager zurück, als er sah, wie ein Schwarm Wildvolk sich erhob und wie ein Haufen im Wind nach Westen davonflog. Jill schrie überrascht auf und kam auf die Beine; Salamander schrie noch lauter, sprang ebenfalls auf und fuchtelte mit den Armen in der Luft herum. Er rezitierte etwas in einer seltsamen Sprache. Als eine silberne Lichtkugel sich über dem Lager erhob, konnte Rhodry trüb erkennen, daß sich eine ganze Armee von Wildvolk auf den vagen Umriß einer Gestalt gestürzt hatte, die auf einem Wolf ritt. Dann waren sie alle verschwunden. Salamander stand dort, die Hände auf die Hüften gestützt, und fluchte wie ein Pirat. Alles war so schnell geschehen und war so unverständlich, daß Rhodry sich vorkam wie ein Bauer, der auf einem Marktplatz einen gefälschten Einhornschädel anstarrt. Er war ehrlich überrascht, wie bleich Gwin geworden war und wie sehr der Mann zitterte.

»Schon gut«, sagte er automatisch. »Keine Gefahr mehr.«

»Von wegen«, fauchte Gwin. »Ich weiß nicht genau, was passiert ist, aber der Habichtsmeister steckt dahinter. Ich hätte wissen sollen, daß ich ihm nicht entkommen kann.«

»Nein, nein, mach dir darum keine Gedanken«, fiel Salamander ein. »Wir werden dich von ihm befreien, selbst wenn wir ihn umbringen müssen, was wir, wenn ich recht darüber nachdenke, ohnehin tun werden. Aber ich frage mich, ob er überhaupt nach dir gesucht oder einfach nur die Umgebung erkundet hat – wenn er es tatsächlich gewesen ist, was ich bezweifle, denn unser Wolfsreiter sah ausgesprochen unglücklich aus, so verängstigt, als wollte er sich gleich in die Brigga machen, und ich bezweifle, daß jemand Habichtsmeister werden kann, wenn er so feige ist.«

»Oh.« Ein wenig Farbe kehrte in Gwins Wangen zurück. »Aber er könnte jemanden geschickt – bei den Klauenwesen, natürlich schickt er jemanden, der für ihn spioniert. Er würde eine solche Drecksarbeit nicht selbst machen.«

»Seit wann ist die Anwendung des Zweiten Gesichts auf der

ätherischen Ebene Drecksarbeit?« fragte Salamander. »Obwohl es möglich ist, daß ein Habicht es so betrachtet.«

»Um der Liebe aller Götter willen«, fauchte Rhodry.

»Kann mir vielleicht mal jemand sagen, was hier los ist?«

»Entschuldige, kleiner Bruder. Jill und ich haben eine mehr oder weniger menschenähnliche Gestalt gesehen, die auf dem Rücken eines Wolfs ritt und die vom Wildvolk angegriffen wurde. Ich brauche wohl nicht zu betonen, daß wir diesen Anblick beunruhigend fanden, nicht wahr, meine Turteltaube – ihr Götter! Jill!«

Rhodry fuhr herum und sah, daß Jill etwa fünf Fuß entfernt stand. Sie war vollkommen erstarrt, hatte eine Hand vor sich ausgestreckt, als wollte sie einen Schlag abwehren und sah einen Wolf an, der vor ihr hockte, die Lippen zu einem lautlosen Knurren zurückgezogen. Einen Augenblick glaubte Rhodry, einen echten Wolf vor sich zu haben, dann bemerkte er, daß er durch das Tier hindurchsehen konnte. Im Licht von Salamanders Dweomerlaterne konnte er auch erkennen, daß eine Silberschnur vom Nabel des Wolfs zu Jills Nabel verlief und Kraftwellen wie Wasser zwischen ihnen hin und her schwappten. Als er unwillkürlich einen Schritt vorwärts machte, packte Salamander ihn und riß ihn zurück.

»Sie muß selbst damit fertig werden. Jill! Hör mir zu! Du mußt den Wolf wieder für dich beanspruchen. Konzentrier deinen Willen auf die Schnur! Saug das Leben aus ihm heraus!«

Sie nickte kaum merklich, um anzuzeigen, daß sie ihn gehört hatte, und starrte den Wolf weiter nieder. Sie regte sich zwar nicht, aber das Tier sprang plötzlich auf und legte die Ohren an. Es öffnete das Maul zu einem lautlosen Heulen. Als es sie anspringen wollte, hob Jill die Hand und hielt es auf. Einen Moment starrten sie einander an, der Wolf immer noch angriffsbereit, Jill grimmig konzentriert. Dann begann das Tier mit dem Schwanz zu wedeln, zunächst recht furchtsam, und es winselte, hob eine Pfote, starrte nach oben, flehte, dann warf es sich auf den Rücken und winselte wie ein Welpe. Rhodry sah, wie Energie die Silberschnur entlang auf Jill zufloß und dem Geschöpf die Lebenskraft nahm, obwohl es jämmerlich zu Jills Füßen bettelte. Der Wolf wurde immer durchscheinender und kleiner, und dann verschwand er schließlich bis auf ein leises Winseln, das noch einen Augenblick in der Luft hing.

Jill schlug die Hände vors Gesicht und schluchzte. Als Rhodry diesmal auf sie zustürzte, ließ Salamander ihn gehen. Rhodry nahm sie in die Arme, zog sie an sich und ließ sie weinen, aber er war seit jenem Tag, als er im Frachtraum aufgewacht war und sich Baruma gegenüberfand, nicht mehr so verstört gewesen. Plötzlich wich Jill zurück und sah ihn an, das Gesicht naß und verquollen von Tränen.

»Ich habe ihn geliebt«, flüsterte sie. »Er war ein Teil von mir.«

Dann wurde sie ohnmächtig, so plötzlich, daß sie hingefallen wäre, wenn Rhodry sie nicht noch im Arm gehalten hätte. Als er niederkniete und sie auf den Boden legte, hörte er seinen Bruder leise fluchen. Salamander kniete sich neben ihn und legte Jill die Hand aufs Gesicht.

»Bei allen stinkenden Dämonen in den stinkenden Höllen, sie ist eiskalt! Gwin, bring mir eine Decke! Es tut mir leid, Rhodry, aber sie mußte den Wolf selbst töten. Ich konnte ihr nicht helfen.«

»Du solltest mir jetzt lieber sagen, was los ist, oder ich werde deine Haut zu einer Satteltasche verarbeiten.«

»Ich habe befürchtet, daß du es so aufnimmst. Danke, Gwin. Geh einen Augenblick zur Seite, kleiner Bruder, und überlasse sie mir und der Nachtluft, ja?«

Zögernd stand Rhodry auf und trat ein paar Schritte zurück, während Salamander die Decke um seine Patientin wickelte. Eine Gruppe unruhigen Wildvolks drängte sich um Jill. Sie kletterten über Salamander, flatterten um Rhodrys Kopf. Zwei

Feen hockten sich sogar kurz auf seine Schultern, aber als Gwin zu ihm trat, verschwanden sie mit einem Zischen.

»Er wird schon dafür sorgen, daß es ihr wieder gutgeht«, sagte Gwin. »Ich habe noch nie jemanden gesehen, der den Dweomer so beherrscht wie Euer Bruder oder wie Eure Frau.«

Erst jetzt wurde Rhodry wirklich klar, daß er gerade Zeuge von Zauberei geworden war und daß es Jill gewesen war, die den Dweomer eingesetzt hatte. Er hatte das Gefühl, daß seine ohnehin erschütterte und aus dem Gleichgewicht geratene Welt abermals unter ihm zusammengebrochen war. Gwin verstand sein Schweigen offenbar falsch.

»Salamander weiß schon, was er tut. Er gießt genug Magnetismus in sie, um einen Elefanten zu heilen, und das auch noch aus seiner eigenen Aura.«

»Soll das helfen?«

»Selbstverständlich! Kommt schon, Ihr braucht nicht auf Euren eigenen Bruder eifersüchtig zu sein.«

Rhodry fand diese letzte Bemerkung so unsinnig, daß er den Kopf schüttelte, als könnte er damit die Worte davonscheuchen wie eine lästige Fliege. Später, als Jill wieder aufrecht saß, immer noch totenbleich, sich aber genug erholt hatte, um zu lächeln, erinnerte er sich an Gwins geheimnisvolle Bemerkung, und diesmal traf sie ihn bis ins Herz. Jill und Salamander waren wochenlang durch Bardek gereist und hatten nach ihm gesucht. Er ertappte sich dabei, wie er sie beobachtete, als sie dort im magischen Silberlicht saßen, die Köpfe zusammensteckten und Dinge flüsterten, die er nicht verstand, und er fragte sich, wieso ihm nie zuvor aufgefallen war, wie vertraut die beiden miteinander schienen.

Wäre Jill nicht so angeschlagen gewesen, dann wäre ihr sofort aufgefallen, daß etwas mit Rhodry nicht stimmte, aber die Wiederbeanspruchung des Wolfes hatte sie zu sehr erschöpft.

Die Erkenntnis, daß die Gefahr, die sie umgab, sich verdoppelt hatte, ließ sie nicht ruhiger werden. Die ganze Nacht wälzte sie sich hin und her und erwachte oft, um über die seltsamen Traumfragmente nachzudenken, die sie bedrängten, zerrissene Visionen von höhnischen Zauberern mit brennenden, dunklen Augen und riesigen Wölfen, die aus der Luft auf sie herabsprangen, um ihr die Kehle durchzubeißen. Endlich, als die Dämmerung nahte, rollte sie ihre Decke zusammen und ging die paar hundert Schritte zu dem Felsen, auf dem Salamander hockte und Wache hielt. Gähnend setzte sie sich zu ihm.

»Du solltest schlafen«, sagte er.

»Ich kann nicht. Ich fühle mich, als hätte der Höllenfürst mich zwanzig Meilen weit hinter seinem Streitwagen hergeschleppt, aber ich kann nicht schlafen.«

»Wie fühlst du dich? Krank, unwohl, erschöpft, schlaff, jämmerlich oder einfach nur elend?«

»Ich bin müde, das genügt. Oder, nun ja …« Sie zögerte und dachte nach. »Irgend etwas stimmt nicht, aber ich weiß nicht recht, was es ist … keine Kopfschmerzen oder so, aber … etwas fehlt.«

»Etwas fehlt?«

»Ja. Als wäre ein Teil von mir mit dem Wolf gestorben. Ich hasse den dunklen Dweomer und alles, wofür er steht, immer noch, aber nicht mehr auf dieselbe Art. Es ist jetzt alles kalt. Kannst du das verstehen?«

»Ja, und es ist besser so. Denk einen Augenblick darüber nach, mein Eulenküken. Stell dir vor, daß jemand mit einem Tumor unter dem Arm zum Arzt geht und daß der Arzt in seinem Haß auf die Krankheit anfängt zu schreien und zu fluchen und wieder und wieder mit dem Messer auf das Gewächs einsticht. Würde das dem Patienten helfen?«

»Natürlich nicht. Ich verstehe, was du meinst – es ist besser, genau zu wissen, was man tut, wenn man sich dem Bösen entgegenstellt, so daß man sorgfältig und tief genug schneiden kann.«

»Genau.«

Salamander schien noch mehr sagen zu wollen, aber Jill gähnte so schrecklich, daß sie schauderte. Besorgt legte er ihr die Hand auf die Schulter und starrte ihr in die Augen.

»Du bist tatsächlich müde, meine Turteltaube. Sieh dort drüben! Die Rosenfingerdämmerung scheucht die Raben der Nacht mit ihren Kriegsspeeren aus Sonnenstrahlen davon, und ich schlage vor, wir kehren ins Lager zurück und wecken die anderen. Je schneller wir auf die Straße kommen, desto eher bekommen wir auch ein richtiges Frühstück.«

Als sie zum Lager zurückkehrten, kam Rhodry ihnen schon entgegen. Die Art, wie er sie ansah, mit kaltem Blick und fest zusammengekniffenem Mund, bereitete Jill Unbehagen.

»Was ist denn, Liebster?« fragte sie.

»Ist etwas?« Er wandte sich Salamander zu. »Was hast du da draußen getrieben?«

»Wache gehalten, wie wir es besprochen hatten.«

Rhodry setzte dazu an, etwas zu sagen, dann zuckte er nur die Schultern und ging mit ihnen zum Lager. Ich werde später mit ihm reden, dachte Jill, jetzt bin ich zu müde. Im Lager rollte Gwin die Bettrollen auf und verlud die Ausrüstung für den Ritt des Tages. Rhodry half ihm ohne ein weiteres Wort.

»Ich sattle die Pferde«, sagte Salamander.

»Ich werde dir helfen.«

»Nein. Ruh dich lieber noch ein wenig aus.«

Gehorsam folgte sie Rhodry. Als sie sich neben ihren Satteltaschen auf den Boden setzte, hörte er auf zu arbeiten und betrachtete sie abschätzend.

»Es geht mir gut, wirklich. Ich bin nur ein wenig müde.«

»Wie lange warst du da draußen bei meinem Bruder?«

»Wie? Nicht lange.«

»Gut.« Abrupt wandte er den Blick ab. »Du brauchst deine Ruhe, weißt du.«

»Ich weiß.« Sie konnte gerade noch ein Gähnen unterdrücken. »Wir werden Pastedion heute erreichen. Bei der Göttin, ich sehne mich nach einem heißen Bad und einem weichen Bett.«

»Ich hoffe jedenfalls, daß wir es erreichen.« Das war Gwin, der zu ihnen getreten war. »Wenn die Habichte wissen, wo wir sind, und nach der letzten Nacht sieht das ganz so aus, dann werden sie uns nicht einfach ihren Segen für die Reise geben und uns weiterziehen lassen.«

»Gibt es eine Gilde in Pastedion?« fragte Rhodry.

»Nicht daß ich wüßte – aber woher soll ich das wissen?«

Gwin lächelte. »Sie haben uns nie mehr gesagt, als wir unbedingt wissen mußten.«

Jill schloß die Augen und dachte darüber nach. Sie konnte spüren, wie sich das Wildvolk um sie drängte, spürte die Ausstrahlung ihrer Energie und eine Art kühlen Wind, der über sie hinweg wehte, um sie herum wehte …

… und sie plötzlich hochhob, um sie in einer Wolke begeisterten Wildvolks davonzutragen, das hier wunderbare, kristalline Gestalten angenommen hatte, glitzernd vor Licht und Farben. Ihr eigener grauer Gnom war ein bebender Knoten aus olivfarbenen und gelbgrünen kristallinen Linien, durchzogen von rostbraunen Funken. In dem silbrigen Wirbel aus Kraft, der aus dem kreisrunden See aufstieg, tanzten blaue und silberne Geschöpfe, und die Sylphen, kaum mehr als reines Licht und Schimmer, schossen als Ehrengarde hierhin und dorthin.

Tief unter sich sah sie etwas, das wie Kohleklumpen oder Barren schwarzen Eisens wirkte und sich am Rand des Wassers bewegte. Dazwischen krochen winzige, vage eiförmige Lichtpunkte herum. Sie schwebte tiefer hinab und erkannte die

Muster gerader Straßen und Plätze, und nun wußte sie, daß sie Pastedion und seine Häuser aus totem Holz und Stein vor sich hatte. Angewidert schwebte sie wieder nach oben, dicht gefolgt von ihrem Gnom, und kehrte über das Tal zurück. Unter ihr verlief die Straße des Archon, ein Strich von häßlichem Schwarz, durch die rötliche Aura des Grases, die ihrerseits durch den Winterregen von neuem Leben pulsierte. Niemals hatte sich Jill so frei gefühlt, so glücklich wie jetzt, als sie durch den Morgenhimmel schwebte.

Ganz plötzlich verschwand das Wildvolk. Eine silberne Flamme kam direkt auf sie zugeschossen, schwoll an und überragte sie in dem blauen Licht. Aus reinem Instinkt sackte sie gerade abwärts, zurück zur Sicherheit des Bodens; dann erreichte Salamanders Geist den ihren.

»Du elendes störrisches Maultier! Was machst du hier draußen? Weißt du denn nicht, wie verwundbar du bist? Kehr sofort zurück!«

Sie spürte ein Zerren in ihrer Mitte, und als sie an sich herabblickte, entdeckte sie eine Silberschnur, die sie zurück zu ihrem Körper zog. Als sie sich an diesen Körper erinnerte, spürte sie die Anziehungskraft wie ein unwiderstehliches Begehren, das sie erfaßte, an ihr zerrte, sie aus dem Himmel riß, abwärts und abwärts …

… und mit einem Geräusch wie dem Klatschen einer Hand auf Holz war sie wieder wach, lag auf dem Boden und hatte Schmerzen wie von tausend Prellungen. Als sie versuchte, sich aufzusetzen, stöhnte sie laut. Salamander kniete neben ihr, und über seine Schulter konnte sie Rhodrys erschrockenes Gesicht sehen.

»Verzeiht«, murmelte sie. »Normalerweise werde ich nicht ohnmächtig wie die feinen Damen bei Hof. Ich habe mich zuviel in schlechter Gesellschaft herumgetrieben.«

»Daran muß es liegen«, sagte Salamander erleichtert. »Und

auch ich muß mich entschuldigen, denn du wirst dich einige Zeit fühlen, als ob ich dich verprügelt hätte. Ich mußte dich so schnell wie möglich in deinen Körper zurücktreiben.«

Ihr wurde eiskalt, und sie setzte sich langsam auf und betrachtete ihn forschend, in der Hoffnung festzustellen, daß er nur einen Witz gemacht hatte, aber sie hatte ihn noch nie so ernst gesehen.

»Was meinst du damit?« flüsterte sie.

»Du weißt, was ich meine. Wir werden später darüber sprechen. Es tut mir leid, mein kleiner Spatz, aber wir müssen uns auf den Weg machen. Du kannst mich verfluchen, während du reitest.«

Und sie verfluchte ihn tatsächlich, weil sich diese Prellungen nicht als magische Illusion, sondern als Realität erwiesen. Schon auf dem Pferderücken zu sitzen, war ungeheuer schmerzhaft. Nach ein paar weiteren Meilen hatte sie nur noch die Kraft dazu, ihr Gewicht im Sattel hin und wieder zu verlagern, in dem fruchtlosen Versuch, bei besonders ruckartigen Schritten oder beim Stolpern des Pferdes das Schlimmste zu verhindern. Wenn Salamander oder Rhodry versuchten, mit ihr zu reden, fauchte sie sie nur an, bis beide aufgaben. Sie war sich kaum ihrer Umgebung bewußt und bemerkte nur vage, daß sie durch bebautes Land ritten – ein Zeichen dafür, daß die Stadt ganz in der Nähe lag.

Nach scheinbar endloser Qual erreichten sie kurz nach Mittag Pastedion. Mit normalen Augen betrachtet, war es eine sehr schöne Stadt, hauptsächlich aus hellbraunem Stein gebaut und voller üppiger Gärten. Als sie ihre Pferde die kopfsteingepflasterten Straßen entlangtrieben, tönte eine ganze Sinfonie von Glockenklang durch die warme, blütenduftende Luft, das tiefe Dröhnen von Tempelglocken und das Soprangeklirre der quastenbesetzten Zaumzeuge kleiner, grauer Esel, die viele der Passanten führten.

»Wir sollten uns auch einen beschaffen«, meinte Salamander.

»Wozu sollten wir einen Esel brauchen?« fauchte Jill. »Das ist alles, was mir noch fehlt – noch eine weitere Last auf vier Beinen, die mir hinterhertrabt.«

»Meine liebe Turteltaube! Wie eklig du doch geworden bist! Hättest du dich nicht gegen den Wunsch deines Lehrers in die Luft erhoben, hättest du jetzt auch keine blauen Flecken.«

»Wenn mein Lehrer nicht soviel schwätzen würde, hätte er vielleicht die Chance, bis zum Sommer zu leben.«

Als sie weiterzogen, sammelte sich eine kleine Menge von Zuschauern um sie: Nichtstuer, Kinder und Frauen mit Marktkörben. Hin und wieder sprach jemand sie an und erklärte ihnen freundlich, daß sie für den großen Pferdemarkt viel zu spät seien. Mitten in der Stadt fanden sie einen großen, öffentlichen Platz mit zwei Springbrunnen. Auf der einen Seite lag die Residenz des Archon, auf der anderen der Tempel des Dalae-oh-contremo. Hinter einer Stuckmauer, bemalt mit Bildern von Göttern, die auf Booten über den Nachthimmel segelten, erhoben sich die gebogenen Dächer mehrerer langgestreckter Häuser und die Köpfe einer Reihe von Ahnenstatuen. Inmitten dieser Mauer befand sich ein hölzernes Tor mit gekreuzten Rudern über dem Sturz. Salamander klopfte fest an.

»Ich hoffe, sie lassen uns hinein«, murmelte Rhodry. »Wir sehen wirklich wie Abschaum aus.«

Wenn der Tempel sie ablehnte, würden sie anderswo keine Zuflucht finden. Jill war sich plötzlich bewußt, wie schmutzig sie von der Reise waren und daß Rhodry und Gwin so unrasiert und mürrisch waren wie Straßenräuber, obwohl Salamander nie Schwierigkeiten mit Bartwuchs oder schlechter Laune zu haben schien. Ihre Pferde waren schlammbespritzt und standen vor Erschöpfung mit gesenkten Köpfen da. Jill erstarrte, als sich die Tür öffnete und ein junger Priester, hochgewachsen und schlank, in einem makellos sauberen, blauen Gewand erschien. Sein dichtes, lockiges Haar wurde von einem Goldreif gehalten.

»Nun, die Gezeiten waschen manch seltsames Ding an den Strand, nicht wahr?« sagte er auf bardekianisch und lächelte Salamander an wie einen langvermißten Bruder. »Was für eine angenehme Überraschung! Kommt herein, kommt herein! Seine Heiligkeit wird sich so freuen, Euch zu sehen.« Dann zögerte er und spähte über Salamanders Kopf hinweg zu den anderen. »Aber ich weiß nicht, ob wir Platz für all diese Pferde haben.«

»Wir werden sie später zu einem Mietstall bringen«, erwiderte Salamander ebenfalls auf bardekianisch. »Aber laßt uns schnell herein, Bruder Merrano, denn wenn Ihr uns keine Zuflucht gewährt, werden wir alle auf offener Straße umgebracht.«

Merrano stieß einen lauten Ruf aus, und andere junge Männer in blauen Gewändern kamen angerannt, um die Pferde auf das Gelände zu führen, sie aber dabei von den Blumenrabatten und dem appetitanregenden Rasen abzuhalten. Salamander und Rhodry halfen ihnen nach Kräften, aber Jill trat einfach ein paar Schritte weg von der Gruppe und blieb direkt hinter dem Tor stehen. Sie war so müde, daß sie das Gefühl hatte, all ihre Muskeln wären zu Wasser geworden. Sie gähnte und lehnte sich an die Mauer, bis sie Gwin bemerkte. Er führte das letzte Pferd herein, oder zumindest versuchte er es, denn jedesmal, wenn er sich der Schwelle näherte, blieb er plötzlich stehen, zögerte und versuchte es dann abermals. Er schien den Tränen nahe zu sein, wie ein Kind, das all seine Willenskraft aufbringt, um einen so guten Purzelbaum zu schlagen wie sein älterer Bruder, aber jedesmal wieder hinfällt.

»Was ist denn?« rief Jill.

»Ich weiß es nicht. O Pferdedreck, ich weiß es doch. Sie

haben einen Bann gegen solche wie mich errichtet. Ich hätte mir lieber gleich die Kehle durchschneiden sollen, Jill, damals, auf dem verfluchten Bauernhof, wo Ihr mich gefunden habt.«

»Was meint Ihr damit?« Mit neuer Energie erfüllt, stützte sie sich von der Wand ab und kam auf ihn zu. »Wartet drinnen jemand auf Euch?«

»Nein, das nicht. Die Männer, die ich fürchte, werden einen solchen Ort nicht betreten. Ich kann es nur ebenfalls nicht tun.«

Als sie durch das Tor wieder nach draußen eilte, zeigte ihr grauer Gnom mit einem knochigen Finger in die Luft, oberhalb der äußeren Mauer. Als Jill aufblickte, sah sie zunächst nichts, aber wenn sie blinzelte, konnte sie so etwas wie eine schimmernde Verzerrung bemerken, als spähte sie durch Glas. Gwin starrte ebenso nach oben wie sie. Jill wurde plötzlich klar, daß dies eine gute Gelegenheit wäre, ihn loszuwerden, ihn mit den Pferden in ein Gasthaus oder zu einem Mietstall zu schicken, wo er den Männern seiner alten Gilde zum Opfer fallen würde.

»Salamander!« schrie sie. »Etwas stimmt hier nicht!«

Begleitet von mehreren Priestern, kam Salamander heraus, sah Gwin, blickte nach oben und fluchte leise auf sehr unreligiöse Art. Bruder Merrano teilte offenbar sein Verständnis des Problems, wenn auch nicht seinen Geschmack, was Sprache anging.

»Bei den Rudern des Wellenvaters! Und ich fragte mich schon, was hier los ist. Ist das Euer Sklave?«

»Nein, ein Freigelassener. Er ist in seiner Jugend ein wenig in schlechte Gesellschaft geraten.« Salamander warf Merrano einen bedeutungsvollen Blick zu. »Aber er bereut. Das schwöre ich Euch auf den Altar, wenn es sein muß.«

»Das ist nicht nötig. Die Frage ist, wie wir ihn hineinbringen können.«

Gwin wandte sich heftig ab, und Jill nahm an, daß er mit den Tränen kämpfte.

»Wir können wohl kaum hier draußen ein Ritual durchführen«, meinte Merrano.

»Warum nicht?« Plötzlich grinste Salamander. »Wir vergessen einfach die Weihrauchwolken, die Rezitationen, die schönen Leinengewänder und die dröhnenden Gongs, aber das Ritual führen wir trotzdem durch. Komm her, Turteltaube, und nimm meine rechte Hand. Gut. Nun leg die Linke auf Gwins Schulter, ganz lässig, als wolltest du ihm etwas anvertrauen. Nun lege ich meine andere Hand auf seinen anderen Arm, und schon geht es los!«

Sobald Salamander den Kreis geschlossen hatte, indem er Gwin berührte, spürte Jill einen Strom der Macht, der sie umgab. Die Haare auf ihren Armen und in ihrem Nacken sträubten sich. Wildvolk erschien und tauchte in den Strom der Macht wie Schwimmer in einen Fluß. Gwin warf den Kopf zurück und hielt hörbar die Luft an. Als Jill diesmal aufblickte, konnte sie den Bann erkennen, eine schimmernde Kuppel, die das gesamte Tempelgelände umgab, versehen mit seltsamen Zeichen und flammenden Pentagrammen.

»Ah, hier ist das Problem«, murmelte Salamander. »Die elenden Mistkerle haben seiner Aura Narben zugefügt!«

Als Jill Gwin wieder betrachtete, konnte sie ein umgedrehtes Pentagramm über seinem Kopf in der Luft schweben sehen. An dieser schmerzlich trüben Markierung war etwas so säuerlich Unangenehmes, daß sie fast hätte schwören können, sie wie Gestank in der Luft wahrzunehmen. Plötzlich fing das Pentagramm Feuer und brannte und verschwand schließlich zu einem Hauch trüben Rauchs.

»So«, meinte Salamander. »Sehen wir mal, was jetzt passiert.«

Sobald Jill seine Hand losließ und einen Schritt zurücktrat, verschwand die schützende Kuppel über dem Tempel, und das Wildvolk zerstreute sich enttäuscht. Gwin griff wieder nach den Zügeln des Pferdes, führte das Tier aufs Tor zu, holte tief Luft und ging hindurch. Bruder Merrano gestattete sich einen leisen Jubelschrei. Einen Augenblick lang hätte Gwin beinahe geweint, aber er wischte sich statt dessen heftig mit dem Handrücken die Augen.

»Ich danke Euch«, sagte er zu Salamander. »Ich werde Euch mein Leben lang treu sein.«

»Es wäre mir lieber, wenn Ihr Euch selbst treu bliebt, aber ich bedanke mich dennoch. Bruder Merrano, nachdem wir jetzt alle drin sind, sollten wir vielleicht am besten diese Tore schließen. Ich habe Eurem Hohepriester eine ausgesprochen seltsame, exotische, wilde und unheimliche Geschichte zu erzählen.«

»Sind Eure Geschichten nicht immer so?« fragte Merrano grinsend. »Deshalb sind wir doch alle so froh, Euch wiederzusehen.«

Sobald er das Tempelgelände betreten hatte, merkte Rhodry, wie seine finstere Stimmung sich schlagartig verbesserte, als hätte ihm jemand einen nassen Umhang von den Schultern genommen. Selbst als er über die Schulter blickte und Jill Salamanders Hand halten und vertraulich mit Gwin sprechen sah, dachte er nichts weiter, als daß sie vermutlich darüber redeten, was sie mit den überzähligen zwanzig Pferden tun sollten.

Salamander winkte ihm zu, sprach noch einmal mit Gwin und kam dann zusammen mit Jill herein. Rhodry war erschrocken darüber, wie müde sie aussah, über die dunklen Ränder unter ihren Augen und ihren taumelnden Gang. Ein junger Priester, der sich als Bruder Kwintanno vorstellte, hatte das ebenfalls bemerkt.

»Die Frau, die Euch begleitet – ist sie krank?«

»Nur sehr müde. Wir haben einen schrecklich langen Ritt durch die Berge hinter uns.«

»Bringen wir sie ins Gästehaus, wo ihr alle wohnen werdet,

damit sie sich ein wenig ausruhen kann. Evan ist geschwätzig genug für mehrere Leute, also wird er Euch nicht vermissen.«

Rhodry brauchte einen Augenblick, bis er begriff, daß der Priester mit »Evan« Salamander meinte. Leicht verärgert dachte er, daß er sich inzwischen wirklich an den richtigen Namen seines Bruders hätte erinnern können.

Obwohl Jill behauptete, daß es ihr absolut gutginge, ließ sie zu, daß Rhodry den Arm um sie legte, um sie zu stützen, während sie dem Priester durch einen Irrgarten von Gebäuden auf dem gewaltigen Tempelgelände folgten. Das Gästehaus erwies sich als ein wohnliches Holzhaus, innen und außen weiß gestrichen, mit drei Zimmern und einer ganzen Anzahl von Pritschen, Stühlen und niedrigen Tischen. Im Hauptraum gab es sogar ein Regal mit zehn Schriftrollen und einem Stehpult daneben.

»Um diese Jahreszeit habt ihr das Gästehaus für euch«, sagte Kwintanno. »Im Sommer haben wir hier viele Gäste, überwiegend wegen gesetzlicher Angelegenheiten.« Er ging zu einer Truhe und begann darin herumzuwühlen. »Ja, hier sind genügend saubere Decken. Nehmt, was ihr braucht. Später könnt ihr alle unser Badehaus benutzen, wenn ihr wollt.«

»Das will ich unbedingt«, sagte Rhodry. »Jill, du solltest lieber erst schlafen.«

»Ich widerspreche dir nicht, Liebster.« Sie setzte sich auf den Rand einer Pritsche und gähnte, dann rieb sie sich das Gesicht mit beiden Händen. »Eine Decke ist genug, vielen Dank.«

Kwintanno führte Rhodry zu einem der großen, langgezogenen Häuser, die sie schon von der Straße aus gesehen hatten, und in einen typischen bardekianischen Empfangsraum, dessen Wände mit Szenen bemalt waren, in denen gottähnliche Geschöpfe Städte gründeten und knienden Menschen Gesetzesrollen überreichten. Auf einem rot und blau gekachelten Podest saßen Salamander und Gwin und sprachen – oder besser gesagt, Salamander sprach – zu einem Mann in einem langen, roten Gewand. Er war sehr alt, sein dunkles Gesicht faltig und sein lockiges Haar vollkommen weiß, aber er saß aufrecht, und seinen dunklen Augen war die Macht anzusehen.

»Seine Heiligkeit Takiton«, flüsterte Kwintanno. »Verbeugt Euch, wenn Ihr Euch nähert.«

Rhodry verbeugte sich tief vor dem hohen Priester und wurde mit einem Lächeln und einer Geste der faltigen Hand belohnt, die ihn aufs Podium bat. Er setzte sich ein wenig hinter Salamander und neben Gwin, der aussah wie ein Mann, der fest entschlossen war, seine Angst nicht zu zeigen.

»Ah, Rhodry«, sagte Takiton. »Euer Bruder hat mir Eure traurige Geschichte erzählt.«

»Ja, Euer Heiligkeit?« Da er und Salamander diese Geschichte während der Reise besprochen hatten, wußte er, was er nun sagen mußte. »Ich hoffe untertänigst, daß Ihr mir verzeihen könnt, daß ich die heiligen Gesetze Eurer Inseln gebrochen habe.«

»Nun, Ihr wart sicher nicht der erste junge Mann, der seine Freiheit verspielt, und werdet auch nicht der letzte sein. Was mich stört, ist diese gefälschte Verkaufsurkunde.« Takiton hielt das inzwischen sehr verknitterte Stück Rindenpapier in das Licht, das durch die hohen Fenster einfiel. »Evan, wir beide werden uns darüber später noch vertraulich unterhalten. Aber wir können mit der gesetzlichen Prozedur, die Euren Bruder aus Eurem Besitz befreit, schon heute nachmittag beginnen.«

»Ich danke Euch, Euer Heiligkeit«, sagte Salamander. »Wie lange, glaubt Ihr, wird alles dauern?«

»Ach, wahrscheinlich ein paar Tage. Der Archon braucht seine Zeit, und außerdem stehen einige Feiertage bevor, um die wir uns angemessen kümmern müssen.«

Als Rhodry Salamander ansah, sah er ihn nicken, aber Gwin war angespannter als zuvor. Rhodry selbst verspürte einen kalten Dolchstoß der Angst: Ihre Feinde waren ganz in der Nähe, und sie mußten hier im Tempel bleiben und warten, bis die Gilden sie eingeholt hatten.

Tag um Tag, Nacht um Nacht blies der Dweomerwind stetig weiter. In einer Symphonie knarrender Taue und ächzender Segel rauschte die *Garantierter Profit* so geradeaus wie ein Bankier, der einen Schuldner verfolgt, über die Südliche See zum Hafen von Surat. Nach ein paar Tagen der Scherze über ihr Glück waren sowohl die Seeleute als auch die Männer, die Nevyn aus Aberwyn mitgebracht hatte, unnatürlich ruhig geworden und gingen ihrer Arbeit nach, ohne mehr als notwendig mit den Offizieren zu sprechen. Untereinander flüsterten sie allerdings, wann immer sie glaubten, daß niemand sie hören konnte. Hin und wieder bemerkte Nevyn, daß einer mit einer Mischung aus Ehrfurcht und schierem Entsetzen in seine Richtung spähte. Dann lächelte der alte Mann jeweils sanft zur Erwiderung und ignorierte, daß sie das Schutzzeichen gegen Zauberei machten. Da das Schiff nicht sonderlich groß war, mußten ihnen langsam vom ständigen Überkreuzen die Finger weh tun. Perryn war der seltsame Wind nie aufgefallen. Er lag nur im Frachtraum und stöhnte zwischen kurzen Schlafphasen vor sich hin.

Gegen Ende der zweiten Woche erwachte Nevyn morgens vom Kreischen der Möwen. Als er an Deck ging, sah er Algen an der Seite des Schiffes. Am Bug standen Elaeno und der Maat und sprachen darüber, was sie tun sollten, wenn sie in den Hafen kamen. Als sie Nevyn entdeckten, nahm der Maat Haltung an und wurde ein wenig bleich.

»Ich nehme an, dieser Wind ist zu stark, um in einen Hafen einzulaufen«, meinte Nevyn.

»Ja«, sagte Elaeno. »Aber er wird zweifellos im richtigen Augenblick nachlassen. Wir werden in einer halben Woche

Land sehen und nach einer weiteren halben den Hafen erreicht haben.«

»Dann werde ich mich darum kümmern.«

Mit einer gemurmelten Entschuldigung floh der Maat.

»Wirst du jemals wieder eine Besatzung anheuern können?« fragte Nevyn. »Nachdem sich die Geschichte einmal herumgesprochen hat?«

»Das ist eine gute Frage. Aber ich zahle gut, und ich war immer als gerechter Kapitän bekannt, also sollte das etwas ausmachen. Bist du sicher, daß du in Surat an Land gehen möchtest? Es ist einer der lebhaftesten Häfen der Inseln, und sehr wahrscheinlich beobachten unsere Feinde ihn.«

»Vielleicht, vielleicht auch nicht. An meiner Stelle würden sie wahrscheinlich in einem kleinen, unbekannten Hafen an Land schleichen, also können wir sie vielleicht zum Narren halten, wenn wir direkt hier hereinspazieren. Darüber hinaus macht es keinen Unterschied. Sie werden schon bald wissen, daß ich hier bin, ganz gleich, was ich tue.«

Gegen Mittag konnte Nevyn die weißen Klippen von Surtinna sehen, die sich scharf und klar im hellen Licht erhoben. Er setzte sich auf eine Kiste in den Bug, stellte sich das flammende Pentagramm vor und rief die Könige der Luft an. In einem Rauschen erschienen sie, strahlten Liebenswürdigkeit aus und erklärten, daß sie den Wind abermals Nevyns Zielen unterwerfen würden, wenn er den Drachen von Aberwyn zu seinem Volk zurückbringen wolle. Nevyn dankte ihnen aus tiefstem Herzen. Einen Augenblick später ließ der Wind nach, und als sie um eine Klippe bogen, fanden sie nur noch die übliche Seebrise vor, angenehm frisch und genau so, wie sie es sich gewünscht hatten. An einer breiten, flachen Bucht gelegen, wirkte Surat wie ein Smaragd auf dem weißen Gold eines sandigen Strandes. Bei diesem Anblick begannen die Seeleute in ernsthafter Erleichterung zu jubeln.

Nevyn stand auf und ging mittschiffs, wo Amyr auf ihn wartete. Der junge Krieger grinste von einem Ohr zum anderen.

»Du scheinst dich zu freuen, daß es wieder an Land geht, Junge«, sagte Nevyn.

»Das tun wir alle, Herr. Wir haben auch schon gepackt. Ich wollte Euch nur fragen, ob ich den Gefangenen aus dem Frachtraum bringen soll?«

»Den was? Oh, Perryn! Ja, und ich danke dir. Sieh zu, daß du ihm auch ein sauberes Hemd besorgst. Ich werde mich jetzt selbst umziehen. Vergiß nicht: Ich bin Lord Galrion, und ihr anderen Jungs seid die Ehrengarde eines wichtigen Mannes. Wenn wir Gwerbret Rhodry aus diesem Durcheinander holen wollen, müssen wir alle lernen zu lügen wie die Diebe.«

»Also gut, Lord Galrion.« Amyr versuchte sich an einer passablen Verbeugung. »Soll ich einen Eurer untertänigsten Diener vorbeischicken, damit er sich um Euer Gepäck kümmert?«

»So ist es richtig, Junge! Und ganz ehrlich gesagt, ich würde mich über Hilfe freuen. Die Regentin hat mich mit allem möglichen Tand beladen.«

Unter diesem Tand befanden sich auch ein paar wunderbare Kleidungsstücke und Rangabzeichen: ein Hemd, das mit den Drachen von Aberwyn bestickt war, eine Brigga im Karo des Rhan, ein neuer, blauer Umhang mit einer edelsteinbesetzten Ringbrosche, die mit Drachen geschmückt war. In zwei gravierten silbernen Briefröhren trug er Botschaften der Regentin mit sich, und in einem samtgefütterten Lederbeutel alles Geld, das Lovyan so kurzfristig hatte zusammenkratzen können. Es gab auch noch zwei kleine Holzbehälter, die Aberwyns zweitbesten Satz Silberkelche und die allerbeste silberne und vergoldete Suppenterrine enthielten, die man kurzfristig zu Geschenken für Archonten deklariert hatte. Nevyn zog sich um, hängte sich den Beutel mit dem Geld um den Hals und überließ den Rest, zusammen mit seinen üblichen Kleidungsstücken und der Maultierladung voller Kräuter und Arzneien, dem Mann, den Amyr zu diesem Zweck vorbeigeschickt hatte.

Als er wieder an Deck kam, tat Elaeno so, als würde er ihn nicht erkennen, und alle Seeleute starrten den Kapitän mit weit aufgerissenen Mündern an, weil er wagte, einen Mann zu necken, der sogar dem Wind befehlen konnte.

»Lord Galrion, nicht wahr?« sagte Elaeno und verbeugte sich. »Nun, Herr, wir werden bald an Land gehen, Eure Ehrengarde und Euer zahmes Wiesel befinden sich bereits achtern.«

»Vielen Dank, Kapitän.« Nevyn grinste. »Wo gehen wir durch den Zoll? Ich bin lange nicht mehr in Surat gewesen.«

»Ich nehme an, der Zoll kommt zu uns. Seht dort draußen. Kommen sie nicht schon auf uns zu?«

Tatsächlich näherte sich eine schlanke kleine Galeere, in deren Bug ein grauhaariger Mann mit kupferfarbener Haut und den beiden roten Dreiecken von Surat auf der Wange saß. Als sie längsseits gingen, warfen Elaenos Männer ihnen Taue zu, und nach ein paar Augenblicken war die Galeere sicher an dem Handelsschiff vertäut. Trotz seines grauen Haares war der Beamte ein beweglicher Mann. Er schätzte kurz die Entfernung ab und sprang von einem Deck zum anderen, mit der Anmut eines Menschen, der sein ganzes Leben auf Schiffen verbracht hatte. Elaeno verbeugte sich, Nevyn verbeugte sich, der Beamte verbeugte sich ebenfalls.

»Ich sehe an Eurer Flagge, daß Ihr aus Aberwyn kommt, gute Herren. Wie bei den heiligen Sternen ist es Euch gelungen, das Meer zu überqueren?«

»Mit Glück«, sagte Elaeno. »Und weil die Angelegenheiten des Gwerbret es verlangen. Dürfen wir vor Anker gehen?«

»Unbedingt.« Der Beamte spähte hinauf zur Mastspitze, wo die silberne und blaue Drachenflagge in der Brise wehte. »Ich dachte wirklich, ich könnte meinen Augen nicht trauen, als ich dieses Wappen sah. Kapitän, mit dieser Geschichte werdet Ihr den ganzen Winter überall eingeladen werden.«

Da es, als das Schiff sicher vor Anker gegangen und die Hafengebühr bezahlt war, zu spät war, dem Archon einen Staatsbesuch abzustatten, verbrachten Nevyn, Perryn und die Ehrengarde die Nacht in einem guten Gasthaus, als offizielle Gäste der Stadt Surat. Sobald er wieder den festen Boden des Kais unter sich hatte, schien Perryn sich wohler zu fühlen. Als sie das Gasthaus erreichten und in ihr überaus geräumiges Quartier geführt wurden, war er beinahe fröhlich. Auf eigene Initiative hatte er die Rolle von Nevyns Leibdiener übernommen, nahm dem willigen Krieger das Gepäck des Beraters ab und verstaute es, nachdem der Wirt ihm das Schlafzimmer und die Truhen gezeigt hatte.

»Euer armer Diener ist offenbar sehr seekrank gewesen«, sagte der Wirt auf bardekianisch zu Nevyn.

»Sehr. Das Meer ist um diese Jahreszeit schrecklich.«

»Das kann ich mir vorstellen.« Der Mann zögerte, er wand sich schier vor Neugier, aber er wußte, daß es seiner Stellung nicht anstand zu fragen. »Ich werde Wein heraufschicken, Lord Galrion. Was Eure Wachen angeht – wird ihnen der Wein zu Kopf steigen?«

»Ich werde dafür sorgen, daß Euer Eigentum in jeder Hinsicht sicher ist, guter Mann.«

Der Wirt verbeugte sich so tief, daß er beinahe seine Zehen berührte, dann eilte er davon.

Beim Abendessen stellten nicht nur die anderen Gäste im Schankraum höfliche, aber begierige Fragen nach der wunderbaren Meeresüberquerung. Einige der örtlichen Kaufleute kamen eigens zu diesem Zweck vorbei. Für eine Stadt, die vom Seehandel lebte, roch ihre Reise nach Legenden, nach den Abenteuern von Helden, vielleicht aus der Dämmerungszeit des bardekianischen Archipels. Zum Glück mußte Nevyn nicht einmal lügen, als er ihnen erklärte, daß er von all diesen nautischen Dingen nichts wußte.

»Man hat uns diesen Kapitän als den besten von ganz Oristynna angepriesen, und das entspricht offenbar der Wahrheit. Es gab Zeiten, in denen ich ehrlich glaubte, daß wir so gut wie tot wären, aber er hat uns immer wieder durchgebracht. Er ist es, meine Herren, den ihr fragen solltet.«

Er bezweifelte nicht, daß alle am Morgen, wenn Elaeno an Land ging, genau das tun würden. Er war auch sicher, daß der Kapitän gut genug log, um sie davon zu überzeugen, daß ihre Reise so normal gewesen war, wie es für eine schreckliche Überfahrt nur möglich war.

Als Nevyn in sein Zimmer zurückkehrte, hockte Perryn auf der Kante des Podestes im Empfangszimmer. Das rötliche Haar des Lords schimmerte frischgewaschen im Licht der Öllampen.

»Sie haben hier wunderbare Badehäuser, Nevyn. Ein Diener hat mir gezeigt, wo es ist, und es fühlte sich so wunderbar an, den Gestank dieses elenden Schiffes abzuwaschen.«

Er warf dem Dweomermeister einen vorwurfsvollen Blick zu.

»Ihr hättet mir wirklich sagen können, daß wir den ganzen Weg in das verfluchte Bardek zurücklegen müssen.«

»Habe ich das vergessen? Nun, das kann schon sein. Das tut mir leid, Junge. Ich habe dieser Tage viel im Kopf.«

»Nun, zumindest kann Cullyn mich hier nicht erwischen, und alles andere ist unwichtig.« Er seufzte und starrte in den blauweiß gekachelten Springbrunnen in der Mitte des Zimmers. »Jill ist im Nordosten.«

»Seid Ihr sicher?«

»Ja. Es ist wie … nun … äh … wie ein Jucken.« Er stand auf und drehte sich langsam um, wie ein Kompaß, der den Pol sucht. »Wenn ich mich so hinstelle, fühlt es sich an, als würde ich mich kratzen, und Amyr sagte mir, daß das Nordosten ist.«

»Das stimmt. Gut, Junge! Ihr habt in Aberwyn von Wiedergutmachung gesprochen, und das ist wirklich eine gute Weise zu bezahlen. Wenn wir Jill finden können, ohne daß ich das Zweite Gesicht einsetzen muß, wird das unsere Feinde unglaublich verwirren.«

»Feinde?«

»Oh, das habe ich offenbar auch vergessen zu erwähnen. Ich werde offenbar alt. Wißt Ihr, ich fürchte, daß Männer, die sich böser Magie bedienen, versuchen, Jill und Rhodry vor uns zu finden. Und wir werden sie aufhalten müssen, weil sie Mörder sind.«

Perryn sah ihn an, setzte dazu an, etwas zu sagen, und wurde dann ohnmächtig. Seufzend mahnte Nevyn sich, demnächst seine Zunge zu hüten, dann ging er und holte Amyr, damit dieser Perryn ins Bett brachte.

Ein paar Stunden nach Mitternacht, nachdem die Gezeiten der Astralebene sich beruhigt hatten, ging der Alte in seinen Tempel der Zeit und bemerkte dort, was er solange schon erwartet hatte: Nevyns Statue lebte. Das kalte, graue Abbild aus Stein hatte einen warmen Ton angenommen, und die durchdringenden blauen Augen schienen sich ihm zuzuwenden, als er die Kammer betrat.

»Also gut, mein Feind«, sagte der Alte in Gedanken. »Bald werden wir beide uns unsere letzte Schlacht liefern.«

Zunächst jedoch mußte er sich um etwas anderes kümmern. Während der letzten paar Tage hatte der Alte verschiedene Mittel ausprobiert, um herauszufinden, wer seine Feinde im dunklen Rat sein mochten. Er hatte aber nichts finden können. Da er erheblich kunstfertiger war, wenn es darum ging, sich Informationen zu verschaffen, als jedes andere Mitglied der Bruderschaft beim Verstecken hätte sein können, konnte er nur annehmen, daß sich einige gegen ihn verschworen hatten.

Offenbar hatte er auch Baruma verloren; jedesmal, wenn er versuchte, sich mit seinem Schüler in Verbindung zu setzen, empfing er nur den getrübten Eindruck seines Geistes, der unter einem mächtigen Zauber stand. Er hätte diesen Zauber vielleicht brechen können, aber er zog es vor, seinen Feind zu kennen, bevor er das versuchte.

In der finstersten Zeit dieser Nacht, der Zeit der astralen Ebbe, führte der Alte in einer geheimen Kammer tief in seinem Haus ein Ritual durch. Er weckte einen seiner Haussklaven und ließ den verängstigten Jungen zwei fette Kaninchen bringen, die gefesselt, aber noch am Leben waren. Dann schickte er den Sklaven wieder ins Bett. Die Kaninchen in einer, die Laterne in der anderen Hand, watschelte er schnaufend eine kleine Treppe hinauf, bediente den Mechanismus einer Geheimtür und begab sich in das pechschwarze Zimmer. Wände, Decken, Fußboden – alles war schwarz gestrichen, ebenso der Altar an der Nordseite unter einem Wandteppich, der das umgedrehte Pentagramm zeigte.

Als er die Kaninchen auf den Altar warf, zuckten sie und schrien, aber er griff nur nach dem Ritualmesser mit der langen Klinge, drehte es herum und schlug ihnen mit dem schweren Knauf auf den Kopf, bis sie still lagen. Später würden sie sterben; jetzt mußte er sich konzentrieren. Als er entgegengesetzt zum Sonnenlauf in dem Raum herumging, um die schwarzen Kerzen in den Wandhaltern zu entzünden, begann er leise vor sich hin zu rezitieren. Ein böses Lied, älter noch als die Dämmerung, eine Erinnerung an Künste, die bekannt und verachtet waren, bevor die Urahnen der Bardekianer und Deverrianer noch ihr geheimnisvolles Heimatland verlassen hatten. Obwohl der Ursprung dieses Namens im Dunkeln lag, rief der Alte Set den Gehörnten an, die Tore der Anderlande zu öffnen und den Geist freizugeben, mit dem er sprechen wollte. Schon diesen Namen für einen solchen Zweck zu benutzen, stellte eine Blasphemie dar.

Sobald die Kerzen angezündet waren, löschte der Alte die Laterne. Immer noch rezitierend, ging er zum Altar, griff nach dem Messer und beschwor in seinem Geist hundert böse Dinge, Kräfte und Symbole herauf. Endlich schwieg er, dann hob er das Messer hoch und stieß es nieder. Als er die Kehlen der Kaninchen durchschnitt und ihnen die Bäuche aufschlitzte, rann ihr Blut über den Altar und auf den Boden. Mit seinem geübten Blick erkannte er das Bluten als Freisetzung von Magnetismus und bemerkte den aufsteigenden Nebel reiner Lebenskraft – den wirklichen Zweck dieser Grausamkeit. Herbeigerufen vom Kerzenrauch und den magnetischen Strömungen, sammelte sich reine ätherische Substanz oberhalb des Altars. Geister aller Art drängten sich wie hungrige Hunde um einen Futternapf, jammerten und ächzten, als der Alte sie mit gewaltigen Flüchen und mit Hilfe des entweihten Messers vertrieb. Endlich zeigte sich ein Gesicht im Nebel, ein schmales Gesicht, dessen Augen unter buschigen Brauen glitzerten und dessen grausamer Mund sich zu einem höhnischen Grinsen verzog.

»Laß mich trinken, Tondalo«, flüsterte der Geist.

»Aber gerne, *Meister.*« Der Alte grinste – eine Parodie servilen Lächelns. »Bist du nicht froh, daß du mir die Schwarze Kunst so gut beigebracht hast?«

Der Geist fauchte ihn an und schoß aus dem Nebel hervor, wurde aber von der Messerklinge abgewiesen.

»Versprich mir, daß du mir meine Fragen beantwortest, und dann lasse ich dich trinken.«

»Ich verspreche es, du undankbare Höllenbrut.«

Der Alte riß das Messer zurück und ließ den Geist die Lebenskraft aufsaugen. Je dünner der Nebel wurde, desto deutlicher wurde die Gestalt, bis es tatsächlich so aussah, als ob Tondalos alter Lehrer unreiner Dinge auf dem Altar stand und sich nach der Mahlzeit den Mund mit dem Handrücken abwischte.

»Ich habe einen Feind«, sagte der Alte.

»Ach ja? Was für eine Überraschung!«

»Jemand arbeitet gegen mich. Erinnerst du dich an die Angelegenheit, zu der ich dich bereits befragt habe? Über den Tod des Meisters des Aethyr?«

»Ich erinnere mich nur an Schmerz.«

»Das ist auch gleich. Jemand arbeitet gegen mich. Jemand blockiert all meine Versuche, ihn auszuspähen. Er muß Kraft aus den Orten beziehen, wo du dich aufhältst. Wer ist es?«

»Niemand im tiefsten Dunkel arbeitet gegen dich, jedenfalls nicht in der elenden, stinkenden Ecke, in der du mich festgesetzt hast.«

»Du lügst!«

»Ich kann nicht lügen.«

Das war selbstverständlich vollkommen wahr – innerhalb gewisser Grenzen.

»Nein, aber man kann die Wahrheit beugen. Du hast jemanden gesehen, der woanders arbeitet, nicht wahr? Wer ist es und wo?«

Der Geist zog die Lippen zu einem lautlosen Fauchen zurück.

»Ich erkenne ihn nicht«, sagte er schließlich. »Er muß seine Macht erst nach meiner Zeit auf Erden erlangt haben. Nach seiner Arbeitsweise zu schließen, ist er ein Habichtsmeister, aber ich weiß nicht, zu welcher Gilde er gehört. Und was den Ort seiner Tätigkeit angeht, warum suchst du nicht an den üblichen Orten, anstatt auf den Wegen der Meisterschaft? Du bist manchmal immer noch zu wählerisch, Tondalo.«

»Verehrtester Meister, ich muß zugeben, daß ich diesen Tadel verdient habe. Und nun weiche!« Als er die Arme in der rituellen Geste hob und das Messer schwang, floh der Geist jammernd und fluchend zurück in die Falle, in der er in der finstersten Finsternis saß.

Der Alte verbannte auch die anderen Kräfte und ließ die Geister gehen, die er unwillentlich durch seine Aktionen herbeigerufen hatte, dann griff er nach den toten Kaninchen und warf sie vor die Kammer, damit sich der Sklave später darum kümmern konnte. Als er die Kerzen löschte, fiel ihm ein, daß er diesen Habichtsmeister sehr wahrscheinlich identifizieren konnte. Der einzige Handlanger – so betrachten Meister des dunklen Dweomer die Habichte –, der wissen konnte, daß er mit wichtiger Arbeit befaßt war, war derjenige, den er im Jahr zuvor mit einem Auftrag bedacht hatte und der der Gilde von Valanth angehörte. Nun, da er wußte, daß sein Feind nicht furchterregender war als das Oberhaupt einer Meuchelmördergilde, würde es eine relativ einfache Angelegenheit sein, auf die übliche Weise herauszufinden, ob er richtig geraten hatte. Vermutlich hatte dieser Habichtsmeister auch Baruma in seine Gewalt gebracht. Die Frage war, ob der kleine Dummkopf es überhaupt wert war, gerettet zu werden.

Als es am Morgen an der Zeit war, den Archon zu besuchen, nahm Nevyn vier Männer des Kriegshaufens als Ehrengarde mit; außerdem trug ihm Perryn als Diener die Schachtel mit Aberwyns zweitbesten Kelchen nach. Der Palast stand am höchsten Punkt der Stadt, auf einem flachen Hügel, auf dem auch die Gerichtsgebäude, die Tempel und das Übungsgelände für die Miliz angesiedelt waren. Archon Klemiko empfing sie in einem hallenden, blaugrün gekachelten Zimmer. An einem Ende befand sich ein Podest mit genügend Kissen für zwanzig Personen, am anderen Ende vier purpurn gekachelte Springbrunnen vor einem Wandgemälde von Dalae-oh-contremo in Gestalt des Albatros. Wie endloser Wellenschlag kamen Sklaven herein und gingen wieder, brachten Essen und Wein, während Nevyn und der Archon sich auf bardekianisch über die wunderbar glückliche Seereise unterhielten. Nachdem am Ende auch Fingerschalen mit zitronenduftendem Wasser und feuchte Handtücher gebracht und wieder weggeholt worden waren, entließ Klemiko die Sklaven mit einem Klatschen.

»Nun, Lord Galrion, Ihr müßt ungeheuer wichtige Dinge zu tun haben, um eine solche Gefahr auf Euch zu nehmen.«

»Ja, ich fürchte, es ist noch wichtiger, als ich auch nur zu denken wage. Ich weiß, daß zwischen Eurer und unserer Stadt seit langem Verträge und Allianzen bestehen, aber ich weiß dennoch Eure Gastfreundschaft gegenüber einem überraschenden und unverschämten Gast zu würdigen.«

»Jeder Dienst, den ich Eurem Gwerbret erweisen kann, wird mir ein Vergnügen sein.«

»Ich wünschte, das wäre möglich, Eure Exzellenz, aber ich fürchte, dabei wird es beträchtliche Schwierigkeiten geben. Gwerbret Rhys ist im letzten Herbst plötzlich verstorben.«

»Es schmerzt mich zutiefst, vom Tod Eures Herrschers zu erfahren. Ich bin Lord Rhys bei zwei Gelegenheiten begegnet, und er war immer von ausgesuchter Höflichkeit.«

Amyr und die anderen Reiter tauschten ungläubige Blicke, die Klemiko glücklicherweise nicht sehen konnte.

»Es war für uns alle ein schrecklicher Schock«, meinte Nevyn. »Noch schlimmer war jedoch, daß die Erbfolge bestenfalls als wirr, in Wahrheit jedoch als völlig unklar zu bezeichnen war. Er hatte keine Söhne.«

»Ah.« Klemiko runzelte die Stirn, als versuchte er angestrengt, sich an die für ihn seltsamen Bräuche eines ererbten Amtes zu erinnern. »O ja, selbstverständlich, Töchter genügen nicht. Hat er keine Brüder, oder – ich denke, auch das würde genügen – einen Onkel?«

»Nein, keinen Onkel, aber sein jüngerer Bruder soll tatsächlich Amt und Land erben. Leider ist dieser Bruder verschwunden. Er wurde zuletzt auf den Inseln gesehen.«

»Das ist wirklich seltsam!« Klemiko gestattete sich ein Lächeln. »Hat sich der jüngere Bruder dem Handel zugewandt? Es kommt selten vor, daß einer Eurer Adligen sich so aufgeschlossen zeigt.«

»Ich wünschte nur, er hätte diese Vernunft besessen. Nein, ich fürchte leider, ich weiß nicht, was er vorhatte, aber ich wette, es war etwas eher Schändliches. Wenn ich raten sollte, würde ich sagen, es hat mit Mädchen und mit Glücksspiel zu tun.«

»Ich sehe, daß Eure jungen Männer sich nicht zu sehr von unseren unterscheiden.« Klemiko wandte sich ab, und ein gewisser Schmerz stahl sich in seinen Blick. »Einer meiner Söhne behauptet immer, er sei ungeheuer am Tanz interessiert. Das hat allerdings mehr mit den jungen Frauen zu tun, die diese Tänze aufführen, als mit der Kunst selbst. Ich fühle mit Euch.« Er seufzte und wandte sich wieder dem eigentlichen Thema zu. »Glaubt Ihr, daß er in Surat ist?«

»Ich habe keine Ahnung, aber ich bezweifle, daß mir solches Glück zuteil wird. Was ich brauche, Eure Exzellenz, ist eine Art Papier, das mir erlaubt, mit meiner Ehrengarde zu reisen. Ich weiß, daß es auf den Inseln strenge Gesetze dagegen gibt, sich offen zu bewaffnen, aber ich weiß auch, daß meine Männer – um genau zu sein, die Männer des neuen Gwerbret – ihre Schwerter nicht hergeben wollen.«

»Wahrscheinlich nicht. Mir ist schon aufgefallen, daß es die Männer Eures Landes als Beleidigung empfinden, wenn ihnen jemand auch nur nahelegt, daß sie sich um der Höflichkeit willen entwaffnen könnten. Nun, dafür ließe sich sorgen. Da der neue Gwerbret ein militärischer Herrscher ist, ist es nur vernünftig, daß eine Ehrengarde bewaffnet durchs Land zieht. Ich kann Euch eine Auswahl von Dokumenten mitgeben, die

Ihr dann für alles nutzen könnt, was Ihr braucht. Werdet Ihr auch Pferde benötigen?«

»Ja. All diese Männer sind Kavalleristen.«

»Aha. Nun, ich werde Euch einige aus den Milizställen überlassen.«

»Euer Exzellenz, Eure Großzügigkeit überwältigt mich.«

»Das ist nur eine Kleinigkeit zwischen Freunden.« Klemiko lächelte. »Selbstverständlich, wenn Ihr den Namen unserer Stadt dem neuen Gwerbret gegenüber erwähnen könntet, wenn Ihr ihn findet ...«

»Zweifellos, Euer Exzellenz, werde ich ihn mehr als nur einmal erwähnen.«

Als sie zum Gasthaus zurückkehrten, wartete Elaeno bereits ungeduldig.

»Wie ist es gelaufen?«

»Hervorragend. Klemiko ist sehr bemüht um die Gunst des neuen Gwerbret. Jeder hier scheint zu wissen, daß der Hochkönig Aberwyn einen größeren Anteil des Bardekhandels überlassen hat. Ich habe dem Archon übrigens nicht die Wahrheit gesagt. Ich habe eine Geschichte darüber erfunden, daß Rhodry zuviel für Glücksspiel und Frauen übrig hat.«

»Gut. Kein Archon auf den Inseln ist begeistert davon, wenn man in seiner Gegenwart von den Habichten spricht. Das könnte nämlich bedeuten, daß er etwas gegen sie unternehmen müßte.«

»Haben die Gilden hier wirklich soviel Macht?«

»Ich würde nicht von Macht sprechen. Sie sind nicht in der Situation, daß zu ihren Gunsten Gesetze verabschiedet werden, oder daß sie Verträge von der Regierung erhalten. Hin und wieder bedient sich ein Archon ihrer, aber das wird den Wählern vorenthalten. Und auch ein paar einflußreiche Männer benutzen sie und möchten deshalb, daß nichts gegen die Gilden unternommen wird. Aber am besten schützt sie die

Angst. Wenn man einer Gilde von Meuchelmördern den Krieg erklärt, ist es recht unwahrscheinlich, daß man seinen Sieg genießen kann.«

»Früher oder später wird es jemand doch tun müssen, oder die Inseln werden nicht mehr lange so zivilisiert bleiben.«

»Das stimmt. Ich danke den Göttern, daß die Gilden sich nie auf Orystinna festsetzen konnten.«

»Wie war das möglich?«

»Unsere wichtigsten Männer wollten lieber sterben, als sich terrorisieren lassen.« Elaeno lächelte angespannt. »Und das wissen die kleinen Mistkerle.«

Als Kapitän besaß Elaeno eine große Sammlung von Karten diverser Inseln, und natürlich verfügte er über ein großes Navigationstalent. Er war derjenige, der erkannte, wie man Perryns seltsame Begabung zu noch größerem Vorteil einsetzen konnte. Erst forderte er Perryn auf, sich in den Hof des Gasthauses zu stellen und in die Richtung zu zeigen, in der er Jill vermutete; dann nahm er ihn mit hinaus durchs Nordtor, und etwa drei Meilen vor der Stadt ließ er es ihn abermals tun. Schließlich brachte er ihn noch zu einem letzten Versuch vor das Osttor. Da Elaeno das alles nicht weiter erklärte, war Perryn verwirrt und glaubte, die beiden anderen Male irgendwie versagt zu haben, aber als sie sich schließlich im Gasthaus wieder zu Nevyn gesellten, wurde alles klar. Elaeno breitete eine Landkarte aus Rindenpapier auf dem Tisch aus und benutzte die stumpfe Spitze eines Löffels und einen Dolch, um gerade Linien zu ziehen, von denen eine jede an der Stelle begann, wo er Perryn als Kompaß eingesetzt hatte. Wie durch Zauberkraft – jedenfalls kam das Perryn so vor – trafen sich alle drei Linien im Zentralplateau von Surtinna.

»Und Jill muß ungefähr dort sein.« Elaeno zeigte mit dem Finger auf eine Stelle der Landkarte. »Pastedion ist die Stadt, die dieser Stelle am nächsten liegt.«

»Also gut«, meinte Nevyn. »Nun sagt mir, Perryn, habt Ihr das Gefühl, daß Jill näher oder weiter entfernt ist als an dem Tag, an dem wir an Land gingen?«

»Äh … nun … ich würde sagen, sie hat sich nicht von der Stelle gerührt.«

»Das ist interessant. Ich hoffe, das bedeutet, daß sie in Sicherheit sind, und nicht, daß man sie gefangenhält.«

»Sei nicht so pessimistisch«, warf Elaeno ein. »Du würdest es wissen, wenn das Mädchen in Gefahr wäre.«

»Zweifellos, zumindest hoffe ich das. Ganz gleich, wir verlassen die Stadt noch heute abend. Was meinst du, Elaeno? Sollen wir nach Indila segeln und dort wieder an Land gehen?«

Perryn zwang sich, ein Stöhnen zu unterdrücken.

»Wie viele Pferde hat der Archon dir überlassen? Zwölf und die Packtiere?« Elaeno rieb sich nachdenklich das Kinn. »Nun, ich nehme an, wir können ein paar davon in den Frachtraum stecken und den Rest an Deck transportieren – wenn deine Männer bei ihnen bleiben. Mein Schiff ist ein Handelsschiff und kein Viehfrachter.«

»Äh … nun … Herr? Könnten wir nicht einfach reiten und dem Kapitän diese Unbill ersparen?«

»Ihr seid ein bißchen zu offensichtlich, Perryn«, meinte Nevyn. »Wenn wir nach Indila segeln, sparen wir mindestens eine Nacht, und ich fürchte, wir müssen so schnell wie möglich dort sein.«

Als Perryn Nevyns Gepäck packte, dachte er daran, daß sich die Wiedergutmachung als erheblich schmerzlicher erwies, als er in seinem schönen, sicheren Gefängnis in Eldidd erwartet hatte. Zum erstenmal dachte er auch darüber nach, was Jill sagen würde, wenn sie sich wieder begegneten. In einer Mischung aus Angst und Begierde begann er, so schrecklich zu zittern, daß er sich einen Augenblick hinsetzen und tief Luft holen mußte.

Die Vorhersage des Hohepriesters, daß der Archon von Pastedion nur ein paar Tage brauchen würde, um sich mit Rhodrys Fall zu befassen, erwies sich als sehr optimistisch. Jill und die anderen waren bereits etliche Tage auf dem Tempelgelände, während Salamander und Bruder Merrano zwischen dem Tempel und dem Palast des Archon hin und her gingen, um Beamte zu bestechen, Besprechungen zu arrangieren, an Besprechungen teilzunehmen, noch mehr Bestechungsgelder zu verteilen und dann eine weitere Runde von Besprechungen zu arrangieren. In jedem Stadium dieser komplizierten Angelegenheit warteten sie auf Botschaften, die ihnen verkünden sollten, daß Soundso ihre demütige Gabe akzeptiert hatte, oder daß Soundso gegebenenfalls zu einer bestimmten Zeit in seinem Büro wäre. Das einzig Gute an diesen Verspätungen war für Jill, daß sie viel Zeit für ihre Dweomerübungen hatte. An jenem Nachmittag, als Nevyns Schiff aus Surat nach Indila auslief, kam Salamander ins Gästehaus und drückte sich die Hand dramatisch an die Stirn.

»Der wunderwirkende Zauberer aus dem weitab gelegenen Norden hat Kopfschmerzen, die dem größten Dämon aus der tiefsten Hölle Ehre antäten«, verkündete er. »Bitte, wunderschöne, barbarische Assistentin, könntest du mir ein wenig Wein einschenken?«

Salamander ließ sich auf eine Pritsche fallen und stöhnte, bis sie ihm seinen Becher reichte, aber dann gelang es ihm doch, sich wieder aufzusetzen und etwas zu trinken. Gwin und Rhodry schienen beide ziemlich verärgert über dieses Theater, aber Jill erkannte die Symptome.

»Was ist los?«

»Ach, ich bin nicht einmal sicher, ob etwas los ist. Es ist einfach bloß unglaublich anstrengend.« Er trank den Becher halb leer. »Wir haben endlich einen Advokaten, und Bruder Merrano versichert mir, daß er der Beste seines Standes ist.«

»Einen was?« wollte Rhodry wissen.

»Einen Advokaten, der uns beim Malover des Archon vertritt.«

»Wieso kann ich nicht für mich selbst sprechen? Liegt es daran, daß ich noch Sklave bin?«

»Hier spricht bei einem Malover niemand für sich selbst, lieber Bruder.«

»Warum nicht?«

»So will es der Brauch. Man bezahlt diesen Mann dafür, daß er sich vor Gericht für einen verwendet, so wie man Stoff zur Färbergilde bringt, wenn man seine Farbe ändern will. Advokaten kennen alle Kunstgriffe des Gewerbes, wenn es darum geht, die Leute dazu zu bringen, für sie zu stimmen. Wenn wir Baruma verhaften lassen können, wird er ebenfalls einen Advokaten haben. Wißt ihr, der Archon verkündet zwar das abschließende Urteil in dem Fall, aber er fällt es nicht: Sie wählen hundert freie Bürger aus, und die entscheiden dann durch Abstimmung über das Ergebnis.«

»Wie bitte?« Rhodry war vollkommen aufgebracht. »In meinem ganzen Leben habe ich noch nichts so Dummes und Ehrloses gehört! Wieso sollte ich das Urteil eines Haufens Gemeiner akzeptieren?«

»Weil du keine andere Wahl hast, du Dummkopf!« Salamander trank den Rest des Weins und hielt Jill den Becher hin. »Bitte, wunderschöne Assistentin, ganz vollgießen. Irgendwie wußte ich, daß das nicht einfach werden würde.«

»Nun, wenn ich keine Wahl habe, habe ich eben keine Wahl«, fuhr Rhodry fort. »Aber ich muß es nicht auch noch mögen.«

»In Ordnung. Ich bitte dich nur um eines: Behalte deinen adligen Zorn tief im Herzen, wenn du mit dem Advokaten sprichst. Er wird nach dem Essen herkommen, um unsere Geschichte zu hören, und das bedeutet, daß wir uns lieber zusammensetzen und etwas Überzeugendes einüben sollten. Vergiß nicht: kein Wort über dunklen Dweomer und Habichte und diese Dinge. Solch unangenehme Wahrheiten sind den geschätzten Insulanern ausgesprochen unwillkommen.«

Als der Advokat eintraf, beschloß Jill, nicht an der Besprechung teilzunehmen, aber sie wollte auch nicht allein mit Gwin im Gästehaus sein, also machte sie einen Spaziergang auf dem Tempelgelände. Sie hatte gerade den Blumengarten am Haupttor erreicht, als ihr grauer Gnom erschien und aufgeregt auf und ab hüpfte.

»Ist etwas passiert?«

Er nickte und zeigte nach Südwesten.

»Ich verstehe das nicht.«

Der Gnom stampfte verärgert auf und faßte sich an den Kopf. Als Jill sich aufs Pflaster kniete, trabte er ein paar Schritte weg und stakste dann entschlossen wieder auf sie zu, wobei er nach Westen deutete.

»Kommt jemand den Fluß entlang hierher?«

Der Gnom nickte mit offensichtlicher Erleichterung, dann verzog er das Gesicht, als wolle er nachdenken.

»Sind die Bösen hinter uns her?«

Offensichtlich nicht, und der Gnom grübelte weiter.

»Also Freunde?«

Diesmal erhielt sie ein weiteres Nicken. Da Jill sich auf den Inseln niemanden vorstellen konnte, den sie als Freund bezeichnen würde, war sie vollkommen verwirrt.

»Kannst du den Namen der Person vielleicht irgendwie darstellen?« sagte sie schließlich.

Der Gnom schüttelte bedrückt den Kopf.

»Das ist das Problem, nicht wahr? Wer immer zu uns kommt, hat keinen einfachen Namen, den du spielen kannst.«

Genauso war es.

»Ist es ein Bardekianer oder eine Bardekianerin?«

Nein.

»Jemand aus Deverry?«

Obwohl der Gnom nickte, konnte Jill es kaum glauben.

»Wie sollen sie im Winter hierher kommen? Niemand könnte – aber selbstverständlich! Willst du mir sagen, daß Nevyn auf dem Weg ist?«

Der Gnom sprang auf und ab, klatschte in die Hände, lächelte und nickte. Jill begann zu weinen – ein hilfloses Schluchzen der Erleichterung –, während das kleine Geschöpf auf ihren Schoß kletterte und tröstend ihre Wange streichelte.

Salamanders Reaktion war ebenso heftig, als er nach der Besprechung mit dem Advokaten ins Gästehaus zurückkehrte und Jill ihm die Neuigkeiten berichtete. Als er schniefend dasaß, wurde ihr zum erstenmal klar, wie verängstigt er gewesen war, und wie schwer es ihm gefallen war, die Maske des schwatzhaften Narren aufrechtzuerhalten. Endlich wischte er sich die Augen und putzte sich die Nase.

»Also gut, meine magische Elster. Es sieht so aus, als würden wir alle noch ein wenig länger leben, um die Götter zu ärgern. Hat der Gnom gesagt, wie weit der alte Mann noch weg ist?«

»Dinge wie Entfernung bedeuten dem Wildvolk nichts.«

»Da hast du recht. Hoffen wir, daß er ganz in der Nähe ist, denn ich möchte lieber nicht das Zweite Gesicht einsetzen, um das herauszufinden. Wir können hier in relativer Sicherheit warten, bis er uns findet. O Freude! Es scheint, daß ich recht hatte, an meinem neuesten klugen und ausgefeilten Plan weiterzustricken.«

Jill stöhnte. »Oh, beim Höllenfürsten! Was hast du jetzt wieder angestellt?«

»Nichts Neues. Ich habe nur darauf bestanden, eine öffentliche Klage gegen Baruma einzureichen. Wir brauchten einen Grund, möglichst lange hier im Tempel Zuflucht zu finden. Wenn man soviel Zeit wie möglich verschwenden will, Jill, meine Turteltaube, dann gibt es keine bessere Möglichkeit, als einen Prozeß zu beginnen.«

Leider wußten die Männer des Archon nicht, daß Baruma nur zehn Meilen von Pastedion entfernt war, allerdings in einem juristisch nicht ganz verantwortlichen Zustand. In den Hügeln östlich der Stadt hatten der Habichtsmeister und seine beiden Begleiter in einer öffentlichen Karawanserei der Archonten von Pastedion Schutz vor dem Regen gesucht. Da es oben auf dem Zentralplateau im Sommer häufig regnete, gab es hier ein langgezogenes Dach, gestützt von Steinsäulen statt Mauern, über einem Schieferboden, der in der Mitte ein wenig höher war als an den Seiten, so daß alles Regenwasser, das seitlich hereingeblasen wurde, wieder hinauslief. An der höchsten Stelle dieses Unterstandes konnte man einigermaßen trocken bleiben. Obwohl die Habichte so an körperliche Entbehrungen gewöhnt waren, daß sie diesen Unterschlupf als luxuriös empfanden, fühlte Baruma sich vollkommen elend. Inzwischen hatte sein Geist begonnen, sich gegen den Zauber des Habichtsmeisters zu wehren.

Er hatte zwar immer noch nichts, was man als wirklich eigenen Willen bezeichnen konnte, aber in einer verborgenen Ecke seines Geistes gab es einen Rest von Haß, der langsam wuchs. Schon das körperliche Unbehagen nährte diesen Haß und hielt ihn am Leben. Seine Angst vor dem Habichtsmeister half ihm, ihn zu verstecken. Oft schickte ihn der Meister auf die ätherische Ebene, um etwas für ihn herauszufinden, und Baruma trieb über Pastedion und dem geschützten Tempel, um nach Spuren der Barbaren zu suchen. Hin und wieder sah Baruma dann die flammende Silberaura des elfischen Zauberers, der mit einem oder zwei Menschen durch die Straßen eilte, aber nie fand er Rhodry, die Frau oder Gwin. Der Habichtsmeister war besonders wegen Gwin besorgt – nicht um den

Mann selbst, aber er befürchtete, daß Gwin die Gilde verraten könnte, indem er unter Folter alle Geheimnisse preisgab. Insgeheim hoffte Baruma, daß Gwin genau das tun würde.

Eines Nachts, als der abnehmende Mond erst ein paar Stunden vor der Dämmerung aufging, schickte der Habichtsmeister Baruma noch weiter aus als üblich und ließ ihn in einer immer größer werdenden Spirale um Pastedion kreisen. In diesem dünnbesiedelten Gelände rings um die Stadt sah er wenig außer der rostroten Aura des Grases und dem grimmigen Silberblau der beschneiten Berggipfel. Dann spürte er den Willen seines Meisters in seinem Geist, der ihn drängte, dem Fluß nach Süden zu folgen. Zunächst widersetzte sich Baruma. Aus dem Wasser stieg ein silberner Schleier von Elementarkraft auf, der eine echte Gefahr für eine schwache Seele wie Baruma darstellte, die vom Willen eines anderen gelenkt wurde. Aber der Habichtsmeister flüsterte von Folter, und schließlich flog Baruma nach Süden.

Wann immer er konnte, hielt er sich fern von dem bedrohlichen Silberschleier mit seinen Nebelranken, die sich nach ihm auszustrecken schienen, um ihn in den Tod zu ziehen. Aber er hatte sich so sehr auf den Fluß konzentriert, daß es einige Zeit dauerte, bevor ihm klar wurde, daß er einen schattenhaften Begleiter hatte. Aus dem Augenwinkel konnte er sehen, wie ihm eine dunkle, nebelhafte Gestalt folgte. Wann immer er sich umdrehte, um einen besseren Blick zu erhaschen, verschwand dieses Wesen. Barumas Angst wuchs, und er hörte sich selbst, wie er sich an den Meister wandte.

»Dann kehr lieber um.« Nie war ihm die verhaßte Stimme des Meisters so willkommen gewesen.

Baruma drehte sich um, wandte sich vom Fluß ab und machte sich auf den Rückweg. Plötzlich fand er sich einer dunklen, hochaufragenden Gestalt gegenüber: einem wallenden, schwarzen Gewand, geschmückt mit glühenden roten

Zeichen und gegürtet mit einer Reihe abgeschnittener Köpfe. Das Gesicht des Wesens war unter der Kapuze kaum zu erkennen. Als Baruma entsetzt aufschrie, hob die Gestalt eine schattenhafte Hand und schob die Kapuze zurück, um die finsteren Züge des Alten zu enthüllen.

»Jetzt habe ich meinen verlorenen Schatz also wiedergefunden.«

Baruma konnte nur verwirrt vor sich hin plappern. Er konnte die Stimme des Habichtsmeisters hören, scharf vor Angst, die wissen wollte, was er sah, aber diese Stimme schien weit entfernt. Als das Abbild des Alten beide Hände hob, erschien gräuliches Licht und breitete sich zwischen ihnen aus. Als das Licht die Form eines Kreises angenommen hatte, der beide Männer einschloß, schwoll es auch nach oben und unten und wurde zu einer Mauer fiebrigen, schmutzigen Lichts, die sie umgab.

»Diesen Wall wird dein Meister nicht durchdringen können.« Der Alte klang tatsächlich amüsiert. »Wenn du in deinen Körper zurückkehrst, wird er dich selbstverständlich ausfragen. Sag ihm die Wahrheit. Ich möchte, daß er genau weiß, womit er es zu tun hat. Ich hoffe, der Hund windet sich.«

»Meister, rettet mich!«

»Später. Vielleicht. Im Augenblick bist du nützlich, wo du bist. Wo hat er dich gefangengenommen?«

»In Indila. Ich war auf dem Weg zu Euch.«

»Was will er?«

»Rhodry.«

»Wie bitte? Was will dieser Dummkopf mit Rhodry Maelwaedd?«

Irgendwie wußte Baruma, daß Rhodrys vollständiger Name wichtig war, aber in seinem Schreck und in seiner Verzaubetung konnte er nur dumm vor sich hinglotzen.

»Das weiß ich nicht, Herr«, sagte er schließlich. »Nein, wartet! Er will wissen, was Ihr vorhabt. Oder etwas in der Art. Ich verstehe es nicht.«

»Zweifellos hat er sich dir nicht anvertraut.« Plötzlich grinste das Abbild – eine garstige Geste, das Zurückziehen blutloser Lippen von der leeren, schwarzen Höhle eines Mundes. »Also gut, kleiner Baruma. Sag ihm alles, was du weißt, und sag ihm, der Meister des Aethyr sei hier in Bardek. Streuen wir ihm die scharfen Dornen der Wahrheit zwischen die Laken, und dann wünschen wir ihm süße Träume.«

In einem blendenden blauen Blitz verschwand der Alte. Die Mauer schmutzigen Lichts blieb noch einen Augenblick bestehen, dann löste auch sie sich auf. Hinter ihr wartete das hochaufragende Abbild des Habichtsmeisters, das Gesicht zornig verzogen.

»Es war der Alte, Meister.«

In seinem geheimen, mühsam behüteten Haß lachte Baruma, als er sah, wie der Habichtsmeister vor Angst buchstäblich aus der ätherischen Ebene herausschrumpfte. Dann schwoll das Abbild wieder zu übernormaler Größe und zwang ihn in die Knie.

»Aha!« dröhnte die Stimme des Habichtsmeisters durch das blaue Licht. »Hat er mir den Krieg erklärt?«

»Nein, Meister, nein. Er sagte, ich solle Euch die Wahrheit gestehen, was Rhodry Maelwaedd angeht – was alles angeht, auch den Meister des Aethyr.«

Das Abbild des Habichtsmeisters war reglos und brüchig wie feines Porzellan geworden.

»Der Meister des Aethyr?«

»Darum ging es doch, ihn hierher zu locken und zu töten. Er ist nun auf den Inseln, also funktioniert der Plan. Ich soll Euch jetzt alles sagen, Meister, alles. Foltert mich nicht! O bitte, tut mir nicht weh!«

»Das werde ich nicht, kleines Ferkel. Komm mit mir zurück, und wir werden uns lange unterhalten.«

Mit Hilfe der Könige der Luft erreichte die *Garantierter Profit*, sehr zur Erleichterung sowohl der Pferde als auch Perryns, Indila in verblüffend kurzer Zeit. Als Nevyn das Abladen der Tiere am Kai überwachte, beobachtete er, wie sein freiwilliger Diener sich heimlich niederkniete, um den festen Boden zu küssen und zu tätscheln wie einen geliebten Hund. Wie immer, wenn er ein wenig Zeit hatte, stellte er sich wieder die Frage nach Perryns wahrem Wesen, ganz einfach, weil er niemals jemanden mit einer solch instinktiven Antipathie gegen das Element des Wassers erlebt hatte, aber dann schob er die Frage wieder von sich. Solche Einzelheiten würden warten müssen, bis er wieder nach Deverry zurückgekehrt war.

»Jetzt ist das letzte der armen Tiere von Deck«, sagte Elaeno. »Wir werden nur noch auf dem Markt ein Pferd für mich kaufen müssen.«

»Ich dachte, es wäre vielleicht besser, wenn du hierbleibst.«

»Was? Den Kampf verpassen?«

»Bestimmt nicht – wahrscheinlich nicht. Es ist nur so: Sobald ich Jill und die anderen gefunden habe, will ich mit ihnen das Land so schnell wie möglich wieder verlassen. Wir müssen zuerst Rhodry nach Hause bringen. Um unsere ekelhaften, kleinen Feinde können wir uns später sorgen. Und es wäre mir nicht recht, in aller Eile hierher zurückkehren und feststellen zu müssen, daß dein Schiff verbrannt oder anderweitig zerstört wurde und sich alle anderen Kapitäne geheimnisvollerweise weigern, uns aufzunehmen.«

»Ich verstehe.« Elaeno legte die gewaltige Hand auf den Schwertgriff. »Meine Jungs und ich haben uns schon vorher gegen Piraten gewehrt. Wenn es sein muß, können wir das auch wieder tun.«

»Gut. Und behalte auch die astralen Siegel bei. Wenn sie zu sonst nichts gut sind, werden sie unseren Feinden zumindest etwas zu denken geben.«

Da sie kurz vor der Dämmerung vor Anker gegangen waren, beschloß Nevyn, noch an diesem Tag mit seinem kleinen Kriegshaufen aufzubrechen. Sie gingen zwar zum Marktplatz und kauften Vorräte, vermieden aber einen förmlichen und zeitraubenden Besuch beim Archon von Indila. Als sie gegen Mittag durch das Nordtor die Stadt verließen, hatte Perryn sich genügend erholt, um sicher sein zu können, daß sich Jill immer noch am selben Ort befand, eher nördlich als östlich von Indila.

»Diese Straße wird uns direkt nach Pastedion bringen, aber sie führt am Fluß entlang«, sagte Nevyn. »Wird die Nähe des Wassers Euch nicht davon abhalten, sie zu finden?«

»Nein, Herr. Warum sollte das so sein?«

»Wasser behindert manchmal die Dweomerarbeit.«

»Aber ich bin kein Dweomermann.«

»Wißt Ihr, ich denke langsam, daß Ihr tatsächlich recht habt. Aber woher Eure Fähigkeit sonst kommt, ist für mich das größte Rätsel, dem ich seit Jahren gegenüberstand.«

Zur Antwort schaute Perryn einfach jämmerlich drein, als gäbe er sich selbst die Schuld für seine seltsamen geistigen Strukturen – ein Erbe des Selbsthasses, das ihm sein Onkel Benoic auferlegt hatte; jedenfalls nahm Nevyn das an.

Als der Alte davon ausgehen konnte, daß der Habichtsmeister lange genug über die bitteren Wahrheiten nachgedacht hatte, setzte er sich wieder mit Baruma in Verbindung, denn er wollte seinem Feind nicht auf der ätherischen Ebene begegnen, wo durchaus ein Hinterhalt möglich war. Er fand den Geist seines ehemaligen Schülers so umwölkt, daß es nicht leicht war, ihn zu übernehmen und durch den Spiegel der schwarzen Tinte und durch Barumas Augen zu sehen. Baruma kniete auf einem

Stapel Satteltaschen und nährte ein kleines Feuer mit Zweigen. In der Nähe spielten zwei Männer – Habichte, nahm der Alte an – mit Knochenwürfeln, während ein dritter Mann – der Habichtsmeister, mit dem der Alte ein Jahr zuvor verhandelt hatte – im Schneidersitz dasaß, den anderen den Rücken zugewandt hatte und hinaus in den Regen starrte. Vielleicht meditierte er oder vollführte irgendeine Art geistiger Übung, aber was immer er tat, er war zumindest angemessen abgelenkt.

Der Alte brachte Barumas Kopf dazu, sich umzudrehen, von einer Seite zur anderen, aber er konnte nichts Interessantes erkennen, nur Steinsäulen und Regen. Langsam und vorsichtig zwang er Baruma aufzustehen. Er taumelte ein wenig, bis er ihn völlig unter Kontrolle hatte. Bei der Bewegung blickten beide Habichte automatisch auf und wandten sich dann wieder ihrem Spiel zu. Der Habichtsmeister zuckte mit keiner Wimper, aber der Alte hätte wetten können, daß auch er die Bewegung wahrgenommen hatte. In Barumas Körper wie in eine Rüstung gehüllt, ging er zum Ende des Unterstandes, drehte sich um, machte noch ein paar Schritte und probte auch anderweitige Bewegungen, um die Beherrschung dieses geliehenen Körpers zu vervollkommnen. Der Teil von Barumas Geist, der noch immer über so etwas wie Bewußtsein verfügte, winselte erschrocken darüber, so plötzlich auf die ätherische Ebene gezwungen zu werden, aber das konnte der Alte ignorieren.

Als er bereit war, kehrte er zum Feuer zurück und zwang die Elementarwesen dort mit einem Fluch, zu einer Flammensäule aufzuflackern. Alle drei Habichte sprangen auf die Beine und fuhren zu ihm herum – plötzlich hatten sie alle Waffen in der Hand.

»Ich bin der Alte, nicht Baruma. Wenn ihr diesen Körper tötet, wird er sterben und nicht ich.«

Der Habichtsmeister machte eine Geste; seine Verbündeten

steckten die Waffen wieder ein. Langsam und mit beeindruckender Verachtung steckte auch der Meister seinen eigenen Dolch in eine verborgene Scheide.

»Ich habe von solchen Dingen gehört. Wieso seid Ihr hier?«

»Um zu reden. Vielleicht auch, um zu verhandeln. Der Meister des Aethyr wird ein schwieriger Gegner sein. Ich könnte Eure Hilfe wieder brauchen.«

»Aha.« Der Habichtsmeister gestattete sich ein kurzes Auflachen. »Falls ich Euer verfluchtes Geld noch einmal nehme. Dank Eures kleinen Planes sind drei meiner besten Leute tot, und ein Vierter befindet sich in Gefangenschaft.«

»Mein Plan? Habe ich Euch gebeten, den Köder aus der Falle zu nehmen? Ihr seid dem Barbaren aus eigenen Gründen gefolgt; erzählt mir nichts anderes. Gebt mir nicht die Schuld, wenn mit Euren Plänen etwas schiefgeht.«

»Also gut. Aber dieses ›Etwas‹ ist für Euch ebenso gefährlich wie für mich.«

»Würde ich hier mit Euch feilschen, wenn das nicht der Fall wäre? Es ist noch ein anderer Dweomermann in diese Sache verwickelt, nicht wahr?«

»Genau – der Mann, der Rhodry gerettet hat. Und ich bin ebenfalls der Meinung, daß wir lieber zusammenarbeiten sollten. Wenn ich den Meister des Aethyr unterwegs umbringen soll, brauche ich alle Informationen, die Ihr mir geben könnt.«

»Den Meister umbringen?« Zum erstenmal seit Jahren mußte der Alte laut lachen – ein tiefes, bauchiges Lachen, das seinen geliehenen Körper unkontrolliert zittern ließ. »Ihr seid ein arroganter Idiot! Den Meister des Aethyr unterwegs umbringen, als wäret Ihr ein Bandit und er ein kleiner Kaufmann? Ich bin wirklich verblüfft. Das spottet jeder Beschreibung.«

Das dunkle Gesicht des Habichtsmeisters hatte einen gefährlichen rötlichen Unterton angenommen.

»Wenn ich einen Archon mitten in seinem Palast töten kann,

wo jedes Tor, jedes Fenster und selbst die gottverfluchten Ritzen in der Decke vor Wachen nur so wimmeln, dann werde ich doch wohl …«

»Ihr könnt nichts gegen den Meister des Aethyr unternehmen. Überlaßt ihn mir. Kommt zu meiner Villa; Baruma weiß, wo sie liegt. Wir werden ihm dort eine Falle stellen.«

Langsam wurde die Farbe des Habichtsmeisters wieder normal, und er lächelte.

»Oh, ich werde kommen. Aber ich bringe Nevyns Kopf mit. Ich weiß das eine oder andere über Fallen.«

»Narr!«

Der Alte glitt aus Barumas Körper und gestattete der Seele des Besitzers, ihn wieder zu übernehmen, noch bevor der Habichtsmeister einen Schritt vorwärts treten und ihm ins Gesicht schlagen konnte. Winselnd sank Baruma auf die Knie, während der Alte sein Bewußtsein zurückzog und durch den Spiegel in seinen eigenen Körper zurückkehrte.

Sobald er dort angelangt war, lachte er abermals. Der Habichtsmeister hatte den Köder geschluckt, wie er es angenommen hatte. Ganz gleich, wie der Kampf ausging, der Alte würde davon profitieren. Sollte es dem Habichtsmeister wie durch ein Wunder tatsächlich gelingen, Nevyn zu töten, dann konnte der Alte den Meuchelmörder selbst leicht eliminieren, wann immer er es wollte. Es war allerdings sehr viel wahrscheinlicher, daß es den Habichten nur gelingen würde, die Begleiter des alten Mannes umzubringen, diesen geringeren Dweomermeister eingeschlossen, bevor Nevyn sie zerstörte. Aber bis dahin wäre die Position des Meisters des Aethyr erheblich geschwächt. Er wäre allein, ohne Verbündete in einem fremden Land, und der Alte könnte endlich zuschlagen.

Nachdem sich der Alte zurückgezogen hatte, verschwand die Wut des Habichtsmeisters ebenso plötzlich. Der alte Dummkopf glaubte also, er ließe sich wie ein dummer Schüler zu einem übereilten Angriff verleiten? Er würde überrascht sein, wenn die Habichte an seinen Toren erschienen, unbeschadet und mit Verbündeten an ihrer Seite. Lange Zeit ging der Habichtsmeister auf und ab und dachte nach, während Baruma weiter winselnd auf dem Bauch lag und die beiden anderen Männer erwartungsvoll zusahen, als wüßten sie, daß ihnen große Dinge bevorstanden.

Der Meister wußte, daß er sehr vorsichtig sein mußte. Schon jahrelang hatte die dunkle Bruderschaft Kenntnisse des Dweomer gehortet, wie ein fetter reicher Mann über seinem Festessen kauert und den Bettlern an seiner Tür nur trockenes Brot hinwirft. Da die Habichte für die Bruderschaft nützlich waren, erhielten sie diese abgenagten Wissensknochen; da sie auch gefährlich waren, erhielten sie niemals mehr. Aber in der Villa des Alten befanden sich Bücher, magische Gegenstände, vielleicht sogar gefangene Geister, die auf Befehl ihre Schwarze Magie preisgeben würden – würde nicht jeder Meuchelmörder auf der Insel vor dem Habichtsmeister niederfallen, wenn er sich diese Kenntnisse erst beschafft hätte? Würden sie nicht sowohl mit Gold als auch mit Ehrerbietung zahlen, um alles zu erfahren, was er wußte? Und sobald die Habichte sich in den dunklen Künsten auskannten, würde es keine Bruderschaft mehr geben – nur noch Habichte.

Zuvor hatte niemand gewagt, den Alten anzugreifen, aber nun hatte er einen gefährlichen Feind auf den Inseln. Zweifellos waren die anderen Mitglieder der Bruderschaft der Ansicht, daß jemand, der ihnen bewußt den Meister des Aethyr und offenbar auch noch einen seiner Schüler auf den Hals hetzte, senil geworden sein mußte. Zweifellos würde die Bruderschaft nicht damit einverstanden sein, daß die Habichte sich die Bücher des Alten aneigneten, aber sobald der Habichtsmeister die Bücher erst einmal hatte, würde das gleich sein. Sollten sie doch versuchen, sie sich zurückzuholen, wenn sie es wagten.

Damit blieb selbstverständlich noch das Problem des Meisters des Aethyr. Obwohl der Habichtsmeister nicht vorhatte, den alten Mann direkt anzugreifen, konnte er zumindest dafür sorgen, daß niemand im Umkreis von Meilen ihm und seinem Schüler helfen würde. Irgendwann würden sich der Alte und der Meister des Lichts dann im Kampf begegnen; und ganz gleich, wer gewann, der Habichtsmeister würde profitieren. Entweder wäre der Alte tot und besiegt oder von seinem schwer errungenen Sieg gewaltig geschwächt. Sollte Nevyn gewinnen, dann würde der Habichtsmeister die Villa einfach plündern und verschwinden, oder – und hier befriedigte ihn die Eleganz seines Planes unendlich – falls er einen kriegsmüden Nevyn töten könnte, würde ihn die Bruderschaft dafür um so mehr fürchten und ihn in Ruhe studieren lassen.

Es gab allerdings ein letztes Problem: Was, wenn er Nevyn nach dieser letzten Schlacht nicht finden konnte? Der Habichtsmeister hatte gehört, daß Meister der Magie einander auf der ätherischen Ebene töten konnten, während ihre physischen Körper Meilen voneinander entfernt waren. Der Habichtsmeister wollte beide zusammen auf der physischen Ebene, wo er dann selbst den Sieger angreifen könnte. Um dafür zu sorgen, würde er eine Spur legen müssen, die den Meister des Aethyr direkt zur Tür des Alten führte. All dies schien, als er dort im Unterstand auf und ab ging, ausgesprochen vernünftig und – noch besser – ungeheuer profitabel.

Lächelnd drehte sich der Habichtsmeister zu seinen Männern um.

»Bringt Baruma ein Stück in den Wald – nein, tut ihm nicht weh, steck das Messer weg, du Idiot! Bringt ihn nur ein Stück weg, damit er mich nicht belauschen kann. Baruma ist für uns sehr wichtig. Er kennt den Weg zur Villa des Alten. Tatsächlich, kleines Ferkel, werde ich heute abend dafür sorgen, daß du eine gute Mahlzeit erhältst – alles, was du willst.«

Baruma grinste und sabberte. Der Habichtsmeister tätschelte ihm den Kopf, dann bedeutete er den anderen, daß sie ihn wegführen sollten. Er hatte vor, sich durch die schwarze Tinte an mögliche Verbündete zu wenden – es gab in diesem Teil der Inseln mehrere Außenposten der Gilde –, und er wollte dem Alten keine Möglichkeit geben, davon zu erfahren.

Am selben Abend kehrte Salamander kurz nach Sonnenuntergang wieder einmal mit Kopfschmerzen ins Gästehaus des Tempels zurück. Da Gwin und Rhodry irgendwo auf dem Tempelgelände Holz hackten, war Jill allein, als er mit gesenktem Kopf hereingeschlurft kam und sich auf seine Pritsche warf. Ungefragt goß sie ihm Wein ein.

»Hat es einen Rückschlag gegeben?«

»Wie aufmerksam du doch bist, mein kluger Spatz.« Salamander trank einen großen Schluck und wischte sich den Mund mit dem Ärmel ab. »Sie reden davon, Brindemo zur Aussage vorzuladen.«

»Das könnte Monate dauern!«

»In der Tat. Immer vorausgesetzt, unser dicker Freund erreicht das Gericht lebend. Der Gedanke dahinter ist, daß sie uns zwingen wollen, die Anklage fallenzulassen.« Er trank den Becher leer und ließ sich nachfüllen. »Der Archon dieser schönen und brunnengeschmückten Stadt scheint ausgesprochen unwillig zu sein, Baruma zu verfolgen.«

»Zweifellos fürchtet er sich vor den Habichten.«

»Selbstverständlich. Man hat mir wiederholt versichert, daß wir in kürzester Zeit auf dem Weg sein könnten, wenn es nur darum ginge, Rhodry zu befreien. Man hat auch angedeutet, daß die üblichen Gebühren beträchtlich gesenkt würden, als Wiedergutmachung für den außergewöhnlichen Zeitaufwand, den wir mit etwas hatten, das eigentlich – und hier liefert mir jeder Beamte eine beeindruckende Vorführung von wissendem Augenzwinkern und bedeutsamen Blicken –, das eigentlich eine Routineangelegenheit sein sollte.«

»Mistkerle.« Auch Jill goß sich einen Becher Wein ein. »Aber ich denke, Rhodry wäre froh, die Anklage fallenzulassen. Er möchte Baruma selbst umbringen. Und es gefällt ihm auch nicht, sich von einem Haufen Gemeiner sagen lassen zu müssen, was er tun soll.«

»Wie einfach das Leben meinem geliebten Bruder doch vorkommen muß!« Salamander lächelte, aber er hielt den Weinbecher so fest in der Hand, daß Jill Angst hatte, er würde ihn zerbrechen. »Ich fürchte nur, wir haben keine Wahl.«

»Warum? Ich dachte, der Sinn dieser Klage bestünde ohnehin nur darin, Zeit zu verschwenden.«

»Genau, aber Zeitverschwendung bedeutet nicht, auch noch Leben zu verschwenden. Wenn die Archonten nach Brindemo schicken, werden die Habichte ihn auf die eine oder andere Weise umbringen – wenn nicht schon in Myleton, dann irgendwo auf dem Weg. Und versuch bitte nicht, mir beweisen zu wollen, daß Brindemo es nicht besser verdient hat, denn er ist immerhin ein menschliches Wesen und ein Kind eurer Götter und so weiter und so weiter.«

»Er hat sich auch geweigert, Rhodry in die Minen zu verkaufen. Das genügt mir.«

»Immer praktisch, nicht wahr? Also gut. Wir werden seine Heiligkeit bitten, Rhodrys Freiheit am Morgen zu bestätigen, und am Tag danach – man muß einen ganzen Tag und eine Nacht warten, was uns in unserer gefährlichen Lage nur hilft – werden wir beim Archon die Unterlagen einreichen und dann … nun, was dann? Sollen wir es riskieren, mit Nevyn Verbindung aufzunehmen?«

»Werden die Habichte es erfahren?«

»Wahrscheinlich.«

Jill trank einen Schluck und dachte über die grimmigen Alternativen nach. Mit einem tiefen Seufzen stand Salamander auf und ging zum Stehpult, wo eine Kerze von der Länge und Dicke eines Kinderarms bereitstand. Er entzündete sie mit einem Fingerschnippen, runzelte kritisch die Stirn, löschte die Kerze wieder und beschwor dann mit einer Geste eine Kerzenform aus reinem, gelben Licht herauf, die die Schriftrolle auf dem Pult beleuchtete.

»Wieso mußt du jetzt lesen?« fauchte Jill. »Wir sollten lieber über unsere Probleme nachdenken.«

»Wie unangenehm du doch werden kannst! Ich habe bereits über die Probleme nachgedacht und den Schluß gezogen, daß es keine Lösung gibt. Wie bei dem Hirten in der alten Fabel, der zwischen dem Löwen und dem Wolf steht, ist es gleich, in welche Richtung wir rennen: Wir werden im Magen eines Raubtiers landen.«

»Manchmal würde ich dich am liebsten erwürgen.«

»Zweifellos.« Er beugte sich über die Schriftrolle, aber ob er wirklich las, hätte sie nicht sagen können. »Es gibt Zeiten, Turteltäubchen, da geht mein Geschwätz sogar mir auf die Nerven.«

Am ersten Abend nach ihrer Abreise aus Indila hatten Nevyn und seine Männer in einer kleinen Stadt an der Straße übernachtet, für den zweiten Abend hatte er allerdings etwas Besonderes im Sinn: einen Tempel des Dalae-oh-contremo oben in den Hügeln, der eher eine Heimstatt für ältere Priester war. Er war einen Tagesritt von Pastedion entfernt, weit genug, um seinen Bewohnern die nötige Abgeschiedenheit zu geben, aber nahe genug am großen Tempel in der Stadt, daß die jüngeren Priester sich angemessen um ihre älteren Brüder kümmern konnten.

Die niedrigen, langgezogenen weißen Gebäude standen auf einer Klippe etwa dreihundert Schritt über dem Fluß. Der einzige Weg nach oben war ein in den Felsen gehauener Zickzackpfad. Als Nevyn und seine Leute am Fuß dieser Klippe eintrafen, ging gerade die Sonne unter, und als der alte Mann nach oben spähte und sich fragte, ob ihre müden Pferde den Aufstieg noch schaffen würden, schimmerten die Gebäude in rosafarbenem Licht. Plötzlich wurde ihm eiskalt, denn das Licht wich in seiner Dweomersicht Strömen von Blut.

»Was ist denn, Herr?« fragte Amyr. »Ihr seid kreidebleich geworden.«

»Ich weiß es noch nicht, Junge, aber ich würde wetten, daß irgend etwas hier nicht stimmt. Wir werden die meisten Männer mit den Pferden hierlassen, aber wir beide klettern hinauf und sehen uns die Sache einmal an.«

»Glaubt Ihr, daß dort oben Feinde lauern?«

In diesem Augenblick erschien eine Gruppe dicker lila-schwarzer Gnome zu Nevyns Füßen. Sie waren offensichtlich aufgeregt, verzogen ängstlich die Gesichter und sprangen auf und ab, aber sie schüttelten den Kopf auf Amyrs Frage. Um ganz sicherzugehen, ließ sich Nevyn allerdings auch noch von Praedd begleiten. Keuchend kletterten die drei nach oben, bis sie schließlich am hölzernen Tor des Anwesens standen und nach Luft schnappten.

Dennoch gönnten sie sich nur einen Augenblick. Als Nevyn ans Tor pochte, öffnete es sich einen Spalt und gab den Blick auf einen älteren Mann frei, der mit schmerzverzerrtem Gesicht am Boden lag, die Hand verzweifelt nach dem Tor ausgestreckt. Eine Blutpfütze trocknete rings um ihn, und er hatte auch Blut im schneeweißen Haar.

»Ihr Götter!« Nevyn stöhnte. »Wappnet Euch, Männer.«

Sie schoben das Tor auf und betraten einen Hof mit Blumenbeeten voller roter und gelber Blüten rund um ein gepflastertes Quadrat. Zwei Tote lagen am Eingang zum Schreinraum. Auch sie waren, wie der Mann am Tor, erstochen worden. Das Wildvolk führte Nevyn und seine Leute zu zwei weiteren Leichen am Waschhaus, und die letzten drei fanden sie in der Küche, wo sie offensichtlich gerade ihre Abendmahlzeit aus Brot und Gemüse vorbereitet hatten, als die Mörder über sie herfielen. Die ganze Zeit fühlte sich Nevyn seltsam betäubt, es war ihm vielleicht ein wenig kalt, aber er war vollkommen ruhig.

Da er wußte, daß Priester gerne nahe dem Altar begraben werden wollten, ließ er sie von den Männern in den schmalen, weißgekalkten Schreinraum bringen und legte sie dort auf den Kachelboden vor den riesigen Block polierten Steins. Hinter dem Altar befand sich ein Fresko des Wellenvaters, der heiter und frei über dem Ozean schwebte, genauso wie Nevyn hoffte, daß die Seelen seiner Diener nun im Einen Wahren Licht trieben. Bis sie alle Opfer mit Decken aus ihren Zellen zugedeckt hatten, war die Nacht hereingebrochen. Als Nevyn eine goldene Lichtkugel über dem Altar aufleuchten ließ, schienen sich weder Amyr noch Praedd daran zu stören. Beide Männer waren bleich und zitterten, aber das war auf ihren Zorn zurückzuführen.

»Diese Hundesöhne!« rief Amyr. »Hilflose alte Männer zu töten!«

»Werden wir Gelegenheit haben, sie zu rächen, Herr?« wollte Praedd wissen.

»Das hoffe ich. Ich möchte wetten, daß man diese Männer nur deshalb umgebracht hat, damit sie uns keine Zuflucht geben können.«

Erst jetzt überfiel ihn die Trauer; Trauer und Zorn und ein beinahe überwältigendes Gefühl der Schuld, daß diese weisen und sanftmütigen alten Männer um seinetwillen gestorben waren – aber nicht nur allein um seinetwillen, erinnerte er sich, sondern durch das Böse, das die Inseln durchdrang wie Fäulnis. Er spürte, daß er zitterte, und sein Herz schlug heftig. Dann wurde er kalt wie ein aus Eis gemeißeltes Schwert. Das Wildvolk des Aethyr sammelte sich um ihn wie ein Sommergewitter, knisternd und zitternd, und blaue Blitze zuckten über die Wände.

»Ich schwöre bei all meinen heiligen Gelübden, daß diejenigen, die diese unschuldigen Seelen niedergemetzelt haben, dafür in Blut zahlen werden.«

Seine Stimme hallte im Schreinraum wider, und ein greller weißer Blitz brach aus dem Altar. Praedd und Amyr sanken auf die Knie.

»Der Gott hat meinen Schwur bezeugt. So soll es sein!«

Und dann erschollen drei tiefe Donnerschläge und dröhnten durch den Schrein.

Wäre er allein gewesen, wäre Nevyn in seiner heiligen Wut die ganze Nacht weitergezogen, um Pastedion zu erreichen, aber er hatte Männer und Tiere in seiner Obhut. Alle verbrachten eine ruhelose Nacht – selbst die Pferde schienen zu spüren, daß etwas nicht in Ordnung war – mit dem Rücken zur Klippe. Obwohl es allen anderen gelang zu schlafen, blieb Nevyn wach und ging am Fluß auf und ab und hielt Wache in mehr als nur einer Welt.

Am Morgen murrte niemand, als der Dweomermeister darauf bestand, daß sie früh aufbrachen. Sie erreichten Pastedion weit vor Sonnenuntergang, als die Stadt gerade vom Mittagsschlaf erwachte und die Bürger für eine kleine Mahlzeit und ein wenig Klatsch zum Markt gingen. Alle starrten die Gruppe gut bewaffneter, grimmiger Reiter an, die durch die Straßen zum Palast des Archon zogen. Die Deverrianer fanden sich schließlich auf einem gepflasterten Hof wieder, auf dem ein Marmorspringbrunnen plätscherte. Als ein paar gehetzt wirkende Sklaven herauskamen und verkündeten, daß Archon

Graffaeo keine Besucher empfinge, packte Nevyn einen dieser Unglücklichen am Hemd und zog ihn halb von den Beinen.

»Sag ihm, daß Lord Galrion von Aberwyn in einer dringenden Angelegenheit des Gwerbret besagter Stadt hier ist, und daß er außerdem schreckliche Nachrichten bringt. Die alten Priester, die oben an der Flußstraße dem Wellenvater dienten, sind alle umgebracht worden. Verstanden?«

Der Sklave quiekte und nickte nachdrücklich.

»Gut. Dann hol ihn jetzt her.«

Mit einem letzten Quieken riß sich der Sklave los und rannte in den Palast, als wären ihm Dämonen auf den Fersen. Nevyn lächelte, verschränkte die Arme und wartete.

Obwohl die Befreiung eines Sklaven auf den Inseln normalerweise ein freudiges Ereignis ist – man erwartet von dem ehemaligen Herren, ein großes Festessen für Freunde und Verwandte auszurichten –, hatten Jill und die anderen keine Lust, nach der kurzen Zeremonie, die Rhodry wieder zu einem freien Mann machte, auch noch zu feiern. Alle saßen in finsterer Laune im Gästehaus und stritten sich hin und wieder darüber, was als nächstes zu tun war, als Bruder Merrano hereingerannt kam.

»Rhodry, ein Mann aus Deverry ist gerade im Palast des Archon eingetroffen, und er behauptet, einer Eurer Verbündeten zu sein. Ein Lord Galrion.«

»Wer?« Rhodry warf Jill einen Blick zu, aber sie zuckte nur verwundert die Achseln. »Den Namen habe ich noch nie gehört.«

»Er klingt wie ein Name aus einer alten Chronik«, meinte Salamander.

»Darüber weiß ich nichts«, meinte Merrano ein wenig gereizt. »Aber er hat eine Truppe Bewaffneter mitgebracht, und der Archon fürchtet, sie werden anfangen, allen die Köpfe abzuschlagen, wenn Ihr nicht persönlich hingeht und sie beruhigt.«

»Das klingt wirklich nach einem Mann aus Eldidd.« Rhodry erhob sich grinsend. »Also gut. Sehen wir ihn uns einmal an.«

Vom Tempel bis zum Palast des Archon waren es nur ein paar hundert Schritte, aber Jill kam der Weg unendlich lang vor. Als sie dicht gedrängt über den Marktplatz zogen, mit Rhodry in der Mitte, glaubte sie, in jedem Schatten und auf jedem Dach Attentäter zu sehen, die alle nur auf eine Gelegenheit warteten, Aberwyn seines rechtmäßigen Erben zu berauben. Sie wurde noch unruhiger, als sie den Palast erreichten und feststellten, daß der Archon seine eigenen Wachen mobilisiert hatte. Am Tor standen zwei Speerträger, zwei weitere an der Tür des großartigen Hauses selbst. Bei ihrem Anblick erstarrte Gwin, aber Salamander legte ihm die Hand auf die Schulter und flüsterte: »Gibt es hier jemanden, der dich erkennen könnte?«

»Nein. Aber man weiß nie.«

»Nun, überlaß das Lügen mir. Ich bin ein Meister dieses Handwerks.«

Gwin rang sich ein Lächeln ab und ließ sich in das hallende, lila und golden gekachelte Empfangszimmer des Archon führen. Auf dem Boden vor dem Podest saßen zehn Deverrianer unbehaglich auf Kissen und tranken Wein aus Bechern, deren Form ihnen ebenso seltsam vorkam wie der Rest ihrer Umgebung. Jill drückte Rhodrys Arm.

»All diese Männer gehören zu deinem Kriegshaufen. Tu so, als würdest du sie kennen. Der Blonde mit der Narbe über den Augen heißt Amyr.«

Dann schaute sie aufs Podium, und alle weiteren guten Ratschläge blieben ihr im Hals stecken. »Nevyn!«

Sie rannte wie ein Kind durchs Zimmer, ohne noch einen Gedanken an Schicklichkeit und das Protokoll zu verschwenden. Mit krächzendem Lachen erhob sich der alte Mann und kletterte gerade noch rechtzeitig vom Podest, bevor sie sich ihm in die Arme warf.

»O Nevyn, Ihr könnt Euch nicht vorstellen, wie froh ich bin, Euch zu sehen.«

»Ich denke doch, Kind. Nein, nicht weinen. Wir werden uns durchkämpfen und gewinnen!«

Erschrocken bemerkte Jill, daß sie tatsächlich weinte. Als sie sich die Augen mit dem Hemdsärmel abwischte, gab ihr Nevyn einen der schrecklichen alten Lumpen, die er immer in der Briggatasche hatte, als Taschentuch – einen so vertrauten Gegenstand, daß er besser wirkte als ein mächtiger Talisman und inmitten finsterer Magie Vernunft und Mut ausstrahlte. Sie gab ihn nur ungern wieder her.

»Wir sollten jetzt lieber wieder etwas förmlicher werden«, flüsterte Nevyn.

Er nahm ihren Arm und führte sie zum Podest, wo ein sichtlich erstaunter Archon wartete. Auch Rhodrys Männer waren nun aufgestanden und drängten sich um den Gwerbret, alle bemüht, ihn zumindest einmal zu berühren und sich zu überzeugen, daß er tatsächlich hier war, wohlbehalten und lebendig. Einige weinten offen, andere blieben nur mit großer Willenskraft ruhig. Aber selbst inmitten all dieser Verwirrung bemerkte Jill Gwin, der an der Seite stand, und sie würde nie den Ausdruck von Schmerz auf seinem Gesicht vergessen, die Miene eines Mannes, der gerade verstanden hat, daß er ein Außenseiter ist, ausgestoßen von allem, was anständig und normal ist. Dann war der Ausdruck verschwunden, Gwins üblicher starrer Miene gewichen, aber in diesem Augenblick hatte Jill ein wenig Mitgefühl für ihn aufbringen können.

»Verzeiht mir«, wandte Nevyn sich an den Archon. »Das hier ist meine Enkelin und die Verlobte des Gwerbret, und dort, direkt hinter ihr, ist der Halbbruder des Gwerbret.«

Als Graffaeo, ein rundlicher kleiner Mann mit relativ heller Haut, sich vor Jill verbeugte, knickste sie zur Erwiderung. Salamander lächelte dermaßen arrogant, daß sie dem Archon die säuerliche Grimasse nicht übelnehmen konnte.

»Mit diesem jungen Mann bin ich bestens bekannt, Lord Galrion«, knurrte Graffaeo. »Aber wo ist der Gwerbret selbst?«

»Hier.« Rhodry kam zum Podest, übersah die Stufen und sprang mit einer anmutigen Bewegung die drei Fuß hinauf. »Ich habe Euren Namen in den vergangenen Wochen häufig genug vernommen, Verehrtester.«

Rhodrys Männer jubelten, wortlose Äußerungen der Erleichterung. Die anwesenden Sklaven und Diener ließen sich mitreißen und applaudierten ebenfalls, bis Graffaeo die Arme hochriß und Schweigen forderte.

»Es ist mir ein Vergnügen, Euch in meinem bescheidenen Heim willkommen zu heißen, Lord Rhodry von Aberwyn.« Sein Lächeln wirkte wölfisch in dem dicklichen Gesicht. »Und da nun Eure Leute hier sind, um Euch nach Hause zu begleiten, werde ich hoffentlich nichts mehr von diesem Prozeß hören.«

Den Rest des Nachmittags und noch lange in den Abend hinein, nachdem die Sklaven hundert Öllampen angezündet und eine Mahlzeit serviert hatten, war Jill Zuschauerin des seltsamsten Turniers, das sie je gesehen hatte: Runde um Runde von Scheinkämpfen wurde mit Worten ausgefochten, und nur wenige dieser Worte waren schlicht und einfach. Sie war entsetzt zu sehen, wie hinterhältig und was für ein Meister der Andeutung Nevyn sein konnte, wenn er mußte, und der Archon hätte selbstverständlich die Wahl zu diesem Amt nie gewonnen, wenn er nicht ebenso subtil hätte sein können. Es dauerte Stunden, bis sie erkannte, daß dieser Kampf nicht um Prinzipien ausgetragen wurde, sondern aus Angst. Hätten die Habichte der Bruderschaft nicht sein Leben bedroht, dann hätte

Graffaeo sich mit Freuden in unglaubliche Unkosten gestürzt, sie nach Hause zu schicken und die ermordeten Priester zu rächen; aber die Habichte waren allgegenwärtig und eine stete Bedrohung. Nicht, daß der Archon sie auch nur ein einziges Mal erwähnt hätte – die meiste Zeit sprach er von bedauerlichen Umständen und dem Unwillen der Wähler. Aber alle wußten, was er meinte, und alle gingen davon aus, daß die Habichte hinter den Morden im Tempel steckten.

»Selbstverständlich«, meinte Nevyn an einer Stelle, »wird es einen Aufruhr unter der Wählerschaft geben, wenn die Nachrichten von dem Gemetzel sich erst verbreiten – wie es zweifellos gerade in diesem Augenblick geschieht. Mein Diener bewacht unsere Pferde im Stall.«

»Die Nachrichten hätten sich zweifellos wie ein Lauffeuer ausgebreitet, ganz gleich, was wir tun.« Graffaeo hatte diesen kleinen Sieg des Dweomermeisters rasch unterlaufen. »Fürchtet nichts. Ich werde alles tun, um die Bevölkerung davon zu überzeugen, daß ich die Situation in der Hand habe.«

»Der Gerechtigkeit muß Genüge getan werden, wie?« Nevyn prostete ihm zu. »Ganz gleich, was es kostet?«

Graffaeo wurde dunkelrot.

»Es wird Gerechtigkeit geübt werden, Herr. So oder so.«

Nevyn hielt inne, den Becher halb zum Mund geführt, und sah den Archon über den Rand hinweg an. In seinen eisblauen Augen lag ein seltsamer Anflug von Mitgefühl.

»So oder so, in der Tat.« Er stellte den Becher ab. »Ich verstehe selbstverständlich, daß Ihr Euch in einer schwierigen Lage befindet, mit so vielen Faktoren und Aspekten, die beachtet werden müssen. Wie schade, daß Euch niemand diese Angelegenheit einfach abnehmen kann – selbstverständlich inoffiziell, während die offizielle Untersuchung weiter ihren Lauf nimmt.«

»Ah.« Graffaeo griff nach einer getrockneten Feige und

betrachtete die Frucht forschend. »Ja, das ist schade. Wer immer so etwas tun würde, könnte sich meines Dankes gewiß sein.«

»Selbstverständlich.« Nevyn trank einen Schluck Wein und betrachtete ein Fresko der Sternengöttinnen, die einem Helden einen Kompaß überreichten. »Was für ein wunderbares Gemälde! Der Künstler muß sehr berühmt sein.«

»O ja. Wir hatten Glück, daß er sich dazu herabgelassen hat, für uns zu arbeiten.«

»Erinnert sich irgendwer an die Namen der Lehrlinge, die Gips gemischt und die Farben gemischt haben, oder die der Sklaven, die die Zeichnungen des Meisters an die Wand gehängt haben?«

»Wie bitte? Warum sollte man das tun?« Dann lächelte der Archon verständnisvoll. »Ja, wieso sollte sich irgendwer daran erinnern?«

»Die Helfer großer Taten bleiben meist im Dunkeln, obwohl ihnen viele der, sagen wir … unangenehmeren Arbeiten zufallen.«

»Das ist in gewisser Weise schade.« Der Archon griff nach dem Silbertablett. »Darf ich Euch noch etwas Gebäck anbieten, Lord Galrion?«

»Ich danke Euch.«

Als Nevyn nach einem Stück Mandelkuchen griff, wurde Jill klar, daß hier gerade ein Abkommen geschlossen worden war – aber worüber, hätte sie nicht sagen können.

Um des schönen Scheins willen blieben sie noch ein wenig, aber alsbald verabschiedete sich Nevyn in einer Woge von Verbeugungen und Protesten und gegenseitigen Komplimenten. Als sie alle draußen im Hof auf ihre Pferde warteten, war Salamander vollkommen außer sich und konnte kaum stillstehen.

»Ein brillanter Streich, Lord Galrion!« Er sprach deverrianisch, was hier im Hügelland einer Geheimsprache gleichkam. »Das war wirklich gelungen!«

»Halt den Mund, schwatzhafter Elf!« Nevyn schien müde zu sein. »Prahle nicht mit etwas, das unser aller Tod sein könnte.«

»Aber ich verstehe das nicht«, wandte Jill ein. »Was ist denn passiert?«

»Wir haben seine Erlaubnis erhalten, die Habichte zu verfolgen. Wenn ich versage, wird ihn das nichts angehen, aber wenn ich Erfolg habe, wird man mich dafür auch nicht belangen können.«

»Woher wißt Ihr das? Für mich war das alles vollkommen unklar.«

»Mein Turteltäubchen!« warf Salamander ein. »Es war nicht nur ein einzelnes Wort oder ein Satz – die Wahrheit findet sich in der Bilanz des gesamten Abends. Nie habe ich jemanden besser verhandeln sehen! Unser Nevyn ist so subtil, so eloquent, daß ich mich langsam frage, ob er nicht auch ein halber Elf ist.«

»Ich weiß, daß du das als Kompliment gemeint hast, aber hör lieber auf damit!« fauchte Nevyn. »Du hast nicht gesehen, was die Habichte in diesem Tempel angerichtet haben.«

»Das stimmt, Meister. Ich bin beschämt.«

Mit lautem Hufgeklapper und Zaumzeugklirren kündigten sich die Pferde an, die die Sklaven aus dem Stall brachten. An ihrer Spitze, ganz Unterwürfigkeit, das rote Haar im Laternenlicht schimmernd, marschierte Perryn. Bei seinem Anblick fletschte Jill die Zähne wie ein Hund und umklammerte den Schwertgriff. Als er entsetzt aufschrie und zurückwich, war ihr Ekel beinahe so groß, daß er ihr die Kehle zuschnürte. Dieser … dieser widerliche Bastard … dieses knochige kleine Ungeheuer, das eher wie ein Gnom als wie ein Mann aussah – dieser Widerling, der sie mit seinem seltsamen und unreinen Dweomer überwältigt hatte! Ohne nachzudenken ging sie auf ihn zu, schlug ihn mit einer Hand ins Gesicht und boxte ihn so fest sie konnte in den Bauch. Ächzend sackte er vornüber.

»Das genügt!« Nevyn packte ihr Handgelenk.

»Aber Herr! Nach allem, was er mir angetan hat! Ich werde ihn umbringen.«

»Nein. Ich verbiete es dir. Nichts, das ich dir sagen könnte, würde dich überzeugen, also verbiete ich es dir einfach.«

Das konnte sie akzeptieren – wenn auch mit großer Mühe. Sie schüttelte den Griff des alten Mannes ab und ging zu Rhodry, der bei seinem Kriegshaufen stand und ihr zustimmend zulächelte.

»Erinnerst du dich an dieses stinkende Wiesel?« fragte sie.

»Nur zu gut. Ich habe ihn auf der Straße erwischt, nachdem du ihn verlassen hattest. Der graue Gnom hat mich zu ihm geführt, und ich habe ihm die Dämonen aus dem Herzen und den Dreck aus den Gedärmen geprügelt. Eine schöne Erinnerung.«

»Warum hast du ihn nicht umgebracht?«

»Weil ich geschworen hatte, es nicht zu tun.« Rhodry runzelte die Stirn. »Ich kann mich nicht mehr erinnern, wieso ich diesen Schwur geleistet habe. Aber Schwur ist Schwur.«

»Ja. Also gut – ich habe mich nur gefragt.«

»Dazu hast du alles Recht der Welt. Aber Liebste, wenn ich so tue, als hätte ich ein Gedächtnis, heißt das noch lange nicht, daß es der Wirklichkeit entspricht. Dieser alte Mann, dieser Galrion, den du immer ›Niemand‹ nennst … wer bei den Höllen ist er?«

Sie kam sich vor, wie Perryn sich gefühlt haben mußte, als ihre Faust ihm den Magen gegen das Rückgrat gedrückt hatte. All ihre Verzweiflung kehrte zurück, und sie fragte sich, ob es Rhodry je wieder bessergehen würde, wenn er sich nicht einmal an Nevyn erinnerte.

»Ein Mann, dem du dein Leben anvertrauen kannst, und der

größte Zauberer in Deverry dazu.« Sie versuchte, tröstend zu lächeln. »Von seinen anderen Talenten werde ich dir später erzählen.«

Da Nevyn der Ansicht war, die Priester des Dalae-oh-contremo hätten genug Barbaren in ihren Mauern ertragen müssen, schickte er Salamander, Perryn und Praedd zurück zum Tempel, um Ausrüstung und Pferde zu holen, und nahm alle mit in ein Gasthaus, das Merrano empfohlen hatte: ein weitläufiges, sauberes Haus, das von einem frommen Mann betrieben wurde und – noch besser – von einer hohen Mauer mit eisernen Stacheln darauf umgeben war. Um diese Jahreszeit hatten sie das Haus fast für sich, und Jill hatte, sehr zu Nevyns Überraschung, mehr als genügend Geld, das sie dem Wirt überließ, damit dieser dafür sorgte, daß sie auch weiterhin allein blieben.

»Woher hast du all das Silber?«

»Ach …« Sie wurde ein wenig ausweichend. »Wir haben es verdient, aber das solltet Ihr lieber Salamander fragen.«

»Also gut. He, Amyr! Du und der Rest der Männer, ihr werdet in dem Gemeinschaftsraum oben schlafen. Richtet euch ein, dann wartet hier draußen auf Salamander und die anderen. Sagt Perryn, er soll im Stall bei den Pferden übernachten. Das wird ihm ohnehin lieber sein.«

Und er wird dort sicherer sein, dachte Nevyn grimmig – vor Jill. Als er Perryn mitgenommen hatte, hatte er ganz vergessen, daß Jill alles andere als erfreut sein würde, diesen Mann wiederzusehen, den sie für einen Verbrecher hielt. Er verstand ihre Gefühle zwar, aber er hatte nicht vor zuzusehen, wie sie Perryn totschlug.

Nachdem Salamander zurückgekehrt war, drängten er, Jill, Rhodry und Gwin sich alle in das kleine Wohnzimmer von Nevyns Quartier und setzten sich auf den Boden, während der alte Mann ruhelos auf und ab ging. Obwohl er wußte, daß alle auf ihn warteten, fiel es ihm schwer anzufangen. Sie erwarteten, daß er jedes Problem löste, während er wußte, wie wirr die Situation im Augenblick war. Endlich beschloß er, mit dem einfachsten Faden des Gewebes zu beginnen, und zeigte auf Gwin.

»Wer bist du überhaupt, Junge?«

Gwin leckte sich nervös die Lippen und sah seinerseits Rhodry an.

»Er war ein Habicht, Herr«, sagte Rhodry. »Aber jetzt gehört er zu mir, und ich bürge für ihn.«

Nevyn wandte sich wieder Gwin zu und betrachtete ihn mit dem Dweomerblick. Einen Augenblick blitzten andere Augen vor ihm auf, blau und kalt, aber im Grunde verwirrt – und mit dieser Vision kam das Weinen eines Mannes, eines Mannes, der jahrelang nicht getrauert hat. Dann verklang es, und Nevyn war ebenso verwundert wie Gwin erschrocken.

»Ich tue dir nichts, Junge. Wenn Rhodry sagt, daß du die Seiten gewechselt hast, dann glaube ich ihm.«

Gwin schluckte, seufzte leise und fand endlich Worte.

»Ich werde Euch alles über die Habichte sagen, was ich weiß. Ich war nur ein Handlanger, kein Meister, aber alles, was ich weiß, werde ich Euch mit Freuden mitteilen.«

»Gut. Später werden wir uns unter vier Augen unterhalten, du und ich. Komm schon, schau nicht so verängstigt drein. Es wird erheblich einfacher sein als deine Initiation, da bin ich sicher.« Plötzlich müde geworden, setzte sich Nevyn auf das Miniaturpodest. »Ich werde mehr Informationen brauchen, bevor ich weitere Entscheidungen treffen kann. Rhodry, fangen wir mit dir an. Nachdem diese dumme Fehde in Cerrgonny beendet war, was ist dann passiert? Warum bist du nach Cerrmor geritten?«

»Das kann ich Euch nicht sagen, Herr. Ich erinnere mich nicht. Ach – das wißt Ihr ja noch nicht. Ich habe das Gedächtnis verloren. Ich erinnere mich nur an Einzelheiten meines Lebens, bevor sie mich nach Bardek gebracht haben. Ein Habicht namens Baruma …«

»Er ist kein Habicht!« fauchte Gwin. »Er gehört zur verfluchten dunklen Bruderschaft, aber er ist kein Habicht.«

»Also gut«, fuhr Rhodry fort. »Diese schleimige Dämonenbrut Baruma hat mich gefangengenommen und meinen Geist zerpflückt – jedenfalls, soweit ich das weiß.«

Er sagte es so ruhig, daß Nevyn einen Moment brauchte, um die Ungeheuerlichkeit zu erkennen. Dann fluchte er, und all der Zorn, den er beim Anblick der ermordeten Priester empfunden hatte, wallte wieder auf, so frisch und heiß wie ein neu ausbrechender Vulkan.

»Ach ja?« Seine Stimme war ein zischendes Flüstern, das alle zurückweichen ließ. Er holte tief Luft und zwang sich, wieder mit normalerer Stimme zu sprechen. »Ach ja? Das reicht jetzt. Ich habe genug von diesen Leuten. Ich werde alles hören müssen, was ihr wißt, damit ich den Angriff planen kann, aber mein Entschluß steht fest. Sobald ihr alle sicher auf dem Weg nach Eldidd seid, werde ich den kleinen Auftrag des Archon annehmen und hierher zurückkommen, um diesem Abschaum ein Ende zu machen.«

»Verzeiht, Herr«, wandte Rhodry ein, und Stahl lag in seiner Stimme. »Aber ich werde die Inseln nicht verlassen, ehe ich Euch dabei geholfen habe. Ich habe geschworen, Baruma zu töten, und ich werde es tun, selbst wenn ich dabei umkomme und Aberwyn in Flammen aufgeht, weil ich nicht zurückkehre.«

Nevyn setzte zum Widerspruch an, dann zögerte er. Mit einem Anflug von Dweomerkälte wurde ihm klar, daß er bei der Aufgabe, die er sich gestellt hatte, Hilfe brauchen würde. Außerdem wußte er, daß er nur seine Zeit verschwendete, wenn er versuchte, sich mit Rhodry zu streiten.

»Also gut, und ich nehme an, ihr anderen werdet ebenfalls hierbleiben wollen, ganz gleich, wie lange ich mit euch streite. Aber vergiß nicht, Rhodry, mein Junge – du magst der Gwerbret von Aberwyn sein, aber ich bin der Meister des Aethyr. Das hier ist mein Krieg, und ich bin der Cadvridac. Du reitest unter meinem Befehl, oder du reitest überhaupt nicht.«

»Also gut. Ihr habt mein Wort.«

Der Morgen dämmerte schon, ehe Nevyn in dieser Nacht zum Schlafen kam. Zunächst hatte er sich angehört, was Salamander, Jill und Rhodry über ihre Zeit in Bardek zu berichten hatten; dann hatte er alle hinausgeschickt und sich mit Gwin eingeschlossen. Obwohl Gwin in der Hierarchie der Mördergilde nie sonderlich weit aufgestiegen war – er war zum Dweomer nicht annähernd so begabt wie zum Morden –, hatte er doch den größten Teil seines Lebens als Habicht verbracht, seit er als entlaufener Sklavenjunge von zehn Jahren zu der Gilde gehört hatte. Er kannte Namen und Orte und Geheimzeichen und Rituale, er hatte Einzelheiten von Plänen belauscht, er wußte von Fehden innerhalb der Bruderschaft, und er war willens, alles zu verraten, und durchsuchte jeden Winkel seines gut ausgebildeten Geistes, als er dort in Nevyns Kammer auf dem Boden saß. Er hatte so konsequent und rücksichtslos die Seiten gewechselt, wie er zuvor einen Massenmord ausgeführt hätte, aber Nevyn konnte sehen, daß die Veränderung nichts mit Ehre und verdammt wenig mit moralischen Prinzipien zu tun hatte. Gwin wußte nur, daß sein gesamtes Leben ein Gewebe von Leid gewesen war, und daß seine Liebe zu Rhodry, ein ebenso blindes wie klares Gefühl, seine letzte Chance war, diesen Knoten zu zerschneiden und frei zu sein. Nevyn war bereit, jede Waffe einzusetzen, die andere vom Bösen befreite, ebenso wie er niemals davor zurückscheute, eine Arznei zu benutzen, die einen Patienten rettete, nur weil sie nicht in den besseren Kräuterverzeichnissen stand.

»Und jetzt kommt die wichtigste Frage«, sagte er schließlich. »Weißt du, wo der Alte sich aufhält?«

»Ja und nein. Sie erzählen Handlangern wie mir nicht alles, aber ich weiß, daß ihm die Archonten von Vardeth einen Landsitz geschenkt haben.«

»Ihr Götter! Dann kann er nicht sonderlich weit entfernt sein!«

»Genau. Wißt Ihr, Herr, ich denke mir, daß er uns irgendwie hierher gelockt hat. Wir glaubten zwar, unsere eigenen klugen Entscheidungen zu treffen, aber die ganze Zeit hat er uns eingewickelt wie eine Spinne eine Fliege, die sich in ihrem Netz verfängt.«

»Du hast zu viel Zeit in der Gesellschaft von Salamander und seiner lebhaften Phantasie verbracht.«

»Mag sein. Aber ich habe all diese Gerüchte über den Alten gehört. Selbst mein Meister damals in Valanth sagte immer, nur die Hälfte all dessen, was man hörte, könne wahr sein, aber man wisse nie, was die richtige Hälfte sei. Aber die stinkende Bruderschaft hat uns nie mehr mitgeteilt, als wir unbedingt für einen Auftrag wissen mußten.«

»Mir ist nie klar gewesen, wie sehr die Habichte die Bruderschaft hassen. In Deverry haben wir immer angenommen, ihr würdet Hand in Hand arbeiten.«

»Nur, wenn man uns dafür bezahlt hat, Herr. Es heißt, die Bruderschaft hätte die Habichtsgilde vor Hunderten von Jahren ins Leben gerufen, damals, als Seuchen auf den Inseln tobten und die Archonten zu beschäftigt waren, sich um eine dunkle Loge oder zwei zu scheren, aber ich weiß nicht, ob das stimmt. Jedenfalls haben sie sich bald schon voneinander getrennt.«

»Das war vermutlich nicht zu vermeiden.«

»Vermutlich.« Gwin blickte auf, und Schmerz stand in seinem Blick. »Herr, werdet Ihr Rhodry heilen können? Könnt Ihr wiedergutmachen, was dieses Schwein ihm angetan hat?«

Nevyn erwog kurz eine tröstliche Lüge.

»Ich weiß es nicht. Ich werde es erst wissen, wenn ich es versucht habe, und ich werde es nicht versuchen können, ehe wir den Alten nicht losgeworden sind. Ich brauche Zeit, und ich muß mich konzentrieren können. Wie soll man vernünftig arbeiten, wenn man sich die ganze Zeit fragen muß, ob nicht hinter jedem Busch Meuchelmörder oder dunkle Dweomermeister lauern?«

Gwin lächelte, aber es war nur ein freudloses Verziehen der Lippen.

»Gwin, du mußt dabeigewesen sein. Ich nehme an, daß Baruma überwiegend körperlichen Schmerz benutzt hat, um Rhodry zu zerbrechen.«

»Ja, aber er hat auch Scham als Waffe eingesetzt. Er hat begonnen, Rhodry zu foltern, als wir noch in Slaith waren, und alle Piraten standen um uns herum und sahen zu. Sie hielten es für einen großartigen Spaß, Wetten abzuschließen, wieviel Schmerz der Silberdolch ertragen konnte.« Er sprach so beiläufig davon, daß Nevyn ein Schauder überlief.

»War sich Rhodry dessen bewußt?«

»Ja. Er hat sie herausgefordert – ihr Götter! Er hatte die Kraft, mit ihnen zu scherzen, er sagte ihnen, sie sollten hohe Wetten abschließen, denn er würde sie reich machen, indem er alles überstand, was Baruma ihm antun könnte. Ich denke, es war in diesem Augenblick, als ich … als mir klar wurde, daß ich es nicht mehr aushalten konnte.« Gwins Miene war vollkommen ausdruckslos. »Baruma hat ihn nie lange gefoltert, immer kurz, aber den ganzen Tag über. Er wollte, daß Rhodry zwischendurch darüber nachdenken konnte, was mit ihm geschehen würde, und er wollte auch, daß er selbst möglichst lange Freude an ihm haben konnte. Aber ich merkte, daß der kleine Schweineficker Angst vor mir hatte. Also setzte ich mich dorthin, wo er mich sehen mußte, und starrte ihn nur an, und er wurde so nervös, daß die Foltern nie lange andauerten. Als wir erst einmal an Bord waren, begann er wirklich zu schwitzen. Nachdem er Rhodrys Willen gebrochen hatte, wollte er sich weiter mit ihm vergnügen, aber ich sagte ihm, ich würde ihn umbringen, wenn er ihn nicht in Ruhe ließe. Ich hätte ihn am liebsten auf der Stelle umgebracht, aber auf dem Schiff wimmelte es von Piraten, und er war derjenige, der sie bezahlt hatte. Ich möchte, daß Ihr das wißt, Herr. Ich hätte ihn wirklich umgebracht, wenn ich die Gelegenheit gehabt hätte.«

»Ich glaube dir.«

»Danke. Wenn sie mich getötet hätten, wäre das auch Rhodrys Ende gewesen, also hätte uns das nicht weitergeholfen.« Wieder wandte er den Blick ab. »Haltet Ihr mich für verrückt? Jill tut das.«

»Ich denke, daß ein Leben wie das deine die meisten Menschen um den Verstand gebracht hätte, aber du stehst vor dem Tor zur Gesundheit.«

»Mag sein. Und es liegt an mir, ob ich es öffne und eintrete oder nicht?«

»Ja. Du begreifst schnell, Gwin.«

»Das liegt daran, daß ich so oft in Rhodrys Nähe bin. Und an all dem Dweomer.« Als er diesmal lächelte, reichte es bis in seine Augen. »Wenn ich ganz offen sein darf, Herr? Als Salamander und Jill darüber sprachen, wurde mir eiskalt, denn ich habe nie eine Macht wie die ihre gesehen, aber sie sagen immer, Ihr wärt der wahre Meister.«

»Wie schmeichelhaft. Du hast also erkannt, daß auch Jill Macht hat?«

»Wer könnte das übersehen, Herr? Ich meine, jeder, der ein wenig Ahnung hat, muß das erkennen. Wie sie dieses Wolfsbild beseelt und Baruma das Tier hinterhergeschickt hat – oder hat sie Euch nichts davon erzählt? Das war ein verflucht guter Trick, aber Salamander war alles andere als erfreut, als er es herausfand.«

Als er verstanden hatte, wovon Gwin sprach, konnte Nevyn einen Augenblick kein Wort sprechen, so gekränkt war er. Jill hatte endlich mit ihren Dweomerstudien begonnen, und sie hatte es nicht einmal erwähnt! Gwin, der das Schweigen falsch verstand, zuckte zusammen.

»Ich hatte Euch nichts sagen wollen, das Jill Euch nicht selbst verraten wollte, Herr. Wirklich nicht.«

»Darum geht es nicht.« Nevyn riß sich zusammen. »Es ist nur, daß sie damit etwas wirklich Gefährliches getan hat. Salamander ist kein sonderlich guter Lehrer, würde ich sagen. Was ist denn, Junge? Du siehst bedrückt aus.«

»Ich verstehe nicht, was Ihr von mir erwartet, das ist alles. Soll ich für Euch spionieren?«

»Wie bitte? Ganz bestimmt nicht. Ich bitte um Verzeihung. Ich habe vergessen, wie meine Worte auf jemanden wirken können, der einmal ein Habicht gewesen ist. Ich werde selbst mit Jill darüber reden, aber ich bin nicht böse mit ihr oder Salamander, und ehrlich, was sie tun oder nicht, geht dich nichts an.«

»Danke. Ich wußte einfach nicht, was Ihr von mir erwartet.«

»Zweifellos. Du solltest jetzt schlafen gehen. Ich habe dich lange genug wachgehalten. Wenn du dich noch an irgend etwas bezüglich deiner Loge erinnerst, kannst du es mir morgen früh sagen.«

In Wahrheit wollte Nevyn mit seinem Schmerz, der zwar unterdrückt, aber immer noch lebendig war, allein sein. Er war überrascht und mehr als ein wenig enttäuscht über sich selbst, daß er sich wie ein verstoßener Liebhaber aufführte. Es kam ihm so vor, als hätte er Hunderte von Jahren damit verbracht, ein wunderschönes Geschenk vorzubereiten, einen kunstvoll geschliffenen und polierten Edelstein, nur um sehen zu müssen, daß Salamander sich einmischte und ihr eine Fälschung überreichte, die er auf einem Marktplatz aufgelesen hatte. Sei nicht dumm! sagte er sich. Was zählt, ist das Licht, nicht derjenige, der sie zu ihm hinführt! Dennoch ging er ans Fenster, riß die Läden auf und stand lange dort und gab sich seinem Hiraedd hin.

Jill klopfte an die Tür und kam herein. Nevyn wußte, daß sie es war, ohne sich auch nur umdrehen zu müssen. Sie hatte sich hastig angezogen und gähnte im letzten flackernden Licht der Öllampe. Als er die Hand hob und eine goldene Lichtkugel erzeugte, blinzelte sie wie ein verschlafenes Kind.

»Ihr seid unglücklich«, sagte sie. »Ich wußte es irgendwie. Ich wollte Euch schon früher von meinen Dweomerstudien erzählen, aber irgendwie war nie Zeit dazu.«

Er spürte, daß ihm Tränen in den Augen brannten, und er verfluchte sich als tatteriger alter Idiot. Sie trat zu ihm und legte ihm die Hand auf den Arm.

»Was ist denn?«

»Nichts, nichts.«

»Ihr habt schon besser gelogen.«

Er räusperte sich und wischte sich die Augen. »Verzeih mir, Kind. Ich weiß, es ist nichts als Eitelkeit, aber ich hatte mir immer gewünscht, ich würde derjenige sein, der dich zum Dweomer bringt.«

»Glaubt Ihr etwa, es wäre ein anderer gewesen? Hätte Salamander mir irgend etwas von Magie erzählt und ich hätte Euch zuvor nicht getroffen, hätte ich ihn nur ausgelacht! Seit jenem Sommer, als wir uns begegnet sind, habt Ihr versucht, mir zu zeigen, was ich erreichen könnte, wenn ich nur wollte. Es hat schrecklich lange gedauert, aber ich habe es endlich begriffen.«

Das Hiraedd zerbarst wie ein Krug, der auf harten Boden fällt. Obwohl Nevyn das dümmliche Grinsen, das sich nun auf seinem Gesicht ausbreitete, für zutiefst unwürdig hielt, konnte er es nicht aufhalten.

»Wirklich?«

»Wirklich. Und Salamander hat nichts weiter getan, als mir ein paar Übungen gezeigt und mir von ein paar Grundlagen erzählt. Ich bin ihm auch wirklich dankbar, aber er ist ein erbärmlich zerstreuter Lehrer. Nevyn, Ihr habt einmal gesagt, ich könnte Euch jederzeit um Hilfe bitten. Habt Ihr das ernst gemeint? Würdet Ihr mir mehr beibringen, wenn das hier vorüber ist?«

»Nichts würde mich mehr freuen, als dich alles lehren zu können, was ich weiß, und es damit der Zukunft zu erhalten.« Selbst in diesem Augenblick des Triumphs spürte er, wie die Pflicht ihn rief. »Laß uns sofort anfangen. Was ist das für eine Geschichte mit dem Dweomerwolf?«

Jill zuckte zusammen und wandte sich hastig ab, um sich zu sammeln. Sie unterhielten sich bis zum Morgengrauen, gingen jeden halbbewußten Schritt durch, den sie zurückgelegt hatte, um den Wolf zu schaffen und zu zerstören, bis sie jeden Fehler, den sie gemacht hatte, einsah, aber obwohl sie sich unter seinen Fragen wand, ließ ihre Aufmerksamkeit niemals nach. Ihr Geist war tatsächlich zu einer furchterregenden Waffe geworden, zum Teil dank ihrer angeborenen Begabung, aber auch wegen der Ausbildung im Schwertkampf, die ihr Vater ihr gegeben hatte, und wegen des gefährlichen Lebens, das sie führte.

Viel später, inmitten all der Verwirrung ihres Aufbruchs, fiel ihm beinahe beiläufig ein, daß er nun endlich sein Gelübde erfüllt hatte. Bald würde er frei sein, um zu sterben. Er spürte, wie die Dweomerkälte ihn packte, als er sich fragte, wie bald das geschehen würde.

»Kleiner Bruder, was hast du eigentlich mit all den Pferden vor? Mit denen, die zu Gwins sogenannter Handelskarawane gehörten?«

Rhodry hielt beim Packen inne und warf Salamander einen Blick zu, der ein wenig gereizt zurückschaute.

»Laß die elenden Viecher hier, damit der Stallbesitzer sie aufkaufen kann«, meinte Rhodry. »Sie sind nur eine Last.«

»Wie bitte? Wir können doch nicht einfach vierundzwanzig gute Pferde zurücklassen.«

»Doch.«

»Aber das ist, als würden wir Gold in den Rinnstein werfen.«

Plötzlich verstand Rhodry.

»Wir sind nicht in der Steppe, Bruder. Du brauchst nicht alles zu horten, was deines Weges kommt.«

»Das ist mir gleich. Wenn wir sie hierlassen, können wir sie dann auf dem Rückweg wieder abholen?«

»Wann soll das denn sein, du Dummkopf?« Das war Nevyn, der ins Zimmer gekommen war. »Es ist gut möglich, daß wir alle in den Tod reiten, und du sorgst dich um ein paar Pferde? Ihr Götter!«

»Aber was, wenn uns etwas passiert, und wir neue Pferde brauchen?«

»Dann werden wir uns welche kaufen. Du und Jill, ihr scheint gut verdient zu haben. Wie ist euch das eigentlich gelungen?«

»Äh … wir haben auf Marktplätzen Vorstellungen gegeben.« Aber Salamander war bleich geworden. »Ich bin immerhin ein Gerthddyn, und Jill hat ebenfalls einige Zuschauer angezogen – so ein hübsches blondes Barbarenmädchen!«

Als er Marktplätze erwähnte, erschien das Wildvolk: Feen schwebten in der Luft, Gnome hüpften und tanzten, und in einem bebenden Vorhang purpurfarbenen Lichts zeigte auch das Wildvolk des Aethyr seine Anwesenheit an. Entfernter Donner grollte.

»O nein!« Nevyns Augen blitzten wie die eines Berserkers.

»Äh … nun, ich will Euch nicht anlügen. Ja.«

»Mögen die Großen dir die Seele zerreißen! Du dummer schwatzhafter Elf! Echter Dweomer auf dem Marktplatz?« Nevyn hielt inne, weil er vor Zorn nur noch stottern konnte.

»Herr?« warf Rhodry ein. »Er hat unser aller Leben gerettet! Gwin sagte mir, daß die Habichte ihn nicht in Verdacht hatten, bis es zu spät war.«

»Und diese Aussage hat deinem schändlichen Bruder gerade das Leben gerettet. Dennoch – ich habe zu diesem Thema noch einiges zu sagen. Salamander, komm mit.«

Da Nevyn ihn am Arm packte und mit einem Griff so fest wie der eines Schmiedes mit sich zog, hatte Salamander keine Wahl. Ununterbrochen schimpfend zerrte Nevyn ihn auf den Flur hinaus, und Rhodry konnte die Stimme des alten Mannes lange Zeit hören, bevor sie außer Hörweite waren.

Als er mit Packen fertig war, ging Rhodry auf den Hof hinaus, wo Amyr, Gwin und die anderen auf seine Befehle warteten. Obwohl Rhodry die Männer aus Eldidd immer noch nicht wiedererkannte, hatte er von Jill ihre Namen und genügend andere Einzelheiten erfahren, um seinen Gedächtnisverlust verbergen zu können. Er hätte besonders Grund gehabt, sich an Amyr zu erinnern, denn Jill zufolge hatte der junge Reiter ihm vor einiger Zeit bei einem Kampf das Leben gerettet. Er erinnerte sich allerdings daran, einmal ein Lord gewesen zu sein, ebenso wie er sich daran erinnerte, wie angenehm und männlich es war, Brigga zu tragen – im Gegensatz zu den bardekianischen langen Hemden. Da er wieder Anführer eines Kriegshaufens war und all seine Männer ihn mit großem Respekt behandelten, kehrten alle damit verbundenen Empfindungen zurück, angefangen mit dem Stolz bis zur Sorge um die Sicherheit seiner Leute, ebenso wie eine gewisse Haltung, die Rhodry der Lakai sich niemals erlaubt hätte. Als Amyr vortrat, um sich vor ihm zu verbeugen, lächelte er und hob eine Hand in einer Geste, die ihm ganz vertraut erschien, obwohl er sich nicht daran erinnern konnte, sie je gelernt zu haben. Zweifellos ahmte er den Mann seiner Mutter nach, den Adligen, der ihn aufgezogen hatte.

»Reiten wir heute weiter, Herr?« fragte Amyr.

»Ja. Amyr, du wirst während dieses Ritts Hauptmann sein, und vergiß nie, daß wir in den seltsamsten Kampf unseres Lebens ziehen. Wenn dir auffällt, daß sich jemand merkwürdig benimmt, zum Beispiel anfängt zu grübeln oder sinnlose Dinge sagt, solltest du es Nevyn mitteilen, und zwar sofort. Nach allem, was Jill mir erzählt, können unsere Feinde aus großer Entfernung Einfluß auf den Geist von Menschen nehmen.«

»Ich werde aufpassen, Herr. Sollen wir die Pferde satteln und uns bereithalten?«

»Ja.«

Als die anderen davoneilten, bemerkte Rhodry Gwin, der sich ein wenig abseits hielt und verstört aussah, als hätte er keine Ahnung, wie er in diese veränderten Umstände paßte.

»Gwin? Ich habe nachgedacht. Es gibt keinen Grund für dich, mit dem Kriegshaufen zu reiten – du gehörst irgendwie nicht dazu. Möchtest du von jetzt an mein Leibwächter sein?«

Gwin nickte zustimmend, starrte einen Augenblick zu Boden, blickte dann auf und lächelte mit einer Zuneigung, die den Respekt eines Reiters für seinen Lord weit übertraf. Rhodry wußte, daß Gwin ihn liebte; das rührte ihn manchmal, und zu anderen Zeiten machte es ihn verlegen, aber er hatte immer Gründe, ihm dankbar zu sein. Er versetzte Gwin einen freundschaftlichen Schlag auf die Schulter.

»Reite neben mir, ja?«

»Gerne. Danke.«

»Du wirst in meiner Nähe bleiben müssen, wenn du auf mich aufpassen sollst.«

Wieder lächelte Gwin, und einen Moment standen sie nebeneinander und genossen die Gegenwart des jeweils anderen. Dann blickte Rhodry auf und sah Jill, Nevyn und einen ziemlich geknickten Salamander die Treppe herunterkommen. Er kam sich seltsam schuldig vor, als er seine Verlobte sah, aber wie so oft in der letzten Zeit hatte er auch etwas dagegen, sie in der Gesellschaft der Dweomerleute zu sehen. Es kam ihm so vor, als entfernte sie sich immer mehr von ihm, als triebe sie mit einer rätselhaften Flut auf ein unermeßliches Meer hinaus, weiter und weiter, von wo er sie nicht mehr zurückholen konnte.

»Was ist denn?« fragte Gwin. »Ihr seht aus, als wäret Ihr krank.«

»Nein, ich habe nur nachgedacht. Ich war einfach zu lange eingesperrt, das ist alles.«

Nevyn kam auf sie zu, und immer noch blitzte die Berserkerwut in den Augen des alten Mannes.

»Fertig, Jungs?«

»Ja«, erwiderte Rhodry. »Wißt Ihr, in welche Richtung wir uns wenden müssen?«

»Ja – zumindest ungefähr. Die Villa des Alten liegt östlich von hier, oben in den Hügeln, und es ist noch ein gutes Stück Weg. Ich habe endlich daran gedacht, das Offensichtliche zu tun und das Wildvolk zu fragen. Sie kennen dieses Anwesen gut – weil sie es meiden wie die Pest.«

»Bei den Klauenwesen!« rief Gwin. »Können sie uns direkt hinführen?«

»Das Wildvolk führt einen nie auf direktem Weg. Ich werde mein Bestes tun, mir etwas einfallen zu lassen, aber im Augenblick sind sie die einzigen Führer, die wir haben.«

Von Pastedion aus zog sich eine schmale Straße nach

Nordwesten, die den Worten der Priester zufolge weiter westlich zu einem Feldweg wurde, der in einem unbedeutenden Dorf endete, aber nach Osten bis nach Vardeth und Wylinth führte. Hätte Salamander nach der Rettung seines Bruders aus der Sklaverei diesen Weg eingeschlagen, hätte er Rhodry vielleicht direkt zum Alten geführt – immer vorausgesetzt, die Villa des Alten lag tatsächlich im Osten Pastedions, aber westlich von Wylinth. Auf der materiellen Ebene geriet das Wildvolk leicht durcheinander; solche abstrakten Ideen wie Osten und Westen waren für sie unverständlich, gar nicht zu reden von wirklichen Abstraktionen wie Entfernung oder Zeit, und ohne Abstraktionen konnten sie nur Wegen folgen, die sie bereits einmal zurückgelegt hatten, selbst wenn diese lang und umständlich waren. Nach allem, was Nevyn wußte, hatten die Gnome, die ihn nun führten, den längstmöglichen Weg zur Villa des Alten eingeschlagen. Hätte er einen gewöhnlichen Menschen finden wollen, dann hätte er das Wildvolk über Land ausschicken können, um zu suchen, aber er wollte sie auf keinen Fall in die Nähe eines so gefährlichen dunklen Dweomermeisters wie den Alten kommen lassen – nicht mehr, als er es gewagt hätte, Salamander in seiner neu erlernten und noch ziemlich instabilen Vogelgestalt auszusenden.

»Übrigens«, fragte Nevyn den Gerthddyn an diesem Morgen, »welche Art Vogel bist du?«

»Ihr werdet über mich lachen.«

»Wie bitte?«

»Nun ja, man hat keine große Wahl, was die Gestalt des Vogels angeht, zu dem man wird. Der Dweomer selbst findet die Gestalt, die dem Wesen eines Schülers am ehesten entspricht. Es ist, wie wenn Wasser in einem Tontopf friert – man zerbricht den Topf, und siehe da, der Eisklumpen hat dieselbe Form!«

»Sicher, aber was für ein Vogel?«

»Also gut, ich gebe es zu, oh Meister des Aethyr: Ganz gleich, wie sehr ich mich anstrenge, ich ende immer als Elster.«

Nevyn lachte.

»Seht Ihr?«

»Ich bitte um Verzeihung, Ebany. Eine Elster ist ein guter Flieger.«

»Wie freundlich. Und wie wahr. Ich bin bereit, die Gestalt zu wechseln, wenn Ihr das wollt. Wahrscheinlich wird der Alte niemals eine Elster verdächtigen, den Dweomer zu haben. Und wenn, dann muß er vielleicht so sehr lachen, daß er mir nichts tun kann.«

»Darauf würde ich nicht unbedingt wetten. Ich bezweifle, daß der Alte in den letzten fünfzig Jahren gelacht hat. Ich werde mich lieber selbst auf die ätherische Ebene begeben, bevor ich einen Schüler etwas so Gefährliches tun lasse.«

»Es wäre für Euch gefährlicher, weil der Alte nach Euch Ausschau hält.«

»Das muß ich notfalls auf mich nehmen.«

»Hoffen wir, daß es nicht notwendig wird. Wißt Ihr, hier auf den Inseln sagen sie immer, daß jeder, der einen Pakt mit den Klauenwesen abschließt, am Ende von ihnen betrogen wird. Vielleicht werden sie uns direkt zu ihrem Diener führen.«

»Ich muß eher an etwas denken, das Gwin vor einiger Zeit sagte: Er befürchtet, daß der Alte uns auf magische Weise zu sich lockt.«

»Tut er das etwa nicht?«

»Selbstverständlich nicht! Sei nicht so abergläubisch! Aber warte – der Gedanke ist interessant. Nehmen wir an, er wollte mich aus einem bestimmten Grund hierher locken – vermutlich, um mich umzubringen. Wäre Rhodry nicht ein hervorragender Köder?«

»Er hat es immerhin geschafft, Euch herzubringen.«

»Hm. Ich muß darüber nachdenken. Ich habe mich die ganze

Zeit gefragt, wie Rhodrys politische Gegner in Kontakt mit den Habichten geraten sein könnten, und nun stellt sich heraus, daß ich mich vielleicht in ihnen geirrt habe. Irgendwie habe ich das nie so recht verstanden. Ich werde später noch einmal mit Gwin sprechen und ihn fragen, wie seine Befehle lauteten.«

»Wißt Ihr, hoher Meister unserer Kunst, es gibt etwas, das ich Euch immer fragen wollte. Dieser Gwin hat wahrscheinlich Dutzende von Menschen getötet, und dennoch kommt er mir nur jämmerlich vor. Aber Perryn, der Jill tatsächlich vergewaltigt hat, wenn auch ohne es zu wissen und unter enormen Opfern für seine eigene Gesundheit, und ohne ihr auch nur einen blauen Fleck zuzufügen, widert mich einfach an! Empfinde ich so, weil Jill meine Freundin ist, während ich Gwins Opfer nicht einmal kenne?«

»Zum Teil, aber vor allem liegt es daran, daß du trotz deines Elfenblutes deine menschliche Seite mit Gwin gemein hast, und Perryn mag vielleicht einen menschlichen Körper haben, aber seine Seele ist alles andere als die eines Menschen.«

Zum ersten Mal, seit er ihn kannte, hatte Nevyn das Vergnügen, Salamander sprachlos zu erleben. Er ließ ihn allein, damit er nachdenken konnte, und führte sein Pferd an die Spitze der Reihe, wo Jill und Gwin neben Rhodry ritten.

»Gwin, kann ich einen Augenblick mit dir sprechen? Ich muß dich etwas fragen.«

Gwin erinnerte sich tatsächlich genau an die Befehle, die man ihm gegeben hatte, als man ihn zusammen mit Merryc nach Deverry schickte. Es war den Habichten von Anfang an klar gewesen, daß der Alte hinter Baruma stand, obwohl niemand genau wußte, was er mit der Entführung Rhodrys bezweckte. Nevyn war mehr und mehr sicher, es erraten zu können. Wenn der Alte ihn angreifen wollte, dann sollte er es nur versuchen. Bevor sie Pastedion verließen, hatte er Astralsiegel über die gesamte Gruppe gelegt, um sie vor den Versuchen des Alten, sie aufzuspüren, zu schützen, aber es bestand immer die Gefahr, daß sein Gegner sich auf die Astralebene begab, um sie zu finden. Nevyn konnte nicht herausfinden, ob sie auf diese Weise überwacht wurden, solange er sich nicht selbst in Trance versetzte, aber er konnte aufmerksam nach den geringsten Anzeichen von Gefahr lauschen, die die Präsenz des Alten hervorrufen würde.

Den Rest des Morgens wand sich die Straße durch endlose grüne Hügel und dunkle, baumbewachsene Täler. Hin und wieder tauchte ein Schwarm Sylphen oder eine Gruppe Gnome auf und zeigte hektisch nach Osten, dann verschwanden sie wieder. Am Nachmittag schließlich stellte Nevyn nach der Überquerung eines Hügels fest, daß sich der Abstand zwischen ihm und seinen Mitreisenden gefährlich vergrößert hatte – gefährlich für die anderen. Was, wenn der Alte diesen Augenblick wählte, um jene anzugreifen, die am wenigsten imstande waren, sich zu verteidigen? Fluchend holte Nevyn auf und lenkte sein Pferd neben Jill.

»Ist in der letzten Zeit etwas Seltsames passiert?«

»Nein. Nun ja, zumindest glaube ich das nicht so recht ...«

»Heraus damit.«

»Ich werde einfach das Gefühl nicht los, daß wir beobachtet werden.«

»Zweifellos versucht der Alte, uns zu finden. Aber ich habe uns gegenüber dem Zweiten Gesicht geschützt.«

»Gut. Sagt mir eines – werden diese Siegel auch den Habichtsmeister fernhalten? Den, zu dessen Loge Gwin gehörte?«

»Ja. Warum?«

»Ich weiß nicht. Ich habe Euch ja erzählt, daß er den Wolf zu mir zurückgeschickt hat. Ich kann einfach nicht glauben, daß er danach einfach aufgegeben hat und nach Hause zurückgekehrt ist.«

»Da hast du zweifellos recht. Nun, wir werden eben zusehen müssen, daß wir auch mit ihm fertig werden.«

Aber noch während er sprach, verspürte Nevyn Dweomerkälte in seinem Nacken – eine Warnung gegen solche Arroganz. Als er darüber nachdachte, wurde ihm klar, daß er derzeit leicht in eine Situation geraten konnte, in der er etwas tun mußte, das er vollkommen ablehnte: jemanden töten, auch wenn das nicht unbedingt im Einklang mit den Gesetzen stand. Oder würde er sich als Opfer anbieten müssen, nun, nachdem seine Zeit endlich näher kam? Der Gedanke trieb ihm beinahe die Tränen in die Augen – er wollte Brangwen nicht wieder verlieren, nachdem er sie endlich zu ihrem Wyrd geführt hatte. Aber er wußte auch, daß er die Interessen des Lichts immer über alles andere stellen würde, selbst über die Frau, die er seit vierhundert Jahren liebte.

Dennoch fiel ihm die Entscheidung schwer, und nichts davon konnte er Jill oder Salamander mitteilen. Als an diesem Abend bis auf drei Wachen alle schliefen, ging er auf eine Hügelkuppe hinauf und setzte sich ins Gras. Der Nachthimmel über ihm war so klar, daß die Milchstraße nur eine Armeslänge entfernt schien. Nevyn beruhigte seinen Atem und seinen Geist, und das Wildvolk drängte sich um ihn, besonders die Gnome, die ihm ängstlich den Arm tätschelten und auf seinen Schoß kletterten, als wollten sie ihn trösten.

»Ihr könnt leider nichts für mich tun, meine Freunde. Wenn ein Opfer notwendig ist, werde ich allein es bringen müssen.«

Er spürte ihre Traurigkeit, die sie umgab und sich mit seiner eigenen Melancholie vermischte, bis er beinahe weinte. Dann schüttelte er die Stimmung ab – er hatte zu tun, ob es ihn umbringen würde oder nicht.

»Wenn ich sterbe, dann soll es eben so sein«, sagte er laut. »Und nun wollen wir sehen, ob wir den Alten finden können.

Ihr paßt auf meinen Körper auf, meine Freunde, und weckt mich, wenn etwas passiert.«

Sobald er sein Bewußtsein in seinen Lichtkörper übertragen hatte, wußte Nevyn, daß er nicht allein war; eine weitere magische Präsenz war so intensiv zu spüren, daß das blaue Licht vibrierte. In den wirbelnden Wellen der ätherischen Ebene stieg Nevyn hoch über den Hügel auf, dann ließ er sich treiben und machte sich auf die Suche nach seinem Feind. Weiter oben, hoch über dem Lager, sah er ein Pentagramm, und ihm wurde kalt, denn dies war nicht das Werk des gestörten Geistes des Alten, sondern ein wunderschönes Zeichen, silbern und mit einer Spitze nach oben weisend, wie es natürlich und heilig war, und es schimmerte in einem Licht, das nicht allein von der ätherischen Ebene stammte. Als Nevyn darauf zuschwebte, zitterte er vor Ehrfurcht, so sehr, daß es seine gesamte Kunst brauchte, seinen Lichtkörper zusammenzuhalten.

Dort, in all ihrem Glanz, schwebten die Könige der Elemente, Aethyr, Feuer, Luft, Wasser und Erde, jeder eine Säule aus vielfarbigem Licht an einer Zacke des Sterns. Inmitten dieses Sterns befand sich eine Präsenz, die in dem hellen Licht nicht zu erkennen war – falls sie überhaupt über eine konkrete, sichtbare Gestalt verfügte. Obwohl Nevyn die Präsenz als männlich und damit immer noch der Welt der Formen verbunden fühlte, waren sie zu weit voneinander entfernt, um noch in Worten kommunizieren zu können. Es kam ihm so vor, als spräche – ein unpassendes Wort, aber das einzige, was ihm einfallen wollte – die Präsenz zu den Königen der Elemente, und sie antworteten in Wellen von Gefühlen und Bildern, und hier und da mit dem Fetzen eines Gedankens. Nevyn wußte nicht, wie er es vernahm, aber er wußte, was ausgesprochen worden war – ein Tadel und ein Versprechen. Stolz, sein elender prinzlicher Stolz, hatte ihn wieder einmal zu Fall gebracht und ihm unnötigen Schmerz zugefügt. Wie kam er darauf, daß er das Opfer sein würde, das in seinem Edelmut alle anderen retten konnte? Und was bildete er sich ein, der einzige Retter zu sein? Ja, er wurde gebraucht. Es gab Aufgaben, die nur ein Mensch wie er erledigen konnte. Aber anderes würden andere übernehmen. Die Könige der Elemente selbst schworen ihm das.

Sobald er ihren Schwur angenommen hatte, verschwand der Stern, aber die Könige blieben und winkten ihm, ihnen durchs blaue Licht zu folgen. In ihrer sicheren Begleitung flog er einen langen Weg nach Osten und ein wenig nach Norden, bis sie in eine kleine Stadt namens Ganjalo kamen – diesen Namen gab ihr zumindest der König der Erde. Die Könige umkreisten die Stadt, als warnten sie Nevyn, sie zu meiden, und führten ihn weiter nach Norden, bis er ein gewaltiges ummauertes Anwesen unter sich sah. Seine Begleiter strömten einen solchen Haß aus, daß Nevyn sicher war, den Landsitz des Alten vor sich zu haben. Als er in seinen Körper zurückkehrte, wußte er, daß er den Ort bald wiederfinden würde – er war nur zwei Tagesritte entfernt.

Der Alte stand in seinem Tempel der Zeit und betrachtete die Abbilder im zwölften Stock. Über Nacht hatten sie sich so vermehrt und waren so lebendig geworden, daß er wußte, daß sich seine Pläne dem Höhepunkt näherten. Nevyns Statue stand am Fenster, aufs Riesenhafte angewachsen, und zu seinen Füßen waren die anderen Gestalten versammelt wie Spielzeuge, zuvorderst Rhodry, etwa doppelt so groß wie der Rest. An der Seite, in normaler Größe, waren Jill und das Abbild eines Mannes, den er nicht erkannte, obwohl er hätte wetten mögen, daß es sich um einen Schüler Nevyns handelte. An einem anderen Fenster stand das riesige Bild des Habichtsmeisters, und wiederum zu seinen Füßen seine Gefolgsleute,

Baruma unter ihnen. Da der Alte vorhatte, Nevyn auf der ätherischen Ebene zu besiegen, waren es die Anhänger des Habichtsmeisters, die ihn besonders interessierten. Als er durch Barumas Augen geschaut hatte, hatte er nur zwei andere Habichte bei dem Meister erblickt. Nun waren es zwölf. Ein weiterer Verrat? Vielleicht. Vielleicht hatte der Habichtsmeister sich auch nur Verstärkung gegen den Meister des Aethyr verschafft.

Er verließ den Tempel, verbannte diese geistige Schöpfung und öffnete die Augen wieder. Er saß in seinem Lieblingszimmer unter einem Deckengemälde der Tierkreiszeichen und vor einem Schreibtisch, auf dem sich Schriftrollen und Blätter aus Rindenpapier häuften. Inmitten dieses Durcheinanders stand ein Bronzegong. Als der Alte läutete, öffnete Pachela, die Sklavin, die ihm den Haushalt führte, die Tür und kam herein.

»Wünscht Ihr zu essen, Meister?«

»Wieso bist du selbst gekommen? Einer der Jungen hätte genügt.«

»Ich habe Rechnungen, die Ihr Euch ansehen solltet, wenn Ihr die Zeit dazu findet.«

»Sie werden bis morgen warten müssen. Schick jemanden her, der alle anderen fernhalten soll. Ich habe wichtige Dinge zu tun.«

Sie verbeugte sich und schlüpfte hinaus. Er wartete, bis er hörte, daß der Sklave draußen Wache bezogen hatte, dann benutzte er seinen schwarzen Emaillespiegel, um mittels des Zweiten Gesichts nach Baruma zu suchen. Bald schon flackerte das Abbild seines ehemaligen Schülers vor ihm auf. Da Baruma schlief, war es leicht, ihm den Körper zu stehlen. Nachdem er ihn erst einmal beherrschte, erwachte er demonstrativ mit viel Gähnen und Augenwischen.

Er saß auf dem Boden in einem kleinen Tal. Nicht weit entfernt brannte ein Lagerfeuer, und daran saßen bewaffnete

Männer. Auf der anderen Seite ging der Habichtsmeister auf und ab und sprach mit jemandem, den der Alte nicht nur erkannte, sondern aus ganzem Herzen haßte: Dargo, der Habichtsmeister der Gilde von Indila. Sein Haß auf diese Gilde war einer der Hauptgründe gewesen, daß er sich der Meuchelmörder von einer anderen Insel bedient hatte. Geheimhaltung war ein anderer, aber als er nun lauschte, wurde ihm deutlich, daß die beiden Meister über alles sprachen, was sie von seinen Plänen wußten – und das war in der Tat eine Menge.

»Ich habe eine Spur gelegt, die Nevyn zur Villa des Alten leiten wird. Wenn wir als erste dort sind, ist es um so besser.«

»Ja«, erwiderte Dargo. »Immer vorausgesetzt, der Alte ist tot oder stark geschwächt. Eine Höhle ist ein guter Platz für einen Hinterhalt, aber nur, wenn man sie nicht mit einem zornigen Bären teilt.«

Man hatte ihn tatsächlich verraten. Sein Zorn brach die Konzentration des Alten und warf ihn aus Barumas Körper. Sobald er das Bewußtsein wieder in seinen eigenen Körper zurückgeführt hatte, knurrte er wie der Bär aus Dargos Metapher, und er grub die Fingernägel in die Armlehnen seines Sessels. Sie glaubten also, wie die Schakale bei einer Jagd im Hintergrund lauern zu können, um sich dann der Reste zu bemächtigen, die die Löwen übrigließen. Sie würden überrascht sein, wenn er die Klauenwesen auf sie losließ. Der Alte beschloß, die beiden Habichtsmeister als erste zu zerstören; dies war immerhin der einfachere Teil, und etwas, das er mit Hilfe eines Rituals erledigen konnte.

Lange Zeit saß er in dieser Nacht wach und grübelte, während die Öllampen langsam niederbrannten und die glitzernden Tierkreiszeichen an der Decke sich in den Schatten verloren. Einige Zeit vor der Morgendämmerung, als das Erdelement auf der astralen Ebene ebbte, stand er auf und schlug den Gong. Nachdem der Sklave ihm eine Laterne geholt hatte, erhob er sich mit Hilfe des Jungen aus dem Sessel und machte sich auf den Weg in seine Ritualkammer, aber er schickte den Sklaven weg, bevor er die Geheimtür in jene schwarze Grube öffnete. Als er hineinwatschelte, zog der Geruch nach altem Weihrauch und getrocknetem Blut mit tröstlicher Vertrautheit über ihn hinweg.

Aber schon in dem Augenblick, als er die Laterne auf den Altar stellte, wußte er, daß etwas nicht stimmte. Er und seine diversen Schüler hatten im Lauf der Jahre so viele magische Rituale in diesem Raum vollzogen und so viele Menschenopfer gebracht – von den Tieren nicht zu reden –, daß der Raum eine eigene böse Energie entfaltete. Jedes für solche Strömungen empfindsame Wesen, das dieses Zimmer betrat, würde sofort spüren, daß selbst die Luft in der Erwartung weiteren Blutes bebte. In gewissem Sinn hatte die Arbeit des alten Mannes den Raum zu einem Talisman werden lassen, der von all seiner üblen Lust vibrierte und sie zurückstrahlte. Aber in dieser Nacht fühlte er sich nur tot an, so leblos und verbraucht wie ein zerbrochenes Amulett, ein zerdrückter Kristall oder eine geschmolzene Bronzescheibe. Es war einfach nur eine schwarze Kammer mit seltsamen Zeichen an den Wänden, schmutzig und rauchfleckig, die nach sauer gewordenem Parfum und den Erinnerungen an den Tod roch – nichts mehr.

»Nevyn!« zischte der Alte. »Das muß Nevyn gewesen sein!« Kein Habichtsmeister hätte die Macht oder die Kenntnisse, eine Ritualkammer zu exorzieren, und erst recht nicht aus der Entfernung. Tatsächlich hatte der Alte nicht die geringste Ahnung, wie Nevyn das geschafft haben sollte, und aus gutem Grund, da dies für jeden Menschen oder Elfen unmöglich war, selbst für einen Meister von Nevyns Macht. Lange Zeit ging der Alte auf und ab und fluchte, bis er schließlich völlig außer Atem vor dem Altar stand und das Banner mit dem umgekehrten Pentagramm an der Wand anstarrte. Im flackernden Laternenlicht schien der Stern zu wachsen und zu leuchten. Plötzlich fürchtete sich der Alte; er spürte, wie sich Macht um ihn sammelte, Macht von einer Art, die er nicht heraufbeschworen hatte. In dem Fünfeck inmitten des bösen Sterns schimmerte ein Lichtpunkt, der sich zu einem dünnen, schimmernden Nebel ausbreitete, und während der Alte entsetzt zusah, erschienen Bilder in diesem Nebel.

Es waren Wesen, aber nichts Erdhaftes wie Menschen oder Elfen oder Anderweltliches wie reine Geister; es handelte sich eher um Präsenzen, die Gestalt und Form hatten, aber keine wirklichen Körper. Da der Alte auf seine Art ein Meister der Magie war, wußte er, daß er nur Reflexionen oder vielleicht Projektionen dieser Wesen aus einer Ebene vor sich hatte, die sich so weit entfernt von der astralen befand, wie diese von uns entfernt ist, und daß es reine Kraftvergeudung gewesen wäre zu versuchen, mit ihnen zu kommunizieren. Zunächst nahm er an, sie müßten böse sein, da sie in diesem Zeichen der dunklen Magie erschienen waren, aber dann erinnerte er sich wieder daran, wie tot und leer sein Ritualzimmer war, und daß das Pentagrammbanner nun nichts weiter als ein leeres Zeichen war. Erschrocken schnappte er nach Luft.

In diesem Augenblick klopfte es dreimal dröhnend an die Tür, und das Geräusch hallte im Raum wider und ließ die Wände beben. Der Altar, an den der Alte sich lehnte, spaltete sich mit dem Geräusch eines gewaltigen Gongschlages, und Steinstaub wirbelte in die Luft. Mit einem Aufschrei stürzte der Alte nach vorn, aber er war immer noch so geistesgegenwärtig und konzentriert, daß er im Fallen nach der Laterne griff und die Flamme ausblies, damit der Raum nicht in Flammen aufging. Inmitten des dröhnenden Donners vernahm er eine Stimme, oder glaubte doch, sie zu vernehmen, und ein einziges Wort erklang wie ein weiterer Donnerschlag.

»Unrein!«

Abermals kreischte der Alte und wackelte von einer Seite zur anderen, in dem Versuch, sich zu erheben. Er konnte sein uraltes Herz heftig schlagen fühlen, das Blut in der Kehle und in den Schläfen pochte. Einen Augenblick glaubte er, sein Tod breche aus ihm heraus, wie Pflanzen aufbrechen, um ihre Samenkapseln zu verstreuen. Dann flog die Tür, die er nicht richtig verschlossen hatte, auf, und Sklaven kamen hereingerannt. Licht von anderen Laternen fiel auf ihn, und er hörte Pachela Befehle erteilen, und er fühlte geschulte Hände, die ihn aufrichteten.

»Ein Erdbeben«, keuchte er. »Es muß ein Erdbeben gewesen sein.«

»Ja, Meister.« Die Sklavin klang ebenso verängstigt wie verstört. »Wir haben es alle gespürt. Könnt Ihr sehen?«

Ihm wurde klar, daß sie glaubte, er hätte einen Infarkt erlitten.

»Ja, ja. Es war nur der Schreck.«

Entsetzt bemerkte er, daß sich die Hälfte seines Haushalts in der verbotenen Kammer versammelt hatte. Sie würden alle sterben müssen, aber was sollte er anfangen, wenn Pachela nicht mehr da war, um für ihn zu sorgen? Er bemerkte auch, daß die Sklaven sich zwar vor der vermeintlichen Naturkatastrophe fürchteten, aber keiner von ihnen die geringste Spur jener Panik zeigte, die der Raum normalerweise bei seinen Opfern hervorrief. Immer noch keuchend und leicht verwirrt, strich er sein Hemd glatt und schüttelte die stützenden Hände ab. Obwohl er schwankte, gelang es ihm, auf den Beinen zu bleiben. Als er sich allerdings umsah, wäre er beinahe wieder in Panik geraten. Der Altar lag in Trümmern, und der Wandbehang mit dem Pentagramm war verschwunden – nicht nur zerrissen oder heruntergefallen, sondern verschwunden. Nur ein Rechteck aus verkohlter Farbe war noch an der Wand zu sehen.

Und mit eisiger Sicherheit wußte der Alte, daß er den Kampf bereits verloren hatte. Ihm blieb nur noch, die Feinde für ihren Sieg so teuer wie möglich bezahlen zu lassen.

Der Alte brauchte den ganzen folgenden Tag und einen großen Teil des Abends, um sich zu erholen. Während er keuchend und ächzend auf seinem Bett lag, erkannte er, daß sein Körper das Ende seiner unnatürlich verlängerten Lebensspanne erreicht hatte, daß er, selbst wenn es ihm gelingen würde, sowohl Nevyn als auch die Habichtsmeister zu töten, bald sterben würde. Zuerst tobte und fluchte er, dann weinte und zitterte er, schließlich lag er still und erschöpft da und dachte nach. Die Klauenwesen hatten ihn offenbar verlassen. Sie verließen einen Meister seiner Kunst immer früher oder später im Verlauf einer letzten Prüfung, bei der sie feststellten, ob er sich auch ohne sie bewähren konnte. Nur dann konnte er in das Leben übergehen, das der Tod darstellte.

Er mochte es bedauern, aber die Zeit zum Sterben war gekommen. Zweifellos glaubten seine Feinde, daß sein Tod das Ende seiner Macht bedeutete, zweifellos glaubten sie, ihn für immer los zu sein, wenn sie diese ekelhafte Hülse getötet hatten, die ihn nur belastete. Er hingegen wußte, daß er sich nur an einen anderen Ort begab, wo er ewig weiterleben und unbegrenzte Macht finden würde, um Rache zu nehmen.

»Narren!« flüsterte er. »Bald schon werde ich euch die Seelen aussaugen!«

»Nevyn?« fragte Jill. »Ihr scheint genau zu wissen, wohin wir uns wenden müssen.«

»Ja. Ich fürchte, ich war ein sturer Dummkopf, weil ich versucht habe, alles genau auf meine Art und in meinem Tempo zu tun. Zum Glück war ich gerade noch klug genug, Hilfe anzunehmen, als sie mir angeboten wurde.«

»Vom Wildvolk?«

»Von ihren Königen und Herren. Es handelt sich um bewußte Wesen – aber ihr Bewußtsein unterscheidet sich sehr von dem unseren. Sie stehen in derselben Beziehung zum Wildvolk wie die Großen zu uns.«

»Ich weiß nicht, warum, aber immer, wenn Ihr von den Großen sprecht, macht es mir angst.«

»Du fragst dich, warum? Weil du vernünftig bist, darum. Sie sind alles andere als niedlich und angenehm.«

Sie ritten vor den anderen her, so daß sie sich ungestört unterhalten konnten. Als sie an diesem Morgen das Lager abgebrochen hatten, hatte Nevyn sie mit der Bemerkung von der Straße weggeführt, daß er keinen Grund sähe, die Bewohner von Ganjalo zu Tode zu erschrecken, und sie dann direkt in die Hügel gebracht. Nun folgten sie einem Bach, der sie, wie Nevyn behauptete, zum Landsitz des Alten bringen würde.

»Warum versucht er uns nicht aufzuhalten?«

»Ich weiß es nicht, aber ich nehme an, daß er sich zur Flucht vorbereitet. Oder nein, das ist nicht der richtige Ausdruck. Wir werden es bald herausfinden. Ich erbitte nur eins von dir, Jill: Tu, was immer ich dir sage. Es ist mir gleich, wie weh es dir tut – tu es.«

»Ich verspreche es Euch.«

Gegen Mittag ließ Nevyn sie eine Rast einlegen. Während Jill sich unruhig fragte, was er vorhatte, ging er auf die Kuppe eines nahe gelegenen Hügels und setzte sich einige Zeit ins Gras. Als er zurückkehrte, verkündete er, der Landsitz des Alten liege ganz in der Nähe. Auf dem letzten Stück des Weges bemerkte Jill, wie ruhig Nevyn war und daß er ein wenig im Sattel vorgebeugt saß, als wäre er ganz in Gedanken versunken. In diesem Augenblick erinnerte er sie an ihren Vater: Er sah ebenso gelangweilt und zerstreut aus wie Cullyn, wenn er kurz davor war, in eine Schlacht zu reiten, die er kaum gewinnen konnte. Auf der Kuppe eines letzten Hügels hielten sie inne und ließen ihre schnaubenden, verschwitzten Pferde ausruhen. Nevyn stellte sich in den Steigbügeln auf, schirmte seine Augen ab und sah sich um.

»Dort ist es.«

Die Villa lag in einem grünen Tal wie ein Edelstein in einer Handfläche. Gebäude und Garten waren von einer hohen Mauer umgeben, und sowohl das langgezogene Haupthaus als auch die Ställe und ein paar kleine Hütten waren mit den in Bardek üblichen rötlichen Holzschindeln gedeckt. Jill konnte nicht erkennen, daß sich etwas bewegte, nicht einmal ein Tier.

»Nevyn?« fragte sie. »Liegen Siegel über dem Anwesen?«

»Du hast wirklich etwas gelernt, wie? Ja, aber dagegen werde ich etwas unternehmen.«

Er umklammerte den Sattelknauf mit beiden Händen, schloß die Augen und wurde schlaff. Einige Zeit schien nichts zu geschehen, dann riß er den Kopf hoch – obwohl er die Augen weiterhin geschlossen hielt –, und er schauderte am ganzen Körper.

»So.« Plötzlich war er wieder wach. »Mit einem hatte ich recht: Der Alte ist weg. Ich fürchte, es könnte schwierig sein, ihn wiederzufinden.«

»Soll das heißen, wir haben gesiegt?«

»Ich wünschte, es wäre so. Da unten wartet eine kleine Armee von Habichten, alle versteckt.«

»Greifen wir das Haupttor an, Herr?« Rhodry führte sein Pferd näher heran. »Meine Männer und ich sind bereit.«

»Deine Männer, Gwin und Perryn werden hier bei den Pferden bleiben. Du kannst mit mir und Jill und Salamander kommen, wenn du versprichst, nicht im Weg zu sein und das Kämpfen mir zu überlassen.«

»Habt Ihr den Verstand verloren?«

»Nicht im geringsten. In dieser Villa befindet sich etwas, das ich unbedingt haben muß, wenn ich den Alten wiederfinden will.«

»Es kommt mir ziemlich verrückt vor, direkt in ein Nest von Meuchelmördern hineinzuspazieren und einfach darum zu bitten.«

»Zweifellos, aber ich habe eher vor, darum zu feilschen.«

»Nevyn«, warf Jill ein. »Mir ist eiskalt. Wir sind von Gefahr umgeben.«

»Selbstverständlich. Ich gebe zu, es ist eine unsichere Sache. Wenn ich glaubte, sie würden uns sofort umbringen, sobald ich das Tor öffne, würde ich nicht gehen, aber sie werden mich erst ansehen wollen, und sei es nur, um mich zu verspotten. Ich möchte wetten, sie glauben, daß ich gegen körperliche Gewalt hilflos bin. Wir Schüler des Dweomer des Lichts würden lieber sterben, als den Tod eines anderen Menschen herbeizuführen, und diese jämmerlichen Ersatzzauberer haben das immer für ein Zeichen von Schwäche gehalten.« Er lachte sogar, ein etwas rostiger Ausbruch guter Laune. »Nun, Rhodry, willst du hierbleiben oder mitkommen?«

»Ich komme mit, und sei es nur, um auf Jill aufzupassen.«

»Also gut. Aber vergiß meine Anweisungen nicht.«

Nevyn stieg ab, warf Gwin die Zügel zu und ging dann den Hügel hinab. Die anderen folgten ihm verblüfft. Als sie ihn einholten, klopfte er bereits an das Haupttor, so ruhig wie ein Hausierer, der etwas zu verkaufen hat. Jill hielt es nicht mehr für unwahrscheinlich, daß Rhodry recht haben und der alte Mann seinen Verstand verloren haben könnte.

»Äh, Herr?« sagte sie. »Ich bezweifle, daß sie so höflich antworten werden, wie Ihr glaubt.«

»So war das Klopfen auch nicht gemeint.«

Nevyn hob beide Arme über den Kopf, hielt sie einen Augenblick oben und riß sie dann in einer einzigen Bewegung nach unten, bis seine Finger auf das eisenbeschlagene Doppeltor zeigten. Rauschend erhob sich der Wind und krachte gegen das Tor wie eine Ramme. Holz splitterte, Eisenbeschläge rissen, ein Tor zerbrach sofort, das andere flog auf und knallte gegen die Wand dahinter. Über das Rauschen und Bersten hinweg hörte Jill Schreie, Gebete und das Schluchzen erschrockener Frauen und Männer.

»Kommt mit«, rief Nevyn.

Sie drängten sich hinter ihm durch das zerbrochene Tor. In den Bäumen des Gartens raschelten die Blätter immer noch vom Wind; Ahnenstatuen lagen zerbrochen am Boden. Auf dem mittleren Rasenrechteck kauerten sich die Sklaven des Alten, während sich um sie wie zur Bewachung eine regelrechte Armee aus Wildvolk verteilt hatte. Jill hatte noch nie so viele auf einmal gesehen – große, dicke Gnome, die grimmig und aufmerksam dastanden, Horden von Feen, die wie Wespen in der Luft schwebten, kleinere Gnome, die tänzelten und ihre nadelspitzen Zähne fletschten.

»Flieht, rasch!« rief Nevyn. »Lauft um euer Leben! Rennt in die Stadt und bittet um Hilfe, versteckt euch in den Bergen, aber beeilt euch!«

Als er den Arm hob, zuckten Blitze unter den Bäumen auf, und Donner dröhnte. Schreiend flüchteten die Sklaven und rannten vor ihm her, liefen um das Haupthaus auf das hintere Tor zu. Das Wildvolk folgte ihnen, und sie zwickten, schubsten und bissen die armen Seelen, damit sie sich rasch in Sicherheit brachten. Nevyn ging zur Tür des Hauses, drückte dagegen, fand sie unverschlossen und riß sie auf. Jill erwartete beinahe, daß ihm ein Pfeil oder ein Messer entgegenflog. Nichts regte sich. Die raschelnden Blätter waren zur Ruhe gekommen, es gab keine Herausforderung, nichts.

»Gehen wir hinein.«

Als sie den langen Flur entlanggingen, kam das Wildvolk zurück, erschien mitten in der Luft und sank hinab wie Tropfen von einem undichten Dach. Jill war so sicher, daß sie auf dem Weg in eine Falle waren, daß sie kaum atmen konnte, als sie ein bescheidenes Wohnzimmer betraten, dessen Wände mit Blumen bemalt und dessen Podest in beruhigendem Blau gekachelt und mit blauen und lila Seidenvorhängen drapiert war. Auf einem Stuhl mit niedriger Lehne saß ein riesengroßer Mann mit der dunklen Haut der Bewohner von Orystinna; um ein Handgelenk hatte er einen zuschlagenden Habicht tätowiert, und sein Gesicht war hinter einer roten Seidenmaske verborgen. Zu seinen Füßen hockte ein Bardekianer, dessen schwarzes Haar und Bart so glatt waren, daß sie wie geölt wirkten.

»Baruma«, zischte Rhodry.

Als der Bardekianer den Kopf hob, sah Jill, daß er ein Halsband und eine Kette trug. Der andere Mann riß an der Kette und lächelte sie an, als hätte er ihre Gedanken gelesen.

»Ich grüße Euch, Meister des Aethyr«, sagte der Habicht auf bardekianisch. »Wie traurig, daß wir uns nur begegnen, um gleich wieder Lebewohl zu sagen.«

»Also wirklich!« antwortete Nevyn in derselben Sprache. »Glaubt Ihr tatsächlich, Eure Bande von Strauchdieben wird mich umbringen können?«

»Was sollte sie aufhalten? Ihr habt Eure einzige Hoffnung auf dem Hügel zurückgelassen. Die Sklaven rennen vielleicht vor Euren kleinen Kunststücken mit dem Wind davon, aber meine Männer nicht.«

»Zweifellos. Und Ihr müßt erheblich stärker sein, als ich dachte, wenn Ihr den Alten aus seinem Loch scheuchen konntet.« Nevyn sah sich um. »Ich hätte nie geglaubt, daß er einen solch guten Geschmack hat, was Inneneinrichtung angeht. Ich hatte etwas Schrilles und Morbides erwartet. Wie Eure Maske.«

Der Habichtsmeister zögerte, dann zuckte er die Achseln.

»Plustert Euch nur auf, alter Mann. Ihr seid meinem Köder gefolgt und direkt in die Falle gegangen. Das müßt Ihr zugeben – Ihr seid mir gefolgt, wie ich es erwartet hatte.«

»Eigentlich nicht. Meine Geister haben mir gezeigt, wo der Alte wohnt, und daß Ihr hier seid, ist eher ein Zufall. Aber wenn Ihr Euch die Mühe gemacht habt, diese Falle zu stellen, muß es etwas geben, das Ihr haben wollt. Laßt mich raten – wenn ich etwas für Euch tue, laßt Ihr meine Freunde gehen.«

»Das hatte ich im Sinn, ja. Ich werde sogar dafür sorgen, daß sie ihr Schiff ohne weiteren Ärger erreichen. Wenn Habichte einen Handel abschließen, halten sie ihr Wort. Niemand würde sich unserer bedienen, wenn wir die Verträge nicht einhielten.«

»Das habe ich gehört, und ich glaube Euch. Was wollt Ihr von mir?«

Er wirkte so ruhig wie ein Bauer, der auf dem Marktplatz um Kohlköpfe feilscht. Jill hätte am liebsten geschrien, um die Spannung zu brechen. Links und rechts von ihr waren Salamander und Rhodry so starr wie die Statuen im Garten draußen, und beide waren kreidebleich geworden und sahen wegen des wilden Zorns in ihrem Blick erheblich mehr wie Elfen als wie Menschen aus. Der Habichtsmeister lächelte, lehnte sich zurück und schlug die Beine übereinander.

»Nichts, das Euer Gewissen belasten wird, Meister des Aethyr. Ihr seid doch hergekommen, um den Alten zu töten, nicht wahr? Nun, das bin ich ebenfalls, aber er ist entkommen. Sagt mir, wo er ist. In welche Richtung er geflohen ist. Dann könnt Ihr zufrieden sterben, denn Ihr werdet wissen, daß ich ihn für Euch umbringen werde.«

»Das ist ein guter Handel.«

»Nevyn, nein! Das dürft Ihr nicht!« Jill spürte, wie ihre mühsame Beherrschung ihr entglitt wie ein Umhang. »Ich würde lieber sterben als zusehen, wie Ihr …«

»Still!« fauchte Nevyn. »Für jeden kommt einmal die Zeit, Kind. Und nun ist meine angebrochen. Bring Rhodry nach Eldidd zurück – diese Aufgabe übertrage ich dir; ich bestehe darauf, im Namen des heiligen Lichts. Wirst du mir das versprechen?«

Tränenblind nickte sie. Als Salamander widersprechen wollte, brachte ihn Nevyn mit einem finsteren Blick zum Schweigen und drohte Rhodry, ihn zu schlagen. Dann wandte er sich dem Habichtsmeister zu, und in diesem Augenblick wirkte er hochgewachsener, jünger und stolzer als je, und er schimmerte in unirdischem Licht, als das Wildvolk sich um ihn drängte und ihm Kraft und Wildheit lieh.

»Also gut, ich werde den Alten finden.« Nevyn lächelte sein Gegenüber sogar an. »Aber habt Ihr etwas, mit dem ich meine Konzentration verbessern kann? Etwas, mit dem er Dweomer bewirkt hat?«

»Es ist alles für Euch bereit.«

Als der Meister mit den Fingern schnippte, griff Baruma nach einem Bündel in schwarzem Samt und schlurfte zum Rand des Podests. Winselnd und mit ängstlichen Seitenblicken zu Rhodry reichte er Nevyn das Bündel, dann huschte er mit klirrender Kette zurück zu seinem Meister. Rhodry folgte ihm mit dem Blick, aber seine finstere, starre Miene änderte sich nicht. Nevyn wickelte das Bündel aus und fand einen silbernen Kelch, in den seltsame Symbole eingraviert waren und dem noch Reste getrockneten Blutes anhafteten.

»Die Sklaven des Alten haben das Silber nicht gut geputzt.« Nevyn wickelte ihn wieder ein. »Das wird genügen.«

»Ich weiß nur wenig von diesen Dingen.« Der Habichtsmeister lächelte, als hätte er Nevyn ein Kompliment gemacht. »Ihr solltet Eure Begleiter jetzt wegschicken.«

»Ich bringe sie zur Tür.«

In einer Stille, die so kalt wie Meerwasser war, folgten Jill und die anderen Nevyn zur Tür des Zimmers. Davor standen zwei Männer, bewaffnet und zu allem bereit. Nevyn beugte sich vor und küßte Jill auf die Wange.

»Tötet sie ohne zu zögern«, flüsterte er auf deverrianisch, dann hob er die Stimme und wechselte die Sprache. »Lebewohl, Kind. Vergiß mich nicht.«

Hoffnung drang ihr bis in die Seele.

»Niemals«, erwiderte sie. »Mögen die Götter bei Eurer letzten Reise mit Euch sein.«

»Also gut«, rief der Habichtsmeister. »Verschwindet hier, holt den Rest eurer Leute und macht euch auf den Weg nach Indila. Niemand wird euch etwas tun. Ich habe mein Wort gegeben und werde es halten. Was Euch angeht, Nevyn, kommt hierher zurück. Es ist an der Zeit, Euer letztes Kunststück zu vollführen.«

»Gerne.« Nevyn wandte sich ihm zu und hob eine Hand, eine so sanfte Geste, als wollte er auf einen Irrtum in einem gelehrten Diskurs hinweisen. »Wie wäre es mit einem Feuerkunststück?«

Zischend fing die Seide Feuer.

»Ihr mögt Euer Wort halten.« Nevyn lächelte. »Aber ich habe meines nie gegeben. Ich werde den Alten finden, nachdem Ihr tot seid.«

Flammen leckten an den Wänden entlang, knisterten und breiteten sich in dem Dweomerwind aus, der über das Podest fegte. Der Habichtsmeister ließ Barumas Kette fallen und sprang schreiend auf. Sein Hemd stand in Flammen, als er zur Seitentür rannte. Kacheln barsten von der Hitze mit kleinen Explosionen und fielen von den Wänden – es war ein wenig wie bei einer von Salamanders Vorstellungen. Als der Meister die Tür erreichte, setzte Baruma ihm nach. Er hatte seine Kette in beide Hände genommen und schwang sie, schlug den Habichtsmeister damit über den Kopf und riß ihn seitlich in die Feuerwand. Der Meuchelmörder versuchte, sich an den brennenden Vorhängen festzuhalten, stürzte aber und riß sie über sich. Krachend brach die Innenwand über ihm zusammen.

»Die Decke wird gleich einstürzen«, rief Nevyn. »Das Wildvolk brennt das obere Stockwerk ab – jeder, der dort versteckt war, ist so gut wie tot, also verschwinden wir hier.«

Als Jill sich umwandte und durch den wogenden Rauch nach draußen rannte, zog sie ihr Schwert. Die beiden Meuchelmörder griffen an, aber Jill sprang zur Seite, ließ sich von einem der beiden überholen und schlitzte ihm die Kehle auf, während der Mann noch versuchte, sein Gleichgewicht wiederzuerlangen. Grunzend fiel er zu Boden und starb zu ihren Füßen; sein Genosse fiel über ihn. Rhodry, ein blutiges Schwert in einer Hand, packte Jills Schulter mit der anderen.

»Baruma!« schrie er über die tosenden Flammen. »Wo ist Baruma?«

»Wir haben keine Zeit mehr! Nevyn und Salamander sind schon weg.«

Als er weiter den Flur entlangrannte, folgte ihm Jill, weil sie dachte, daß er zum Tor wollte.

Als die Flammen aus dem oberen Stockwerk sich durch die Decke des Wohnzimmers fraßen, liefen Nevyn und Salamander zur Seitentür, die in einen großen, unordentlichen Hof an der Rückseite des Hauses führte. Nevyn umklammerte den kostbaren Kelch mit beiden Händen, als sie an Vorratsschuppen und Hütten vorbeirannten, um die leeren Ställe herum und durch den Küchengarten zum hinteren Tor, das noch von der Flucht der Sklaven weit offen stand. Nevyn sah sich um, um sich zu überzeugen, daß das Wildvolk seine Befehle ausgeführt und alle Tiere, die sich auf dem Landsitz befanden, in Sicherheit gebracht hatte. Hinter der Villa lagen grasbewachsene Hügel, die sich bis zu einer entfernten Bergkette erstreckten.

Im Laufen schien Nevyn bereits etwas auf diesen Hügeln zu erspähen.

»Da ist er! Kannst du ihn sehen?«

»Nein«, keuchte Salamander. »Und ich bin immerhin ein halber Elf!«

Erst jetzt wurde Nevyn klar, daß er bereits in eine leichte Trance gefallen war, daß er die kleine Gruppe von Menschen, die etwas Großes einen Hügel hinauftrugen, nur im Geist erblickte.

»Sie haben Tondalo in einer Sänfte. Dieser ekelhafte Kelch pulsiert geradezu in meinen Händen. Also gut. Bewache meinen Körper, während ich mich vollständig in Trance versetze. Wenn dieser Narr glaubt, daß er mir so einfach entkommen kann wie den Habichten, dann ist er ebenso dumm wie böse.«

Die unter dem Gewicht der Sänfte keuchenden Sklaven taumelten den Hügel hinauf. Drinnen wurde der Alte hin und her geschleudert und mußte sich an den Fensterrahmen und Vorhängen festhalten. Ihm gegenüber stöhnte Pachela, die sich an einer Hand am Rahmen der Sänfte festhielt und mit der anderen eine Schachtel umklammerte. Plötzlich ließ das Wackeln der Sänfte ein wenig nach, weil die Sklaven die Hügelkuppe erreicht hatten.

»Halt!« rief der Alte. »Setzt mich ab!«

Die Tür der Sänfte flog wie von selbst auf. Pachela kroch als erste heraus, dann half sie dem Alten, seinen schwergewichtigen Körper ins Freie zu hieven. Tief unter ihnen ging die Villa in Rauch und Flammen auf. Der Alte drehte sich um und sah, daß sich die Sklaven dicht an der Sänfte zusammengedrängt hatten.

»Ihr seid alle frei – was immer euch das nützen mag. Pachela, gib mir die Flasche mit dem Gift. Ich habe auch ein Weinglas mitgebracht. Wenn es noch nicht zerbrochen ist, kann ich ebensogut stilvoll sterben. Und ihr anderen verschwindet! Schnell! Lauft in die Stadt und erzählt allen, daß Strauchdiebe die Villa in Brand gesteckt haben. Wenn ihr Glück habt, werden sie euch glauben, bevor die Habichte euch erwischen.«

Hastig eilten die Sklaven davon. Der Alte ließ sich im Gras nieder und berührte den Boden mit einer Hand. Es war ein derart widerwärtiges Gefühl, der Boden fest, das Gras glatt und irgendwie ölig an seiner pergamenttrockenen Haut, daß ihm mit einiger Überraschung klar wurde, daß er das Haus seit über fünfzig Jahren nicht mehr in seinem eigenen Körper verlassen hatte. Vor Angst zitternd, öffnete Pachela den Flakon mit dem in Wein aufgelösten Gift und goß es aus. Der Alte hielt den Glaskelch hoch und schwenkte die dunkelrote Flüssigkeit darin – ein guter Jahrgang aus den Weinbergen um Myleton, kräftig genug, um den säuerlichen Geschmack des Giftes zu überdecken.

»Du kannst jetzt gehen. Ich sehe, daß Nevyn meine Rache für mich übernommen hat.« Er trank den ersten großen Schluck Wein. »Der Habichtsmeister ist – war – ein sehr dummer Mensch, zweifellos gut mit Messern, aber nicht mit dem Kopf.«

Beim zweiten Schluck sah er sich um und bemerkte die Einzelheiten dieses Vorfrühlingstags: die weit entfernten Berge mit ihren sonnenbeschienenen Flanken; Pachela selbst, die einmal ein wunderschönes Mädchen mit bezaubernden dunklen Augen gewesen war, bevor sie zu einer dicklichen Matrone mit grauem Haar gealtert war, die nun langsam und würdevoll den Hügel hinunterging, auf die brennende Ruine des einzigen Lebens zu, das sie je gekannt hatte. Zweifellos war sie froh, daß er starb. Er konnte es ihr nicht einmal übelnehmen.

»Alles verändert sich«, murmelte er. »Das ist der Fluch der Welt. Alles verändert sich. Aber ich – ich werde bestehenbleiben.«

Obwohl seine Hand nur langsam reagierte und stark zitterte, brachte er den Kelch ein drittes Mal zum Mund und trank den Rest des Weins. Ein paar Tropfen liefen ihm übers Kinn, aber als er automatisch die Hand hob, um sie wegzuwischen, verkrampfte sie sich, und er ließ das Glas fallen.

»Die Zeit ist gekommen.«

Seine Augen schlossen sich, aber er blieb innerhalb seines sterbenden Körpers bei Bewußtsein. Obwohl auch sein Lichtkörper in kurzer Zeit nutzlos sein würde, beschwor er ihn als Brücke zur ätherischen Ebene herauf, und er übertrug sein Bewußtsein in diese einfache Gedankenform, das Bild eines schlanken Mannes in einem schlichten Hemd. Die Erleichterung, frei von diesem aufgeschwemmten physischen Körper zu sein, war so gewaltig, daß er sich hoch in den Himmel erhob und einmal rund um den Hügel flog. Er konnte Pachela sehen, deren bleiche Aura sich langsam und stolz durch das taillenhohe Gras hügelabwärts bewegte. Als er nach Norden flog, warf er einen Blick zurück und sah, wie die silberne Schnur, die ihn mit seinem Körper verband, dünner und blasser wurde. Es war an der Zeit, die Ebenen zu wechseln, während er noch ein wenig am Leben war und seinen Geist fest unter Kontrolle hatte.

Er stellte sich einen Kreis vor, der in Viertel geteilt war, die alle eine andere Farbe aufwiesen: olivgrün, rotbraun, gelbgrün, und das untere Viertel war schwarz. Als das Bild sicher genug in seinem Geist existierte, stellte er es aus sich heraus, bis es wie ein gewaltiger Vorhang vor ihm hing. In diesem Augenblick spürte er, wie die Silberschnur riß. Wie Stücke unvernähten Stoffes fiel sein Lichtkörper auseinander und ließ nur eine nackte bläuliche Gestalt zurück. Er wandte seine gesamte Konzentration dem Kreis zu, der nun zu einer soliden Scheibe wurde. Die Schwärze wirbelte innerhalb ihrer Grenzen wie gefangener Rauch. Nur in Gedanken rief der Alte die

Namen der Herren von Hülsen und Schalen, aber am Tor zwischen den Welten dröhnten die Worte wie Gongschläge. Auf dem Beben dieses Klangs glitt er vorwärts in die wirbelnde Schwärze zur Erde der Erde, dem tiefsten Punkt der Welt des Lichts.

Er nahm es mehr als Geruch denn als Raum wahr – es roch nach Moder, aber durchaus angenehm, wie Blätter, die zu Humus verrotten. Während er sich tiefer hineinbegab, spürte er eine Art Druck, als ergriffe ihn die Erde mit festen Händen. Es fiel ihm schwerer und schwerer, sich zu bewegen, obwohl er nun reiner Geist war, der sich wie ein Maulwurf in die Astralebene wühlte. Ein Bedürfnis erfüllte sein gesamtes Wesen, ein Drang zu schlafen, sich ewig hier im Dunkeln auszuruhen, aber er hatte seine Willenskraft seit hundert Jahren auf diesen Augenblick vorbereitet. Während er sich weiterwühlte, stellte er sich vor, daß er sich abwärts bewegte, in eine Dunkelheit, die unterhalb des Universums lag und dieses nur an einem einzigen Punkt berührte. Die Erde der Erde begann, gegen ihn anzukämpfen, als hätten ihre Könige irgendwie seine böse Absicht bemerkt. Das Dunkel wurde fest, glitzerte in einem kupfernen Licht, bildete so etwas wie Gesichter und Hände, die ihn umklammerten und ihm zuflüsterten: »Kehre zurück! Zurück ins Licht!« Aber tobend und fluchend wühlte er sich weiter, schlug auf die Gesichter ein und zerquetschte die kleinen Hände mit riesigen Stahlkeulen, die er sich vorstellte.

Mit einem letzten wütenden Aufheulen brach er durch. Da sein Geist immer noch an irdische Vorstellungen gebunden war, sah er alles sehr konkret. Er war eine winzige, nackte menschliche Gestalt, die sich mit den Fingern an eine riesige schwarze Kugel klammerte. Unter ihm breitete sich ein sturmgepeitschtes schwarzes Meer aus. Es gab keine Sterne, nur Strömungen noch größerer Dunkelheit, und keine wirklichen

Formen, sondern nur sich stetig verändernde bleiche Bilder, die abwechselnd lockten und abschreckten. Der Alte spürte seine Angst wie beißende Kälte, roch sie als widerwärtigen Gestank. Das hier war das Tor zum Dunkel der Dunkel, der Welt der Hülsen und Schalen. Hier würde er für immer weiterexistieren können, fern vom Urteil der Großen, jenseits des Todes, aber auch jenseits allen Lebens. In jedem Augenblick seines unnatürlichen Lebens hatte er sich auf diesen Moment vorbereitet, ihn geplant, sich danach gesehnt, aber nun zögerte er, verstört über den Haß, der in ihm aufwallte.

Er wollte umkehren, die Erde der Erde würde ihn aufnehmen. Noch während dieses Gedankens spürte er, wie sein Griff fester wurde, als hätte etwas seine Handgelenke erfaßt, um ihm zu helfen. Aber wohin sollte er zurückkehren? Zu Nevyn? Diese Begegnung hätte er vielleicht ertragen, aber hinter dem barbarischen Dweomermeister standen die Großen und ihre ultimative Drohung: die vollkommene Vernichtung einer Seele, die so unrein war wie die seine. Außerdem verfügte er über ein störrisches, finsteres Ehrgefühl. Sein ganzes Leben lang hatte er sich nach der Männlichkeit gesehnt, die ihm das Messer des Sklavenhändlers vor so langer Zeit genommen hatte, hatte sie durch Macht ersetzen und Rache nehmen wollen. Was sollte er jetzt tun? Zu Nevyn zurückkriechen wie ein winselnder Welpe und sich vor den Herren des Lichts ducken?

»Niemals! Ich habe mir geschworen, mir mein Schicksal aus dem Bösen zu schmieden, und an dieses Gelübde werde ich mich halten!«

Er ließ los und fiel. Aber noch während riesige schwarze Wogen nach oben schwappten, um ihn aufzunehmen, sah er am sturmumtosten Himmel eine Gestalt aus hellem Licht, die ein schimmerndes Netz auswarf. Mit einem Wutschrei versuchte der Alte, zur Seite auszuweichen, aber es war zu spät.

Schon saß er im Netz. In dem triumphierenden Impuls, der über dem Meer widerhallte, erkannte er Nevyns Geist. Das Meer, der Sturm, die Kugel, an der er gehangen hatte – alles verschwand in grellem Licht, während der Alte herum- und wieder herumgewirbelt und dann aus dem Netz herausgeschleudert wurde.

Er stand auf einer seltsam vertrauten Hügelkuppe, und er blickte über ein nebelverhangenes nächtliches Tal. Über ihm hing der Vollmond, aber er war riesig groß und leuchtete mit blendender Helligkeit. Der Mond beobachtete ihn. Der Alte war sich plötzlich sicher, daß der Mond sich in ein boshaft starrendes Auge verwandelt hatte. Die Angst, die er nun empfand, ließ den Haß gegenüber dem Dunkel des Dunkels wie das angenehme Schaudern wirken, das ein Kind bei einer Gespenstergeschichte empfindet. Sein Untergang war besiegelt. Nevyn hatte ihn eingefangen und ihn nun in die Welt zurückgebracht, in der er den Großen nicht mehr entkommen konnte. Er würde nicht endlos im Dunkeln leben und weiter Böses bewirken können. Er würde überhaupt nicht mehr leben.

In einem Anfall krampfender Panik fuhr er herum und sah, daß ganz in der Nähe sein Tempel der Zeit stand, aber nun lag das Gedankengebäude vollständig im Mondlicht, auch die Hälfte, auf die zuvor die Sonne geschienen hatte. Der Alte floh auf dieses Gebäude zu, und als er hineinrannte, sah er, daß all seine symbolischen Figuren zertrümmert und zerbrochen waren. Er lief zur Treppe, immer weiter nach oben, und auf jedem Stockwerk fand er dasselbe Chaos vor – seine gesamte Arbeit war in Trümmer zerfallen. Im obersten Stock erlebte er den größten Schock, denn dort war alles leer – nicht einmal ein einziges Bruchstück war übriggeblieben –, bis auf die Statue von Nevyn, die aus dem Fenster sah wie bei dem letzten Besuch des Alten in seinem Gedankengebäude. Der Alte blieb am Ende der Treppe stehen und versuchte, sich irgendwie zu fassen, denn in seiner Vorstellung hatte er immer noch eine Art

Körper. Als Nevyn sich vom Fenster abwandte und ihn anlächelte, schrie er auf.

»Ich habe auf dich gewartet. Wenn du um Gnade bittest, werde ich sie dir gewähren.«

Mit einem erneuten Schrei warf sich der Alte die Treppe hinunter und hastete stolpernd aus dem Turm heraus. Kaum hatte er das Gedankengebäude verlassen, fiel es auch schon lautlos in sich zusammen. Er lief den Hügel hinab und in den Nebel hinein, aber obwohl er angestrengt versuchte, rasch vorwärts zu kommen, trieb er nur hierhin und dorthin. Erst jetzt wurde ihm klar, wie weit sein Sterben schon fortgeschritten war. Mit einer letzten Anspannung all seiner Kraft schien er nach oben zu treiben, in eine Strömung des Lichts hinein, die ihn langsam weiter aufwärts brachte. Es kam ihm so vor, als wäre er wieder ein junger Sklave, der zum Schreiber ausgebildet wird. Vor ihm stand die Schule, erbaut um ein rundes Stuckscriptorium inmitten von Gärten. Dort war er glücklich gewesen. Zum ersten Mal in seinem Leben hatte man ihn gut behandelt und ihm genug zu essen gegeben. Er hatte seine Arbeit zufriedenstellend erledigt, war von seinem Meister gelobt und von den anderen Jungen umworben worden. Nun hatte er das Scriptorium selbst erreicht, den hohen Torbogen, der in den langgezogenen, weißen Raum führte, der von Dutzenden kleiner Öllampen beleuchtet war.

In der schlanken Gestalt eines heranwachsenden Jungen glitt der Alte auf die Türen zu. Er konnte spüren, wie die Sohlen seiner Sandalen die Kacheln berührten; er konnte das aromatisierte Lampenöl riechen. Meister Kinna würde niemals zulassen, daß jemand seinem besten Schüler etwas antat. Schlichte kleine Schreibpulte standen in ordentlichen Reihen, und Öllampen flackerten golden gegen die Abenddämmerung an. Auf dem Podest stand jemand an einem Pult und beugte sich über eine Schriftrolle.

»Meister Kinna! Ich bin's, Tondalo. Ich bin wieder da.«

Die Gestalt hob den Kopf und schob die Kapuze zurück: Nevyn. Das Scriptorium verschwand. Sie standen sich im weißen Nebel gegenüber.

»Müde?« Das gemeißelte Gesicht von Nevyns Gedankenform zeigte keinerlei Ausdruck, kein höhnisches Grinsen, kein Lächeln, nichts. »Geh, wohin du willst, aber jeder Weg wird dich wieder zu mir führen.«

Der Alte hatte das Gefühl, immer noch einen Körper zu haben, und nun fiel er auf die Knie. Das Zimmer drehte sich um ihn, ein Wirbel aus goldweißem Licht.

»Du hast noch eine letzte Möglichkeit.« Nevyns Stimme wirbelte in derselben Richtung wie das Licht, um ihn zu erreichen. »Schwöre dem Dunkel ab und ergib dich dem Licht.«

»Verflucht sollst du sein! Du und all deine elenden Schüler!«

Nevyn verschwand. Der Alte nahm nur noch Bewegung wahr, spürte sich selbst als winziges Fleckchen Bewußtsein, das nun vom Wirbel mitgerissen wurde, sich drehte, erstickte, verblaßte, weiterwirbelte …

Und dann gab es nur noch das Nichts.

»Du willst wissen, was aus dem Alten geworden ist?« fragte Nevyn. »Was wird aus einer Kerzenflamme, wenn man sie ausbläst?«

Salamander schauderte. Inzwischen hatten die Flammen die gesamte Villa und die Nebengebäude überzogen. Fettiger Rauch breitete sich aus und trübte das Licht in einer höllischen Parodie auf den Sonnenuntergang. Gähnend und ächzend wie jeder alte Mann, der sich von einem Nachmittagsschlaf erhebt, setzte sich Nevyn hin und stand dann auf.

»Komm, suchen wir die anderen und machen uns auf den Weg. Wenn diese Sklaven die Stadt erreichen, wird der Archon

Leute ausschicken, die sich hier alles ansehen sollen. Ich habe nicht vor, mich ins Gefängnis werfen zu lassen.«

»Ganz recht, Meister. Ihr Götter, habt Ihr mich da drinnen vielleicht erschreckt! Ich dachte wirklich, Ihr wolltet sterben, um unsere elenden und unwürdigen Leben zu retten.«

»Du bist nicht der einzige hier, der eine gute Vorstellung geben kann. Da – Gwin und der Kriegshaufen kommen uns entgegen. Sie machen sich wahrscheinlich ziemliche Sorgen. Aber – bei der Göttin, wo sind Jill und Rhodry?«

Salamander wurde eiskalt, als er die Reiter zählte, die ihnen entgegenkamen, und feststellen mußte, daß sein Bruder und Jill nicht unter ihnen waren. Ohne nachzudenken rannte er auf die brennenden Trümmer der Villa zu. Leise vor sich hin fluchend, folgte Nevyn ihm.

Als Jill und Rhodry aus dem Haus in den Garten gerannt kamen, brannten die hölzernen Ahnenstatuen bereits wie riesige Scheite in der Feuerstelle eines Giganten. Rauch quoll vom brennenden Holzschindeldach herunter, und die Hitze entzog den Bäumen und Blüten alle Flüssigkeit. Durch das Knistern und Röhren des Feuers konnte Jill Menschen schreien hören, die im oberen Stockwerk der Villa festsaßen. Röchelnd und hustend rannte sie zum Tor in der Außenmauer des Anwesens, aber dann bemerkte sie, daß Rhodry ihr nicht mehr folgte. Sie drehte sich um und sah, wie er um die Ecke des Hauses und durch den schmalen Gang zwischen dem Haus und der Mauer zur Rechten lief.

»Rhodry! Komm zurück!«

»Er ist hier entlanggelaufen!« Rhodry lief weiter. »Ich habe das Klirren seiner Kette gehört.«

Einen Augenblick konnte sie sich vor Angst nicht rühren. Mit dem Brüllen von tausend Dämonen brach das Feuer durchs Dach und sprühte goldene Funken.

»Rhodry!«

Jill folgte ihm. Sie wich Funkenregen aus, hustete und keuchte, stolperte manchmal oder mußte über brennende Trümmer springen, und sie erreichte die Vorratsschuppen hinter dem Haus gerade noch rechtzeitig. In einer wilden Zerstörungsorgie umkreiste das Wildvolk die qualmenden und schmorenden Dächer. Jill konnte durch den Rauch gerade noch erkennen, daß Rhodry zögernd an der hinteren Mauer stand.

»Komm mit!« rief sie ihm zu. »Wir müssen durchs hintere Tor!«

»Nein. Er kann nicht weit sein.« Rhodry brach plötzlich in Lachen aus, sein altes Berserkerlachen voll grausamem Entzücken. »Baruma, erinnerst du dich, was ich dir versprochen habe?«

Aufjaulend rannte er wieder los, um eine Hütte herum und weiter weg vom hinteren Tor und der Sicherheit. Jill folgte ihm, ohne nachzudenken. Hinter ihr stürzten die leeren Stallgebäude ein, und Funken flogen über den Hof. Ein Vorratsschuppen wurde vom Dweomerwind erfaßt. Schwarzer Rauch und Flammen erfüllten den Hof. Rhodry rannte immer noch, Jill war kurz hinter ihm und flehte ihn an zurückzukommen. Endlich sah sie Baruma vor ihnen; keuchend und ächzend versuchte er trotz der schweren Kette rasch weiterzukommen. Rhodry folgte ihm sofort, aber Jill zögerte und sah sich um. Die Mauern auf der abgelegenen Seite des Anwesens stürzten ein, als ihre Stützbalken von der ungeheuren Hitze im Hof in Flammen aufgingen.

»Rhodry! Komm zurück!«

Die einzige Antwort, die sie bekam, war ein Wirbel von Rauch und Feuer, als das Dach des Hauses einstürzte. Jill drehte sich um und rannte weiter hinter Rhodry her. Mit beiden Händen schlug sie auf den Funkenregen ein und lief in einen ummauerten Garten hinein. Auch hier hatte das Feuer die Blumen in den Beeten bereits ausgetrocknet, und in einer abgelegenen Ecke brannte ein Baum wie eine Fackel. Hitze tanzte und schimmerte über den rußschwarzen Mauern; Jill konnte spüren, daß sie nach ihrem Gesicht griff wie ein klauenbewehrtes Tier. Vor ihnen duckte sich Baruma. Seine einzige Waffe war die schwere Kette, die er in beiden Händen schwang, vor und zurück, in dem verzweifelten Versuch, Rhodry und dessen Schwert fernzuhalten. Sie hatten nicht die Zeit, ihn mit kunstvoller Kampftechnik zu ermüden. Jill zog ihren Silberdolch, packte ihn an der Spitze, zielte und warf. So zielsicher wie ein Elfenpfeil drang er in Barumas rechtes Auge ein. Schreiend und blind ließ Baruma die Kette fallen und taumelte rückwärts, während Rhodry vorsprang und ihm lachend die Kehle aufschlitzte.

»Rhodry! Komm mit!«

Er riß ihren Dolch heraus und drehte sich um. In diesem Augenblick ging das Holztor hinter ihnen in Flammen auf. Sie saßen in der Falle. Jill konnte die Berserkerwut aus Rhodrys Blick weichen sehen.

»Ihr Götter! Liebste, es tut mir so leid!«

Der Dolch in seiner Hand glitzerte vor Dweomerlicht, als sein Zauber auf Rhodrys Elfenblut reagierte. Jill hatte den wahnwitzigen Gedanken, daß sie zumindest gemeinsam sterben würden, dann bahnte sich ihre neugefundene Kraft einen Weg an die Oberfläche ihrer Gedanken. Mit einem lauten Schrei riß sie die Arme über den Kopf.

»Herren des Feuers! Im Namen des Lichts, helft mir!«

Sie spürte sie mehr, als daß sie sie sah: gewaltige, überragende Präsenzen aus stetigem Licht inmitten der Flammen, während alles andere um sie herum hüpfte und flackerte. Macht und Majestät, so deutlich spürbar wie ein kühler Wind in all dem heißen Rauch.

»Herren des Feuers! Im Namen des Meisters des Aethyr, rettet uns! Ich bitte Euch als Dienerin des Lichts!«

Die Präsenzen wuchsen mit den Flammen, und einen Moment befürchtete Jill, sie würden sich weigern. Dann kam Wind auf; zischend und gleitend teilte er die Flammen wie der Bug eines Schiffs das Wasser. Die brennenden Überreste dessen, was einmal das Tor gewesen war, wurden nach beiden Seiten weggeblasen, und ein rauchiger Weg öffnete sich vor ihnen.

»Rhodry, folge mir. Bleib nicht stehen und blick nicht zurück! Herren des Feuers! Unser Leben liegt in euren Händen.«

Jill atmete begierig die plötzlich reine Luft ein, und sie wußte instinktiv, daß der sichere Pfad nur kurze Zeit bestehen würde, ganz gleich, was die Herren des Feuers wünschten. Über das Röhren und Knistern des brennenden Hauses hinweg konnte sie nichts anderes hören, wußte nicht, ob Rhodry tatsächlich hinter ihr war, aber sie konnte keinen Augenblick verschwenden, um sich umzusehen. Die Welt war zu einem Tunnel geschrumpft, der sich in der festen Schwärze des Rauches öffnete. Jill stürzte aus dem ummauerten Garten, wich den brennenden Hütten aus, rannte auf die feuerfreie Bresche zu, die plötzlich in den einstürzenden Mauern erschien. Rund um sie herum flogen die Funken und brennenden Trümmerstücke davon, als hätten unsichtbare Hände sie abgewehrt. Jills Lungen schmerzten vor Hitze, und die Luft war wieder beinahe unerträglich geworden, aber in einer letzten Anstrengung sprang sie durch die Bresche und lief taumelnd wie eine Betrunkene über die Wiese vor dem Anwesen.

Etwas berührte sie an der Hand, und als sie hinsah, erkannte sie, daß es ihr grauer Gnom war, der vergnügt grinste und sie weiterzerrte. Langsam waren im Rauch Gestalten zu erkennen: weitere Gnome, alle rußig und triumphierend.

»Rhodry!« keuchte sie. »Bist du …«

»Hier.« Er keuchte und hustete. »Direkt hinter dir und in Sicherheit.«

Die Gnome drängten sich um ihn und packten ihn an den Händen, um ihn weiterzuziehen. In einer Wolke von Wildvolk stolperten sie einen Hügel hinauf und warfen sich hustend und nach Luft schnappend zu Boden. Als Jill sich umdrehte, sah sie, wie die Mauern des Anwesens mit einem Aufwallen von fettigem schwarzem Rauch nach innen stürzten. Obwohl direkt ringsum hohes Gras wuchs und Funken und brennende Trümmer durch die Luft flogen, fing kein einziger Halm Feuer. Jill sah Rhodry an und brach in hysterisches Gelächter aus, weil selbst inmitten all dieser gewaltigen Dweomeranstrengung, dieser mächtigen Magie direkt aus der Seele des Universums, ihr Dolch immer noch schimmerte, um sie davor zu warnen, daß ein unzuverlässiger Elf ganz in der Nähe war.

»Ich wünschte, Otho könnte das sehen!« Sie keuchte und lachte und schluchzte, alles zur gleichen Zeit. »Traue niemals einem Elfen, hat er mir gesagt. Sie werden dir nur Ärger machen. Ihr Götter, er hatte recht! Er hatte recht!«

Rhodry steckte den Dolch in den Boden, um das Schimmern zu ersticken, und nahm sie in die Arme. Abwechselnd hustend und lachend, klammerten sie sich aneinander, bis Nevyn und Salamander den Hügel hinaufgerannt kamen.

»Seid ihr verletzt?« fragte Nevyn.

»Nein. Schlimmstenfalls versengt.«

»Ihr habt zumindest keine Augenbrauen mehr. Und ihr seid beide so rußig wie die Innenseite eines Kohlebeckens.« Nevyns Stimme zitterte so sehr, daß man nicht hätte sagen können, ob er den Tränen oder hysterischem Gelächter nahe war. »Könnt ihr reiten? Wir sollten uns lieber davonmachen.«

Rhodry kam mühsam auf die Beine, dann reichte er Jill die Hand, um sie hochzuziehen. Als sie taumelte und fast gestürzt wäre, wurde ihr klar, wie erschöpft sie war; anders als auf normale Art. Erst jetzt wurde ihr auch etwas anderes deutlich: Sie hatte dort im brennenden Garten echte Magie bewirkt, nicht einfach eine geistige Übung vollzogen.

Später an diesem Nachmittag führte Rhodry seine verängstigten und abgerissenen Männer und erschrockenen Pferde auf die grasbewachsene Kuppe eines niedrigen Hügels. Von dort aus sahen sie ein geschütztes Tal mit einem kleinen Bach und einem Eichenhain. Obwohl dieser Ort hervorragend zum Lagern geeignet war, konnte Rhodry, wenn er sich im Sattel umdrehte, immer noch den Rauch der brennenden Villa erkennen: einen schwarzen, wenn auch weit entfernten Streifen am Himmel.

»Es ist Zeit, das Lager aufzuschlagen«, meinte Nevyn.

»Wir können nicht hierbleiben. Wir sind immer noch in Gefahr.«

»Das stimmt.« Nevyns Stimme schien nach jedem einzelnen Satz vor Erschöpfung zu verklingen. »Früher oder später werden die anderen Habichte herausfinden, was passiert ist.«

»Das meinte ich nicht, Herr. Diese Sklaven, die Ihr verscheucht habt. Inzwischen müssen sie eine Stadt oder eine andere Villa erreicht haben. Man wird die Miliz ausschicken. Der Rauch von diesem Feuer ist weit zu sehen, und wenn sie die Villa erst einmal erreichen, müßten sie schon blind sein, um unsere Spuren nicht zu bemerken.«

»Genau. Aus diesem Grund habe ich dieses elende Feuer überhaupt gelegt. Gwin hat dich dazu gebracht, wie ein Habicht zu denken, Rhodry. Wenn wir erst einmal unter Arrest sind, sind wir in Sicherheit.« Der alte Mann tätschelte die Ledertaschen, die an seinem Sattelknauf hingen. »Ich habe Briefe des Archon von Pastedion, die ich vorzeigen kann, wenn wir sie brauchen. Und auch welche vom Archon von Surat.«

Einen Augenblick hätte Rhodry den alten Mann am liebsten angeschrien. Es war ein beinahe körperliches Bedürfnis, scharf und bitter – er wollte laut und deutlich verkünden, daß *er* hier die Befehle gab und sie ihr verdammtes Lager erst errichten würden, wenn er es wollte.

»Jill muß sich ausruhen«, fuhr Nevyn fort. »Sie ist so erschöpft, daß sie sich fast nicht mehr im Sattel halten kann.«

Daß der alte Mann ihren Namen erwähnte, erzürnte Rhodry noch mehr, besonders, weil er selbst nicht daran gedacht hatte, sich um Jill zu kümmern.

»Also gut«, sagte Rhodry. »Ich lasse die Männer das Lager aufschlagen.«

Er riß sein Pferd herum, ritt zurück und schrie dabei Befehle, bis er Jill und Salamander erreichte. Einen Moment war er so eifersüchtig auf seinen Bruder, daß er auch ihn am liebsten geschlagen hätte. Dann wurde ihm klar, daß es nicht Salamander war, der ihn so mißtrauisch machte, sondern Nevyn. Beinahe hätte er laut gelacht. Sei nicht dumm! sagte er sich. Der alte Mann muß über achtzig sein. Aber später an diesem Abend, als er sah, wie Jill und Nevyn zusammen am Lagerfeuer saßen und miteinander flüsterten und wie das Wildvolk sich um sie drängte, brannte die Eifersucht so heftig, als hätte sie mit dem bestaussehenden Mann von ganz Deverry geschäkert. Er ging zu ihnen, setzte sich neben Jill und griff nach ihrer Hand. Nevyn lächelte ihn so freundlich und aufrichtig an, daß er sich plötzlich wie ein Narr vorkam, besonders, als Jill näher zu ihm rückte und ihm mit der Ungezwungenheit langjähriger Vertrautheit den Kopf an die Schulter legte. Selbstverständlich liebt sie mich, erinnerte er sich, und wieder fragte er sich, wieso er sich erst daran erinnern mußte.

»Stimmt etwas nicht?« fragte der alte Mann. »Ach, das war eine dumme Frage, nach allem, was wir durchgemacht haben.«

»Diese Magie kann einen schon verstören«, sagte Rhodry. »Obwohl ich nicht weiß, wieso mich überhaupt noch irgend etwas überrascht.«

»Es braucht einige Zeit, bis man sich daran gewöhnt.« Nevyn klang so selbstzufrieden wie eine stolze Hausfrau.

»Selbst, wenn man, wie du, das ganze Königreich durchreist hat.«

Plötzlich erinnerte sich Rhodry an etwas, das den ganzen Tag am Rand seines Bewußtseins geschwebt war und dort gewartet hatte, bis er endlich Zeit hatte, sich darum zu kümmern.

»Bei den Höllen! Mein Silberdolch!«

»Was ist damit?« Jill sah ihn an.

»Ich habe ihn nicht gefunden. Er gehörte deinem Vater. Ich habe geschworen, daß ich ihn zurückholen werde.«

»Liebster, wenn er in diesem Haus war, ist er jetzt nur noch eine Silberpfütze.«

Rhodry fluchte so schauerlich, daß die meisten vom Wildvolk verschwanden.

»Quäl dich nicht«, sagte Nevyn. »Cullyn wird sich nicht darum scheren. Für ihn war der Dolch ein Zeichen der Schande.«

»Das mag sein, aber ich habe geschworen, ihn zurückzuholen.«

Nevyn warf Jills grauem Gnom einen Blick zu.

»Weißt du, wo er ist?«

Der Gnom zuckte die Achseln und begann, sich am Bauch zu kratzen.

»Ist er geschmolzen?« fragte Jill. »Warte, das verstehst du wahrscheinlich nicht. Ist das Silber zu Wasser geworden?«

Diesmal war das Nein eindeutig.

»Was bei Höllen und Pferdedreck haben sie dann damit gemacht?«

Der Gnom zuckte die Achseln, dann verschwand er.

»Glaubt ihr, er sucht ihn jetzt?« wollte Rhodry wissen.

»Das bezweifle ich, Liebster. Ich glaube nicht, daß er den

Kopf dafür hat.« Jill dachte angestrengt nach. »Wenn du diesen Dolch wirklich wiederhaben willst, wird er schon nach Hause finden.«

»Was soll das denn heißen?«

»Ich weiß es nicht. Wahrscheinlich genau das, was ich gesagt habe.« Sie gähnte mit leichtem Schaudern. »Ich muß mich hinlegen. Ich war noch nie in meinem Leben so müde.«

Jill hatte die ganze Nacht lang seltsame Träume. Obwohl sie sich danach nicht genau an sie erinnern konnte, hatte sie den Eindruck, edelsteinbesetzte Flure entlanggegangen zu sein, die von buntem Licht schimmerten, während sie sich mit wunderbaren Wesen unterhielt, die in Gold gekleidet und von silbernem Feuer umhüllt waren und die vielleicht Geister von Menschen waren. Sie konnte sich allerdings nicht an die erstaunlichen Geheimnisse erinnern, die sie ihr verraten hatten. Als sie dann erwachte, schien ihr die Sonne in die Augen, und neben ihr hockte ein Soldat, ein hochgewachsener, dunkelhäutiger Mann mit einem Harnisch und Lederrock über dem Hemd und einem geschmückten Helm in der rechten Hand. Mit der anderen stützte er sich auf einen Speer, dessen Stahlspitze in der Sonne blitzte. Als Jill einen Aufschrei unterdrückte, grinste er sie an.

»Verzeiht mir, daß ich Euch erschreckt habe, Mädchen, aber jetzt seid Ihr in Sicherheit. Soweit ich sagen kann, retten wir Euch vor etwas oder jemandem.«

»Ach ja? Dann vielen Dank.« Gähnend und sich die Augen reibend, setzte sie sich, sah sich um und bemerkte, daß es im Lager vor Bewaffneten nur so wimmelte. »Wie konnte ich das alles verschlafen?«

»Das habe ich mich ehrlich gesagt schon selbst gefragt. Hat man Euch etwas eingegeben?«

»Nein.«

Aber als sie versuchte aufzustehen, wurde ihr so schwindlig

und elend, daß sie sich einen Augenblick tatsächlich fragte, ob Nevyn ihr einen Schlaftrunk gegeben hatte. Da sie sich nicht daran erinnern konnte, etwas Derartiges getrunken zu haben, konnte sie nur annehmen, daß ihre ungeschickte und verzweifelte Dweomerarbeit vom Vortag sie dermaßen erschöpft hatte. Der Soldat – sie war immer noch nicht sicher, ob er Retter oder Feind war – faßte sie höflich am Ellbogen und stützte sie.

»Euer Großvater ist dort drüben und unterhält sich mit den Offizieren. Er muß ein wichtiger Mann sein.«

»Sehr wichtig.« Hastig strich sie sich das Haar glatt. »Wo ist Rhodry?«

»Der schwarzhaarige Barbar? Bei den Offizieren. Werdet Ihr reiten können?«

»Selbstverständlich. Wohin reiten wir?«

»Soweit ich sagen kann, werden wir Euch nach Indila bringen, zum Gerichtshof des Archon. Von Eurem Großvater und Euch abgesehen, stehen alle unter Arrest.«

Bei so vielen Reitern, Pferden und Soldaten zu Fuß dauerte es drei Tage, bis sie nach Indila kamen. Da die Offiziere der Ansicht waren, Nevyn und Jill müßten Opfer der anderen sein, erhielt Jill keine Gelegenheit, mit Rhodry oder Salamander zu sprechen. Aber selbst aus der Entfernung konnte sie erkennen, daß Rhodry in finsterer Stimmung war, und sie beneidete Salamander nicht um die Aufgabe, ihn aufzuheitern. Kurz vor Sonnenuntergang des dritten Tages erreichten sie schließlich Indila, wo man ihnen ein überraschendes Willkommen bereitete. Jill hatte befürchtet, man würde Rhodry und seine Leute ins Gefängnis bringen, statt dessen wartete der Archon persönlich am Stadttor, und neben ihm stand Elaeno in vornehmer Kleidung, wie sie dem Besitzer und Kapitän eines Handelsschiffes zustand.

»Ich habe mich mit ihm in Verbindung gesetzt, als sie uns verhafteten«, murmelte Nevyn auf deverrianisch. »Er hat auf den Inseln einen gewissen Einfluß, und ich habe beschlossen, das auszunutzen.«

In Verbindung mit Nevyns Empfehlungsschreiben bewirkte dieser Einfluß eine eigene Art von Zauber. Statt zum Gefängnis des Archon führte man sie in ein hervorragendes Gasthaus nahe dem Hafen – angenehm nahe an Elaenos Schiff – und erklärte, die Kosten würden vom Staat getragen, da sie eventuell Verdächtige seien, und das Gefängnis sei zu klein – eine Argumentation, die vollkommen über die Frage hinwegging, wieso man die angeblichen Verbrecher gemeinsam mit ihren angeblichen Opfern unterbrachte. Die Männer der Stadtwache, die zu viert vor jeder Tür und zu zweit an jedem Fenster standen, waren allerdings sehr wirklich, ebenso die schlechte Laune des Wirts. Am selben Abend erschien der persönliche Schreiber des Archon, um Nevyn und Elaeno zu einer Besprechung mit hohen Würdenträgern zu bitten. Jill ging mit den beiden nach unten und auf den ummauerten Hof des Gasthauses hinaus.

»Werdet Ihr einen Advokaten beauftragen?« fragte Jill.

»Ja«, erwiderte Nevyn. »Aber nur um des Anscheins willen. Schau nicht so erschrocken drein, Kind. Die Dinge stehen günstig für uns, auch wenn das im Augenblick nicht so aussehen mag.«

»Wenn Ihr meint. Es fällt mir nur schwer zu glauben, daß wir wirklich in Sicherheit sind.«

»Das habe ich nicht gesagt! Zum einen müssen wir noch nach Hause kommen, und zum anderen muß ich überlegen, ob ich etwas für Rhodrys Gedächtnis tun kann.«

Jill war derart überzeugt gewesen, daß Nevyn Rhodry heilen könnte, daß sie nun so verblüfft war, als hätte er ihr ins Gesicht geschlagen. Der alte Mann warf einen unruhigen Blick über die Schulter zu dem Sekretär, der ungeduldig in der Tür stand.

»Wir reden später darüber – jetzt muß ich gehen. Jill, ich habe versucht, dich zu warnen.«

»Das habt Ihr. Es tut mir leid.«

Jill kehrte zurück ins Gasthaus, wo Öllampen flackerten und die Bodenkacheln schimmern ließen. An einem Tisch in der Ecke würfelten Rhodry und Salamander, während Gwin und die Männer des Kriegshaufens zusahen. Im Lauf der Zeit, so nahm sie an, würde Rhodry wohl alles wieder lernen können, was er brauchte – die Namen der wichtigen Männer seines Rhans und die Gesetze, aber etwas über alle Maßen Wertvolles würde immer noch fehlen: diese ausdrucksvolle Lebendigkeit, die ihn immer so attraktiv gemacht hatte wie ein flackerndes Herdfeuer an einem kalten Abend. Jill würde ihn immer noch lieben, aber seine Untertanen würden feststellen, daß er sich seltsam verändert hatte, und vielleicht enttäuscht sein. Er wird mich brauchen, dachte sie, und mit diesem Gedanken kam eine Kälte, als hätte eine kalte Hand ihr Herz umklammert. Wenn sie ihre Dweomerstudien fortsetzen wollte, würde sie Zeit für sich brauchen – viel Zeit. Sie mußte weitermachen. Das wußte sie besser, als sie jemals etwas gewußt hatte – wenn sie jetzt damit aufhörte, würde ihre Seele zu etwas Totem, Häßlichem schrumpfen, allein vor Bitterkeit darüber, daß sie ihre Studien beiseite schieben mußte. Sie liebte den Dweomer so sehr wie Rhodry, oder sogar mehr? Dieses einfache kleine Wort schien in ihrem Geist zu brennen. Bis zu diesem Augenblick hätte sie nie gedacht, daß sie irgend etwas mehr lieben könnte als Rhodry, ihren wunderbaren, schönen Rhodry, der sie jetzt so sehr brauchte. Ich werde ihn niemals verlassen, dachte sie, niemals! Und dennoch wußte sie, daß sie auch den Dweomer niemals aufgeben könnte, nicht jetzt, nicht, nachdem sie gefunden hatte, wonach ihr Herz sich sehnte.

Nevyn hatte dem offiziellen Besuch beim Archon mit einigem Unbehagen entgegengesehen, aber Seine Exzellenz Archon Gurtha machte ihnen mit seiner überschwenglichen Gastfreundschaft mehr als deutlich, daß sie ganz Bardek einen Gefallen getan hatten, indem sie Tondalos Villa niedergebrannt hatten. Als sie endlich von dem Festmahl zurückkehrten, stand der Mond schon tief am Himmel. Nevyn brauchte normalerweise nicht viel Schlaf, aber nun fiel er ins Bett, kaum daß er seine Kammer betreten hatte, und blieb dort, bis die Sonne hell durch die Ritzen in den Fensterläden fiel.

Tatsächlich war es Jill, die ihn mit einem zögernden Klopfen an der Tür weckte. Als er schläfrig »herein« rief, brachte sie ihm einen Teller mit warmem Fladenbrot und einen hölzernen Krug ans Bett.

»Bier! Es gibt hier Bier, Nevyn. Es ist nicht sonderlich gut, aber es ist Bier.«

»Wunderbar! Ich danke dir.«

Das Bier war schwach und seltsam süßlich, aber immerhin war es aus Gerste und nicht aus Trauben gebraut. Nevyn trank es langsam und genüßlich und knabberte dazu an dem Brot. Nachdem Jill die Fensterläden geöffnet hatte, um die warme Frühlingsluft und die Sonne hereinzulassen, setzte sie sich auf ein Kissen.

»Ich habe lange überlegt, was mit Rhodry nicht stimmt«, sagte sie. »Er hat mir Dinge erzählt, die Ihr und Salamander vielleicht nicht wißt.«

»Das habe ich angenommen.«

»Aber es paßt irgendwie nicht zu dem, was Ihr und Salamander mir gesagt habt. Vor allem Salamander war der Ansicht, er würde sich nie erholen können, aber Rhodry hat sich tatsächlich aus eigener Kraft an vieles erinnert.«

»Ja?« Zum ersten Mal verspürte Nevyn so etwas wie Hoffnung. »Erzähl mir alles, was er gesagt hat – Rhodry meine ich, ganz bestimmt nicht Salamander. Wir haben keine zwei Wochen Zeit!«

»Als erstes erinnerte er sich an seinen Namen. Baruma hat ihm einen falschen Namen genannt, aber Rhodry erinnerte sich in einem Traum – einem von Drogen verursachten Traum, als die Habichte versuchten, ihn zu vergiften. Und als Salamander und ich ihn schließlich fanden, hat Salamander ihn mit einem Bann belegt und ihm gesagt, er werde sich am nächsten Morgen bei Sonnenaufgang erinnern, wer er sei, und bei den Göttern, so war es tatsächlich. Und vor ein paar Tagen, nachdem er Baruma getötet hatte, erinnerte er sich an Aberwyn und an Rhys und daran, wie seine Mutter aussieht – oder wie sie einmal ausgesehen hat, denn so, wie er Lovyan beschrieb, klang es, als sei sie etwa dreißig Jahre alt.«

»Wunderbar! Das ist ja wunderbar! Sie haben ihm Drogen gegeben? Hat er dir mehr von diesem Traum erzählt?«

»Es ging um drei andere Leute, mit denen er um ein Feuer tanzte, und dieses Feuer verwandelte sich in einen Drachen.«

»Einen roten oder einen schwarzen?«

»Rot. Ist das wichtig?«

»Ja, und ich kann dir nicht sagen, wie froh ich bin, daß der Drache nicht schwarz war. Weiß wäre das beste gewesen, aber rot ist gut genug.«

»Nevyn, glaubt Ihr, daß es Hoffnung für ihn gibt?«

»Ja, aber bete zu allen Göttern, daß ich mich nicht irre. Baruma muß in diesen widerwärtigen Künsten nur ein Anfänger gewesen sein. Außerdem ist anzunehmen, daß mit dem Tod des Mannes, der die Magie ausgeübt hat, ein gewisses Maß an Energie frei wurde, das Rhodry geholfen hat, sich selbst zu heilen. Aber zu Barumas Lebzeiten hätte er sich eigentlich nicht erinnern dürfen.«

»Baruma war kein Anfänger«, warf Jill ein. »Das hat Gwin uns erklärt. Er war dafür bekannt, daß er den Willen anderer erfolgreich brechen konnte. Deshalb hat der Alte ihn geschickt.«

»Zweifellos. Es tut mir leid, daß du dich überhaupt mit so schrecklichen Dingen beschäftigen mußt, Kind.«

»Wieso? Wenn ich mich ihnen jetzt nicht stelle, werde ich jeden Tag darüber nachdenken müssen, wenn ich erst mit ihm verheiratet bin.«

»Da hast du recht. Entschuldige. Aber ich weiß nicht – aber natürlich! Ihr Götter, daran hätte ich wirklich früher denken sollen! Wir können wahrscheinlich mit einiger Sicherheit annehmen, daß Baruma nichts von Rhodrys elfischem Vater wußte.«

»Würde das denn etwas ändern?«

»Sogar sehr viel. Aber ich kann nichts versprechen. Es kann gut sein, daß ich ihn trotzdem nicht heilen kann. Aber warum holst du Seine Gnaden nicht einfach her? Es ist Zeit, daß wir uns um diese Angelegenheit kümmern.«

Es dauerte ein wenig, ehe Rhodry hereinkam, und Nevyn sah ihm sofort an, daß etwas nicht stimmte – diese arrogante Haltung, der grimmige Zug um den Mund! Zum ersten Mal fiel Nevyn ein, daß Rhodry sich schlicht nicht an ihn erinnerte und damit auch keinen Grund hatte, ihm zu trauen. Das kränkte ihn so, als hätte er einen undankbaren Sohn vor sich, obwohl er doch genau wußte, daß es an dem lag, was Baruma Rhodry angetan hatte.

»Rhodry, ich kann dir helfen, wenn du das zuläßt.«

»Das hat Jill mir gesagt. Warum sollte ich es nicht zulassen?«

»Ich weiß nicht.«

»Es gibt keinen Grund.«

»Wirklich nicht?«

Rhodry zuckte die Achseln und ging zum Fenster. Im hellen Sonnenlicht sah er unendlich müde aus, als wäre er, seit er

Deverry verlassen hatte, nicht um ein Jahr, sondern um zehn Jahre gealtert.

»Wir sind uns zum erstenmal begegnet, als du etwa acht Jahre alt warst«, sagte Nevyn. »Ich glaube nicht, daß du dich erinnern kannst. Und dann abermals, als du sechzehn warst. Du warst sehr krank, und ich habe dich geheilt, nicht mit Dweomer, sondern mit Kräutern.«

»Auch daran erinnere ich mich nicht.«

»Selbstverständlich nicht. Ich will damit nur sagen, daß du mir mehr vertrauen würdest, wenn du dich daran erinnertest.«

»Wer behauptet denn, daß ich Euch jetzt nicht traue?«

Nevyn sah ihn nur an. Rhodry wandte sich vom Fenster ab, ging zur Tür, zögerte und drehte sich wieder um.

»Jill wird mich heiraten.«

»Aber selbstverständlich. Was hat das mit all dem zu tun?«

Rhodry zuckte die Achseln und starrte zu Boden.

»Du bist eifersüchtig auf den Dweomer, du junger Narr! Nicht auf mich oder Salamander!«

Als Rhodry rot wurde, befürchtete Nevyn einen Augenblick, er würde sich umdrehen und davonlaufen, aber dann blickte der junge Mann auf und zwang sich zu einem schiefen Grinsen.

»Das mag sein.« Ein letztes Mal zögerte er, dann seufzte er laut. »Könnt Ihr mich heilen, Nevyn?«

»Nein, aber ich kann dir helfen, dich selbst zu heilen. Ich habe lange darüber nachgedacht, was Baruma falsch gemacht hat. Sein Zauber löst sich langsam auf, und mit der Zeit wird er vielleicht vollkommen verschwinden.«

»Ich habe nicht allzuviel Zeit – nicht, wenn ich in Aberwyn herrschen soll.«

»Das stimmt. Und selbst wenn Barumas Magie fehlerhaft war, hat sie dennoch Spuren hinterlassen. Was hat er mit dir gemacht?«

»Ich erinnere mich nicht.«

»Du *willst* dich nicht erinnern!«

»Ich kann nicht!« Zornig starrte Rhodry ihn an.

»Ach ja? Dann wirst du den Rest deines Lebens nie wiederfinden. Baruma hat eine Dornenhecke in deinen Kopf gepflanzt. Du wirst sie durchbrechen und niedertrampeln müssen.«

»Ich kann nicht, das habe ich Euch doch gesagt!«

»Du hast Angst, dich an all den Schmerz zu erinnern. Das kann ich dir nicht übelnehmen; ich hätte ebenfalls Angst.«

Der Zorn in seinem Blick war geradezu mörderisch.

»Es geht um die Ehre, Junge. Willst du etwa zulassen, daß Baruma diesen Kampf gewinnt?«

»Ich würde eher sterben.«

»Das dachte ich mir.« Nevyn streckte die Hand aus. »Setz dich, Junge. Ich werde jeden einzelnen Schritt dieses Weges mit dir gehen.«

Nachdem Rhodry zu Nevyn gegangen war, versuchte Jill, bei den andern zu warten, aber der Lärm und das Gelächter, der Anblick von Rhodrys Männern, die sich mit ihren Würfelspielen oder Salamanders Geschichten erfreuten, trieben sie nach draußen in den Hof. Als sie zum Tor schlenderte, warnten die Wachen sie, das Gelände nicht ohne Eskorte zu verlassen. Sie waren ausgesprochen freundlich, aber Jill hätte schreien können – zweifellos konnte sie in einer fremden Stadt besser auf sich aufpassen als diese Männer da! Sie kehrte in den kleinen Garten für Gäste zurück und setzte sich auf eine Bank im Schatten einer der Ahnenstatuen. Sie dachte darüber nach, was Nevyn wohl mit Rhodry machte, und ob es überhaupt eine Möglichkeit gab, ihn zu heilen. In der Stille schien es, als könnte sie sie sprechen hören oder doch zumindest den Eindruck von Worten erhaschen. Aber obwohl sie so reglos wie ein gejagter Hase dasaß, verstand sie die Worte nicht, nur

Gefühle, Wellen von Emotionen, die eindeutig von außerhalb ihrer selbst kamen: Schmerz und Bitterkeit und überwältigende Angst und noch mehr Schmerz, die Schatten einer unerträglichen körperlichen Pein. Einmal schien es, als hörte sie Rhodry schluchzen wie ein Kind, und sie brauchte all ihre Willenskraft, um zu bleiben, wo sie war, und nicht in Nevyns Kammer zu rennen. Endlich erinnerte sie sich an ihre Übungen und zeichnete in ihrem Geist einen Schutzkreis um sich, den sie mit Pentagrammen versiegelte. Nachdem sie diesen Kreis um sich herum visualisiert hatte, hörten das Flüstern und die Schmerzschatten auf.

Mit einem erleichterten Seufzen blickte sie auf und entdeckte Perryn, der ein paar Schritte entfernt zwischen zwei Eukalyptusbäumen stand – lauernd, wie sie dachte.

»Was willst du, du schnüffelndes kleines Wiesel?«

»Ich … äh … nun …«

»Raus damit, oder ich schneide dir die Kehle durch!«

»Jill, es tut mir so leid! Das ist alles.«

Sie war aufgestanden, ohne es zu merken, und hatte nach dem Silberdolch gegriffen. Nur die Erinnerung an das Versprechen, das sie Nevyn gegeben hatte, brachte sie dazu, den Dolch wieder einzustecken.

»Ich wollte dir niemals weh tun«, jammerte Perryn. »Ich habe dich geliebt.«

»Pferdedreck! Hör zu, Wieselgesicht. Weißt du, warum du noch am Leben bist? Nevyn hat mir befohlen, dich in Ruhe zu lassen. Ansonsten hätte ich dich umgebracht. Verstanden?«

Mit einem letzten Jammerlaut drehte Perryn sich um und floh zurück in den Stall zu seinen geliebten Pferden. Jill spürte ihre Wut wie Feuer brennen, hoch zum Himmel und gegen ihren magischen Kreis auflodern. Mit großer Anstrengung hielt sie sich zurück und stellte sich abermals die Pentagramme vor, um die Flammen zu zügeln. Nachdem der Kreis wieder fest war, wurde ihr klar, daß sie sich nicht mehr vor Perryn fürchtete, sondern davor, was sie tun würde, wenn sie die Beherrschung verlor. Wieder einmal begriff sie, daß die Anerkennung ihrer Dweomertalente das Beste war, was sie hatte tun können.

Jill blieb noch einige Zeit in der relativen Abgeschiedenheit des Gartens. Sie versuchte zwar, ihre Dweomerübungen zu machen, aber sie war einfach zu abgelenkt; immer wieder fragte sie sich, wie es Rhodry wohl erginge. Endlich kehrte sie zurück ins Schankzimmer, wo Salamander die Menge, sogar den mürrischen Wirt, mit einer seiner unanständigeren Geschichten unterhielt, während er mit Orangen und Eiern jonglierte. Obwohl die meisten ihn deshalb für herzlos gehalten hätten, konnte Jill an der Lebhaftigkeit seines Geschwätzes erkennen, daß er sich schreckliche Sorgen um seinen Bruder machte. Sie setzte sich in die Ecke und sah ihm zu, ohne so recht hinzuhören, und wieder schweiften ihre Gedanken zu Rhodry und Nevyn. Seit sie ihren Schutzkreis verlassen hatte, konnte sie die beiden wieder spüren, aber der Schmerz hatte nachgelassen, und nur bittere Leere war geblieben. Im Laufe des Nachmittags spürte sie hin und wieder aufflackernde Emotionen oder hörte geisterhafte Wortfetzen, aber die Intensität ließ nach, bis die Eindrücke schließlich, als die Sonne schon tief am Himmel stand und der Wirt die Dochte der Lampen zurechtschnitt, vollkommen verschwanden.

Nach einem letzten Scherz ließ Salamander sein Publikum stehen. Er holte eine Flasche Wein und zwei Becher, dann setzte er sich mit einem übertriebenen Seufzen neben Jill. Sie goß ihnen ein.

»Ist der große Krysello müde?«

»Ach, halt den Mund, schöne barbarische Assistentin. Nach allem, was Nevyn zu mir gesagt hat, will ich den Namen nie wieder hören.« Er grinste. »Aber ich war wirklich überzeugend, oder?«

»Ja. Unsere Vorstellungen fehlen mir irgendwie.«

»Mir auch. Aber nun heißt es, mich wieder dem bescheidenen Leben eines Gerthddyn zuzuwenden.« Er prostete ihr zu und trank. »Ich frage mich, was Nevyn treibt. Beim pelzigen Hinterteil des Höllenfürsten, das dauert ja eine Ewigkeit!«

»Ich glaube, das Schlimmste ist vorbei. Ich konnte irgendwie spüren, was passiert ist, aber es hat aufgehört.«

»Irgendwie spüren? Ach, ich will lieber gar nichts davon wissen.«

Der Wirt war gerade dabei, die Lampen anzuzünden, als Rhodry hereinkam. Als er direkt hinter der Tür stehenblieb, stand Jill auf, weil sie glaubte, daß er irgendwie gestützt werden müsse, wie jemand, der sich von einer langwierigen Krankheit erholt, aber sie zögerte, plötzlich verängstigt, als das Lampenlicht ihn umflackerte. Sie hatte ihn nie so wütend gesehen. Sein Zorn strahlte von ihm aus wie das Licht aus einer der Lampen, heiß und gefährlich und dennoch rein und makellos.

»Sieht so aus, als erinnert er sich, was sie ihm angetan haben«, sagte Salamander mit ein wenig zitternder Stimme. »Und er scheint nicht erfreut darüber zu sein.«

Als Rhodry sich umsah, schwiegen alle. Die Männer drehten sich zu ihm um, dann wandten sie hastig den Blick ab, bis er sich schließlich rührte und alle ein wenig erleichtert waren. Er ging hinüber zu Jill, nickte Salamander zu und griff dann nach Jills halbvollem Weinbecher.

»Ich werde nun etwas geloben, meine Liebste.« Seine Stimme war nur noch ein Knurren. »Sobald ich mein Amt in Aberwyn angetreten habe, werde ich eine Flotte aufstellen und Slaith in Grund und Boden brennen, und jeden einzelnen stinkenden Piraten darin ebenfalls.« Er hob den Becher hoch über den Kopf. »Mögen die Götter meine Zeugen sein! Dieses Höllenloch wird brennen!«

Dann drehte er sich um und warf den Becher ins Feuer, so fest, daß er zerbrach. Obwohl der Wein auf den glühenden Kohlen zischte, flackerten die Flammen seltsamerweise noch höher auf. Über ihnen konnte Jill die Herren des Feuers erkennen, die das Gelübde entgegennahmen.

Jeden Morgen waren Cullyn und Tieryn Lovyan die ersten in Dun Aberwyn, die erwachten. Wenn Cullyn gähnend und schläfrig in die große Halle schlenderte, kam sie oft gerade die Wendeltreppe hinunter. Während ein ebenso verschlafener Page ihnen Schalen gewürzter Milch brachte und ein Diener sich um die Feuerstelle kümmerte, saßen sie am Ehrentisch und sprachen über die offiziellen Angelegenheiten der Festung. Nachdem sie Cullyn die Befehle für den Tag gegeben hatte, sagte Lovyan immer dasselbe: »Nevyn ist nun schon lange weg, Hauptmann.«

»Ja, Euer Gnaden«, antwortete er dann. »Aber es wird Frühling, und bald werden wir wieder gutes Segelwetter haben.«

»Da habt Ihr recht. Es liegt alles in Händen der Götter.«

Und dann bedachte die Regentin ihn mit einem müden Lächeln und entließ ihn.

An diesem Morgen hatte er nichts Dringendes zu tun, also ging Cullyn zum Tor der Festung hinunter und unterhielt sich mit den Wachen. Es war warm, aber der Himmel war von Wolken überzogen, die von Süden herangeweht wurden – ein sicheres Zeichen kommenden Regens, wie Cullyn feststellte.

»Ganz recht, Hauptmann«, sagte einer der Männer. »Es scheint, als wäre dieser Winter besonders lang; aber vielleicht liegt es auch nur am Warten. Glaubt Ihr, daß Lord Rhodry noch lebt?«

»Ja.«

»Ich hoffe wirklich, daß Ihr recht habt, Herr. Das tun wir alle. Als Gwerbret Rhys noch lebte, mußten wir jeden hassen, den er haßte, aber jetzt ist das anders.«

»Ach ja?«

»Wenn Lord Rhodry erst einmal Gwerbret ist, werden wir ihm alle bis in den Tod folgen. Zumindest ist er ein Maelwaedd.«

»Das stimmt; und es freut mich, daß ihr das anerkennt.«

»Ich – he, wer ist das?«

Cullyn spähte in die Richtung, in die der Soldat zeigte, und sah zwei Reiter den Hügel hinaufkommen: einen alten Mann in einem Kapuzenumhang und einen jungen Mann mit kurzem Umhang und einem breitkrempigen Lederhut. Sie führten zwei wunderschöne goldfarbene Pferde und einen kräftigen Braunen, der einen beladenen Schlitten zog.

»Beim haarigen Arsch des Höllenfürsten!« murmelte Cullyn. »Das könnte interessant werden. Also gut, Junge – siehst du diesen alten Mann? Du solltest ihn mit allem Respekt behandeln, der einem Fürsten zusteht, denn er ist ein Freund von Nevyn und von derselben Zunft wie er – wenn du verstehst, was ich meine. Was seinen Begleiter angeht – es würde mich nicht wundern, wenn du und alle anderen in der Festung ein paar Überraschungen erleben würden.« Er winkte den beiden Reisenden zu und ging ihnen entgegen. »Aderyn, Herr, ich freue mich, Euch wiederzusehen. Calonderiel, wenn das kein willkommener Anblick ist! Was macht ihr beiden so weit von eurem verfluchten Grasland entfernt?«

»Ich beschütze nur unseren Weisen vor euch Rundohren.« Grinsend schlug ihm der Elf auf die Schulter. »Er wollte allein kommen, aber das habe ich nicht zugelassen.«

»Das hätte ich an deiner Stelle auch nicht getan.« Cullyn wandte sich Aderyn zu. »Was bringt Euch zu uns, Herr?«

»Ach, eine kleine persönliche Angelegenheit. Könnt Ihr einen Pagen rufen, der uns die Pferde abnimmt, Cullyn? Ich muß sofort mit Nevyn sprechen.«

»Aber er ist nicht da, Herr! Er ist schon vor Wochen nach Bardek gesegelt.«

»Er ist was?« Aderyn sah mit seinem weit aufgerissenen Mund beinahe komisch aus.

»Er ist mit Elaeno, dem Kapitän aus Orystinna, nach Bardek gesegelt. Hat er Euch das nicht mitgeteilt? Ich dachte immer, Ihr hättet Möglichkeiten, Euch gegenseitig Nachrichten zu schicken.«

»Ja, aber er hat sich nicht mit mir in Verbindung gesetzt. Ihr Götter, Cullyn, er muß es einfach vergessen haben! Könnte es sein, daß er langsam alt wird?«

Inzwischen hatte sich eine ganze Menge Neugieriger um sie versammelt. Cullyn beauftragte ein paar Pagen, sich um die Pferde der Besucher zu kümmern, und führte Calonderiel und Aderyn zur großen Halle. Als er bemerkte, wie froh er war, Aderyn zu sehen, mußte er über sich selbst lachen. Vor ein paar Jahren hätte er über jeden gelacht, der an Zauberei glaubte, aber nun war er tatsächlich glücklich, wieder einen Dweomermeister in der Festung zu wissen. Als sie in die große Halle kamen, erhob sich Tieryn Lovyan von ihrem Platz am Kopf des Ehrentisches und wandte sich ihnen zu. Einen Augenblick wirkte sie erschrocken, aber als die beiden näher kamen und vor ihr niederknieten, entspannte sie sich und grüßte sie mit einem liebenswerten Lächeln.

»Calonderiel, nicht wahr?« sagte sie. »Einen Moment habe ich Euch für einen anderen gehalten. Und wer, guter Herr, seid Ihr?«

»Ich heiße Aderyn, Euer Gnaden. Nevyn hat mich vielleicht einmal erwähnt.«

»Das hat er, und Ihr seid mehr als willkommen in meiner

Festung. Page! Bitte die Köchin, Erfrischungen für unsere Gäste vorzubereiten. Sie kommen von weit her. Und bringt Met. Nimm die besten Kelche. Die normalen sind – ach, das ist jetzt gleich.«

»Euer Gnaden sind sehr freundlich«, sagte Aderyn. »Ich stehe Euch jederzeit zu Diensten.«

Lovyan traten Tränen der Erleichterung in die Augen, aber sie wischte sie weg und lächelte wieder.

»Ich werde Euer Angebot gerne annehmen, Aderyn. Vielleicht könnt Ihr, wenn Ihr Euch ein wenig ausgeruht habt, mit Eurem Freund in meine Privatgemächer kommen.« Sie warf Cullyn einen Blick zu. »Vielleicht können wir jetzt ja endlich etwas erfahren. Ich frage mich schon die ganze Zeit, was Blaern wohl treibt. Hauptmann, Ihr solltet ebenfalls an unserem Gespräch teilnehmen. Ich weiß, daß Calonderiel ein Freund von Euch ist.«

Als sie sich an den Ehrentisch setzten, erinnerte sich Calonderiel an seine gute Erziehung und setzte den Lederhut ab, und just in diesem Augenblick kehrte der Page mit dem Met an den Tisch zurück. Der Junge starrte verblüfft auf die langen, spitzen Ohren des Elfen und seine violetten Augen mit den Katzenpupillen, bis Cullyn sich vorbeugte. »Du hast sicher noch zu tun, Junge. Geh an die Arbeit.«

Der Junge floh. Calonderiel griff nach dem Kelch und trank einen Schluck Met.

»Süß und leicht, aber gut, Euer Gnaden«, sagte er und prostete der Tieryn zu. »Ich danke Euch für Eure Gastfreundschaft, aber glaubt Ihr nicht, daß ich mich lieber wieder verabschieden sollte, nachdem ich den Weisen sicher hier abgeliefert habe? Es sieht so aus, als würde ich Eure Untertanen erschrecken.«

»Sie werden sich früher oder später an Euch und Euer Volk gewöhnen müssen.« Lovyan wirkte seltsam müde. »Ich habe das deutliche Gefühl, daß mein Sohn Euch an seinem Hof willkommen heißen wird, sobald er zurückkehrt, um sein Rhan zu übernehmen.«

»Zweifellos«, warf Aderyn ein. »Euer Gnaden, es geschehen wichtige Dinge, vielleicht wichtiger, als wir wissen.« Cullyn wurde bei diesen Worten kalt, und ihm war seltsam feierlich zumute. Solange er lebte, sollte er sich an diesen Augenblick am Ehrentisch erinnern: Lovyan, die sich vorbeugte, die blauen Augen umschattet; Calonderiel, den Mund halb geöffnet, den Kelch in der Hand und Lovyan zugewandt, als wollte er ihr helfen und dann Aderyn mit seinem weißen Haar, das in zwei Wirbeln vom Kopf abstand und ihn zusammen mit diesen großen Augen ausgesprochen eulenhaft aussehen ließ. Es schien, als könnte der Weise weit in eine Zukunft blicken, die niemand außer ihm erkennen konnte. Dennoch hatte auch Cullyn in diesem Augenblick eine seltsam instinktive Vorstellung der Zukunft und das noch seltsamere Gefühl, daß der elfische Heerführer neben ihm und er selbst eines Tages eine wichtige Rolle spielen würden.

»Es ist also einiges in Bewegung geraten?« fragte Cullyn den Dweomermann.

»Ja. Wir werden später darüber sprechen, Hauptmann, aber ich werde Eure Hilfe brauchen.«

»Die werde ich Euch gerne zur Verfügung stellen.« Mit einem Nicken zur Tieryn erhob er sich und verbeugte sich. »Lady, mit Eurer Erlaubnis – ich muß mich um etwas kümmern.«

»Selbstverständlich, Hauptmann.«

»Danke, Euer Gnaden. Cal, wir sehen uns demnächst. Komm zum Mittagessen an meinen Tisch, ja?«

»Gern. Ich bin Bogenschütze und kein Reiter, aber ich fühle mich in einem Kriegshaufen wohler.«

Cullyn ging direkt zu der Treppe, die zur Frauenhalle führte.

Bald schon, das wußte er nun, würde er in Gwerbret Rhodrys Angelegenheiten überall in Eldidd unterwegs sein, und es gab noch etwas, das er regeln wollte, bevor er die Festung verließ. Er hatte erst den ersten Treppenabsatz erreicht, als Tevylla ihm entgegenkam, Rhodda an der einen, einen Korb in der anderen Hand.

»Ich wollte gerade nach Euch suchen«, sagte sie. »Rhodda und ich wollten im Freien zu Mittag essen.«

»Eine gute Idee. Ich komme mit Euch.«

Es war ein sonniger Tag und an windstillen Stellen warm genug, also nahmen sie Brot und weichen Käse mit in den Rosengarten, der in der geschützten Ecke lag, an der zwei Brochs aneinanderstießen. Die Rosen ließen zwar noch kein Anzeichen des kommenden Frühlings erkennen, aber die Wiese war wieder grün, und Rhodda setzte sich auf den Boden und tat so, als teilte sie ihre Mahlzeit mit ihren Phantasiefreunden, die sie als Gnome bezeichnete. Cullyn und Tevylla setzten sich auf eine nahe gelegene Steinbank. Nun, da der Augenblick gekommen war, wußte Cullyn kaum, was er sagen sollte, bis Tevylla ihm eine Gelegenheit gab.

»Wie macht sich mein Merddyn? Ich bekomme ihn dieser Tage nur noch aus der Entfernung zu sehen.«

»Er hat viel zu tun, und ich bin sehr zufrieden mit ihm, obwohl ich Euch bitten möchte, ihm das nicht zu sagen. Er hat eine gute Hand für den Schwertkampf und das richtige Maß an Mut – genug, daß er es wagt zu kämpfen, aber nicht genug, um ihn in einem Scharmützel zu Dummheiten zu verleiten.«

Sie verzog gequält das Gesicht.

»Oh, ich bitte um Verzeihung. Ich nehme an, keine Mutter will, daß ihr Sohn in den Kampf zieht.«

»Ich kenne jedenfalls keine. Ich glaube, Ihr verzaubert die jungen Männer, Cullyn. Sie wollen alle sein wie Ihr, und sie denken nie daran, was Ihr auf Euch nehmen mußtet, um der Mann zu werden, der Ihr heute seid.«

»Das ist wahr, und es tut mir leid. Aber Jungen sind nun einmal so. Man glaubt nie, daß man selbst in einer Schlacht sterben könnte, nicht ehe man zwanzig ist oder so, und bis dahin ist alles, was man kennt, der Kriegshaufen. Aber ich wollte Euch nicht beunruhigen.«

»Nun, Takt gehört sicher nicht zu Euren bevorzugten Waffen.« Aber sie lächelte.

»Nein, wahrscheinlich nicht. Und ich war nie ein Mann großer Worte. Das erweist sich gerade jetzt als ein Problem.«

»Ach ja? Warum das?«

Er zuckte die Achseln, um ein wenig Zeit zu gewinnen, und wünschte sich, daß ihm eine elegante oder blumige Phrase einfiele – wenn er doch nur einen der Barden um Rat gefragt hätte! Es hieß ja, daß Frauen so etwas mochten. Sie hatte den Kopf ein wenig schiefgelegt und betrachtete ihn forschend.

»Wißt Ihr«, sagte er schließlich, »diese schwarze Witwentracht steht Euch nicht so recht.«

»Nun, ich habe sie mir nicht ausgesucht.«

»Wenn Ihr die Frau des Hauptmanns wäret, bräuchtet Ihr sie nicht mehr zu tragen.«

Sie erstarrte, den Mund halb geöffnet und so überrascht, als hätte er sie angebellt. Da er darauf gezählt hatte, daß sie in der einen oder anderen Weise antwortete, wurde er ein wenig unruhig.

»Nun … glaubt Ihr, mich ertragen zu können?« fuhr er fort. »Ich glaube, wir gäben gar kein schlechtes Paar ab. Wir haben zuviel durchgemacht, um schöner Worte über Liebe zu bedürfen.«

»So ist es.«

Einen Augenblick starrten sie einander an und hörten nebenbei Rhodda zu, die dem Wildvolk etwas vorsang. Cullyn rang nach Worten, aber dann brach er einfach ein Stück Brot ab und bot es ihr an, wie ein Mann es seiner Ehefrau am Tisch anbieten würde. Sie zögerte einen Moment, dann beugte sie den Kopf und aß es aus seiner Hand. Er lächelte und hatte das Gefühl, daß die Sonne gerade ein wenig wärmer geworden war.

»Dann werde ich noch heute nachmittag Tieryn Lovyan um ihre Erlaubnis bitten«, sagte er. »Ich frage mich, ob ich nicht sofort einen Goldschmied aufsuchen soll, der mir eine Brosche verkauft. Wir werden uns beeilen müssen. Es ist schon beinahe Frühling.«

»Glaubst du, es wird Krieg geben?« Unwillkürlich legte sie die Hand an ihre Kehle.

»Das weiß ich nicht. Viele mächtige Männer strengen sich an, den Frieden zu bewahren. Ich möchte nur dafür sorgen, daß nichts unserer Hochzeit in den Weg gerät.«

»Ah. Weißt du, in gewisser Weise ist das schmeichelhafter als alle großen Worte und als jedes Gedicht.«

Er grinste, denn nun war er sicher, daß er die richtige Wahl getroffen hatte.

Obwohl Tevylla den Hauptmann immer schon für einen fähigen Mann gehalten hatte, war sie überrascht von der Geschwindigkeit, mit der er dafür sorgte, daß sie heiraten konnten. Schon am selben Nachmittag rief Tieryn Lovyan sie in ihre Privatgemächer, um ihr zu gratulieren.

»Wir müssen ein Mädchen finden, das Euch mit Rhodda helfen kann«, sagte Lovyan. »Ihr braucht jetzt Zeit für Euren Mann.«

»Danke, Euer Gnaden. Wie wäre es mit diesem neuen Mädchen, Glimmer? Ich denke, sie ist nicht dumm.«

»Sie ist sogar klüger, als Ihr glaubt. Eine gute Wahl. Sprecht gleich heute mit ihr, ja?«

»Selbstverständlich, Euer Gnaden. Oh, wißt Ihr, wo Cullyn steckt?«

»Er ist in der Stadt und spricht mit den Priestern über die Hochzeit.«

Tevylla knickste. »Ich mache mich gleich auf die Suche nach Glimmer. Ich werde sie zweifellos schon bald brauchen.«

Nach einigem Suchen fand sie Glimmer in einem der Vorratsschuppen an der rückwärtigen Mauer. Sie balancierte gefährlich auf einem Stapel Holzkisten und band Zwiebeln aus einer langen Girlande ab, um sie in einen Korb zu werfen. Sie war sehr erfreut, die Neuigkeiten zu hören.

»Ich werde im Broch arbeiten? Oh, das ist wunderbar, Herrin Tevylla! Ich verspreche, daß ich mir wirklich Mühe geben werde.«

»Gut. Sagen wir der Köchin Bescheid, und dann kannst du in die Frauenhalle kommen und Rhodda kennenlernen. Ich habe sie bei den Dienerinnen gelassen, und sie hat sie inzwischen vermutlich in den Wahnsinn getrieben.«

Als sie um die Ecke der Küchenhütte bogen, sahen sie Calonderiel, der sein goldfarbenes Pferd mit Stroh abrieb. Bei seinem Anblick blieb Glimmer stehen, riß die Augen auf und machte das Abwehrzeichen gegen Zauberei. Da Tevylla in Dun Gwerbyn aufgewachsen war, hatte sie schon zuvor Elfen gesehen, aber sie konnte nicht leugnen, daß das Westvolk sie beunruhigte.

»Tevylla?« Glimmer sprach so leise, daß sie kaum zu verstehen war. »Ist das einer von Nevyns Dämonen?«

»Nein, das ist ein Mann aus Fleisch und Blut. Sogar aus sehr echtem Fleisch und Blut. Hör mir zu, Mädchen. Ich selbst kann es mir nicht erklären, aber viele Frauen sind so versessen auf das Westvolk wie Katzen auf Katzenminze, und diese Männer haben absolut keine Ehre, wenn es um Frauen geht. Laß die Finger von ihm, oder wir haben bald für ein zweites Kind zu sorgen.«

Tevylla hakte sich bei dem Mädchen ein und führte sie

davon, aber ein- oder zweimal warf Glimmer noch einen zögernden Blick über die Schulter zurück. Tevylla konnte nur hoffen, daß Calonderiel es nicht bemerkt hatte.

Als Cullyn zurückkehrte, brachte er zweierlei mit: eine silberne Verlobungsbrosche aus zwei Drähten, die so kompliziert miteinander verschlungen waren, daß sie beinahe wie ein einziger aussahen, und einen Priester des Bel, der noch an jenem Abend die Verlobung in der großen Halle ankündigte, als die Kriegshaufen und anderen Angehörigen des Haushalts über ihrem Bier saßen. Als der Hauptmann die Brosche an Tevyllas Kleid steckte, jubelten seine Männer, und dann fielen auch alle anderen in der Halle ein, was Tevylla erröten ließ wie ein junges Mädchen. Cullyn jedoch schien seltsam abgelenkt, seine Miene gleichgültig, sein Blick distanziert, als er zusah, wie seine neue Frau ihr schwarzes Kopftuch abnahm und den Kopf zurückwarf, als schüttelte sie körperlich die Last der Witwenschaft ab. Später, als sie ihn besser kennenlernte, erinnerte sich Tevylla mitunter an diese zutiefst gelangweilte Miene, denn sie wußte dann, daß er in solchen Situationen von Gefühlen erfüllt war wie ein übervoller Kelch.

»Wenn jemand Grund hat, sich gegen diese Hochzeit auszusprechen«, rief der Priester über den allgemeinen Lärm hinweg, »dann soll er jetzt vortreten oder mich morgen früh im Tempel aufsuchen. Ansonsten wird die Hochzeit am Mittag stattfinden.«

»Mittag?« rief Tevylla. »Morgen schon?«

»Warum nicht?« fragte Cullyn. »Ich bin kein kleiner Junge mehr, der sich vorher noch von seiner Mutter verabschieden muß.«

Sie lachte, aber sobald wie möglich schlich sie sich hinaus in die Küchenhütte, um mit Baena zu sprechen, die Hafer für Grütze schrotete. Automatisch griff Tevylla nach einem Holzlöffel und löffelte das Getreide in einen großen Kessel, während sie sich unterhielten.

»Ich freue mich so für dich, Tevva.«

»Danke. Und Cullyn verliert keine Zeit, nachdem er sich erst einmal entschieden hat.«

»Das stimmt. Und er ist ein guter Mann. Ich freue mich auch für ihn.« Baena hielt inne und legte den schweren Schrotstein nieder, damit sie sich eine schwarze Haarsträhne unter das Kopftuch zurückschieben konnte. »Die Regentin hat mich heute mittag zu sich gerufen. Wir werden morgen ein schönes Festessen haben.«

»Oh, du solltest wegen mir nicht so viel Arbeit haben! Es ist albern, um eine zweite Heirat einen solchen Aufwand zu machen.«

»Ist es nicht, und die Arbeit macht mir nichts aus. Alle hier in der Festung brauchen einen Grund, ein wenig zu feiern.«

Da sie Glimmer in ihre neuen Pflichten einweisen mußte, war Tevylla den nächsten Morgen so beschäftigt, daß sie kaum einen Gedanken an ihre Hochzeit verschwenden konnte. Aber als sie schließlich zusah, wie das Mädchen mit der kleinen Rhodda spielte, erinnerte sie sich doch an ihre erste Hochzeit. Ihr Vater hatte ihr einen Mann aus einem anderen Dorf ausgesucht, und Tevylla hatte ihren Verlobten daher kaum gekannt und den ganzen Morgen damit verbracht, abwechselnd zu weinen und hysterisch zu kichern. Als Cullyn jetzt zur Tür hereinkam, lächelte sie nur.

»Zeit zu gehen?«

»Ja. Lassen wir den Priester nicht warten.«

Als sie ihm die Wendeltreppe hinunter folgte, verspürte sie kurz Zweifel, aber als sie den Broch verließen und Cullyn die Hand ausstreckte, reichte sie ihm ihre Hand so vertrauensvoll, wie Rhodda es immer tat.

»Sollen wir zu Fuß gehen?« fragte er. »Ich kann auch mein Pferd holen, wenn du lieber reiten möchtest.«

»Ich habe nichts gegen einen Spaziergang. Es ist ein wunderschöner Morgen.«

Es war warm und klar, als hätten sich die Wolken des Vorabends verzogen, um ihnen einen schönen Tag zu schenken. Drunten im Hafen schimmerte das Meer türkisfarben und rollte in trägen Wellen an den hellen Strand.

»Cullyn?« sagte Tevylla. »Möchtest du noch ein Kind? Wir könnten noch eines bekommen.«

»Ja! Ihr Götter! Ich glaube nicht, daß ich mir jemals etwas so sehnsüchtig gewünscht habe wie einen Sohn. Ich denke, das liegt daran, daß ich alt werde. Ich will damit nicht sagen, daß ich etwas dagegen hätte, noch eine Tochter zu bekommen, aber dann wirst du mich ständig davon abhalten müssen, sie schrecklich zu verwöhnen.«

»Ich werde mein Bestes tun, aber du kommst mir nicht wie ein Mann vor, mit dem man sich anlegen sollte.«

»Es wäre vielleicht ganz gut, wenn ich lernte, mit Widerspruch zu leben.«

Wieder lächelten sie einander an, und Tevylla kam sich bereits verheiratet vor. Die Zeremonie vor dem Priester war nur eine Formalität.

Als sie in die Festung zurückkehrten, stand ihnen eine Überraschung bevor. Mit Johlen und Kriegsgeschrei kamen beide Kriegshaufen aus dem Broch in den Garten. Eine Horde junger Männer drängte sich um sie, sie schlugen Cullyn auf den Rücken und küßten Tevylla die Hände. Dann kam Calonderiel auf sie zu, einen Kelch in der Hand.

»Laßt die Dame erst mal zu Atem kommen, Jungs!«

Tevylla flüchtete in die Gruppe von Frauen, die neben dem Haupttor stand, und Calonderiel schüttete Cullyn den Met ins Gesicht. Auf dieses Zeichen hin schien es von allen Seiten Met zu regnen, und der Hauptmann fühlte sich wie bei einem Sommergewitter. Johlend packten die Soldaten den widerspenstigen, fluchenden Cullyn und schleppten ihn zu dem Zierteich an der Seite des Brochkomplexes. Lachend eilten die Frauen hinterher, und ihre bunten Kleider blähten sich im Wind.

Mit einem letzten Grölen warfen die Männer Cullyn in den Teich und tunkten ihn mehrmals, während er versuchte zu fliehen. Als sie ihn endlich losließen, war er klatschnaß, aber er lachte und drohte seinen Männern an, sie zu Hundefutter zu zerhacken. In künstlichem Entsetzen wichen sie zurück. Lachend trat Tieryn Lovyan vor und bat um Ruhe.

»Laßt dem Hauptmann Zeit, sich umzuziehen«, sagte sie. »Wir haben ein Festessen vor uns, und Met für alle.«

Obwohl das Abendessen aus einem ganzen Schwein am Spieß bestand und es zusätzlich viele andere Gerichte gab, war alles doch so schlicht, wie Tevylla es sich gewünscht hatte. Als Cullyn ihr das erste Stück von ihrem gemeinsamen Teller in den Mund steckte, jubelten alle, und sie jubelten abermals, als die beiden sich einen Kelch Met teilten – zumindest trank Tevylla ein paar Schlucke und überließ ihm den Rest. Sie hatte vor, sich nach dem Essen mit den anderen Frauen zurückzuziehen und ihn mit seinen Männern weitertrinken zu lassen, aber als sie den Tisch verließ, kam er mit ihr und nahm ihre Hand, als sie auf die Treppe zugingen.

»Die Männer können sich auch ohne mich betrinken«, sagte er.

Sie war so froh, das zu hören, da ihr plötzlich klar wurde, wie sehr sie ihn begehrte. Aber damit befielen sie auch eine gewaltige Schüchternheit und das plötzliche Gefühl, daß sie ihn kaum kannte. Nun begriff sie, daß ihre anfängliche Angst vor ihm damit zu tun gehabt hatte, daß sie befürchtete, diesen Mann zu sehr zu lieben – einen Mann, dessen Handwerk ihn oft monatelang von ihr wegführen würde und der jederzeit sterben könnte. Und nun hatte sie ihn geheiratet, zu einem Zeitpunkt, da die gesamte Provinz am Rand eines Krieges stand. Im Geist hörte sie die Stimme ihrer Mutter: Hast du den Verstand verloren, Mädchen? Nein, antwortete sie, und ich bin stolz darauf.

In ihrer Kammer, die ohne Rhodda seltsam leer schien, lagen Cullyns nasse Sachen noch am Boden. Froh über eine Möglichkeit, ihn nicht mehr ansehen zu müssen, hob sie sie auf und beugte sich aus dem Fenster, um sie ein wenig auszuwringen; dann hängte sie sie zum Trocknen übers Fensterbrett.

»Verzeih«, sagte er. »Ich hatte es verflucht eilig, wieder in die Halle zu kommen.«

»Das macht doch nichts.«

»Du bist Rhodda für einen Tag los – nun brauchst du jemanden, um den du dich kümmern kannst.«

Als sie sich zwang, sich umzudrehen und ihn anzusehen, stellte sie fest, daß er lächelte. Ihre Schüchternheit verschwand.

»Mich kümmern? So würde ich das nicht nennen.«

Er umarmte und küßte sie, nur ein einziges Mal, dann ließ er sie wieder los. Sie band ihre Schärpe auf und legte sie sorgfältig auf den Tisch und strich die kunstvolle Stickarbeit glatt. Als sie ihr Kleid auszog, schnallte er seinen Schwertgürtel ab und hängte ihn über den Tisch. Die Schwertscheide lag golden und schwer auf dem bestickten Stoff ihrer Schärpe. Für Tevylla war dies wie ein Vorzeichen. Nun gut, dachte sie, wir werden ein paar schöne Tage haben, bevor ich wieder Schwarz tragen muß. Cullyn sah sie so ernst an, daß sie glaubte, er würde etwas sagen, aber er hob sie nur hoch wie ein Kind und trug sie zu ihrem Bett.

Im Gasthof Zum fliegenden Fisch im Hafen von Indila hatte Jill in den vergangenen drei Tagen schwerer gearbeitet als je zuvor in ihrem Leben. Nevyns Vorstellung geistiger Disziplin war erheblich strenger als Salamanders, aber darüber hinaus ließ der alte Mann sie auch Dinge auswendig lernen. Während sie sich plagte, Namen und Kennzeichen der zehn geheimen Ebenen des Universums und der zweiunddreißig Verbindungen zwischen ihnen zu behalten, tranken Rhodry und seine Männer im Gastraum, würfelten und ließen sich von Salamander unterhalten. Was Perryn tat, wußte sie nicht, aber es war ihr auch gleichgültig.

Als der Archon Nevyn am Morgen des vierten Tages endlich in seinen Palast rief, begleitete Jill den alten Mann – er hatte es ihr als Belohnung für ihre Anstrengungen angeboten. Gurtha empfing sie in seinen Privatgemächern und ließ Sklaven eine üppige Mahlzeit servieren und den besten Wein ausschenken. Außer ihnen saß noch ein hochgewachsener, finster dreinblickender Mann am Tisch, den der Archon als Hanno, Hauptmann der Stadtwache, vorstellte. Nach ein paar höflichen Floskeln erklärte Gurtha, der Termin für den Prozeß stehe nun fest.

»Es wird leider noch zwei Wochen dauern. Die Gerichte sind um diese Jahreszeit immer beschäftigt, weil das Winterwetter den Leuten Zeit läßt, über Gründe für Prozesse nachzudenken.« Gurtha warf Hanno einen Blick zu. »Zwei Wochen sind eine lange Zeit. Ihr müßt gut aufpassen, Hauptmann, daß die gefangenen Barbaren nicht fliehen.«

»Selbstverständlich, Herr. Aber wie könnten sie das, wenn meine Männer das Gasthaus bewachen?«

»Das stimmt. Andererseits gibt es zum Beispiel heute abend bei Flut diese Prozession zu Ehren der Sternengöttinnen. Ihr werdet viele der um das Gasthaus postierten Leute abziehen müssen.«

»Hm. Ja. Aber ich werde noch ein paar dort lassen.«

»Aber was, wenn sie aus lauter Langeweile zu trinken beginnen?«

»Das wird niemals geschehen. Nicht, wenn ich selbst dort bin und auf sie aufpasse.«

»Aber Ihr könntet abgelenkt werden.«

»Das stimmt.« Hanno lächelte Nevyn an und zwinkerte Jill zu. »Was für ein schrecklicher Gedanke!«

»So ist es.« Betrübt schüttelte Gurtha den Kopf. »Andererseits machen Menschen mitunter Fehler – das kann man ihnen nicht vorwerfen.«

»Nein«, meinte Nevyn. »Das passiert selbst den besten von uns.«

Während sie an diesem Abend auf den Gezeitenwechsel warteten, veranstalteten sie eine Art Fest. Der Wirt war nervös und blieb in der Nähe ihres Tisches, während die Männer des Archon draußen auf und ab gingen und gelegentlich den Kopf zum Fenster hereinstreckten, um zu sehen, ob es schon Zeit war, ihre Pflichten zu vernachlässigen und die Gefangenen entkommen zu lassen. Da alle anderen Gäste auf ihren Zimmern aßen, um nicht mit diesen Verbrechern im selben Schankraum zu sitzen, hatten sie den weitläufigen Raum für sich. In dieser alles andere als festlichen Atmosphäre verschlang Rhodry hastig seine Mahlzeit, dann ging er zur Tür und unterhielt sich mit dem Hauptmann der Wache. Er mußte sich von dem einen oder anderen Passanten sehen lassen, wenn man später glauben sollte, daß es ihm gelungen war, den furchterregenden Hanno abzulenken. Nevyn seinerseits zupfte an einem Stück Brot herum und gab letzte Anweisungen.

»Wir müssen diese Pferde, die Archon Klemiko uns gegeben hat, verkaufen oder zurückgeben. Oh, und mir fällt ein, daß wir auch nicht zurückkehren können, um uns diese elenden Pferde zu holen, die wir in Pastedion gelassen haben – wie ich einem gewissen Gerthddyn damals schon mitteilte. Nun, wenn der Archon sie beschlagnahmt, sollte das genügen, ihn zu entschädigen.«

»Mit Eurer Erlaubnis, gnädiger Meister«, wandte Salamander ein, »werde ich mir die Tiere ebenso aneignen wie jene, die wir jetzt bei uns haben.«

»Wozu das?«

»Damit ich mich als Evan, reisender Pferdehändler aus dem barbarischen Königreich, ausgeben kann. Ihr segelt morgen nach Hause zurück, aber meine Arbeit hier ist noch nicht getan.«

»Wie bitte?« Nevyn war zwischen Ärger und Neugier hin- und hergerissen. »Was ist das jetzt schon wieder für eine dumme Idee?«

»Keine dumme, sondern eine mitleidige. Während unserer Reisen bin ich auf eine Person gestoßen, die ein gewisses grundlegendes Dweomertalent an den Tag legte, aber nie Gelegenheit hatte, es zu entwickeln. Da sie sich gewaltig für Prophezeiungen der Zukunft interessiert, fürchte ich, daß sie eines Tages dem Einfluß von Schurken verfallen wird, wenn ihr niemand beibringt, wie man die Spreu vom Weizen trennt. Aber da uns die ganze Zeit die Habichte im Nacken saßen, hatte ich nicht die Zeit für längere gepflegte Konversationen.«

Als Jill klar wurde, von wem er sprach, war sie heilfroh, daß Rhodry den Tisch bereits verlassen hatte.

»Ich verstehe«, meinte Nevyn. »Sollte sie außerdem Geld haben, wird das noch mehr Lügner und Betrüger anziehen. Also gut – aber bitte keinen weiteren Ärger. Ich werde den Wind nicht bitten, mich hierher zurückzubringen, um dich aus dem Kerker zu holen.«

»Ich verspreche Euch, o Meister des Aethyr, daß ich die Vorsicht selbst sein werde.«

Jill blickte auf und sah, daß ihr einer der Männer des Archon vom Fenster aus zuwinkte.

»Ich glaube, sie werden jetzt anfangen, sich im Dienst zu betrinken«, sagte sie. »Salamander, du solltest lieber nach oben gehen und dich durch ein Fenster davonmachen, wenn du nicht mit uns kommen willst.«

»Das werde ich tun, meine Turteltaube.« Er stand auf, verbeugte sich und küßte Jill dann auf die Stirn. »Wir sehen uns wieder. Verzeihst du mir, daß ich nicht zu eurer Hochzeit komme?«

»Ja. Aber paß auf dich auf.«

»Das verspreche ich dir.« Er zögerte einen Augenblick. »Sag meinem Bruder von mir Lebewohl, ja? Ich werde verschwinden, solange er uns den Rücken zuwendet, und uns eine unangenehme Szene ersparen.«

Jill stellte zu ihrer Überraschung fest, daß Tränen ihr die Kehle zuschnürten. Salamander winkte und ging zur Treppe, wo er noch einmal zögerte und dann nach oben eilte.

Die anderen holten ihre Ausrüstung und schlüpften durch die Hintertür nach draußen. Sie trafen nur auf einen Soldaten des Archon, und der war damit beschäftigt, einen großen Becher Wein zu trinken, damit Hanno ihn auch ja betrunken genug vorfand. Dennoch trieb Jill die anderen auf dem Weg durch die dunklen, engen Straßen zur Eile an. Je schneller das Meer zwischen ihr und den Habichten lag, desto besser. Endlich erreichten sie den Hafen. Elaeno wartete schon an Deck mit einer Laterne in der Hand.

»Gerade rechtzeitig«, empfing er sie. »Kommt an Bord, und wir machen uns auf den Weg.«

Obwohl Rhodry Einspruch erhob, bestand Elaeno darauf, dem Gwerbret seine Privatkabine zu überlassen. Sie war selbstverständlich nur winzig, mit einer schmalen Koje auf einer Seite und einer Bank auf der anderen, aber Elaeno war so groß, daß eine Koje, die für ihn schmal war, für zwei Leute ausreichte – immer vorausgesetzt, sie liebten einander sehr. In der ersten Nacht, als sie dort aneinandergedrängt lagen und die wilden Schatten beobachteten, die die schwankende Laterne warf, wurde Jill klar, daß sie in diesem Schrank von einem Zimmer mehr Abgeschiedenheit hatten als seit Wochen. Es war an der Zeit, von gewichtigen Dingen zu sprechen, aber sie hatte Angst, damit anzufangen, denn das würde nur bewirken, daß der Rest folgen würde wie das Hochwasser, dessen Zeuge sie in Bardek geworden waren.

Rhodry selbst war in melancholischer Laune, und da es einfacher war, ihm zuzuhören, als selbst etwas zu sagen, fragte sie ihn, was er dachte.

»Ach, verflucht seltsame Dinge, Liebste – ich denke über den langen Weg und all das nach. Weißt du, es wird mir fehlen. Nur ein bißchen, aber ich werde die Freiheit vermissen.«

»Wie bitte? Das hätte ich nie erwartet. Immerhin hast du dich ständig über dein Exil beklagt.«

»Das stimmt, und es tut mir leid, daß du dir das die ganze Zeit anhören mußtest. Aber wir waren frei, nicht wahr, wir ritten, wohin wir wollten, und haben eine Stadt, die uns nicht gefiel, nie wieder aufsuchen müssen. Und wir mußten uns nie vor Leuten verbeugen, die wir haßten und die uns aus tiefstem Herzen verabscheuten, oder Männern gegenüber nur deshalb höflich und vorsichtig sein, weil sie uns vielleicht nützen konnten …« Plötzlich lachte er. »Rhys soll verflucht sein – das ist typisch für ihn. Er hat nie etwas richtig machen können, nicht einmal alt werden.« Er hielt inne, lächelte und strich mit dem Finger über den auf seinem Hemd aufgestickten Drachen. »Dieser Drache hat mich in den Klauen, und dich mit mir, Liebste. Von nun an müssen wir ihm das Fliegen überlassen und uns mühsam hinterherbewegen.«

Einen Augenblick haßte Jill ihn für seine elende elfische Geschwätzigkeit, die ihre schlimmsten Ängste besser ausgedrückt hatte, als ihr das je gelungen wäre.

»Du siehst traurig aus, Liebste.«

»Wahrscheinlich, weil ich dir nur zustimmen kann. Immerhin habe ich nie etwas anderes gekannt als den langen Weg. Von diesen schrecklichen Wochen einmal abgesehen, bevor Rhys dich ins Exil geschickt hat. Rhodry, ich habe das Leben am Hof gehaßt.«

»Aber damals warst du nur meine Mätresse, und ich habe es ebenfalls gehaßt, dich in dieser Situation zu sehen. Nun, meine Liebste, wirst du meine Frau sein. Warte nur ab, das wird vieles ändern. Wenn Lady Gilyan nun die Halle betritt, wird niemand hochnäsig lächeln. Sie werden sich verbeugen und sich um dich drängen, um herauszufinden, was Ihre Gnaden wünscht oder denkt, denn du hast mehr Einfluß auf den Gwerbret von Aberwyn als jedes andere lebende Wesen, Mensch oder Elf, im ganzen Königreich. In mancherlei Hinsicht, Liebste, wirst *du* Aberwyn sein – besonders, wenn ich in den Krieg ziehe.«

Jill zog sich der Magen zusammen, aber sie lächelte – einfach, weil er so sehr darauf bedacht war, sie zu beruhigen.

»Rhodry … es gibt eine Sache, über die wir reden müssen. Du weißt, daß ich angefangen habe, den Dweomer zu studieren, und …«

»Nun, niemand wird es wagen, ein falsches Wort darüber zu verlieren, selbst wenn sie es herausfinden sollten, und nach dem, was Nevyn sagt, sollte es ohnehin geheimgehalten werden, solange du Schülerin bist. Liebste, du verstehst mich nicht. Die einzige Person, die dir jetzt noch Vorschriften machen darf, ist der Hochkönig, und nach allem, was Nevyn mir erzählt hat, weiß der Hochkönig inzwischen, wie verflucht nützlich Dweomer sein kann.«

»Das ist es nicht, was mir Sorgen macht. Es ist die Zeit.«

Er starrte sie fragend an.

»Ich werde einen großen Teil des Tages für meine Studien brauchen. Zeit und Abgeschiedenheit, in der ich mich nicht darum kümmern kann, deine Gäste zu unterhalten oder Fragen danach zu beantworten, welche Sorte Brot aufgetischt werden soll und solcher Mist.«

»Oh. Aha. Ich verstehe.« Er dachte einen Moment nach und kaute auf der Unterlippe. »Dann werden wir eben dafür sorgen müssen, daß du diese Abgeschiedenheit bekommst, abends nach dem Abendessen oder so. Es wird am Anfang schwierig sein, aber nachdem sich erst einmal alles beruhigt hat, wird es schon gehen, besonders in den Wintermonaten.«

Sie hätte am liebsten laut geschrien: Das genügt aber nicht! Aber sie verbiß sich die Worte, denn sie wußte, wenn sie erst einmal anfing, würde sie nicht aufhören können, und das würde sie unweigerlich zu der Entscheidung führen, die sie nicht treffen wollte. Ich werde Rhodry nicht verlassen! Sie dachte es immer wieder, sprach es im Geist aus wie ein Gebet an die Göttin. Und er war so schön, als er sie nun anlächelte, strahlend vor ehrenhaftem Stolz und endlich zu seinem Recht gekommen, daß ihre Liebe zu ihm wuchs und sie schlicht das Gefühl hatte, ohne ihn sterben zu müssen.

Als Tevylla Rhodda an diesem Abend zu Bett brachte, stieg Cullyn auf die Zinnen der Festung und genoß die Aussicht. Weit im Westen hing noch der letzte Rest des Sonnenuntergangs über den Feldern und Bauernhöfen. Im südlich gelegenen Hafen schlugen die Wellen silbern an den Strand. Die Nacht war kühl, und Cullyn hatte sich in einen Wollumhang gewickelt, aber bald würde es Frühling werden. Er fragte sich, ob die Regentin vorhatte, geduldig auf Nevyn zu warten, oder ob sie eine Galeere über die Südliche See schicken würde. In diesem Fall hatte er vor, auf besagtem Schiff zu sein, so sehr es ihn auch quälen würde, seine Frau zurückzulassen.

»Cullyn? Habt Ihr Zeit für ein paar Worte?«

Er drehte sich um und sah Aderyn und Calonderiel am Fuß der Leiter.

»Selbstverständlich, Herr. Jederzeit.«

So gelenkig wie ein Page kletterte der alte Mann nach oben, und der elfische Heerführer folgte ihm. Als Aderyn den Wind schnupperte und einen Finger befeuchtete, um die Richtung zu prüfen, erinnerte sich Cullyn daran, daß der Dweomermann sich in eine riesige Silbereule verwandeln und fliegen konnte.

»Ich habe Neuigkeiten«, verkündete Aderyn. »Aus verläßlicher Quelle. Gwerbret Blaern von Cwm Pecl ist auf dem Weg nach Eldidd.«

»Rhodrys Vetter?« fragte Cullyn. »Das ist interessant.«

»Das könnte man sagen. Er wird sich morgen von Cerrmor aus nach Abernaudd einschiffen. Ich möchte ihn dort abfangen. Es wäre vielleicht ungünstig, wenn er jetzt in Aberwyn einmarschierte.«

»Darryl und Gwarryc könnten das falsch verstehen. Sie würden glauben, er sei ein Spion des Königs, und ziemlich empfindlich reagieren.«

»Genau. Vor allem, da Blaern seinen Kriegshaufen mitbringt. Und noch etwas – wenn Rhodry nach Hause kommt, wäre es vielleicht besser, wenn er in Abernaudd an Land geht oder noch besser in einem abgelegenen kleinen Hafen wie Morlyn, statt direkt mitten in ein Wespennest zu segeln. Und das bringt mich zum wichtigsten Punkt. Könntet Ihr wohl mit mir kommen? Wir werden auch den Rest von Rhodrys Männern mitnehmen müssen, wenn die Regentin es gestattet. Es könnte sein, daß wir sie brauchen werden.«

»Selbstverständlich, und ich werde mitkommen, wenn meine Herrin es erlaubt.« Er wandte sich Calonderiel zu. »Ich weiß allerdings nicht, was wir in meiner Abwesenheit mit dir anfangen sollen. Am besten einschließen. Meine Frau sagte mir, daß dieses Mädchen Glimmer dich attraktiver findet, als gut für sie ist.«

»Das Kind hat einen hervorragenden Geschmack.« Calonderiel grinste. »Aber ich werde mich euch anschließen. Ich weiß, daß Abernaudd kreischen wird, wenn ich dort auftauche, aber ich möchte dabeisein, wenn Rhodry an Land geht. Denkt an die Wirkung, die das haben wird – einer vom Westvolk, der Rhodry als Gwerbret und Verbündeten begrüßt.«

Cullyn stieß einen leisen Pfiff aus.

»Das wäre tatsächlich wirkungsvoll«, meinte Aderyn ungewohnt grimmig. »Nun, hoffen wir, daß Rhodry tatsächlich bald zurückkommt. Ich wünschte, wir könnten über dieses verfluchte Meer Botschaften austauschen. Ich muß mir etwas ausdenken. Auch Blaern wird wissen wollen, wie es seinem Vetter geht, und der Gwerbret gehört nicht zu den Leuten, die gerne warten.«

Obwohl Blaern wußte, daß es für einen Mann seines Ranges unmöglich war, unerkannt zu reisen, hatte er doch Anstrengungen unternommen, daß seine Ankunft in Eldidd so unbemerkt wie möglich blieb. Jeder im Königreich, ob ein Gemeiner oder ein Gwerbret, hatte das Recht zu reisen, wohin er wollte, aber in Wirklichkeit waren Gwerbrets erheblich eingeschränkter in ihren Freiheiten, besonders, wenn sie eine Ehrengarde von fünfundzwanzig Mann dabeihatten. Blaern hatte nicht vor, Ceredyc, Gwerbret Abernaudd, zu beleidigen, indem er Bewaffnete in sein Rhan brachte, aber andererseits konnte er nicht allein reisen, denn er wußte nicht, welche Art von Willkommen man ihm in Aberwyn bereiten würde. Sollte Rhodry tatsächlich tot sein, würde Blaern Eldidd sehr schnell wieder verlassen müssen, und das vermutlich alles andere als freiwillig. Also hatte er schon von Cerrmor aus einen Boten an Ceredyc geschickt, um dem Gwerbret mitzuteilen, daß er sich am liebsten nur kurz und ohne großes Aufsehen in Abernaudd aufhalten wollte, wenn möglich in der Festung von Lord Sibyr, einem Verwandten, der etwa zwanzig Meilen außerhalb der Stadt wohnte.

Als sich sein Schiff dem Hauptkai von Abernaudd näherte, empfing ihn zu seiner Überraschung eine kleine Gruppe von Reitern, die offensichtlich zu einem Kriegshaufen gehörte. Und er war noch mehr überrascht, als er bemerkte, daß diese Männer das Löwenwappen von Dun Gwerbyn trugen. Zusammen mit Comyn, seinem Hauptmann, ging Blaern zum Bug, während die Seeleute das Schiff vertäuten.

»Das dort ist Cullyn von Cerrmor, nicht wahr?« fragte Blaern.

»Das kann ich nicht sagen, Euer Gnaden, ich habe ihn noch nie gesehen.«

»Ich schon, und ich würde schwören, daß er es ist. Er ist selbstverständlich älter geworden, aber er ist nun schon seit einiger Zeit Tieryn Lovyans Hauptmann. Was will er hier?«

Dieses Geheimnis klärte sich auf, als der Gwerbret von Bord ging und Cullyn eilig auf ihn zukam und vor ihm niederkniete.

»Ich freue mich, Euch zu sehen, Euer Gnaden. Ein Freund Nevyns hat mich Euch entgegengeschickt.«

Schon wieder Zauberei. Blaern seufzte, stellte aber fest, daß er sich inzwischen beinahe an diese Dinge gewöhnt hatte.

»Also gut, Hauptmann. Ihr könnt Euch erheben. Wo steckt dieser Freund von Nevyn?«

»In einem Gasthaus in der Stadt, Euer Gnaden, wo er wartet, bis Ihr ihm einen Augenblick Eurer Zeit schenken könnt.«

»Dann sollte ich das am besten so bald wie möglich tun. Ich habe vor, meinem Vetter Lord Sibyr zur Last zu fallen, dessen Festung an der Straße nach Norden steht. Bringt diesen Zauberer dorthin, Hauptmann, und ich werde mit ihm reden …« Blaern hielt inne und blickte zur Sonne auf. »Am besten gegen Mittag. Bis dahin sollten wir die Formalitäten hinter uns gebracht haben.«

»Wie Ihr wünscht, Euer Gnaden. Und wenn ich es wagen darf, möchte ich Euch zur Geburt Eures Sohnes gratulieren. Der Herold des Königs hat die freudige Nachricht etwa vor drei Wochen gebracht.«

»Danke.« Blaern lächelte. »Ich gebe zu, daß ich sehr erfreut bin.«

Lord Sibyrs Festung war klein und verfügte nur über die einfachsten Verteidigungsanlagen – einen niedrigen Erdwall, der einen Steinbroch und ein paar Außengebäude umfaßte. Als direkter Vasall des Gwerbret von Abernaudd würde Sibyr sich in Kriegszeiten in die Stadt zurückziehen, daher benötigte er keine Mauern und Zinnen. Tatsächlich erinnerte das Anwesen Blaern eher an den Landsitz eines Kaufmanns: Der anmutige Turm aus importiertem hellem Stein war von zwei ebenso eleganten Halbbrochs flankiert und von Gartenanlagen umgeben. Als der Gwerbret und seine Männer im gepflasterten Hof vor dem Hauptbroch aus dem Sattel stiegen, fragte Blaern sich, ob er nicht lieber anbieten sollte, in ein Gasthaus zu ziehen, um seinem Vetter die Unannehmlichkeit zu ersparen, echte Krieger beherbergen zu müssen. Aber als Sibyr aus dem Haus kam, war sein Willkommenslächeln offen und freundlich. Sibyr war ein hochgewachsener, schlanker Mann mit grauem Haarkranz, und er drückte Blaern erfreut die Hand und rief nach Pagen, die sich um die Männer und Pferde kümmern sollten.

»Kommt herein, Vetter, kommt herein! Ich freue mich, Euch in meinem bescheidenen Heim begrüßen zu dürfen. Wir haben uns seit Eurer Hochzeit nicht mehr gesehen!«

»Ist es tatsächlich schon so lange her? Wahrhaftig! Ich nehme an, Ihr habt gehört …«

»Der neue Erbe? Ja, und ich gratuliere herzlich.«

Sibyrs große Halle war so luxuriös wie seine Gärten. Den Fußboden zierte ein Mosaik im bardekianischen Stil, und auch die Wandbehänge zeigten Beispiele von Handwerkskunst der Inseln. Die beiden Männer ließen sich auf gepolsterten Stühlen am Ehrentisch nieder und tranken Weißwein aus blauen Glaskelchen.

»Der Handel mit Bardek blüht offenbar«, stellte Blaern fest.

»Ja, und alle in Abernaudd profitieren davon. Selbstverständlich hat der König in seinem neuen Dekret Aberwyn einen größeren Anteil am Handel zugeschrieben.«

»Ja. Das muß einige der hiesigen Kaufleute ärgern.«

Das hatte Blaern recht beiläufig geäußert, aber Sibyr spannte sich sichtlich an und legte den Kopf schief, um seinem Vetter einen forschenden Blick zuzuwerfen.

»Nichts für ungut«, sagte Blaern mit kühler Höflichkeit.

»Ich verstehe, aber Ihr habt recht. Und es sind nicht nur die Kaufleute von Abernaudd, die vom Handel profitieren.«

Blaern lächelte und trank einen Schluck des hervorragenden Weins. Aha – es gab hier also einige Lords, die Ärger in Aberwyn willkommen heißen würden. Die Frage war allerdings, ob sie so weit gehen würden, diesen Ärger aktiv herbeizuführen oder ob sie sich einfach nur abwenden würden, wenn etwas geschähe? Eine solche Frage konnte er allerdings kaum offen stellen, besonders nicht einem Mann, der ihm Gastfreundschaft gewährte.

»Wie lange werden wir die Ehre haben, Euch bei uns zu wissen?« fragte Sibyr.

»Ehrlich gesagt, das weiß ich nicht. Aber ich bin sicher, daß ich Euch nicht lange zur Last fallen werde. Ich warte auf Neuigkeiten, und die sollten gegen Mittag hier eintreffen. Ich habe mir die Freiheit genommen, den Boten hierher senden zu lassen. Ich hoffe, das stört Euch nicht.«

»Selbstverständlich nicht. Betrachtet mein Haus als das Eure.«

Also betrat gegen Mittag Cullyn von Cerrmor die große

Halle, begleitet von einem kleinen Mann mit weißem Haar, das ihm in zwei Wirbeln von der Stirn abstand. Obwohl Sibyr den beiden Männern höflich Plätze an seinem Ehrentisch anbot, gelang es Blaern, sich mit ihnen auf den ersten Treppenabsatz zurückzuziehen, wo sie ungestört miteinander reden konnten.

»Das hier ist Aderyn, Euer Gnaden«, stellte Cullyn vor. »Ein wahrhaft vertrauter Freund Nevyns.«

»Dann fühle ich mich geehrt, Euch kennenzulernen.« Blaern verbeugte sich vor dem alten Mann. »Welche Neuigkeiten bringt Ihr mir?«

»Nicht viel Neues über Rhodry, Euer Gnaden. Ich habe das deutliche Gefühl, daß er sich in Sicherheit und auf dem Heimweg befindet, aber mehr kann ich nicht sagen. Was die Situation in Eldidd angeht, sind die Nachrichten nicht gut, aber ich befürchte, hier ist nicht der angemessene Ort, um darüber zu sprechen.«

»Ihr habt zweifellos recht. Aber wohin können wir uns wenden? Ich könnte vielleicht in das Gasthaus kommen, in dem Ihr wohnt.«

»Das wäre das beste, Euer Gnaden. Ich bin selbst gerade erst eingetroffen, und ich hoffe, Euch morgen schon mehr über Rhodry sagen zu können.«

»Nehmen wir einmal an, er ist auf dem Heimweg. Kommt er direkt nach Aberwyn? Werden wir vorher erfahren, wo er an Land geht?«

»Ich hoffe, er wird hierher kommen, Euer Gnaden, und ich weiß eine Möglichkeit, wie wir das ein paar Stunden zuvor erfahren können.«

»Ein paar Stunden? Ein Tag wäre besser.«

»Selbstverständlich, Herr, aber es wird anstrengend genug sein, überhaupt etwas zu erfahren.« Aderyn schien gekränkt. »Ich bin schließlich kein junger Mann mehr.«

Es kam Jill so vor, als hätte sich die *Garantierter Profit* auf dem Weg nach Norden nicht übers Meer, sondern durch eine überfüllte Stadt bewegt. Der Dweomerwind war voller Sylphen, die zwischen den Segeln spielten; Gnome und Feen hüpften auf dem Deck umher, und Undinen drängten sich um das Schiff wie Bürger, die sich am Straßenrand aufstellen, um eine Parade zu verfolgen. Nachts hockten die blauen Aethyrgeister schimmernd auf den Rahen. Wenn sie ihre Zeit nicht mit Rhodry verbrachte oder unter Nevyns Anleitung ihren Dweomerübungen nachging, saß Jill stundenlang im Bug und beobachtete das Wildvolk, und ihr grauer Gnom saß auf ihrem Schoß oder sprang um sie herum wie ein ruheloses Kind.

Eines Morgens ließ Jill sich gerade an ihrem üblichen Beobachtungsplatz nieder, als sie eine besonders große Gruppe von Sylphen entdeckte. Ein paar hundert Schritte entfernt wirbelten sie um ein unsichtbares Zentrum wie Seevögel über einem Fischschwarm. Jill stand auf und schirmte die Augen mit einer Hand ab. Als sie genauer hinsah, konnte sie einen riesigen Vogel zwischen den Geistern erkennen – konnte das ein Albatros sein? Nein, dazu war er zu groß und zu silbrig grau. Tatsächlich sah er aus wie eine Eule, aber keine Eule würde je aufs Meer hinausfliegen …

»Aderyn!« Sie begann, winkend auf und ab zu springen. »Aderyn! Wir sind hier! Hier drüben!«

Mit müden Flügelschlägen kam der Vogel näher und glitt auf das Schiff zu. Als er heranflog, konnte Jill erkennen, daß er einen Beutel in den Krallen trug. Diesen Sack ließ er beim Überfliegen des Decks fallen, kam dann wieder zurück und ließ sich anmutig auf einer Taurolle nieder.

»Aderyn, Aderyn, ich bin so froh, Euch zu sehen! Könnt Ihr in dieser Gestalt sprechen? Ich erinnere mich nicht mehr.«

»Ein wenig.« Seine Stimme war ein verzerrtes Krächzen. »Hol Nevyn!«

Als Jill sich umdrehte, um zur Luke zu laufen, bemerkte sie, daß auch ein paar Seeleute die Eule gesehen hatten. Die Männer waren kreidebleich geworden und wichen zum Heck zurück, um sich dort um den Steuermann zu drängen, der seinerseits mit der Miene eines angestrengt betenden Mannes zum Himmel hinaufstarrte. Offensichtlich hatte Nevyn Jills Schreie gehört, denn er war bereits auf dem Weg an Deck, gefolgt von Rhodry, bevor Jill die Luke erreicht hatte.

»Aderyn ist hier!« rief sie. »Er bringt bestimmt Neuigkeiten.«

Als sie alle zum Bug zurückkehrten, hatte Aderyn bereits wieder menschliche Gestalt angenommen, sich die Brigga angezogen, die er im Sack mitgebracht hatte, und zog sich gerade das Hemd über den Kopf.

»Das ist schon besser«, meinte er. »Dieser Wind ist ziemlich kalt. Hast du ihn heraufbeschworen, Nevyn?«

»Ich habe darum gebeten. Ich freue mich, daß du hier bist. Wie steht es in Eldidd?«

»Sehr brenzlig, aber immerhin gab es noch kein Blutvergießen. Wir müssen mit dem Kapitän sprechen, denn es wäre das beste, in Abernaudd an Land zu gehen, nicht in Aberwyn selbst. Rhodry, Blaern ist in ’Naudd und wartet auf Euch.«

»Ja?« Rhodry grinste. »Es wird verflucht guttun, ihn wiederzusehen.«

»Das werdet Ihr schon bald, denn Ihr seid nicht mehr weit vom Land entfernt. Ihr Götter, tun mir die Arme weh! Ich bin jeden Tag aufs Meer hinausgeflogen.« Er begann, sich den rechten Arm mit der linken Hand zu reiben. »Wir müssen uns beeilen, denn ich muß zurückfliegen und Blaern Bescheid sagen.«

»Du kannst dich vom Dweomerwind zurücktreiben lassen«, meinte Nevyn. »Und hier kommt auch schon Elaeno. Reden wir mit ihm.«

Als die anderen unter Deck eilten, blieb Jill, wo sie war. Sie setzte sich auf die Taurolle, hob den Gnom auf ihren Schoß und fragte sich, wieso es sie so traurig machte, daß sie bald einen Hafen erreichen würden. Sylphen und Feen drängten sich um sie, berührten ihr Gesicht mit ihren kleinen Händen und versuchten, sie zu trösten, aber sie konnte nur daran denken, daß sie sie alle verlieren würde, wenn sie nicht um sie kämpfte. Wenn sie zuviel Zeit für die Angelegenheiten des Hofes verlor, würde ihr das Wildvolk davongleiten, jeden Tag ein paar, bis sie schließlich überhaupt nicht mehr imstande wäre, sie zu sehen.

Bevor Aderyn zurückflog, rieb Nevyn die Arme seines alten Schülers mit einer rötlichen Salbe ein, und eine große, nach Minze und Kampfer riechende Silbereule flatterte müde davon. Jill winkte ihr nach, bis sie nicht mehr zu sehen war, dann drehte sie sich um und bemerkte, daß Nevyn immer noch hinter ihr stand. Rhodry und Elaeno waren offenbar nach unten gegangen.

»Nevyn, Ihr werdet doch mit uns zurück nach Aberwyn kommen, nicht wahr? Ich meine, Ihr werdet am Hof leben, oder?«

»Wenn meine Herrin das von mir verlangt, selbstverständlich. Vergiß nicht, Kind, daß du nun die Befehle erteilst. Ich kann dich nicht einmal mehr allzu offensichtlich um einen Gefallen bitten.«

»Beim schwarzen, haarigen Arsch des Höllenfürsten! Dann bitte ich Euch untertänigst, Lord Galrion, am Hof meines Mannes mein persönlicher Berater zu sein.«

»Ich danke Euch, Herrin. Es wird mir ein Vergnügen und eine Ehre sein, Euch zu dienen.« Nevyn verbeugte sich höflich, aber er grinste. »Und mein erster Rat besteht darin, nichts mehr zu erwähnen, was sich unter der Gürtellinie des Höllenfürsten befindet, besonders, wenn Damen anwesend sind. Ihr werdet es Euch nicht leisten können, wie eine Göre zu klingen, die in den Mannschaftsunterkünften aufgewachsen ist. Oh, das erinnert mich daran, daß Lady Lovyan mit all den anderen Kleinigkeiten, die sie mir mitgegeben hat, auch ein paar Kleider und ein wenig Schmuck für dich eingepackt hat. Ich schlage vor, daß du dich jetzt umziehst. Blaern und alle möglichen hochgestellten Persönlichkeiten werden anwesend sein, um uns zu empfangen.«

»Und wie soll ich bitte in einem Kleid von Bord springen?«

»Das kannst du nicht. Rhodry wird dich herunterheben müssen.«

»Verflucht!«

»Meine liebe Lady Gilyan!«

»Verzeiht mir. Aber was, wenn er mich fallen läßt?«

»Das wird er nicht. Man hat ihm schon als kleinem Jungen beigebracht, wie man so etwas tut – wie man einer Dame aus dem Sattel hilft oder ihr bei einem Bankett die Bissen reicht.«

»Das interessiert mich nicht! Er wird noch ein bißchen warten müssen, bis er auch an mir üben kann. Ich werde mich umziehen, bevor wir Aberwyn erreichen, aber ich will verdammt sein, wenn ich es jetzt schon tue.«

»Ach, komm schon, machen dir diese Kleinigkeiten wirklich soviel aus? Oder ist es etwas anderes?«

»Es ist nicht nur das …« Sie zögerte, plötzlich zutiefst verlegen. Also wirklich, sagte sie sich! Nevyn ist unter anderem auch Arzt und Heiler. »Nun, ich habe nachgedacht, und …« Plötzlich brach es aus ihr heraus: »Nevyn, glaubt Ihr, ich könnte unfruchtbar sein? Nach all diesen Jahren, erst mit Rhodry und dann mit diesem verfluchten Pferdedieb – aber ich bin nie schwanger geworden. Was, wenn ich unfruchtbar bin, und Rhodry mich eines Tages um des Rhans willen verstoßen muß? Ich würde lieber sterben als mich so demütigen zu lassen.«

»Dazu wird es nicht kommen, denn ich bin sicher, daß du

nicht unfruchtbar bist. Aber vergiß nicht, was für ein Leben du geführt hast, Kind – du bist im Königreich herumgezogen, hast dich wie ein Junge im Schwertkampf geübt, hast in Schlachten gekämpft, auf dem Boden geschlafen, nur gegessen, wenn du Geld hattest, häufig in den billigsten Schenken, und die meiste Zeit warst du auf der Flucht … Deine weiblichen Körpersäfte müssen vollkommen durcheinandergeraten sein! All die feurigen Säfte wurden vermutlich von den kalten und wäßrigen verdrängt, und das ist erst der Anfang. Und was Perryn angeht, meine liebe Jill, es würde mich überraschen, wenn er dich geschwängert hätte. Er ist nicht vollkommen menschlich, noch viel weniger als ein Elf. Ein Jagdhund und ein Hirtenhund können zusammen gesunde Welpen hervorbringen, aber wenn eine Katze sich mit einem Kaninchen paart … daraus könnte kein Kätzchen mit langen Ohren entstehen.«

»Was für ein widerliches Beispiel!«

»Verzeih, wenn ich deine zarten Gefühle verletzt habe.« Der alte Mann grinste. »Ich wußte nicht, daß Euer Ladyschaft so empfindlich sind.«

»Hört auf, mich zu necken!« Sie konnte spüren, wie sie rot wurde. »Und Ihr glaubt, daß ich wirklich Kinder bekommen kann?«

»Ich bin davon überzeugt. Nachdem du erst einmal sechs Monate oder so in der Festung verbracht und in einem weichen Bett geschlafen hast … dazu genügend Wärme und Freizeit und das beste Essen und sauberes Wasser – warte nur ab. Du wirst schon bald einen Erben für Aberwyn zur Welt bringen.«

»Oh, wie schön! Ich … äh … ich freue mich.«

Nevyn zog die buschigen Brauen hoch und sah sie fragend an. Sie drehte ihm den Rücken zu, starrte in das Wasser und weigerte sich zu antworten. Einen Augenblick später hörte sie, wie er seufzte und davonging.

Für die Landung in Abernaudd ging Jill schließlich einen Kompromiß ein. Da sie nahe genug an Land waren, ließ Elaeno zu, daß sie den letzten Rest frischen Wassers an Bord benutzte, um sich zu waschen. Sie weigerte sich zwar, das enge Unterkleid anzuziehen, zog aber ein normales Kleid über ihre Brigga und gürtete es sogar mit einer Schärpe in Rot, Weiß und Braun, den Farben des Roten Löwen, Lovyans Clan, die die Regentin mitgeschickt hatte. Da ihr Vater Tieryn Lovyan diente, würde Jill dieses Karo bis zu ihrer Hochzeit tragen können. Wenn sie die goldfarbene Seide hochzog, würde sie das Schiff ohne Hilfe verlassen und an Land einen normalen Sattel benutzen können. Den Schmuck lehnte sie ab, denn jedes Stück, Ringbrosche und Armband und Medaillon, war mit dem Drachen von Aberwyn verziert. Sie wäre sich wie gebrandmarkt vorgekommen, hätte sie diese Sachen getragen.

Nachdem sie angekleidet war, strengte sich Rhodry besonders an, ihr zu sagen, wie hübsch sie aussah. Obwohl sie wußte, daß er ihr nur helfen wollte, war sie wütend auf ihn.

Kurz vor Mittag entließ Nevyn den Dweomerwind, und die *Garantierter Profit* glitt vor einer normalen Brise in den Hafen von Abernaudd. Elaeno selbst stand am Ruder. Von ihrem Platz im Bug konnte Jill eine Menschenmenge am Hauptkai sehen. Rhodry, in einem sauberen Hemd, den Umhang im Karo von Aberwyn mit einer gewaltigen Ringbrosche festgesteckt, trat neben sie und legte ihr den Arm um die Taille.

»Dort ist Blaern, Liebste! Kannst du ihn erkennen? Dort ganz vorn, mit dem rotgoldenen Karo.«

»Ich kann ihn kaum sehen. Du bist der Elf in der Familie!«

»Wir werden uns ab jetzt keine Witze mehr darüber erlauben dürfen. Es würde alles verderben, wenn jemand herausfände, wer mein Vater war.«

»Das stimmt. Ich werde aufpassen. Bei der Göttin, sind das viele Menschen! Wen kannst du noch erkennen?«

»Aderyn, Gwerbret Ceredyc und – deinen Vater, Jill! Cullyn ist hier!«

Beinahe hätte sie vor Freude geweint. Als das Schiff unter Elaenos kundiger Führung anlegte, war sie so ungeduldig wie das Wildvolk, das sie umtanzte. Aber schließlich mußte sie doch abwarten, bis die Empfangszeremonie vorüber war. Nevyn ging als erster von Bord, um den beiden anderen Gwerbrets Rhodrys Ankunft anzukündigen und Ceredycs Erlaubnis für seinen Lord einzuholen, hier an Land zu gehen. Nachdem diese erteilt war, verließen die Männer von Rhodrys Kriegshaufen das Schiff, um sich als Ehrengarde zu formieren, ehe Rhodry auf den Kai sprang. Obwohl Jill Anstalten machte, allein über die Seite des tiefliegenden Handelsschiffs zu klettern, bestand er darauf, sie herunterzuheben. Als Blaern vortrat, jubelten alle anwesenden Männer – Rhodrys fünfundzwanzig, Blaerns fünfundzwanzig, Ceredycs und Sibyrs Eskorten und ein paar Kapitäne und andere Zuschauer. Lachend riß Rhodry die Arme hoch, und einen Augenblick später schwiegen die Männer.

»Willkommen zu Hause, Vetter«, sagte Blaern.

»Danke, Euer Gnaden. Es war ein verflucht seltsamer Weg, den ich geritten bin. Ich werde es dir bei Gelegenheit erzählen.«

»Tu das. Unser gemeinsamer Vetter hier bietet dir seine Gastfreundschaft an.«

»Ich danke Euch, Lord Sibyr.« Rhodry wandte sich ihm zu. »Ich freue mich, Euch zu sehen.«

»Es ist mir eine Ehre, Euer Gnaden.«

Alle verbeugten sich und lächelten, und Jill knickste, so gut sie konnte, wenn sich jemand vor ihr verbeugte, aber dabei sah sie sich ständig nach Cullyn um. Als sie ihn schließlich an der Seite stehen sah, zwinkerte er ihr zu – eine Geste, die sie mehr tröstete als alles andere. Zumindest habe ich meinen Vater hier, sagte sie sich. In diesem Augenblick teilte sich die

Menge und ließ einen Mann mit schimmerndem hellem Haar durch. Jill brauchte einen Augenblick, um Calonderiel zu erkennen, denn er war vornehmer gekleidet, als sie es je bei einem Elfen gesehen hatte: kniehohe Stiefel und passende Hosen aus dem feinsten weißen Hirschleder, ein üppig besticktes Leinenhemd, einen goldbeschlagenen Köcher und einen Bogen, in den Gold und Edelsteine eingelegt waren. Alle glotzten und rissen die Mäuler auf, als der Elf sich vor Rhodry verbeugte und die Hand ausstreckte.

»Ich bin Calonderiel, Banadar der Ostgrenze. Ich bin hier, um dem Gwerbret von Aberwyn meine Freundschaft und eine Allianz anzubieten.«

Rhodry nahm Calonderiels Hand in beide Hände und drückte sie fest.

»Rhodry, Gwerbret Aberwyn, akzeptiert Euer Angebot mit ganzem Herzen. Cal, du Bastard! Ein Banadar, wie? Das hast du mir nie erzählt!«

»Dazu gab es auch keinen Grund.« Grinsend wandte sich Calonderiel Jill zu. »Ich werde es später erklären, aber bei der dunklen Sonne, es ist schön, Euch wiederzusehen.«

»Und ich bin froh, dich zu sehen. Ich dachte immer, ich sollte wieder nach Westen reiten. Ich hätte mir nicht träumen lassen, daß du statt dessen nach Osten kämest.«

»Ich ebensowenig, aber das zeigt nur, wie richtig das alte Sprichwort ist: Wer weiß, was das Wyrd uns bringt?«

Wie auf ein zuvor abgesprochenes Zeichen drängten sich Blaern und die anderen Adligen um Rhodry und Calonderiel und führten sie weg, steckten die Köpfe zusammen und schlossen den Rest der Welt aus. Einen Augenblick zögerte Jill, aber dann trat Cullyn an ihre Seite und nahm sie in die Arme.

»Komm mit, meine Süße. Die Pferde warten.«

»Sie können noch einen Augenblick länger warten. O Vater, es ist so schön, dich wiederzusehen.«

»Und du hast keine Ahnung, wie sehr ich mich freue!« Er packte sie an den Schultern und grinste sie an. »Was für eine Unverschämtheit, drei Jahre lang durch zwei Königreiche zu reiten und deinem alten Vater nicht einmal einen Brief zu schreiben.«

Sie lachte, dann warf sie sich wieder in seine Arme und weinte, während er sie festhielt. Aber die Tränen liefen nicht lange, und als sie aufblickte, stellte sie fest, daß auch seine Augen verdächtig feucht waren. Als die Menge sich langsam auflöste und die Männer ihre Pferde holten und sich den Adligen anschlossen, gingen sie langsam und Arm in Arm hinterher.

»Ist es wirklich schon drei Jahre her, Vater?«

»Und ein wenig mehr. Es ist dumm, aber ich muß es trotzdem aussprechen: Du hast dich verändert, meine Süße, und nicht wenig. Ich glaube nicht, daß das nur an der Zeit liegt, die inzwischen vergangen ist.«

»Nein, Vater, es gibt etwas, das ich dir sagen muß. Ich bin Schülerin des Dweomer.«

»Ich kann nicht sagen, daß mich das überrascht.«

»Nein?«

»Nein. Du warst immer so ein seltsames Kind, Jill, du hast mit dem Wildvolk gesprochen, seltsame Träume gehabt und in jeder verdammten Wolke ein Vorzeichen gesehen.« Die Erinnerungen ließen ihn ein wenig schaudern. »Aber dies ist nicht der Ort, über solche Dinge zu sprechen. Sieh, Lord Rhodry sitzt schon im Sattel und winkt uns zu. Wir müssen uns später weiter unterhalten.«

Aber bei all dem Durcheinander nach ihrer Ankunft in Sibyrs Festung hatten sie erst nach Sonnenuntergang wieder Zeit und Ruhe füreinander. Inzwischen war das Abendessen vorüber, und Jill hatte sich in ihrer Kammer des Kleides entledigt und ein altes Hemd angezogen. Sie liehen sich eine

Zinnlaterne aus, gingen zum Erdwall hinaus und kletterten hinauf, um sich auf dem Gras niederzulassen. Lange Zeit sagten sie nichts, sondern genossen nur die Anwesenheit des anderen.

»Dein alter Vater muß dir etwas gestehen«, sagte Cullyn schließlich. »Ich habe wieder geheiratet.«

»Vater! Wie schön! Wer ist sie? Erzähl mir von ihr.«

»Sie heißt Tevylla, und sie steht im Dienst von Tieryn Lovyan. Ihr erster Mann ist schon vor langer Zeit gestorben – er war Schmied und starb an einem Fieber –, und sie hat einen Sohn, den ich für den Kriegshaufen ausbilde. Er ist ein guter Junge. Tevva ist eine vernünftige Frau und sehr willensstark – aber das muß sie auch sein, wenn sie mit mir zusammenlebt.«

»Ist sie schön?«

Cullyn dachte einen Moment nach und lächelte dann.

»Ja«, sagte er schließlich. »Ja, das könnte man sagen.«

»Ich freue mich so für dich.«

»Das klingt, als ob du es ernst meinst.«

»Hattest du Angst, ich würde mich nicht freuen?« Einen Augenblick war sie verwundert, dann verstand sie. »Ja, es stimmt, früher einmal wäre ich eifersüchtig gewesen, als wir noch zusammen auf dem langen Weg ritten, aber nicht jetzt. Immerhin werde ich auch bald heiraten.«

»Ja. Weißt du, meine Süße, das ist schon seltsam. Du hast diese Hochzeit nun bereits ein paarmal erwähnt, und …« Seine Stimme verklang.

»Und was?«

»Ach, du brauchst den Rat deines alten Vaters nicht mehr. Es ist nicht meine Angelegenheit. Ich muß lernen, mich aus deinem Leben herauszuhalten.«

»Komm schon, sag's mir. Was ist los, Vater?«

»Du klingst nie besonders glücklich, wenn du davon sprichst, das ist alles.«

Heiße und beschämende Tränen traten ihr in die Augen. Er legte ihr den Arm um die Schulter und zog sie an sich, und es war tröstlich, daß er wie immer nach Schweiß und Pferden roch.

»Hast du Angst?« fragte er leise. »All diese feinen Damen, die nur darauf warten, die Favoritin des Gwerbret in die Krallen zu bekommen? Oder sind es die Intrigen, die Adligen und ihre Fehden?«

»Beides. Ich bin nicht wie Lovyan oder wie Blaerns Frau. Aber ... aber ... ich habe keine Angst.« Nun, da sie in seinen Armen sicher war, konnte sie zum ersten Mal seit Wochen ruhig darüber nachdenken. »Ich werde es hassen! Diese ganzen höfischen Angelegenheiten wirken so jämmerlich, Vater, wenn man sich erst einmal mit dem Dweomer beschäftigt hat. Die Adligen streiten sich um Kleinigkeiten und werfen alles hin, wenn es nicht nach ihrem Willen geht, und alle bilden sich ein, sie allein stünden in der Gunst der Götter.« Sie rückte ein Stück von ihm ab, damit sie zu ihm aufblicken konnte. »Erinnerst du dich noch an Tieryn Braedd und den Krieg um Schweinefutter – im ersten Sommer, als ich mit dir geritten bin?«

Er überlegte einen Augenblick, dann lachte er.

»Ja«, sagte er. »Weißt du, meine Süße, du warst mir immer sehr ähnlich. Ich hoffe, daß es dir am Ende zum Vorteil gereicht. Das hoffe ich wirklich.«

Zunächst lachte sie, dann wurde ihr ein wenig kalt, als sie merkte, daß er ihr nicht widersprechen würde, daß er tatsächlich, was das höfische Leben anging, derselben Meinung war wie sie. Sie hätte noch mehr gesagt, aber ganz plötzlich ließ er sie los und lauschte mit leicht schiefgelegtem Kopf. Sie hatte so viele Wochen voller Angst vor Meuchelmördern verbracht, daß sie sofort nach dem Schwert griff, aber es war nur Nevyn, der ihnen etwas zurief, als er auf den Erdwall zueilte.

»Cullyn, Jill, seid ihr das?«

»Ja, Herr«, rief Cullyn zurück. »Stimmt etwas nicht?«

»Mag sein. Habt ihr Perryn gesehen?«

»Nicht seit dem Abendessen.« Cullyn warf Jill einen Blick zu, und sie schüttelte den Kopf. »Und Jill auch nicht. Wir kommen runter. Ist der kleine Mistkerl geflohen?«

»So sieht es aus, obwohl ich es nicht als Flucht bezeichnen würde. Er ist kein Gefangener mehr – nicht, soweit es mich betrifft.«

»Wußte er das denn?« fragte Jill.

»Wahrscheinlich nicht. Es würde zu ihm passen, im Dunkeln davonzuschleichen wie ein Wiesel.«

Etwa eine Stunde lang suchten die drei die Festung ab, aber sie fanden keine Spur von Perryn und seinem Gepäck. Endlich dachte Jill daran, zum rückwärtigen Tor zu gehen, und tatsächlich stand es offen.

Ein kurzes Gespräch mit dem Stallmeister zeigte, daß ein Pferd fehlte.

»Das sagt wohl alles«, meinte Nevyn ein wenig angewidert. »Er war selbstverständlich frei zu gehen, wie es ihm beliebte, aber er hätte mir noch ein paar Tage lassen können, ihn zu erforschen.«

»Ich bin froh, daß er weg ist«, murmelte Jill leise.

»Wißt Ihr«, warf Cullyn ein, »ich habe nie erfahren, weshalb man ihn angeklagt hat.«

»Er war ein Pferdedieb. Einige Zeit habe ich ihn auch für einen Spion des dunklen Dweomer gehalten.« Jill antwortete, damit Nevyn nicht lügen mußte. »Aber ich habe mich geirrt. Er ist einfach unwichtig.« Und dann lächelte sie. »Ja, er ist vollkommen unwichtig.«

»Es gibt viele Neuigkeiten«, sagte Blaern. »Und die Dinge werden sich noch rascher verändern, nachdem du nun wieder zu Hause bist, Vetter.«

»Gut«, sagte Rhodry. »Je schneller wir diese Angelegenheiten regeln, desto besser für Aberwyn.«

Ceredyc, Sibyr, Nevyn, Calonderiel, Aderyn, Cullyn, ein paar Lords, die Rhodry nicht kannte – alle am Ehrentisch nickten ernst. Nach einem viel zu üppigen Frühstück saßen sie alle in Sibyrs sonniger großer Halle, tranken Bier und unterhielten sich über die Situation im Rhan von Aberwyn.

»Es ist an der Zeit, daß du nach Hause reitest, und diese Botschaft ist ein guter Grund.« Blaern hielt eine dünne Pergamentrolle hoch, die vor ein paar Stunden eingetroffen war. »In vier Tagen veranstaltet Lord Talidd ein Turnier, und jeder einzelne der Möchtegern-Rebellen wird anwesend sein. In diesem Brief erklärt Lord Edar, er fühle sich geehrt, mir und den Meinen Unterkunft zu gewähren, falls ich teilnehmen wolle, und es würde mich nicht überraschen, wenn er dich ebenfalls aufnehmen würde.«

Rhodry lachte.

»Ich habe mich niemals mehr über eine Einladung gefreut, Vetter. Der gute alte Edar! Sehen wir mal ... seine Festung liegt etwa sechzig Meilen von hier. Ein Ritt von drei Tagen – perfekt.«

»Ihr solltet lieber nicht all Eure Männer mitnehmen«, warf Sibyr ein. »Jedenfalls, wenn Ihr einen Krieg verhindern und keinen beginnen wollt.«

»Das stimmt.« Rhodry nickte ihm zu. »Nur jeweils fünfundzwanzig für Blaern und mich, die Eskorte, die uns rechtmäßig zusteht, und natürlich Calonderiel und Gwin und ein paar Diener. Die anderen können nach Aberwyn weiterreiten und dort auf uns warten.«

»Klingt nach einem guten Plan«, erwiderte Blaern. »Nur noch eine letzte Frage: Willst du dich ankündigen lassen oder in aller Stille hinreiten?«

»Ohne Aufsehen, würde ich sagen. Es mag sein, daß unsere

Feinde überall in Eldidd ihre Spione haben, aber wenn nicht, hätte ich nichts dagegen, sie ein wenig zu überraschen.«

Ob die Rebellen nun Spione hatten oder nicht – Lord Peredyr und Lord Sligyn, beides treue Vasallen Rhodrys, hatten welche, wenn auch nicht von jenem professionellen Typ, wie er während langer Kriege mitunter eingesetzt wird. Peredyrs oberster Stallknecht hatte einen Bruder, der einen kleinen Bauernhof nahe Belglaedd besaß, und Sligyn hatte selbst Blutsverwandte in diesem Teil des Rhans. Durch die schnell fließenden Klatschkanäle erfuhren diese Lords also ebenfalls von Talidds Turnier und beschlossen, daran teilzunehmen, und sei es aus keinem anderen Grund, als Talidd ein schlechtes Gewissen zu bereiten. In einem ziemlich ungeschickten Versuch, so zu tun, als stünden sie nicht miteinander in Verbindung, beschlossen sie, zu unterschiedlichen Zeiten einzutreffen, Peredyr als erster und offiziell wegen des Turniers, während Sligyn später kommen und vorgeben sollte, er habe Verwandte besucht und ganz zufällig von dem Ereignis erfahren.

Da die Festung seines Schwagers ein paar Meilen von Belglaedd entfernt lag, trafen Sligyn und seine fünf Männer etwa eine Stunde nach Mittag ein. Als sie auf die Festung zuritten, wartete Peredyr schon vor den Toren.

»Ihr Götter, es ist einfach widerwärtig!« rief Peredyr ohne auch nur einen Gruß. »Wartet nur, bis Ihr Gwarryc seht, der umherstolziert, als wäre er schon Gwerbret, mit einem Gefolge von Speichelleckern.«

»Ach ja? Ich habe versprochen, den Mund zu halten, und ich werde mein Bestes tun, aber …«

»Und wenn man uns hier niedermetzelt, gibt es zwei Männer weniger, die treu zu Aberwyn stehen. Könnt Ihr das bitte bedenken? Auf diesem Turnier wimmelt es nur so von Rebellen.«

»Da mögt Ihr recht haben. Also gut, ich halte den Mund.«

Bei aller Wut mußte Sligyn doch zugeben, daß Talidd sich selbst übertroffen hatte. Die Festung selbst war mit den silbernen und gelben Bannern von Belglaedd geschmückt. An Bäumen und Fahnenmasten hingen die Flaggen der Gäste. Die Umgebung von Belglaedd war für ihre wunderschönen Eschen bekannt, und direkt hinter der Festung lag ein besonders hübscher Hain, wo sich ein kleiner Bach durch eine Wiese wand. Unter den Bäumen hatten die Diener einen Tisch aufgestellt: Es gab Fleisch, Käse, frisches Brot und Brotpuddings, eingelegtes Gemüse nach bardekianischen Rezepten, gebratene, glasierte Lerchen und Jungtauben und vor allem einen ganzen Eber am Spieß. Dazu faßweise Bier und schlauchweise Met, und niemand wurde abgewiesen, nicht einmal der ärmlichste Bettler aus Talidds Dorf. Sligyn sah sogar ein paar Silberdolche, die sich unter die Menge gemischt hatten und sich ebenfalls bedienten, ohne daß jemand ein unfreundliches Wort zu ihnen sagte.

Auf der anderen Seite der Wiese, in sicherem Abstand vom Festbankett, befanden sich zwei Kampfplätze, die mit grünen und goldenen Bändern abgegrenzt waren – interessanterweise waren Grün und Gold die Farben von Gwarryc von Dun Gamyl. Auf einem dieser Plätze hatten an diesem Morgen bereits eine ganze Reihe von Schaukämpfen stattgefunden, ausgefochten von den Reitern der diversen Kriegshaufen und vor allem von einer Reihe verarmter jüngerer Söhne. Die drei gastgebenden Lords hatten genügend Preise ausgesetzt, Dolche und Silbermünzen, und der Hauptpreis war ein wunderschöner Fuchswallach, ein kampfgeschultes Tier, das, der breiten Brust und den langen Beinen nach zu schließen, einen großen Anteil Westjäger-Blut in sich hatte. Als Sligyn eintraf, waren die Vorkämpfe allerdings bereits vorüber.

»Sie werden die letzten Kämpfe auf dem anderen Platz

austragen«, sagte Peredyr. »Bisher haben sie ihn unberührt gelassen, damit die besten Kämpfer guten Boden haben. Dann können sich auch die Lords in den Kampf stürzen. Für sie gibt es keine Preise, aber es dürfte lustig sein zuzusehen.«

Sligyn schnaubte angewidert.

»Lustig? Nur, wenn sich die Richtigen das Genick brechen.«

»Wenn wir ordentlich beten, sorgen die Götter vielleicht dafür. Gwarryc hat sich selbstverständlich schon eingetragen. Ich nehme an, er hat vor zu siegen. Man muß ihm lassen, daß er ein hervorragender Kämpfer ist, aber ich wäre nicht überrascht, wenn einige seiner Freunde ein wenig nachhelfen würden. Nur, um dafür zu sorgen, daß er einen guten Eindruck macht.«

Obwohl Sligyn sein Leben lang aufbrausend gewesen war, hatte er noch nie zuvor diese kalte Wut verspürt, jene unnatürliche Kälte, in der die ganze Welt sich klar und deutlich abzeichnet, aber weit entfernt scheint, und man ebenso klar weiß, was man tun muß, und zwar sofort. Jetzt hatte er dieses Gefühl, und es gefiel ihm.

»Wo ist der Verwalter? Der Mann, der die Liste führt?«

»Drüben bei den Bierfässern. Lord Amwal. Ihr wollt doch nicht etwa mitmachen?«

»Doch. Ich werde zweifellos die zweite oder dritte Runde nicht überstehen, aber bei allen Göttern, ich werde diesem erbärmlichen Ersatzadligen seinen hausgemachten Sieg verderben, selbst wenn ich mit blauen Flecken und Schande bedeckt nach Hause zurückkehre.«

Mit seiner Vorhersage über die zweite oder dritte Runde war Sligyn nicht bescheiden, sondern beschrieb exakt seine übliche Leistung bei solchen Schaukämpfen mit stumpfen Klingen und Schilden aus Korbgeflecht. Die Regeln waren einfach, aber sie genügten, einen Mann zu behindern, der daran gewöhnt war, sich seinen Weg durch ein Scharmützel zu hacken und zu schlagen. Die Kontrahenten begannen an beiden Enden des Felds, näherten sich einander und umkreisten sich, dann fochten und täuschten sie, bis einer entweder drei Berührungen erzielt oder seinen Gegner an die Banden zurückgedrängt hatte, die den Kampfplatz umgaben. Prellungen ignorierte man, aber wenn einer seinen Gegner fest genug schlug, daß die Wunde blutete, brachte ihm das ebenfalls den Sieg ein.

Zurückhaltung war nie Sligyns Stil gewesen. Aber er hatte noch keine Ahnung, wie nützlich kalte Wut sein konnte. Er gewann die erste Runde problemlos, da er gegen den ungeschickten Lord Cinvan kämpfte, und dann siegte er auch im zweiten Kampf. Im dritten hielt er das Feld gegen den furchterregenden Lord Gwion, über dessen Feuerstelle sogar Dolche hingen, die er bei Turnieren in der Hauptstadt gewonnen hatte. Als Sligyn ihn besiegte, nahmen alle, Sligyn eingeschlossen, an, Gwion habe einfach allzuviel Selbstvertrauen gehabt. Nachdem er jedoch auch im vierten Kampf siegte, gegen einen ausgesprochen guten Schwertkämpfer, der außerdem ein enger Freund Gwarrycs war, konnte Sligyn sich nicht mehr auf diese Weise herausreden. Die Zuschauer begannen, langsam unruhig zu werden. Als die nächsten Kämpfer der vierten Runde das Feld betraten, interessierte sich kaum jemand für sie; statt dessen bildeten sich kleine Gruppen, in denen die Leute aufgeregt aufeinander einredeten und Sligyn hin und wieder einen beunruhigten Blick zuwarfen.

Was Sligyn selbst anging – er fühlte sich, als wäre sein gesamter Körper durch seine gerechtfertigte Wut zu einer Waffe geworden. Während er auf seinen fünften Kampf wartete, trank er kaltes Wasser statt Bier und warf Gwarryc, der mit einigen seiner Anhänger etwa fünfzig Schritte entfernt stand, wütende Blicke zu. Trotz der Entfernung schien Gwarryc das zu bemerken, denn hin und wieder blickte er auf, und seine Augen fanden Sligyn, wie eine Zunge einen abgebrochenen

Zahn findet. Sligyn bemerkte auch die beiden Silberdolche, einer blond, einer dunkel genug, um ein wenig bardekianisches Blut in sich zu haben, die ihn beobachteten, aber aus ihren gleichgültigen Mienen war nicht zu entnehmen, was sie wohl dachten. Peredyr andererseits, der Sligyn immer wieder frisches Wasser brachte, war vor Freude beinahe außer sich.

»Macht so weiter, Mann! Ich bete zu jedem Gott, den Ihr wollt, aber macht weiter! Seht Euch nur die Miene dieses Verräters an, der sich fragt, was aus seinem weibischen kleinen Plan geworden ist! Ihr Götter, diese Eitelkeit!«

Solche Worte waren mitreißender als ein Preislied des besten Barden im Königreich. Von ihnen getragen, gewann Sligyn auch die fünfte und sechste Runde, bis er sich ebenso wie Gwarryc, der wie erwartet gut vorangekommen war, in der siebten befand. Leider war sein Gegner bei diesem vorletzten Kampf Lord Retyc von Gaddbrwn, der überall in Eldidd als Schwertkämpfer einen guten Ruf genoß. Als Sligyn ihm entgegentrat, tröstete er sich damit, daß er Gwarryc immerhin das Fürchten gelehrt hatte, bevor er unvermeidlich besiegt wurde. Die meisten von Gwarrycs Anhängern schienen ebenfalls dieser Ansicht; sie hatten sich wieder entspannt und standen lächelnd an der Seite, während ihr Held sich für den Kampf aufwärmte, indem er das stumpfe Schwert wieder und wieder über seinen Kopf wirbelte. Aber dann griffen die Götter ein – so beurteilten es die Leute in Eldidd jedenfalls später. Nevyn sollte nachher erklären, daß Sligyns übernatürliche Wut sich auf seine Umgebung auswirkte und die Auren aller anderen ebenso verwirrte wie ihren Geist, aber zu dem Zeitpunkt, als es geschah, betrachteten es alle Zuschauer als ein Vorzeichen, und so wurde die Geschichte weitererzählt.

Als der Kampf begann, ging Retyc selbstsicher, aber nicht unvorsichtig auf Sligyn zu – er hatte aus Gwions Niederlage gelernt. Einige Zeit umkreisten sie sich, und nur hin und wieder trafen die Schwerter die Schilde aus Korbgeflecht. Es gelang Sligyn, aus schierer Wut einen Treffer zu landen. Dann täuschte Retyc von der Seite, wich zurück, tänzelte vorwärts und schlug zweimal in rascher Folge zu. Aber als er grinste und in seinem Triumph ein wenig in seiner Wachsamkeit nachließ, konnte auch Sligyn den zweiten Treffer landen. Nun umkreisten sie einander wieder, täuschten vorsichtig, zogen sich ein wenig zurück, versuchten, den Gegner zu einem Fehler zu verlocken. Sligyn, zwölf Jahre älter als Retyc, begann die Dauer des Kampfes zu spüren. Er keuchte schon ein wenig, als er geradeaus zustieß – und Retyc rutschte aus. Sein linker Fuß glitt aus, und der Kämpfer stürzte, fluchend und um sich schlagend, in die Bande zu seiner Linken.

»Disqualifiziert!« rief der nächststehende Richter, und obwohl es ihnen überhaupt nicht paßte – das konnte man ihnen ansehen –, schlossen sich die beiden anderen Richter seinem Urteil an.

Mit einem Freudenschrei rannte Peredyr aufs Feld, um Sligyn wie ein Page Schwert und Schild abzunehmen. Sligyn konnte hören, wie Peredyrs Männer und seine eigenen jubelten, und auch die beiden Silberdolche hatten sich ihnen beim Feiern angeschlossen. Jetzt würde er gegen Gwarryc antreten müssen. Von Sligyns kleiner Gruppe einmal abgesehen, waren inzwischen beinahe alle Zuschauer seltsam ruhig, spähten zwischen Sligyn und Gwarryc hin und her und murmelten alte Sprichwörter vor sich hin, die sich alle darum drehten, daß die Götter Überheblichkeit nicht gerne sahen. Dann kündigten die Richter eine lange Pause an, um beiden Kämpfern die Gelegenheit zur Rast zu geben. Niemand bezweifelte, daß diese Verzögerung Gwarryc und seinen Anhängern auch eine Möglichkeit lieferte, sich nach Retycs scheinbar gottgewollter Niederlage wieder zu fassen.

»Gehen wir ein Stück unter die Bäume«, sagte Peredyr zu

Sligyn. »Ruht Euch im Schatten aus, und ich hole Euch frisches Wasser aus dem Bach.«

»Danke. Ich muß zugeben, daß ich ein wenig Ruhe brauche. Ha! Diese Mistkerle! Sie haben diese Verzögerung gewollt, aber sie wird sich gegen sie auswirken!«

Als Sligyn sich in der relativen Abgeschiedenheit des Eschenhains niederließ, bemerkte er, daß ihm alles weh tat und daß er schwer atmete. Nun, bei den Göttern, du hast es ihnen gezeigt, sagte er zu sich selbst. Das wird sie lehren, sich aufzuplustern wie ein verdammter Gerthddyn! Dann sah er, wie der blonde Silberdolch auf ihn zukam, und sein Herz setzte beinahe aus. Jill! Er verfluchte sich selbst und fragte sich, wieso er sie nicht schon früher erkannt hatte. Grinsend wollte er aufstehen, aber sie lief zu ihm und kniete sich neben ihn.

»Ruhig, Herr! Wir haben eine kleine Überraschung für Gwarryc und seine Freunde vorbereitet.«

»Ach ja?« Sligyn mußte sich zwingen, leise zu sprechen. »Ist *er* auch hier?«

»Ja, und er möchte gern in der letzten Runde Euren Platz einnehmen.«

Sligyn konnte sich gerade noch bremsen, nicht in Freudenschreie auszubrechen.

»Aber sicher! Unbedingt! Der andere Silberdolch – ich habe ihn auch nicht erkannt. Es ist doch nicht …«

»Nein, nein, das ist nur ein Freund. *Er* ist zusammen mit Blaern und einer ganzen Menge anderer im Wald weiter oben an der Straße. Gwin wird sie jetzt holen.«

»Peredyr sollte mit den Wettbewerbsrichtern sprechen. Oder lassen wir seine Lordschaft einfach davonspazieren?«

»Ich würde sagen, wir lassen ihn gehen. Kein Grund für unnötigen Ärger. Außerdem ist auch Nevyn hier, zumindest sind er und ein Freund ganz in der Nähe. Sie haben vor, außer Sichtweite zu bleiben, bis das ganze Geschrei vorüber ist.«

»Das ist wahrscheinlich das beste. Obwohl der alte Mann ziemlich beeindruckend sein kann, wenn er will. Was ist mit Eurem Vater?«

»Cullyn ist hier. So etwas würde er sich doch nicht entgehen lassen, und wenn Ihr ihm dafür den Thron des Hochkönigs bieten würdet.«

Als Peredyr mit dem Wasser zurückkam, wäre er beim Anblick Jills beinahe in Tränen ausgebrochen. Nachdem er erst einmal gehört hatte, was los war, trabte er davon, um seine Leute zu suchen und sie unter einem Vorwand in den Hain zu bringen. Nun, da er wußte, daß er nicht kämpfen würde, genehmigte sich Sligyn endlich einen Krug schäumenden Biers, und als er trank, hatte er das deutliche Gefühl, daß die Götter die Welt mit Gerechtigkeit überzogen.

Der Kampf wurde noch weiter verzögert, als Blaern und ein Kriegshaufen von fünfzig Mann um die Festung geritten kamen, abstiegen und unter freundlichen Begrüßungen und Scherzworten auf den Kampfplatz zugingen. Talidd freute sich darüber etwa so wie ein Müller, der Würmer in seinem Mehl entdeckt, aber er konnte nichts unternehmen, da er auf keinen Fall einen Gwerbret gegen sich aufbringen wollte, indem er ihn und seine Leute von einem Turnier ausschloß. Sligyn sah sich nervös in der Gruppe von Männern um, die Blaern begleiteten, als er eine Hand an der Schulter spürte und sich umdrehte. Hinter ihm stand Rhodry, in einem alten Umhang, den Kopf ein wenig zurückgelegt, und mit jenem verrückten Berserkergrinsen auf den Lippen, das Sligyn so gut kannte. Direkt hinter ihm stand Cullyn von Cerrmor.

»Euer Gnaden.« Es fiel Sligyn plötzlich schwer, etwas zu sagen. »Euer Gnaden.«

»Nicht niederknien!« Rhodry packte ihn gerade noch rechtzeitig am Arm. »Blaern lenkt sie ab, und noch haben sie mich nicht gesehen.«

»Gut. Selbstverständlich.« Sligyn putzte sich die Nase. »Wir werden es den Dreckskerlen zeigen, wie? Sie werden schon sehen, was sie von all ihren verfluchten Intrigen haben!«

Da Blaerns Leute sich alle gleichzeitig auf das Bankett gestürzt hatten, bemerkte niemand Rhodry, der sich mit Sligyns und Peredyrs Reitern im Hain aufhielt. Als die Richter schließlich nach den Kontrahenten riefen, ging Sligyn am Kopf seiner Gruppe, und Rhodry hatten sie in der Mitte versteckt. Gwarryc stand bereits auf dem Feld. Als Sligyn seine Position bezog, untersuchten die Richter sein Schwert und seinen Schild, wie es die Regeln verlangen. Sligyn überreichte sie ihnen mit einer Verbeugung.

»Ihr Herren, ein anderer wird meinen Platz einnehmen. Ich habe nur an seiner Stelle gekämpft, was Ihr verdammt genau wußtet, ob Ihr es in Euren wieselhaften Herzen nun zugeben wollt oder nicht, aber beim Arsch des Höllenfürsten, hier ist er nun!«

Die Kampfrichter wurden kreidebleich, als Rhodry sich durch die Menge drängte und neben Sligyn trat, um Schwert und Schild entgegenzunehmen. Er hatte den Umhang abgelegt, und darunter trug er ein Hemd, das mit Drachen bestickt war, und Brigga im blau-grün-silbernen Karo von Aberwyn. Am anderen Ende des Felds hatte Gwarryc noch nichts bemerkt, bis Rhodry vortrat. Einen Augenblick hing Schweigen über der gesamten Szenerie, dann erhob sich leises Murmeln, ein Aufbranden von Stimmen, und schließlich jubelten Rhodrys Männer und die Vorsichtigeren unter seinen Feinden, wie wenn ein irdener Damm, den ein Bauer gebaut hat, einzustürzen beginnt und das Wasser zunächst nur in einem kleinen Rinnsal hindurchfließt, bis schließlich die Flut alles mitreißt und das Bachbett entlangrauscht. Sligyn mußte Gwarryc unwillig Bewunderung zollen. Der Lord warf stolz den Kopf zurück, dann ging er seinem Feind entgegen und grüßte ihn mit dem stumpfen Schwert. Der Jubel wurde leiser und verklang dann vollständig.

»Euer Gnaden«, sagte Gwarryc, »wollt Ihr diese Waffen durch echten Stahl ersetzen?«

»Nein, denn Ihr habt mir keinen Schaden zugefügt – jedenfalls nicht genug, daß ich Euren Tod wünschte.« Rhodry hob ebenfalls die Klinge zum Gruß. »Und damit keiner glaubt, daß wir nur prahlen, laßt uns unseren Kampf ausfechten.«

Entschlossen wandte Rhodry dem Lord den Rücken zu und ging zu seinem Ende des Kampfplatzes zurück. Gwarryc blieb nichts anderes übrig, als es ihm gleichzutun, falls er nicht für den Rest seines Lebens als Feigling dastehen wollte. Die Kampfrichter allerdings sahen einander unsicher an, bis Sligyn es nicht mehr ertragen konnte.

»Fangt endlich an! Steht nicht nur da, kämpft endlich!« Als die beiden Gegner auf die Mitte zugingen, drängte sich die Menschenmenge näher. Gwarryc ging in die Knie, aber obwohl er sein Schwert bereithielt, drehte sich Rhodry nur leicht, um ihn im Auge zu behalten. Gwarryc zögerte kurz, täuschte nach einer Seite, dann nach der anderen, und schlug zu. Rhodry duckte sich weniger, als daß er einfach davonglitt. Als Gwarryc herumwirbelte und abermals angriff, war Rhodry wieder verschwunden, schlenderte ein paar Schritte über das Feld und grinste, als Gwarryc an ihm vorbeischlug. Er hätte mit Leichtigkeit drei Treffer erzielen und den Kampf damit beenden können, aber er wartete, bis Gwarryc seinen Fehler berichtigt und sich wieder umgedreht hatte. Wie ein Narr wiederholte Gwarryc die gesamte Farce noch einmal. Inzwischen lachten die Zuschauer bereits abfällig.

»Verflucht sollt Ihr sein!« schrie Gwarryc. »Bleibt stehen und kämpft.«

»Also gut. Hier bin ich.«

Rhodry senkte das Schwert, bis er die Spitze träge über das

Gras ziehen konnte, warf den Schild zehn Schritte weit weg und lächelte. Gwarryc sah sich nach allen Seiten um, wie ein Mann, der erkennt, daß er ausgelacht wird und weiß, daß er nicht entkommen kann.

»Also kommt schon«, sagte Rhodry. »Ihr wolltet ein bißchen Spaß mit einem hilflosen Gegner, nicht wahr? Also schlagt zu.«

Wäre Gwarryc zu diesem Zeitpunkt so vernünftig gewesen, seinen eigenen Schild wegzuwerfen und Rhodry zu gleichen Bedingungen entgegenzutreten, hätte er vielleicht noch ein wenig von seiner Ehre retten können. Statt dessen griff er einfach an und schlug fest auf Rhodrys ungeschützter Seite zu. Rhodry sprang leichtfüßig zurück und war an Gwarrycs Flanke, während der zornige Lord noch versuchte, seine Vorwärtsbewegung aufzuhalten – aber es war bereits zu spät. Rhodry schlug ihm dreimal auf den Hintern, wie man einen widerspenstigen Pagen verdrischt. Als die Menge in Lachen ausbrach, warf Gwarryc Schild und Schwert zu Boden und stolzierte vom Kampfplatz. Die Menge teilte sich vor ihm, immer noch lachend, und ließ ihn durch. Obwohl sein eigener Kriegshaufen ihm folgte, liefen doch die meisten seiner ehemaligen Freunde auf den Kampfplatz, um dem Sieger zu gratulieren.

»Soviel zum Thema Treue«, sagte Sligyn zu Peredyr.

»Wahrhaftig. Aber dies war ein Tag, von dem wir noch unseren Enkeln erzählen werden.«

In der allgemeinen Verwirrung schlichen sich noch einige weitere Männer mit gesenktem Blick davon. Viele der neueren Verbündeten Gwarrycs versuchten, mit dem Gwerbret zu sprechen, einige in offenem Bedauern, die meisten aber mit falschem Lächeln, als hätten sie die ganze Zeit nur auf seine Rückkehr gehofft. Rhodry selbst begrüßte alle mit großer Höflichkeit, lächelte und nickte zustimmend, selbst wenn es überdeutlich war, daß man ihn anlog. Sligyn sah auch, daß Jill am Rand der Menge stand und Rhodry mit einem seltsam melancholischen Lächeln betrachtete. Er ging zu ihr hin.

»Er wird einen guten Herrn für Aberwyn abgeben«, sagte Sligyn. »Seht ihn Euch nur an, wie diplomatisch er ist! Guter Junge. Und wann wird die Hochzeit stattfinden?«

»Hochzeit?«

»Genau. Kommt schon, wir wissen doch alle, daß der Junge Euch heiraten wird. Wenn Blaern Euch kein Land und keinen Titel verleiht, wird es ein anderer tun.«

»Oh. Diese Hochzeit.« Sie wandte den Blick ab. »Ihr habt recht, was Blaern angeht. Ich besitze jetzt Land in Cwm Pecl – nichts als Wildnis, aber es wird genügen.«

»Dann seid Ihr also nun Lady Gilyan«, Sligyn versetzte ihr einen freundschaftlichen Schlag auf die Schulter. »Gut, gut. Wir werden ein schönes Fest haben, wenn der glückliche Tag erst da ist, wie?«

Jill lächelte, aber ihre Melancholie war beinahe greifbar, als stünde sie tiefer im Schatten als andere. Inzwischen löste sich die Menge um den Gwerbret auf. Die ehrlich Getreuen holten ihre Pferde, die Schmeichler schlichen davon. Nicht weit von Rhodry stand Cullyn, den Becher in der Hand, und unterhielt sich mit Blaern, und der Silberdolch, den Jill Gwin genannt hatte, stand direkt hinter Rhodry selbst. Drüben bei den Tischen beeilten sich verschreckte Diener, unter Talidds Aufsicht Speisen und Getränke wegzuräumen. Obwohl von Gwarryc und seinem Kriegshaufen nichts mehr zu sehen war, trieben sich noch einige seiner Anhänger herum – Sligyn nahm an, sie versuchten, einen guten Eindruck zu machen. Unter ihnen war auch der Bardekianer namens Alyan, der Bier trank und ein wenig betäubt dreinschaute, als könnte er noch nicht fassen, was aus der Sache seines Auftraggebers geworden war. Er trank seinen Krug schließlich aus und ging auf die geschäftig umhereilenden Diener zu, als wollte er sich noch einen letzten Krug holen, bevor sie die Fässer wegrollten. Als er die Gruppe um den neuen Gwerbret erreichte, hielt er inne, als wollte er zuhören, dann ließ er den Krug fallen.

Jill fluchte plötzlich und rannte auf die Gruppe von Männern zu. Im selben Augenblick schrie jemand auf. Starr vor Schreck sah Sligyn, wie sich Rhodry gerade noch rechtzeitig umdrehte, als Stahl aufblitzte. Alyan hatte einen Dolch gezogen, und er stach zu, als Rhodry den Arm hochriß, um sich zu schützen.

»Achtung!« Gwin sprang zwischen Attentäter und Lord.

Der Dolch fuhr in Gwins Schulter, und Blut floß, während Gwin seinen Gegner mit einer Hand am Haar packte und ihm die andere unter das Kinn drückte. Es krachte, ein ekelerregendes Geräusch, und Alyan sackte tot zu Boden. Sligyn war nicht sicher, wann er angefangen hatte, auf die Männer zuzurennen; plötzlich drängte er sich durch die Menge, und er war just in dem Augenblick an Rhodrys Seite, als der Gwerbret Gwin am Arm packte und stützte.

»Es ist keine schlimme Wunde, Euer Gnaden«, sagte Gwin.

»Trotzdem, holt lieber einen Wundarzt«, knurrte Sligyn. »Wo steckt dieser verfluchte Talidd? Kein sonderlich guter Gastgeber, wie?«

Und Sligyn war ehrlich überrascht, als alle zu lachen begannen.

Die Abendwache war längst angebrochen, als Rhodry und die Seinen Lord Edars Festung wieder erreichten. Nevyn blieb gerade noch lange genug in der großen Halle, um zu hören, daß man die Möchtegernrebellen angemessen beschämt hatte, dann bestand er darauf, daß Gwin mit in seine Kammer kam und sich die Wunde behandeln ließ. Jill kam ebenfalls mit – sie hatte bereits zuvor einen ungeschickten, aber wirkungsvollen Verband angelegt – und schnitt neue Bandagen, während Nevyn die Wunde auswusch und nähte. So schmerzlich die Prozedur sein mochte, Gwin verzog keine Miene. Nevyn schickte ihn wieder in die Halle zurück und wies ihn an, ein paar Becher Met zu trinken, dann half er Jill beim Aufräumen.

»Du siehst traurig aus, Kind. Ich hatte angenommen, du würdest heute abend vor Freude tanzen.«

»Nun, ich freue mich auch, um Rhodrys willen.«

»Nicht um deiner selbst willen? Komm schon, bald wirst du eine wunderschöne Hochzeit haben, und danach bist du die mächtigste Frau in ganz Eldidd.«

»Alle reden über diese verfluchte Hochzeit! Ist Euch klar, daß Rhodry mich noch nicht einmal gebeten hat, seine Frau zu werden? Er nimmt einfach an, daß ich es tun werde, ebenso wie alle anderen, und Ihr und Blaern seid die Schlimmsten. Ich will gar nicht die mächtigste Frau sein, ganz gleich wo, verflucht sollt Ihr sein!«

Einen Augenblick sah es so aus, als würde sie anfangen zu weinen, statt dessen blieb sie nur stehen und riß entsetzt über ihren Ausbruch den Mund auf. Nevyn selbst war so überrascht, daß es etwas dauerte, bis er reagierte.

»Ach ja? Was möchtest du denn?«

»Ich will den Dweomer studieren *und* Rhodry heiraten!«

»Es gibt keinen Grund, wieso du das nicht tun solltest.«

»Hört auf, mich wie ein Kind oder wie einen Idioten zu behandeln.«

»Es war mir nicht bewußt, daß ich das getan habe.«

»Dann sagt mir eines, und ganz ehrlich.« Ihre Stimme war wieder ruhig, beinahe kalt. »Wenn ich Rhodry heirate, werde ich den Dweomer meistern können? Ich rede nicht davon, mich hin und wieder damit zu beschäftigen und den einen oder anderen Trick zu lernen. Ich möchte ein Meister sein wie Ihr, und dem Königreich ebenso dienen. Vor ein paar Monaten wäre ich nie imstande gewesen, so etwas zu sagen – das wäre unverschämt gewesen –, aber nun weiß ich es besser. Das ist es, was ich will, aber wenn ich Rhodry heirate und seinen Haushalt führe und seine Kinder zur Welt bringe und aufziehe und die Göttin mag wissen was sonst noch, werde ich dann noch genug Zeit für den Dweomer haben?«

»Nein.« Er fügte nicht hinzu: »Jedenfalls nicht in diesem Leben.« Sie würde fragen müssen, bis er dieses Geheimnis verraten könnte.

»Das dachte ich mir. Aber kann ich ihn einfach verlassen? Er braucht mich!«

Einen Augenblick drehte sich das Zimmer um Nevyn. Er mußte bleich geworden sein, denn Jill rannte zu ihm und griff nach seinem Arm.

»Was ist denn? Ist es Euer Herz? Setzt Euch, schnell. Direkt hinter Euch steht eine Truhe.«

Seufzend setzte sich Nevyn und lehnte sich an die Wand.

»Mit meinem Herzen ist alles in Ordnung, danke. Du hast mich nur überrascht, das ist alles, und ich werde tatsächlich ein bißchen alt. Denkst du ernsthaft daran, Rhodry zu verlassen?«

»Ja. Ich nehme an, Ihr haltet mich für dumm. Die meisten Frauen würden das jedenfalls denken. Die meisten Männer würden mich für ein Miststück halten.«

»Ich bin nicht dieser Ansicht. Ich denke, es sollte deine eigene Entscheidung sein, und ausschließlich deine.«

»Das habe ich gewußt.« Sie lächelte, dann drehte sie sich um und begann, ruhelos auf und ab zu gehen. »Aber ich hätte nichts gegen einen guten Rat. Habe ich das Recht, ihn zu verlassen, und den Dweomer an die erste Stelle zu setzen?«

»Ich bin der ungeeignetste Mensch im ganzen Königreich,

um diese Frage zu beantworten. Ich habe einmal vor sehr langer Zeit vor derselben Entscheidung gestanden, und ich habe die falsche Wahl getroffen.«

»Ihr habt Euch dem Dweomer zugewandt statt der Frau, die Ihr liebtet?«

»Nicht unbedingt. Ich hätte beides haben können. Ich war nur so gierig nach Macht und so ungeduldig, daß ich die Frau als eine Last betrachtete – die sie überhaupt nicht gewesen wäre –, und daher habe ich sie verlassen, arrogant und dumm, wie ich war.«

»Aha. Aber ich kann nicht beides haben.«

»Das stimmt.«

»Hat sie Euch sehr gebraucht?«

»Ja. Sehr, einfach wegen der häßlichen Situation, in die sie hineingeboren wurde. Ohne mich hatte sie kein Leben.«

»Aber Rhodry ist Gwerbret, und er hat mehr Aussichten in seinem Leben als jeder andere Mann, vom Hochkönig einmal abgesehen. Ich sage immer wieder, daß er mich braucht, aber das stimmt nicht. Ihr Götter, jedes Mädchen im Königreich wird sich ihm zu Füßen werfen, und es gibt Hunderte, die besser geeignet sind, die Frau eines Mannes in seiner Stellung zu werden, als ich es bin. Wie kann ich mich seinem elenden Rhan widmen, wenn ich mir die ganze Zeit wünschte, weiterlernen zu können?«

»Das ist alles wahr und wunderbar logisch, aber kannst du es ertragen, ihn zu verlassen?«

Sie erstarrte, stand vollkommen reglos da, bis auf die Tränen, die ihr über die Wangen liefen.

»Nevyn, ich habe das Gefühl zu ertrinken. Es ist nicht einmal Rhodry selbst. Es ist seine Stellung und sein Rang und Aberwyn und alles. Es ist wie ein Fluß, und er wird mich einfach mitreißen, wenn ich das zulasse.« Ganz plötzlich warf sie den Kopf zurück und legte die Hand auf die Brust. »Ich habe wirklich manchmal das Gefühl, ich würde keine Luft mehr bekommen. Glaubt Ihr, ich verliere den Verstand?«

»Nein. Ich glaube, du siehst die Dinge ganz deutlich. Aber du hast meine Frage nicht beantwortet. Kannst du es ertragen, ihn zu verlassen?«

Wieder kamen ihr die Tränen, und sie starrte lange Zeit auf den Boden, bevor sie antwortete.

»Ja, ich muß es tun. Ich werde es noch heute abend tun.« Sie blickte auf. »Ich muß es jetzt tun, oder ich werde es niemals schaffen.«

»Ich werde hier sein und wachen.«

Sie setzte dazu an, etwas zu sagen, dann nickte sie nur und verließ das Zimmer. Lange Zeit starrte Nevyn die geschlossene Tür an, während seine Hände von einer Hoffnung zitterten, die er sich nie zugestanden hatte, nicht in all den vierhundert Jahren, seit er sein übereiltes Gelübde abgelegt hatte.

Lord Edars Haushofmeister hatte dem Gwerbret selbstverständlich das beste Schlafzimmer im Broch gegeben, einen großen Keil von einem Raum mit einem riesigen Bett mit bestickten Vorhängen und Decken. Als Jill hereinkam, brannten Kerzen in den silbernen Leuchtern, und Rhodry saß mitten auf dem Bett und las ein Pergament. Er warf es beiseite und grinste sie auf eine Art an, die ihr beinahe das Herz zerriß.

»Edars Treueschwur an Aberwyn. Ich sehe keinen Grund, die Bedingungen zu ändern, aber er wollte, daß ich mir das Dokument noch einmal ansehe, also habe ich es getan. Ach, meine Liebste, es tut gut, einen Augenblick mit dir allein sein zu können. Ich bin mir vorgekommen wie ein Hund an der Leine. Jedesmal, wenn ich versuchte, in eine bestimmte Richtung zu gehen, hat mich jemand zurückgerissen.«

Als sie schwieg und nur zögernd vor dem Bett stand, verschwand sein Lächeln.

»Stimmt etwas nicht, meine Liebste?«

»Ich kann dich nicht heiraten.« Die Art, wie sie damit herausplatzte, kam ihr selbst verächtlich vor. »Ich muß dich verlassen.«

»Ich habe nie einen Scherz gehört, der mir weniger behagt hätte.«

»Es ist kein Scherz, Rhodry. Ich will nicht gehen, aber ich muß. Um des Dweomers willen.«

»Wie bitte? Ich dachte, wir hätten darüber gesprochen. Als wir noch auf dem Schiff waren – erinnerst du dich?«

»Ja, aber ich habe nicht alles gesagt. Ich sage es dir nun. Ich muß lernen, und ich kann das nicht tun, wenn ich mit dir verheiratet bin. Ich verlasse dich. Morgen früh.«

»Sei still! Das wirst du nicht tun! Wenn du Zeit für deine Studien brauchst, wirst du diese Zeit bekommen. Ich – wir – werden irgendwie dafür sorgen. Ich weiß noch nicht wie, aber wir werden es schaffen.«

»Ich weiß, daß du das im besten Glauben sagst, aber es wird nicht möglich sein. Sei ehrlich. Du weißt, daß es nicht geht. Es wird immer etwas geben, das meine Aufmerksamkeit verlangt. Wenn ich mich nicht darum kümmere, werden alle Höflinge klatschen und dir sagen, wie faul deine Frau ist, und nach einer Weile wirst du das selbst glauben. Oder was, wenn alle anfangen zu flüstern, daß ich eine Hexe sei? Ich habe darüber nachgedacht, Rhodry. Was, wenn du einem Lord etwas verweigerst, das er für sein Recht hält, und der dann behauptet, ich hätte dich verhext?«

»Darum geht es nicht.«

»Worum sonst?«

»Ich will nicht, daß du gehst. Jill, wie kannst du mir das nur antun? Ihr Götter, du hast dein Leben aufs Spiel gesetzt, um mir zu folgen, und jetzt, wo wir endlich in Sicherheit sind und ich dir alles geben kann, was du willst, willst du mich verlassen?«

»Ich will dich nicht verlassen. Ich muß.«

»Um mit Nevyn modrige alte Bücher zu studieren? Was willst du tun; im Königreich umherziehen und den Bauern Abszesse aufstechen?«

»Wenn es sein muß. Es ist keine üble Berufung, Menschen zu heilen.«

»Du bist verrückt!«

»Du kannst nicht verstehen, was der Dweomer mir …«

»Selbstverständlich kann ich das nicht.« Er hatte die Stimme erhoben. »Es gibt auch nichts zu verstehen, außer dieser verrückten Idee in deinem Kopf, und daß du keiner Vernunft zugänglich bist.«

»Rhodry, es kränkt mich, dir so weh tun zu müssen.«

Er wollte etwas sagen, dann hielt er inne. Er stand auf und packte sie bei den Schultern. Seine Hände waren so warm und liebevoll, daß sie am liebsten geweint hätte.

»Bitte, Jill, geh nicht. Ich brauche dich so sehr.«

»Du brauchst mich nicht. Du begehrst mich nur.«

»Genügt das denn nicht? Ich liebe dich mehr als mein eigenes Leben, und wenn das nicht genügt …«

»Ich liebe dich auch, aber der Dweomer …«

»Er soll verflucht sein! Ich gebe keinen Schweinefurz für den Dweomer! Ich will nur dich!«

»Und ich will dich, aber ich kann nicht dich *und* den Dweomer …«

»Ich bin also nur das Zweitbeste, wie?«

»Das wollte ich damit nicht sagen! Bei den Höllen, du bist so störrisch wie ein Maulesel und doppelt so boshaft! Warum hörst du mir nicht zu?«

»Warum sagst du nichts Vernünftiges?«

Später sollte es Jill so vorkommen, als hätten sie sich eine halbe Ewigkeit gestritten. Selbst zu diesem Zeitpunkt bemerkte sie, daß sie nur weiterstritt, um den Schmerz aufzuhalten, daß sie verzweifelt versuchte, einen Grund zu finden, um ihn zu hassen oder zumindest zu verachten, aber die Erkenntnis allein genügte nicht, um sie aufzuhalten. Rhodry, so nahm sie an, war ehrlich wütend auf sie; sie mußte das zumindest glauben. Sie bewegten sich immer wieder im Kreis, benutzten sogar dieselben Worte, bis sie sich fragte, was sie überhaupt von ihm wollte, warum sie diese Qual nur noch verlängerte, statt einfach zu gehen. Endlich wurde ihr klar, daß sie einfach nur wollte, daß er sagte, er verstünde sie, und genau das würde sie niemals zu hören bekommen.

»Du liebst mich nicht mehr, nicht wahr?« Inzwischen war seine Stimme heiser.

»Hör auf damit! Ich habe niemals jemanden so geliebt wie dich.«

»Wie kannst du mich dann verlassen wollen?«

»Weil der Dweomer …«

»Siehst du! Er bedeutet dir mehr als ich!«

»Nicht mehr als du. Aber mehr als die Liebe selbst.«

»Das ist lächerlich. Keine Frau kann so empfinden. Wer ist es? Es kann nicht Nevyn sein, und Salamander ist noch in Bardek, und …«

»Rhodry, halt den Mund! Es gibt keinen anderen Mann. Du versuchst nur, deinen gekränkten Stolz zu retten.«

»Mögen die Götter dich verfluchen! Wieso sollte ich versuchen, auch nur einen Rest Stolz zu finden, an den ich mich klammern kann? Ich bin derjenige, der dem ganzen Rhan verkünden darf, daß ich für die Tochter eines Silberdolchs nicht gut genug bin.«

Plötzlich sah sie einen Ausweg. Es war eine Lüge, selbstverständlich, eine vollkommene Lüge, aber in diesem Augenblick war sie verzweifelt genug, die Fesseln von Haß und Verachtung brechen zu wollen, die sie umgaben.

»Nun, ich habe meinen eigenen Stolz, und wie glaubst du,

könnte ich weiterleben, nachdem du mich eines Tages verstoßen würdest?«

»Jill! Niemals würde ich so etwas tun! Hast du denn nicht ein Wort von dem verstanden, was ich gesagt habe?«

»Es gibt etwas, das du nicht weißt.« Sie wandte sich ab, verlegen, daß sie so tief gesunken war.

»Was ist denn?« In seiner Stimme klang aufgeregte Sorge mit. »Was ist denn los?«

»Ich bin unfruchtbar, du Dummkopf. Konntest du dir das nicht selbst ausrechnen? Nach all diesen Jahren hast du mich nie geschwängert, und du bist immerhin der Vater der kleinen Rhodda. Es ist nicht deine Schuld.«

Er schwieg so lange, daß sie sich schließlich zwang, ihn anzusehen. Zum ersten Mal an diesem elenden Abend weinte er. Sie spürte die Lüge wie etwas Verfaultes in ihrem Mund, aber sie zwang sich weiterzureden.

»Du mußt an Aberwyn denken, Rhodry. Was wird in zwanzig Jahren aus dem Rhan werden, wenn es immer noch keinen Erben gibt? Das kann ich Aberwyn und den Menschen im Land nicht antun, nicht einmal für den Mann, den ich liebe, und ich liebe dich mit ganzem Herzen und ganzer Seele.«

»Du könntest immer noch …« Er hielt inne, zögerte, dann wischte er sich die Tränen ab, bevor er fortfuhr. »Verzeih mir. Ich wollte sagen, daß du immer noch meine Mätresse sein könntest, aber das geht nicht. Nach allem, was wir zusammen durchgemacht haben, nach den Schlachten, die wir geschlagen haben – so könntest du nicht leben.«

»Ich danke der Göttin, daß du das verstehst! Ich weigere mich einfach, vor deiner Frau zu kriechen und sie jedesmal strahlen zu sehen, wenn sie ein Kind bekommen hat.«

»Meine Liebste.« Er konnte kaum sprechen. »Selbstverständlich könntest du das nicht. Und bei jedem Gott im Himmel, es tut mir leid, daß ich dich so weit getrieben habe. Ihr Götter, verzeiht mir, wenn ich das bittere Wyrd verfluche, das Ihr mir gegeben habt!«

»Du verstehst also, wieso ich gehe?«

»Ja.«

Er nahm sie in die Arme und zog sie an sich. Sie schluchzten beide, aber Jill weinte, weil sie sich dafür haßte, daß sie ihn angelogen hatte. Es ist der Trick eines Silberdolches, sagte sie sich, und das ist es, was du tief drinnen bist, Jill, nur ein Silberdolch.

»Ich werde niemals eine andere lieben«, sagte Rhodry. »Das verspreche ich dir.«

»Binde dich nicht auf diese Art! Das würde ich nicht wollen. Aber du kannst mir eins versprechen: Liebe niemals eine andere, so wie du mich geliebt hast, und ich verspreche dir, niemals einen anderen Mann auf dieselbe Weise zu lieben.«

»Also gut.«

Als er sie küssen wollte, wandte sie sich ab.

»Bitte küß mich nicht, Liebster. Es macht alles nur noch schlimmer.«

Bevor er antworten konnte, floh sie, lief ebenso vor ihrer Lüge davon wie vor ihm. Sie riß die Tür auf und rannte in den Korridor, wo sie mit Gwin zusammenstieß. Sie packte ihn am Kragen und drückte ihn gegen die Wand.

»Hast du uns nachspioniert?«

»Ich habe kein Wort verstanden. Ich hörte nur, daß der Gwerbret laut wurde, und immerhin bin ich jetzt sein Leibwächter!«

Als Jill ihn gehen ließ, wurde ihr klar, daß es reines Glück war, daß sich die Wunde an Gwins Schulter nicht wieder geöffnet hatte. Sie holte tief Luft, um sich zu beruhigen.

»Ich bitte um Verzeihung. Du solltest lieber hineingehen. Er braucht jemanden, mit dem er reden kann.« Sie ging ein Stück den Flur entlang, dann zögerte sie. »Gwin? Paß gut auf ihn auf, ja? Er wird dich in den nächsten Wochen dringend brauchen.«

Dann eilte sie weiter, und Gwin starrte ihr verwirrt hinterher. Sie floh in Nevyns Zimmer. Der alte Mann stand am offenen Fenster, und erschrocken bemerkte Jill, daß der Himmel im Osten bereits heller wurde.

»Nevyn, ich muß hier weg. Können wir nicht einfach packen und verschwinden?«

»Ja. Meine arme Jill, ich ...«

»Habt kein Mitleid mit mir. Ich könnte es nicht ertragen, und ich verdiene es auch nicht. Ich habe ihn angelogen, Nevyn. Ich habe ihm gesagt, ich wäre unfruchtbar und könnte ihn deshalb nicht heiraten.«

»Und was ist daran so falsch? Zweifellos brauchte er einen Grund, und einen, den er verstehen und an den er sich klammern konnte.«

»Aber eine Lüge ist ein schlechtes Fundament für ein neues Leben.«

»Sicher, aber es gibt Lügen, und es gibt Bandagen für die Seele.«

Als Jill und Nevyn ihre Pferde sattelten, war die Sonne bereits aufgegangen, und Cullyn kam aus der Mannschaftsunterkunft. Er warf einen Blick auf das Packmaultier, dann nickte er.

»Du heiratest Rhodry nicht.« Das war keine Frage.

»Nein, Vater. Ich kann nicht. Es liegt am Dweomer.«

»Ah.«

Er sah sich im Hof um, starrte auf die Pflastersteine, dann wieder zu den Ställen.

»Ich komme ein Stück mit. Ich hole nur schnell mein Pferd.«

Als er davonging, wurde Jill klar, daß sie auch ihn unwiderruflich zurückließ. Einen winzigen Augenblick geriet ihr

Entschluß ins Wanken; dann bemerkte sie, daß Nevyn sie ansah.

»Du hattest recht«, sagte er. »Je eher wir losreiten, desto besser.«

Von Belglaedd aus nahmen sie die Straße nach Osten ins eigentliche Deverry. Als Cullyn nach einiger Zeit sein Pferd zügelte und ankündigte, er müsse nun zurückkehren, ritt Nevyn ein Stück weiter, um den beiden Gelegenheit zu einem vertraulichen Wort zu geben. Cullyn führte Jill auf einem Feldweg unter ein paar Apfelbäume, deren Zweige so schwer mit weißen Blüten beladen waren, daß es aussah, als säßen die beiden Reiter inmitten von Wolken.

»Meine Liebe, du hast einen seltsamen Weg gewählt.«

»Er hat mich gewählt, Vater, und das schon vor langer Zeit.«

Cullyn nickte zustimmend, aber sein Blick war abwesend, als dächte er über etwas nach. Durch die duftenden Blüten drangen einzelne Sonnenstrahlen.

»Ein besserer Weg als der meine«, sagte er schließlich, und er stellte sich in den Steigbügeln auf, um einen Zweig mit Blüten abzubrechen. »Möchtest du welche?«

Er zerbrach den Zweig in zwei Teile, reichte ihr einen und steckte sich den anderen hinters Ohr. Er lachte über ihre überraschte Miene.

»Ein Krieger ist wie diese Blüten, Jill. Wie sie haben wir unsere beste Zeit im Frühling, und der ist verdammt schnell vorüber. Ich hatte Glück, noch einen Sommer zu sehen, aber vielen von uns ist das nicht beschieden. Denk daran, wenn du dich an mich erinnerst.«

»Das werde ich tun, Vater. Ich verspreche es.«

Er sah zu, wie sie sich die zweite Hälfte des Zweigs hinters Ohr steckte, dann wendete er das Pferd und ritt ohne ein weiteres Wort davon. Jill hatte Tränen in den Augen, aber sie wischte sie weg und dachte daran, wie seltsam es war, daß er bei ihrem Abschied Blüten im Haar hatte.

Der Tag, an dem Rhodry schließlich nach Aberwyn kam, schien von den Göttern als perfekter Hintergrund dafür geschaffen zu sein: Die Sonne strahlte, ein sanfter Frühlingswind ließ die Banner flattern und die Pferdemähnen wehen. Überall am Straßenrand standen das Gras und der Frühlingsweizen hoch und grün; die Bäume schimmerten im neuen Laubkleid. Bauern und Herren kamen aus ihren Häusern, als die Prozession vorüberzog, und alle jubelten ihrem neuen Regenten zu. Als sie die Stadttore erreichten, wurden sie auch dort von Menschen bedrängt, die sie feierten. Auf dem Weg durch die gewundenen Straßen der Stadt warfen Frauen ihnen Blumen zu, und Kinder rannten hinter den Reitern her.

»Sieht aus, als wären alle froh, Euch zu sehen, Euer Gnaden«, meinte Cullyn.

»Zweifellos.« Rhodry grinste ihn an. »Es bedeutet einfach, daß es keinen Krieg geben wird. Sie würden sogar den Höllenfürsten willkommen heißen, wenn er einen eindeutigen Anspruch aufs Rhan hätte.«

Aus Cullyns Seufzen und dem ironischen Lächeln schloß er, daß der Hauptmann derselben Meinung war.

Lady Lovyan stand an den Festungstoren, im Karo von Aberwyn, wie es ihrer Rolle als Regentin anstand, aber ihre Schärpe hatte das Braun und Rot des Clw Coc, um daran zu erinnern, daß sie auch Tieryn war. Sie trug auch das Zeremonienschwert der Gwerbrets über die Schulter gehängt, weil sie nicht groß genug war, um es an einem Gürtel um die Taille tragen zu können. Als Rhodry abstieg, ging sie ihm entgegen. Der goldene Schwertgriff blitzte, und die Edelsteine reflektierten das Sonnenlicht so, daß es auf Lovyans Gesicht fiel.

»Bin ich hier willkommen, Regentin?« fragte Rhodry.

»Immer, Herr, zu allem, was Euch rechtmäßig zusteht.« Mit einer Geste, die einige Übung verriet, zog Lovyan das Schwert und reichte es ihm mit dem Griff voran. »Ich freue mich, daß du wieder zu Hause bist.«

Die Menge jubelte, als Rhodry das Schwert ergriff und es über den Kopf hielt. Cullyn trat vor und zog Rhodrys eigenes Schwert aus der Scheide, damit er das goldene einstecken konnte, dann ging er hinter ihm und Lovyan durchs Tor. Am Weg standen Diener und Reiter, alle jubelnd und winkend, und auf beiden Seiten der Tore flatterten die Drachenbanner im Wind, als wollten auch sie den Erben grüßen. Direkt hinter dem Tor stand eine schöne dunkelhaarige Frau, die ihre Hände auf die Schultern eines hübschen kleinen Mädchens gelegt hatte.

»Meine Frau, Euer Gnaden«, stellte Cullyn vor. »Und Eure Tochter.«

Rhodry wußte, daß die Menge eine große Geste erwartete; eine einfache Anerkennung seiner Vaterschaft hätte nicht genügt. Er kniete sich vor das Kind, das ihn aus riesigen violetten Augen mit der Herablassung einer großen Dame anstarrte. Um sie herum drängten sich Gnome und Feen, und in der Luft hingen ein paar Sylphen. Sie erweckte einen solchen Eindruck von Wildheit, daß es ihm so vorkam, als hätte er einen Wald betreten.

»Weißt du, wer ich bin?« fragte Rhodry.

»Mein Vater.«

»Stimmt.« Ihr Götter, dachte er, was habe ich da gezeugt? Sie ist mehr Elf als ich! »Möchtest du bei mir am Ehrentisch sitzen?«

»Ja.«

Als er die Arme ausstreckte, ließ sie sich hochheben, und die Gnome tanzten um seine Füße, als er sie in die große Halle trug.

Wegen all des Pomps hatte Lovyan den ganzen Tag keine Gelegenheit für ein vertrauliches Wort mit Rhodry. Zunächst mußten alle Vasallen den Maelwaedd begrüßen und ihre Treueide schwören, und schließlich gab es ein gewaltiges Festessen, das bis lange nach Mitternacht dauerte. Lovyan war erheblich früher zu Bett gegangen und erwartete am nächsten Morgen, die große Halle leer vorzufinden, aber Rhodry saß am Ehrentisch, einen Krug Bier vor sich, und starrte in das Torffeuer.

»Euer Gnaden sind früh auf«, meinte Lovyan.

»Ich habe nie viel Schlaf gebraucht.« Er stand auf und verbeugte sich halb. »Setz dich, Mutter. Ich habe dir für vieles zu danken.«

Ein Diener erschien und brachte Lovyan die übliche Schale warmer Milch mit Honig und einen Korb frisches Brot mit Butter. Rhodry griff nach einem Stück Brot und knabberte daran, während sie über die Angelegenheiten des Rhans sprachen, die Frühjahrssteuern und die einander befehdenden Lords, die vielleicht Rhodrys Urteil brauchten. Lovyan war überrascht, wie ernsthaft er zuhörte. Oft bat er sie um weitere Einzelheiten oder ließ sich Leute nennen, die ihm mehr Informationen geben könnten. Schließlich grinste er sie an.

»Ich kann dich praktisch denken hören: Ihr Götter, wie sehr er sich verändert hat.«

»Das hast du auch! Ich habe dich drei Jahre nicht gesehen.«

»Erinnerst du dich, Mutter, als du mir gesagt hast, daß ich nie zum Herrschen erzogen wurde? Du hattest recht, das weiß ich jetzt. Ich habe viel Arbeit vor mir, aber ich verspreche dir, ich werde mich darum kümmern.«

»Ich freue mich, das zu hören. Immerhin kannst du lesen und schreiben. Darauf habe ich bestanden, obwohl dein Vater es bei einem jüngeren Sohn für Zeitverschwendung hielt.«

»Zweifellos.« Einen Augenblick schien Rhodry abgelenkt;

dann lächelte er. »Im Augenblick gibt es nur eine weitere dringende Angelegenheit zu besprechen: Ich muß heiraten, und zwar bald.«

»Genau.« Sie zögerte. »Ich möchte dich nicht traurig machen, aber was ist aus Jill geworden?«

»Sie hat mich verlassen. Das ist doch wohl offensichtlich.«

»Ja. Du mußt mir nicht sagen, warum, wenn du nicht willst.«

»Ach, in ein oder zwei Jahren werde ich es dir sagen. Wenn die Wunde nicht mehr blutet.«

Als er aufstand und zur Feuerstelle ging, folgte sie ihm. Sie hatte nicht vor, das Thema wieder anzusprechen, aber er tat es von sich aus.

»Ich werde außerhalb des Rhans heiraten.«

»Das wäre das beste. Als ich hörte, daß du in Sicherheit bist, habe ich Verhandlungen mit dem Tieryn von Elrydd begonnen. Seine älteste Tochter ist ebenso hübsch wie klug.«

»Schade, denn du wirst die Verhandlungen abbrechen müssen. Ich habe Blaern losgeschickt, für mich um die Schwester von Ygwimyr von Auddglyn zu werben. Ich glaube, sie heißt Aedda. Ich gebe keinen Schweinefurz dafür, wie sie aussieht. Ich will eine Allianz.«

»Wie bitte, Rhodry? Ich habe dieses Mädchen bei Hof kennengelernt, und sie ist die schlechteste Wahl, die du treffen könntest! Sie ist ein hübsches kleines Ding mit guten Manieren, aber sie hat kein Hirn und ist so ängstlich wie ein Mäuschen.«

»Zu schade.«

»Rhodry!«

Inzwischen erwachte die große Halle zum Leben, und schläfrige Lords und Reiter kamen zum Frühstück herein. Schweigend gingen Rhodry und Lovyan in Lovyans Empfangszimmer, einen großzügigen Raum, dessen Fenster offen standen, um die Sonne hereinzulassen.

»Wenn du mir nur einen Boten geschickt hättest, hätte ich bereits etwas in die Wege leiten können«, sagte Lovyan zögernd. »Aber nun ist meine Situation sehr unangenehm.«

»Hättest du gewartet, bis ich hier war, wäre diese Verlegenheit nie entstanden. Es tut mir leid, Mutter, aber du wirst es dem Tieryn von Elrydd irgendwie erklären müssen. Komm schon, du wirst es schon schaffen. Du genießt doch all diese Intrigen und Verhandlungen.«

Lovyan unterdrückte den Impuls, ihm eine Ohrfeige zu geben, wie sie es früher getan hätte. Wieder hatte sie das Gefühl, einem Fremden gegenüberzustehen.

»Ich kann nicht glauben, daß Blaern bei all seinem guten Willen der Richtige ist, eine Eheschließung in die Wege zu leiten.«

»Da bin ich anderer Meinung. Es ist ohnehin zu spät. Inzwischen wird der Kurier schon bei Ygwimyr sein und ihm den Brief übergeben haben, in dem ich um die Hand seiner Schwester bitte.«

»Rhodry, du bist diesem Mädchen nie begegnet. Ich schon.«

Er zuckte die Achseln und drehte sich zum Fenster um.

»Warum bist du so interessiert an einer Allianz mit Auddglyn? Ich verstehe das einfach nicht.«

»Verzeih mir, Mutter. Es gibt da etwas, das du nicht weißt.« Er wandte sich ihr wieder zu, mit diesem nicht ganz menschlichen, strahlenden Lächeln. »An der Küste von Auddglyn gibt es eine Stadt namens Slaith. Hast du je davon gehört? Selbstverständlich nicht – so geht es den meisten. Es ist ein Piratenhafen, und Ygwimyr weiß seit Jahren davon und unternimmt nichts dagegen. Warum? Weil er keine Flotte hat. Wenn er seine Schwester an mich verheiratet, werde ich ihm meine zur Verfügung stellen, weil ich als Ausgleich dafür das Recht erhalte, in sein Rhan zu segeln und dieses stinkende Höllenloch dem Erdboden gleichzumachen.«

Obwohl er immer noch lächelte, war sein Blick erschrekkend, nicht weil sich darin die blinde Berserkerwut gezeigt hätte, die sie schon so oft gesehen hatte, sondern wegen des eisigen Hasses, der sehr bewußt und mörderisch war. Unwillkürlich trat sie ein paar Schritte zurück.

»Nach allem, was ich weiß, wird Aedda eine brauchbare Frau abgeben«, fuhr Rhodry fort. »Da ich die einzige Frau, die ich wirklich haben will, nicht bekommen kann, wird jede andere genügen – solange sie mit Gwerbret Ygwimyr verwandt ist.«

»Ich verstehe.« Sie hätte gerne mehr gesagt, aber nichts fiel ihr ein, und zum ersten Mal in ihrem Leben hatte sie wirklich das Gefühl, alt zu werden. »Dann kann ich wohl nichts dagegen tun.«

»Nein.« Wieder lächelte er, diesmal normaler, und senkte seine Stimme. »Verzeih mir, Mutter. Wir werden den enttäuschten Tieryn mit einem Batzen Gold beschwichtigen, und in ein oder zwei Jahren ist alles vergessen. Wenn seine Tochter wirklich so schön ist, wird sie einen besseren Mann als mich finden.«

»Das ist sicher wahr.«

Sein Lächeln verschwand, als er den Stahl in ihrer Stimme hörte.

»Da Euer Gnaden die Zügel so gut in der Hand haben, werde ich bald nach Dun Gwerbyn zurückkehren, wenn Seine Gnaden vorhaben, mir dieses Rhan zu überlassen.«

»Bei allen Göttern! Was glaubst du, was ich vorhabe – dir dein rechtmäßiges Erbe zu stehlen?«

»Das ist keine Kleinigkeit, Rhodry. Du weigerst dich, das zu verstehen. Einem Mann wie dir kann eine falsche Ehe das ganze Leben vergiften – und die Herrschaft. Du brauchst eine Partnerin, keine Maus. Warum kannst du keine normale Allianz mit Ygwimyr abschließen …«

»Weil er ein neidischer, mißtrauischer Bastard ist, und ich

habe nicht die geringste Hoffnung, daß er mich in sein Land läßt, wenn ich nicht mit ihm verwandt bin. Mutter, ich lehne es ab, weiter darüber zu streiten.«

»Dann hör dir noch ein letztes Argument an. Wenn ich Aedda richtig beurteile, wird sie dich bald hassen, und dann solltest du lieber aufpassen, wer ihre jüngeren Söhne zeugt.«

Er starrte sie lange Zeit nur an, den Mund zu dem seltsamsten Lächeln verzogen, das sie je gesehen hatte: verblüffter, lachender Unglaube. Dann warf er den Kopf zurück und lachte laut, eine so elfische Geste, daß ihr Herz beinahe erstarrte, als sie erkannte, was das zu bedeuten hatte.

»Ohne Zweifel«, sagte Rhodry, »vertraue ich in dieser Angelegenheit mehr auf dein Wort als auf tausend priesterliche Eide.«

Die Zeit zum Streiten war vorüber.

»Dann kennst du also die Wahrheit?« sagte sie und zwang sich, ruhig zu bleiben.

»Ja. Nicht, daß ich es dir übelnehmen würde.«

»Danke.« Langsam und so beiläufig sie konnte, zog sie sich einen Stuhl heran und setzte sich. »Ich habe es dir nie gesagt, weil ich befürchtete, du würdest abdanken. Du hast so viel Ehrgefühl, Rhodry, und irgendwie wußte ich immer, daß das Rhan dich eines Tages brauchen würde.«

»Ja, und du hattest recht, nicht wahr?« Plötzlich seufzte er und fuhr sich mit beiden Händen durchs Haar. »Aber das liegt alles hinter uns, Mutter. Aberwyn gehört mir, und ich will verflucht sein, wenn ich es wieder hergebe.«

Endlich konnte auch sie lächeln, weil sie nun überzeugt war, daß sie ihn schließlich doch richtig erzogen hatte.

»Wann, glaubst du, wird Aedda hier eintreffen? Soll ich die Hochzeitsfeier planen?«

»Tausend Dank, Mutter. Nichts wäre mir lieber.«

EPILOG
BARDEK UND DEVERRY
SOMMER 1064

Gwenyn yng ngogawr, gwan gwar adar;
dydd diwlith;
Casulwyn cefn bryn, coch gwawr.

Bienen im Klee, Vögel im Geäst;
Ein tauloser Tag. Dämmerung:
Eine rote Rose auf einem weißblühenden Hügel.

Llywarch der Ahnherr

1

Seit einigen Wochen konnte Alaena nun schon schlecht schlafen. Jeden Morgen erwachte sie vor Sonnenaufgang, zog ein Leinenhemd über und ging nach draußen in den nächtlichen Garten, der nach Jasmin und Geißblatt duftete, um dort zwischen den Statuen der Ahnen ihres verstorbenen Mannes ruhelos auf und ab zu gehen, bis der dunkle Himmel langsam grau wurde. Manchmal setzte sie sich auf den Rand des Marmorbrunnens und zog die Hand durchs Wasser wie ein Kind, und dann fragte sie sich, ob sie wohl je erfahren würde, was aus ihrem Barbaren geworden war. Nun, da sie ihn nicht mehr täglich vor Augen hatte, war sie einfach nur froh, daß sie nicht von ihm schwanger geworden war oder ihn überredet hatte zu bleiben. Einen Freigelassenen zu heiraten, wäre der Fehler meines Lebens gewesen, dachte sie dann, aber ich hoffe, er ist in Sicherheit und es geht ihm gut. Sobald die Sonne aufging, eilte sie zurück ins Haus und holte die Kacheln heraus, um in die Zukunft zu sehen. Obwohl ihre Lesungen immer vage blieben, dachte sie stundenlang darüber nach und hoffte verzweifelt, etwas erkennen zu können – selbst ein erträgliches Unglück –, das sie aus ihrer Langeweile reißen würde. Aber sie fand niemals mehr als die üblichen Liebesaffären und Neuigkeiten aus weiter Ferne.

Aber dann sollten diese Voraussagen sich für sie in spektakulärer Weise erfüllen – jedenfalls fand sie selbst es reichlich spektakulär. An einem besonders heißen Nachmittag lag sie auf ihren Kissen und betrachtete ein Kachelmuster, als Porto hereinkam.

»Herrin? Hier ist ein Deverrianer, der Euch sprechen möchte – Evan der Pferdehändler nennt er sich. Er sagt, er habe Neuigkeiten, die Euch interessieren könnten.«

»Ja? Ist er ein alter Freund meines Mannes oder sonst jemand, den ich kennen sollte?«

»Nein. Ich habe ihn noch nie zuvor gesehen.«

»Also gut. Laß ihn herein, und Disna soll Wein bringen.«

Ihr Besucher trug eine dieser grauen deverrianischen Hosen und ein besticktes Hemd statt eines rotgoldenen Gewands; all seine Ringe und der andere Schmuck waren verschwunden, und er hatte sich das helle Haar kurz geschnitten und ordentlich gekämmt, aber Alaena erkannte ihn sofort.

»Pferdehändler, wie? Oder habt Ihr Euch selbst verzaubert?«

»Ist Euch klar, daß Ihr die einzige in dieser Stadt seid, die mich erkannt hat?« Ungebeten betrat er das Podest und ließ sich neben ihr auf einem lila Kissen nieder. »Alle anderen erinnern sich nur an meine Kunst, nicht an mein Gesicht, was, wie ich zugeben muß, mir nur zum Vorteil gereicht. Auf dieser Reise ist es mir lieber, als schlauer Händler und nicht als aufgeblasener Narr bekannt zu sein.«

»Ich habe Euch nie für einen Narren gehalten.«

»Nun, dann muß meine Verkleidung weniger undurchdringlich gewesen sein, als ich dachte.«

Disna kam mit dem Wein herein und stellte das Tablett auf dem Tisch ab. Sie betrachtete den angeblichen Evan mit vollkommen normaler Neugier – offensichtlich erkannte auch sie den Zauberer nicht.

»Ich werde selbst einschenken, Disna. Du kannst gehen.«

Aber Evan griff bereits nach dem Krug und füllte die Kelche. Als er mit einem trägen Lächeln aufblickte, spürte sie eine gewisse Erregung, einfach, weil sein Mund sie so sehr an den seines Bruders erinnerte.

»Geht es Rhodry gut?«

»Sehr. Ist Euch klar, wer er war? Der Gwerbret von Aberwyn. Er wurde von politischen Feinden entführt und in die Sklaverei verkauft, damit er sein Erbe nicht antreten konnte.«

»Nein!«

»Allerdings, o Krone der Schönheit. Ihr habt also noch weniger Grund, über Eure kleine Affäre beschämt zu sein. Hier mag er Euer Sklave gewesen sein, aber zu Hause ist er Euch zweifellos gleichgestellt.«

»Was seinen Rang angeht? Sicher.« Sie trank einen Schluck Wein. »Was für eine phantastische Geschichte! Und ich dachte immer, daß in meinem Leben nichts Interessantes geschieht.«

»Ich tue das einer so reizenden Person ungern an, aber in diesem Fall muß ich Euch tatsächlich widersprechen. Es war nicht nur ausgesprochen interessant, sondern es kann in der Zukunft sogar noch faszinierender werden.«

»Ach ja?« Ihr träges Lächeln stand dem seinen in nichts nach. »Wird Euer Bruder jemals wieder hierher kommen?«

»Das bezweifle ich. Ich nehme an, er ist inzwischen verheiratet – mit Jill, dem Mädchen, das sich als meine Sklavin ausgegeben hat.«

»Sie hat nur so getan?«

»Ja. Sie war schon lange mit Rhodry verlobt.«

»Faszinierend! Es ist sehr freundlich von Euch, daß Ihr hergekommen seid und mir gesagt habt, daß Rhodry in Sicherheit ist.« Sie trank noch einen Schluck. »Seid Ihr geschäftlich in dieser Gegend?«

»Nein, ich kam nur her, um Euch zu sehen.«

»Das ist sehr freundlich von Euch.«

»Freundlich? Vielleicht, aber mehr mir selbst gegenüber. Ich wäre wahrhaftig grausam zu mir, wenn ich mir das Vergnügen verweigern würde, Euch wiederzusehen. Den ganzen Winter lang habe ich an die reizende Alaena und an dieses Zimmer gedacht, das von Eurer Gegenwart erfüllt ist wie von einem seltenen Parfum.«

Wieder lächelte sie, aber zarter diesmal, während er seinen Wein trank und sie einfach beobachtete. Er hat denselben Rang wie der Bruder eines Archon, dachte sie bei sich – ein sehr wichtiger Mann. Und was, wenn er wirklich ein Zauberer wäre? Sie erinnerte sich, wie verängstigt sie bei seinem Auftritt gewesen war, und wie sie diese Angst erregt hatte.

»Werdet Ihr heute abend mit mir essen, Evan? Ich habe noch nie mit einem Zauberer gegessen.«

»Ich werde mich geehrt fühlen. Ich habe noch nie mit einer so schönen Frau zu Abend gegessen.«

Als er seinen Weinkelch hob, stieß sie mit ihm an, und einen Augenblick berührten sich ihre Finger.

2

Nachdem er sich dem Gwerbret und seinen Männern in Abernaudd entzogen hatte, hielt sich Perryn nach Norden, immer auf Landstraßen und im Ödland. Zunächst war es schwierig. Er hatte seine Ausrüstung nicht dabei, keine Axt, keinen Kessel, keine Angelschnüre und Karnickelschlingen. Seine jämmerliche Barschaft schmolz rascher und rascher, als er auf Bauernhöfen Lebensmittel kaufte. Da er nicht einmal einen Feuerstein hatte, schlief er im Kalten, unter Hecken oder mit Blättern bedeckt in kleinen Gehölzen. Nevyns Anmerkungen über Diebstahl noch im Kopf, widerstand er auch den geringsten Versuchungen, die sein Wyrd ihm in den Weg schob: entlaufene Hühner; Fleischpasteten, die zum Abkühlen auf Fensterbrettern standen; Äxte, die man achtlos auf einem Holzstapel zurückgelassen hatte. Endlich wurde dieses Wohlverhalten belohnt, als er nach Elrydd kam und auf eine Karawane nach Pyrdon stieß, die einen Mann brauchte, der gut mit Pferden umgehen konnte. Von diesem Zeitpunkt an war er immer satt und hatte es erheblich wärmer.

Auf dem Weg nach Norden versuchte Perryn, jeden Gedanken an seine Zukunft zu vermeiden, aber nachdem sie Eldidd hinter sich gelassen hatten und auf Loc Drw zuritten, war das unmöglich. Ihm wurde klar, daß ihm nichts weiter übrigblieb, als zu Vetter Nedd und Onkel Benoic zurückzukehren. Zunächst würden sie wütend sein, aber sie würden ihn aufnehmen. Natürlich würde er monate- wenn nicht jahrelang Opfer absurder Familienwitze und demütigender Anspielungen sein und jedem als Beispiel von Dummheit und Ehrlosigkeit vorgehalten werden – aber das war nichts Neues. Damit konnte er leben, wie er es zuvor getan hatte.

In Dun Drwloc löste sich die Karawane auf, und der Meister zahlte mehr als das, was er Perryn zugesagt hatte, Kupfer im Wert von vier Silbermünzen, was in dieser ärmlichen Gegend genügte, sich eine Ausrüstung für den langen Ritt nach Cergonney zuzulegen. Ein Gespräch mit einem Mitglied der örtlichen Kaufmannsgilde, die über eine Landkarte verfügte, zeigte Perryn, daß er sich nach Nordosten durch die Provinz Arcodd wenden mußte und dann nach dreihundertfünfzig

Meilen Ritt Pren Cludan, die Stadt seines Onkels, erreichen konnte. Die Kaufleute schlugen einen längeren, aber einfacheren Weg vor. Für Perryn allerdings klang ihre Beschreibung des unwirtlichen Arcodd wie das Paradies. Also wandte er sich nach Norden, bog nach Osten ab, wann immer Feldwege und Wildpfade es erlaubten, und folgte seinem inneren Kompaß, der grimmig und gnadenlos zu seinen Verwandten und ihrem mäßig freundlichen Willkommen wies. In den ersten vier Tagen begegnete Perryn keiner Menschenseele. Danach allerdings stieß er auf Bauernhöfe und Wiesen, auf denen Vieh mit rotbraunen Ohren graste. Die Menschen, die ihm begegneten, fragten ihn, woher er käme, aber auf freundliche Art. Sie hielten es für ein Wunder, daß er so weit von Süden gekommen war, ohne sich zu verirren. Da der Hunger des Winters vorüber war, waren alle ausgesprochen gastfreundlich, und man bot dem einsamen Reiter immer wieder Mahlzeiten und Hafer für sein Pferd an.

Perryn fand eine Stelle, an der er den Aver Bel überqueren konnte, ohne durch eine der beiden größeren Städte Arcodds reiten zu müssen. Etwa in der Mitte zwischen diesen Städten hatten Bauern eines größeren Dorfes eine Holzbrücke errichtet, die sie ihn gegen den Zoll von einer Kupfermünze überqueren ließen. Zusätzlich spendierten sie ihm für seine Neuigkeiten aus Pyrdon auch noch einen Krug Bier. Als er weiter nach Nordosten und zurück in die Wildnis ritt, wurde ihm beklommen klar, daß er schon ein gutes Drittel des Heimwegs zurückgelegt hatte. Im Kopf konnte er bereits Benoics laute Schelte hören.

An diesem Abend lagerte er in einem kleinen Tal, in dem ein glasklarer Bach über Felsen gurgelte und sich unter Weidenbäumen staute. Er fing sich ein paar Forellen, füllte sie mit wilden Pilzen und Thymian und wickelte sie dann in saubere Blätter, um sie im beinahe niedergebrannten Feuer zu backen, während er schnaubend und prustend im kalten Wasser badete. Nachdem er einigermaßen trocken war, zog er Hemd und Brigga an, holte sein Essen aus den Kohlen und legte Holz nach. Fluchend wegen der Hitze wickelte er die verkohlten Blätter auf, aus denen ihm eine Wolke wunderbaren Dufts entgegendrang. Einen winzigen Augenblick war er glücklich; dann erinnerte er sich wieder an seinen Onkel und stöhnte verzweifelt.

»Was ist denn?«

Die Stimme war leise und weiblich und so nahe, daß er erschrocken zusammenzuckte. Nicht einmal sein Pferd hatte sie kommen hören und warnend gewiehert. Als er aufblickte, sah er sie unter den Weiden stehen, ein etwa sechzehnjähriges Mädchen, barfuß und in ein schmutzigbraunes Hemd gekleidet, das in Kniehöhe abgerissen war. Das taillenlange rote Haar fiel ihr lose über den Rücken. Niemand wäre auf die Idee gekommen, sie als schön zu bezeichnen – ihr Mund war zu voll, ihre Nase zu flach, ihre Hände zu groß und zu grob –, aber sie hatte reizende grüne Augen, so groß und wild wie die einer Katze. Einen Moment sahen sie und Perryn einander an, dann wandte er sich dem Fisch zu.

»Äh … oh …« sagte Perryn schließlich. »Habt Ihr Hunger? Ich habe zwei Forellen.«

Ohne ein Wort setzte sie sich hin und nahm eine Forelle auf einem Teller aus Blättern entgegen. Sie aß zierlich und ordentlich, strich das zarte Fleisch mit Daumen und Zeigefinger von den Gräten und hielt hin und wieder inne, um sich die Finger zu lecken. Inzwischen ging die Sonne unter, und der Abendwind war kühl geworden und umwehte die Weidenblätter und ihre langen Haarsträhnen. Perryn dachte, daß er sie ja wohl kaum allein in die Nacht hinausgehen lassen könnte. In diesem Teil des Landes gab es Bären, hungrige, gereizte Bären, die gerade erst aus dem Winterschlaf erwacht waren.

»Wohnt Ihr hier in der Nähe?« fragte er.

»Ja. Mit meinem Vater.«

»Ist er Bauer?«

Sie schüttelte den Kopf und begann, sich gierig die gebackenen Pilze in den Mund zu stecken.

»Wenn Ihr fertig seid, sollte ich Euch lieber zu ihm zurückbringen. Es wird heute nacht kalt werden.«

»Kälte macht mir nichts aus.«

»Ah. Nun … äh …«

Am Ende fand ihr Vater sie. Sie waren gerade mit dem Fisch fertig und hatten jeder ein Stück Brot gegessen, als Perryn Männer rufen hörte, noch weit in der Ferne, und das Bellen eines Hundes. Das Mädchen erstarrte, duckte sich wie ein Kaninchen und seufzte dann traurig.

»Sie mußten mich wohl finden! Es fing gerade an, Spaß zu machen.«

Die Rufe kamen näher, schrill vor Sorge und Angst.

»Caetha! Caetha, antworte! Wo bist du?«

Wieder seufzte sie, dann stand sie auf, streckte sich und schüttelte den Kopf. Ihr langes Haar schimmerte im Feuerlicht.

»Hier, Vater! Hier bin ich!«

Kurz darauf kamen drei Männer und ein Jagdhund unter den Weiden hervor. Zwei dieser Männer, beide um die zwanzig, schienen ein Lord und ein Mann seines Kriegshaufens zu sein, weil sie beide Hemden mit demselben Wappen trugen, die Brigga des einen aber viel abgewetzter und geflickter war. Der dritte, ein schlanker Mann mit rötlichem Haar, das an den Schläfen grau wurde, und einem silbrigroten Bart, trug ein Gewand ähnlich dem Caethas – allerdings ordentlich gesäumt –, und darunter graue Brigga. Um die Taille hatte er einen Gürtel mit einer Schnalle in Form eines goldenen Hirschs geschlungen, und an einer Lederschlinge hing eine kleine goldene Sichel. Als sie ins Feuerlicht kamen, schlenderte Caetha zu ihm und lächelte, während er sie umarmte und der Hund sie in sabbernder Freude umsprang.

»Du kleines Biest! Du hast es schon wieder getan, und du hattest doch versprochen, brav zu bleiben! Jetzt sieh dir das an – Lord Norryc und der arme Dachs mußten ihr warmes Feuer verlassen. Verflucht sollst du sein, Caetha, du hast versprochen, nicht mehr davonzuschleichen.«

»Ja?« Sie runzelte nachdenklich die Stirn. »Oh, ich fürchte ja. Es tut mir leid, Vater. Es tut mir leid, Lord Norryc. Aber Dachs freut sich sicher, noch einmal vor die Tür gekommen zu sein.«

Der Hund wedelte hektisch mit dem Schwanz, als wollte er ihr zustimmen.

»Darum geht es nicht!« fauchte ihr Vater.

»Ich weiß, Vater. Aber ich mußte einfach gehen. Hier ist jemand, den ich kennenlernen wollte, und du solltest ihn auch kennenlernen.«

Ihr Vater schüttelte sie noch einmal durch, dann ließ er sie los, drehte sich um und starrte Perryn an, als wäre er ihm erst jetzt aufgefallen.

»Äh … nun … sie hatte Hunger. Also habe ich ihr etwas zu essen gegeben. Ich wollte sie nach Hause bringen, aber sie wollte mir nicht sagen, wo das ist.«

»Zweifellos, guter Herr. Sie ist ein wildes Mädchen, und ein wenig wirr, wie Euch sicher aufgefallen ist.«

»Nein, überhaupt nicht. Wild, nun ja, aber wirr kam sie mir eigentlich nicht vor.«

Die drei Männer starrten ihn an und bedachten ihn im stillen wohl mit demselben Urteil.

»Nun, ich heiße Middyr, und wie Ihr sicher schon erraten habt, ist das hier meine Tochter.« Er wandte sich Caetha zu. »Was meinst du damit, daß ich ihn kennenlernen sollte?«

Sie senkte den Blick und begann, mit der Fußspitze eine Linie auf den Boden zu zeichnen.

»Ich wußte es einfach«, sagte sie. »Ich habe gespürt, daß er hier ist.«

Middyr sah Perryn an, stellte fest, daß der Fremde ebenso verblüfft war wie er, und zuckte dann die Achseln. Offensichtlich war er daran gewöhnt, vieles, was seine Tochter ihm sagte, zu ignorieren.

»Ihr habt meinen Dank, junger Mann, und meinen Segen dazu. Wißt Ihr, ich bin der hiesige Priester des Kerun.«

Perryn gab einen leisen Freudenschrei von sich, wie ein hungriges Kind es tut, wenn der Honigkuchen aus dem Ofen geholt wird. Tränen traten ihm in die Augen.

»Priester des Kerun? Ich dachte, es gäbe keine Priester des Kerun mehr! Äh, damit wollte ich Euch nicht beleidigen, aber wo ich herkomme, gibt es keine mehr.«

»Und sicher auch im Rest des Königreiches nicht. Ich bin wahrscheinlich der letzte meiner Art. Ihr scheint sehr bewegt, guter Herr.«

»Das bin ich. Ich bete immer zu ihm, wißt Ihr. Ich meine, er ist mein Gott. Die anderen nicht. Ich weiß nicht warum.«

Middyr legte den Kopf schief und betrachtete ihn forschend, und in seinem Blick blitzte eine seltsame Hoffnung auf. Lord Norryc hüstelte.

»Äh, Euer Heiligkeit? Es wird ein bißchen zu kalt, um hier draußen zu stehen und über Götter zu reden.«

»Ihr habt recht, und ich entschuldige mich. Wir sollten alle nach Hause gehen. Ich danke Euch, Euer Lordschaft, daß Ihr den Hund mitgebracht habt.«

»Ach, Dachs findet sie doch immer.« Er lächelte Perryn zu. »Sie mag wirr im Kopf sein, aber sie kann wunderbar mit Tieren umgehen. Ich schwöre, sie verstehen, was sie ihnen sagt! Auch Pferde, nicht nur Hunde.«

Perryns Herz begann, schneller zu schlagen. Während der Lord, sein Hund und der Reiter davongingen, sah Caetha nur Perryn an, ihre Augen so grün wie der Farn im Wald. Als er es wagte, sie anzulächeln, erwiderte sie dieses Lächeln mit einer Wärme, die ihm bis in die Seele drang. Sein Herz raste beinahe – war es wirklich möglich, daß sie ihn mochte?

»Guter Reisender«, sagte Middyr, »können wir Euch unsere Gastfreundschaft anbieten? Wir haben ein kleines Haus nicht weit von hier, neben dem Schrein des Kerun. Vielleicht möchtet Ihr am Altar des Gottes beten?«

»Gerne. Ich danke Euch, Euer Heiligkeit. Laßt mich nur schnell das Feuer löschen und mein Pferd satteln. Ich würde nichts lieber tun, als Euch heute abend zu besuchen.«

Diesem Abend folgte ein zweiter und ein paar weitere, und dann eine Woche oder zwei, während derer Perryn begann, Middyr bei der Bearbeitung seines Landes und im Schrein zu helfen. Der hiesige Clan hatte den Priestern des Kerun vier Bauernhöfe geschenkt, von denen der Tempel lebte, und außerdem ein großes Stück wilden Waldes, aber in diesem kargen Land hätte das alles nicht genügt, um den verwitweten Priester, seine Tochter und ihre zwei Diener zu versorgen. Perryn half Middyr mit den Pferden und Schweinen oder arbeitete mit Caetha im Küchengarten. Sie kümmerte sich gern um Pflanzen und Tiere, und für ein Mädchen ihres Alters wußte sie viel von Kräutern. Perryn begriff schnell, daß sie alles andere als dumm oder wirr im Kopf war.

Sie hatte allerdings ihre Launen. Niemand konnte sie überreden, Schuhe zu tragen, es sei denn, der Schnee war so kalt, daß einem die Füße darin festfroren. Was ihr Haar anging, so weigerte sie sich, es zu schneiden oder zu kämmen. Manchmal hatte sie schreckliche Wutanfälle und warf in der Küche mit Pfannen und Holzscheiten um sich, und dann rannte sie nach draußen und warf sich weinend ins Gras. Sie ließ niemanden an sich heran, nicht einmal ihren Vater oder die Hauskatzen, die sie normalerweise wie ihre Kinder behandelte.

Abends, wenn die Arbeit getan war, erzählte Middyr Perryn mehr von Kerun, und dabei ging es nicht nur um Geschichten. Er berichtete Perryn etwas und fragte dann ausführlich nach, ob sein Gast auch alles verstanden hatte; er korrigierte seinen willigen Schüler, bis Perryn sich an jede Einzelheit erinnerte. Manchmal kümmerten sie sich um den Schrein selbst, wischten den Steinaltar sauber und ölten und polierten die hölzerne Statue des Gottes, bis sie schimmerte. Obwohl Middyr Perryn auch hin und wieder etwas über Rituale erzählte, hielt er sich hier doch zurück und gab nur die Einzelheiten weiter, die auch ein Nichtinitiierter hören durfte.

Als die erste Weizenernte auf den Feldern reifte, wurde Perryn klar, daß er nicht weiterziehen wollte. Er war allerdings auch sicher, daß er schon zu lange geblieben war, einfach, weil ihm das bei seinen Verwandten immer so ergangen war. An einem langen Abend saß er mit Middyr am Küchentisch, und sie sprachen darüber, wie Kerun in der Wildnis geboren und von einer Hirschkuh aufgezogen worden war. In der Nähe saß Caetha und sortierte Bohnen. Sechs Katzen lagen zu ihren Füßen – der getigerte Kater hatte immer den Kopf direkt auf ihrem Fuß. Caethas Haar sah, wie immer, wie ein Dornbusch aus, sauber und schimmernd, aber in ihrem Nacken dicht verfilzt. In einer Gesprächspause nahm Perryn seinen ganzen Mut zusammen.

»Äh … nun …« murmelte er. »Ich wollte sagen … äh … nun, es war ziemlich unhöflich, mich Euch so aufzudrängen. Zeit, daß ich mich wieder auf den Weg mache.«

Caetha stieß einen Schrei aus, der die Katzen aufschreckte.

»Nun … äh … ich kann schließlich nicht ewig hierbleiben«, fuhr Perryn fort, und er war den Tränen nahe.

Sie warf die Schüssel mit den Bohnen quer durchs Zimmer

und sprang auf. Mit einem weiteren Aufschrei rannte sie zur Tür hinaus.

»Ich habe den deutlichen Eindruck«, sagte Middyr und rieb sich das Gesicht mit schwieliger Hand, »daß sie Euch gern bleiben sähe. Ich fürchte, ich bin derjenige, der sich Euch aufdrängt, Junge. Wißt Ihr, Caetha ist meine einzige Tochter, und ich habe sie niemals so ruhig und zufrieden erlebt wie in diesen letzten Wochen. Was mich angeht, seid Ihr willkommen, so lange zu bleiben, wie Ihr wollt. Für immer, wenn Ihr mögt.«

»Wirklich?«

»Wirklich. Wer wird nach mir Priester werden? Ihr seid der einzige, der sich jemals für Kerun interessiert hat.«

»Oh.« Perryn dachte einen Augenblick nach. »Oh ... nun ja. Danke. Ich bleibe gern. Wirklich.«

Er sah sich um und stellte fest, daß die Katzen ihn vorwurfsvoll anstarrten.

»Ich sollte lieber nachsehen, wo Caetha hingegangen ist«, murmelte Perryn. »Ich will nicht, daß sie davonrennt.«

Er rannte in die Nacht hinaus, die vom Vollmond erhellt wurde. Auf dem Hof war niemand zu sehen, aber das Scheunentor stand halb offen, und er konnte raten, wo Caetha war, denn auch sie empfand die Gesellschaft von Pferden als tröstlich. Tatsächlich lag sie der Länge nach auf einem Heuhaufen und weinte im Dunkeln. Als er sich neben sie setzte, blickte sie auf und zischte.

»Äh ... ich werde nicht weggehen.«

Das Weinen hörte auf, und sie schien nachzudenken.

»Niemals?«

»Niemals.«

In einem Strahl Mondlicht, der durch das Fenster fiel, konnte er ihr langes Haar erkennen, das in diesem Licht silbrig rot schien. Er strich sanft darüber, und dann begann er, eine der langen Strähnen zu entwirren und mit den Fingern zu kämmen. Caetha erstarrte, dann entspannte sie sich langsam wieder, als er sich nach und nach zu ihrem Nacken vorarbeitete und diese eine Strähne glatt kämmte. Als er mit der nächsten begann, rückte sie ein wenig näher zu ihm, und dann noch näher, als er sich ernsthaft an die Arbeit machte. Irgendwie wurde ihm klar, daß er in einem bestimmten Rhythmus vorging, daß es sich tatsächlich um eine Art Ritual handelte, etwas halberinnertes, halbbewußtes, das direkt vom tiefsten Grund seiner Seele kam. Obwohl ihm der Rücken schmerzte, weil es Stunden brauchte, um die Strähnen zu kämmen, dachte er keinen Augenblick daran aufzuhören.

Endlich konnte er durch ihr Haar kämmen, ohne auf etwas Festeres als einen Strohhalm zu stoßen. Sie setzte sich, lächelte ihn an, reckte sich, legte ihm dann die Hände auf die Schultern und knetete sie wie eine Katze. Die Wärme ihres Lächelns war so spürbar, daß er das Gefühl hatte, in der Mittagssonne zu sitzen.

»Äh, wir sollten am besten heiraten, oder? Vorher, meine ich. Äh, immerhin ist dein Vater Priester und so.«

Sie versetzte ihm eine Ohrfeige und sprang auf, aber sie kicherte, als sie nach draußen lief. Als er ihr folgte, fragte er sich, wieso ihm nie zuvor aufgefallen war, wie schön sie war.

Die Dorfleute spotteten darüber, daß Middyr es schlau angestellt hatte, einen Mann für seine verrückte Tochter zu finden, der auch noch sein Nachfolger als Priester werden wollte, aber Perryn selbst wußte, daß Kerun seine Gebete erhört und ihn endlich nach Hause gebracht hatte.

3

Im Westen von Cantrae, am Ufer des Can, liegt die kleine Stadt Brin Toraedic, die ihren Namen von einem seltsamen Hügel hat, der sich etwa zwei Meilen südlich steil aus einer Wiese erhebt. Oben auf der grasigen Kuppe öffnet sich ein Riß, der so gerade verläuft, als hätte ihn ein Riese mit seinem Schwert aufgeschnitten. Die Leute aus der Stadt behaupten, daß sich ein Dämon dort einmal eine Festung gebaut und die Götter bekriegt habe, bis Bel ihn mit einem Blitz niederstreckte. Der Dämon sank durch den Riß bis in die dritte Hölle nieder, aber selbst nachdem er lange verschwunden war, geschehen dort noch seltsame Dinge – so hieß es jedenfalls: Blaues Licht tanzt in der dunklen Nacht, Geister huschen umher, und man hört Jammern, Knarren und Klopfen.

Zu Jills und Nevyns Zeiten war die Stadt nur ein kleines Bauerndorf, etwa fünf Meilen vom Hügel entfernt. Da Jill immer angenommen hatte, daß Nevyn unter Bauern lebte, war sie nicht erstaunt, als er ihr erklärte, daß er in diesem Dorf wohnte.

»Oder doch ganz in der Nähe«, sagte der alte Mann. »Für unsere Arbeit braucht man eine gewisse Abgeschiedenheit. Du wirst es sehen, wenn wir dort sind. Ich war fünfzehn Jahre nicht in dieser Gegend, aber ich habe das Wildvolk vorausgeschickt, um zu lüften. Ich frage mich, ob sie wohl gute Arbeit geleistet haben.«

Sie fanden es an einem heißen Sommernachmittag heraus, als sie den Hügel schließlich erreichten. Unter einem schimmernden, windlosen Himmel ragte die kleebedeckte Erhebung auf wie ein zu Stein erstarrter Riese mit einer gewaltigen Narbe. Als sie sich näherten, sah Jill, daß sich das Wildvolk um diesen Riß drängte. Auch ihr Pferd bemerkte das und tänzelte unruhig, bis Nevyn es mit ein paar Worten beruhigte.

»Wir müssen die Pferde hinaufführen«, sagte er. »Zum Reiten ist es zu steil.«

»Hier wohnt Ihr also?«

»Das tat ich zumindest bis vor fünfzehn Jahren. Ich gebe zu, ich freue mich, wieder hier zu sein.«

Der Riß war etwa sechs Fuß breit und auf einer Seite eine natürliche Klippe aus festgestampfter Erde und Unkraut. Die andere Seite war allerdings eine richtige Steinmauer aus massiven Blöcken, und darin befand sich eine hölzerne Tür mit einem Eisenring in der Mitte. Das Wildvolk kam ihnen entgegen: Sylphen drängten sich in der Luft, Gnome mit hageren Gesichtern und langen Armen tanzten um Nevyn herum wie Kinder, die ihren Vater willkommen heißen. Eine blaue Fee mit spitzen Zähnen erschien auf Jills rechter Schulter und riß so fest an ihrem Haar, daß es weh tat. Mit einem Aufschrei schlug Jill nach ihr.

»Hör auf damit«, sagte Nevyn zu der Fee. »Jill wird jetzt hier wohnen.«

Die Fee zog eine Grimasse, dann verschwand sie.

»Ich habe die Tür selbst eingesetzt«, sagte Nevyn. »Ein Schreiner würde darüber lachen, aber immerhin läßt sie sich öffnen und schließen.«

Wie zur Demonstration schwang er die Tür weit auf und ging hinein. Pferd und Maultier folgten vorsichtig. Als Jill ihr Pferd hinterherführte, fand sie sich in einem Stall wieder, einem großen Steinraum mit vier Futtertrögen an einer Wand und frischem Heu und Stroh an der anderen. In der Nähe hörte sie Wasser gurgeln. An der Wand befand sich ein eiserner Leuchter mit einer halb verbrannten Holzfackel. Obwohl Nevyn zweimal mit dem Finger schnippen mußte, bis das alte, feuchte Holz endlich Feuer fing, erhob sich der Rauch schließlich gerade nach oben und verschwand durch einen verborgenen Lüftungsschlitz.

Die Luft war für eine Höhle bemerkenswert sauber und frisch.

»Das Wildvolk hat gute Arbeit geleistet«, meinte Nevyn. »Aber ich fürchte, sie haben dieses Heu von einem Bauern gestohlen. Ich werde herausfinden, woher sie es haben, und den Mann entschädigen müssen.«

Sie sattelten die Tiere ab und trugen ihre Habe durch einen kurzen Tunnel in einen riesigen Raum, der sich weit ins Dunkel erstreckte. Jill hörte den Dweomermann im Dunkeln hantieren, dann flackerte in einer großen Feuerstelle aus rechteckigen Blöcken ein Feuer auf. Obwohl es draußen atemlos heiß war, war es hier geradezu kalt. Der Raum war etwa hundert Fuß lang, mit Wänden aus glattem Stein und einer flachen Decke etwa zwanzig Fuß über ihnen. An der Feuerstelle standen ein Holztisch mit Bänken, ein schmales Bett, ein großer, freistehender Schrank und ein Holzfaß.

»Und Bier haben sie auch gestohlen«, seufzte der alte Mann. »Wir werden dir ein Bett organisieren müssen. Im Dorf gibt es einen Schreiner.«

»Zunächst kann ich auf einem Strohhaufen schlafen. Habt Ihr das hier alles gebaut?«

»Ja.« Er lächelte geheimnisvoll. »Aber ein paar Gnome haben mir dabei geholfen. Laß uns ein wenig von diesem gestohlenen Bier trinken, und ich erzähle dir die Geschichte.«

Nevyn wühlte im Schrank herum, der voller Becher, Kochutensilien, Kräuterpäckchen und Stoffetzen war. Endlich fand er zwei Zinnkrüge, staubte sie ab und füllte sie am Faß. Die beiden setzten sich ans Feuer. Einige Zeit sah der alte Mann sich zufrieden um, wie ein Kaufmann, der nach einem langen Jahr auf der Straße wieder an den eigenen Herd zurückgekehrt ist.

»Nun«, sagte er, »das hier ist kein echter Hügel. Soweit ich es feststellen konnte, befand sich hier einmal ein Dorf – vor sehr langer Zeit, nicht vor der Dämmerung. Die Leute haben ihren Müll auf die Straße geworfen und neue Häuser auf den Ruinen der alten errichtet, bis das Dorf höher und höher über die Wiese wuchs. Dann zogen sie aus irgendeinem Grund weiter, lange bevor das Volk des Bel in Deverry einritt. Also blies der Wind Erde darüber, und Gras begann zu wachsen. In der Zeit der Dämmerung baute jemand eine Festung auf dem Hügel, um sich vor unseren blutgierigen Ahnen zu schützen. Es hat ihm nichts geholfen. Ich habe auf der anderen Seite des Hügels eine Höhle mit kopflosen Skeletten gefunden. Ich dachte immer, es wären Menschenskelette, aber nachdem ich Perryn kennengelernt habe, bin ich mir nicht mehr so sicher. Der größte Teil der Festung war geschleift worden, aber diese Ecke war unberührt. Das Volk des Bel ritt zur Küste weiter, Wind und Erde und Gras kamen zurück, und der Hügel war höher als zuvor. Ich habe mir eigentlich nur ein wenig Platz freigeräumt.«

»Und was ist mit dem Riß?«

»Der verläuft entlang der alten Außenmauer. Vielleicht gab es auch einmal einen Graben, aber was immer der Grund sein mag, der Boden klaffte eines Tages von der alten Mauer weg. Das ist mir aufgefallen, als ich hier vorbeikam, und so entdeckte ich das kleine Geheimnis des Hügels.« Er lächelte. »Ich habe gewühlt wie ein Maulwurf – so hatte ich in den langen Wintern etwas zu tun. Ich habe hier und da einen Tunnel gegraben, und manchmal ein wenig Töpferware oder ein Schmuckstück gefunden. Das ist alles dort im Schrank.« Er seufzte. »Eines Tages werde ich das elende Ding aufräumen müssen.«

»Ich werde das übernehmen. Schließlich bin ich jetzt Eure Schülerin.«

»Das bist du.« Nevyn senkte die Stimme zu einem Flüstern. »Bei den Göttern, das bist du.«

Die deutlich vernehmbare Dankbarkeit gab Jill wieder einmal das seltsame Gefühl, daß sie ihn schon lange kannte – vor langer, langer Zeit, in einem anderen Land. Mit diesem Gedanken kam ein anderer: daß ihr ganzes Leben sie hierher, in diesen Raum geführt hatte. Hastig stand sie auf und holte etwas zu essen aus den Satteltaschen, um es dem Meister, dessen Schülerin sie war, vorzulegen. In der Feuerstelle wirbelte das Wildvolk des Feuers umher; sie rieben sich die Rücken wie Katzen an den Holzscheiten. Nevyn starrte ins Feuer, während Jill Brot und Käse aufschnitt.

»Es sollte sehr interessant werden, dich zu unterrichten«, sagte er. »Als erstes werden wir sehen, was dieser schwatzhafte Elf dir beigebracht hat. Ich kann mir nicht vorstellen, daß seine Lektionen allzu systematisch waren.«

»Es kam mir nicht so vor, aber das schien auch nicht wichtig. Es ist seltsam, aber ich habe beinahe das Gefühl, als hätte ich mich schon früher einmal mit dem Dweomer befaßt.«

»Ach ja?« Er lächelte. »Wirklich?«

Während der Mahlzeit sagte Nevyn nichts mehr, sondern aß einfach und starrte nachdenklich ins Feuer. Gegen ihren Willen, gegen alle Anstrengung, begann Jill an Rhodry zu denken. Seit ihrem quälenden Abschied hatte sie versucht, ihn hinter sich zu lassen, als wäre die Erinnerung an ihn ein Ort, von dem sie für immer davonreiten konnte. Tagsüber konnte sie sich ablenken, aber um diese Tageszeit kamen die Erinnerungen daran, daß sie üblicherweise am Abend zusammen gegessen und über den Tag gesprochen hatten, ob nun an einem Tisch in der Halle eines Lords oder an einem Lagerfeuer an der Straße. Sie war überrascht, denn sie hatte geglaubt, daß er ihr im Bett am meisten fehlen würde, aber es war seine Gesellschaft, die ihr mehr bedeutete. Ich habe ihn wirklich geliebt, dachte sie, aber ich habe immer gewußt, daß der Dweomer diesen Preis verlangen würde. Sie konnte Rhodry so deutlich vor sich sehen, daß sie beinahe geweint hätte – sie sah ihn an einer Feuerstelle stehen, wie er sich ihr mit diesem wunderbaren Lächeln zuwandte, mit blitzenden blauen Augen.

Und dennoch fühlte er sich nicht wohl – auch das konnte sie sehen. Das Lächeln war nur ein Versuch zu verbergen, wie unglücklich er war. Er trug ein feines Leinenhemd, bestickt mit den Drachen von Aberwyn, und der Silberfaden schimmerte im Feuerlicht. Als ein Page ihm einen Kelch Met brachte, trank Rhodry viel zu schnell.

Plötzlich erweiterte sich ihr Blickfeld. Jill sah, daß die Kammer voller Adliger war. Auf einem Stuhl neben Rhodry saß eine junge Frau, gertenschlank und zerbrechlich, aber hübsch, mit langem, dunklem Haar und großen dunklen Augen. Sie hatte die schmalen Hände im Schoß gefaltet. Erschrocken bemerkte Jill, daß die Schärpe der jungen Frau das Karo von Aberwyn zeigte. Bei den Höllen, dachte Jill, ist das die Frau, die sie für ihn ausgesucht haben? Aber als das Mädchen den Kopf wandte, und echtes Entsetzen über diesen Mann, den die Götter und ihr Bruder ihr ins Bett gelegt hatten, in ihrem Blick stand, hatte Jill Mitleid mit dem Kind. Plötzlich brannte ihre Wange wie Feuer. Sie versuchte, den Schmerz wegzureiben, und stellte fest, daß sie vollkommen gelähmt war, daß der Schmerz wiederkehrte …

Nevyn beugte sich über sie, die Hand zu einem weiteren Schlag erhoben. Verwirrt sah Jill sich um.

»Es tut mir leid, daß ich dich geschlagen habe«, sagte Nevyn. »Es war der schnellste Weg, dich zurückzuholen. Wen hast du gesehen? Rhodry?«

»Genau. Er muß in Dun Deverry sein. Ich habe überall auf den Möbeln Drachenwappen gesehen.«

»Der König möchte zweifellos seinen neuen Vasallen kennenlernen.«

»Zweifellos. Ich habe auch seine Frau gesehen. Sie ist nichts als ein kleines Mäuschen, das die Katzen amüsieren soll.«

»Ha. Hör dich nur reden!«

Jill zuckte die Achseln und wandte den Blick ab. Sie spürte, wie ihr Tränen in die Augen traten. Seufzend setzte sich Nevyn neben sie auf die Bank.

»Kind, du tust mir leid.« Seine Stimme war ungewohnt sanft. »Ich weiß, daß du deinen Rhodry liebst.«

Jill nickte bedrückt.

»Du mußtest deine Ausbildung fortsetzen«, fuhr Nevyn fort. »Erkennst du nicht, was passiert ist? Du hast dein Talent benutzt, aber nur in Einzelstücken, so daß du es nicht beherrschen kannst und nicht wirklich verstehst, was du tust. Hier sitzt du und sehnst dich nach Rhodry, du stellst ihn dir vor, und plötzlich verfällst du in Trance.«

»Es stimmt; ich habe es nicht einmal bemerkt.« Als Jill darüber nachdachte, bekam sie Angst. »Was wäre aus mir geworden, wenn ich nicht mit Euch gekommen wäre?«

»Das weiß ich nicht, aber es ist sehr wahrscheinlich, daß du den Verstand verloren hättest.«

»Aber Ihr hättet mich bei Rhodry bleiben lassen, wenn ich es gewollt hätte?«

»Ich wäre dageblieben, um dich im Auge zu behalten. Aber wie auch immer, du mußtest deine eigene Wahl treffen.«

Das Feuer war beinahe niedergebrannt. Jill stand auf und legte ein paar Scheite nach. Das Gespenst einer Erinnerung bedrängte sie – eine abstrakte Angelegenheit ohne Bild oder Worte, die Erinnerung an eine Zeit, in der sie keine Wahl gehabt hatte, als sich gegen ihren Willen Dinge zwischen sie und den Dweomer geschoben hatten. Sie konnte sich nicht erinnern, was es gewesen war … vielleicht ein anderer Mann, den sie ebensosehr geliebt hatte wie Rhodry. Plötzlich wußte sie, daß sie sich erinnern, daß sie ihr Wyrd klar sehen mußte.

Schweigend setzte sie sich hin, während die Erinnerung verblaßte und dann wieder aufstieg; ein ruheloser Geist aus den Anderlanden der Seele.

Die Zeit, in der sie hätte wählen sollen, als man ihr ihr Wyrd weggenommen hatte. Die Zeit, in der der Mann, der hier neben ihr saß, sie zu ihrem Wyrd hätte bringen sollen.

»Galrion«, sagte sie. »So habt Ihr damals geheißen.«

»Ja.« Nevyn sprach sehr leise.

Der Name brachte ein Bild von Nevyn als junger Mann mit sich.

»Ihr seid nie gestorben«, sagte Jill. »Seit jener Zeit nicht.«

»Wie hätte ich sterben können und heute hier sein? Wenn ein Mensch stirbt, ist das gewöhnlich sein Ende.«

Er schien belustigt, aber ihr wurde wegen dieses Scherzes so kalt, daß sie aufstand, um sich die Hände am Feuer zu wärmen.

»Das ist alles sehr lange her«, sagte sie.

»Ja.«

»Und wie viele Leben hatte ich seitdem?«

»Du kennst also die Wahrheit?«

»Ja.« Jill wandte sich ihm zu. »Wie viele waren es?«

»Im Lauf der Zeit wirst du dich an alle erinnern. Sagen wir jetzt einfach, daß es zu viele waren.«

Nevyn starrte ins Feuer, und irgendwie wußte sie, daß auch er an dieses andere Leben dachte. Sie kam sich vor, als stünde sie nach einem Leben im Tal plötzlich auf einem Berggipfel. Endlich konnte sie die Welt sehen, die sie umgab, und wußte, daß diese Welt sich weiter ausdehnte, als sie sich je hätte träumen lassen. Endlich blickte Nevyn auf.

»Brangwen?« sagte er schließlich. »Kannst du mir verzeihen?«

»Ich habe dir nie den geringsten Vorwurf gemacht.«

»Dann hast du mich zu sehr geliebt. Es war nur falscher

Stolz und Rücksichtslosigkeit, aber ich habe dich so sicher verraten, als hätte ich dich selbst ertränkt.«

Jill erinnerte sich an den nachtdunklen Fluß, an das kalte Wasser, das ihr die Luft nahm. Schaudernd ging sie näher ans Feuer.

»Mag sein«, sagte sie. »Und es stimmt, ich habe dich zu sehr geliebt.« Sie zögerte, suchte nach Worten, fragte sich, ob sie über die Weisheit verfügte, solche Dinge auszusprechen, aber irgendwie erinnerte sie sich, daß es wahr war. »Und deshalb mußte ich dich verlieren. In dieser blinden, hündischen Liebe war kein Platz für den Dweomer. Ihr Götter, ich wollte mich in dir vergraben, mich in dir *ertränken!* Es war ebenso meine Schuld wie die deine.«

»Das ist wahr. Aber wenn ich dir ehrlich gesagt hätte, was ich vorhatte, statt heimlich davonzuschleichen, wenn ich dir nur gesagt hätte, daß du in die Freiheit rennst und nicht in ein Leben im Exil – hättest du eine Möglichkeit gefunden, aus der Festung deines Bruders zu fliehen?«

»Ja. Ich bin überzeugt, daß ich erkannt hätte, daß es die Wahl zwischen Leben und Tod war, nicht nur zwischen Geraent und dir.«

»Du hast recht. Du warst nie dumm, Gwennie – nur so jung, so schrecklich jung.« Nevyn schwieg einen Augenblick. »Aber verzeihst du mir?«

»Ja. Und es fällt mir leicht.«

»Dann danke ich dir.« Seine Stimme brach beinahe bei diesen Worten.

Jill setzte sich wieder neben ihn. Lange blieben sie schweigend sitzen, sahen dem Wildvolk zu, das im Feuer spielte, und dem Licht auf den Wänden, Licht und Schatten, die sich endlos bewegten, ineinander übergingen und nicht aufhörten, sich zu verändern.